LE TESTAMENT MAUDIT

DU MÊME AUTEUR
AU FLEUVE NOIR

LA FORTRESSE NOIRE

LA TOMBE

LE TESTAMENT MAUDIT

Francis Paul Wilson

Né en 1946, Francis Paul Wilson commence à écrire de la science-fiction dès les années soixante-dix dans le célèbre magazine *Analog*. Mais c'est *La forteresse noire* (1981) qui va le révéler au grand public. Classique aujourd'hui incontournable de la littérature de Terreur, très vite adapté au cinéma par Michael Mann, ce roman racontait l'histoire d'un détachement de SS prenant possession d'une vieille forteresse de Transylvanie…
Grand amateur de romans d'aventures et de *pulps*, il écrit en 1984 *La tombe*, où un personnage qui va au fil des années devenir mythique, Repairman Jack, fait sa première apparition.
Auteur depuis d'étonnant thrillers médicaux comme *Mort Clinique* ou fantastiques comme *Liens de sang* et *Mirage* (en collaboration avec Matthew J. Costello), il a offert ces dernières années à ses fans de nouvelles aventures de Repairman Jack.

COLLECTION THRILLER FANTASTIQUE

F. PAUL WILSON

LE TESTAMENT MAUDIT

Repairman Jack 2

Traduit de l'anglais
par Thomas Bauduret

Fleuve Noir

Titre original :
Legacies

Ouvrage proposé par
Patrice Duvic

ISBN : 2-265-07160-9

Remerciements

Pour ses conseils techniques, un grand merci à Simon Garfinkel, auteur, commentateur de la vie en ligne et authentique hacker (à la retraite). Pour surfer sur les ascenseurs, Jack emploie une variation de la méthode Garfinkel.

À Mary, mon épouse et première lectrice.

Aux docteurs Joe Bogdan et Daphné Keshishian, pour m'avoir fait part de leur expérience en matière de pédiatrie appliquée au sida.

Et pour leur générosité et leur assistance éditoriale : Elizabeth Monteleone et son acuité pour les détails qui font un personnage, Steven Spruill pour ses analyses psychologiques, Deidre Lonza, son humour et ses dons de correctrice, et Al Zuckerman, le maestro.

VENDREDI

1

— C'est bon, c'est bon, je ne suis pas pressée ! hurla Patricia alors que son taxi virait brutalement sur la gauche pour dépasser un camion qui se traînait le long de Madison Avenue.

Mais le chauffeur, qui arborait des cheveux noirs bouclés, une peau olivâtre et des moustaches à la Saddam Hussein, ne l'entendit pas. Il donna un grand coup de volant vers la gauche et traversa d'un coup deux files pour virer à nouveau sur la droite, freinant pour mieux accélérer dès que l'horizon se dégageait, secouant Alicia d'un côté à l'autre de la banquette arrière. Ils évitèrent de justesse un autre taxi fou qui tentait une manœuvre similaire au beau milieu du trafic matinal.

Tout ceci pour prendre quelques mètres d'avance, tout au plus, sur son collègue chauffard.

Alicia tapa sur la séparation de plastique tachée et éraflée.

— Bon sang, ralentissez un peu ! J'aime autant arriver en un seul morceau.

Mais le chauffeur l'ignora. Au contraire, il accéléra encore davantage. Il semblait avoir déclaré la guerre à toutes les autres voitures qui sillonnaient Manhattan ce matin-là. Quant aux piétons, il fallait croire qu'ils n'existaient pas dans son univers.

Alicia aurait dû y être habituée. Après tout, elle était

née à Manhattan, même si elle n'y était pas revenue depuis un certain temps. À dix-huit ans, elle était partie pour entrer en fac, puis avait fait sa médecine et, enfin, était devenue interne en pédiatrie et maladies contagieuses. À ce stade, elle n'avait aucune envie de revenir à New York – surtout tant que Thomas, son demi-frère, et *cet homme* y habitaient toujours – mais l'hôpital de St. Vincent lui avait fait la proverbiale « proposition qu'on ne peut refuser ».

Ainsi, après un an et des poussières, elle ne s'était toujours pas faite aux nombreux changements qui avaient bouleversé la ville telle qu'elle la connaissait. Qui aurait cru que Times Square, jadis vouée aux cinémas pornos et aux échoppes douteuses, aurait pu un jour se débarrasser de son aura de crasse et de décrépitude pour devenir un quartier presque respectable ?

Sans parler des taxis. Que leur était-il arrivé ? Leurs chauffeurs avaient toujours été arrogants et agressifs – deux conditions indispensables pour pouvoir se déplacer dans cette ville – mais ceux d'aujourd'hui étaient de véritables psychopathes.

Ils atteignirent enfin la Quarantième.

Nous y sommes presque, se dit Alicia. J'ai peut-être une chance de m'en tirer en un seul morceau.

Mais alors qu'ils s'approchaient de la Quarante-huitième, elle remarqua que le taxi se trouvait toujours sur la voie centrale et gagnait de la vitesse. D'abord, elle crut qu'il allait oublier de tourner, puis elle vit l'ouverture dans le trafic que lorgnait le chauffeur : à deux voies sur la droite, derrière un camion de livraisons couvert de graffiti et juste devant un bus quittant son arrêt…

— Oh, non ! fit Alicia. Vous n'allez tout de même pas faire ça…

Si. Et il passa de justesse, obligeant le bus à freiner à mort. Le conducteur lui donna un coup de klaxon à faire trembler les vitres.

Une fois dans la Quarante-huitième, le chauffeur mit

pied au plancher, puis vira brutalement vers le trottoir. Il s'arrêta juste devant l'adresse qu'Alicia lui avait donnée lorsqu'il l'avait prise sur Greenwich Village.

— Six dollars soixante-quinze, dit-il.

Alicia fulminait en silence. Si seulement elle avait la force de fracasser la vitre de séparation pour étrangler ce petit malin ! Au moins, elle pouvait toujours lui rendre la monnaie de sa pièce... Mais au sens propre.

Elle se pencha très, très lentement vers la portière, descendit avec un luxe de précautions, puis prit tout son temps pour compter sa monnaie... Pièce par pièce. Elle disposait de deux dollars. Elle compta un dollar soixante-quinze.

Le taxi se pencha pour la regarder par la vitre.

— Activez, m'dame, j'ai pas toute la vie devant moi !

Alicia fit celle qui n'a rien entendu. Elle tira cinq billets d'un dollar de son portefeuille – un... par... un. Finalement, lorsqu'elle eut exactement six dollars soixante-quinze, elle les tendit au chauffeur.

Et attendit.

Trois secondes, montre en main. Puis le chauffeur ouvrit sa portière et lui décocha un regard furieux depuis l'autre côté du toit.

— Hé ! Et le pourboire ? fit-il avec un fort accent.

— Excusez-moi ? fit gentiment Alicia. Je ne vous entends pas.

— Mon pourboire ! Où qu'il est ?

Elle posa une main en cornet contre son oreille.

— Désolée. Je vois bien que vous remuez les lèvres, mais je n'entends rien à ce que vous me dites. Qui veut une poire ?

— Mon pourboire, bon sang ! *Mon pourboire ! Mon pourboire, nom d'une pipe !*

— Si j'ai apprécié votre conduite ? dit-elle. (Sa voix descendit bien au-delà du zéro absolu.) Sur une échelle de un à dix, je vous décerne un zéro... Ce qui est précisément le montant de votre pourboire.

Il fit signe de contourner sa voiture en pensant que cette femme mince et pâle, aux traits délicats et aux cheveux d'un noir de jais, se laisserait vite intimider, mais Alicia ne broncha pas. Il lui décocha un ultime regard venimeux et se rassit derrière son volant.

En tournant les talons, elle entendit le taxi pousser un juron inarticulé, claquer sa portière et démarrer en trombe dans un grand crissement de pneus.

Nous sommes quittes, se dit-elle alors que sa colère se dissipait. Mais vous parlez d'une façon d'entamer une belle journée d'hiver.

Autant ne plus y penser. Elle attendait avec impatience cette entrevue avec Léo Weinstein, et ce n'est pas un chauffeur de taxi fou qui allait lui gâcher ce moment.

Elle avait enfin trouvé un avocat qui n'avait pas peur d'affronter une puissante firme légale. Tous ceux qu'elle avait contactés – du moins ceux que ses moyens limités lui permettaient d'aborder – avaient ouvert de grands yeux lorsqu'elle avait prononcé le nom de Hinchberger, Rainey & Guran. Mais pas Weinstein. En fait, il n'avait pas sourcillé. Il avait étudié le testament et, vingt-quatre heures plus tard, lui avait fait plusieurs suggestions qui, d'après lui, les obligeraient à se mettre sur la défensive.

— Votre père vous a légué cette demeure, lui dit-il, et personne ne pourra vous l'enlever. Laissez-moi faire.

Elle avait suivi son conseil. Et maintenant, elle allait voir ce qu'il avait pu tirer du déluge de paperasses dont il avait inondé Hinchberger, Rainey et Guran.

Un coup de klaxon retentit juste derrière elle. Elle se crispa. Si c'était encore ce fichu taxi…

Elle se retourna et se détendit en voyant Léo Weinstein agiter la main derrière la vitre d'une Lexus argentée. Il lui criait quelque chose qu'elle ne put entendre. Elle se rapprocha donc.

— Bonjour, dit-elle.

— Désolé d'être en retard, dit-il, mais il y avait des

embouteillages partout. Je descends ma voiture au garage et je suis à vous.

— Pas de problèmes.

Elle avait presque atteint les portes de l'immeuble qui abritait les bureaux de Cutter & Weinstein lorsqu'un grand bruit, tel un coup de tonnerre, fit vibrer ses tympans. L'onde de choc frappa son dos comme une main géante et faillit la faire tomber.

Elle se retourna pour voir une boule de feu qui montait vers le ciel tandis que des morceaux de métal enflammés s'abattaient sur le trottoir. Les voitures s'arrêtaient dans de grands crissements de pneus et les passants plongeaient pour se mettre à plat ventre, bombardés qu'ils étaient par un déluge d'échardes de verre : tout ce qui restait des fenêtres des immeubles les plus proches. Alicia évita de justesse un coffre de voiture noirci et fumant qui s'abattit devant elle.

Une main de glace se referma sur sa gorge. Elle venait de reconnaître le sigle Lexus.

Elle tendit le cou pour apercevoir la voiture de Léo… En vain.

— Oh, non ! fit-elle. Oh, mon Dieu, NON !

Elle fit quelques pas mal assurés pour voir si elle pouvait faire quelque chose, mais… Il ne restait plus rien de la limousine, sinon de l'asphalte embrasé.

— Mon Dieu, Léo ! fit-elle. Je suis désolée !

Elle n'arrivait plus à respirer, comme si l'explosion avait aspiré tout l'air ambiant. Il fallait qu'elle s'en aille de là.

Par un grand effort de volonté, elle se retourna et partit le long du trottoir d'un pas mal assuré, loin des flammes et de la fumée qui s'échappaient de l'épave. Elle ne s'arrêta qu'en atteignant Madison Avenue. Elle s'appuya contre un feu rouge et inspira en longs hoquets douloureux. Lorsqu'elle eut repris son souffle, elle se retourna.

Les vautours se rassemblaient déjà. Ils convergeaient

vers le brasier en se demandant ce qui avait bien pu se passer. Et à peu de distance, des sirènes hurlaient.

Elle ne pouvait pas rester là. Elle ne pouvait plus rien faire pour Weinstein et ne voulait pas subir un interrogatoire en tant que témoin. Les policiers pourraient deviner qu'elle leur cachait quelque chose et fouiller dans son historique, dans ses affaires de famille. Elle ne pouvait pas les laisser faire. Elle ne le supporterait pas.

Alicia ne héla pas un taxi : l'idée de se retrouver enfermée dans un cercueil de métal lui était insupportable. Elle avait besoin d'espace, d'air, de lumière. Elle se dirigea vers le centre-ville.

Pauvre Léo !

Elle se mit à sangloter tout en marchant aussi vite que ses talons hauts le lui permettaient. Mais même si elle avait porté ses baskets, elle n'aurait jamais pu distancer la culpabilité née du terrible soupçon qui lui disait que, d'une façon ou d'une autre, elle était responsable de la mort de Léo Weinstein.

2

— Dieu merci, te voilà ! dit Raymond en voyant Alicia entrer par la porte réservée aux employés du Centre. Je te bipe depuis huit heures. Pourquoi n'as-tu… (Il la regarda et en oublia de terminer sa phrase.) Mon Dieu, Alicia, tu as une mine de déterrée !

En fait, c'était une bonne description de ce qu'elle ressentait intérieurement, mais elle n'avait pas envie d'en parler.

— Merci, Raymond. Et encore, je t'épargne les détails sordides.

Au lieu de gagner son bureau, elle se dirigea vers la réception. Raymond s'empressa de lui emboîter le pas :

— Où vas-tu ?

— Laisse-moi une minute de répit, d'accord ? rétorqua-t-elle. Je reviens tout de suite.

Elle regretta aussitôt son ton cassant, mais elle se sentait au bord de la rupture et n'avait pas envie de piquer une crise de nerfs devant tout le monde.

Elle perçut à peine le bonjour que lui lança Tiffany alors qu'elle passait en coup de vent face à la réception pour se diriger vers l'entrée principale. Alicia fit un pas de côté pour laisser entrer une femme et ses deux petits-enfants, puis profita que la porte était ouverte pour scruter la rue à la recherche de la voiture grise.

Celle-ci l'avait suivi depuis la Quarante-huitième, elle en aurait mis sa main au feu. Une voiture grise… Comment pouvait-on la qualifier ? Une limousine ? Elle n'y connaissait rien et ne saurait distinguer une Ford d'une Chevrolet. Peu importe : elle avait plusieurs fois aperçu cette voiture grise qui passait dans la rue alors qu'elle-même marchait sur le trottoir. C'était toujours le même manège : une fois passé, le véhicule tournait à une rue ou deux de là et disparaissait pendant quelques minutes pour réapparaître à nouveau. Toujours à distance. Toujours à une vitesse normale. Sans jamais lui témoigner le moindre intérêt. Mais toujours, toujours *présent*.

Alors qu'Alicia examinait la Septième Avenue, elle s'attendait presque à le voir passer. Elle traversa la rue pour regarder la partie du complexe de St. Vincent qu'elle aimait le moins. Le bâtiment O'Toole se tenait là, au coin de la Douzième. Sa façade monolithique de briques blanches, dépourvue de fenêtres, n'avait pas sa place ici, dans le Village. On aurait dit qu'un géant maladroit avait laissé tomber par accident cette monstruosité moderniste en plein cœur de New York, alors que sa place était à Minneapolis.

En tout cas, pas de voiture grise à l'horizon. Mais il y en avait tant qui sillonnaient Manhattan qu'elle ne pouvait être sûre de rien.

Elle commençait à perdre les pédales. La paranoïa la guettait.

Mais après ce qui s'était passé ce matin, qui irait le lui reprocher ?

Elle retourna à son bureau. Raymond l'intercepta dans le hall.

— Alors, est-ce qu'on peut discuter maintenant ?

— Je m'excuse de t'avoir rembarré.

— Tu veux rire ? Personne n'oserait faire une chose pareille.

Alicia se força à sourire.

Raymond – non, pas « Ray », toujours « Raymond » – Denson était l'un des premiers volontaires du Centre pour enfants victimes du sida. Celui-ci comprenait des médecins qu'on appelait « directeurs » et « assistants directeurs », mais c'était Ray, l'infirmier-chef, qui dirigeait réellement la clinique. S'il s'en allait, se dit Alicia, le Centre n'y survivrait jamais. Lui seul le connaissait de façon assez intime pour assurer son bon fonctionnement, jour après jour. Il connaissait ses moindres rouages, était à même de pousser les bons boutons et savait dans quel placard se trouvaient les squelettes, si l'on peut dire. Alicia lui donnait une bonne cinquantaine d'années – gare à celui ou celle qui oserait lui demander son âge – mais il gardait toute sa superbe : il arborait un corps d'athlète, des cheveux très courts et une moustache impeccablement taillée.

— Quant à mon bipeur, ajouta-t-elle, je l'ai éteint. Le Dr Collerings assurait la permanence, tu le sais bien.

Il la suivit dans l'étroit couloir qui menait à son bureau. Les cloisons du Centre avaient été installées à la va-vite, et cela se voyait : les plâtres et les plinthes sentaient le travail bâclé, et on avait tenté de dissimuler le tout sous une couche de peinture jaune vif qui commençait déjà à s'écailler. Mais ici, le décorum n'était pas d'une importance capitale.

— Je sais, dit-il, mais le problème qui s'est présenté

n'avait rien de médical, ou même d'administratif. Il s'agit d'un crime, pur et simple.

La voix de Raymond… Son regard… Il était furieux. Mais pas contre elle. Que s'était-il donc passé ?

Un frisson glacé descendit le long de son échine. Ses problèmes personnels n'allaient tout de même pas affecter le Centre ?

Tout en marchant, elle remarqua que des grappes d'employés – des infirmières, des secrétaires, des volontaires – avaient formé de petits groupes qui murmuraient avec animation, la tête baissée.

Et eux aussi avaient l'air furieux.

Une rafale glacée l'enveloppa de la tête aux pieds.

— C'est bon, Raymond. Vas-y, dis-moi tout.

— C'est dur à avaler, mais… figure-toi qu'une espèce de fils de pute de merde a volé les jouets.

Alicia se figea et lui jeta un regard abasourdi, incrédule. Non, ce n'était pas possible, ce devait être un canular, une blague particulièrement cruelle. Mais ce n'était pas le genre de Raymond. Ni des autres.

Et… étaient-ce des larmes qu'elle voyait briller au coin de son œil ?

— Les donations ? Non, ce n'est pas…

Il hocha la tête en se mordant la lèvre inférieure.

— Oh, non !

— Jusqu'au dernier.

Alicia sentit sa gorge se serrer. Bizarrement, cette nouvelle l'affectait davantage que la mort de Léo. Ce qui ne fit que renforcer son sentiment de culpabilité.

Quelqu'un qu'elle connaissait était mort, un brave homme qui avait une famille, et pourtant… Pourtant… Cette nouvelle l'attristait plus encore.

Elle avait rencontré Weinstein deux ou trois fois. Mais ces jouets… avaient toute une histoire derrière eux. Raymond et elle – surtout Raymond, en fait – avaient passé des mois à tout organiser, puis ils avaient envoyé leurs coursiers, employés et volontaires mélangés, les collecter aux quatre coins de la ville. Ils avaient sollicité des entreprises, des magasins, des particuliers, tout ce qu'ils avaient pu trouver. Au départ, leurs efforts avaient été relativement infructueux. En octobre, personne ne pensait à ses cadeaux de Noël. Mais passé Thanksgiving, les cadeaux avaient commencé à affluer. Hier soir, ils disposaient d'une pièce entière remplie de camions, de fusées, de livres à colorier, de poupées…

Et ce matin…

— Comment ont-ils fait ?

— Ils ont forcé la porte de derrière et ont tout emporté en passant par la ruelle. Ils devaient disposer d'une camionnette pour y entasser tous ces jouets.

Avant sa reconversion, le rez-de-chaussée du bâtiment abritait un magasin de fournitures de bureau. Les anciens propriétaires employaient sans doute le même chemin pour charger leurs camions.

— Je croyais qu'il y avait une alarme ? Que *toutes* les portes en avaient une ?

— En principe, oui, acquiesça Raymond. Mais elle ne s'est pas déclenchée.

Pauvre Raymond. Il avait donné le meilleur de lui-même pour récolter ces jouets.

Alicia entra dans son bureau, jeta son sac sur la table et se laissa tomber sur une chaise. Elle était encore secouée. Et elle avait terriblement mal aux pieds. Elle ferma les yeux. Il n'était pas midi, et elle se sentait déjà crevée.

— Est-il déjà arrivé quelque chose de similaire lorsque le Dr Landis était en poste ?

Raymond secoua la tête.

— Jamais.

— Impeccable. Ils ont attendu qu'elle soit partie pour piller le Centre.

— Cela vaut peut-être mieux, non ? Étant donné son état…

— Oui, tu dois avoir raison, convint Alicia.

Le Dr Rebecca Landis était la directrice du Centre –

ou du moins elle en avait le titre. Mais elle en était à son troisième trimestre de grossesse et présentait déjà des symptômes pré-éclamptiques. Son gynécologue lui avait conseillé de garder la chambre.

Pour tout arranger, il n'y avait pas une semaine que son assistante était partie : elle avait dégoté un poste au célèbre hôpital de Beth Israel. Du coup, il ne restait guère plus que Alicia et Ted Collings, un autre médecin spécialiste des maladies contagieuses de l'enfant, pour « diriger » le Centre. Mais Ted l'avait suppliée de ne pas trop compter sur lui, sinon à titre consultatif : sa femme venait de mettre au monde leur premier enfant, et il avait assez de soucis comme ça. Et donc, tout le poids des tâches administratives était retombé sur la petite nouvelle : le Dr Alicia Clayton.

— Tu crois que quelqu'un de la maison aurait pu faire le coup ?

— La police étudie la question, répondit Raymond.

— La police ?

— Oui. Ils sont venus examiner les lieux avant ton arrivée. Je me suis chargé du rapport.

Ce bon vieux Raymond ! Vraiment, ce type était l'efficacité en personne.

— Merci. D'après eux, avons-nous une chance de retrouver ces jouets ?

— Ils vont « faire leur possible ». Mais j'ai bien envie de prévenir la presse, ne serait-ce que pour être sûr qu'ils se bougent un peu. Ça te va ?

— Bonne idée. Si on peut en faire un vrai scandale public, peut-être qu'ils seront un peu plus motivés.

— Parfait. J'ai déjà contacté le *New York Post*. Les journalistes du *News* et du *Times* viendront plus tard dans la matinée.

— Oh. Eh bien… Tu te charges de les recevoir ?

— Si tu veux.

— Oui, je le veux. Dis-leur qu'il y a là plus qu'un simple vol, même si les victimes sont des tout-petits. Ces gens ont dépouillé des enfants qui n'ont déjà rien au monde, sinon une mort certaine qui circule dans leurs veines et qui n'ont pas beaucoup de chances d'être là pour célébrer le prochain Noël.

— C'est très beau. Tu devrais peut-être…

— Non. Je t'en prie, Raymond. J'en suis incapable.

Elle se déconnecta un bref instant. Elle se sentait plus bas que terre.

— Et maintenant, marmonna-t-elle, qu'est-ce qui va me tomber dessus ? Les mauvaises nouvelles vont toujours par trois, non ?

Raymond prit un ton rassurant.

— Tes « histoires de famille » te tracassent toujours ? Ces problèmes que tu devais régler – sans l'aide de personne, ajouta-t-il avec un à-propos déconcertant.

Il savait qu'Alicia avait consulté des avocats et que la situation la préoccupait beaucoup, mais semblait vexé qu'elle refuse de se confier à lui. Elle-même le déplorait, d'autant que Raymond ne lui cachait rien de sa vie privée – et en dévoilait même plus qu'elle ne l'aurait voulu – mais Alicia ne pouvait en faire autant. Sa propre vie privée était un véritable désert, et elle n'avait guère envie de parler de la catastrophe biologique qu'était sa famille, même à quelqu'un d'aussi ouvert et compatissant que Raymond.

— Oui, dit-elle, cette « affaire de famille ». Mais c'est secondaire : il faut d'abord récupérer ces jouets. Nous avons organisé une grande fête de Noël pour tous nos enfants, et je ne veux pas qu'elle finisse en eau de boudin. Bon sang, Raymond, je *veux* qu'on me ramène ces jouets, et… Donne-moi le numéro du commissariat. Je vais appeler le chef de la police. Et je lui téléphonerai tous les jours s'il le faut jusqu'à ce qu'il me les ait ramenés.

— J'en ai pour un instant, dit-il, et il s'en alla en refermant la porte derrière lui.

Alicia croisa les bras sur la surface éraflée de son vieux bureau et y enfouit sa tête. Elle avait l'impression de perdre les pédales. Elle se sentait si impuissante ! Il fallait toujours lutter contre des *systèmes*… Des immenses structures si lourdes qu'il était quasiment impossible de les faire bouger…

Les jouets du Centre avaient disparu et, pour les récupérer, elle dépendait de la bonne volonté des policiers. Mais eux-mêmes avaient leur propre emploi du temps, leurs propres priorités. Il lui faudrait attendre qu'ils aient traité les affaires les plus urgentes avant qu'ils ne s'intéressent à son cas – s'ils le faisaient un jour. Elle pouvait toujours appeler leur chef jusqu'à ce que les touches de son téléphone déclarent forfait. Il cesserait de faire la sourde oreille avant qu'elle ne se lasse.

Et d'après le testament, la maison était à elle, mais Thomas employait tous les moyens légaux à sa disposition, aussi retors puissent-ils être, pour l'empêcher d'en prendre possession. Si elle était restée seule, sa meute d'avocats l'aurait dévorée toute crue : c'est pour ça qu'elle avait dû chercher quelqu'un qui puisse les tenir à distance.

Léo… Oh mon Dieu, ce pauvre Léo. Elle pouvait presque entendre la déflagration, sentir la chaleur des flammes. Après une telle explosion, il ne devait plus rien rester de lui.

Une angoisse sourde s'infiltra en elle. Et moi ? Quand viendra mon tour ? Si je continue de résister face à Thomas et ceux qui le soutiennent, quels qu'ils soient, serai-je la prochaine sur la liste ?

Elle abattit son poing sur la table. *Bande de salopards !*

Elle aurait voulu disposer d'un de ces grands sabres japonais – un dai-katana – pour leur transpercer le cœur à tous…

— Excusez-moi.

Alicia leva les yeux. L'une des volontaires, une belle blonde d'une trentaine d'années, se tenait dans l'embrasure de la porte et la regardait.

— J'ai frappé, mais vous ne m'avez pas entendue.

Alicia se redressa et remit ses cheveux en place d'un coup de tête avant d'endosser son masque de professionnelle.

— Désolée, j'étais bien loin d'ici. Je traquais les enfoirés qui ont volé ces cadeaux.

La femme glissa son corps svelte dans l'ouverture et referma la porte derrière elle. Alicia aurait bien aimé avoir son physique élégant.

Elle avait déjà vu cette volontaire. Plus d'une fois. Parfois, elle amenait sa fille – une jolie petite poupée d'environ sept ou huit ans. Comment s'appelaient-elles déjà ?

— Pour les retrouver, dit la jeune femme, vous n'aurez pas à aller bien loin. Deux ou trois kilomètres tout au plus.

— Vous avez sans doute raison, répondit Alicia.

Bon sang, elle connaissait son nom…

Voilà, j'y suis !

— Gia ? C'est bien ça ?

— Gia DiLauro, précisa-t-elle avec un sourire éblouissant.

Alicia aurait bien aimé lui ressembler. Et *Gia*… Quel joli nom ! Elle aurait bien voulu…

Ça suffit.

— Oui, vous et votre fille…

— Vicky.

— C'est ça. Vicky. Vous êtes souvent dans le coin…

Gia haussa les épaules.

— Toute aide est bonne à prendre, non ? Surtout dans un endroit comme celui-ci.

— Entièrement d'accord.

Le Centre était un véritable trou noir, aspirant toutes les bonnes volontés qui passaient à sa proximité.

— Je peux vous parler un instant ?

En étudiant Gia de plus près, elle vit que ses yeux étaient rouges. Avait-elle pleuré ?

— Je vous en prie.

Elle n'avait pas de temps à perdre, mais cette femme

était si dévouée qu'Alicia pouvait bien lui consacrer quelques minutes.

— Asseyez-vous. Vous êtes sûre que ça va ?

— Non, fit-elle. (Ses yeux devinrent encore plus rouges.) Je suis si furieuse que… Je préfère ne pas penser à ce que je voudrais faire aux enfoirés qui ont volé ces jouets.

— Ne vous en faites pas, dit Alicia. La police s'en charge.

— Mais vous n'en attendez pas des miracles, n'est-ce pas ?

Alicia haussa les épaules, puis soupira :

— Non, en effet. Mais nous n'avons pas d'autre solution.

— Pas forcément, dit Gia.

— Que voulez-vous dire ?

Gia se pencha en avant et baissa la voix :

— Je connais quelqu'un…

3

Jack gardait un œil sur Dwight Frye qui s'animait sur son écran de télévision tout en parcourant ses messages sur le site web de Jack le Réparateur.

Il avait découvert la première version du *Faucon maltais*, celle de 1931, et en profitait pour se faire un festival Dwight Frye. C'est ainsi que *Le Faucon maltais* passait dans la première pièce de son appartement. Frye y interprétait le rôle de Wilmer Cook, et Jack le trouvait nettement meilleur qu'Elisha Cook dans la version de John Huston ; il avait l'air plus fou, plus fiévreux. C'est alors que Ricardo Cortez apparut à l'écran. Lui, par contre, ne valait pas un clou en tant que Sam Spade.

Il revint à la grande toile cybernétique.

La plupart de ses messages parlaient de réfrigérateurs et de micro-ondes, mais il ne s'en formalisa pas.

La majorité de ceux qui tombaient par hasard sur son site le prenaient pour une sorte de service d'assistance spécialisé dans les appareils ménagers. Ceux-ci ne lui causaient pas de problème. En voyant qu'il ne répondait pas à leur appel, ils effaçaient son adresse de leur répertoire.

Mais ce courriel bien précis était différent. Il émanait d'un nommé « Jorge ».

« On m'a arnaqué. Peut pas être payé pour le travail que j'ai fait. Pas d'autres solutions. Pouvez-vous tout arranger ? »

Ouais. C'était son genre de job.

Jack tapa sa réponse :

« Envoyez-moi votre numéro de tel. Je vous appellerai. »

Il lui passerait un coup de fil pour voir de quoi il s'agissait. S'il était en bisbille avec son bookmaker, qu'il se débrouille. Mais il avait parlé d'un travail qu'il aurait effectué, et pour lequel on ne l'aurait pas payé. Donc, Jorge pouvait être un client potentiel.

Le téléphone sonna, mais Jack préféra s'en remettre à son répondeur. Il entendit son message habituel… *Productions Pinocchio, je suis absent pour le moment. Veuillez laisser un message après le bip sonore. »* Puis :

— Jack, c'est ton père. Tu es là ?

Un silence, pendant qu'il attendait que Jack décroche. Celui-ci ferma les yeux et resta assis. Il n'aimait pas laisser ainsi son père en suspens, mais il ne se sentait pas d'humeur à discuter avec lui.

— Bon, d'accord. Lorsque tu seras revenu, passe-moi un coup de fil. Je t'ai trouvé une autre occasion en or.

Jack soupira en entendant le déclic signalant la fin de la communication.

— P'pa, fit-il d'une voix douce, tu me rends chèvre.

Il y avait quelques mois que son père était parti s'installer en Floride et, à l'époque, Jack s'était dit qu'il avait fait le bon choix. Il profiterait mieux de son statut de veuf à la retraite dans un pays chaud plutôt qu'à Burlinton Country, New Jersey.

Mais à peine P'pa s'était-il installé qu'il avait déniché toutes sortes d'opportunités susceptibles de plaire à Jack. Son frère aîné et sa sœur avaient tous une carrière en cours et étaient l'exemple même du citoyen modèle. Ils étaient casés. Quant à Jack... Pour son père, son plus jeune fils restait une affaire en suspens.

Il y avait longtemps que son frère et sa sœur l'avaient oublié. Ils se contentaient de lui envoyer des cartes de Noël, mais cela n'allait pas plus loin. Mais son père, lui, ne se laissait pas rebuter. Il ne voulait pas mourir en sachant que son fils prodigue vivotait comme réparateur d'objets ménagers.

Sauf que j'ai probablement plus d'argent de côté que toi, P'pa, se dit-il.

Jack se souvint de leur dernière conversation et fit la grimace.

Tu devrais voir cette ville, Jack. Elle ne cesse de croître – pour quelqu'un comme toi, ce serait une véritable mine d'or. Tu t'y installes, tu te fais une réputation et en un rien de temps, tu te retrouves à la tête d'une flotte de camions qui sillonnent tout le pays...

Ben voyons, se dit-il. Je dirige une tripotée de gros culs et, si je me débrouille bien, ma tronche finit en première page du *Petit Entrepreneur illustré*.

Jack refusait toutes ses avances et ses bons conseils dans l'espoir qu'il finisse par se lasser, mais de toute évidence P'pa ne lâcherait pas le morceau si facilement. Lorsqu'il le rappellerait, Jack lui dirait tout de go qu'il refusait de quitter New York. Il ferait chaud le jour où il irait s'installer en Floride.

Quoique… Si ses affaires continuaient de stagner, il serait bien obligé d'envisager la question.

Il venait de consulter son répondeur, le seul meuble qui occupât son bureau bidon de la Dixième Avenue : en vain. Cela faisait un bon moment qu'il n'avait rien à se mettre sous la dent, et il commençait à s'ennuyer ferme.

Et lorsqu'il s'ennuyait, il achetait toutes sortes de trucs. Ce matin même, il était allé chercher son nouveau trésor à la poste du coin.

Il se leva et se frotta les yeux. L'écran de l'ordinateur lui faisait mal. Jack le Réparateur mesurait un peu plus d'un mètre quatre-vingts, un mètre quatre-vingt-cinq s'il s'étirait au maximum. Il était mince et sec, avec des cheveux bruns, des lèvres plutôt minces et des yeux bruns. Jack faisait de son mieux pour ressembler à monsieur tout-le-monde.

Il retira l'horloge de son emballage pour pouvoir l'admirer tout à loisir.

C'était une authentique pendulette en forme de Shmoo[1], en parfait état. Il caressa sa surface de céramique blanche, lisse comme au premier jour, touchant au passage les yeux et les moustaches de la créature souriante. Elle lui était arrivée dans son emballage d'origine et avait l'air flambant neuve.

Il ne restait qu'à l'accrocher. Mais où ? Ses murs débordaient déjà de certificats témoignant de son appartenance aux fans-clubs de Doc Savage et de The Shadow, des Sentinelles de la Liberté – les fidèles émules de Captain America –, de la Ligue de Justice des USA, du club des contre-espions de David Harding et du Credo de Don Winslow.

Que voulez-vous que j'y fasse ? se dit-il. J'aime être membre de tous ces clubs, même si je sais qu'ils ne présentent aucun intérêt.

1. Animal imaginaire tiré de la bande dessinée *Lil'Abner* et ressemblant vaguement à un phoque sur pattes. *(N.d.T.)*

Son appartement débordait déjà de meubles victoriens en chêne. Ses étagères ployaient sous le poids des trésors qu'il avait accumulée au fil des années, et la moindre surface horizontale disponible, que ce soit le bureau, le secrétaire ou les tables, était tout aussi encombrée.

C'est alors qu'il vit l'endroit idéal pour cette horloge : juste au-dessus du pot de fleurs en forme de Shmoo… Où il n'avait encore rien planté.

Il se préparait à chercher son marteau lorsque le téléphone sonna à nouveau. P'pa, tu ne veux pas me laisser tranquille, ne serait-ce qu'un instant ?

Mais ce n'était pas son père.

— Jack ? C'est Gia. Tu es là ?

Sa voix avait un ton inhabituel qui ne lui dit rien qui vaille. Il s'empressa de décrocher.

— Pour toi, toujours. Qu'y a-t-il ?

— J'attends un taxi. Je voulais juste m'assurer que tu étais chez toi.

— Tu as des ennuis ?

— Je te raconterai en arrivant.

Clic.

Jack replaça lentement le combiné sur son support. Pas de doutes, Gia n'était pas dans son état normal. Elle semblait… En colère. Que pouvait-il bien se passer ? Pourvu qu'il ne soit rien arrivé à Vicky ! Mais si c'était le cas, elle le lui aurait dit tout de go.

Eh bien, il ne tarderait pas à le savoir. À cette heure, le trajet du Village au Upper West Side ne devrait pas lui prendre trop longtemps. Mais quelles que soient les circonstances, c'était toujours un plaisir de la voir débarquer, même au débotté.

Il se mit à réfléchir à leur relation assez houleuse. Lorsqu'elle avait découvert comment il gagnait sa vie – ou du moins l'image qu'elle s'en faisait –, Gia l'avait totalement rejeté. Elle en avait conclu qu'il n'était qu'une sorte de tueur à gages, ce qui était loin d'être le cas. Elle put s'en faire une idée plus conforme à la réalité lorsqu'il dut se servir de ses talents pour sauver sa fille Vicky, mais malgré cela, elle n'arrivait toujours pas à s'y faire.

Mais au moins, elle lui était revenue. Sans elle, sans Vicky, Jack n'osait imaginer ce qu'il deviendrait.

Un peu plus tard, il entendit claquer ses pas sur les escaliers menant à son appartement du troisième étage. Il tourna le bouton qui actionnait les quatre verrous à la fois et lui ouvrit sa porte.

En voyant Gia sur le seuil, il ressentit ce drôle de pincement au plus profond de lui, cette chaleur qui l'envahissait à chaque fois qu'il la voyait. Ses cheveux blonds coupés court, sa peau parfaite, ses yeux bleus… Jack aurait pu rester là pendant des heures rien qu'à la contempler.

Mais ses traits étaient tirés, son teint habituellement lisse semblait marqué, et il lut dans ses yeux une douleur telle qu'il en frémit.

— Gia, dit-il en la faisant entrer, qu'y a-t-il ?

Puis, soudain, elle fut dans ses bras et se cramponna à lui tout en laissant échapper un flot de paroles où il était question de jouets de Noël qu'on aurait dérobés aux enfants victimes du sida. Lorsqu'elle eut fini sa tirade, elle se mit à sangloter.

— Doucement, doucement, fit Jack en la serrant plus étroitement encore. C'est fini.

Il savait que Gia n'était pas du genre à se donner en spectacle. C'était certes une Italienne, mais du Nord – le sang qui coulait dans ses veines devait être majoritairement suisse. Pour qu'elle se mette dans de tels états… il fallait qu'elle souffre le martyre.

— C'est que… Comment peut-on être aussi insensible ? fit-elle en reniflant. Il faut vraiment avoir une pierre à la place du cœur. Et comment peut-on garder son calme en entendant une histoire pareille ?

Aïe.

— Je sais que tu es en colère, Gia, et tu as de bonnes raisons pour cela. Mais c'est inutile de te défouler sur moi. Je ne suis pas coupable.

— Je sais, je sais… Mais tu n'es jamais allé là-bas. Tu n'as jamais vu ces enfants. Tu ne les as jamais pris dans tes bras. Ils n'ont plus rien, Jack. Ils n'ont pas de parents, pas d'avenir. Nous avons amassé des jouets pour qu'ils passent un bon, un *vrai* Noël – parce que, pour beaucoup d'entre eux, ce sera leur dernier. Et maintenant…

Elle se remit à sangloter.

C'était terrible. Il devait dire quelque chose, faire quelque chose, n'importe quoi qui puisse la remonter.

— Sais-tu ce en quoi consistaient exactement ces cadeaux ? Je veux dire, est-ce que tu as une liste ou quelque chose comme ça ? En ce cas, tu n'as qu'à me la donner et je remplacerai…

Elle se recula pour le regarder.

— Il s'agissait de dons, Jack. La plupart d'entre eux étaient déjà emballés, tout prêts à mettre sous le sapin. Il est impossible de les remplacer. Donc, il faut les *retrouver*. Tu comprends ?

— Oui… Et non.

— Quelqu'un doit mettre la main sur ceux qui ont fait ça et leur donner une bonne leçon… Faire un exemple. Aux yeux de tous. Tu vois ce que je veux dire ?

Jack réprima un sourire.

— Je crois, oui. Comme ça, le prochain minable qui voudra tenter un coup pareil y regardera à deux fois, ou même trois, avant de passer à l'acte.

— Tout à fait. C'est *exactement* ça.

Feignant l'innocence – et tentant toujours de ne pas sourire –, il ajouta :

— Et, hum, d'après toi, qui serait à même de donner un tel exemple ?

— Tu le sais très bien, répondit-elle en le regardant droit dans les yeux.

— *Moi ?* (Là, il ne put s'empêcher de sourire.) Je croyais que tu désapprouvais ce genre d'activités…

— En effet. Et je ne changerai pas d'avis. Mais rien que pour cette fois…

— … Tu pourras t'en accommoder.

— Oui. (Elle se retourna et croisa les bras.) Mais rien que cette fois.

Elle se mit à faire les cent pas dans le salon en passant ses doigts sur l'armoire de chêne, puis le bureau où était posé son ordinateur…

— Mais, Gia…

— Suffit ! coupa-t-elle en levant les mains en l'air. Je sais ce que tu vas me dire. Je t'en prie, ne commence pas à me reprocher mon inconstance morale ou philosophique ou Dieu sait quoi. Je sais que je refuse de t'épouser à cause de ton travail alors que je suis la première à t'appeler à la rescousse lorsqu'il se présente un problème que tu peux résoudre en employant tes propres méthodes. Je me suis torturé la cervelle toute la matinée pour savoir si je devais ne serait-ce que t'en parler. Même lorsque j'étais dans le taxi qui m'amenait chez toi, j'ai failli lui dire de tourner dans la Cinquante-Neuvième et tout laisser tomber…

— Oh, super, fit-il, blessé. Pourtant, tu devrais savoir que tu es toujours la bienvenue et que tu peux me demander tout ce que tu veux.

Elle cessa de tourner comme un lion en cage et le regarda.

— Tu m'as très bien compris. Combien de fois t'ai-je reproché d'être ce « Jack le Réparateur » ?

— Oh, pas plus d'un million de fois.

Trois millions seraient plus exact, mais à ce stade-là, ce n'était pas un ou deux qui feraient la différence.

— Exact. Et que c'est un jeu stupide, violent et dangereux, et que tout ce que tu as à y gagner, c'est de te faire descendre ou de finir le reste de tes jours en prison. Et je n'ai toujours pas changé d'avis. Alors tu imagines ce que cela m'en coûte de venir ici pour te demander de tout arranger ?

— D'accord, dit-il, je n'en parlerai plus.

— Pas maintenant, mais plus tard, si.

Jack leva deux doigts en V.

— Non. Parole de scout.

— Il faut trois doigts pour cela, non ?

— Peu importe. Je te le promets. Viens, ajouta-t-il en lui tendant la main.

Elle la prit, et il l'attira sur ses genoux. Elle était légère comme une plume, ainsi assise sur ses cuisses, et ils échangèrent un baiser – pas très long, mais qui suffit à lui échauffer le sang.

— Voilà qui est mieux. Bon, maintenant, venons-en aux faits. Qui est mon employeur ?

— J'en ai discuté avec le Dr Clayton, la directrice du Centre…

Jack se crispa intérieurement.

— Tu lui as dit que tu me connaissais ?

Il le lui avait déjà bien recommandé de ne jamais parler de lui à qui que ce soit. *Pas même ta meilleure amie !* Ces dernières années, il s'était fait bien trop d'ennemis. Et si l'un d'entre eux se mettait en tête de se venger sur Gia… Ou Vicky…

Il frissonna.

— Non, répondit-elle. Je lui ai dit que je connaissais *quelqu'un* qui pourrait peut-être retrouver les jouets. Je n'ai pas mentionné de nom. J'ai juste dit que je te contacterais pour voir si tu étais disponible.

— Voilà qui est mieux, fit Jack, soudain plus détendu.

Néanmoins, s'il s'engageait dans cette histoire, il devrait forcément laisser une trace de son passage – ne serait-ce que dans l'esprit du Dr Clayton – et il en resterait un lien entre Gia et un type du nom de « Jack » qui était capable de redresser les pires situations. Il n'y avait là rien de bien méchant, mais tout de même…

— Alors ? demanda-t-elle.

— Alors quoi ?

— Es-tu disponible ?

— Je ne sais pas.
— Comment ça ?
— Eh bien, cela dépend. Le Centre ne peut pas m'embaucher formellement, vu que je ne travaille pas pour des entreprises légales. Ils doivent tenir une comptabilité rigoureuse, et je n'accepte pas les chèques.
En fait, il n'avait même pas de numéro de sécurité sociale.
— Ne t'en fais pas. C'est moi qui te paierai.
— Ben voyons ! Parce que tu crois vraiment que je vais te piquer ton argent !
— Non, Jack, c'est très sérieux. C'est moi qui ai eu cette idée. C'est ce que je veux. Quels sont tes tarifs habituels ?
— Laisse tomber.
— Je suis très sérieuse. Allez, lâche le morceau.
— Je ne suis pas dans tes tarifs.
— Et si je te le demande gentiment ?
— Bon, bon, d'accord.
Et il lui dit la vérité. Elle ouvrit des yeux ronds :
— Tu es vraiment si cher ?
— Eh bien, comme tu l'as dit toi-même, « c'est stupide, violent et dangereux et si je ne me fais pas tuer, je finirai mes jours en prison. » Donc, mes tarifs sont calculés en conséquence. (Il l'embrassa avant d'ajouter :) Et crois-moi, je le vaux jusqu'au dernier centime.
— Je n'en doute pas. C'est bon, marché conclu.
— Pas question. Je te dis que je ne veux pas de ton argent.
— Mais tu m'as toujours affirmé que tu refusais de travailler pour rien, que c'était contraire à ta religion ou quelque chose comme ça.
— C'est juste un principe. Mais avant de penser à un quelconque règlement, il vaut mieux voir si je suis capable d'arranger ça.
— Cela me semble correct. (Elle se tourna vers l'écran de télévision.) J'ai l'impression de connaître cet acteur.
— C'est Dwight Frye. Tu l'as déjà vu.

— Dans *Dracula*, non ? Il joue ce type qui n'arrête pas de dévorer des mouches ?

— Jusqu'à ce qu'il passe à de « grosses araignées bien juteuses ». Oui, c'était bien lui qui interprétait Renfield.

Gia enfouit son visage dans son épaule.

— Et le pire, c'est que je m'en souviens ! Cela fait trop longtemps que je traîne avec toi.

— Et tu fais ton éducation au passage. Bon… en attendant, où puis-je voir ce Dr Clayton ?

— A son bureau.

— Quand ça ?

— A quatre heures cet après-midi.

— Comment sais-tu qu'elle y sera ?

Elle eut ce sourire qui lui était si particulier :

— Parce que tu as rendez-vous avec elle à cette heure précise.

— Tu étais déjà persuadée que j'accepterais ? fit Jack en riant.

— Bien sûr. Et je serai là pour vous présenter l'un à l'autre, et Vicky aussi.

Il fronça les sourcils :

— Est-ce vraiment une bonne idée ?

— De te présenter ?

— Non, d'amener Vicky là-bas.

— Tu rigoles ? Elle adore cet endroit et ces gamins.

— Oui, mais… Ils ont le sida.

— Non, ils sont séropositifs. Il y a une énorme différence. Et ce n'est pas en prenant un bébé dans tes bras que tu attraperas le virus. Combien de fois faudra-t-il que je te le dise ?

— C'est déjà fait. Mais…

— Tu comprendras lorsque tu seras là-bas. À quatre heures. Je peux compter sur toi ?

— Tu le peux.

Ils s'embrassèrent, mais Jack sentit descendre un frisson le long de son échine. Il n'y avait pas grand-chose qui puisse lui faire peur, mais le virus HIV était au sommet de la liste.

4

Jack préféra se rendre à pied à son rendez-vous sur Amsterdam Avenue.

Après un ralentissement à la fin des années 80 et au début des années 90, le quartier de l'Upper West Side essayait à nouveau d'attirer une clientèle plus huppée. On ravalait en masse ces bâtiments de brique qui avaient fait sa réputation, on créait de nouveaux immeubles résidentiels et, bien sûr, les restaurants tentaient de suivre le mouvement. Dans quelques heures, les rues se peupleraient de jeunes cadres dynamiques et de couples branchés qui inonderaient les bistros à la Française et les trattorias pour célébrer la fin d'une semaine bien remplie à jouer avec l'argent des autres.

Des yuppies, comme on disait. Pris individuellement, Jack n'avait rien à leur reprocher. Bien sûr, leur course perpétuelle à la consommation et leur recherche incessante du moindre mouvement à la mode faisait d'eux des pantins sans la moindre profondeur. Plus grave, lorsqu'ils envahissaient en masse un quartier, celui-ci perdait vite tout son cachet, tout son pittoresque pour ne laisser qu'une coque vide et aseptisée. Mais en fin de compte, ils ne faisaient de mal à personne. Du moins la majorité d'entre eux.

Jack consulta sa montre. Bientôt trois heures. Abe ne demanderait certainement pas mieux que d'avancer son quatre heures. Il fit un saut chez Nick's Nook, une petite épicerie à l'ancienne – ce qui était de plus en plus rare – pour acheter le nécessaire.

Arrêt suivant : le magasin d'articles de sport *Isher Sports Shop*. La grille de métal était levée, exposant une vitrine presque opaque. Devant la boutique, des étals exposaient tout un fatras de pancartes en carton décolorées, de ballons de foot poussiéreux, de balles de tennis, de paniers de basket, de Rollers et toutes sortes d'accessoires de loisirs exposés à la lumière du soleil.

Le même désordre régnait de l'autre côté de la porte. Des vélos pendaient du plafond et, en cherchant un peu, on trouvait des bancs d'haltérophilie mêlés à des ustensiles de plongée, le tout coincé entre des étagères ployant sous le poids des marchandises qui y étaient entassées.

Lorsque Jack entra dans la boutique, Abe en finissait justement avec un client – ou plutôt le client en finissait avec lui.

Abe était plus proche de la soixantaine que de la cinquantaine et il pesait plus de cent kilos, ce qui n'aurait pas été si grave s'il ne mesurait pas un mètre soixante-dix à tout casser. Il portait son uniforme habituel – un pantalon noir et une chemisette blanche. Lui habituellement si jovial fronçait les sourcils d'un air mécontent. Depuis que ses cheveux avaient battu en retraite, désertant le haut de son crâne, son visage de lune semblait encore plus rond.

— Des hameçons ? disait-il. Pourquoi voulez-vous acheter des hameçons ? Mettez-vous à la place de ce malheureux poisson lorsque ce crochet lui transperce la lèvre ! Et ces pointes ? Pas moyen de les retirer sans tout arracher. Ravager ainsi un palais si tendre, quelle horreur ! Tenez : allez donc vous planter un hameçon dans la lèvre et revenez me dire ce que cela fait.

Le client, un type d'une trentaine d'années vêtu d'un Izod défraîchi, le regardait d'un air incrédule. Il s'apprêta à répliquer, se retint, puis fit une nouvelle tentative.

— Vous vous payez ma tête, c'est ça ?

Abe se pencha sur le comptoir, du moins tant que son ample bedaine le lui permettait, et dit d'un ton paternaliste :

— Simple question d'éthique, fiston. Accrocher un appât à son hameçon, ou même utiliser un de ces machins qui tournent tout seuls pour faire venir le poisson, ce n'est pas réglo. Penses-y. Tu déguises ce vilain crochet pour que le poisson y voie quelque chose de bon à manger. La première carpe venue croit tenir son déjeuner, et paf ! Elle se retrouve au bout d'une ligne. Tu trouves ça juste ? Tu crois vraiment qu'il y a de quoi être fier ? (Il se redressa et fixa le client de ses yeux d'un brun foncé.) Ainsi, je devrais être le complice d'un soi-disant sport basé sur la duplicité et la trahison ? Non, merci !

— Vous êtes sérieux ! fit le jeune type en reculant vers la sortie. Vous y croyez vraiment !

— Parce que j'ai l'air d'un comédien ? insista Abe. Vous vous croyez à un concours d'improvisation, peut-être ? Non. Je vends des affaires de sport. De *sport*. Pour moi, cela veut dire quelque chose. Un filet, oui. Attendre le poisson et le choper dans un filet, ça, c'est du sport. Le plus rapide gagne. Je peux vous vendre un filet, si vous voulez. Mais des hameçons, jamais de la vie. Pas de ça chez moi.

Le type tourna les talons et se dirigea vers la porte.

— N'entrez pas là-dedans ! fit-il en passant à hauteur de Jack. Ce vieux croûton est complètement cinglé !

— Vraiment ? renchérit Jack. Qu'est-ce qui vous fait dire ça ?

Jack entendit claquer la porte derrière lui alors qu'il s'approchait du comptoir. Abe avait repris sa position préférée : perché comme un crapaud sur le grand tabouret où il passait l'essentiel de ses journées. Il resta là, les mains posées sur ses cuisses, tel un Humpty-Dumpty vieillissant.

Jack posa son offrande sur le comptoir.

— Des *brownies* de chez Entenmann's ? fit Abe en sautant au bas de son tabouret. Jack, il ne fallait pas !

— Je me suis dit qu'à cette heure, ton estomac devait commencer à gargouiller.

— Non, vraiment, tu n'aurais pas dû. Tu sais, mon régime…

— Ceux-ci sont allégés.

Abe toucha du doigt l'autocollant qui confirmait l'allégation de Jack et eut un sourire d'ogre.

— C'est ma foi vrai. Eh bien, en ce cas, rien qu'une bouchée.

Il ouvrit la boîte de ses doigts potelés, mais d'une surprenante agilité. Il tira un couteau et découpa une énorme portion, qu'il enfourna sans autre forme de procès.

— Mmmmm, fit-il en fermant les yeux. Et dire que c'est de l'allégé ! Dommage que le nombre de calories reste le même. (Il pointa son couteau vers Jack.) Tu en veux un bout ?

— Non. J'ai déjeuné tard.

— Tu devrais. Tu m'amènes toutes sortes de friandises, mais tu n'en prends jamais.

— C'est normal : elles sont pour toi. Alors profites-en.

Abe obéit en se coupant immédiatement un autre morceau.

— Où est Parabellum ?

— Il dort, fit Abe sans cesser de mastiquer.

Un beau matin, Abe s'était acheté un petit perroquet bleu. Jack n'avait jamais vraiment compris ce qui lui était passé par la tête ce jour-là, mais depuis, Abe traitait l'oiseau avec un amour quasiment paternel.

— De toute façon, il n'aime pas le chocolat.

Abe s'essuya ses mains sur sa chemise, quitte à rajouter des traces brunes aux maculages jaunes qui évoquaient de la moutarde, avant d'ajouter :

— Hé, tu veux assister à une démonstration de volonté ? Eh bien regarde !

Il referma la boîte et la repoussa à l'autre bout du comptoir.

— Très impressionnant, fit Jack. C'est bien la première fois que je te vois faire ça.

— Tu vas voir, en un rien de temps, je vais devenir aussi mince que toi.

Il trouva une miette posée sur le comptoir et la fourra dans sa bouche, puis jeta un regard concupiscent en direction de la boîte.

— Voui, m'sieur. Tu vas voir.

Par un effort de volonté dont Jack pouvait apprécier l'ampleur, Abe se détacha du comptoir et haussa les épaules.

— *Nu* ?

— J'ai besoin de quelques petits trucs.

— Allons-y.

Abe ferma la porte et retourna la pancarte « Parti déjeuner », puis se rendit au milieu des allées juste assez larges pour lui laisser le passage. Jack le suivit à l'arrière de la boutique et au bas des escaliers menant au sous-sol. Le panneau de néon qui surplombait les degrés de pierre clignotait sans parvenir à s'allumer pour de bon.

— Ton enseigne a l'air mal en point, Abe.

— Je sais, mais j'ai la flemme de la faire réparer. Cela me prendrait trop de temps.

Il appuya sur l'interrupteur, et la mini-armurerie qui occupait le sous-sol s'illumina. Abe alla rajuster un pistolet ou un fusil accroché au mur, puis remit en ordre les boîtes de munitions alignées sur les étagères. Contrairement à l'étage supérieur, là en bas, tout était nickel.

— Tu veux refaire tes réserves ou tu veux du nouveau ? demanda Abe.

— Du nouveau. J'ai besoins de gants lestés.

— Tu as perdu la paire que tu m'avais achetée ?

— Non, mais ceux dont j'ai besoin doivent être blancs.

Abe haussa les sourcils.

— Des gants blancs ? Je ne sais pas si ça existe. Noir ou brun, ça oui, mais blanc…

— Regarde si tu peux m'en trouver.

— Je dois donc chercher des gants de cuir blancs avec cinq cents grammes d'acier à l'emplacement des phalanges ? Tu ne les veux pas en taille 12 ans, en prime ?

— Non, c'est pour moi. Ils doivent passer inaperçus, que je puisse les porter avec des vêtements de tous les jours.

Abe eut un grand soupir.

— Et tu les voudrais pour quand ?

— Ce soir si possible, demain matin au plus tard. Et si tu entends parler de quelqu'un qui brade tout un lot de cadeaux de Noël pour gamins... Sans doute déjà empaquetés... Tu me le signales. J'ai déjà mis Julio au parfum. Si tu tombes dessus, dis au gars que tu connais un acheteur potentiel. Quelqu'un qui lui prendrait tout son stock.

Abe ne cacha pas sa curiosité.

— Dans quoi t'es-tu fourré cette fois-ci, Jack ?

— Quelque chose qui ne devrait pas être de mon ressort. Mais pour ça, apparemment, je vais devoir faire une bêtise.

Abe le fixa avec des yeux ronds. Jack savait qu'il aurait bien voulu évaluer la gravité de la bêtise en question. Mais il ne lui posa aucune question : il savait que, lorsqu'il en aurait terminé, Jack lui raconterait toute l'histoire.

Jack regarda autour de lui et repéra quelque chose qui pendait à un crochet. Et qui lui donna une idée.

— Tu sais, j'aurai peut-être besoin d'encore autre chose...

5

Jack prit la ligne A jusqu'au centre-ville et émergea dans ce bazar du tiers-monde qu'était là Quatorzième Rue. Il se fraya un chemin au milieu des Dominicains en dreadlocks, des Sikhs portant turban, des Hindous en sari, des Coréens en costume, des Pakistanais, des Portoricains, des Jamaïcains et parfois un Européen en goguette. Toute cette foule se massait sur des trottoirs flanqués de pancartes rédigées en une demi-douzaine de langues.

Il arriva en avance à l'adresse que Gia lui avait donnée, sur la Septième Avenue. Seul un petit écriteau sur la porte indiquait la véritable nature de ce bâtiment des plus anodins.

Il aurait pu s'épargner cette rencontre de venir et se mettre immédiatement en quête des jouets, mais il voulait inspecter l'endroit du vol. Il pourrait peut-être trouver un indice quelconque.

— J'ai rendez-vous à quatre heures avec le Dr Clayton, dit-il à la jeune Noire mince et jolie qui tenait la réception.

Son badge disait tout simplement : *Tiffany*.

— Votre nom, monsieur ?

— Jack.

— Jack comment ?

Il voulut lui répondre « Jack tout court », mais elle lui opposerait d'autres questions auxquelles il refuserait de répondre. Du coup, elle risquait de se souvenir de ce client inhabituel. Il préférait s'effacer de sa mémoire sans laisser de traces.

Il sourit et chercha un nom commençant par « N ». La dernière fois, il avait utilisé celui de « Meyers », et comme il aimait procéder par ordre alphabétique…

— Niedermeyer. Jack Niedermeyer.

— Très bien, monsieur Niedermeyer. Pour l'instant, le Dr Clayton est encore en rendez-vous. Un journaliste. La nuit dernière, on a cambriolé le centre, vous savez.

— Vraiment ? Qu'ont-ils emporté ?

— Tous les jouets de Noël qu'on nous avait donnés.

— Vous voulez rire ?

— C'est la vérité. La police est sur le coup. Je trouve qu'ils devraient – oh, voilà le Dr Clayton. Elle a l'air d'avoir terminé.

Jack vit une brune élancée en blouse blanche qui escortait un type qui ressemblait davantage à un coursier qu'à un journaliste. Elle l'escorta jusqu'à la porte, puis examina la rue comme si elle cherchait quelque chose, bien qu'il ne puisse dire quoi. En tout cas, lorsqu'elle se tourna vers Jack, elle ne semblait pas l'avoir trouvé. Ou peut-être que si. En tout cas, elle n'avait pas l'air très contente.

— Docteur Clayton, je vous présente votre rendez-vous de quatre heures : Monsieur Niedermeyer.

De près, le Dr Alicia Clayton était plus jolie, mais restait… quelconque. Ses traits étaient agréables et anguleux – un nez délicat, des lèvres minces, ni trop fines, ni trop pleines, et des yeux gris bleu. Ses cheveux coiffés en bob impeccable au ras de la nuque étaient d'un noir de jais – non pas teints, comme les gamins adoptant le style gothique, mais d'un vrai noir brillant et luxurieux.

Et pas de maquillage. Lorsque quelqu'un soigne si bien ses cheveux, on pourrait croire qu'il veut mettre en valeur le reste de son apparence. Mais apparemment pas le Dr Clayton.

En tout cas, cette absence de maquillage lui donnait l'air fraîche et propre, ce qui, pour un docteur, devait être un atout.

Mais ses yeux… Elle avait quelque chose à cacher. De la peur ? De la colère ? Ou un peu des deux ?

Elle lui tendit la main d'un geste brusque.

— Bienvenue, monsieur Niedermeyer.

Sa poignée était ferme.

— Appelez-moi Jack.

— Je présume que vous voulez voir la scène du crime ?

— J'allais vous le proposer.

Elle ne perdait pas de temps. On n'était pas là pour rigoler. Cette demoiselle commençait à lui plaire.

Le Centre n'était pas tel qu'il l'aurait imaginé. Les couloirs étaient peints de couleurs vives, de joyeux dégradés de jaune et d'orange.

— Vous êtes pédiatre ? demanda-t-il en chemin.

— En effet, acquiesça-t-elle. Spécialiste en maladies infectieuses.

— Ma sœur est pédiatre.

— Vraiment ? Où exerce-t-elle ?

Intérieurement, Jack se botta le derrière. Pourquoi avait-il dit ça ? Il avait presque oublié l'existence de sa sœur, la doctoresse. Et de son frère, le juge. Peut-être était-ce le coup de fil de son père qui avait réveillé le passé ?

— Je ne sais pas. Nous ne sommes pas vraiment proches.

Le Dr Clayton lui jeta un drôle de regard.

Ben voyons, se dit-il. Tu parles d'une excuse. Mais il valait mieux que personne ne puisse établir le moindre lien entre lui et sa sœur.

Alors qu'ils passaient devant des portes ouvertes, il jeta un coup d'œil à l'intérieur et vit des salles débordant de bébés qui jouaient et couraient partout en riant aux éclats. Ils n'avaient pas l'air malades.

— C'est la garderie, expliqua le Dr Clayton. C'est là que les enfants séropositifs peuvent jouer avec d'autres séropositifs sans que personne ne s'inquiète des risques de contamination.

Un petit garçon passa une porte en courant et glissa sur le linoléum pour s'arrêter devant eux.

— Docteur Alicia ! s'écria-t-il. 'Gardez mes cheveux ! J'ai une brosse !

— Très joli, Hector. Mais tu sais que tu ne dois pas quitter la salle de jeux.

Hector semblait avoir quatre ans et pesait une quinzaine de kilos à tout casser. Ses cheveux brun clair coupé à ras étaient de la même couleur que sa peau. Il avait l'air bien pâle sous sa pigmentation, mais il arborait un grand sourire.

— Touchez ! J'ai une brosse !

Une femme plutôt massive vêtue d'une robe à fleurs apparut à la porte de la salle de jeux. Elle semblait la boucher entièrement.

— Allez, Hector. C'est ton tour de jouer avec la boîte à lumière.

— Nan ! J'veux que le Dr Alicia sente ma brosse !

— Depuis qu'il s'est fait tondre les cheveux, dit la femme, il nous soûle avec sa coupe.

Le Dr Clayton passa sa main sur le crâne presque rasé du gamin.

— C'est bon, Hector, je viendrai voir ta nouvelle coupe, mais ensuite, tu...

Son sourire se fana. Elle posa sa main sur son front.

— Tu n'es pas un peu trop chaud ?

— Il ne cesse de courir partout comme un dératé en criant : « Touche ma brosse ! Touche ma brosse ! » À force, c'est normal qu'il soit brûlant !

— C'est possible, Gladys. Mais tu me l'amèneras dans mon bureau avant qu'il ne rentre chez lui, d'accord ?

Hector sauta devant Jack et lui présenta sa tête.

— Touche ma brosse, m'sieur !

Jack hésita. Hector était un petit gars plutôt sympathique, mais aussi un petit gars séropositif.

— Allez, m'sieur !

Jack frotta brièvement ses cheveux. Il se reprocha lui-même la rapidité avec laquelle il retira sa main.

— C'est dingue, hein ?

— Complètement dingue, convint Jack.

Gladys ramena Hector dans la salle de jeux ; ils passèrent à la section suivante, qui était loin d'être aussi engageante. Jack regarda par une fenêtre et vit une pièce remplie de gamins reliés à des intraveineuses.

— C'est la clinique proprement dite. Ces gamins sont en thérapie. On les intube, on note leurs progrès et on les renvoie chez eux.

Puis vint une grande vitre de verre dépoli qui s'élevait de la hauteur de sa taille jusqu'au plafond.

— C'est là que nous rassemblons les enfants sans

abri ou abandonnés, dit Alicia. Des volontaires se chargent de les bercer et de les dorloter. Les bébés du crack ont un *grand* besoin de réconfort.

De l'autre côté de la vitre, Jack remarqua Gia qui tenait un bébé dans ses bras, mais il ne s'arrêta pas. Il ne voulait pas qu'elle le voie.

— Vous faites pas mal de choses ici, dit-il.

— Oui, nous avons dû évoluer pour devenir à la fois une clinique, une nurserie, une garderie et un orphelinat.

— Tout ça à cause d'un simple virus.

— Mais nous avons à lutter contre bien d'autres choses. La plupart de ces enfants ne sont pas nés que séropositifs – si l'on peut dire, vu les circonstances – mais aussi accros au crack ou à l'héroïne. Ils arrivent en ce monde comme tous les autres, en protestant bruyamment de se voir expulsés de cette matrice bien douillette, mais lorsqu'ils ressentent les effets du manque, ils ont de bonnes raisons de hurler de plus belle.

— Une double malédiction, dit Jack.

Pauvres gosses.

— Oui. Il y a des parents qui lèguent leur héritage à leurs enfants, d'autres leur laissent des cicatrices intérieures ; ces bébés sont condamnés à mort dès leur naissance.

Jack sentit une note personnelle dans cette dernière phrase, mais ne sut ce qu'il fallait y lire.

— Le terme de « condamnés à mort » est peut-être excessif. Maintenant, nous pouvons faire beaucoup pour ces enfants. Le taux de survie ne cesse de monter, et pourtant… Lorsqu'ils ont dépassé le manque, qu'ils sont désintoxiqués, il leur reste les effets secondaires de l'addiction. Le crack et l'héroïne ravagent une partie du système nerveux. Je ne vais pas vous faire une leçon sur les récepteurs de dopamine, mais le résultat est le même : ils ont quelques circuits grillés dans les zones activant le plaisir. Du coup, nos chers bébés du crack sont constamment nerveux et irritables et ne peuvent trouver du réconfort dans les choses toutes simples qui suffisent à calmer les enfants normaux. Donc, ils pleurent. Sans cesse. Jusqu'à ce que leurs camées de mères, celles à qui ils doivent leur condition, ne leur tapent dessus pour les faire taire.

Jack comprit qu'elle devait tenir ce même discours à tous les visiteurs, mais il aurait bien voulu qu'elle s'en tienne là. Il commençait à avoir envie de taper sur quelqu'un.

— Les plus chanceux (elle s'éclaircit bruyamment la gorge :) – si on peut employer ce mot pour parler d'un bébé drogué et séropositif – finissent chez nous.

Elle s'arrêta devant une porte dépourvue de fenêtre.

— Voilà l'entrepôt où étaient remisés les jouets.

Elle lui montra une salle déserte, à part quelques rouleaux de scotch et du papier-cadeau.

— C'est dans ce papier qu'ils étaient emballés ? demanda-t-il en enregistrant son dessin.

— Pas tous, mais une majorité.

Il ouvrit la porte qui donnait sur la ruelle et l'examina. Il était facile de comprendre comment les cambrioleurs avaient procédé. L'embrasure de la porte et sa serrure portaient la marque d'une barre à mines. Vu la profondeur des bosses, celui qui avait fait ça avait toute la subtilité d'un orang-outang.

Il vit le Dr Clayton frissonner dans le courant d'air froid. Elle frotta les manches de sa blouse blanche. Le tissu était très mince et ne risquait pas de lui tenir chaud.

— Comment comptez-vous procéder ? demanda-t-elle alors qu'il refermait la porte.

— Pas ici. Pouvons-nous passer dans votre bureau ?

— Suivez-moi.

En chemin, le Dr Clayton s'arrêta devant la porte principale et scruta la rue du regard. Il la vit se raidir, comme si elle avait vu quelque chose qui l'avait effrayée.

6

Cela faisait une bonne heure que Sam Baker avait entamé son tour de surveillance et depuis il était resté assis dans la voiture, à tester sa mémoire et vérifier l'ordonnance de ses cheveux dans le rétroviseur intérieur.

Et il avait horreur de se regarder dans un miroir. À le voir si préoccupé, toujours à rectifier son ordonnance, on aurait pu le prendre pour une tapette. Mais bon sang, ce n'était pas sa faute si ses cheveux blonds viraient au gris bien plus vite qu'il ne l'aurait voulu. Et en plus, ils ne cessaient de battre en retraite sur son front. Il n'avait que quarante-six ans, et il pouvait voir son cuir qui n'avait plus rien de chevelu. Si cela continuait, il serait chauve avant d'avoir atteint sa cinquantième année.

Baker leva les yeux et vit quelqu'un qui le regardait à travers la porte du centre des sidéens. Il y regarda de plus près et, lorsqu'il reconnut cette femme, cette Clayton, résista à l'envie de plonger sous son siège. Pas de problèmes. Elle pouvait voir la voiture, mais pas l'intérieur.

Au moins, il était sûr qu'elle était toujours là.

Lui-même se fichait pas mal de ce que pouvait bien faire cette espèce de chtarbée. Mais l'enturbanné qui le payait pour la surveiller, lui, s'en inquiétait. Sinon, Baker ne serait pas là. Il…

Son téléphone cellulaire se mit à sonner. Baker s'en empara et appuya sur le bouton SEND.

— Ouais ?

— C'est moi.

Merde. Baker croyait qu'il s'agissait d'un de ses hommes. Mais non, c'était le grand Mamamouchi en personne : Kemel Muhallal.

— Oui, m'sieur ?

— Je viens m'enquérir du statut actuel de la personne qui nous intéresse tous les deux.

— Pardon ?

— Cette femme. Où est-elle ?

— A son travail.

Baker ne voulait pas entrer dans les détails. Pas sur un téléphone cellulaire.

— Elle n'a pas encore cherché un autre avocat ?

— Non.

— Si elle en contacte un autre, je ne veux pas qu'il subisse le même sort que le précédent.

— C'est bon, fit Baker, nous en avons déjà parlé. Et je vous ai donné la même réponse. Faites-moi confiance : tout ira comme sur des roulettes.

Sa dernière initiative lui avait valu de se faire remonter les bretelles dans les grandes largeurs. Bon sang, après avoir effacé cet avocat de merde, il pensait avoir droit à des félicitations. Mais non : Kemel le chamelier n'était pas content *du tout*. Car sa majesté ne voulait pas attirer l'attention des autorités. De plus, il avait demandé des comptes à Baker. Pourquoi avait-il agi ainsi sans autorisation ?

Ben, pourquoi pas ? se dit-il. Lorsqu'on embauche un ancien expert des Forces Spéciales, il faut s'attendre à ce qu'il fasse les choses à sa façon. Or il lui avait déjà demandé de poser une bombe – et une *grosse* – donc, lorsque ce chamelier fou lui avait dit que ce crétin de Weinstein faisait un peu trop de barouf à son goût, il devait forcément en conclure que son employeur voulait qu'il résolve le problème. Définitivement de préférence. Et c'est ce qu'il avait fait. De façon définitive, comme la dernière fois. Comme au Vietnam, lorsqu'il faisait encore partie des Forces Spéciales. C'est ainsi qu'il procédait depuis qu'il s'était fait mercenaire. Et jusque-là, personne ne s'était plaint.

Et il n'y avait pas de souci à se faire. Il avait pris la peine de déposer une dose de coke dans la voiture afin de détourner les recherches.

Et pourtant, Kemel était furax. Ce qui n'était pas bon signe. Cet Arabe avait du pognon à revendre, et Sam Baker voulait rester dans ses bonnes grâces. En fait, il aurait bien voulu forger un lien solide avec ce type et le suivre jusqu'en Arabie Saoudite. Parce que apparemment ces Saoudiens avaient grand besoin d'hommes comme Baker.

Sam se dit que si cette connasse renonçait à prendre un autre avocat et acceptait de céder cette baraque qui semblait intéresser le monde entier, il aurait réparé sa faute. En ce cas, il pourrait aller trouver Kemel et lui dire : Vous voyez ? J'ai bien fait de bousiller son avocat sous ses yeux. Je lui ai fichu une frousse de tous les diables, et elle a préféré arrêter les frais. Croyez-moi, je sais ce que je fais.

— Je vous ferai confiance lorsque vous obéirez aux ordres sans sourciller. Continuez de la surveiller et ne prenez plus d'autre initiative.

— Bien, capitaine. Dix-quatre, Roger Wilco, over. (Il coupa la communication et ajouta :) Connard !

Baker grinça des dents. Il était furax. Soudain, il décida qu'il était temps de vérifier sa mémoire immédiate, histoire de voir si le fait de parler avec ce marchand de chameaux l'avait déphasé ou non. Il ferma les yeux et récita mentalement le numéro de téléphone inscrit sur le néon du snack devant lui. Lorsqu'il les rouvrit, il put voir qu'il ne s'était pas trompé.

Parfait. Il était toujours sur la brèche. Il n'était pas près de finir comme sa mère.

Il jeta un coup d'œil à la porte du centre et vit Miss Clayton qui se glissait à l'intérieur.

Si Muhallal daignait lui dire ce qui se passait exactement, il pourrait mieux faire son travail. À ce stade, il savait que cette affaire comportait deux pôles : Alicia Clayton d'un côté et, de l'autre, son frère, Thomas Clayton – un type qui avait *vraiment* l'air d'avoir pété un plomb. Et leur père se situait entre les deux. Quant à savoir comment Kemel Muhallal s'était retrouvé impliqué là-dedans, alors ça… Mais une chose était claire : cette maison était la clé de l'affaire. Le frère d'Alicia voulait mettre la main dessus, et Kemel était prêt à cracher un max pour lui faciliter la tâche.

C'est pour ça qu'ils avaient embauché Baker et sa troupe : pour qu'il s'assure que la transaction se fasse dans ce sens. Quelqu'un devait monter la garde devant la maison, afin que personne n'y entre sans l'autorisation de Muhallal ou du frangin. De plus, il devait surveiller de près la sœurette, mais il ne devait pas la toucher, *sous aucun prétexte* – ils le lui avaient dit et répété jusqu'à la nausée – et, de même, il devait s'assurer que personne ne lui faisait le moindre mal.

C'est là qu'il perdait le fil de leur raisonnement. Si la sœur cassait sa pipe, n'était-ce pas le frère qui héritait de la maison ?

Mais l'Arabe et le frangin le laissaient dans le noir. Baker en concluait que cette maison devait contenir quelque chose, Dieu sait quoi, qui justifie le mal qu'ils se donnaient. Et ce mystérieux but devait être à la hauteur des efforts qu'ils déployaient, parce que apparemment ils étaient prêts à tout pour mettre la main dessus. Par contre, Baker n'avait pas la moindre idée de ce dont il s'agissait. À chacun ses secrets.

Pour l'instant, tout allait bien. Lorsque l'Arabe mettrait enfin la main sur la demeure, Baker lui-même toucherait un gros paquet. Bien sûr, il devrait partager le magot avec ceux qu'il avait embauchés, mais il lui resterait de quoi résoudre tous ses problèmes financiers et même pour engraisser un brin son plan d'épargne retraite qui, jusque-là, restait assez mince.

Mais avant la fin de cette mission, Baker comptait bien découvrir le fin mot de l'histoire. Ça, il n'en doutait pas un seul instant.

7

Alicia sentit monter un frisson le long de son échine. Elle regardait une voiture grise garée en double file de l'autre côté de la rue. Elle restait là, légèrement décalée par rapport à son point de vue, et son moteur tournait au ralenti.

Était-ce la même que ce matin ? Rien ne lui permettait de le dire. Peut-être que son conducteur attendait quelqu'un qui travaillait dans l'un des magasins flanquant le centre ? Mais comment pouvait-elle s'en assurer ? Entre la clarté du soleil et la réverbération des vitres teintées, elle ne pouvait même pas dire combien de personnes se trouvaient à l'intérieur.

Bon sang, elle commençait vraiment à avoir la frousse. Que pouvaient-ils bien attendre comme ça ? Une nouvelle explosion ?

Un frisson descendit le long de son échine. Elle avait demandé à Tiffany de vérifier toutes les lettres et tous les colis avant de les ouvrir, mais que ferait-elle si l'un des paquets ne comportait pas d'adresse de réexpédition ? Appeler les démineurs ? Heureusement, elle ne se retrouverait pas face à un tel dilemme : tout le courrier d'aujourd'hui provenait de leurs fournisseurs habituels.

Par un effort de volonté considérable, elle tourna les talons.

C'était la cinquième fois – ou était-ce la sixième ? – depuis son arrivée qu'elle effectuait ce même manège, et Tiffany commençait à la regarder d'une drôle de façon.

Elle mena Jack Neidermeyer à son bureau. Peut-être se laissait-elle emporter par son imagination. Pourquoi s'amuserait-on à la suivre ? Dans quel but ? Elle suivait chaque jour la même routine : le matin, elle quittait son appartement du Village pour gagner le Centre et faisait le trajet inverse le soir. Réglée comme une horloge.

Arrête de te monter la tête, se dit-elle. Tu vas finir

par perdre les pédales. Garde ton calme et vois ce que tu peux sauver de ce gâchis.

— Asseyez-vous, dit-elle alors qu'ils entraient dans son bureau.

Raymond fit un saut pour déposer quelques papiers. Elle présenta les deux hommes l'un à l'autre, mais sans expliquer la raison de sa présence.

Lorsque Raymond fut reparti, tous deux prirent un siège l'un en face de l'autre. Alicia put alors examiner un peu mieux ce type d'une trentaine d'années banal à pleurer, aux cheveux bruns, portant une chemise de flanelle à dominante rouge.

C'est *ça* qui va nous ramener nos jouets ? se dit Alicia. J'en doute. J'en doute fort.

— Alors, monsieur Niedermeyer…

— Appelez-moi Jack.

— Bien, Jack.

Et vous pouvez m'appeler docteur Clayton. Non. Elle ne lui dirait pas une chose pareille.

— Mlle DiLauro m'a dit que vous pourriez nous aider. C'est une amie à vous ?

— Pas vraiment. Un jour, j'ai fait quelques menus travaux pour elle. Je l'ai sortie d'une mauvaise passe.

— Quel genre de mauvaise passe ?

Il se pencha en avant :

— Pour l'instant, nous nous préoccupons avant tout de ces jouets disparus, n'est-ce pas ?

Alicia repéra une intensité nouvelle dans sa voix, bien qu'il ait tenté de le dissimuler. Y avait-il quelque chose de personnel entre ces deux-là ? Ou est-ce que, tout simplement, cela ne la regardait pas ?

Lorsqu'il se pencha en avant, il posa ses mains sur son bureau. Alicia remarqua avec étonnement la longueur de ses ongles. Ou plutôt, ceux de ses pouces. Ses mains étaient propres, les ongles soignés… Sauf aux pouces. Ces ongles-là dépassaient d'un bon centimètre. Elle aurait bien voulu lui demander une explication, mais comment aborder un tel sujet avec un minimum de tact ?

— Je ne voulais pas me mêler de ce qui ne me regarde pas, dit-elle. Je me demande juste pourquoi un homme seul serait à même de retrouver ces jouets plus vite que tout le Département de police de New York.

Jack haussa les épaules.

— D'abord, ce ne sera pas « tout » le Département. Plutôt un ou deux inspecteurs – si vous avez de la chance.

Alicia opina. Il avait raison.

— De plus, continua-t-il, je doute que vos voleurs soient de bons pères de famille cherchant à embellir le Noël de leurs propres enfants. Et à voir l'état de la porte, je doute même que ce soient des professionnels. Je verrais plutôt un coup rapide et improvisé, le genre de truc qu'on fait suivant l'inspiration du moment. Donc, ils n'ont pas encore de fourgue pour écouler leur butin, ce qui veut dire qu'ils doivent en chercher un. J'ai quelques contacts…

Il ne termina pas sa phrase. Quels contacts ? se demanda-t-elle. Des gens susceptibles d'acheter des cadeaux de Noël volés ? Était-il lui-même un criminel, à sa façon ?

Elle le regarda et découvrit que ses yeux bruns ne laissaient rien filtrer… absolument rien.

— Donc, vous « avez quelques contacts »… Qui, je présume, vous mèneront aux voleurs. Et ensuite ?

— Ensuite, je ferai en sorte qu'ils vous ramènent le tout.

— Et si vous n'arrivez pas à « faire en sorte » ? Vous appellerez la police ?

— Non, fit-il en secouant la tête. C'est une de mes conditions : aucun contact avec les officiels. Si la police retrouve les cadeaux, tout est bien qui finit bien. Si *je* les ramène, ce sera un don du ciel, un miracle de Noël. Vous ne saurez pas qui il faut remercier, mais que Dieu les bénisse. Vous ne m'avez jamais vu, vous n'avez jamais entendu parler de moi. De votre point de vue, je n'existe même pas.

Alicia se crispa. S'agissait-il d'une forme d'arnaque ? Il vole les cadeaux, puis les « retrouve » et demande une récompense.

Non. Gia DiLauro ne se mélangerait jamais avec quelqu'un comme ça. Ce matin, sa colère n'était pas feinte.

Mais cet homme, ce Jack... Il pouvait avoir entraîné Gia à son insu...

— Je vois, dit-elle. Et combien demandez-vous pour...

— Tout est arrangé.

— Je ne comprends pas. Est-ce que Gia...

— Ne vous inquiétez pas. Tout est arrangé.

— Il y a une récompense.

Des firmes et des individus l'avaient appelée pour lui proposer de créer un fonds spécial. L'argent récolté reviendrait à qui faciliterait l'arrestation des coupables. Le total ne cessait d'augmenter.

— Gardez-la. Pour les enfants.

Alicia se détendit. Bon. Pas d'arnaque possible.

— Par contre, il me faut un maximum d'informations concernant les cadeaux eux-mêmes – n'importe quel signe distinctif susceptible de me dire que je suis sur la bonne voie.

— Eh bien, pour commencer, ils sont tous dans des paquets-cadeau. Nous n'acceptons que les jouets ou les vêtements neufs, et les avons reçus sans emballage, bien sûr. Nous nous en sommes chargés au fur et à mesure. Vous avez vu le genre de papier que nous employons. À part ça, que dire ? Il y avait de tout, un bel assortiment...

Sa gorge se serra sous l'effet de la colère.

Et il n'en reste plus rien !

L'homme se leva et passa sa main par-dessus son bureau.

— Je vais voir ce que je peux faire.

Alicia prit la main tendue et la garda dans la sienne.

Devait-elle lui parler de Thomas, du testament et de la maison, de la bombe qui avait pulvérisé Léo Weinstein ? Le vol des jouets avait peut-être un rapport avec sa propre affaire ? Non, elle ne voulait pas aborder ce sujet. De plus, ce cambriolage n'était pas lié à cette histoire, elle le sentait.

— Dites-moi la vérité : avons-nous une chance ? Vous n'avez pas à me ménager.

— La vérité ? répondit-il. S'ils ont déjà fourgué le lot, nous avons que dalle. S'ils ne l'ont pas fait, nous avons une mince probabilité. Si personne ne les a retrouvés d'ici, mettons, à dimanche, vous pouvez faire une croix dessus.

— Je n'aurais pas dû poser cette question. (Elle eut un soupir.) Mais c'est logique dans un endroit maudit comme celui-ci, je crois. Ces enfants sont nés sous une mauvaise étoile. Pourquoi en serait-il autrement cette fois-ci ?

Il serra légèrement sa main, puis la relâcha.

— On ne sait jamais, docteur Clayton. (Il eut un sourire torve.) Même les pires malchanceux peuvent avoir un coup de bol.

Peut-être est-ce le sourire qui lui fit abattre ses défenses. Un instant – ou plutôt une nanoseconde – elle put voir qui était vraiment cet homme et l'espoir revint en elle. S'il était humainement possible de récupérer ces jouets, Jack Niedermeyer pensait pouvoir y arriver.

Et maintenant, elle le croyait aussi.

8

Jack quitta le bureau de la doctoresse, mais au lieu de se diriger vers la sortie, il prit à gauche et retourna dans la nurserie. Il trouva une cachette – toute relative – à l'ombre d'une porte située face à la grande vitre de verre dépoli et attendit.

Gia était assise là, de l'autre côté, presque face à lui,

mais elle n'avait d'yeux que pour le bébé enveloppé dans une couverture qu'elle tenait dans ses bras. Elle le berçait en souriant et murmurait des mots doux comme s'il n'y avait rien de plus précieux au monde que son tendre fardeau. En la voyant, personne n'aurait cru qu'il s'agissait de l'enfant d'une autre. Dans ses yeux brillait une lueur que Jack ne lui connaissait pas. Et son expression… L'image même de la béatitude. Il n'y avait pas d'autre mot.

Puis Vicky fit son apparition. C'était une fillette de huit ans pleine de vie qui cavalait avec entrain pour apporter un biberon à sa mère, faisant sautiller ses tresses brunes. Jack ne put s'empêcher de sourire, comme à chaque fois qu'il la voyait. Il aimait Vicky comme sa propre fille.

Il n'avait jamais rencontré Richard Westphalen, feu son père, et d'après ce qu'il avait pu en apprendre, c'était mieux comme ça. Jack tenait d'une source plus que sûre que cet homme était mort – il savait où, quand et comment – mais personne ne retrouverait jamais son cadavre. Ainsi, il faudrait attendre plusieurs années pour qu'il soit déclaré officiellement mort. Après son divorce, Gia avait repris son nom de jeune fille, bien que Vicky restât une Westphalen – la dernière de la lignée.

Apparemment, Vicky ne ressentait guère l'absence de son père. Mais c'était logique : même de son vivant, elle l'avait à peine connu, et maintenant, Jack avait plus ou moins pris sa place. Du moins l'espérait-il.

Il les regarda encore quelques minutes. Il n'arrivait pas à s'arracher aux deux personnes les plus importantes de sa vie. Et il n'aimait pas savoir qu'elles se trouvaient dans une pièce remplie d'enfants séropositifs.

Bon, d'accord : il connaissait les faits et les statistiques et savait qu'en réalité, elles ne risquaient rien. Et s'il s'était agi de quelqu'un d'autre, il ne s'en serait pas inquiété ; sauf que ce n'était pas « quelqu'un d'autre », mais Gia et Vicky. Et ce qui les menaçait était un virus, quelque chose d'invisible. Et pas n'importe quel virus. Celui du sida.

Ce simple mot lui avait toujours donné le frisson. En général, il ne croyait pas trop à toutes ces histoires de complots, mais le sida était si… *efficace*. Une infection qui s'en prend aux mécanismes de défense dont dispose le corps pour se défendre des infections… La nature pouvait-elle concevoir quelque chose d'aussi diabolique ? On avait plutôt l'impression d'une arme de guerre conçue en laboratoire.

Jack avait l'impression de pouvoir protéger Gia et Vicky d'à peu près tous les dangers possibles et imaginables. Mais pas d'un virus. Et elles s'y exposaient volontairement.

Si l'une des deux l'attrapait… Il ne savait pas ce qu'il ferait.

Voilà quelque chose qu'il ne pourrait jamais réparer.

Jack quitta sa cachette et repartit par le même chemin qu'il avait pris pour entrer.

Au passage, il vit Gladys qui faisait défiler une bande d'enfants dans le hall, telle une oie surveillant sa progéniture. Elle le salua d'un hochement de tête en lui souriant. Il vit aussi Hector en bout de queue.

— Hé, lança-t-il, qui est ce gamin avec une brosse ?

Jack s'attendait à ce que l'enfant lui propose à nouveau de toucher son crâne ou, au moins, lui décoche un sourire, mais Hector leva des yeux vitreux. Puis, soudain, il s'adossa au mur comme si ses jambes refusaient de le porter et tomba à genoux. Avant que Jack ait pu réagir, il se mit à vomir.

— Hé ! s'exclama Jack. Quelqu'un peut l'aider ?

Gladys réagit sur-le-champ :

— Restez en arrière, dit-elle à Jack en enfilant des gants de latex qui semblaient sortir de nulle part.

Elle décrocha le téléphone du mur du hall, murmura quelques mots, puis alla s'agenouiller près d'Hector. Jack ne put entendre ce qu'elle lui dit, mais l'enfant hocha la tête.

Puis Raymond apparut, lui aussi muni de gants en latex. Il prit Hector dans ses bras et l'emmena le long du hall pendant que Gladys rassemblait les autres enfants pour les ramener dans la salle de jeux. Un homme d'entretien apparut et nettoya le sol avec un produit qui puait l'antiseptique.

Durant toute l'opération, Jack était resté planté là, à regarder la scène sans trop savoir que faire. Apparemment, les employés du Centre avaient leurs propres règles et leurs propres protocoles auxquels il ne comprenait goutte. Il avait l'impression d'être un étranger perdu dans un pays dont il ne connaissait ni le langage, ni la culture.

Il partit d'un pas vif. Il n'y avait pas une heure, Hector souriait et débordait de vie, et maintenant, on aurait dit une poupée de chiffons dont on aurait arraché la paille.

En chemin, lorsqu'il passa devant la nurserie, les cris de joie des enfants blessèrent ses oreilles. Chaque hurlement résonnait comme un coup de feu, chaque rire comme un coup de poignard. La mort planait au-dessus de ces gamins, une infection mortelle rôdait à chaque coin de couloir, mais ils l'ignoraient. Et c'était mieux ainsi. Ce n'étaient que des gosses : autant qu'ils profitent du peu de temps qui leur restait.

Surtout les bébés du crack. Depuis le premier jour, leur existence n'avait été que souffrance tandis qu'un virus envahissait leur système immunitaire.

Et maintenant, quelqu'un avait dérobé leurs jouets.

Sa mâchoire se serra. Ne vous inquiétez pas, les enfants… Tonton Jack ne sait peut-être pas comment faire lorsque vous êtes malade, mais il n'est pas aussi nul qu'on pourrait le croire. Il va vous ramener vos jouets. Et au passage, il espérait bien pouvoir expliquer quelques petites choses de la vie à la raclure de bidet qui les avait fauchés.

Parfois, la vie était vraiment merdique.

Mais pas *tout* le temps. Parfois, il y avait un moyen de réparer ce qui pouvait encore l'être.

SAMEDI

Assis derrière le volant de sa vieille camionnette, La Pointe se frotta les mains pour réchauffer ses doigts engourdis. Ce soir, on se les gelait grave. Vraiment grave.

Mais il n'en avait plus pour longtemps. Dans une heure, peut-être moins si le client était conciliant, il se retrouverait bien au chaud dans sa turne, à se fumer un tarpé d'enfer au lieu de ce joint de merde.

La Pointe inspira profondément et garda la fumée dans ses poumons. Il essuya la buée de son pare-brise. Dommage que ce putain de chauffage soit en panne ! Il alluma son briquet pour consulter sa montre. Le client lui avait donné rendez-vous à onze heures trente, et il était onze heures vingt-neuf.

Il avait fait passer le mot via ses contacts : si quelqu'un voulait acheter tout un tas de jouets de Noël, déjà enveloppés et prêts à servir, à un prix avantageux, il suffisait de contacter La Pointe. Et l'information avait circulé via un fourgue qui était l'ami de l'ami de l'ami d'un bonhomme qui ne demandait qu'à emballer le tout. Et voilà !

Il exhala et scruta la ruelle où il avait garé sa vieille camionnette. Il y avait pas mal de trafic dans le coin, avec tous ces gens qui filaient vers Manhattan Bridge. Il ne tarderait pas à voir deux phares se dirigeant dans sa direction. Qu'on en finisse !

Bien que son contact n'ait rien dit à ce sujet, La Pointe se doutait que le client viendrait avec une camionnette. C'était logique, sinon comment voulait-il emporter la camelote ?

En tout cas, s'il comptait se servir de *sa* camionnette à lui, il était mal barré. Il tapota l'automatique 7,65 passé dans sa ceinture. S'il voulait l'embrouiller, ce connard allait dérouiller !

Hé, ça rime en plus !

Passe la monnaie et hop ! Du balai !

La Pointe sourit, puis tira sur son joint. Dommage qu'il n'ait plus de groupe. Il aurait pu aller voir le batteur et ils auraient peut-être réussi à en tirer un morceau. Ç'aurait été chouette.

Merde, Polio lui manquait. C'était le meilleur groupe de trash-punk au monde, et il était leur bassiste. Enfin, il l'avait été pendant quelques mois. Jusqu'à ce qu'ils le virent pour absentéisme.

Mais ces quelques mois avaient été d'enfer. C'est durant cette période qu'il avait trouvé son surnom. La Pointe. Enfin, il ne l'avait pas vraiment trouvé. Il s'était contenté de le faire circuler. Lorsqu'on était bassiste d'un groupe comme Polio, il fallait un surnom à la hauteur. Qui voudrait répéter avec un type nommé Joey DiCiglia ?

La Pointe. Ça, c'était vraiment cool, avec plusieurs significations possibles et tout ça.

Mais même avec un bon surnom et quelques concerts avec Polio à ajouter sur son CV, il n'y avait plus de places à pourvoir. En tout cas, pas pour lui. Merde, il suffisait de lâcher le nom de Polio pour dégoter un max d'auditions, et tout le monde avait envie de l'entendre jouer… Mais c'est lorsqu'ils *l'entendaient jouer*, justement, que cela commençait à merder.

Les réponses étaient toujours les mêmes. Bien sûr, mec, on te rappelle et on en discute…

C'est ça. Et je t'emmerde, ducon.

Il tira sur son joint jusqu'à ce que la braise atteigne ses phalanges, puis le jeta par la vitre. Rien à sauver.

Après ces quelques auditions ratées, La Pointe fit ses

adieux à la scène musicale. Il lui restait quand même un minimum de fierté. C'est presque par jeu qu'il s'était mis à récupérer et revendre toutes sortes de trucs. Ainsi, peu à peu, il s'était fait bien plus de pognon que ne lui en offriraient jamais tous ces groupes trash minables qui ne le rappelaient jamais.

C'est alors que Tina avait eu la bonne idée de tomber en cloque, et elle prétendait que c'était son lardon. Ben voyons. Elle sautait sur tout ce qui était encore en état de bander, et il était censé devenir un bon petit père de famille ? D'la merde, oui !

Et maintenant, voilà qu'elle pétait un plomb et refusait de se faire avorter. Que dalle : elle voulait pondre son gnome et jouer à la maman.

Ben voyons. Maman Tina.

Et le plus marrant, c'est encore qu'elle était bel et bien allée jusqu'au bout. Et bien sûr, à sa naissance, le gamin était complètement niqué. Puis la nouvelle est tombée : cette petite merde avait le sida. Bon dieu, le sida !

Ce qui voulait dire que Tina était plombée. Et là, ce fut au tour de La Pointe de péter les plombs. Merde, comme Tina et lui n'arrêtaient pas de s'envoyer en l'air et qu'ils s'échangeaient leurs seringues, il pouvait tout aussi bien avoir chopé le virus. Il aurait dû faire le test sur-le-champ, mais il avait trop peur. En fin de compte, peut-être préférait-il ne pas savoir.

Mais Tina agissait comme si tout était normal, comme si elle et le gosse se portaient bien. Elle avait vraiment pété les plombs. Et lorsqu'ils lui ont enlevé son bébé, cela n'a fait qu'empirer.

Et elle n'arrêtait pas de dire que c'était *son* lardon. Qu'il lui ressemblait. La semaine dernière, elle réussit à le faire venir à l'endroit où ils avaient placé le môme pour qu'il puisse le voir. La Pointe ne savait pas ce qui lui avait pris – c'était peut-être cette brune de Ceylan qui l'avait ramolli – mais en fin de compte, il était content de l'avoir suivi dans ce centre de merde. Parce que, au passage, il avait vu tous ces gens qui portaient des cadeaux de Noël et les déposaient dans une pièce à l'écart. Il était allé y jeter un œil en se disant qu'il pourrait peut-être piquer un petit quelque chose, et il s'était retrouvé dans une salle remplie de jouets !

Joyeux Noël, mon gars.

Deux jours plus tard, il revenait au centre. Avec sa camionnette et une barre à mines.

Le plus marrant, c'était encore de voir comme les médias répercutaient toute cette affaire. Merde, hier soir, il suffisait de se brancher sur une radio, n'importe laquelle. Toutes parlaient du « vol des cadeaux des enfants séropositifs ». Pendant des heures elle était passée de fréquence à fréquence, d'un bulletin à l'autre, avec un grand sourire.

C'était de lui, La Pointe, qu'ils parlaient.

L'ennui, c'est qu'il ne pouvait en parler à personne. Du moins pas tant qu'il n'aurait pas fourgué le tout. Ensuite, il pourrait s'en vanter tout son soûl : personne ne pourrait jamais rien prouver.

Ce qu'il ne comprenait pas, c'était la tronche que tiraient les journalistes, comme si ce vol les dégoûtait. Comme s'ils en avaient quelque chose à foutre. Que dalle ! Pourquoi gâcherait-on son temps et son argent à faire des cadeaux à des gosses qui ne survivraient pas assez longtemps pour en profiter ? C'était du gaspillage pur et simple.

Par contre, La Pointe pouvait en profiter. Lui.

Ç'avait été si facile ! Il n'avait eu qu'à…

Il sursauta en entendant un grincement derrière lui. Il se retourna sur son siège. On aurait dit…

Oui, c'était bien ça. Bordel, un connard avait ouvert les portes arrière de la camionnette. Et maintenant, il inspectait le contenu à l'aide d'une torche.

D'abord, il se demanda s'il n'avait pas affaire aux flics. Mais non : il n'avait pas vu de voiture de police dans le secteur. Et La Pointe savait que même les flics devaient observer certaines règles lorsqu'ils voulaient fouiller un véhicule.

Son client ? Possible, mais il en doutait. Plutôt un camé qui voulait lui piquer son butin.

La Pointe tira et arma son automatique, puis descendit de la camionnette. Il allait mettre fin à tout ce cirque…

Il descendit d'un bond et passa à l'arrière.

— Hé, mec, qu'est-ce que tu…

Personne en vue. Les deux portes étaient fermées. Il scruta la ruelle : rien.

Il n'avait certainement pas imaginé tout ça. Cette herbe n'était pas si forte. Et il avait tout entendu, il avait *vu* le pinceau de la torche…

Il avait tout intérêt à vérifier s'il lui manquait quelque chose.

Mais alors qu'il allait atteindre la poignée, la portière s'ouvrit en grand, l'envoyant bouler dans la nuit. Il atterrit sur le dos, roula sur lui-même et se releva d'un bond en pointant son revolver droit devant lui. Il vit la camionnette et la portière ouverte, mais il n'y avait personne à l'intérieur.

C'est alors qu'il entendit une voix grave :

— Ho – ho – ho !

La Pointe leva les yeux et vit ce gros bonhomme en costume rouge perché sur le toit de la camionnette. Il arborait une longue barbe blanche.

Il poussa à nouveau son rire, puis tonna :

— Alors c'est *toi* qui as volé les jouets que je mettais de côté pour ces enfants séropositifs ! On ne pique pas impunément les cadeaux du Père Noël, c'est compris ?

Oh, merde. Ce con se prend pour le Père Noël !

La Pointe braqua son revolver et lui logea une balle dans le cœur.

Le Père Noël partit violemment en arrière, comme entraîné par un câble invisible, et tomba du toit.

On ne pique pas impunément les cadeaux du Père Noël ?

Ouais, ben, je pique ce que je veux, fais ce que je veux et je t'emmerde !

La Pointe contourna la camionnette. Ce Père Noël de mes deux allait se manger une bastos ou deux…

Sauf qu'il n'était pas là.

— Qu'est-ce que c'est que ce bordel ! fit La Pointe à voix haute.

C'est alors qu'une ombre rouge et blanche jaillit de derrière une poubelle, leva un poing recouvert d'un gant blanc et lui décocha un formidable direct.

La Pointe connaissait l'expression « Voir trente-six chandelles », mais n'y avait jamais cru. Il révisa aussitôt son opinion. Son nez émit un bruit mou alors que son visage entrait en éruption. Il partit en arrière, se prit le pied dans une merde quelconque et se sentit tomber. Il battit des bras pour rétablir son équilibre, mais en vain : il heurta violemment le sol.

Lorsqu'il leva les yeux, le Père Noël était là, à le regarder.

— Tu crois vraiment pouvoir tuer le Père Noël ? À coups de revolver ? Tu rêves, mon pote.

La voix n'était plus aussi grave qu'elle ne l'était quelques instants auparavant, mais ce type était toujours debout. Et pourtant, il voyait très nettement, à quelques centimètres de son nez, le trou que la balle avait foré dans son costume rouge. À l'emplacement même du cœur.

Merde ! Qu'est-ce qui se passait ? Ce connard devrait être mort !

À moins qu'il ne soit vraiment le Père Noël.

C'était raide dingue.

Mais pas plus que ce cinglé en costume rouge ! La Pointe vit briller ses yeux derrière sa barbe blanche et sous la fourrure de son bonnet. Qu'il soit ou non le Père Noël, il était furax.

La Pointe voulut lever son revolver, mais l'homme posa sa botte sur son poignet.

— Laisse tomber, fiston ! Tu ne peux pas tuer le Père Noël !

La Pointe se redressa et tenta d'attraper son arme de sa main libre, mais son adversaire lui décocha un direct qui le renvoya sur le pavé.

Pour un Père Noël, il avait un sacré punch.

La Pointe sentit qu'on lui arrachait son revolver et l'entendit cliqueter sur l'asphalte. Ensuite, il perdit un peu le fil des événements.

Mais il sentit très très bien la douleur.

L'inconnu le retourna sur le ventre, puis le saisit par son col et sa ceinture pour le soulever de terre.

— J'ai vérifié ma liste, dit le Père Noël. En fait, je l'ai même vérifiée une seconde fois. Elle dit que tu n'as pas été gentil, fiston. Pas gentil *du tout* !

Puis l'homme le balança comme un bélier. Son crâne percuta le pare-chocs de sa camionnette.

— Tu sais ce qui arrive lorsqu'on vole le Père Noël ? Eh bien voilà !

Blam ! Tête la première dans une série de poubelles déposées contre le mur de la ruelle.

— Si je décide de te laisser vivre, tu pourras faire passer le message : personne ne vient chercher noise au Père Noël !

Il le fit tournoyer une fois de plus. La Pointe alla donner du crâne contre un mur de la ruelle.

Il émit un petit couinement lamentable et se laissa glisser le long du mur. Il avait l'impression d'être un œuf écrasé dégoulinant sur la brique.

Mais ce n'était pas fini. Loin de là. Apparemment, le Père Noël avait décidé de s'en servir de serpillière pour nettoyer le sol de la ruelle. Ce manège dura une bonne dizaine de minutes durant lesquelles La Pointe resta plus ou moins conscient.

Enfin, son tortionnaire le relâcha. La Pointe s'effondra comme une chiffe, la bouche ensanglantée, chaque cellule de son corps hurlant de douleur. Sa mâchoire était cassée, il en était sûr. Et ses côtes… Chaque inspiration était un coup de poignard. Son calvaire tirait-il à sa fin ? Il l'espérait. Il aurait même *prié* pour être débarrassé de ce fou.

Laisse-moi tranquille. Reprends tes jouets, prends ma camionnette et va-t'en. Attache tes cerfs de merde au pare-chocs et fiche le camp. Tout ce que tu veux, du moment que tu arrêtes de cogner. Je t'en prie.

Mais alors même qu'il finissait de formuler mentalement cette phrase, il sentit deux bras qui passaient sous ses aisselles pour le relever.

— Non, gargouilla-t-il entre ses dents brisées. Par pitié… Non.

— Tu aurais dû y penser avant, fiston. Lorsqu'on vole les jouets des petits enfants malades et sans défense, on se retrouve sur la liste noire du Père noël.

— Pardon. J'suis désolé, fit-il en un faible gémissement.

— Tu as raison. Heureux de le savoir. Et je prendrai en compte ton repentir pour Noël prochain. Mais tu as essayé de me tuer, et ça, ça complique les choses. C'est *très* vilain. Le Père Noël n'aime pas qu'on lui tire dessus. Ça le met en colère. *Très* en colère.

— Oh, non…

Quelque chose de rugueux caressa la joue de La Pointe, qui sentit monter en lui une peur panique. *Une corde !* Oh, non ! Ce Père Noël de mes deux allait le pendre haut et court !

Mais il sentit que la corde passait sous ses aisselles et non autour de son cou. Ouf ! Enfin, c'était toujours mieux. Lorsque la corde enserra ses côtes cassées, un surcroît de douleur l'aveugla. Puis l'homme le souleva de terre et l'assit sur le pare-chocs de la camionnette.

— Qu'est-ce…

— Chut, fiston, répondit le Père Noël d'une voix qui n'avait plus rien de chaleureux. Ne dis plus un mot.

La Pointe leva les yeux. Tout était brouillé – le Père Noël, la ruelle, le monde entier, tout… Sauf les yeux de l'homme en costume rouge. Il l'avait toujours imaginé avec des yeux bleus, mais ceux-ci étaient bruns. Et lorsqu'il lut la rage qui y bouillonnait, son estomac se remplit de plomb.

Le Père Noël était plus que furax. Il était *fou furieux*.

La Pointe ferma les yeux. Le Père Noël lui attacha quelque chose autour de la tête. Lorsque son cerveau torturé réalisa que ce maniaque était en train de l'attacher à l'avant de la camionnette et qu'il devait réagir, il était déjà trop tard. Il se tortilla pour se libérer, mais la corde qui l'entravait à la grille du radiateur passait autour de ses épaules et entre ses cuisses. Ses bras et ses jambes étaient libres, mais les nœuds se trouvaient derrière lui, hors de sa portée.

La Pointe sut, avec une lucidité glaciale, qu'il n'irait nulle part. Du moins pas de son propre chef.

Il se raidit : le vieux moteur gronda et tressaillit, et ses vibrations se répercutèrent dans son dos. La camionnette démarra dans un soubresaut. Il se mit à balbutier des mots sans suite.

Le Père Noël allait l'envoyer droit dans le mur, et il était aux premières loges !

Mais non : la camionnette quitta la ruelle pour rebondir sur la chaussée. Puis le cauchemar continua alors qu'ils dévalaient les avenues du Lower East Side. Sur les trottoirs, les badauds les désignaient du doigt et ouvraient des yeux ronds en regardant passer cet étrange équipage. Il en vit même qui se marraient. Puis ils abordèrent le carrefour de la Quatorzième et s'y engagèrent, passant brusquement d'une file à l'autre, grillant les feux, s'arrêtant à quelques centimètres – quelques *millimètres* ! – des pare-chocs des autres voitures pour repartir aussi sec dès que la voie était libre.

Le pire, c'est que lorsque les autres véhicules ne roulaient pas assez vite au goût de ce Père Noël du diable, il franchissait la ligne blanche pour déborder sur l'autre voie. La Pointe le vit foncer droit sur un vieux taxi tout cabossé qui lui fit des appels de phares. Le Père Noël n'allait certainement pas se dégonfler, il en était sûr et, en un moment d'épouvante, il crut que le taxi continuerait lui aussi sur sa lancée. C'est alors qu'il perdit les pédales. Un liquide chaud coula le long de sa jambe.

Mais à la dernière seconde, le taxi donna un grand coup de volant. Aussitôt, la camionnette réintégra son sens de circulation et accéléra.

Où étaient les flics ? La Pointe n'aurait jamais cru qu'un jour il eût été content de voir une voiture de police, mais que dalle. Pourquoi n'étaient-ils jamais là lorsqu'on avait besoin d'eux ?

La camionnette vira dans un crissement de pneus pour aborder ce que La Pointe prit pour la Septième Avenue, mais comme il avait fermé les yeux au moment où ils fonçaient sur un bus qui klaxonnait comme un perdu, il ne pouvait en être sûr. Enfin, l'engin escalada le caniveau, chassant des piétons qui s'égaillèrent comme des poulets terrorisés, pour s'arrêter en dérapage contrôlé sur le trottoir.

Le moteur se tut. La Pointe poussa un gémissement de terreur. Que pouvait bien lui réserver ce fichu Père Noël ? Mais l'homme ne dit rien, ne fit rien. La Pointe se tordit pour regarder par-dessus son épaule. Le Père Noël était parti.

Mais il n'était pas seul pour autant. Une petite foule de badauds se rassemblait autour de la camionnette. Tous montraient du doigt son visage ensanglanté, regardaient son pantalon souillé et ce machin que le Père Noël lui avait accroché au front. Quelqu'un éclata de rire. Les autres firent de même.

La Pointe aurait préféré être mort.

C'est alors qu'il entendit les sirènes.

DIMANCHE

1

— Alors, Hector, comment te sens-tu ?

Le jeune Hector Lopez, allongé sur son lit d'hôpital, leva les yeux pour regarder Alicia, mais ne lui sourit pas.

— Bien, fit-il.

Après ses crises de vomissements de vendredi, elle l'avait fait interner au service pédiatrie, mais depuis hier, il avait recommencé à s'alimenter, même si ce n'était que sous forme liquide. Et il avait l'air en meilleure santé, bien qu'il ait toujours de la fièvre. Les résultats de la ponction lombaire étaient négatifs, mais les analyses de sang, d'urine et tous les autres examens d'usage étaient en cours. Elle espérait avoir affaire à une simple gastro-entérite, mais son taux de CD-4 proche du zéro absolu l'inquiétait sérieusement. Par acquit de conscience, elle l'avait mis sous une intraveineuse de globule gamma.

— Comment te sens-tu ?

— 'Fait mal, dit-il en désignant son bras gauche, là où le tube était en contact avec sa veine antécubitale.

— Nous l'enlèverons dès que tu seras remis.

— Aujourd'hui ? fit-il, plein d'espoir.

— Peut-être. Mais d'abord, il faut que tu n'aies plus de fièvre.

— Oh.

Alicia se tourna vers l'infirmière qui l'accompagnait

dans sa tournée, une grande blonde du nom de Jeanne Sorenson. Elle avait à peine vingt-cinq ans, mais était déjà un vétéran de la guerre contre le sida.

— Qui est venu le voir ? demanda-t-elle à voix basse.

Sorenson haussa les épaules.

— A ma connaissance, personne. Sa mère adoptive a téléphoné pour prendre de ses nouvelles – une seule fois.

— Très bien, fit Alicia. Qui est son bon copain ?

— Nous ne lui en avons pas encore assigné un.

Alicia tenta de maîtriser sa voix pour cacher sa colère :

— Je croyais que nous étions d'accord : quel que soit le personnel en place, chacun de mes enfants aura un bon copain à disposition.

— Nous n'avons pas encore pu nous en occuper, docteur Clayton, répondit Sorenson d'un air décontenancé. Ces derniers temps, nous n'avons pas eu le temps de souffler, et comme nous pensions qu'il ne resterait pas longtemps…

— Même s'ils ne doivent rester que vingt-quatre heures, j'exige qu'ils aient un bon copain. Nous en avons déjà longuement discuté, Sorenson.

— Je le sais, dit l'infirmière d'un ton soumis.

— Mais apparemment, vous n'avez pas encore percuté. Reprenons : vous savez très bien que la plupart des adultes ont peur des hôpitaux, alors mettez-vous à la place d'un pauvre gosse qui se retrouve cloué au lit dans un drôle d'endroit où des gens qu'il n'a jamais vus lui ont retiré ses vêtements et ses baskets pour le piquer avec des aiguilles et décider de quand il doit manger ou aller aux toilettes. Mais au moins, la plupart de ces enfants peuvent compter sur leur père, leur mère ou, au moins, un visage familier pour les rassurer. Mais ces enfants-là n'ont pas ce privilège. Ils n'ont personne pour les soutenir. Vous imaginez un peu ce qu'ils doivent ressentir ?

Sorenson secoua la tête.

— J'ai fait de mon mieux, mais…

— D'accord : ce n'est pas à la portée de tout le monde. Mais croyez-moi, c'est l'horreur.

Alicia le savait mieux que quiconque. A peine avait-elle entamé sa première année de lycée qu'elle fut hospitalisée – pour un syndrome de déshydratation suite à une gastro-entérite virale fort semblable à celle dont souffrait ce pauvre Hector. Elle n'avait passé que quarante-huit heures à la clinique, mais en était restée traumatisée. Elle n'avait pas d'amis, pas de copains, personne qui vienne la voir ou, simplement, demande de ses nouvelles, et elle aurait préféré mourir plutôt que d'appeler ses parents. Elle n'avait jamais oublié ce sentiment d'impuissance et d'isolement qui l'avait glacée.

— Voilà pourquoi je tiens à ce qu'ils aient toujours quelqu'un qui vienne leur tenir la main de temps en temps, qui leur parle, leur sourie, sur qui ils puissent compter, qui les aide à ne pas se sentir si seuls. C'est presque aussi important que les médicaments qu'on leur donne.

— Je m'en occupe tout de suite, dit Sorenson.

— Bien. Mais ne le faites pas pour moi, mais pour lui. (Elle se tourna et caressa le crâne d'Hector.) Hé, dis-moi, cette coupe en brosse est vraiment au top.

Elle avait trouvé le mot magique, qui lui valut un grand sourire.

— Oui, 'st pas ?

Une quinte de toux l'empêcha de terminer sa phrase. Il fit une nouvelle tentative, mais ne réussit qu'à tousser de plus belle.

— Ne te fatigue pas, Hector.

Elle le fit asseoir et écarta les pans de sa robe d'hôpital. Elle posa son stéthoscope entre ses côtes et écouta, à l'affût du bruit de froissement qui annoncerait une pneumonie. Mais non, juste un sifflement assez normal.

Alicia jeta un œil à son graphique. À son arrivée

dans le service, on avait effectué une radiographie de ses poumons, qui était négative. Elle en ordonna une nouvelle, plus une analyse de salive.

Elle regarda le petit corps osseux du garçon. Cette toux ne lui plaisait pas du tout.

2

— Oh, non ! fit Alicia en passant le coin de la rue pour voir une grappe de voitures de police garées devant le Centre. Quoi encore ?

D'une main, elle tenait un beignet et un café provenant de la cafétéria de l'hôpital et, de l'autre, l'énorme liasse qu'était le *Sunday Times*, le journal du dimanche avec ses nombreux suppléments. En général, elle passait la matinée du dimanche au Centre. La maladie ne connaissait pas la trêve du week-end : il leur arrivait autant d'enfants que les autres jours, mais l'ambiance était plus détendue que le reste de la semaine – d'abord, ils recevaient moins de coups de fil. Elle en profitait donc pour remettre à jour la paperasserie.

Elle avait aussi prévu de réfléchir au prochain épisode de la saga de son héritage et de ce fameux domaine qui était censé lui appartenir, sauf que tout le monde semblait s'y opposer.

Mais maintenant…

Devant la grande porte, elle faillit rentrer dans deux policiers, un blanc et un noir, qui parlaient avec Raymond. *Raymond*. Il était très dévoué à la cause qu'ils défendaient, mais il était rare qu'il soit là un dimanche.

— Ah, Alicia, tu tombes à pic ! dit-il. C'est-y pas formidable ?

— *Qu'est-ce* qui est formidable ?

— Comment, personne ne t'a rien dit ? Les jouets sont revenus !

Soudain, Alicia se sentit au bord des larmes. Elle se

tourna vers les deux policiers. Raymond les présenta. Elle avait envie de les serrer dans ses bras.

— Vous les avez retrouvés ? Déjà ? C'est... C'est magnifique !

C'était même davantage. « Fantastique » aurait été plus approprié.

Le policier noir se gratta le crâne sous sa coupe en brosse. D'après son badge, il s'appelait Pomus.

— Ouais, on peut dire qu'on les a retrouvés. Sauf qu'on n'a pas vraiment dû se creuser la cervelle : il nous a suffi d'ouvrir la portière d'une camionnette garée au bord du trottoir.

— Hé, un instant, fit Alicia. Reprenons dès le départ : quelle camionnette ?

— Ben, je sais pas la marque, intervint Raymond, mais en tout cas, les jouets étaient dedans. D'après la police, c'est la même caisse qui a servi à les emporter. Hier soir, quelqu'un l'a garée sur le trottoir et l'y a abandonnée.

— Vous savez de qui il s'agit ? demanda Alicia, bien qu'elle ait déjà sa petite idée là-dessus.

Le flic blanc – Schwartz, disait son badge – eut un sourire d'ogre.

— D'après le type accroché au pare-chocs, c'était le Père Noël lui-même.

— Le type accroché à *quoi* ?

Ils lui expliquèrent alors qu'ils avaient trouvé un homme ligoté à la calandre de la camionnette. Comme le précisa l'agent Pomus, quelqu'un l'avait « battu comme plâtre » et, en guise de touche finale, avait collé une paire de cornes de renne sur son front. L'homme n'était qu'une plaie, mais il avait avoué être l'auteur du vol et juré ses grands dieux que son agresseur n'était autre que le Père Noël en personne – comme il devait le raconter plus tard, il lui avait tiré dessus, une balle en plein cœur, mais il n'avait pas pu le tuer.

— Bien sûr : tout le monde sait que le Père Noël est immortel ! conclut l'agent Schwartz en souriant.

— De toute évidence, ce type était sous l'influence de drogues, ajouta l'agent Pomus. Nous ne savons plus qu'en penser. Pour l'instant, il est en observation sur le cockpit de Bellevue[1].

— Le… cockpit ?

— Heu, entre nous autres, c'est comme ça qu'on appelle sa section psychiatrie. Parce que ceux qui sont là-bas planent à dix mille. Mais tôt ou tard, il nous dira ce qui s'est vraiment passé.

— Et il finira en prison, j'espère ?

— Oh oui, répondit Pomus, sans l'ombre d'un doute. Mais il a déjà payé, croyez-moi. Même les pires brutes qu'il trouvera en taule ne pourront le dérouiller aussi consciencieusement.

— Oui, renchérit Schwartz. Quelqu'un lui a vraiment fait son affaire avant de le larguer. Ce minable avait l'air presque soulagé de finir au commissariat.

Après leur départ, Alicia et Raymond passèrent dans le débarras pour examiner les paquets. À part un papier froissé ou un coin enfoncé, la plupart étaient dans le même état qu'avant le vol. Elle dit à Raymond de chercher un serrurier – oui, on était dimanche, et alors ? – pour qu'il renforce cette porte, quitte à y mettre une barre de sécurité.

Puis elle passa dans son bureau pour boire son café tiédasse en pensant à cet homme bien ordinaire qui se faisait appeler Jack Niedermeyer – « Appelez-moi Jack. »

Lorsqu'elle l'avait vu ce vendredi soir, il entendait faire de son mieux. Trente-six heures plus tard, les cadeaux étaient retournés à l'envoyeur et le coupable sous les verrous.

Un homme capable d'accomplir un tel miracle pourrait peut-être résoudre son autre problème.

Alicia chercha un numéro dans l'agenda de son ordinateur et le composa.

1. Le plus grand hôpital de la ville de New York. *(N.d.T.)*

3

Jack fit la grimace en tendant la main vers le téléphone. Il n'y avait qu'une seule personne qui puisse l'appeler si tôt le matin : il décrocha avant que le répondeur puisse débiter son message.

— Jack, tu es vraiment formidable ! s'exclama une voix féminine.

— Tu n'es pas mal non plus, Gia.

— Non, je ne plaisante pas. Le Dr Clayton vient de m'appeler pour me dire qu'ils ont récupéré les jouets !

— C'est vrai ? Eh bien, on peut dire qu'on a une police sacrément efficace. Une fois qu'ils sont sur une piste…

— Ben voyons, dit-elle, et Jack eut l'impression de pouvoir *l'entendre* sourire. Comme si tu n'avais rien à voir avec tout ça.

— Pas du tout ! Tu m'as dit que tu étais contre, alors je n'ai pas insisté.

— Bon, comme tu voudras. Mais le Dr Clayton m'a dit que, pour autant qu'elle puisse voir, les cadeaux étaient tous là. En plus, le gars qui les a volés est sous les verrous. Je ne sais pas comment tu as pu réussir un coup pareil, mais…

— J'ai envoyé un e-mail au Père Noël, et il s'est chargé du reste.

— Eh bien, le Père Noël devra peut-être faire des heures sup'. Le Dr Clayton m'a demandé ton numéro de téléphone.

— Tu ne lui as pas donné ? fit Jack, soudain sur ses gardes.

— Non. Je lui ai dit que je ne le connaissais pas par cœur et que je lui passerais plus tard.

Jack se détendit.

— Tu as bien fait, Gia. C'était la meilleure des réponses. Tu as une idée de ce qu'elle peut me vouloir ?

— C'est une affaire personnelle. Elle n'est pas entrée dans les détails, et je ne lui ai pas posé de questions.

— Très bien. Donne-lui ce numéro. (Il lui fit noter celui de son « bureau » sur la Dixième Avenue.) Dis-lui de laisser un message sur mon répondeur. C'est encore le meilleur moyen de me contacter.

— Parfait. Pour cet après-midi, le rendez-vous tient toujours ?

— Bien sûr ! À Wetchester, c'est bien ça ?

— Non, fit-elle. FAO Schwartz.

— Nous en reparlerons. À tout à l'heure.

4

— Mon Dieu ! fit Gia. Qu'est-ce que c'est que *ça* ?

— Oh, rien du tout. Juste un bleu.

Jack baissa les yeux. Un cercle violacé marbrait sa poitrine. Il espérait qu'elle ne remarquerait rien, mais là, alors que les feux de leur passion retombaient sans jamais s'éteindre, il l'avait oublié.

Après le déjeuner, ils avaient laissé Vicky à son cours d'histoire de l'art. Elle passait une bonne partie de ses dimanches à apprendre les bases du dessin, de la peinture et de la sculpture. D'après son professeur, elle présentait un réel talent. D'après Jack, ce devait être dans ses gènes, vu que sa mère était dessinatrice professionnelle. Vicky adorait ces cours et Jack ne demandait pas mieux que de se retrouver seul avec Gia le dimanche après-midi.

En général, après avoir déposé Vicky, ils filaient vers l'appartement de Jack. Le plus souvent, ils avaient à peine passé la porte qu'ils s'arrachaient déjà leurs vêtements. À partir de là, ils passaient à la première surface horizontale à leur portée. Aujourd'hui, par contre, ils avaient réussi à atteindre le lit.

Jack ramena le drap jusqu'à son cou, mais elle le rabaissa.

— « Juste un bleu » ? C'est bien plus que ça. (Gia passa ses doigts sur la marbrure.) Ça fait mal ?

— Non.

Elle appuya un peu. Il fit la grimace.

— Ben voyons, fit-elle. Ose dire que tu n'as rien senti. Cela fait combien de temps que tu es comme ça ?

— Depuis hier soir.

Un peu après minuit, très précisément.

Il lui parla de ce minable qui lui avait tiré dessus. Son gilet en Kevlar lui avait sauvé la vie.

— Heureusement que tu l'avais mis ! dit-elle. (Elle ne semblait pas pouvoir détacher les yeux de la blessure et ne cessait de la toucher.) Mais si tu portais un gilet pare-balles, pourquoi ce bleu ?

— Eh bien, le Kevlar a arrêté la balle, mais elle gardait toute sa vélocité. Il fallait que quelque chose l'absorbe, en l'occurrence moi.

Jack ne savait toujours pas pourquoi il avait endossé ce costume de Père Noël avant de passer à l'action. En général, s'il se déguisait, c'était pour détourner les soupçons. La représentation d'hier soir ne lui ressemblait guère.

Et pourtant... Dans de telles circonstances, face à un crime aussi exceptionnel, il avait eu envie de marquer le coup.

C'était idiot, et il le savait très bien. Car l'expérience lui avait appris qu'il valait mieux se contenter d'aller à l'essentiel, sans fioritures inutiles, sous peine d'augmenter ses probabilités d'échec.

Voilà pourquoi, afin de rétablir la balance, il avait pris un maximum de précautions. D'habitude, il ne portait jamais de gilet pare-balles, mais hier soir, il avait fait une exception. Normalement, il se serait contenté de lancer une grenade à gaz dans la camionnette, puis aurait attendu que le ou les occupants en descendent, toussant et crachant, pour leur envoyer un bon coup de matraque sur le crâne. Mais s'il voulait vraiment jouer son rôle de Père Noël, il faudrait qu'il s'expose davantage, et il était sûr que, quoi qu'il arrive, quelqu'un serait forcément armé.

Et il ne s'était pas trompé. Lorsque ce type l'avait atteint, sans doute par chance, il avait eu l'impression qu'un semi-remorque venait de le percuter. Le choc lui avait coupé le souffle et l'avait fait tomber du toit, mais le gilet avait arrêté la balle.

Heureusement qu'il s'était procuré ces gants truqués. Abe n'avait pas pu en trouver de blancs, mais lui avait trouvé des gants de coton blanc assez grands pour couvrir ceux, plus traditionnels, de cuir noir. Les lests de plomb doublaient l'impact de ses coups et lui avaient permis de faire un sort à ce salopard en deux temps trois mouvements.

C'est alors que Jack avait perdu les pédales. Peut-être était-ce l'effet de la douleur, peut-être parce qu'il savait que, sans son gilet pare-balles, il serait un homme mort, ou peut-être était-ce l'image des victimes de cet enfoiré. Quoi qu'il en soit, les ténèbres qu'il portait au fond de lui étaient sorties de leur trou pour prendre le dessus.

Gia passa un bras autour de son cou et l'attira contre elle. Un de ses seins se pressa contre son bleu. Elle lui décocha de petits baisers dans le cou.

— Quand vas-tu abandonner ce métier ? dit-elle.

Jack inspira profondément, ce qui provoqua un élancement douloureux. L'impact de la balle devait avoir provoqué une lésion mineure dans ses côtes. Ce ne serait pas la première fois et probablement pas la dernière.

— Oh, on ne va pas recommencer, non ? fit-il doucement en caressant ses cheveux blonds.

— Ce type t'a tiré dessus. Rien que d'y penser, j'en ai des frissons.

— Cela ne m'arrive pas tous les jours. La plupart de

mes boulots n'impliquent pas le moindre contact physique.

— Mais il est toujours possible que les choses tournent mal. Franchement, tu ne vas pas me faire croire que tu as toujours affaire à des citoyens modèles ?

— Là, je ne peux pas dire le contraire.

Peut-être que s'il abondait dans son sens, Gia finirait par abandonner.

— Je sais que je dois beaucoup à Jack le Réparateur, mais…

— Tu ne lui dois rien.

— Non, tu crois ? Si Vicky est encore parmi nous, c'est bien grâce à lui. Cet Hindou dément a tué Grace et Nellie et, si tu n'avais pas été ce que tu es, il aurait livré ma petite fille à ces *monstres*…

Elle frissonna et se blottit contre lui.

Jack ferma les yeux et revit ce terrible cauchemar… Kusum Bahkti était venu depuis son Bengale natal pour honorer son vœu de vengeance contre la famille des Westphalen, suite aux atrocités commises par leur ancêtre durant le Raj. Maintenant que Grace et Nellie, ses tantes, étaient mortes, Vicky était la dernière des Westphalen.

Et Kusum avait bien failli assouvir sa vengeance. Il s'en était fallu d'un cheveu…

— D'après moi, ce vieux Jack a aussi une dette envers toi. Si tu n'étais pas revenue cette nuit-là…

Jack avait réussi à sauver Vicky, mais pas sans casse. Il avait perdu beaucoup de sang, si bien qu'il n'avait plus la force d'aller décrocher son téléphone. Si Gia n'était pas venue voir ce qui se passait et ne l'avait pas emmené chez Doc Hargus…

— Disons que nous sommes quittes, conclut-il.

Gia secoua la tête contre son épaule.

— Non. N'importe quel imbécile aurait pu entrer chez toi, te trouver en piteux état et t'emmener à l'hôpital le plus proche. Mais pour ce qui est de sauver Vicky… Si tu avais été un charpentier ou un comptable, ou même un flic, n'importe qui d'autre que toi... elle serait morte. Et c'est pour ça que j'ai l'impression d'être une hypocrite lorsque je te demande de raccrocher ton costume de Jack le Réparateur...

— Hé, doucement ! À t'entendre, on dirait que je suis Batman !

— Bon, d'accord, tu ne portes pas de collant, mais en fin de compte, c'est bien ce que tu es, non ?

— Un justicier ? Gia, tu es une des seules personnes que je connaisse qui ne soit pas une sorte de criminel, d'une façon ou d'une autre. Je dirige une affaire, Gia. Une *affaire*. Je ne travaille pas par simple amour de la justice : je me fais payer.

— Mais tu ne m'as rien demandé pour hier soir.

— Et voilà comment je suis récompensé ! Un simple geste désintéressé, et pan ! Soudain, je suis devenu Batman ! Ou cet autre bon Samaritain de la télévision... « Equalizer ». C'est pour ça que je ne travaille jamais à l'œil. Si jamais cela se répand, le monde entier voudra que je monte au front pour ses beaux yeux.

Gia le regarda et sourit.

— Ben voyons. Un vrai dur de dur.

Jack haussa les épaules.

— Tu connais la règle d'or : celui qui a l'or fait la règle.

— Et si tu ne fais ce boulot que pour l'argent.

— S'ils ont le blé, je suis à leurs pieds.

Son sourire s'élargit encore davantage.

— Et tu ne t'impliques jamais émotionnellement.

Jack lutta pour ne pas sourire à son tour.

— Si tu ne restes pas serein, tu n'es qu'un crétin.

Gia posa sa main sur le bleu qui marbrait sa poitrine.

— Encore une rime et j'appuie sur le bouton violet.

Il voulut se détourner, mais elle le tenait.

— Bon, d'accord. Si tu arrêtes, j'en fais autant.

— D'accord. Mais avoue-le : il t'arrive de t'impliquer dans ce que tu fais.

— Le moins possible. C'est trop dangereux.

— C'est bien ce que je veux dire. Tu t'identifies à tous tes clients. Je veux dire, tu ne prends pas n'importe quelle affaire juste parce que le type a de quoi te payer.

— Je traite au cas par cas.

Jack se sentait plutôt mal à l'aise. Il voulait changer de sujet.

— Je veux dire, il faut que j'aie l'impression de pouvoir résoudre le problème, sinon je perdrais mon temps et celui de mon employeur. Je suis juste un petit entrepreneur, Gia.

Elle eut un grognement et retomba sur le dos.

— Un petit entrepreneur qui n'a pas de carte de sécurité sociale, mais dispose d'une douzaine d'autres noms et ne paie jamais d'impôts.

— Je paie la TVA… Enfin, parfois.

— Allez, avoue que tu prends ton pied à jouer ce rôle de redresseur de torts, et que tu es accro à l'adrénaline.

Jack n'aimait pas trop cette idée, mais il devait bien admettre qu'il y avait un fond de vérité. Hier soir, après qu'il eut laissé les jouets et leur voleur devant le club, il se sentait tout pétillant, comme s'il avait bu un ou deux verres de vin et était agréablement pompette. Ce n'est qu'en rentrant chez lui qu'il réalisa qu'il était blessé. Auparavant, il n'avait même pas senti la douleur.

— Peut-être que oui, peut-être que non. Admettons que je prenne ma retraite – que je raccroche mon costume de Jack le Réparateur, comme tu l'as formulé de façon si éloquente – quelle serait la suite des opérations ?

— Nous commençons pour de bon notre vie de couple.

Jack eut un soupir. Vivre en compagnie de Gia et Vicky, pour de bon… C'était bien tentant.

Et étrange. Lorsqu'il avait vingt ans, il ne se voyait pas en homme marié, ou se conformer à une structure traditionnelle quelconque – et encore moins être père. Lui ? Jamais de la vie !

Mais Gia et Vicky avaient changé tout ça. Il voulait qu'elles soient là, tout le temps. Il voulait qu'ils forment une famille.

Sauf que ce n'était pas si facile.

— Tu veux dire que nous allons nous marier ?

— Oui, pourquoi ? Ce n'est pas la mer à boire, non ?

— Je ne parle pas de la cérémonie, et certainement pas de ce qu'elle signifie. Mais pour cela, il faudra que j'aille dans un bâtiment officiel quelconque et fasse enregistrer mon nom... (Il posa une main sur sa poitrine, comme si son cœur chancelait.) Aaaaargh !

— Tu pourras toujours te servir d'une de tes identités bidons – nous n'aurons qu'à choisir un nom qui sonne bien avec Gia et Vicky – et voilà ! Rien de plus facile.

— Ne peut-on pas se contenter d'habiter ensemble ? fit Jack, bien qu'il sache ce qu'elle allait lui répondre.

Au moins, ils ne parlaient plus de son travail.

— Bien sûr. Dès que Vicky sera assez grande pour vivre seule, puis se trouver un mari. Jusque-là, la mère de Vicky refuse de se caser – même avec celui que Vicky et sa maman apprécient tant.

Cela faisait quelques années que Gia la dessinatrice habitait Manhattan, et elle était devenue une vraie citadine ; mais parfois, la fille de l'Iowa qu'elle avait été remontait à la surface.

Ce qui était loin de déranger Jack. Ce bon sens campagnard faisait partie de son charme, de sa personnalité même.

Mais ce n'était pas l'idée de se marier qui lui causait problème : c'était son identité même de Jack le Réparateur, qui l'empêchait d'apparaître au grand jour. Car dès que Jack serait installé avec Gia et Vicky – ou vice versa – il deviendrait vulnérable. Quand on avait choisi ce genre de boulot, on se créait forcément des ennemis. Il faisait de son mieux pour rester dans l'ombre lorsqu'il remplissait une mission, mais il ne pouvait rester un être sans visage. Certaines personnes qui lui en voulaient vraiment savaient à quoi il ressemblait, et il y avait toujours un petit malin pour découvrir où il habitait. Ce qui s'ensuivait n'était pas très beau à voir. Mais comme Jack vivait seul et faisait attention à ne pas apparaître en public aux côtés de ceux auxquels il tenait, les ennemis en question traitaient directement avec lui. Pas de problèmes : il pouvait se charger d'eux. Et c'est ce qu'il faisait. En général, on ne les revoyait plus jamais.

Mais si Gia et Vicky étaient connectées avec lui, elles devenaient des cibles potentielles.

Et Jack ne pourrait plus s'occuper du problème avec la même discrétion.

Si l'une d'entre elles devait souffrir à cause de lui…

— Admettons, dit-il. Je prends ma retraite et je t'épouse. Et ensuite ?

— La vie continue.

— Pour toi, c'est facile à dire. Tu pourras continuer à illustrer des livres et peindre, mais moi ? Qu'est-ce que le monde réel peut bien m'offrir ? Je ne sais rien faire d'autre.

Gia se redressa sur un coude et lui décocha un de ses regards intenses.

— C'est parce que tu n'as jamais essayé de faire autre chose. Jack, tu es un jeune homme intelligent et inventif doté d'un corps agile. Tu peux faire ce que tu veux de ta vie.

C'est *maintenant* que je fais ce que je veux, pensa-t-il.

— Et ces jouets volés ? Si j'étais à la retraite, qu'aurais-tu fait ? (Il l'aiguillonna d'un air moqueur.) Hein ? Alors ? Qu'aurais-tu fait ?

— Je t'aurais demandé de les récupérer.

Il la regarda fixement. Ni ruse, ni humour. Elle ne plaisantait pas.

— N'y a-t-il pas là un certain manque de logique interne dans ton raisonnement ?

— Non. Je suis une hypocrite, je l'admets. Je veux que tu redeviennes Jack le Réparateur, mais uniquement quand je te le demanderai.

Jack en resta sans voix. Que voulez-vous répondre à ça ?

Durant cet instant de silence, un rire grave, guttural, filtra depuis le salon. Jack sentit les bras de Gia se couvrir de chair de poule.

— Mon Dieu, Jack, tu as entendu ?

— Ce n'est que la télévision. Notre vieil ami Dwight.

Dracula, la pièce maîtresse de son festival Dwight Frye, tournait toujours sur son magnétoscope. Jack pouvait revoir la scène qui passait en ce moment, une de ses préférées de tous les temps : le vaisseau transportant le comte était pris dans une tempête et venait s'échouer sur le rivage. Le seul rescapé en était Renfield qui, du fond de la cale, levait des yeux brûlants de folie pendant que son rire démentiel résonnait dans les coursives désertes.

— C'est effrayant.

— Exact. Il a tellement marqué les mémoires que son rôle de Renfield l'a poursuivi jusqu'à la fin de sa carrière. Lorsqu'on avait besoin d'un personnage avec une araignée au plafond, à qui pensait-on, sinon à ce vieux Dwight Frye.

Gia consulta la pendule :

— Bon sang, regarde l'heure qu'il est ! Je voulais faire quelques courses de Noël avant d'aller reprendre Vicky.

— Je doute qu'on ait le temps de se rendre à Westchester, dit-il.

— En effet. Nous passerons donc chez FAO Schwartz.

Jack ne put réprimer un grognement.

— Tu n'as pas fini de te plaindre ?

Elle l'embrassa, puis sortit du lit et se dirigea vers la salle de bains.

— Je vais prendre une douche rapide, puis on y va.

Il la regarda traverser la pièce. Il aimait la voir nue – ses petits seins fermes, ses longues jambes, sa touffe de poils pubiens qui prouvaient qu'elle était une vraie blonde.

Jack se demanda à quoi elle ressemblerait enceinte. Toujours aussi belle, probablement.

C'était bizarre, mais ces derniers temps, les bébés occupaient ses pensées. Surtout depuis vendredi, au Centre, lorsqu'il avait vu Gia tenir cet enfant dans ses bras. Il avait vu la lueur qui brillait dans ses yeux et cet air de mère nourricière. Gia était particulièrement douée pour ça. Il l'avait assez vue avec Vicky pour le savoir. Légalement, Gia était une mère célibataire – enfin, veuve.

La porte de la salle de bains se referma. Il écouta le bruit de l'eau jaillissant dans les conduits alors qu'elle tournait les boutons de la douche.

Il ferma les yeux et s'imagina Gia tenant dans ses bras un autre enfant… Le *leur*. Puis les années qu'il passerait en compagnie de Gia, de Vicky et de cette troisième personne, une fusion entre Gia et lui-même… une flamme s'alluma en lui.

Mais pour en arriver là, il faudrait qu'il change radicalement de mode de vie.

Jack sortit à son tour du lit et se rendit vers sa vieille armoire de chêne. Il ouvrit un tiroir et farfouilla au milieu des perruques, des fausses moustaches, des verres de contact, des dilatateurs de narines et autres gadgets jusqu'à ce qu'il tombe sur une fausse barbe. Il la sortit de son emballage et la regarda. Plutôt miteux. Il faudrait qu'il s'en trouve une autre.

Il la tint devant son visage et se regarda dans le miroir.

Pas terrible, mais il pouvait toujours se peigner d'une autre façon – en se faisant presque une raie au milieu –, son visage rectangulaire prendrait une forme ovale et cela masquerait suffisamment ses traits pour que personne ne le reconnaisse.

Regarde-toi, pensa-t-il. Tu es obligé de mettre une fausse barbe pour aller faire tes courses de Noël. Tu dois sans cesse regarder par-dessus ton épaule. C'est une vie, ça ?

S'il prenait sa retraite, il pourrait se faire pousser une vraie barbe et aller où bon lui semblerait – Gia dans une main et Vicky dans l'autre – et se ficherait pas mal qu'on les voie ensemble.

Prendre sa retraite…

Pourquoi pas, après tout ? C'était peut-être le moment. Il avait frôlé la mort assez souvent comme ça, même s'il s'en était toujours sorti sans trop de mal. Il se plaisait à y voir un effet de sa propre minutie, de son soin du détail, mais peut-être n'était-ce que de la chance, tout simplement. Voulait-il vraiment continuer jusqu'à ce qu'il finisse dans un cercueil ou un fauteuil roulant ? À quoi bon tenter le diable ?

Ne fais pas l'idiot, lui dit une petite voix intérieure. Abandonne pendant qu'il en est encore temps.

Comme d'habitude, la voix avait raison.

Et comme d'habitude, Jack allait l'ignorer.

Du moins pour l'instant.

LUNDI

1

Alicia se tenait à l'entrée du bar, face à la porte en verre, et plissait les yeux pour tenter de voir à quoi ressemblait l'intérieur.

Elle restait là, indécise, dans la lumière éblouissante de ce milieu de matinée. Jack lui avait donné le nom du bar – Julio's – et c'était bien ce qui était écrit sur l'enseigne. Mais elle ne s'attendait pas à tomber sur un tel bouge ! Plutôt un bistro branché pour yuppies de l'Upper West Side. Mais ceux qu'elle voyait passer la porte du bar n'étaient certainement pas des jeunes cadres dynamiques.

Alicia aurait bien voulu que Jack fasse un saut à son bureau, comme la dernière fois, mais il avait répondu que, cette fois-ci, c'était à elle de le rejoindre dans *son* bureau à *lui*. Ce qui lui parut tout à fait équitable. Mais qui pouvait bien recevoir ses clients potentiels dans un bar mal famé ?

Le propriétaire ne pouvait-il pas nettoyer les vitres de temps en temps ? Elles étaient si crasseuses qu'elles en devenaient presque opaques. Et le peu qu'elle pouvait voir de l'intérieur n'était pas très engageant.

Elle distinguait surtout des plantes vertes d'espèces différentes – mais elles étaient toutes mortes. Non : pire. Au-delà de la mort. C'étaient presque des fossiles. Les quelques feuilles qui adhéraient encore aux branches étaient desséchées, brunies et couvertes d'une épaisse couche de poussière. Quelle clientèle comptait-il attirer ainsi ? Des momies en vadrouille ?

Et derrière les plantes, tout était si noir qu'on avait l'impression de contempler l'espace intersidéral. Sauf qu'il n'y avait même pas une étoile en vue.

Mais c'était bien l'adresse qu'il lui avait donnée, et ce bar s'appelait bel et bien Julio's…

Alicia fit un pas en arrière et scruta la rue. Elle avait pris un taxi et n'avait guère pu vérifier si cette limousine grise était toujours à ses trousses. En tout cas, la voiture n'était pas dans cette rue-là. Mais peut-être était-ce juste son imagination qui lui jouait des tours ?

Et peut-être ferait-elle mieux de laisser tomber et rentrer au Centre. Elle n'avait aucune envie d'expliquer une fois de plus la situation à un inconnu, de biaiser pour éviter les zones d'ombre, les détails qu'elle ne voulait pas dévoiler, tout en lui fournissant assez d'informations pour se faire comprendre. Puis il faudrait répondre aux questions… Ces inévitables questions…

Parce que, aux yeux d'un inconnu, de quelqu'un qui ignorait tout de sa situation, ses actions apparaissaient totalement irrationnelles. Thomas était la seule autre personne qui connaisse toute la vérité, et lui-même la croyait folle.

Mais elle préférait encore ça. Car sinon, il faudrait qu'elle réponde à leurs questions, et ça, elle ne pouvait pas se le permettre.

Fallait-il que Jack rejoigne la liste de ceux qui la croyaient mûre pour l'asile ?

Pas vraiment. Mais pour l'instant, elle n'avait personne d'autre qui soit susceptible de l'aider, et elle sentait que ce Jack-tout-court était le genre d'homme qui va directement au cœur du problème. Elle avait obtenu le relevé médical du type qui avait volé les jouets. Il s'était fait tabasser dans les règles : il souffrait de nombreuses fractures et d'innombrables contusions. Ce qui signifiait que, lorsque la situation l'exigeait, Jack n'hésitait pas à employer la force.

Et vu ce qui était arrivé à Léo Weinstein, c'était peut-être une bonne chose.

Mais il y avait toujours la possibilité qu'il soit envoyé par ses ennemis pour, justement, s'assurer qu'elle finisse comme Léo. Il y avait là matière à réflexion.

Non, elle avait beau chercher, Jack était certainement sa meilleure option. Elle en avait plus qu'assez de ce testament et de tout ce qui y avait rapport. Le jour précédent, en un éclair de génie, elle avait entrevu un moyen de s'en débarrasser une bonne fois pour toutes. Mais ce n'était pas le travail d'un avocat. Par contre, c'était plus dans les cordes de Jack.

Mais aurait-elle le courage de lui proposer ?

Alicia inspira profondément pour calmer ses nerfs, puis poussa la porte et entra dans le bar.

En attendant que ses yeux s'accoutument à la pénombre, elle entendit le bourdonnement des conversations qui retombaient subitement pour s'éteindre… Comme les plantes dans leurs pots.

La salle sortit peu à peu du néant. D'abord, l'écran de TV qui diffusait la chaîne sportive ESPN ou un de ses clones, puis les néons publicitaires pour des marques de bière – uniquement Bud, Rolling Rock et Miller, pas de Bass Ale, de Zima ou autres boissons étrangères en ces murs – qui brillaient derrière le bar et se reflétaient sur les nombreuses bouteilles alignées sur les étagères-miroir. Au-dessus, une pancarte… des lettres gravées dans un bois sombre… DEMAIN, LA BIÈRE EST GRATUITE…

Puis les clients, une demi-douzaine de types burinés, mal rasés, mal habillés, sirotant leurs bières ou leurs cocktails, se tournèrent vers elle pour la dévisager avec un bel ensemble.

Et alors ? Ils n'avaient jamais vu une femme ? Était-elle tombée sur un bar homo ?

— Z'êtes venue voir Jack, c'est ça ?

Alicia baissa les yeux sur un petit Hispanique à la musculature d'haltérophile qui venait de surgir de l'obscurité. Il arborait une mince moustache et des cheveux noirs ondulés et ramenés en arrière. Il parlait d'une voix grave et ses yeux sombres en perpétuel mouvement pétillaient d'intelligence.

— Heu, oui. Il m'a dit qu'il serait…

— Il est à l'arrière. Julio, c'est moi. Veuillez me suivre.

Soulagée, elle suivit le petit homme jusqu'aux zones d'ombre qui s'étendaient au-delà du bar. À peine s'était-elle éloignée que les conversations reprirent de plus belle. Elle put distinguer une silhouette assise contre le mur le plus éloigné. Lorsque l'homme se leva, elle reconnut Jack.

Il lui tendit la main.

— Heureux de vous revoir, docteur.

Alicia repensa à tous ces jouets qui avaient regagné leur entrepôt, et sa gorge se serra. Elle prit sa main dans les siennes et la serra avec ferveur.

— Je ne sais comment vous remercier, dit-elle. Les mots me manquent.

— Ne vous en faites pas. On m'a embauché pour effectuer un certain travail, et c'est ce que j'ai fait.

Alicia avait du mal à le croire. Il avait beau prendre un ton désinvolte, elle avait vu la lueur qui brillait dans ses yeux ce vendredi et savait ce qu'il avait fait subir au voleur. Est-ce qu'un homme qui se contentait de remplir un contrat se donnait autant de peine ?

Il lui proposa un café, qu'elle refusa. Julio remplit à nouveau la tasse écaillée de Jack, puis s'en alla.

— Tout était là ? fit Jack avant de boire une gorgée.

À nouveau, elle remarqua les ongles de ses pouces, toujours aussi longs. Peut-être que, plus tard, elle lui demanderait pourquoi il ne les coupait pas, comme aux autres doigts.

— Pour autant qu'on puisse l'évaluer, ils sont tous là. Les employés sont fous de joie. Ils parlent d'un miracle de Noël. Et c'est ce que disent les journaux.

— Oui, j'y ai jeté un coup d'œil. Très bien, en ce cas,

ma mission est terminée. Au fait, comment va ce petit bonhomme avec ses cheveux en brosse ? Celui qui a vomi partout juste après notre première rencontre ?

— Hector ? fit-elle, étonnée qu'il s'en souvienne. Il n'est pas au mieux de sa forme.

— Oh non. Vous n'allez pas m'annoncer une mauvaise nouvelle, j'espère ?

Il est sincère, se dit-elle, stupéfaite et émerveillée. Il se soucie vraiment de ce gamin.

— D'après ses radios, il souffre d'une pneumonie.

Les alvéoles pulmonaires avaient développé un schéma typique de la pneumocystose, et les analyses avaient confirmé que l'organisme était infecté. Ce qui n'avait rien pour la surprendre. Le *Pneumocystis carinii* avait une affection particulière pour les victimes du sida.

Au départ, Alicia avait prescrit du Bactrim en intraveineuse. Il aurait pu se contenter d'une dose administrée oralement, mais les parents prenaient rarement la peine d'administrer des médicaments à des enfants qui semblaient en pleine santé.

— Il va s'en sortir ?

— En général, les médicaments qu'on lui a prescrits sont efficaces.

En général.

— Puis-je faire quelque chose pour lui ? Je ne sais pas, lui envoyer un ballon ou un ours en peluche ou quelque chose comme ça ?

Pourquoi pas un père et une mère ou, mieux encore, un nouveau système immunitaire ? pensa Alicia, mais elle se contenta de dire :

— Ce serait parfait. Il n'a plus rien au monde. Je suis sûre que, quoi que vous lui envoyiez, cela lui plaira.

— Il n'a rien au monde, répondit Jack d'un air lugubre en secouant la tête, puis il plongea son regard dans les profondeurs de son café.

Lorsqu'il leva les yeux, Alicia sut qu'il cherchait les

mots pour exprimer l'aridité de cette vie qu'il tentait d'imaginer.

N'essayez pas, se dit-elle. Votre dictionnaire n'est pas assez grand pour ça. Il faudrait en inventer de nouveaux.

— Je sais, lui dit-elle.

Il acquiesça, puis soupira.

— D'après votre message, vous vouliez discuter d'une affaire personnelle.

Parfait, se dit-elle. Passons donc à quelque chose que vous pouvez résoudre.

— Tout d'abord, appelez-moi Alicia. Et avant d'entrer dans le vif du sujet, je voudrais savoir une chose : pourquoi toutes ces plantes mortes devant les fenêtres ?

Jack jeta un coup d'œil au corps du délit. Il y avait si longtemps qu'elles étaient là qu'il n'y faisait même plus attention.

— Pour Julio, ce sont des totems. Pour éloigner les esprits malins.

— Vous voulez rire ? Quels esprits malins ?

— Ceux qui commandent un verre de Chardonnay.

Elle eut un sourire torve.

— Oh, je vois. C'est un bar réservé aux hommes, aux vrais… Sentant la sueur et gavés de testostérone.

Jack haussa les épaules.

— Je ne peux répondre pour Julio. Il aime avoir une clientèle d'un style particulier et tente de décourager les autres. Mais parfois, cela peut se retourner contre lui. Il arrive que ces plantes attirent ceux qui sont à la recherche d'« authenticité »… Quoi que cela puisse être. Mais revenons à nos moutons.

Elle soupira. La tension monta d'un cran. *Nous y voilà.*

— C'est une histoire longue et compliquée ; et je ne vous ennuierai pas en la racontant dans ses moindres détails. En résumé : il y a deux mois, un nommé Ronald Clayton est mort dans un accident d'avion, et je suis sa seule héritière.

— Qui était-ce ?

— Mon père.

— Oh, pardon, je suis désolé…

— Ne vous en faites pas. Tout ce que nous avions en commun, c'était une poignée de gènes. Toujours est-il que, lorsque l'avocat qui est son exécuteur testamentaire m'a appelée, je lui ai répondu que les biens de cet homme ne m'intéressaient pas et que je ne voulais plus entendre parler de lui. C'est là qu'il m'a dit que j'étais sa seule et unique héritière.

Jack haussa les sourcils.

— Il n'a rien laissé à votre mère ?

— Celle-ci est morte il y a plus de vingt ans – et là, vous pouvez exprimer vos regrets, si vous le voulez.

Alicia se souvenait à peine de sa mère. Si seulement elle n'était pas morte… Tout aurait été bien différent…

— En tout cas, j'en suis resté baba. Cela faisait une bonne douzaine d'années que je ne lui avais pas adressé la parole. Je ne pensais même plus à lui. (*Je ne pouvais pas me le permettre.)* J'ai dit à l'exécuteur testamentaire que je me fichais pas mal de cette satanée baraque et lui ai raccroché au nez.

Jack ne dit rien. Il doit attendre qu'on en vienne au cœur du problème, se dit Alicia. Ne vous en faites pas. J'y arrive.

— Puis soudain, c'est au tour de Thomas, mon demi-frère, de m'appeler et il…

— Un instant, interrompit Jack. Votre *demi*-frère ?

— Exact. De quatre ans mon aîné.

— De quel côté ? Maternel ou paternel ?

— Ronald Clayton est son père.

Jack pencha la tête sur le côté.

— Et il ne lui a rien laissé.

— Pas un sou.

— Y a-t-il d'autres « demis » dans la nébuleuse Clayton ?

— Non. Uniquement Thomas. Et cela me suffit largement, merci bien. Donc, au bout du fil, Thomas me dit que puisque je ne veux pas de la maison, il peut toujours m'en débarrasser. Je réponds qu'il n'en est pas question, que j'ai changé d'avis et entends bien prendre possession de mon héritage, que je veux en faire don au Centre pour en faire un bâtiment secondaire. Donc, il peut toujours courir.

— J'en déduis que vous êtes en aussi bons termes avec lui qu'avec votre père.

— Je le déteste encore plus, si c'est possible. Le lendemain, Thomas me rappelle et propose de m'acheter la maison pour deux millions de dollars.

Jack écarquilla les yeux.

— Où est-elle située ?

— Murray Hill.

— Je comprends mieux, fit Jack en souriant. Pour un coin pareil, ce doit être une misère.

— C'est une demeure en briques, un *brownstone* de trois étages. Croyez-moi, elle les vaut largement.

— Jusque-là, je ne vois toujours pas pourquoi vous avez besoin de moi. Vous n'avez qu'à prendre l'oseille et faire ce que bon vous semblera.

C'est là qu'on abordait les sujets sensibles. C'est maintenant qu'il allait commencer à se poser des questions. Mais Alicia avait évité d'y répondre – elle ne *pouvait* y répondre – avec Léo Weinstein, elle devrait faire de même avec Jack.

— Sauf que je ne l'ai pas fait. Je l'ai envoyé paître.

— Vous saviez qu'il allait augmenter la mise.

— Non. Et pourtant, il l'a fait. Thomas est revenu à la charge et m'a offert quatre millions. Et je lui ai répondu sur le même ton. C'est alors qu'il me dit en avoir marre de surenchérir tout seul et que je n'avais qu'à « fixer mon prix, bordel de merde » – je cite – et je lui ai raccroché au nez.

— Ouais… C'est un peu comme de gagner à la loterie et de ne pas aller toucher son argent, non ?

— Pas vraiment. En fait, Thomas n'a pas un sou en son nom propre.

Jack se pencha en avant et la regarda attentivement. Pas de doute, elle avait piqué sa curiosité.

— Vous en êtes sûre ?

— Je m'en doutais. Je veux dire, depuis ses années de lycée, il occupe un poste de chercheur chez AT&T – du bas de gamme, rien de bien glorieux. Qui voudrait lui faire un prêt d'une telle envergure ? Donc, j'ai fait ma petite enquête : son compte en banque est dans le rouge et il a quitté son emploi à la période où il a commencé à m'appeler.

— Donc… Un type fauché et sans travail vous a offert quatre millions. Je comprends que vous l'ayez envoyé au bain.

— Vous ne comprenez pas. Je crois qu'il dispose bel et bien de cet argent – en liquide.

— En *liquide* ?

— C'est du moins ce qu'il m'a proposé – en ajoutant que je pouvais toujours le garder ou l'offrir à une œuvre de charité. Comment pouvez-vous expliquer cela ?

— Soit il est fou à lier, soit il a quelqu'un pour le financer.

— Tout à fait. Mais qui peut bien faire une chose pareille ? Et pourquoi ne pas s'adresser directement à moi ? Pourquoi passer par l'intermédiaire de Thomas ?

Jack se radossa à sa chaise.

— Est-ce vraiment si important ? Un bien immobilier d'une valeur considérable vous tombe du ciel. Vous pouvez vous installer dans cette maison ou la vendre. Quoi qu'il en soit, ce n'est pas de mon ressort ; vous feriez mieux de vous adresser à un conseiller fiscal.

Alicia sentit qu'il lui glissait entre les doigts ; elle avait cessé de l'intéresser. Elle s'empressa donc de lui donner la suite de l'histoire :

— Mais je ne *peux pas* l'habiter et ne peux la vendre. Lorsque je l'ai rembarré, Thomas a embauché des avocats de haut vol pour attaquer le testament. Je ne peux entrer en possession de la maison tant que le différend ne sera pas tranché. Ils ont même obtenu une injonction de la Cour pour faire sceller les lieux : je ne peux même pas aller voir dans quel état elle se trouve. *Quoique, je ne le ferais pas, de toute façon.*

— Pourquoi la faire sceller ?

— Apparemment, depuis qu'elle est déserte, plusieurs personnes s'y sont introduites. Thomas dit vouloir protéger sa propriété, ou du moins ce qui, espère-t-il, sera sa propriété une fois qu'il aura obtenu gain de cause. Il a même contacté une entreprise de sécurité pour qu'ils la surveillent.

Jack sourit.

— Et vous dites qu'il n'a pas le moindre revenu ? Votre demi-frère ne manque pas de ressources.

— Ce n'est pas ainsi que je le qualifierais.

— Quoi qu'il en soit, c'est un avocat qu'il vous faut, et non quelqu'un comme moi.

Alicia se mordit la lèvre. Non, j'ai bel et bien besoin d'un homme comme vous. Mais une fois qu'elle lui aurait parlé de ce qu'elle avait en tête, quelle serait sa réaction ?

*
* *

Parfois, se dit Jack en faisant semblant de s'intéresser à l'histoire de la doctoresse, c'est une bonne chose de dévier de sa routine. Mais pas toujours.

S'il avait suivi son *modus operandi* habituel, il ne serait même pas là. En général, il s'entretenait toujours avec ses futurs clients avant de les rencontrer en face à face. C'est ainsi qu'il évitait de s'encombrer de gens tels que le Dr Clayton – ceux dont les problèmes pouvaient être résolus par des moyens plus orthodoxes.

Mais comme il avait déjà rencontré Alicia, il lui avait donné tout de suite un rendez-vous en s'épargnant les préliminaires.

Il n'avait pas totalement perdu son temps, mais il

s'en fallait de peu. La seule chose qui justifiât cet entretien était ce bon docteur elle-même.

Alicia Clayton l'intriguait. Il avait rencontré bien des gens qui portaient le poids de leurs secrets. Tous ses clients cachaient forcément quelque chose, et il était rare qu'ils lui déballent toute l'histoire du premier coup. Et il était devenu expert dans l'art de discerner les failles. Il ne pouvait deviner ce qu'ils évitaient de lui dire, mais savait qu'il lui manquait des éléments.

Alicia Clayton était différente. Il n'arrivait pas à lire en elle. Soit elle ne lui cachait rien, soit elle dissimulait le fait qu'elle puisse lui cacher tout ce qu'elle voulait, même le fait qu'elle lui cachait quelque chose.

Jack aurait plutôt choisi la seconde option. Car en la voyant assise en face de lui, il sentait qu'une silhouette agréable se dissimulait sous son manteau et son gros pull de maille. En fait, avec ses traits délicats et ses cheveux très noirs, elle aurait pu être très jolie. D'une façon assez froide, certes, mais… Elle avait choisi de ne pas se mettre en valeur. De se cacher.

Eh bien, c'était son affaire. Et de toute façon, vu son emploi peu reluisant, elle n'avait pas à faire des efforts de représentation.

Il valait mieux ne pas s'attarder sur ce genre de détails.

Mais Alicia Clayton lui semblait trop sûre d'elle. Comme si elle faisait de son mieux pour rester impassible.

Que pouvait-elle bien cacher ? Cette femme n'était pas vraiment renfermée, mais plutôt hermétiquement scellée. Et pour cela, il fallait de la pratique. Des *années* de pratique.

Ce qui ne faisait que l'intriguer davantage. Qui était cette femme qui semblait vouloir *tout* cacher, tout ce qu'elle était ?

Mais ce n'est pas ce matin qu'il débloquerait un de ses verrous. Il cherchait donc un moyen de mettre fin à ce tête-à-tête lorsqu'elle se pencha en avant.

— *J'avais* un avocat. Jusqu'à vendredi. Il a été assassiné.

Jack ne put s'empêcher de sourire. Les avocats spécialisés dans les droits de successions meurent dans leur lit.

— Vous voulez dire qu'il s'est tué ?

— Non. J'ai bien dit *assassiné*. Lorsqu'on pose une bombe dans une voiture, cela devient automatiquement un meurtre, non ?

Jack se redressa sur sa chaise. Cette histoire avait fait la une des journaux et des bulletins TV.

— Cette voiture qui a volé en éclats en plein centre-ville ? C'était votre avocat ?

— Oui. Nous avions rendez-vous ce matin-là. J'imagine que quelqu'un préférait qu'il en soit autrement.

Holà ! Ne croyait-il pas détecter une pointe de parano dans cette remarque ?

— Qu'est-ce que vous fait croire que c'est pour cette raison qu'on l'a tué ? D'après les journaux, on a trouvé de la cocaïne dans la boîte à gants de sa voiture.

Alicia resta impassible, mais Jack la vit serrer le poing de sa main droite.

— Dans mon travail, je rencontre beaucoup de cocaïnomanes. La plupart des parents de nos enfants prennent des drogues plus ou moins régulièrement. C'est même ainsi qu'ils transmettent le virus à leur progéniture. Je connais les signes révélateurs et n'ai rien vu de tel chez Léo Weinstein.

Elle se radossa à son siège et parut se détendre – non sans mal, se dit Jack.

— Bien sûr, je peux me tromper. Mais ce n'est pas la première mort violente qui ait un rapport avec ce testament.

Involontairement, Jack se pencha en avant.

— Un autre avocat ?

Alicia secoua la tête.

— Non. Lorsque j'ai tiré les conclusions qui s'imposaient, à savoir que Thomas servait de prête-nom, j'ai embauché un détective privé – pour qu'il le suive, voie qui il fréquente, tout ce que font les héros de série TV. Bien sûr, je n'aurais su que faire des informations qu'il m'aurait fournies, mais tous ces mystères et ces subterfuges me dérangeaient. Si quelqu'un tient absolument à mettre la main sur cette maison, pourquoi ne pas venir me trouver directement ? Pourquoi passer par Thomas ?

— Et qu'en avez-vous tiré ?

— Rien du tout. (Ses yeux d'un gris métallique plongèrent dans les siens.) Un soir, deux jours après que je l'aie embauché, le détective s'est fait renverser par une voiture alors qu'il traversait la Soixante-Quinzième Rue. Il est mort sur le coup. Le chauffard n'a même pas ralenti.

Jack pianota sur la surface de la table. Bon, peut-être n'était-elle pas si paranoïaque qu'il le croyait. Cela pouvait toujours être une coïncidence, mais lorsqu'on embauche deux personnes pour résoudre un problème donné et que toutes deux meurent de mort violente, on en tire vite les conclusions qui s'imposent.

Une chose était sûre : une ou plusieurs personnes préférant garder l'anonymat voulaient absolument mettre la main sur la demeure des Clayton. Elles lui avaient fait une proposition du genre « Votre prix sera le mien » et, lorsque cela s'était avéré insuffisant, avaient choisi la voie légale.

Mais de là à conclure qu'elles étaient prêtes à éliminer tous ceux qui se mettaient sur leur chemin…

— Récapitulons. Les deux personnes que vous avez embauchées sont mortes. Il est possible qu'il y ait un lien. Mais admettons que quelqu'un soit prêt à tuer quiconque l'empêcherait de s'emparer de la maison, pourquoi n'a-t-il pas commencé par le plus évident des obstacles : vous ?

— C'est la question qui, depuis vendredi, m'empêche de dormir. Je ne sais pas ce qu'il y a sur ce testa-

dire qu'il n'était pas un incendiaire – ce qui était la vérité – et voilà.

Alors pourquoi ne le disait-il pas ? Pourquoi n'avait-il pas réagi instantanément lorsqu'elle le lui avait proposé ?

Parce que…

À vrai dire, il ne savait pas pourquoi. Alicia l'intriguait et son petit scénario le fascinait. Cette dame avait refusé une fortune pour éviter qu'une maison appartenant à un homme qu'elle ne considérait même pas comme son père ne tombe entre les mains de son demi-frère. Qu'est-ce que cette baraque avait de si spécial ? Que lui était-il arrivé pour qu'elle la considère avec un tel dédain ?

Sa curiosité était éveillée. Et comme les affaires tournaient au ralenti…

— D'accord : mettons que je ne peux rien vous promettre pour l'instant, que je vais y réfléchir. J'ai quelques petites choses à vérifier avant de vous donner ma réponse.

— Est-ce si difficile ? fit-elle d'un ton où pointait une note d'irritation. Vous me dites oui ou non ; ce n'est pas sorcier. Vous ne faisiez pas tant d'histoires lorsque je vous ai demandé de récupérer les jouets.

— C'était une autre histoire. Ramener quelque chose à son propriétaire légitime et mettre le feu à une maison n'entrent pas dans la même catégorie, vous en conviendrez ? Vous me demandez tout de même de provoquer un incendie assez important en plein cœur de Manhattan.

Jack étudia sa réaction. De toute évidence, elle croyait qu'il accepterait sans sourciller, qu'ils n'auraient qu'à se mettre d'accord sur une somme. Mais elle ne laissait rien transparaître de ses sentiments… Puis un vague sourire étira ses lèvres. Il ne monta pas pour autant jusqu'à ses yeux.

— Oh, je vois, dit-elle. C'est sur *moi* que vous voulez faire votre enquête.

— Il y a de cela. D'instinct, j'aurais plutôt tendance à vous croire, mais j'ai déjà rencontré des gens qui vous auraient fait avaler n'importe quel bobard.

— Bien sûr, renchérit-elle. Pour autant que vous sachiez, la maison peut appartenir à un amant qui m'a trompée, et je veux juste me venger.

— Cela ne serait pas la première fois.

Elle prit son sac et se leva.

— Eh bien, monsieur Jack-tout-court, dit-elle froidement, sachez que je n'ai pas d'amant. Et je ne vous raconte pas de « bobards ». Vous pouvez effectuer toutes les « vérifications » que vous voulez et, si elles vous apportent entière satisfaction, vous n'aurez qu'à me rappeler. Entre-temps, je verrai si j'ai d'autres possibilités. (Elle eut un autre vague sourire en se retournant.) Merci de votre accueil.

En la regardant partir, Jack siffla entre ses dents. Cette dame avait des nerfs en acier trempé.

2

Alicia partit vers Colombus Avenue pour chercher un taxi. L'heure de pointe était passée, il restait encore une heure avant le rush de midi et, dans l'Upper West Side, le trafic marchait au ralenti. Il y avait toujours des gens qui faisaient leurs courses, mais ils étaient à pied. Pour les taxis, ce n'était pas le bon moment.

Elle en vit un qui passait en trombe, mais il était déjà pris. Il s'arrêta dans un grand crissement de pneus qui la fit sursauter, juste devant une voiture blanche qui s'était arrêtée en plein milieu de la rue. Le chauffeur appuya sur son klaxon jusqu'à ce que l'intrus ne daigne dégager le chemin.

Elle eut un sourire. La musique de la cité…

Mais son sourire se fana lorsqu'elle repensa à ce que Jack lui avait dit.

J'ai quelques petites choses à vérifier avant de vous donner ma réponse...

Un sombre pressentiment lui disait que Jack avait déjà pris sa décision, et qu'il n'était pas intéressé.

Merde. Elle comptait vraiment sur son aide.

Il faudrait qu'elle aille chercher son incendiaire ailleurs. Inutile de consulter les pages jaunes. Peut-être que l'un des géniteurs d'un enfant du Centre pourrait s'en charger pour quelques billets – ce n'étaient pas vraiment des citoyens modèles – mais elle aurait préféré que ce soit Jack. Au moins, lui avait fait ses preuves. Et même s'il se jouait d'elle, Alicia avait confiance en lui.

Elle scruta la rue. Pas la moindre limousine grise. Parfait. En atteignant Colombus Avenue, elle vit un taxi qui passait le coin de la rue et se dirigeait vers elle. Elle leva la main, puis remarqua qu'il n'était pas en service.

Oh, non ! Elle voulait faire un saut à l'hôpital pour voir Hector avant d'être coincée au Centre.

Elle se blottit dans son manteau pour se protéger du froid. Peut-être devrait-elle plutôt appeler un taxi. Elle ouvrit son sac et farfouilla à l'intérieur. On aurait dit qu'il contenait la moitié de sa vie. Il n'y avait pas beaucoup d'argent, mais en remuant le tout, elle remarqua son stéthoscope, son nécessaire à diagnostic, son bipeur, ses clés et, enterré sous les vieux reçus de carte de crédit, son téléphone portable.

Ce faisant, elle regarda en arrière le chemin qu'elle avait déjà parcouru – cherchant toujours cette satanée limousine grise – et remarqua trois hommes rassemblés autour de la portière d'une voiture de sport rouge garée près de chez Julio's, à une douzaine de mètres d'elle. Il y avait là un Blanc percé de partout, un Noir et un Hispanique, et ces deux derniers dissimulaient le Blanc pendant qu'il insérait une tige de métal dans l'espace entre la vitre et la portière et l'agitait de bas en haut.

Alicia ne connaissait rien aux voitures, mais il était

évident que ces trois-là mijotaient un sale coup. Ils comptaient piquer la radio, ou l'air-bag, ou la voiture elle-même. Elle jeta un coup d'œil autour d'elle pour voir s'il y avait quelqu'un d'autre dans les parages, mais à ce moment précis, le trottoir était désert.

Peut-être ferait-elle mieux de s'éloigner pour attendre son taxi. Une fois en route – et en sécurité – elle n'aurait qu'à appeler police-secours.

Mais alors qu'elle allait tourner les talons, elle vit Jack sortir de chez Julio's. Il se dirigeait vers elle, mais ne fit pas mine de la remarquer : il semblait braqué sur ces trois hommes qui tentaient de forcer la portière. Alors qu'il s'approchait d'eux, Alicia remarqua un changement dans sa façon de marcher… Maintenant, il se déplaçait tout en souplesse, tel un grand félin.

Il ne va tout de même pas s'en mêler ? pensa-t-elle. Il est trop malin pour ça. Du moins l'espérait-elle.

Pourtant, Jack alla se planter devant les deux types qui servaient d'écran. Ceux-ci restaient plantés là, les mains dans les poches en se balançant sur ses talons, comme s'ils se contentaient de changer un pneu.

Elle crut l'entendre dire :

— Salut, les gars, ça boume ?

La curiosité l'emporta sur le bon sens. Fascinée, elle se rapprocha pour mieux voir.

Le Noir aux cheveux dégradés, qui semblait fréquenter assidûment les salles de musculation, regarda Jack comme s'il n'arrivait pas à croire qu'on puisse être aussi bête.

— Qu'est-ce que tu crois ? (Il désigna le Blanc.) Notre pote a oublié ses clés dans sa bagnole et on l'aide à les récupérer. Ça te va ?

— Je peux regarder ?

Jack semblait parfaitement décontracté, et parlait d'une voix aiguë, tel l'idiot du village.

— Non. Casse-toi.

— Ben pourquoi ?

— Parce que j'ai mes règles et que ça me fout les

nerfs. Et tu nous empêches de nous concentrer. Alors il vaut mieux que tu ailles voir ailleurs si j'y suis.

— Mais j'ai encore jamais vu crocheter une portière de cette façon, fit Jack. J'veux dire, c'est bien que l'un d'entre vous ait une tige de fer sous la main pour pouvoir l'aider. Je croyais que c'était illégal.

Bon sang, se dit Alicia en voyant les trois malfrats se figer. Il est devenu fou ?

— Hé, mec !

Le Blanc se redressa et fit un pas en direction de Jack. Il portait un blouson de cuir noir clouté, des cheveux blonds coupés à ras et des anneaux à chaque oreille, sur sa lèvre supérieure et au sourcil droit.

— T'es un genre de flic ou quoi ?

— Qui, moi ? répondit Jack avec un sourire timide. Oh, non. Pas moi. J'suis pas un flic. Mais cette bagnole est celle de mon pote Julio, et aucun d'entre vous ne ressemble à mon pote Julio. Donc, je vous conseille d'aller piquer la caisse d'un autre.

Ce fut au tour de l'Hispanique. Il sortit sa tige de l'habitacle et la secoua sous le nez de Jack.

— T'es dingue, mec ? fit-il avec un fort accent latino. C'est la bagnole de mon pote, et on l'aide à la reprendre. Maintenant, tu ferais mieux de te casser avant que je te fasse bouffer cette tige jusqu'à ce qu'elle te ressorte par le cul !

Tous semblaient prendre l'incident à la rigolade : ils riaient et se claquaient les mains. C'est alors qu'Alicia remarqua que Jack tirait sa main gauche de sa poche.

Elle aurait voulu lui crier, non, ne faites pas ça ! À trois contre un, vous n'avez pas une chance.

Mais en le regardant, elle révisa son opinion. Il semblait irradier une énergie électrique, primordiale. Dans son bureau, dans ce bar, il s'était montré si calme, mais maintenant… Maintenant, ce n'était plus le même homme. Il semblait vibrer d'une énergie, d'une flamme nouvelle, comme si toute son existence n'était qu'une série d'interludes entre deux moments tels que celui-ci.

Le Blanc prit la tige de métal des mains de l'Hispanique et, à son tour, l'agita sous le nez de Jack.

— Et lorsqu'il en aura fini avec toi, dit-il, ce sera mon tour, et je t'arracherai les amygdales par le fondement !

La tension s'accumulait, peu à peu. Alicia avait déjà lu ce que disaient les gens qui avaient été frappés par la foudre et avaient survécu. Avant la décharge, ils avaient ressenti une étrange sensation à vous faire dresser les cheveux sur la tête – littéralement. C'est ce qu'Alicia ressentait à ce moment, comme si les ions en suspension dans l'atmosphère changeaient de polarité…

— Vous avez de beaux yeux bleus, dit Jack, dominant les éclats de rire. Je peux en prendre un ?

Avant qu'ils n'aient pu répondre, la main de Jack jaillit pour effleurer le visage du Blanc. Une seconde plus tard, celui-ci tituba en arrière en hurlant comme un possédé. Il laissa tomber la barre pour se griffer le visage en tournant en rond sur lui-même, si bien qu'il faillit renverser son pote le Noir.

Alicia eut un hoquet et un mouvement de recul en voyant un liquide écarlate qui coulait sur sa joue, juste avant qu'il ne pose ses mains sur son œil.

Bon Dieu, qu'a-t-il fait ?

— Qu'est-ce que… balbutia le Noir.

Ses yeux passaient de Jack à son pote qui était tombé à genoux et pressait ses mains écarlates contre son visage en hurlant tout ce qu'il savait.

L'Hispanique s'agenouilla pour mieux voir.

— Joey ! Qu'est-ce qu'il t'a fait ?

— Mon œil ! Oh, merde, mon œil !

— J'aime bien les yeux, fit Jack d'une drôle de voix.

Les siens présentaient une drôle de lueur, comme s'ils regardaient quelque chose qui n'était pas vraiment là, et Alicia remarqua que sa bouche était souillée de rouge.

— Surtout les bleus. Ils sont particulièrement bons.

C'est alors qu'il entrouvrit ses lèvres, dévoilant un œil sanguinolent coincé entre ses dents de devant.

Alicia sentit son estomac se révulser. Lorsqu'elle avait été nommée aux urgences durant son internat, elle avait vu des horreurs telles que la majorité des gens ne pourraient en concevoir dans leurs pires cauchemars, mais jamais rien de semblable. Elle était sûre qu'elle devait arborer le même air horrifié que le Noir et l'Hispanique. Elle aurait bien voulu détourner les yeux, mais non : elle devait boire le calice jusqu'à la lie.

Durant son enfance, elle avait eu le malheur de se trouver dans un magasin d'animaux à l'heure du repas des serpents. Elle était passée devant une cage où un boa avalait un crapaud, la tête la première. Ce spectacle l'avait révulsée, surtout en voyant que les pattes du crapaud étaient encore animées de mouvements spasmodiques. Malgré son dégoût, elle était restée clouée sur place jusqu'à ce que la malheureuse bête ait disparu.

Et maintenant, elle ressentait la même chose. Sauf que cette fois-ci, c'était le crapaud qui avalait les serpents.

Non… Avaler n'était pas le bon mot.

Jack recracha l'orbe sanglante. En la voyant s'écraser contre la vitre de la voiture, Alicia sentit son estomac se soulever. La masse gélatineuse resta collée là une ou deux secondes, puis se mit à glisser sur le verre, laissant derrière elle une trace rouge.

Les hurlements de Joey furent couverts par les gémissements de ses deux collègues alors que l'œil déformé s'avachissait au bas de la vitre.

— Mais les bruns ne sont pas mal non plus, renchérit Jack avec un sourire sanguinolent tout en avançant vers le trio.

Les deux hommes valides firent un saut de carpe. Dans sa hâte d'échapper à Jack, l'Hispanique faillit renverser le Noir.

— C'est bon, les mecs, j'me casse ! fit-il en se reculant.

— Hé, Ric ! Et Joey ?

— M'en fous !

Le Noir voulut s'emparer de lui, mais Ric lui échappa et se mit à courir.

— Ce type est complètement cinglé !

Jack fit un pas vers le Noir.

— Comme tu as de *grands* yeux bruns !

C'était la touche finale. L'homme tourna les talons et tricota des jambes pour rattraper Ric.

— Yo, Joey, fit-il à son camarade affalé sur le trottoir. À plus tard.

Mais Joey ne l'entendit pas. Il était penché en avant, la tête à deux doigts du trottoir et s'essuyait le visage.

Jack les regarda partir, puis leva le poing.

— *Ouais !*

Puis il cracha dans le ruisseau et s'essuya la bouche sur sa manche. Alicia se mit à battre en retraite. Lentement. Dans quel pétrin s'était-elle fourrée ? Heureusement qu'elle ne l'avait pas embauché pour brûler la maison. Peu importe s'il avait retrouvé les jouets volés : elle ne voulait rien avoir à faire avec ce dément.

C'est alors que Jack se tourna et la regarda.

— Vous avez vu ? fit-il avec un sourire sanguinolent. Ça a marché ! Comme sur des roulettes !

Puis son sourire se fana. Peut-être était-ce à cause de son expression horrifiée. Alicia faisait de son mieux pour dissimuler la peur et la répulsion qui bataillaient en elle, mais apparemment, cela ne suffisait pas.

— Un instant ! dit-il. Vous ne croyez tout de même pas…

Il fit un pas dans sa direction. Alicia tourna les talons pour s'enfuir, mais ne fit que deux pas avant qu'une main se referme sur son bras pour l'arrêter en douceur.

— Non, fit-elle, laissez-moi ! Lâchez-moi ou je hurle !

— Trois secondes, répondit-il. J'ai quelque chose à vous montrer. Ensuite, je vous laisse partir. D'accord ?

Son ton était si raisonnable, si… sain. Sa voix avait perdu ce falsetto énervant. Elle le regarda par-dessus son épaule. Son regard était à nouveau vif et pétillant.

Mais ses lèvres restaient souillées de rouge.

— Regardez, fit-il en tendant sa main libre.

Des yeux... deux... l'un brun, l'autre bleu... luisants, gluants... gisaient sur sa paume.

Elle eut un mouvement de recul et faillit hurler, puis remarqua qu'il n'y avait pas une goutte de sang sur les globes translucides. En y regardant d'un peu plus près, elle finit par comprendre...

— Ce sont des faux.

— Bien sûr ! On en trouve dans tous les magasins de farces et attrapes du Village.

Alicia jeta un coup d'œil par-dessus l'épaule de Jack. Joey se relevait péniblement en pressant toujours une main sur son orbite.

— Mais alors, que lui avez-vous fait ?

Jack lui montra une petite poire remplie d'un liquide rouge.

— Je l'ai aspergé en douce avec ce petit gadget. C'est du faux sang de cinéma additionné de dix pour cent de capsicum – vous savez, cet extrait de poivre qui sert à fabriquer les bombes d'autodéfense ? Par contre, pour l'œil, je mets du faux sang non trafiqué afin que, lorsque je le mords, le rouge jaillisse. Excusez-moi. (Il se tourna pour cracher dans le caniveau.) Cela fait vrai, mais le goût est infect.

— Cela fait plus que vrai ! J'ai bien cru...

Jack la regarda avec une lueur malicieuse dans l'œil.

— Vraiment ? Vous aussi avez marché ? Vous qui êtes docteur ? C'est super ! Cela fait tellement longtemps que j'attends une occasion de tester ce petit truc !

— Un instant, j'ai cru que vous alliez vous battre avec eux.

— À un contre trois ? (Il secoua la tête.) Ça ne marche que dans les films. Ou alors, il faut que vous les preniez par surprise et disposiez d'une arme quelconque. Mais la plupart du temps, dans la réalité, celui qui tente un coup pareil finit à l'hosto. Je ne suis pas masochiste. Et mon tour de passe-passe est bien plus drôle !

Il alla récupérer le faux globe oculaire toujours collé à la voiture.

— C'était parfait, dit-il, plus pour lui-même que pour Alicia. Ça a marché.

On dirait un petit garçon, se dit-elle. Un petit garçon qui a fabriqué quelque chose – une voiture en bois ou une fronde – et qui est tout content de voir que cela fonctionne.

Elle le vit s'emparer de l'anneau qui ornait le sourcil de Joey et le relever de force.

— Tu vois, Joey, je ne suis pas sûr que cette dame me croie. Allez, montre-lui ton œil !

— Je vous crois, dit Alicia, mais Jack ne semblait pas l'écouter.

— Allez, Joey. Montre tes beaux yeux bleus à la dame !

Les paupières rougies de Joey s'entrouvrirent pour dévoiler un œil larmoyant et irrité, mais intact.

— Brave petit, fit-il. (Il le poussa dans la direction qu'avaient prise les deux autres.) Va donc retrouver tes potes.

Il le regarda partir d'un pas mal assuré, puis se tourna à nouveau vers Alicia.

— Je vous appellerai.

Il la salua d'un geste, puis tourna les talons et s'en alla.

Alicia resta là, figée sur place. Pourvu qu'il décide de l'aider. Voilà quelqu'un qu'il valait mieux avoir dans sa manche.

3

— Ah, te voilà ! s'exclama Sam Baker à voix haute, bien qu'il soit seul dans sa voiture.

Il venait d'apercevoir la nana, cette Mlle Clayton. Un instant, il avait cru l'avoir perdue.

Il se radossa à son siège et détendit ses doigts crispés

sur le volant. Ses épaules lui faisaient mal. Ce n'est que maintenant qu'il s'apercevait à quel point il était tendu depuis que ce flic lui avait demandé de déplacer sa voiture.

Pas de panique, se dit-il. Maintenant, tout va aller comme sur des roulettes.

Il l'avait suivi du Centre jusqu'à l'Upper West Side et l'avait vue entrer dans ce rade du nom de Julio's. Il avait trouvé un bon emplacement près de la porte et s'était confortablement installé pour l'attendre.

Il n'était là que depuis quelques minutes, le temps de mémoriser les plaques minéralogiques des voitures tout autour de lui, lorsque ce flic s'était approché. Apparemment, son point de vue idéal était déjà occupé par une borne à incendie. Baker avait eu beau dire qu'il attendait quelqu'un et qu'il laissait tourner le moteur, le flic n'avait pas voulu en démordre.

— Vous vous en allez ou j'appelle la dépanneuse.

Vous parlez d'un choix.

Ainsi, il était parti en quête d'un point d'observation légalement acceptable. L'espoir fait vivre. Il serait bien entré lui-même dans le bar pour s'en jeter un pendant qu'il regardait la tronche de son rendez-vous, mais il ne pouvait courir le risque de se faire enlever sa caisse. Ainsi, il était resté en mouvement, faisant inlassablement le tour du pâté de maisons en attendant qu'elle ressorte.

Mais lorsqu'il la vit bel et bien passer la porte, il était déjà passé devant le rade. Il avait freiné, mais c'est alors qu'un connard de taxi s'était mis à klaxonner comme un furieux. Il ne conduisait cette Plymouth blanche de location que depuis deux jours. Ce vendredi, lorsque Clayton avait regardé fixement sa Buick grise, il en conclut qu'elle devait l'avoir repéré. Il préférait ne pas attirer son attention une fois de plus : il fit donc une nouvelle fois le tour du pâté à une allure d'une lenteur exaspérante.

Maintenant, tout allait bien. Il ne savait pas ce qu'elle

avait fait entre le moment où il l'avait perdue et celui où il l'avait retrouvée, mais qu'importe ? Elle était là où il l'avait laissée, et c'était tout ce qui comptait.

Son téléphone cellulaire se mit à couiner. Baker pouvait aisément deviner de qui il s'agissait : depuis l'explosion de la bagnole de son avocat, l'Arabe était tout le temps sur son dos.

— Ouais ?

— Vous êtes avec cette femme ?

— J'la lâche pas d'une semelle.

— Pardon ?

— Elle se rend au Centre. À ce moment précis, elle arrête un taxi.

— Où était-elle ? Voir un autre avocat ?

— Dans un bar.

— Dans un bar ? Vous semble-t-elle en état d'ébriété ?

Ce gars avait vraiment une drôle de façon de s'exprimer. Arabe jusqu'au bout des ongles, mais il parlait un anglais digne d'Oxford.

— Bourrée, vous voulez dire ? Non. Pour tout vous dire, je crois pas que cela ait un rapport avec l'affaire qui nous intéresse. Elle devait avoir rendez-vous avec son mec.

— Elle *n'a pas* de mec.

Baker apprécia la façon dont la jupe moulait les fesses de la jeune femme alors qu'elle se penchait pour parler au taxi. Chouette poupée.

Il avait du mal à croire qu'elle n'ait vraiment personne dans sa vie. Elle était plutôt mignonne. Du moins d'après ce qu'il avait pu en voir. Un poil de maquillage, une jupe moulante, et elle pourrait faire la pige à un mannequin. Et à la place…

C'était peut-être une gouine. Ça ne le dérangeait pas. Le seul problème des goudous, c'est qu'elles n'avaient encore jamais rencontré d'homme, de vrai.

— Puisque vous le dites.

— Et vous ne savez pas avec qui elle avait rendez-vous ?

— Pas eu l'occasion de vérifier. Mais je doute qu'elle ait négocié avec un avocat dans un trou à rats pareil.

Baker faillit ajouter, *remarquez, tout est possible*, mais préféra s'abstenir.

Pourvu que ça ne soit pas le cas.

— Je ne vous paie pas pour réfléchir. Je n'aime pas que vous vous mettiez à penser. Cela finit toujours mal.

C'est reparti pour un tour, se dit Baker. Mais l'Arabe n'insista pas.

— Dans quelle direction se rend-elle ? demanda Muhallal.

— Elle descend vers le centre-ville. Je suis juste derrière elle.

— Parfait. Contentez-vous de la suivre.

Baker coupa la communication et claqua sa paume contre le volant. Tout en conduisant, il pensa au bon paquet de pognon qui l'attendait. Et le pire, c'est qu'avec tout ce qu'il devait supporter, il l'aurait bien gagné.

4

Tout en suivant la voiture de Sam Baker, Yoshio Takita finissait le second des *burritos* qu'il s'était procuré un peu plus tôt, dans un snack du nom de Burritoville. Il n'avait jamais entendu parler de cette chaîne, mais était content de l'avoir sous la main. Il fit claquer ses lèvres avec satisfaction. D'après le menu, c'était des burritos « Phénix ». Un vrai délice. En fait, il adorait tout ce qu'on trouvait dans les fast-foods américains, ou du moins tous ceux qu'il avait testés. Et tout y était si bon marché ! Chez lui, à Tokyo, les chaînes de restaurants américains coûtaient une fortune.

Il avait peur de prendre du poids, mais son métabolisme semblait brûler les calories au fur et à mesure qu'il les ingérait. Parfait. Dans son boulot, il valait mieux ne pas prendre du ventre. Surtout qu'il n'avait que trente ans.

Il prit la serviette en papier pour s'essuyer la bouche et les doigts, puis reposa ses deux mains sur le volant. Il fallait faire preuve de vigilance. Il ne redoutait pas Baker : c'était un mercenaire et non un agent, et il n'était pas très doué dans l'art de la filature. De plus, il ignorait qu'il était lui-même suivi. Non, Yoshio avait surtout peur de se retrouver coincé à un feu. S'il ne filait qu'une seule personne, ce serait facile, mais comme Baker suivait lui-même cette femme, la chaîne était un peu trop lâche à son goût.

Mais Baker compensait son manque de style et de finesse par sa dureté. C'est ce que Yoshio avait pu constater la semaine dernière, lorsqu'il l'avait suivi jusqu'à la demeure de cet avocat de Long Island. Il avait bien vu que Baker posait quelque chose sur sa voiture, mais avait cru qu'il s'agissait d'un système de repérage quelconque. S'il avait réalisé qu'il installait une bombe, il aurait appelé l'avocat pour le prévenir.

Cette histoire avait déjà fait bien assez de victimes à son goût.

Selon son employeur, la firme Kaze Group, basée à Tokyo, 247 personnes avaient trouvé la mort à cause de quelque chose que Ronald Clayton connaissait ou avait découvert. Il y avait quelques semaines de cela, Yoshio avait assisté en personne au décès d'un autre malheureux. Et vendredi dernier, Léo Weinstein avait été le 249e.

Apparemment, les membres du conseil d'administration de Kaze Group n'en savaient pas plus que Yoshio, ou du moins le prétendaient-ils. Ils lui avaient dit ne pas savoir pourquoi cet Arabe, Kemel Muhallal, voulait absolument mettre la main sur cette maison ; mais s'il était prêt à sacrifier la vie de tant d'innocents pour s'en emparer, il valait mieux s'y intéresser de près.

Il était sûr qu'ils en savaient plus qu'ils ne le

disaient. Bien qu'en principe le Kaze Group ne soit qu'une simple compagnie en holding, elle était plus puissante que les grands *keiretsu*. Elle avait des antennes partout dans le monde. Mais apparemment, ils n'étaient pas omniscients.

Ainsi, le conseil d'administration avait fait appel à lui, Yoshio, comme à chaque fois qu'ils avaient un problème à régler avec un maximum de discrétion, et ils l'avaient envoyé en Amérique pour qu'il ramasse un maximum d'informations. Heureusement, l'Anglais comptait parmi les quatre langues qu'il parlait couramment. Une fois sur place, il serait leurs yeux et leurs oreilles. Ils lui avaient fourni une voiture avec une immatriculation du Corps Diplomatique pour qu'il puisse circuler à sa guise dans la ville et ait moins de problèmes pour se garer. Il était censé voir ce qu'il y avait à voir, écouter ce qu'il y avait à écouter et leur faire son rapport.

Il était parti seul. Il n'avait personne sur place, mais en cas de besoin, il pouvait appeler des renforts, et ils seraient là en l'espace de quelques heures.

Jusque-là, il n'avait rien pu glaner. Mais le Kaze Group était d'une patience remarquable. Ils savaient voir à long terme. Il resterait aussi longtemps qu'ils le voudraient.

Ce qui lui convenait fort bien. Tant qu'il serait là, il pourrait se régaler tout son soûl. Il consulta la montre de son tableau de bord. L'heure du déjeuner ne tarderait pas. Il l'attendait avec impatience.

5

Jack était assis devant la fenêtre du premier étage de Pinky's Drive-In et, de là, surveillait la Septième Avenue qui s'étendait en contrebas. Les haut-parleurs accrochés aux murs, entre les enjoliveurs décoratifs, diffusaient *Jingle Bell Rock* et, tout en surveillant la foule, il sirotait sa bouteille de thé glacé à la pêche Snapple.

Et quelle foule ! Il s'y mélangeait des gens faisant leurs courses de Noël, des grappes d'écoliers et des parents traînant leurs gamins emmitouflés derrière eux, alignés comme des petits canards. Tout ce flux s'écoulait sur les rues déjà bien encombrées de Penn Station pour rejoindre les magasins Warner, Disney, Macy's, FAO Schwartz et le show de Noël au Radio City Music Hall. Et on n'était que lundi ! Qu'est-ce que ce serait mercredi !

Les distributeurs de prospectus étaient sortis en masse et restaient figés, stoïques, au beau milieu du flot humain, tendant des feuilles de papier multicolores offrant toutes sortes d'affaires allant d'une réduction d'un dollar sur un poulet frit à des soldes monstres en passant par des stands de strip-tease – XXX !

De l'autre côté du croisement, des ouvriers gonflaient un énorme bonhomme de neige qu'ils accrocheraient au-dessus du Madison Square Garden.

Noël à la Grosse Pomme…

C'est alors qu'il remarqua un inconnu qui portait un œillet rose à sa boutonnière. Il le surveilla de près pour voir s'il était suivi.

Non. Apparemment, Jorge avait suivi ses instructions et était venu seul.

Jack descendit l'escalier et examina le rez-de-chaussée. La foule de midi n'était pas encore arrivée. Jack ne remarqua personne qui semble accompagner Jorge – si on avait besoin de renforts, on pouvait toujours leur demander de vous précéder sur les lieux – et, donc, il s'appuya à la rambarde et lui fit signe d'approcher.

— Jorge ! L'homme à l'œillet ! Prenez-vous quelque chose, puis…

D'un geste éloquent, il désigna l'étage supérieur du pouce.

Jorge acquiesça.

Quelques minutes plus tard, il monta les escaliers, repéra Jack et alla lui serrer la main.

— Monsieur Jack ? fit-il avec un fort accent.

Il portait une épaisse chemise bariolée où du noir, du jaune et de l'orange se mélangeaient selon un schéma assez curieux. Une grosse chaîne chromée partait de la ceinture de son jean noir jusqu'au portefeuille et au trousseau de clés glissés dans sa poche. Son nez et ses lèvres étaient épais, ses joues piquetées de taches de son. On aurait dit un Noriega grassouillet, mais sans l'air de satisfaction sinistre qu'arborait le dictateur.

— Merci de me recevoir.

— Bienvenue dans mon bureau, répondit Jack.

Dans le temps, Jack recevait tous ses clients chez Julio's. Ce bar restait son endroit de prédilection pour une première rencontre. Julio était un excellent physionomiste – il avait un sixième sens assez développé pour cela et savait fouiller son homme sans qu'il s'en rende compte. Mais Jack redoutait d'être un peu trop associé à cet endroit – ce qui pouvait leur être préjudiciable à tous les deux, Julio et lui.

Ainsi, il s'était mis à varier l'emplacement de ses « bureaux ». Pinky's Drive-In était nouveau sur la liste. Il aimait bien cet endroit qui avait l'estomac de porter ce titre de drive-in alors qu'il ne comprenait ni parking, ni service à emporter. Il aimait l'ambiance rétro un peu kitsch de ces dalles blanches et turquoise et des néons roses dans la salle d'en bas, là où se tenait le comptoir, et les enjoliveurs – d'antiques vétérans de toutes les routes du globe – accrochés au mur du premier. Et aussi cette perche tendue au-dessus de la rue, et cette porte de secours à l'arrière qui s'ouvrait sur un escalier menant au rez-de-chaussée.

De plus, il était facile à trouver : au croisement entre la Neuvième et la Trente-Troisième. Il suffisait de chercher un restaurant avec un néon en forme de Cadillac au-dessus de la porte.

Jorge déposa un énorme Pinky Burger et une canette de Budweiser sur la table avant de s'asseoir.

— A nous deux, fit Jack. Je connais toute l'histoire, en gros, mais il me faut en savoir davantage pour décider si le coup est jouable.

Jorge lui avait dit qu'il était d'origine équatorienne et dirigeait une petite entreprise d'entretien de bureaux – rien de bien fastueux, juste deux équipes de trois hommes, dont lui-même faisait partie – qui nettoyaient les bâtiments commerciaux de nuit. Il fallait travailler dur et supporter des horaires contraignants, mais il faut bien gagner sa croûte. Il récoltait assez pour payer ses factures et ses employés. Mais un de ses clients, un nommé Ramirez, lui faisait des misères.

— Et le pire, dit Jorge, c'est que c'est un frère.

— Votre *frère* ?

— Oh, que non ! Je veux dire un compatriote. Il est équatorien, comme moi. Il m'a même dit que c'est pour ça qu'il m'avait sélectionné. Toujours d'après lui, il n'est qu'un paysan qui est venu aux USA et a réussi, donc il tenait à m'aider, moi paysan, à devenir riche comme lui. (Il but une gorgée de Bud et cogna la bouteille contre la table.) Conneries ! La seule raison pour laquelle il nous a embauchés, moi et mes gars, c'est parce qu'il savait pouvoir nous arnaquer.

— Vous dites qu'il vous doit six mille dollars.

— Exact. Et je n'aurais jamais dû laisser s'allonger la note. Mais il m'a dit et répété que ses affaires tournaient au ralenti, que ses propres clients traînaient à le payer, mais qu'il allait dégoter un gros contrat d'ici à la fin de l'année et qu'alors il me règlerait le tout avec les intérêts. Et comme il était équatorien comme moi, un compatriote *paysan* (il cracha ce mot avec dégoût), je l'ai cru et ai continué de travailler pour lui, nuit après nuit, semaine après semaine. (Une autre gorgée, un autre coup sur la table.) Conneries ! Il n'a pas l'intention de me payer. Jamais !

— Alors là, je suis largué, fit Jack. Vous n'avez pas signé un contrat quelconque ?

— Bien sûr, acquiesça Jorge. Je ne bosse que sous contrat.

— Et vous me dites que vous avez épuisé tous les moyens légaux à votre disposition sans parvenir à vous faire rembourser ? Pourtant, il me semble que si vous avez un contrat, la législation…

— Je ne peux pas, répondit Jorge en secouant la tête.

— Pourquoi pas ?

— Parce que, dans mes équipes, j'ai embauché deux cousins de mon épouse. (Il détourna légèrement les yeux.) Ils ne sont… pas en situation régulière.

— Et ce Ramirez le sait ?

— Je ne le lui ai jamais caché.

— Ah-ha ! fit Jack. L'affaire se corse, comme on dit à Ajaccio.

Il se radossa à sa chaise pour boire une gorgée de Snapple.

Jorge le regarda avec des yeux ronds.

— Pardon ?

— Laissez tomber. Donc, où en êtes-vous avec lui ?

— J'ai fini par lui dire que je ne pouvais continuer de travailler pour lui sans toucher un centime. Il m'a à nouveau parlé de ce contrat qui devait tomber et, lorsque je lui ai dit qu'il devrait déjà être arrivé depuis longtemps, il s'est mis en colère. Cette fois-ci, je ne me suis pas dégonflé. Je n'entendais pas repartir les mains vides comme les autres fois.

— Et alors, comment a-t-il réagi ?

— Il m'a viré.

Jack ne put s'empêcher de sourire.

— Il vous a viré ? Il ne manque pas de culot.

Jorge eut un rictus qui découvrit ses dents.

— Ce n'est pas tout : il a osé me dire que je faisais du mauvais travail. Moi ! Vous pouvez me croire, monsieur Jack, mon travail est *de primera* !

Jack le croyait. Il voyait la lueur de fierté qui brûlait dans ses yeux. Il avait devant lui un homme qui tentait de bâtir plus qu'une affaire : une réputation… Une vie. Jack perçut sa colère, mais aussi sa douleur. Quelqu'un en qui il avait mis sa confiance l'avait trahi.

— Jorge, dit-il, je pense que vous avez mille fois raison. D'après moi, ce cher Ramirez a toujours eu l'intention de vous arnaquer, et ce dès le départ. Je suis sûr qu'à ce moment même, il s'est déjà mis en quête d'un autre service d'entretien.

— Oui, cela ne m'étonnerait pas de lui. C'est le genre d'homme qui dépouillerait un mourant. Mais que puis-je faire maintenant ?

— Eh bien, vous pouvez rassembler vos cousins et aller lui briser les jambes.

Jorge eut un sourire carnassier.

— Oui, j'y ai bien pensé. Nous avons même envisagé de le tuer. Mais nous ne sommes pas comme ça.

— Une autre possibilité est de commettre pour 6 000 dollars de dégâts sur quelque chose qui lui appartient.

— Oui, mais je préférerais toucher mon argent. La vengeance est certes douce, mais ce n'est pas ça qui va payer mes factures. Et plus que tout, je veux éviter d'avoir des ennuis avec la police. Pour dire vrai, monsieur Jack, j'ai besoin de cet argent. Il est plus important que la vengeance. Je ne veux rien de plus que ce qui m'est dû. Accepteriez-vous de m'aider ?

Jack s'adossa pour y réfléchir. Jorge était le client idéal, de ceux qui faisaient tourner ses affaires. Un homme qui était victime d'une injustice et n'avait personne vers qui se tourner. Mais Jack ne savait trop ce qu'il pouvait faire pour lui.

— Je vous aiderai si c'est de mon ressort. Mais il me faut un maximum d'informations sur ce Ramirez. Dites-moi tout ce que vous savez de lui, tout ce que vous avez appris durant ces mois où vous travailliez pour lui.

Et Jorge lui dit tout. Et peu à peu, alors qu'il parlait, un plan prit forme dans la tête de Jack…

6

Alicia préféra se passer de déjeuner : elle n'avait pas faim. Elle aimait ces périodes de calme où elle n'avait pas de session prévue à la clinique et où les enfants du Centre étaient à la cantine ; les employés et les volontaires qui n'étaient pas chargés de les surveiller étaient sortis chercher un sandwich. En général, elle en profitait pour se cloîtrer dans son bureau et s'occuper des paperasses. Mais aujourd'hui, elle ne tenait pas en place.

Et elle ne savait pas pourquoi. Ce n'était pas à cause d'Hector : le gamin avec sa coupe en brosse semblait répondre favorablement aux antibiotiques. Non, elle éprouvait juste le besoin de bouger.

Elle abandonna son bureau pour faire un tour dans les couloirs déserts, perdue dans ses pensées. Que devait-elle faire ? Attendre que Jack l'appelle ou chercher un autre contact ? Elle conjura le nom d'une autre personne. Devait-elle…

Alicia s'arrêta net. Elle avait entendu un bruit… Presque un gémissement. Elle resta figée sur place, aux aguets, le corps parcouru de picotements.

C'est alors qu'elle l'entendit à nouveau, plus faible cette fois-ci. Puis vint une voix, un murmure… Là, derrière ce coin…

Alicia s'avança sur la pointe des pieds, se félicitant d'avoir mis des baskets. Elle regarda par-delà l'angle du couloir et vit…

Un hall désert.

Elle commençait à croire qu'elle se faisait des idées lorsqu'elle entendit à nouveau ce murmure… Il provenait d'un couloir à moins d'un mètre de là. La porte était entrouverte et la voix était indéniablement masculine…

— Tu vois ? Je t'avais dit que cela ne ferait pas mal. Maintenant… C'est agréable, non ?

Alicia ravala un jet de bile qui lui brûla la gorge. Elle

tendit des doigts tremblants vers la poignée de la porte. Elle se força à l'empoigner et tira.

Et elle vit toute la scène en un éclair : un homme blanc entre deux âges – un volontaire qu'elle avait déjà croisé, mais dont elle ne connaissait pas encore le nom – qui clignait des yeux face à la clarté subite, et sa main fourrée dans la culotte d'une petite fille de quatre ans – Kanessa Jackson.

Puis la lumière explosa tout autour d'elle comme si l'univers entier devenait une vidéo surexposée. Alicia s'entendit hurler un torrent d'insultes tout en tournoyant sur elle-même dans la clarté éblouissante pour s'arrêter devant un tuyau d'incendie et un extincteur accrochés contre le mur. Ses mains ouvraient la vitre, s'emparaient du bidon et virevoltaient pour en frapper l'homme. Elle le vit se pencher mais pas assez vite, l'extincteur frappa sa tempe, et il s'effondra pendant que Kanessa en profitait pour s'enfuir, puis Alicia suivait l'homme à la trace en lui décochant de grands coups, encore et encore jusqu'à ce que…

— Alicia ! Mon Dieu, Alicia, tu vas le tuer !

Des mains lui immobilisèrent les bras, mais elle ne voulait pas s'arrêter. Elle voulait le voir à ses pieds. Elle voulait le tuer.

— Alicia, je t'en *prie* !

C'était la voix de Raymond. Elle cessa de se débattre et regarda l'homme couvert de sang qui se recognait devant elle en gémissant lamentablement. Soudain, son estomac se révulsa. Elle partit en arrière, mais ne lâcha pas l'extincteur.

— Appelle la police ! hoqueta-t-elle.

— Pourquoi ? demanda Raymond. Que s'est-il passé ?

Elle regarda Raymond et lut dans ses yeux le choc et l'inquiétude. Elle ne l'avait jamais vu dans cet état. Bien sûr que non. Elle-même n'avait jamais commis un tel acte. Et ce n'était pas fini : elle ressentait toujours cette soif dévorante de sang, de violence, de destruction, qui pulsait dans ses veines comme un tambour de guerre. Elle ne savait pas ce qui l'effrayait le plus – ce salopard vautré par terre, Raymond ou elle-même.

— Appelle la police ! dit-elle. Je veux qu'on embarque ce sale pervers sans plus tarder !

— D'accord ! fit Raymond en se reculant. Mais calme-toi, d'accord, Alicia ? Calme-toi.

— Et va chercher Kanessa Jackson. Fais-la examiner par une des infirmières. Assure-toi qu'il ne lui a rien fait.

Raymond tourna les talons pendant qu'elle regardait à nouveau ce pervers. Elle sentit une nouvelle bouffée de colère monter en elle. Alicia dut faire un effort pour ne pas se remettre à lui taper dessus.

— Et toi, je te conseille de ne pas bouger d'un poil, ou je jure que je te fais la peau.

7

Après avoir pris congé de Jorge – ils étaient convenus de la meilleure façon d'aborder l'affaire Ramirez et de la part que prendrait Jack sur la somme recouvrée – celui-ci partit à pied vers l'est, traversa la Cinquième Avenue et aborda Murray Hill.

L'endroit lui rappelait un peu son ancien quartier, avec ses immeubles de briques rousses et ses trottoirs plantés d'arbres largement espacés. Mais Murray Hill était beaucoup plus ancien. À l'époque de la révolution, c'est là que se tenait la ferme de Robert Murray. Et lorsque le quartier de Jack était encore « la campagne », la zone située entre Park Avenue et la Cinquième abritait le gratin de la haute société new-yorkaise.

Maintenant, Murray Hill se modifiait peu à peu. Jack remarqua que beaucoup de ces vieux bâtiments, ces *brownstones* si reconnaissables, portaient des plaques annonçant la firme « Ets. Machin-chose ». À travers les vitres, il distinguait des bureaux d'architectes, de stylistes et de publicitaires.

Il trouva l'adresse qu'Alicia lui avait donnée et se planta de l'autre côté de la rue pour examiner cette fameuse demeure. C'était un bâtiment de trois étages blotti au milieu de ses semblables de la Trente-huitième Rue, mais ce n'était pas les plaques de balsa qui condamnaient les fenêtres qui le faisaient remarquer. Celui-là disposait d'un jardin.

Enfin, pas un vrai jardin, en tout cas rien de comparable à celui qui flanquait la petite maison des parents de Jack, dans le New Jersey. Mais la maison des Clayton était décalée du trottoir par quelques mètres, et, derrière la grille de fer forgé, on pouvait voir quelques touffes d'herbe pâle surgissant de la terre dure.

Il remarqua une Buick grise garée juste devant la façade. Elle portait un autocollant CLINTON/GORE 96 défraîchi sur son pare-chocs. Deux silhouettes étaient avachies sur la banquette avant. Qui que ce soit, ils devaient être là depuis un bon bout de temps : des mégots jonchaient l'asphalte juste en dessous des portières.

Jack continua de marcher, tourna au coin de la rue, puis traversa la chaussée et refit le même chemin en sens inverse et sur le trottoir opposé.

En cours de route, il remarqua une allée qui flanquait le mur Est de la maison, passant sous un treillis qui, jadis, devait être constellé de roses, mais dont il ne restait que quelques branches mortes et noueuses.

En passant devant la Buick, il jeta un œil à l'intérieur. Deux durs à cuire bâtis comme des armoires à glace, l'un barbu, l'autre moustachu, étaient assis à l'intérieur. Sans doute les « gardes de sécurité » qu'Alicia avait mentionnés au passage.

Jack continua son chemin puis, une fois tout au bout de la rue, regarda en arrière. Il s'imaginait la maison des Clayton en proie aux flammes, qui s'élevaient, se communiquaient aux bâtiments avoisinants…

Il se demanda si Alicia y avait pensé. Peut-être était-elle assez dingue pour vouloir détruire la maison, mais il doutait qu'elle souhaite que le pâté entier soit réduit en cendres.

Peut-être devait-il lui parler de cette possibilité. Il trouva une cabine au coin de rue suivant et appela le Centre. Il reconnut la voix de Tiffany au bout du fil, mais elle lui dit que pour l'instant, « c'était le chaos » au Centre. Le Dr Clayton pouvait-elle le rappeler ultérieurement ?

Il y réfléchit un instant, puis demanda à parler à Mlle DiLauro, si toutefois elle était sur place. En effet, quelques instants plus tard, il entendit sa voix au bout du fil.

— Je n'ai pas vu ce qui s'est passé, dit-elle après lui avoir résumé l'incident, mais j'ai vu les infirmiers l'emporter. Ce type n'était pas beau à voir.

— Elle l'a tabassé à coups d'extincteur, hein ? fit Jack en souriant. Ça me plaît bien. Apparemment, il ne méritait pas mieux.

— Dans quel monde vivons-nous, Jack ? dit Gia d'une voix empreinte de désespoir. Jusqu'où les gens peuvent-ils s'abaisser ? Il doit bien y avoir une limite, un point à partir duquel on se dit : non, je ne descendrai pas plus bas.

— S'il y en a une, je crois qu'on ne l'a pas encore découverte. (Il secoua la tête en voyant défiler dans son esprit les pires crapules qu'il avait dû croiser durant toutes ces années.) Gia, à chaque fois que tu crois avoir atteint ce plancher, tu t'aperçois que c'est le plafond d'un autre.

Gia ne répondit pas. Le silence se prolongea. Puis Jack reprit :

— Comment va Alicia ? Elle s'est remise du choc ?

— Elle est encore un peu secouée, mais on le serait à moins. C'est bizarre : c'est vraiment la dernière personne de qui j'aurais attendu une telle réaction. Quand même, prendre un extincteur pour réduire un type en bouillie… C'est un peu extrême ! Elle qui semble toujours si calme, si assurée…

Jack se dit qu'un jour il faudrait qu'il la fasse parler de sa famille. Mais il n'en dit rien à Gia, bien sûr. Pour lui, Julio's était l'équivalent d'un confessionnal : les conversations qui s'y tenaient n'en ressortaient jamais.

Mais il avait senti la pression qui montait peu à peu en elle. Chez Julio's, il avait eu la sensation de discuter avec un bâton de dynamite qui n'attendait plus qu'une allumette. Mais cet incident pouvait avoir des conséquences positives. Après s'être défoulé sur ce type, elle retrouverait peut-être ses esprits, du moins assez pour qu'il la convainque d'abandonner son idée de mettre le feu à la maison de son père.

— Oui, fit-il du ton le plus neutre possible, j'avais l'intention de passer au Centre pour lui parler.

— Est-ce à propos de cette « affaire personnelle » dont elle voulait t'entretenir ?

— Possible, fit-il sans s'avancer.

Il savait que Gia mourait d'envie de savoir pourquoi le Dr Clayton avait besoin de Jack le Réparateur, mais n'irait jamais le lui demander.

— Bien sûr que tu peux venir, dit-elle. Pour l'instant, elle est avec un agent de police qui prend sa déposition, mais dès qu'ils en auront fini…

— Qu'importe, coupa rapidement Jack. Cela peut attendre.

Gia éclata de rire :

— Je savais que tu dirais ça.

Jack ne put s'empêcher de sourire.

— Très drôle. À plus tard.

Il raccrocha et marcha jusqu'à l'angle de la Trente-Huitième pour regarder à nouveau la maison des Clayton et ses charmants voisins.

Non, décidément, mettre le feu à la maison n'était vraiment pas une bonne idée.

8

Après sa prière du matin, Kemel Muhallal se releva, roula soigneusement son petit tapis et le rangea dans un placard. En traversant le salon, un catalogue posé à l'envers sur la table basse attira son attention. Il détourna les yeux. Non, pas maintenant. Pas tout de suite après la prière.

Kemel alla se tenir devant la grande fenêtre et s'étira tout en regardant la Soixante-dix-septième Rue qui s'étendait cinq étages plus bas. C'était toujours agréable de se débarrasser de ces vêtements occidentaux si serrés pour enfiler un bon *thobe* bien confortable. Il tira sur l'ample robe de tissu qui recouvrait ses épaules étroites et descendait jusqu'à ses pieds tout en contemplant les voitures qui avançaient au pas dans la rue. Dans cette ville, tout semblait fonctionner en accéléré – la façon dont ses habitants parlaient et se déplaçaient, la frénésie de ses marchés d'affaires, le rush incessant de la vie quotidienne… sauf le trafic routier qui, lui, fonctionnait au ralenti.

Il se détourna et aussitôt, ses yeux, ses yeux éhontés, ses yeux rebelles, se posèrent sur le catalogue. Celui-ci l'attirait aussi sûrement qu'un câble invisible qui l'attirerait vers la table. Il s'assit lentement sur le canapé et fixa sa couverture luisante. Ce catalogue avait été adressé à cet appartement, mais pas à lui personnellement. Comme le lui avait expliqué le propriétaire, l'ancien locataire avait laissé une adresse de réexpédition, mais uniquement pour le courrier de première classe. Le reste continuait d'arriver dans cette boîte.

— Aucun intérêt, avait conclu l'homme. Vous n'avez qu'à tout balancer.

Bien sûr. C'était si simple. Mais avant de « tout balancer », Kemel devait d'abord faire le tri du courrier pour vérifier que rien ne lui était adressé. Comment pouvait-on recevoir autant de catalogues en l'espace d'une semaine ? Les Américains faisaient donc tous leurs achats par correspondance ? Souvent, avant de les mettre à la poubelle, il s'amusait à les feuilleter, émerveillé par la quantité de marchandises qu'on pouvait se procurer sur simple coup de fil.

Sauf celui-là. Ce catalogue le fascinait. Il ne pouvait se résoudre à le balancer avec le reste. C'était un signe de faiblesse, il le savait et ne cessait de se le reprocher. Il maudit sa main qui le ramassait et l'ouvrait. Il maudit ses yeux qui regardaient la couverture.

Victoria's Secret.

— Pardonnez-moi, murmura-t-il en l'ouvrant.

Il sentit un picotement dans son bas-ventre alors que ces images désormais familières se dévoilaient à lui. Toute cette chair féminine, toute cette perfection exposée si complaisamment. On lui avait dit que l'Amérique était un pays décadent, au-delà de toute rédemption, où le Diable régnait en maître, et il en tenait désormais la preuve.

Chez lui, en Arabie Saoudite, il n'y avait ni clubs, ni cinémas. Et c'était normal : les distractions de masse étaient le fruit du péché. Mais cette cité en particulier regorgeait de lieux de plaisir accessibles à tous, et la plupart se spécialisaient dans le sexe sous toutes ses formes. Partout, on voyait des ouvrages pornographiques en vente libre. Les trottoirs regorgeaient d'antres du vice où l'on pouvait acheter des films ou des photos où des hommes, des femmes et des êtres indéterminables se livraient à toutes les perversions possibles et imaginables. Apparemment, il n'y avait pas de limitations. Ces échoppes vantaient leur marchandise ouvertement, et celui qui franchissait leur seuil le faisait en pleine connaissance de cause.

Mais les magazines en vente dans les magasins et les marchands de journaux ne valaient pas mieux. Des publications apparemment innocentes proposaient des recettes de cuisine entre deux articles énonçant vingt façons d'améliorer sa vie sexuelle. Et à l'arrière des étals rôdaient des couvertures remplies de femmes nues prenant des poses provocantes et promettant d'en montrer plus encore à l'intérieur. Mais il était facile de les éviter : il suffisait de détourner les yeux.

Mais ce… ce *Victoria's Secret*… était gratuit et délivré à votre porte par les services postaux du gouvernement.

Décidément, cette nation était au bord du précipice.

En parcourant ses pages, Kemel se demanda si ces femmes américaines portaient vraiment ce genre de lingerie sous leurs vêtements de tous les jours ? Était-ce ainsi qu'elles se montraient à leur mari ?

Il pensa à Nahela, sa propre épouse, l'imagina portant ces petites choses de dentelle sous son *abaaya*… Dans son esprit, il la vit soulever sa robe noire bouffante… Et dévoiler une de ces tenues…

Il se tourna à nouveau vers le catalogue. Malheureusement, Nahela ne serait jamais aussi affriolante que ces femmes. Elle n'avait que seize ans lorsqu'il l'avait épousée, et lui-même n'en avait que dix-huit. Maintenant, après avoir mis au monde huit enfants – dont cinq fils qui faisaient sa fierté – et passé vingt ans à rester assise dans son harem en mangeant des chocolats d'importation, elle avait bien grossi.

Lorsqu'il pourrait retourner dans son pays, comme il aimerait emporter *Victoria's Secret* avec lui ! Ce serait *son* secret à *lui*… Mais oserait-il braver la douane ?

Son pays respectait les lois de l'islam et mettait un point d'honneur à examiner et filtrer tout ce qui passait ses frontières. Et ils ne pouvaient se permettre la moindre négligence : pas alors que la communauté musulmane tout entière comptait sur eux. Peut-être qu'un membre de la famille royale pourrait faire passer des photos *aurat* sous le nez des gardes, et lui-même devrait faire preuve d'une discrétion exemplaire. Mais pour les autres, c'était impensable.

La liste des *aurat* – les interdits – comprenait les produits alimentaires à base de porc et l'alcool, bien sûr, mais aussi toute représentation de bras ou de jambes féminines dénudées, ou même leurs cheveux. Par conséquent, dans les aéroports saoudiens, les douaniers confisquaient quasiment tous les magazines occidentaux ; car même des revues consacrées à des sujets aussi inoffensifs que la cuisine ou l'ameublement comportaient des publicités exhibant trop de chair dénudée. Kemel savait que, pour les cerbères locaux, *Victoria's Secret* serait considéré comme de la pornographie pure et simple.

Le bruit rêche de la sonnette le fit sursauter. Il entendit le cliquetis de la serrure. Cela ne pouvait être que Nazer. Un accès de panique subit bloqua ses pensées. Personne ne devait voir ce catalogue, et surtout pas Khalid Nazer. *Victoria's Secret* devait rester ce que son nom indiquait : un secret, le sien.

Il le fourra sous le canapé et se précipita vers la porte tout en examinant la pièce d'un regard circulaire. Tout était en ordre, n'est-ce pas ? Il vérifia à nouveau que le catalogue était bien dissimulé.

La porte s'ouvrit, mais la chaîne de sécurité la bloqua net.

— Un instant, s'écria Kemel.

Maudit soit ce Nazer ! Il aurait pu avoir la politesse de frapper avant d'entrer. Il est vrai que cet appartement était la propriété de l'Iswid Nehr, l'organisation qui l'employait, mais cela faisait des mois que Kemel l'occupait. Nazer avait sa clé, mais cela ne le dispensait pas de frapper.

Il referma la porte – si seulement les doigts de Nazer y restaient coincés ! – et retira la chaîne. Puis il se composa un visage agréable.

Reste calme, se dit-il. Et plus que tout, aie confiance.

Après tout, Khalid Nazer était son supérieur hiérarchique. Tant que Kemel résiderait aux USA, c'est à lui qu'il répondrait de ses actes. Et Nazer aimait recevoir ses rapports de vive voix.

Celui-ci l'attendait sur le seuil. Il était aussi gras que Kemel était mince ; là où celui-ci arborait une barbe broussailleuse qu'il ne taillait jamais – car telle était la volonté du Prophète –, celle de Nazer était soigneusement entretenue et égalisée. Nazer prétextait qu'une barbe mal taillée le desservirait dans son travail de délégué commercial attaché aux Nations Unies, mais Kamel le soupçonnait de vouloir plaire aux femmes infidèles qu'il rencontrait depuis tous ces mois qu'il était loin de son épouse légitime.

Kemel n'aimait pas cet homme. D'abord, son antipathie était née de son attitude laxiste vis-à-vis de sa religion, puis il avait trouvé des motifs plus personnels. Même si Nazer était un croyant digne de ce nom, c'était son air supérieur qui tapait sur les nerfs de Kemel.

En ouvrant la porte, Kemel lui sourit en disant :

— Bienvenue !

Il se détourna pour permettre à Kemel d'insérer sa masse considérable dans l'ouverture, puis le suivit à l'intérieur.

— Eh bien, Kemel, dit-il dès que la porte se fut refermée, que se passe-t-il ? Je prends mon week-end et, à mon retour, j'apprends que l'avocat de cette Mlle Clayton est mort – assassiné. Comment est-ce possible ?

La brusquerie de son supérieur désarçonna Kemel. D'habitude, ils faisaient les choses dans les formes : Kemel lui proposait un café et quelques gâteaux et Nazer les refusait, comme s'il était bien au-delà de ces contingences matérielles.

Et il n'aimait pas le ton qu'avait pris ce gros lard. Nazer était son supérieur, certes, mais uniquement par son rang dans l'Iswid Nahr. Kemel savait qu'il le surclassait aisément sur bien des points. En courage, en intelligence, et même en matière de lignée. Son grand-père était un bédouin du Nejd, une région du désert, et il avait combattu aux côtés de Abdel Aziz al-Saud lors des guerres qui avaient permis d'unifier le pays désormais connu sous le nom d'Arabie Saoudite. Et il y avait vingt ans que Kemel avait rejoint l'Iswid Nahr. À Riyad, il était connu et respecté, et ses activités l'avaient mis plus d'une fois en contact avec la famille royale. Les USA étaient le domaine de prédilection de Nazer, c'était un fait et il ne le remettait nullement en question, mais cela ne lui donnait pas le droit de traiter Kemel comme un simple portefaix qu'il aurait recruté, comme Baker. Pour qui se prenait-il, ce crapaud bedonnant ? Et de quel droit lui parlait-il sur ce ton ?

— Parce que je suis obligé de travailler avec des idiots, dit-il, donnant libre cours à sa rancœur. Ce mercenaire que vous m'avez imposé n'est qu'un scorpion fou qui pique tout ce qui passe à sa portée.

Nazer cligna des yeux, surpris par sa véhémence, puis haussa les épaules :

— Nous avons dû faire vite. D'après nos archives, ce Baker avait proposé ses services à notre gouvernement durant la guerre du Golfe. Nous l'avons donc contacté et, jusque-là, il nous a bien servis.

— Mais nous n'avons plus besoin de lui. Nous ferions mieux de nous en débarrasser et d'embaucher une entreprise de sécurité pour surveiller la propriété.

Nazer secoua la tête.

— Nous « débarrasser » de Baker ? Non. Même si nous avions le temps de passer un autre contrat, je crains que nous ne soyons liés à cet homme. Et comme tu le sais mieux que personne, nous manquons désespérément de temps. Cette affaire a déjà assez duré.

Kemel ne le savait que trop. Il voulait en finir, d'abord parce que le sort de son pays et du monde arabe tout entier en dépendait, mais aussi parce qu'il n'était pas fait pour ce genre d'intrigues.

Le sang des bédouins courait dans ses veines, c'était vrai, mais avant tout, il était un diplomate, un négociateur. Lorsqu'il aurait complété sa mission, il s'attendait à recevoir une récompense – plus que considérable, énorme même – qui lui permettrait de passer le reste de ses jours à s'adonner aux plaisirs, quitte à ajouter une deuxième, voire une troisième épouse, très jeunes de préférence, à son harem.

Et pourtant, il renoncerait immédiatement à cette vision idyllique si quelqu'un proposait de retirer le terrible poids de cette responsabilité. Il abandonnerait avec joie ce pays du diable pour retourner à Riyad, où il retrouverait sa maison et ses fils.

Mais ce n'était qu'un rêve. Personne n'était prêt à prendre sa place. Dans l'Iswid Nahr, seuls quelques individus connaissaient le secret de Ronald Clayton, et Kemel en faisait partie. Et il était inconcevable de le révéler ne serait-ce qu'à une personne supplémentaire.

Ainsi, il restait là, prenait ses ordres de Khalid Nazer, se compromettait avec des gens tels que Sam Baker, et faisait le nécessaire pour que sa mission soit couronnée de succès.

— Baker est un homme dangereux. C'est un sujet assez délicat...

— Peut-être moins que vous ne le pensez, dit Nazer. En assistant à la mort violente de son avocat, cette femme a peut-être compris qu'elle avait tout intérêt à vendre la maison, ne serait-ce que pour assurer sa propre sécurité.

— Possible, fit lentement Kemel. Mais je n'y compterais pas trop. Depuis le début de cette affaire, elle n'a jamais agi d'une façon rationnelle. Je ne vois donc pas pourquoi elle commencerait aujourd'hui.

Nazer eut un grand soupir :

— Voilà ce qui arrive lorsqu'on laisse les femmes sortir du harem pour faire le travail d'un homme. Comme l'a dit le Prophète : « Les hommes doivent dominer les femmes parce que Allah les a rendus supérieurs. »

Kemel, qui tenait à avoir le dernier mot, ne put s'empêcher d'ajouter :

— Il a aussi dit : « Ne confère pas aux simples d'esprit les dons qu'Allah t'a attribués. »

Il y eut un silence, puis Nazer déclara :

— Est-ce qu'*il* fonctionne toujours ?

— Bien sûr, fit Kemel, cachant son irritation. Sinon, je vous aurais prévenu sur-le-champ.

— Je le sais, mais j'aimerais néanmoins *le* voir.

Kemel ne pouvait le lui reprocher. Lui-même *le* voyait chaque jour, mais restait éberlué par sa puissance.

— Venez.

Et il guida Nazer vers les profondeurs de l'appartement.

9

Yoshio Takita entendit leurs voix qui s'éloignaient du micro du salon pour passer la seconde chambre à coucher, où il avait *aussi* installé un micro. Si Kemel Muhallal et Khalid Nazer suivaient leur routine habituelle, c'était là qu'ils se dirigeraient. Il reposa son gressin de chez Little's Caesar Crazy Bread, s'essuya les doigts sur une serviette de papier et leva ses jumelles pour les braquer vers une fenêtre éclairée.

Et comme il s'y attendait, à travers les stores entrouverts de l'appartement, il vit les deux Arabes barbus entrer dans la pièce et se rendre tout droit vers la lampe. Et comme d'habitude, ils restèrent plantés là, à regarder quelque chose.

Oui, mais *quoi* ?

Yoshio enregistrait toutes leurs conversations et tous les appels qui entraient et sortaient de l'appartement, mais il n'avait toujours pas la moindre idée de ce qui pouvait les fasciner à ce point.

Quoi que ce soit, cela avait besoin de lumière, car Kemel Muhallal la laissait allumée jour et nuit. Peut-être était-ce une ou plusieurs plantes – une algue, une fleur, un champignon –, quelque chose qui avait besoin de lumière.

Oui, mais une fois de plus : *quoi* ?

Lorsqu'il avait planté ses micros dans la chambre, Yoshio n'avait rien remarqué de particulier. Ils devaient l'y avoir amené plus tard.

Il avait toujours la possibilité d'aller jeter un œil, mais en dernière extrémité uniquement. Jusque-là, les Arabes n'avaient pas vu qu'il les épiait et les écoutait. Yoshio ne connaissait que quelques mots d'arabe : il envoyait donc les cassettes contenant leurs conversations à un bureau du centre-ville appartenant à une filiale du Kaze Group. Là, on se chargeait de les retranscrire et de les traduire ; une copie du texte était codée et immédiatement envoyée à Tokyo, une autre lui était remise le lendemain, sous forme de disquette. Yoshio avait beau éplucher les conversations mot à mot, il n'arrivait pas à trouver le moindre indice.

Les deux Arabes restaient muets.

Allez-y ! fit-il en regrettant de ne pas être télépathe. *Dites-moi quelque chose ! Mettez-moi sur la voie. Que pouvez-vous bien regarder avec de tels yeux de merlan frit !*

Mais ils n'obéirent pas à son injonction muette. Yoshio les vit fixer la lampe d'un air émerveillé.

Au bout d'un moment, le gros lard s'en alla, et Muhallal se retrouva seul. Il ne tarda pas à aller se coucher, éteignant toutes les lumières, sauf une. Celle de la seconde chambre à coucher. Comme il le faisait chaque soir.

Pourquoi ?

Yoshi doutait que l'Arabe ait peur du noir…

MARDI

1

Le carillon de l'entrée fit sursauter Alicia.

Après le cambriolage de vendredi, le retour des jouets et l'incident d'hier, elle avait bien besoin d'un jour de congé. Ce matin, en faisant sa tournée, elle avait signé le bon de sortie d'une fillette de deux ans qui s'était remise d'une pneumonie, et espérait faire bientôt de même pour Hector. Sa fièvre était tombée et ses derniers clichés montraient que sa propre pneumonie était partiellement résorbée. Il était sur la bonne voie.

Elle restait en contact avec le Centre : si jamais un problème survenait, Raymond ne manquerait pas de la prévenir et elle pourrait s'y rendre en catastrophe. Mais elle n'avait pas le courage d'y aller aujourd'hui ; c'était au-delà de ses forces.

De plus, la férocité dont elle avait fait preuve le jour d'avant, lorsqu'elle avait tabassé ce pervers, l'étonnait encore. Durant un moment, elle avait perdu les pédales, et cette idée l'effrayait. Pire encore, cet incident l'avait vidée de ses forces, physiquement et émotionnellement.

Elle avait besoin de rester seule, sans téléphone, sans nouvelles crises à gérer ; de rester dans son appartement, au calme, à s'occuper de ses plantes et de ses arbres. Elles aussi en avaient bien besoin. Ces derniers temps, elle avait trop tendance à les négliger. Mais vu le peu de temps qu'elle passait chez elle, cela n'avait rien d'étonnant.

Pourtant, elle raffolait de son appartement perché tout en haut de son immeuble. À l'origine, c'était un loft conçu pour héberger un peintre, avec une demi-douzaine de verrières permettant de profiter de la lumière du soleil à tout moment de la journée, ce qui convenait parfaitement à ses plantes. Et son emplacement – à l'ouest du Village, dans Charles Street, une des dernières rues bordées de *vrais arbres* ! – lui permettait de se rendre rapidement au Centre.

À la seconde sonnerie, elle leva les yeux du bourgeon de poire qu'elle s'apprêtait à tailler. Quelqu'un se trouvait tout en bas, dans le hall de l'immeuble, et appuyait sur le bouton de son interphone. Tout d'abord, elle avait cru à une erreur, mais là…

Qui pouvait bien…

Elle ne recevait pour ainsi dire jamais personne. Elle ne se rappelait même pas la dernière fois qu'elle avait fait entrer quelqu'un.

Alicia alla se tenir face à la porte et regarda le panneau de l'intercom. Comment fonctionnait-il déjà ? Deux boutons – l'un dénommé ENTRÉE et l'autre HAUT-PARLEUR. Elle appuya sur ce dernier.

— Oui ?

— Mademoiselle Clayton ? fit une voix masculine. C'est Will Matthews, l'inspecteur de police d'hier. Puis-je vous parler un instant ?

L'inspecteur Matthews, se dit-elle avec étonnement. Que pouvait-il bien vouloir ?

C'était lui qui avait pris sa déposition. Il était plutôt jeune, sans doute du même âge qu'elle, un peu plus peut-être, et il s'était montré aimable et compatissant. Il avait patiemment attendu que ses tremblements s'apaisent et que l'adrénaline cesse de bouillonner dans ses veines.

Mais que faisait-il *chez elle* ? Et pourquoi *maintenant* ?

Un instant, une peur panique, irrationnelle, la glaça. Et s'il avait eu vent de ses intentions de mettre le feu à la maison ? S'il l'avait suivie, l'avait vue s'entretenir avec Jack ou les autres gens qu'elle avait contactés dans sa recherche d'un incendiaire ? Si…

— Mademoiselle Clayton ? Vous êtes là ?

— Oui, répondit-elle. Oui, je suis là. Vous m'avez prise de court, c'est tout. Je ne m'attendais pas à recevoir une visite. Qu'y a-t-il ?

— Pouvons-nous en parler… chez vous ?

— Oh, pardon ! Bien sûr !

Elle appuya sur le bouton ENTRÉE, le maintint pendant quelques secondes, puis le relâcha et se mit à arpenter le vestibule à grandes enjambées nerveuses.

Du calme, se dit-elle. Sa visite doit avoir un rapport avec le pervers d'hier, et rien d'autre. C'était obligé. Comment pourrait-il en être autrement ?

Elle baissa les yeux et eut un hoquet en constatant qu'elle était encore en culotte ! Elle fonça dans la chambre pour enfiler son pantalon de survêtement, puis se regarda dans le miroir de la commode.

Quelle horreur, se dit-elle. Une vraie harpie. Et ces *cheveux* !

Elle s'empara d'une brosse et entreprit de réparer les dégâts que le sommeil avait fait subir à sa coiffure. Elle n'avait pas l'intention d'impressionner l'inspecteur de troisième classe William Matthews – loin de là –, mais cela ne la dispensait pas de faire un effort pour être un rien présentable.

Un dernier coup d'œil au miroir… Elle haussa les épaules. On fait ce qu'on peut avec ce qu'on a.

Alicia retourna à la porte de son appartement et l'ouvrit toute grande. Elle entendit claquer les pas de l'inspecteur sur les marches. Finalement, sa tête apparut au-dessus de l'escalier. Son visage était rouge, et il portait son manteau sur le bras. Il s'arrêta net et la regarda.

— Combien de fois faites-vous ce parcours du combattant ? demanda-t-il.

— Au moins quatre fois par jour.

Il gravit la dernière marche et s'avança en haletant.

— Vous devez être en pleine forme.

— C'est ma salle de gym personnelle, acquiesça-t-elle en souriant.

Vivre au quatrième sans ascenseur avait ses avantages et ses inconvénients : l'emménagement fut un vrai cauchemar et, lorsqu'elle était chargée de paquets, la montée des escaliers pouvait être épuisante. Mais elle n'abandonnerait son studio et ses verrières pour rien au monde.

Le détective s'arrêta devant le seuil.

— Vous permettez ?

— Je vous en prie, répondit Alicia en faisant un pas en arrière pour le laisser entrer.

Alors qu'il passait devant elle, Alicia remarqua que ses cheveux blonds se clairsemaient sur les tempes. Un détail qu'elle n'avait pas remarqué hier. Sans doute parce qu'ils étaient coupés très court. Néanmoins, il gardait son air d'adolescent attardé, surtout lorsqu'il souriait. Il était grand, bien bâti, avec une peau claire, de bonnes joues et des yeux d'un bleu limpide. La plupart des femmes devaient le trouver irrésistible.

Mais pas elle.

Alicia referma la porte sur son passage et se retourna :

— Que puis-je pour vous, inspecteur ? fit-elle. Il y a un problème ?

Reste calme, s'admonesta-t-elle. Relax… cooooooool…

— Oui… et non.

Il regarda autour de lui comme s'il cherchait un endroit où poser son manteau. Alicia ne dit rien. Elle ne voulait pas le voir s'installer.

— C'est à cause d'hier ?

— Oui. Floyd Stevens, l'homme que vous avez accusé d'abus sur mineur, menace de vous attaquer en justice.

— Depuis sa cellule ?

— Oh, il n'est plus en prison. Son avocat a obtenu sa libération sur caution. Il devrait être rentré chez lui pour le dîner.

Merde ! Elle aurait bien voulu qu'il passe au moins une nuit en compagnie d'autres racailles comme lui. Elle avait entendu dire que les prisonniers n'étaient pas tendres avec les pédophiles.

— Formidable, dit-elle. Il est libre comme l'air, tout prêt à se retourner contre le Centre et se mettre en chasse d'autres enfants. Vous parlez d'une justice.

— En fait, les menaces n'émanent pas de lui, mais de son avocat.

Alicia se redressa :

— Et sur quelle base ? Parce qu'on a surpris son client en train de tripoter une fillette de quatre ans ?

— Eh bien, il prétend que c'est faux, bien sûr. D'après lui, vous avez violemment agressé ce pauvre M. Stevens sans la moindre provocation de sa part.

— C'est bien des propos d'avocat.

— Oui, mais…

— Mais *quoi* ? (Alicia avala sa salive. Sa langue semblait faite de carton.) Vous n'allez tout de même pas le croire ?

— Non. Mais pour tout vous dire, la victime elle-même, Kanessa Jackson ne nous est pas d'un grand secours. On ne peut rien en tirer.

— Qu'est-ce que vous croyez ? Elle n'a que quatre ans et a eu la peur de sa vie.

— Et elle… n'a pas…

Il semblait avoir du mal à trouver ses mots. Alicia vint à son secours :

— « Toute sa tête » ? C'est bien ça ?

— Je voulais dire qu'elle semble mentalement attardée, mais il paraît que plus personne n'emploie ce terme.

— C'est exact. Pour l'instant, le terme en vogue est « mentalement déficient ». Mais Kanessa n'est pas déficiente qu'au niveau mental. Non seulement elle est séropositive, mais c'est un bébé du crack. Elle n'a pas connu la moindre attention prénatale. Avant de naître, elle résidait dans le ventre d'une femme du nom d'Anita Jackson qui était camée jusqu'aux yeux la plupart du temps, et lorsqu'elle ne l'était pas, elle se tapait n'importe qui, n'importe comment, du moment qu'elle en tirait de quoi s'acheter sa prochaine dose. Finalement, après sept mois d'abus divers, son utérus a craché Kanessa en ce monde. Elle a accouché dans une ruelle et le cerveau de Kanessa n'a pas reçu assez d'oxygène – soit durant la naissance, soit peu après, nous ne le savons pas exactement –, ce qui la laisse dans un état de perpétuel étonnement.

Matthews ferma les yeux avec force, comme pour bloquer les terribles images.

— Mon Dieu, marmonna-t-il. Vous parlez d'une vie.

Apparemment, son émoi semblait tout à fait sincère. Ce qui plut beaucoup à Alicia.

— Elle a subi tous les abus possibles, physiques *et* émotionnels, continua-t-elle en sentant monter sa colère comme à chaque fois qu'elle évoquait la mère de Kalissa. Anita Jackson n'a même pas pris la peine de passer la voir, pas une fois. Elle a mis au monde huit enfants. Quatre d'entre eux ont disparu, et Dieu sait où ils peuvent se trouver aujourd'hui.

— Huit, répéta Matthews. Misère.

— Et elle est enceinte à nouveau.

— Oh, non !

— Oh, si. Vous savez, si vous m'aviez demandé mon avis sur la stérilisation légale lorsque j'étais étudiante ou même interne, je vous aurais probablement arraché les yeux. Mais maintenant…

Elle préféra ne pas préciser le fond de sa pensée. Elle n'aimait pas trop s'engager sur un terrain aussi glissant. Elle l'avait suivi un jour, et cela l'avait entraînée dans un univers de rêve où toutes les Anita Jackson de cette ville étaient kidnappées, anesthésiées, puis on leur ligaturait les trompes avant de les renvoyer dans les rues où elles pourraient faire ce que bon leur semblait d'elles-mêmes sans gâcher l'existence des enfants à naître.

— Eh bien, soupira-t-il, vous savez mieux que quiconque qu'il ne faut pas trop compter sur le témoignage de Kanessa. Donc, ce sera la parole de ce Floyd Stevens contre la vôtre.

— Pas de problèmes.

Il lui jeta un long regard qui la mit mal à l'aise. On aurait dit qu'il l'étudiait.

— Vous êtes une dure à cuire.

— Pour tout ce qui concerne mes enfants, on peut le dire, oui.

— Ce n'est pas plus mal. Après l'audition préliminaire, l'avocat de Stevens – un nommé Barry Finemann – a conseillé à son client de porter plainte pour coups et blessures, puis d'intenter un procès civil pour les dommages qu'il a reçus. Il parlait aussi d'aller trouver la direction de l'hôpital et de vous faire retirer votre poste parce que – et là, je le cite – « son tempérament violent et instable est une menace pour son entourage ».

Alicia sentit son estomac se serrer et s'adossa à la porte.

— Ce type ne manque pas d'aplomb !

Il faudrait qu'elle se trouve un avocat, d'où un surcroît de dépenses. Et son emploi même était menacé. L'horreur. Qu'est-ce qui allait encore lui tomber dessus ?

— Mais il a aussi dit qu'il renoncerait aux poursuites si vous-même retiriez votre plainte contre Stevens.

Alicia se raidit, et une vague de colère brûlante monta en elle.

— Jamais. Je veux que cet enfoiré soit bel et bien enregistré en tant que pédophile afin qu'on ne le laisse plus jamais s'approcher d'un enfant.

Matthew eut un sourire tendu, sinistre, mais son hochement de tête approbateur lui redonna courage.

— Parfait. Mais vous allez en baver. Vous en êtes consciente ?

Alicia le savait. Mais pourrait-elle aller jusqu'au bout sans fléchir ?

— Puis-je vous poser une question ? demanda-t-elle. Pourquoi vous intéressez-vous de si près à cette affaire ?

Malgré son ton badin, Alicia le vit rougir légèrement.

— Oh, pour plusieurs raisons. J'ai travaillé pendant un moment à la brigade des mœurs, et ces satanés pédophiles étaient les plus durs à coincer. En général, ils sont pleins aux as et peuvent embaucher les meilleurs avocats, et ce sont toujours des piliers de la société ; de plus, leurs victimes font de mauvais témoins, ce qui fait que…

Alicia avala sa salive sans parvenir à dissiper le goût de bile qui montait dans sa gorge.

— Je sais tout ça. Mais pourquoi cette affaire en particulier ?

Il rougit plus encore.

— Parce que j'apprécie ce que vous faites dans ce centre. (Un sourire, presque… gêné.) Et j'aime la façon dont vous avez réglé son compte à Stevens. Il faut avoir de l'estomac.

Pas vraiment, se dit Alicia. C'était plutôt un coup de sang.

— Finalement, conclut-il, je voulais que vous sachiez à quoi vous en tenir vis-à-vis de l'avocat de Stevens. Comme ça, il ne vous prendra pas par surprise.

— Merci, fit-elle avec sincérité. Votre sollicitude me touche.

— Je voulais aussi vous dire que vous n'êtes pas seule à vous battre. Parfois, le système se trompe de cible. Même si vous êtes dans votre droit, tous les Barry Fineman du monde sont là pour manipuler le tribunal afin de vous faire condamner *vous*, et faire innocenter son client. Mais vous avez au moins un allié. Je vais farfouiller dans le passé de ce Floyd Stevens et voir si je peux glaner quelque chose d'intéressant.

— Cela pourra nous être utile, vous croyez ?

Il haussa les épaules.

— On ne sait jamais. Parfois…

Le téléphone sonna. Probablement quelqu'un du Centre.

— Excusez-moi, dit-elle.

Alicia dépassa le policier pour entrer dans le salon. Mais lorsqu'elle posa le combiné contre son oreille, ce n'est pas la voix de Raymond qu'elle entendit.

— Alicia ? C'est Jack. Il faut qu'on parle.

Jack ! Elle jeta un regard empreint de culpabilité au policier qui poireautait dans le vestibule. Ce n'était pas le moment de débattre d'un incendie criminel.

— Heu, je ne peux pas vous parler pour l'instant, fit-elle en baissant la voix.

— Eh bien, j'aime autant qu'on en discute face à face.

— Vous ne me ferez jamais remettre les pieds dans cet horrible bar !

— Je pensais plutôt à votre appartement.

Deux visites dans la même journée ? Ce serait un record. Mais Jack lui faisait un peu peur. Était-ce bien prudent de se retrouver seule avec un homme tel que lui, et chez elle en plus ?

— Heu, je ne sais pas.

— Vous avez prévu de sortir ?

— Non, mais…

— Parfait. Alors j'arrive.

— D'accord, convint-elle. Mais un peu plus tard, si possible ?

— Parfait. Après le déjeuner. Quelle est votre adresse ?

Elle la lui donna tout en se demandant si elle ne commettait pas une grave erreur, puis raccrocha.

— J'ai des rendez-vous à honorer, dit-elle en tendant la main au policier. Mais je tiens à vous remercier une fois de plus, inspecteur Matthews. C'est très gentil de votre part.

Il prit sa main et la serra un peu trop longtemps.

— Appelez-moi Will.

Alicia se déroba et ouvrit la porte.

— D'accord... Will.

Elle regrettait de devoir le chasser ainsi, mais soudain, elle ressentait le besoin impérieux d'être seule.

— Je vous tiendrai au courant, dit-il en passant la porte.

— J'espère que vous m'apporterez de bonnes nouvelles !

Elle tenta un sourire en refermant la porte, puis il s'effaça alors qu'elle posait son front contre la surface rugueuse. Soudain, elle se sentait à bout de forces.

Un procès criminel... Une plainte pour coups et blessures... Et un rapport à la direction de l'hôpital. Qu'est-ce qui allait encore lui tomber dessus ?

Et cette visite de l'inspecteur... Pourquoi était-il venu lui dire tout ça alors qu'il aurait tout aussi bien pu lui passer un coup de fil ? Pourquoi prendre cette peine ?

J'espère qu'il ne se fait pas des idées, grogna-t-elle.

Mais en y réfléchissant, c'était la solution la plus logique. Si l'inspecteur Matthews s'impliquait personnellement dans cette affaire, c'est parce qu'il y trouvait un intérêt... tout personnel.

— Laissez tomber, Will, marmonna-t-elle. Vous ne savez pas dans quoi vous vous engagez.

2

Jack monta les escaliers quatre à quatre et frappa sur la grosse porte de chêne – ou plus précisément sur les nombreuses couches de peinture qui cachaient les gravures ornant le battant.

Des lettres de bronze indiquaient *4 A* à hauteur de regard – pourquoi ce « A », vu que c'était le seul appartement situé à cet étage ? se demanda-t-il.

Il avait insisté pour voir Alicia Clayton en tête-à-tête parce qu'il voulait comprendre un peu mieux l'énigmatique docteur – providence des enfants séropositifs, grande cogneuse de pédophiles devant l'éternel et incendiaire par procuration de demeures ancestrales.

La porte s'ouvrit sur l'objet de ses questions qui le dévisageait – d'une façon assez hésitante d'ailleurs – de ses yeux métalliques. Elle avait ramené ses cheveux noirs en une queue-de-cheval qui la rajeunissait grandement, et elle portait des gants de jardinier souillés de terre.

— Vous n'êtes même pas hors d'haleine, dit-elle.

— Eh bien, j'avoue que vous êtes ravissante, mais tout de même…

Elle eut un sourire.

— Non, non. Je veux dire, après avoir grimpé ces quatre étages. La plupart des gens sont à bout de souffle lorsqu'ils se présentent à ma porte.

À bout de souffle ? Pourquoi ?

— Oh, oui, dit-il. Moi aussi. Je n'en peux plus. Puis-je entrer me reposer un peu ?

Il sentit qu'elle hésitait.

— Je ne mords pas, ajouta-t-il.

— Désolé, répondit-elle en faisant un pas de côté pour lui laisser le passage. Mais… on n'est jamais trop prudent, vous comprenez ?

Alors qu'elle refermait la porte derrière eux, Jack tira le Semmerling caché sous sa manche et le lui tendit. En voyant le petit revolver, elle eut un hoquet de surprise.

— Prenez-le, dit-il. Attention, il est chargé. C'est le plus petit calibre 45 à quatre coups au monde. Gardez-le à proximité.

Elle le regarda comme si ce bout de métal était vivant et prêt à mordre.

— Non, je vous fais confiance.

— Vous êtes sûre ?

Elle acquiesça, et il fourra l'arme dans sa poche. À ce stade, il n'aurait pu dire qui, des deux, fut le plus soulagé : Alicia, parce qu'il lui avait proposé de prendre une arme, ou lui-même, de voir qu'elle l'avait refusée. Il n'aimait pas trop confier le Semmerling à quelqu'un qui n'avait pas l'habitude des armes à feu.

Elle le fit entrer dans le salon :

— Venez. Nous serons plus à l'aise pour discuter.

Jack la suivit jusque sur le seuil et, là, s'arrêta net en ouvrant des yeux ronds.

Ce n'était pas un appartement, mais une jungle. Presque un loft, d'ailleurs, tant la pièce était haute de plafond, avec de grandes verrières. Et il y avait des plantes partout. Non pas de vulgaires plantes grasses, mais aussi des arbres. Petits, certes, mais des arbres néanmoins. Certains arboraient des petits sacs de plastique évoquant des tentes à oxygène enveloppant leur sommet, et d'autres des bandages autour des troncs.

— Où suis-je ? demanda-t-il, dans un hôpital pour végétaux ?

Elle éclata de rire. Jack réalisa que, jusque-là, il n'avait jamais entendu ce son.

— Vous devriez faire ça plus souvent, dit-il.

— Faire quoi ?

— Rire.

Son sourire se fana.

— J'y penserai… Lorsque je serai débarrassée de la maison. (Avant que Jack ait pu réagir, elle se tourna et désigna la pièce de sa main gantée :) En tout cas, vous venez de découvrir mon passe-temps favori : les greffes végétales.

— Sans blague ? fit-il en s'avançant pour mieux voir. C'est un hobby, ça ?

— En tout cas, c'est le mien. Ou peut-être est-ce une forme de thérapie. En tout cas, j'en retire beaucoup de… satisfaction.

Un instant, il eut l'impression qu'elle allait dire : de paix.

— Comment vous êtes-vous lancée là-dedans ?

— Je ne saurais le dire. Tout a commencé au lycée. Il y avait un arbre malade devant la fenêtre de mon dortoir. Tous les autres étaient pleins de vigueur, mais celui-ci était rabougri, et le peu de feuilles qu'il portait étaient petites et desséchées par rapport à celles des autres arbres. J'ai décidé de le sauver ; j'en ai fait une affaire personnelle. Ainsi, je l'ai arrosé et lui ai donné de l'engrais, mais en vain. En fait, il semblait encore plus mal en point qu'avant mon intervention. J'ai demandé l'avis d'un des jardiniers qui m'a dit : « Ce sont ses racines qui sont malades. Et ça, personne ne peut rien y faire. » Ils étaient prêts à l'arracher pour en mettre un autre à la place.

— Non, vous n'avez tout de même pas lancé un mouvement de protection des arbres ?

— Ben voyons. « Pitié pour les arbres… Non aux bûcherons »… (Elle secoua la tête.) Croyez-moi, entre mes cours et mon boulot de serveuse, j'avais à peine le temps de dormir, et certainement pas de jouer les écolos de combat. Non, je me suis contentée de lire un livre sur les greffes. J'ai pris quelques plants – des « scions », puisque c'est le terme consacré – de l'arbre malade, les ai greffées sur la branche d'un autre sain, puis ai scellé l'union avec de la cire spéciale. Peu de temps après, ils ont coupé et remplacé l'arbre malade. Mais il n'était pas vraiment mort, puisqu'une partie de lui prospérait sur son voisin. D'ici à ce que je passe mes examens, la branche greffée ne cessait de croître et avait plus de feuilles que ses petites camarades.

Ses yeux brillaient en évoquant ce souvenir.

— Félicitations, dit Jack.

— Merci. Ensuite, disons que j'ai continué sur ma lancée. Je suis passée par une nurserie – pour plantes uniquement – et ai choisi les pousses qui semblaient les plus malades. Elles ne coûtaient presque rien. Il me suffisait d'acheter un autre arbre bien-portant d'une espèce à peu près similaire, puis je greffais la pousse sur la plante saine.

— Ce qui fait de vous la Florence Nightingale du monde végétal – ou son docteur Frankenstein.

— Je préférerais Florence. En général, le résultat de la greffe est plus fort que le reste de l'arbre ; il croît plus vite et donne davantage de feuilles. Mais j'ai peut-être quand même quelque chose d'un Frankenstein. Regardez : voilà un citronnier bicolore. J'ai greffé une branche d'un arbre donnant des citrons verts sur un autre où poussaient des citrons normaux. Et voilà ! Mon arbre donne des citrons jaunes *et* verts !

— Ben voyons. Et combien demandez-vous pour ce joli pont donnant sur Brooklyn ?

— Non, c'est vrai. Vous pouvez faire des greffes croisées entre plantes de la même espèce, mais pas si elles sont de genre différent.

— Là, je ne vous suis plus.

— Les citrons, les citrons verts et les raisins sont du même groupe, celui des agrumes – chacun peut accepter une greffe provenant de ce même groupe. Mais si j'avais greffé cette pousse sur, mettons, un pommier ou un poirier, elle n'aurait jamais pris.

Jack fit le tour de la pièce en examinant les plantes en cours de guérison.

— Donc… vous prenez deux arbres pour en faire un seul.

— C'est une drôle d'équation, convint Alicia. Comme le disait l'un de mes manuels : un plus un égal un. Et le plus beau, c'est que tout le monde y gagne. Les feuilles du greffon nourrissent les racines de son hôte.

— Je suis sûr que vous aimeriez pouvoir faire de même avec les humains.

Comme Alicia ne répondait pas, Jack se retourna et vit qu'elle se tenait plantée au beau milieu de la pièce, très raide, et le regardait avec des yeux ronds. Elle était toute pâle et, lorsqu'elle parla, sa voix était tendue :

— Qu'avez-vous dit ?

— Que ce serait bien si vous pouviez faire de même avec les humains. Vous savez, si vous pouviez leur retirer leurs racines pourraves et les laisser croître librement, à jamais libérés de leur passé.

Elle sembla pâlir encore davantage.

— J'ai dit quelque chose de mal ?

— Non, répondit-elle, mais Jack ne la crut pas. Je voudrais juste savoir ce qui vous fait penser cela ?

— Eh bien, je pensais à vos enfants victimes du sida. S'ils ont cette maladie, c'est parce que leurs racines la leur ont transmise... Ce serait bien si vous pouviez trouver un moyen de les greffer sur une souche saine qui leur permettrait de grandir sans être handicapé par leur maladie.

Sa réponse sembla lui plaire, car elle se détendit.

— Oh. Vous savez, je n'y avais jamais pensé. Mais ce serait formidable, n'est-ce pas ?

Néanmoins, elle semblait toujours aussi troublée, comme si elle avait battu en retraite dans une autre dimension pour ne laisser que son enveloppe physique. Jack se demanda quelle corde sensible il pouvait bien avoir touché, de quelle région de son psychisme elle pouvait bien provenir, et où elle menait.

— Si seulement c'était possible, fit-elle doucement depuis cet autre monde.

— En parlant des gamins, dit Jack, comment va mon pote Hector ?

Soudain, elle redescendit sur Terre.

— Il remonte la pente. Les antibiotiques semblent bien fonctionner. (Elle claqua des mains.) Maintenant... Il me semble que nous devions parler affaires.

— Heu, oui... et non, dit Jack.

— Oh. Voilà qui n'annonce rien de bon.

Autant jouer cartes sur table :

— Hier, je suis allé jeter un œil à la maison de votre père, et je pense que si vous voulez vous en débarrasser, il vaut mieux trouver autre chose que les flammes.

— Non, fit-elle d'un ton sans réplique. Il *faut* que ce soit par le feu.

— L'ennui, c'est que tout le quartier pourrait y passer.

— Les pompiers de la ville de New York sont là pour empêcher ce genre de contagion, non ?

— Oui, mais le feu peut être une arme à double tranchant. On ne sait jamais comment il va se propager. Il suffit que le vent change de direction et... (En voyant son expression, il comprit qu'il n'y avait rien à en tirer.) Peut-être vaudrait-il mieux faire appel à un de ces experts en démolitions – là, il improvisait totalement –, vous savez, ces gars qui placent leurs explosifs juste au bon endroit pour qu'un bâtiment s'effondre sur lui-même sans abîmer ce qu'il y a autour ? Je peux toujours chercher parmi mes relations, des fois que...

Le visage d'Alicia était un masque d'albâtre. Elle hocha lentement la tête.

— Non. Ce doit être par les flammes. Et si je suis prête à vous payer ce que vous demandez, pourquoi n'acceptez-vous pas ?

Jack la regarda fixement. Ce n'était pas la réaction qu'il attendait. Elle qui semblait si soucieuse du bien d'autrui, pourquoi se voilait-elle les yeux ainsi ? On aurait dit que, dès qu'on mentionnait cette maison, elle perdait toute capacité de raisonnement.

Mais quelles que soient ses raisons, Jack ne voulait pas entrer dans un tel débat. Pour lui, la discussion était close.

— Parce que c'est moi qui décide des gens pour qui je travaille et de ce que j'accepte de faire en leur nom. Et en ce cas précis, j'ai choisi de refuser.

Au bout d'un instant de silence total durant lequel les yeux d'Alicia jetèrent des éclairs d'une telle intensité qu'il crut qu'elle allait exploser, elle tourna les talons et alla ouvrir la porte, puis fit un pas en arrière.

— Alors, nous n'avons plus rien à nous dire. Au revoir, Jack.

Il n'aurait pas mieux dit. Mais en franchissant le seuil, Jack ajouta :

— N'oubliez pas qu'il y a d'autres façons de régler votre problème. Inspirez profondément, détendez-vous et réfléchissez-y avant de chercher un autre incendiaire.

— Ne vous en faites pas, répondit-elle. Je n'ai pas l'intention de chercher quelqu'un d'autre.

Et elle lui claqua la porte au nez.

Jack descendit lentement les escaliers. Peut-être valait-il mieux qu'il n'entende plus jamais parler du Dr Alicia Clayton. Cette femme était au bord de l'explosion, et il valait mieux ne pas se trouver à proximité lorsqu'elle péterait les plombs.

Au moins, maintenant, il avait tout le temps de se consacrer à Jorge et son problème. Il avait déjà glané quelques petits détails intéressants à propos de ce Ramirez.

Jack se retourna et regarda la porte d'Alicia. Néanmoins… La doctoresse l'intéressait toujours autant. Non : elle l'intriguait. Voilà le bon terme.

Cette femme était un mystère qu'il aurait bien voulu percer. Un mystère entouré de quelques kilos d'explosifs. Et la mèche ne cessait de se consumer.

3

— Je n'ai pas l'intention de chercher quelqu'un d'autre, murmura Alicia en refermant la porte, parce que je l'ai déjà trouvé. J'ai même son nom et son numéro.

Elle se dirigea vers le téléphone. Autant l'appeler sur-le-champ pour en finir le plus tôt possible. Cette maison était une cellule cancéreuse greffée sur cette ville, cette planète, l'univers tout entier.

Et seules les flammes purificatrices pourraient l'éradiquer. À tout jamais.

MERCREDI

1

— Hier soir, il est monté jusqu'à 103,4, dit Sorenson alors qu'ils entraient dans la chambre d'Hector. Mais après une dose de Tylenol, cela s'est tassé et, depuis, son taux est redevenu normal.

Alicia regarda l'infirmière :

— Il n'a eu qu'un seul accès ?

Jeanne Sorenson feuilleta ses graphiques et vérifia la courbe de température.

— Un seul. À quatre heures vingt.

Il n'y avait peut-être pas de quoi s'affoler. Un seul accès ne prêtait pas forcément à conséquence. Du moins l'espérait-elle.

Elle désigna la grappe de ballons qui flottaient à la tête de son lit.

— D'où viennent-ils ?

— Ils sont arrivés hier. Adressé à « Hector, le garçon aux cheveux en brosse, section Pédiatrie ». Et l'ours en faisait partie. Mais il n'y avait pas de nom d'expéditeur, juste « Un ami ».

Alicia s'assit sur le lit, à côté d'Hector, qui serrait dans ses bras un ours en peluche tout neuf habillé en docteur.

Jack, pensa-t-elle en esquissant un sourire. Vous n'avez pas oublié votre promesse.

Elle passa la main dans les cheveux hérissés du garçon.

— Salut, Hector.

— Salut, docteur Alicia.

Il lui sourit, mais elle n'aimait pas la lueur qui brillait dans ses yeux. Quelque chose n'allait pas, elle le sentait.

— Comment ça va, mon gars ?

— J'ai encore mal au bras. Vous aviez dit que vous enlèveriez bientôt l'aiguille.

— Dès que possible, je te le promets.

Sans quitter l'enfant des yeux, elle demanda à Sorenson :

— Qu'a donné son dernier examen de poitrine ?

— En voie de guérison.

— Et les analyses ?

— Le CBC est redevenu normal.

Les radios et tous les examens étaient encourageants, et pourtant Alicia sentait que quelque chose n'allait pas. Malgré ces années passées à apprendre comment analyser un historique médical, à réussir un examen complet et à interpréter des pages et des pages de résultats, à un certain moment, il fallait savoir se débarrasser de son acquis pour se fier à son instinct. Parfois, il suffisait de jeter un coup d'œil à un patient pour percevoir une altération indéfinissable de sa santé.

Elle écouta les poumons du jeune patient, vérifia ses ganglions lymphatiques et son ventre. Tout semblait normal.

Troublée, elle sourit au garçon et passa à nouveau sa main dans ses cheveux.

— Tiens bon, Hector. Nous allons te sortir d'ici le plus tôt possible.

Alicia se leva et se tourna vers Sorenson :

— Faites-lui un nouvel examen de poitrine, un CBC et des analyses de sang et d'urine, d'accord ?

En se dirigeant vers la porte, elle surprit le regard dubitatif de l'infirmière.

— J'espère que je me trompe, fit-elle à voix basse, mais j'ai l'impression qu'Hector ne va pas si bien que ça.

2

Le téléphone d'Alicia émit son bip monotone ; elle appuya sur le bouton de l'intercom.

— L'inspecteur Matthews en ligne, dit Raymond. Il veut vous parler.

Alicia se raidit, mais ce n'était qu'un réflexe. Matthews ne pouvait être au courant de son rendez-vous d'hier soir, où elle avait rencontré son incendiaire potentiel. Benny... Elle ne le connaissait que sous ce nom. Apparemment, tous ceux qu'elle rencontrait ces derniers temps n'avaient pas de nom de famille. Il lui avait dit qu'il irait jeter un coup d'œil à l'adresse indiquée et la rappellerait par la suite. Depuis, Alicia n'avait cessé de regarder par-dessus son épaule – au sens propre comme au figuré.

Que pouvait bien lui vouloir Matthews ? Avait-il déjà trouvé des informations sur ce Floyd Stevens ?

— Passez-le-moi.

— Hé, c'est bien le flic qui est passé hier pour... ?

— C'est lui.

— Très bien. Le voilà.

Elle prit le combiné et dit :

— Bonjour, inspecteur.

— C'est Will, vous vous souvenez ?

— Oh, oui. J'avais oublié. (Pieux mensonge. Elle ne voulait pas qu'ils en soient déjà à s'appeler par leur prénom.) Que puis-je pour vous... Will ?

— Comme promis, j'ai fait quelques recherches sur notre ami commun.

Ses doigts se crispèrent sur le combiné. Non, il ne pouvait parler de Benny ? Elle s'éclaircit la gorge :

— Qui ça ?

— La personne avec qui vous avez eu une petite altercation récemment.

Floyd Stevens. Pourquoi refusait-il de dire son nom ?

— Vraiment ? Vous avez du nouveau ?

— Oh oui. Quelque chose qui devrait vous intéresser.

— Vraiment, répéta-t-elle. (Alicia se pencha en avant, soudain heureuse qu'il l'ait appelée.) Quoi, par exemple ?

— Je préférerais ne pas en parler au téléphone. Et si nous déjeunions ensemble ? Comme ça, je pourrais vous exposer tranquillement les faits.

Alicia ferma les yeux en étouffant un grognement. Pas de doutes, il s'intéressait à elle. D'une façon qui n'avait rien de professionnel.

Mais ce n'était pas réciproque. Elle n'avait ni le temps, ni les ressources émotionnelles pour entamer une liaison, ni avec Will Matthews, ni avec qui que ce soit d'autre. Et surtout pas maintenant.

Et même lorsqu'elle était disponible, même avec les meilleures intentions du monde, ses liaisons échouaient toujours de la plus désastreuse des façons.

Mais elle ne pouvait pas refuser son invitation. C'était le moins qu'elle puisse faire : apparemment, il s'était donné du mal pour obtenir ces informations. Après tout, cela n'engageait à rien. Elle pouvait toujours glisser dans la conversation qu'elle avait déjà quelqu'un. Oui, voilà... Elle avait une liaison solide et durable.

De plus, la section juridique de l'hôpital lui avait passé un coup de fil hier. L'avocat de Floyd Stevens avait confirmé qu'il entendait porter plainte contre Alicia et l'hôpital tout entier si elle n'abandonnait pas les poursuites contre son client. La direction étudiait sa proposition.

Et depuis, son estomac n'était qu'un sac de nœuds.

— Pourquoi pas, dit-elle, du moment que nous faisons vite. Je suis dans les paperasses jusqu'au cou.

— Vite fait, bien fait. C'est promis.

Ils convinrent de se retrouver à midi et demi au restaurant El Quijote.

Alicia raccrocha et regarda l'enveloppe postale posée sur son bureau. Hier, le bureau de Léo Weinstein lui avait envoyé une copie du testament, et elle avait prévu de le lire durant sa pause-déjeuner. Elle se rappela, non sans une pointe d'angoisse, de la remarque que Jack lui avait faite lundi : Si Thomas et les gens qui le soutenaient étaient assez avides et assez brutaux pour faire écraser le privé qu'elle avait embauché et exploser son avocat, pourquoi ne s'en prenaient-ils pas directement à elle ?

Bonne question. Et la réponse pouvait se trouver là, à quelques centimètres d'elle, dans cette enveloppe.

Elle l'aurait bien ouverte ce matin, mais elle avait perdu trop de temps en compagnie d'Hector. Elle attendait toujours les résultats de ses examens.

Peut-être pourrait-elle grappiller quelques minutes après le déjeuner.

3

Tout en marchant vers le restaurant, Alicia en profita pour mettre au point les détails de sa relation sérieuse, durable et tout, et tout. Elle voulait que son histoire soit parfaitement au point afin que, à la première occasion, elle puisse glisser quelques allusions dans le cours de leur conversation.

Voyons... L'homme de ma vie doit d'abord avoir un nom.

Elle déposa quelques pièces dans le seau d'un Père Noël qui faisait le pied de grue sur le trottoir, puis alla chercher l'inspiration dans les devantures des magasins qui l'entouraient. Dans ces quartiers, les patronymes anglais se faisaient rares. Elle vit une enseigne qui annonçait : José Herrera, articles de mode.

D'accord, voyons ce qu'on peut en tirer. Comme je ne veux pas que l'inspecteur Matthews tombe sur le nom de mon soupirant en levant les yeux, ce qui pourrait lui mettre la puce à l'oreille, autant angliciser le tout : Joseph Hermann. Parfait. Et que fait-il dans la vie ? Un métier qui l'envoie souvent en déplacement. Dans l'import-export, par exemple. Parfait. Mais qu'importe-exporte-t-il ?

En passant le coin de la Vingt-troisième Rue, elle passa devant une vitrine remplie d'ordinateurs, de pagers et autres gadgets qui remplissaient ses rayons.

De l'électronique. Oui, c'est ça. Ce cher Joseph Hermann fait venir d'Asie des téléphones cellulaires, des magnétoscopes, des jeux vidéo et tout ça. Il ne cesse de voyager, ce qui compromet notre relation, mais nous tenons beaucoup l'un à l'autre et avons l'intention de nous marier dès qu'il aura imposé sa ligne de distribution sur le marché et cessera ses allers et retours incessants.

C'est alors qu'elle remarqua un auvent au nom d'El Quijote. Elle était passée devant un nombre incalculable de fois mais n'aurait jamais eu l'idée d'y entrer, ne serait-ce qu'à cause de cette entrée de métal peinte en un horrible mélange de rouge et de jaune. Le restaurant se retrouvait coincé entre le prestigieux Chelsea Hotel, dont la façade de brique rouge et les balcons de fer forgé auraient semblé plus à leur place à La Nouvelle-Orléans. Mais l'endroit lui-même n'était pas très accueillant. Il semblait… vieux.

Elle entra donc et, sur sa gauche, vit un long bar qui s'étendait sur toute la largeur de la salle. L'espace restaurant se trouvait sur sa droite. L'intérieur était au diapason de l'extérieur – vieux. Et très traditionnel, avec ses plafonds hauts, ses tables nappées de lin blanc et ses peintures murales à la Cervantès. Elle se demanda si quelqu'un avait refait la décoration depuis les années 40. La lumière du jour filtrait par la vitre de devant, et pourtant, la salle semblait plongée dans la pénombre – ce que, bizarrement, elle trouva réconfortant.

Elle vit un homme qui se détachait du bar pour

s'avancer à sa rencontre. C'était l'inspecteur Matthews. Et en plus, il portait un trench-coat.

— Salut, fit-il en souriant. Je nous ai réservé une table.

Elle réalisa soudain que, lorsqu'il souriait, tout son visage s'illuminait. Elle lui tendit la main.

— Inspec…

Il leva un doigt et l'agita d'avant en arrière.

— Non. Vous vous souvenez ?

— D'accord. Will. (Elle inspira profondément et dit ce qu'il devait attendre en retour :) Si toutefois vous m'appelez Alicia.

Son sourire s'élargit.

— Avec grand plaisir. Donnez-moi votre manteau, Alicia.

Tout en retirant son éternel imper, elle se demanda si elle n'était pas en train de lui donner une fausse impression. Mais il avait l'air d'être quelqu'un de bien. Et puis, elle ne risquait pas grand-chose.

Il rangea leurs manteaux respectifs, puis fit un signe au serveur qui leur fit traverser la salle à manger à moitié pleine pour les installer dans un recoin situé tout à l'arrière.

— C'est sympa ici, fit-elle en un manque total d'inspiration.

— Vous n'y étiez jamais venue ?

Elle secoua la tête.

— En général, je déjeune à mon bureau, et chez moi, j'opte pour ce qui est facile et rapide. J'ai rarement l'occasion de dîner à l'extérieur.

Parce que je n'aime pas me retrouver toute seule à une table de restaurant.

Soudain, Matthews fronça les sourcils.

— J'aurais dû vous demander si vous aimez l'ail. Sinon, mieux vaut chercher un autre endroit.

— J'adore l'ail. Mais la cuisine mexicaine n'est pas…

— Ce n'est pas un Mexicain, mais de la cuisine espagnole.

— Bien sûr, fit Alicia. El Quijote. J'aurais dû m'en douter. Mais pour qui a vécu plusieurs années dans le Sud de la Californie, comme moi, tout ce qui commence par « El » est automatiquement mexicain.

— « Plusieurs années » ? Moi qui vous croyais New-Yorkaise pur jus.

— Je le suis. J'y suis née et y ai passé mon enfance. Mais à dix-huit ans, je suis partie pour l'université de Californie et suis restée là-bas une douzaine d'années.

Ce qu'elle ne lui dit pas, c'est qu'elle avait même postulé à l'université d'Hawaii : c'était le point des USA le plus éloigné de New York et de cette satanée maison de la Trente-Huitième Rue. Mais l'USC, l'Université de Californie du Sud, proposait des conditions financières plus avantageuses et, donc, elle avait opté pour celle-ci.

Le serveur vint prendre leurs commandes.

— Il faut que vous goûtiez aux crevettes à la sauce verte, conseilla Matthews. C'est ce qu'ils ont de mieux – à condition d'aimer l'ail.

C'est donc ce qu'elle prit, avec un Pepsi light. Lui commanda une bière.

Pendant qu'ils attendaient, il la fit parler de la côte Ouest et du temps qu'elle y avait passé, et Alicia finit par se détendre. Du moment qu'il ne lui posait pas de questions sur la période d'*avant* son départ, tout allait bien. Ses années de fac puis d'internat avaient été dures, mais satisfaisantes. En arrivant en Californie, elle n'était déjà plus la même personne que celle qui avait quitté New York, et cette nouvelle Alicia n'avait pas de passé et de comptes à rendre à personne. En descendant de l'avion, elle avait eu l'impression de renaître.

Lorsque leur plat – une cocotte de métal remplie de grosses crevettes roses blotties dans une sauce verte – finit par arriver, elle en profita pour changer de sujet.

— Mais assez parlé de moi. Qu'en est-il de Floyd Stevens ?

— Goûtez-moi ça d'abord, répondit-il en versant une généreuse portion dans son assiette. Ne gâchons pas un bon déjeuner par des sujets déplaisants.

Alicia ravala un commentaire acerbe. Bon sang, elle n'était pas venue pour s'en mettre jusque-là, mais pour obtenir des informations ! Elle se résigna et coupa une crevette en deux du tranchant de sa fourchette avant de la mettre dans sa bouche. En effet, c'était bon. Un vrai régal. Elle s'empressa d'avaler la seconde moitié. En fait, elle mourait de faim, mais ne s'en était même pas rendu compte.

— Alors, qu'en dites-vous ?

Elle leva les yeux et constata qu'il la regardait avec une intensité surprenante.

— Un délice. C'est si bon que, quoi que vous puissiez me dire, rien ne pourra gâcher ce repas.

Il poussa un grand soupir.

— C'est bon, voilà ce que j'ai pu glaner. Ce n'est pas la première fois que ce cher Floyd se fait choper la main dans le sac. J'ai réussi à déterrer trois plaintes plus anciennes. Cela ne fut pas facile, mais…

Alicia sentit une pointe d'enthousiasme.

— En ce cas, il a un passif en tant que pédophile – un casier judiciaire. Comment a-t-on pu le laisser infiltrer le Centre ?

— Pas si vite. Il n'a pas de casier. Toutes les plaintes ont été retirées.

— Retirées ? Toutes les trois ?

Il acquiesça en mastiquant lentement.

— Apparemment, il a un compte en banque assez bien garni. Au cours des années 80, il a pas mal gagné à Wall Street avant de prendre sa retraite. Nous voilà donc avec un jeune millionnaire avec pas mal de temps libre et un penchant pour la chair fraîche.

Contrairement à ce qu'elle avait déclaré, Alicia en perdit presque l'appétit.

— Il peut acheter qui il veut pour se tirer d'affaire.

— Ou il peut avoir recours à la menace, comme il tente de le faire avec vous. Son avocat est un vrai requin qui attaque sur-le-champ et va tout droit à la jugulaire.

— En d'autres termes, ce n'étaient pas de vaines menaces.

— J'en ai bien peur.

— Voilà qui ne va guère embellir ma journée.

— Désolé, mais je pensais que vous préfériez savoir ce qui vous attend.

— J'en avais déjà une idée. Fineman m'a appelé hier.

— Qu'a-t-il dit ?

— En substance, la même chose que ce que vous avez vous-même entendu. Que je peux m'attendre à passer trois à cinq années à courir d'une salle de tribunal à l'autre, à claquer jusqu'à mon dernier centime en frais d'avocat, puis à trimer tout le reste de ma vie pour payer les dommages et intérêts que la cour va certainement accorder à son client. Bien sûr, pour éviter tout cela, il me suffit, en un éclair de lucidité, de réaliser mon erreur et de retirer ma plainte.

— Charmant garçon. Voilà qui prouve qu'un avocat a les clients qu'il mérite.

Alicia se radossa à son siège. Luttant contre une vague de déprime, elle passa en revue toutes sortes d'excuses : après tout, Kanessa n'avait pas été brutalisée et elle n'avait pas assez de conscience pour subir de graves séquelles psychologiques. Au moins, Floyd Stevens ne remettrait plus jamais les pieds dans le Centre et ne pouvait plus nuire à ses enfants. Peut-être qu'après la dégelée qu'il avait reçue, il renoncerait à chercher d'autres proies.

Le simple fait qu'elle puisse concevoir de telles âneries la déprimait encore davantage.

— Ça va ? demanda Matthews.

— Non.

— Qu'allez-vous faire ?

Alicia le regarda fixement.

— Qu'est-ce que vous croyez ?

Il soutint son regard.

— Cela ne fait pas longtemps que je vous connais, mais je suis sûr et certain que vous n'allez pas en rester là.

Ce soudain afflux de chaleur humaine provenant d'un étranger prit Alicia par surprise. En effet, elle n'envisageait pas une seconde de déclarer forfait – elle l'aurait peut-être fait pour autre chose, mais jamais pour une affaire de ce type – et il l'avait décelé en elle. Elle se surprit à sourire sans savoir pourquoi.

— Comment le savez-vous ?

— Je le sens. Cela fait partie de ce qui me plaît en vous.

Aïe. Voilà : il avait lâché le morceau. Elle préféra ignorer sa remarque :

— Vous n'allez pas me dire que c'est de la folie ?

— Non. Je crois que vous bénéficiez d'une grande rigueur morale.

De la rigueur morale. Si seulement cela pouvait être aussi simple.

C'est alors qu'il tendit la main et la posa sur la sienne.

— Et je tiens à vous dire que je trouve cela admirable. Et aussi que vous n'êtes pas seule. Je peux encore faire quelques petites choses pour vous.

— Quoi, par exemple ?

— J'ai appris quelques petits trucs durant mon séjour aux Mœurs. Entre autres, que ces pédophiles gardent toujours le même terrain de chasse. Il est impossible de les guérir. Un séjour en prison ou des années de thérapie avec un bataillon de psys n'y changeront rien. Dès qu'ils pensent que personne ne les surveille – ou même s'ils le soupçonnent – ils se mettent en chasse.

— Comportement obsessionnel.

Alicia en connaissait un rayon sur le sujet.

— Exact. Mais nous pouvons le retourner à notre avantage.

Notre ? Depuis quand était-il impliqué ?

Pas de panique, se dit-elle. Lui aussi veut coincer ce type. Ne va pas monter sur tes grands chevaux. Puisqu'il veut t'aider, laisse-le faire.

Elle se demanda pourquoi elle avait tant de mal à accepter son aide. Peut-être parce qu'il y avait si longtemps qu'elle était seule, qu'elle se débrouillait dans la vie et résolvait ses problèmes sans la moindre aide extérieure. Mais pourquoi cette proposition lui faisait-elle l'effet d'une… intrusion ?

— Comment ?

Il eut un sourire rassurant.

— Je m'en charge.

Alicia se redressa et se surprit à nouveau à sourire.

— Vous savez, Will, je crois que mon appétit vient de revenir.

Oh non. Pas de doute, elle l'avait appelé Will. Quelle mouche l'avait piquée ?

Mais c'était la vérité : elle avait à nouveau faim. Et somme toute, c'était bien agréable d'avoir un allié.

Ils finirent le plat de crevettes et se disputèrent l'addition. Will finit par l'emporter, mais uniquement parce qu'il avait de plus longs bras pour attraper la note. Ils se séparèrent devant le restaurant, et Will lui promit de lui donner des nouvelles.

Alicia était à mi-chemin du Centre lorsqu'elle réalisa qu'elle n'avait pas pu glisser dans la conversation sa liaison durable avec Joseph Hermann, cet importateur plein d'avenir.

4

Avant de passer en revue les courriers qu'on avait déposés sur son bureau pendant sa pause-déjeuner, Alicia vérifia son répondeur personnel. Il y avait un message.

— *Ici Benny. Appelez-moi à ce numéro.*

Son pouls s'accéléra. C'était son incendiaire. Elle

alla fermer la porte de son bureau et composa immédiatement le numéro qu'il lui avait laissé.

— Ouais ? fit la même voix.

Elle entendit des bruits de circulation en fond sonore. Il devait se trouver dans une cabine.

— C'est vous, Benny ? Je vous rappelle comme vous me l'avez demandé.

— Ouais. C'est à propos de la maison de Murray Hill, c'est bien ça ?

— Oui.

— Bien. Je peux le faire.

— D'accord. Mais il y a autre chose. (La remarque de Jack, comme quoi cet incendie risquait de raser tout le quartier, la rongeait toujours.) Je ne veux pas que le feu se propage aux autres maisons.

— Pas de 'blème. J'suis un pro. Je vais commencer par l'intérieur. Tout va cramer et sera réduit en cendres avant qu'on ne voie la moindre flamme de l'extérieur. À ce moment, les pompiers seront là, et si personne ne les a encore appelés, ben, je le ferai moi-même. Et voilà, fin de l'histoire. Une vraie frappe chirurgicale. Et personne n'en saura rien.

— Vous en êtes sûr et certain ? Et personne n'aura à en pâtir ?

— Garanti sur facture. C'est fastoche, poupée. Croyez-moi, z'allez bientôt être pétée de thune.

De toute évidence, Benny croyait qu'elle voulait toucher l'assurance. Cela lui convenait bien.

— Parfait.

— Mais j'veux toucher *mon* pognon ce soir, comme prévu. La moitié d'avance, le reste demain matin. En liquide, bien sûr.

— Bien sûr.

Ensuite, elle serait fauchée comme les blés. Cela en valait-il vraiment la peine ? Était-elle toujours décidée ? Plus que jamais.

— Où puis-je vous retrouver ?

5

Debout sur une chaise, Alicia regardait par l'une des immenses verrières de son appartement. Elle était tournée vers le nord-est. Vers Murray Hill.

Benny lui avait assuré qu'il remplirait son contrat le soir même.

— J'ai un autre boulot à faire plus loin dans le centre, lui avait-il dit. Alors pourquoi attendre ? Vot' baraque est vide et n'attend plus que moi. Du gâteau.

Un autre boulot… Apparemment, la profession d'incendiaire était très lucrative.

C'est alors que le scanner de police qu'elle avait acheté en rentrant chez elle cet après-midi se mit à couiner. Le message parlait de coups de feu près du Madison Square Garden. Ce n'était pas ce qu'elle voulait entendre.

Émissions de fumée signalées dans une maison de la Trente-huitième Rue.

Voilà ce qu'elle attendait.

Elle savait qu'elle ne pourrait jamais voir les flammes ou la fumée de là-haut, mais elle se sentait néanmoins attirée par la fenêtre. Ainsi, elle plissait des yeux en tentant de distinguer quelque chose dans la nuit tout en attendant que l'alarme ne résonne sur son scanner. Alors elle dévalerait les escaliers, prendrait un taxi pour Murray Hill et resterait là, à regarder brûler cette satanée maison.

Un frisson la secoua, et elle faillit tomber de sa chaise. Elle se rattrapa au cadre de la fenêtre et ferma les yeux. Ses nerfs à vif étaient prêts à lâcher. Elle n'était pas faite pour supporter une telle tension.

Mon Dieu, qu'ai-je fait ? J'ai embauché quelqu'un pour brûler la maison. Serais-je devenue folle ?

Parfois, elle commençait à le croire.

Et après avoir pris le temps de lire le testament, cet

après-midi, elle se demandait si ce n'était pas un trait de famille. Léo Weinstein lui avait dit qu'il était « plutôt inhabituel », mais elle n'avait pas réalisé à quel point.

Maintenant qu'elle l'avait lu, elle pouvait répondre à la question de Jack. Elle savait pourquoi ceux qu'elle embauchait se faisaient tuer alors qu'on ne s'en prenait jamais directement à elle.

Et maintenant, elle était plus convaincue que jamais de la nécessité de brûler cette maison.

Ensuite, elle serait libérée des avocats de Thomas. Si elle touchait l'argent de l'assurance, elle en ferait don au Centre.

Et le monde serait débarrassé une bonne fois pour toutes de cette satanée maison et de tout ce qu'elle représentait.

6

— C'est fait, dit Kenny en descendant les escaliers, je l'ai collé dans le coffre. Et maintenant ?

Éclairé par un cône de lumière, Sam Baker se tenait au sous-sol de la demeure Clayton et essuyait le sang qui souillait son couteau à découper. Il aurait bien voulu arracher un morceau de couenne à ce satané Kenny et le lui faire bouffer. Ça lui apprendrait à rater son coup ! Mais Kenny était de la famille, le fils de sa sœur aînée plus précisément. C'était un gosse de vingt-cinq ans aux larges épaules qui arborait la même tignasse rousse que sa mère. Et on ne taillade pas quelqu'un de sa famille, même s'il le méritait largement.

Il trouverait bien un autre moyen de punir Kenny et son collègue.

— Maintenant, il y a encore bien des choses à régler. Pour commencer, Mott et toi êtes à l'amende. Je vous retire cinq pour cent de votre bonus.

Kenny ouvrit de grands yeux.

— Cinq pour cent ? Ben merde alors ! Pourquoi ?

— Pour avoir laissé passer ce type.

— Hé, on l'a arrêté, non ?

— Oui, mais il était déjà à l'intérieur avec tout son matos. Si tu n'avais pas reniflé les vapeurs d'essence, la maison serait en flammes et on n'aurait plus qu'à se trouver un autre boulot. (Baker pointa son couteau sur la poitrine de Kenny.) Vous deux deviez l'empêcher d'entrer, point barre.

— Ce connard est un magicien, c'est pas possible autrement ! On ne l'a jamais vu, et je te jure qu'on était pas en train de taper le carton.

— Tu peux jurer tes grands dieux, mais je doute que le reste de l'équipe te pardonne ce coup-là. Si cette baraque avait brûlé, ils auraient perdu *cent pour cent* de leur bonus. Et toi aussi. J'espère que cela t'incitera à ouvrir l'œil, et le bon.

— C'est vache, Sam.

— Ne t'en fais pas. Je m'arrangerai pour que le pognon aille à grand-mère.

Kenny eut une grimace de dégoût.

— Ben voyons. Tu crois qu'elle pensera à m'envoyer une lettre de remerciements ?

Pris d'un accès de fureur, Sam s'empara de Kenny par le devant de sa chemise. Famille ou pas, son neveu allait comprendre sa douleur.

— Fais gaffe à la façon dont tu parles de ta grand-mère, fiston. C'est compris ?

Kenny détourna les yeux et acquiesça.

— Désolé. Je ne voulais pas lui manquer de respect.

— J'espère bien, fit Sam en le relâchant. Maintenant, remonte là-haut et attends les autres.

Pendant que Kenny gravissait les escaliers d'un pas lourd, Baker jeta un regard circulaire à la cave et secoua la tête. Cette fois-ci, il s'en était fallu de peu. Beaucoup trop peu. Lorsque Kenny l'avait appelé pour lui dire qu'ils avaient chopé un incendiaire qui s'était introduit dans la maison, il avait failli faire dans son froc. Lorsqu'il était descendu au sous-sol à vitesse grand V, il était tombé sur ce minable ligoté sur une chaise. Ce type portait quelques litres de liquide inflammable répartis en bouteilles d'un quart de litre cachées dans les poches de son manteau.

Le bonhomme n'avait pas résisté longtemps. Un couteau à découper peut faire un argument de poids. Il suffit d'arracher quelques lamelles de peau – de *grandes* lamelles – à votre client, et il vous racontera toute sa vie. D'après ce minable, c'était une nana qui l'avait embauché. Quelqu'un qui, selon sa description, ressemblait étonnamment à cette chère Mlle Clayton.

Bordel !

Cette garce ne savait donc pas reconnaître qu'elle avait perdu ? Que fallait-il donc faire pour qu'elle abandonne la partie ?

Baker s'était mis dans une rogne terrible. En fait, il avait un peu pété les plombs. Il avait pris le premier revolver à sa portée et s'était mis à cogner ce client. Il lui avait aplati sa face de rat, c'était sûr. Le bonhomme était allé au tapis. Peut-être ne se relèverait-il pas.

Baker avait pensé appeler Kemel, mais avait vite changé d'avis. Il se demandait si ce cher Ahab l'Arabe n'allait pas le lâcher comme un malpropre. Regardez le foin qu'il avait fait pour une petite bombe de rien du tout ! S'il lui confiait la façon dont il entendait se débarrasser de cet incendiaire, ce pauvre biquet en ferait un caca nerveux.

Kemel n'y comprenait rien. Lorsqu'un problème se présentait, on s'en débarrassait une bonne fois pour toutes, on ne cherchait pas à le contourner. Comme ça, au moins, on était sûr qu'il ne revenait pas vous enquiquiner plus tard.

Comme cet incendiaire, tiens.

Il lui avait donné une bonne leçon. La dernière, peut-être. Mais cela n'était pas suffisant. Baker voulait envoyer un nouveau message à cette Clayton. Si, après avoir vu son privé tartiné sur le bitume et son avocat voler en éclats sous ses yeux, elle n'avait toujours pas compris à qui elle avait affaire, eh bien, jamais deux sans trois. Cette fois-ci, elle se rendrait peut-être à la raison.

Mais il ne s'en occuperait pas tout seul : cette fois-ci, il avait convoqué ses huit hommes de main. Avec tous ces morts, il fallait prévoir des renforts. Que tout le monde mouille sa chemise. Qu'on fasse monter les enjeux.

Baker avait confiance en ses hommes. C'étaient des durs. Bon, pas non plus de la trempe des commandos qu'il avait menés au Laos et au Cambodge dans les années 70, mais les membres de son équipe avaient appris le métier en s'engageant comme mercenaires en Amérique centrale, en Afrique et dans le Golfe. Lui-même avait eu recours à leurs services lorsqu'il avait bossé pour les cartels de Medellín et Cali. Ils avaient fait leur sale boulot d'un bout à l'autre de l'Amérique centrale, le long des routes de la drogue.

Mais maintenant, les Mexicains avaient pris la relève et, lorsqu'ils avaient besoin de quelques gros bras, ils préféraient embaucher des compatriotes.

Non, maintenant, il valait mieux se tourner vers le Moyen-Orient. Et surtout l'Arabie Saoudite. Là-bas, ils avaient de l'argent en pagaille, mais ils manquaient cruellement d'infrastructures. Et après ce que l'Irak avait fait subir au Koweit, rien d'étonnant à ce qu'ils deviennent un peu paranos. Ses contacts là-bas lui répétaient qu'ils n'avaient nullement besoin de mercenaires, mais Baker savait que c'était faux. Tous les Saoudiens qu'il avait rencontrés se prenaient pour des princes du désert. *Personne* ne voulait se charger du sale boulot. Voilà pourquoi le pays était bourré de Pakistanais et de Coréens qu'on avait importés pour qu'ils se chargent des tâches mineures. Si votre Mercedes tombait en panne, il n'y avait personne pour la réparer. Mais qu'importe ? Il suffisait d'en racheter une autre. Quant à l'armée, pourquoi s'embêter lorsqu'on pouvait embaucher quelqu'un pour risquer sa peau à votre place ?

Baker n'était plus tout jeune. Il en avait marre d'aller cachetonner à droite et à gauche. Lorsqu'il aurait terminé cette mission, il toucherait la part du lion sur le bonus, ce qui renflouerait ses finances et paierait les factures de la maison de retraite de sa mère. Mais il n'allait pas pour autant raccrocher et passer le reste de sa vie planté devant sa téloche. Il avait besoin d'une bonne raison de se lever le matin, et l'Arabie Saoudite semblait offrir une abondance de petits jobs paramilitaires réguliers et sans risques. S'il montrait à ce groupe qui employait Kemel, l'Iswid Nahr, qu'il connaissait son affaire, qu'il était celui sur qui compter, il serait peinard pour le reste de sa vie active.

Mais Baker croyait en sa propre version de la loi de Murphy. Peu importe la distance que vous mettez entre vous et les emmerdements, ils trouvent toujours un moyen de vous rattraper.

Pour ce soir, il voulait rameuter toute son équipe. Ce serait comme un rituel… Comme un baptême du feu qui les lierait les uns aux autres.

Baker eut un sourire. Un baptême du feu. L'expression ne manquait pas de sel.

Ensuite, ils seraient plus que de vulgaires frères d'armes. Plutôt des complices.

Et l'Arabe ? Baker pouvait toujours tout lui raconter plus tard, lorsqu'il ne pourrait rien y changer.

7

Dans la seconde chambre à coucher de l'appartement de Kemel Muhallal, Yoshi se tenait à côté de la fameuse lampe et regardait son propre appartement, de l'autre côté de la cour.

En voyant Muhallal qui s'en allait, il avait décidé de venir enquêter sur place. En vain. Il avait ouvert et consciencieusement fouillé chaque tiroir, chaque placard, chaque recoin, chaque cachette potentielle, sans rien trouver qui sorte de l'ordinaire.

Et maintenant, il se tenait à l'endroit même où Muhallal et parfois son supérieur, ce Khalid Nazer, venaient presque toutes les nuits pour étudier quelque chose. Mais quoi ? Qu'est-ce qui pouvait bien éveiller un tel intérêt ? Et pourquoi se tenaient-ils toujours là, sous cette lampe qu'ils n'éteignaient jamais ?

Était-ce la lampe elle-même qui était la clé du mystère ?

Yoshio passa la main sous l'abat-jour et trouva l'ampoule. Il la fit pivoter ; la lampe s'éteignit. Un tour dans l'autre sens, elle se ralluma.

Ce n'était qu'une vulgaire lampe.

Nazer ou Muhallal devaient avoir emporté l'objet avec eux. Ce qui les fascinait tant n'était plus dans cette chambre : c'était la seule explication possible. Ce mystérieux objet était-il si précieux qu'ils n'osaient pas le laisser sur place en leur absence ? Peut-être pourrait-il intercepter l'un d'entre eux et le lui piquer… En arrangeant le tout pour faire croire à un braquage des plus ordinaires…

Mais non : c'était trop risqué. Ils pouvaient avoir des soupçons… deviner qu'une tierce personne était sur le coup…

Yoshio soupira et se dirigea vers la porte. Il avait perdu son temps. Il ne pouvait rien faire, sinon continuer à les surveiller, comme il le faisait depuis des mois.

Il y avait de quoi devenir enragé. Pourvu qu'il se passe enfin quelque chose. Le plus tôt serait le mieux.

8

Alicia avait renoncé à sa veille devant la fenêtre. Elle s'était laissée tomber dans son fauteuil, au milieu des arbres et des plantes en cours de guérison, pour surveiller le scanner.

Toujours rien à propos d'un incendie sur Murray Hill.

Benny l'incendiaire l'aurait-il arnaquée ? Peut-être ne faisait-il jamais les travaux qu'on lui confiait. Il se contentait de se faire passer pour un incendiaire. Il empochait l'argent et allait se faire pendre ailleurs.

Mais peut-être avait-il jugé que les conditions ne lui étaient pas favorables. Benny savait que Thomas avait embauché une firme de sécurité, mais d'après lui, il pourrait les éviter sans problèmes. Peut-être que cela n'avait pas été aussi facile qu'il le croyait…

Peut-être avait-il remis le tout au lendemain.

Un frisson la secoua.

— Fais-le cette nuit ! déclara-t-elle à la pièce vide. Je ne sais pas si je supporterai cette attente encore longtemps.

JEUDI

1

— Tu as entendu ce qui est arrivé à Benny la Torche ?

Jack s'apprêtait à mordre dans son bagel. La question d'Abe le prit au dépourvu.

Il avait amené un paquet de bagels au magasin d'articles de sport ainsi qu'un Philly au fromage pour Abe – lui les préférait secs. Le vieil homme se chargeait du café.

— Non, fit Jack alors qu'un frisson prémonitoire lui glaçait l'échine. Que lui est-il arrivé ?

Mais Abe s'était déjà tourné vers Parabellum qui s'était perché sur son épaule gauche. Le perroquet picorait avec entrain le morceau de gâteau qu'Abe lui tendait.

— Regarde-moi ce petit coquin ! Il adore les bagels. Un perroquet casher ! On aura tout vu !

— Je crois que c'est surtout les graines de Sésame qui lui plaisent, dit Jack. Qu'est-il arrivé à Benny ?

— On l'a trouvé ce matin sous une rampe du pont de Manhattan, mort comme c'est pas permis.

— Il est tombé ?

— Non, il a brûlé. D'après ce que j'ai entendu, il était plus friable qu'un chips. Et on l'a cramé avec son propre liquide inflammable.

Le morceau de bagel que Jack était en train de

manger resta coincé dans son œsophage qui venait de se serrer.

— Comment a-t-il pu faire ça ?

— Oh, je doute qu'il s'en soit chargé tout seul. Quelqu'un a tracé le mot « Incendiaire » à côté de lui. Brûlé avec ce même liquide.

— Sacré nom !

— Et à ce qu'on dit, il était encore vivant lorsqu'on a craqué l'allumette.

Jack frissonna. Benny était un moins que rien… Mais de là à le brûler vif…

— Oy, Parabellum ! fit Abe. C'est comme ça que tu me démontres ta reconnaissance ?

Jack leva les yeux. Parabellum venait de lâcher une crotte sur l'épaule de son maître. D'après la couleur du tissu, ce n'était pas la première fois.

— Ce qui entre doit sortir à un moment ou à un autre, dit Jack. Et dis-toi qu'avant ce petit incident, seul l'avant de ta chemise était taché. L'équilibre est rétabli.

— Je sais, je sais, fit Abe en s'essuyant avec une serviette en papier. Mais je pense que cet oiseau de malheur est malade. Une colite, peut-être. Hé, tu as acheté ces actions dont je t'ai parlé ?

— Tu sais bien que je ne peux pas investir en Bourse.

— Tu ne *veux* pas. Ce n'est pas pareil. Et tu rates plein d'occasions de te faire de l'argent facile. J'ai un conseiller financier de première. Il m'a fait acheter ces parts, et les a revendues aussi sec. Milles parts, elles montent de deux dollars pièce et hop ! On les vend. C'est mieux que la loterie. Il te suffit de… (Il s'interrompit et dévisagea Jack.) Je connais cette expression. C'est celle qui veut dire : « Quand vas-tu me lâcher un peu, Abe ? »

— Qui, moi ? fit Jack, qui en effet, aurait bien aimé qu'Abe le lâche un peu avec ça.

— Oui, toi. Et je devrais prendre mon air de « Quand auras-tu du plomb dans la tête, Jack ? »

— Bon sang ! Lorsque ce n'est pas Gia, c'est toi qui t'y colles.

— Je ne te demande pas de prendre ta retraite. Tu es trop bon client pour ça. Non, je te conseille juste d'arrêter d'acheter ces pièces d'or *fahkaktah* et de laisser ton argent travailler pour toi.

— Abe, pour ouvrir un portefeuille d'actions, il faut avoir un numéro de sécurité sociale.

— Et alors ? Tu as plein de fausses identités et je sais que certaines sont fournies avec un numéro de sécurité sociale en prime.

— Ceux de gens décédés.

— Parfait. Tu n'as qu'à convertir tes ducats et tes Krugerrands en bons dollars. Tu ouvres un compte chez mon banquier avec le numéro de sécu d'un mort. Tu laisses mon conseiller financier gérer ton compte, et il te rapporte vingt pour cent par an.

— Non, merci.

— Jack ! Comment peux-tu refuser de voir doubler ton capital en moins de quatre ans ?

— Parce que je devrais déclarer ces profits au fisc.

— Oui, mais…

— Il n'y a pas de mais. Je n'aurais pas le choix. Et si je les laisse prendre leur part de mes revenus, cela veut dire que j'accepte le principe. Et en ce cas…

Jack ne pouvait se le permettre. S'il passait cette frontière, même sous une autre identité, il… rentrerait dans le rang. Il aurait rejoint la société. Et la société saurait qui il est.

— Tu n'accepterais rien du tout. Tu serais juste un type sous une identité bidon et avec le numéro de sécu d'un mort.

— C'est pareil, Abe.

Celui-ci le dévisagea un instant, puis eut un soupir.

— Je ne te comprends pas, Jack.

— Mais si, mais si, fit-il en souriant. Et Parabellum vient de lâcher une autre bombe.

— Oy !

En regardant Abe essuyer son épaule, il dit :

— Qui peut bien avoir buté Benny ? Personne n'en a idée ?

Abe secoua la tête.

— Rien de rien. Mais si tu veux mon opinion, et je sais que tu ne demandes que ça, je dirais que Benny a tenté d'incendier un bâtiment où il aurait mieux fait de ne pas mettre les pieds.

Jack avait l'impression de savoir de quelle maison il s'agissait.

Il se souvint de ce qu'Alicia lui avait dit, que deux des personnes qu'elle avait embauchées pour résoudre son problème avaient connu une mort brutale. Benny la Torche était-il la numéro trois ?

Il n'y avait qu'une seule façon de le savoir.

2

Alicia venait de raccrocher après avoir reçu des nouvelles du labo – ils n'avaient pas encore les résultats des analyses d'Hector, mais malgré quelques accès de fièvre, le petit gars semblait tenir bon –, lorsque la voix de Raymond s'éleva de l'intercom.

— Un certain Jack demande à te voir. Il n'a pas de rendez-vous, mais dit que c'est très important. (Il y eut un murmure en fond sonore, puis :) Tu as entendu ? Il a précisé que c'était urgent.

Sa première impulsion fut de l'envoyer paître. Il avait refusé son offre deux jours plus tôt et, de son point de vue à elle, ils n'avaient plus rien à se dire.

Mais c'était urgent, avait-il précisé, et ce mot s'imprima dans son esprit. Ce n'était pas le genre de terme qu'elle associerait à quelqu'un comme Jack. Quoi qu'il puisse lui vouloir, s'il disait que c'était « urgent », cela l'était probablement.

Oh, et puis…

— Envoie-le-moi.

Quelques secondes plus tard, Jack passait la porte de son bureau et la refermait derrière lui.

— Avez-vous embauché Benny la Torche ?

Il attaquait sans préambule, sans prendre la peine de dire bonjour. Mais Alicia ne s'en formalisa pas.

Il sait ! Mais comment est-ce possible ?

— Qu'est-ce que vous dites ?

Pas très brillant, mais c'était la seule réponse que puisse concevoir son esprit sous le choc.

— On l'a trouvé mort ce matin. Quelqu'un l'a brûlé vif. Était-il relié à la tâche pour laquelle vous avez voulu m'embaucher ?

— Oh non ! fit-elle en un hoquet. Encore !

Jack se laissa tomber sur une chaise.

— Parfait. Voilà qui répond à ma question.

Alicia sentit son regard braqué sur elle alors qu'elle luttait contre la nausée.

Ce petit bonhomme plein de tics… brûlé vif…

— Je pensais que vous ne comptiez pas chercher quelqu'un d'autre, finit-il par dire. Je croyais que vous vouliez réfléchir avant.

— C'est plutôt que je n'avais pas à chercher quelqu'un d'autre, fit-elle d'une voix atone et lointaine. Je l'avais déjà trouvé. Mon Dieu… Je l'ai tué…

— Non, ce n'est pas vous. Mais vous aviez raison : quiconque se mêle de cette histoire semble avoir une espérance de vie particulièrement limitée. Sauf vous. Et c'est ça que je voudrais bien comprendre.

Elle secoua la tête et fit un effort de concentration.

— Hier, j'ai enfin lu le testament.

— En effet, il était temps. Et maintenant, tout est clair comme de l'eau de roche ?

— Non. Loin de là. Mais au moins, je sais pourquoi je ne suis jamais inquiétée.

Elle se souvint de cette sensation désagréable qui avait hérissé sa chair tandis qu'elle parcourait ce document et tentait de comprendre ce que *cet homme* avait en tête lorsqu'il l'avait rédigé.

— C'est-à-dire ?

— Thomas n'est pas le second sur la liste.

Jack haussa les sourcils en acquiesçant lentement.

— Très intéressant. Et qui est l'heureux élu ?

— Ce n'est pas « un » élu. Il s'agit de Greenpeace.

— Ces écolos ? (Il éclata de rire.) Ceux qui vont arrêter les baleiniers avec leurs propres bateaux ?

— C'est bien ça.

— Je comprends que votre frère...

— *Demi*-frère.

— D'accord. Je comprends qu'il l'ait mauvaise. Votre père préfère encore que la maison aille à un groupement écologique plutôt que la lui laisser. Apparemment, il a dû tomber en disgrâce à un moment ou à un autre.

Alicia se rappela de la date inscrite sur le document – quelques mois seulement avant sa mort. Était-ce à ce moment qu'il avait rayé Thomas de son testament ? Ou avait-il toujours eu l'intention de le déshériter ?

— Je n'ai aucun moyen de le savoir. Comme je vous l'ai dit, à mon départ pour la fac, j'ai rompu tous les liens avec l'un comme avec l'autre. (*Et j'aurais bien voulu ne plus jamais en entendre parler.*) Quant à l'idée que cet homme puisse se soucier d'écologie... C'est ridicule. Je ne crois pas qu'il y ait jamais pensé un seul instant de sa vie. Ses intérêts... étaient tout autres.

Jack fronça les sourcils et se pencha en avant.

— Alors pourquoi a-t-il... ?

— Pas la moindre idée. Je n'y comprends rien. La façon dont le document est rédigé... Je ne suis pas juriste, mais cela n'a rien à voir avec un testament tel qu'on se l'imagine. On dirait presque qu'il s'attend à ce que cet héritage provoque une explosion de violence.

— Qu'est-ce qui vous fait dire ça ?

Alicia tira le testament de son sac. Elle trouva sans mal le passage qu'elle avait souligné.

— Écoutez-moi ça : « Si Alicia meurt avant d'avoir pu prendre possession de la maison précitée, ou si elle meurt après en avoir pris possession, la maison précitée sera offerte à l'organisation écologiste connue sous le nom de Greenpeace accompagnée de ce message : *Cette maison contient la clé qui désigne le chemin qui mène à l'accomplissement de vos objectifs. Si vous la vendez, vous perdrez tout ce pour quoi vous avez œuvré.* (Elle posa violemment le document sur son bureau.) Pouvez-vous me dire ce que signifie ce charabia ?

— Puis-je le voir ? dit Jack en se penchant en avant.

D'un geste instinctif, Alicia tendit la main pour lui arracher le testament. Personne ne devait rien savoir de sa famille. Mais elle s'interrompit à mi-chemin. Elle devait faire confiance à quelqu'un et, pour l'instant, Jack était tout ce qui lui restait.

Elle lui fit glisser le document.

— Amusez-vous bien.

Elle serra les dents en le voyant parcourir les feuilles de papier. Elle était au bout du rouleau, et elle le savait. Elle était prête à exploser. Elle se croyait débarrassée à tout jamais de *cet homme*, mais même par-delà la tombe, il avait trouvé le moyen de lui pourrir l'existence.

— Vous savez, fit Jack en hochant la tête, on dirait vraiment qu'il s'attendait à ce qu'il y ait des embrouilles. (Il leva les yeux.) Votre frère a déjà fait de la prison ?

— Non.

— Des problèmes de drogue ? Des accès de violence ?

— Pas à ma connaissance.

Thomas avait certes des problèmes, mais pas de cet ordre.

Jack continua de feuilleter le testament.

— En ce cas, pourquoi... (Il s'arrêta et ouvrit de grands yeux.) Qu'est-ce que c'est ? De la *poésie* ?

— Oui. Incroyable, non ?

Jack se mit à lire : « *Clay (ton) lies still, but blood's a rover.* » « Le sang est un vagabond » ? Qu'est-ce qui « gît, immobile » ?

— C'est un poème d'Alfred Housman. J'ai vérifié,

ajouta-t-elle en voyant le drôle de regard qu'il lui lançait.

— Je ne connais que John Houseman.

— Dans l'original, il est dit : *Clay lies still.* « L'argile gît, immobile ». Il a rajouté le « ton ».

— Pour donner « Clayton » ? Et qu'est-ce que cela signifie ? Que votre demi-frère est un vagabond ? Ou quoi d'autre ?

— Je ne sais pas.

C'était vrai : elle-même en était restée bouche bée.

— Un instant, dit Jack, en voilà une autre : « *Wither away, fair rover, and what is thy quest ?* »

— Celle-ci est d'un dénommé Robert Bridges. « Tu t'étioles, mon doux errant, mais quelle est ta quête ? » J'ai lu leurs poèmes pour voir si je pouvais y trouver un élément quelconque qui puisse m'aider à comprendre, mais en vain.

— C'est du délire.

— C'est exactement ce que disent les avocats de Thomas. Pour eux, toutes ces excentricités démontrent qu'il n'était pas sain de corps et d'esprit lorsqu'il a modifié son testament.

— Et quand l'a-t-il fait ?

— D'après la date, peu de temps avant sa mort.

— Eh bien, qu'il ait toute sa raison ou pas, il tenait absolument à ce que la maison vous revienne.

— Je n'en suis pas si sûre. Je crois qu'il voulait surtout éviter que Thomas mette la main dessus.

— Que peut-il y avoir de si précieux dans cette baraque pour que votre demi-frère soit prêt à tuer pour s'en emparer ? Quelque chose que votre père pourrait y avoir laissé ?

— Je ne sais pas. Thomas est un inconnu pour moi. Je ne sais pas ce qui se passe dans sa tête et n'ai aucune envie de le découvrir.

— Très bien, alors revenons à votre père. Il semble être à la base de tout ceci. Qui était Ronald Clayton ? Que faisait-il dans la vie ?

Alicia ferma les yeux et avala sa salive. Il voulait qu'elle lui parle de cet homme… de qui il était… de ce qu'il faisait…

Si vous saviez !

***

Jack commençait à se demander si Alicia était malade – elle restait figée là, de l'autre côté du bureau, sans dire un mot – mais soudain, elle rouvrit les yeux et se mit à parler d'une voix atone, en regardant par-dessus l'épaule de Jack comme si elle lisait son texte sur un prompteur.

— On dit de lui que c'est un grand savant. C'était un spécialiste en physique et, à diverses périodes de sa vie, il s'est retrouvé attaché comme chercheur aux départements de Princeton, de Columbia et de l'université de New York. Il a aussi trouvé le temps de travailler pour Bell Labs et IBM. Partout où il y avait de l'argent. J'imagine qu'il devait être aussi génial qu'on le dit, mais il était dur et sans scrupules : gare à qui se mettait en travers de son chemin ou l'empêchait d'obtenir ce qu'il voulait quand il le voulait. Il ne se souciait pas des autres. Et son fils n'est pas différent.

Jack réalisa alors qu'il n'avait jamais entendu Alicia appeler Ronald Clayton « mon père ». C'était toujours « lui » ou « cet homme ».

Avait-il abusé d'elle ? Ou de son frère ? Ou des deux ?

— Apparemment, entre vous et lui, cela n'a jamais été le grand amour.

Sa voix se fit encore plus glaciale.

— Ronald Clayton était une ordure, une forme de vie carnassière, dépourvue de tout ce qui pouvait ressembler à une conscience. Peu m'importe s'il m'a laissé sa maison. Je n'en veux pas. Je me fiche de ce qu'il a pu y laisser. Comme de tout ce qui porte la trace de cet homme. Je me sentirais mieux si l'on éradiquait toute trace de son passage en ce bas monde. C'est pour cela que je vous ai demandé de brûler sa maison. C'est pourquoi je… je…

Elle semblait à court de mots.

Jack en restait sans voix, lui aussi. En effet, ce qu'elle ressentait pour son père était au-delà de la colère, au-delà de la rage. Elle le haïssait, elle le méprisait. Et ce n'était pas uniquement à cause de ses traits de caractère.

Qu'est-ce qui pouvait bien s'être passé dans cette maison ? Quelque chose de physique ? De sexuel ?

Jack la regarda de près. Pourvu qu'elle ne se mette pas à pleurer ! Il ne savait jamais comment consoler une femme en larmes – ou un homme, à vrai dire. Lorsqu'il s'agissait de Gia, il pouvait toujours la prendre dans ses bras. Mais Alicia ? Que dalle. Pour autant qu'il sache, elle pouvait le mordre.

Mais elle n'était pas au bord des larmes, loin de là. Elle ferma les yeux, inspira profondément, puis le regarda.

— Désolée.

— Ce n'est rien, fit Jack, dissimulant son soulagement. Et qu'allez-vous faire maintenant ? J'espère que vous ne comptez plus sur la flamme purificatrice.

Une esquisse de sourire apparut sur ses lèvres.

— D'accord. Je renonce à trouver un incendiaire. (Elle eut un soupir.) Il est peut-être temps d'abandonner. Je veux dire, c'est sûr que si j'acceptais de vendre la maison à Thomas et ses mystérieux commanditaires, ma vie serait beaucoup plus simple. Devenir multimillionnaire arrondirait quelques angles.

Jack ressentit une pointe de déception qui le surprit lui-même. Qui avait tué le privé, l'avocat et Benny la Torche ? Et pourquoi ? Qu'est-ce qui rendait cette maison si précieuse ? Si Alicia abandonnait la partie, ces questions resteraient sans réponse.

— À seconde vue, fit-elle après un silence, ce n'est peut-être pas une bonne idée. Je n'aime pas qu'on me force à faire quoi que ce soit. Et surtout s'il s'agit de Thomas.

Bravo ! Jack résista à l'envie de lever le poing pour saluer son courage. Il se leva.

— C'est à vous de prendre votre décision, et quelle qu'elle soit, je crains de ne pas vous être d'un grand secours. Mais j'y réfléchirai. Peut-être pourrai-je dénicher quelqu'un qui soit susceptible de vous aider.

— Pourquoi ? demanda-t-elle. Je veux dire, je suis heureuse de vous avoir de mon côté. Mais j'ai l'impression que vous ne faites rien pour rien. Pourquoi restez-vous dans la course ?

— Par curiosité, fit Jack en haussant les épaules.

— Vu ce qui est arrivé à tous ceux qui se sont mêlés de cette histoire, cela peut être dangereux.

— Je sais. Il vaut mieux ne pas vous approcher.

Elle fronça les sourcils. Aussitôt, il regretta sa remarque. Elle était déjà assez déprimée comme ça. Mais c'était la vérité : s'il continuait de fréquenter Alicia, il faudrait qu'il fasse doublement attention. Il faudrait découvrir qui commanditait tous ces meurtres, puis les prendre de court en rendant coup pour coup. Ainsi, ce serait à leur tour de prendre des précautions.

— Essayez de tenir, lui dit-il en ouvrant la porte. Si je trouve quelque chose, je vous tiendrai au courant.

Jack s'en alla en pensant à l'un de ses principaux vices : la curiosité. Le plus sûr moyen de se fourrer dans les ennuis.

3

Jack passa une bonne partie de l'après-midi à feuilleter les annonces immobilières jusqu'à ce qu'il trouve ce qu'il cherchait : une demeure victorienne de trois étages, située à l'ouest de la Vingt et unième Rue, entre les Septième et Huitième Avenues.

Cet endroit avait un passé, et Dolorès, l'envoyée de

l'agence Hudak, lui raconta sa sordide histoire. Le propriétaire précédent était un psychiatre qui s'était fait sauter la cervelle du côté de Times Square et avait laissé la maison à l'un de ses patients. Plus tard, celui-ci eut un accident à l'intérieur de cette même demeure et décida de la quitter. Voilà pourquoi il l'avait mise en location avec tous ses meubles.

— Parfait, dit Jack, mais je dois m'y installer *immédiatement*. Les répétitions commencent demain, et je *dois* pouvoir m'y mettre à fond. Je ne veux plus penser à quoi que ce soit d'autre.

Dolorès lui assura qu'il n'y aurait pas le moindre problème. En fait, en apprenant que son client était un acteur de théâtre qui allait reprendre le rôle de Javert dans *Les Misérables*, elle se mit à gâtifier. Il lui promit des billets pour la première.

— Lorsque je monterai sur scène, *vous* serez aux premières loges.

Sous le nom de Jack Ferris, il signa un bail pour un an, puis paya le premier mois, plus une caution qu'il régla avec un chèque d'une banque de Santa Monica. Avant qu'elle ne s'aperçoive que celui-ci était en bois, il n'aurait plus besoin de cette maison.

En sortant du bureau de chez Hudak, il parvint à piquer quelques feuilles de papier à en-tête et un formulaire de dépôt blanc.

Il acheta un appareil-photo jetable et s'empressa de prendre quelques clichés de la maison avant que la lumière ne décline. Puis il appela Jorge et prit rendez-vous au Snack Malibu, sur la Vingt-troisième – là où il savait trouver un café digne de son nom et un assortiment de bons petits plats maison.

Il lui donna la caméra, un plan et un exemplaire des prospectus qu'ils avaient prévu de tirer.

— Photocopiez-les avec l'en-tête de chez Hudak au-dessus. Puis faites-les circuler, comme prévu.

Jorge regarda la caméra, le brouillon de prospectus, puis Jack.

— Et c'est comme ça que je vais récupérer l'argent qu'on me doit ?

Jack haussa les épaules.

— C'est un appât. Si Ramirez mord à l'hameçon, nous aurons une chance. Sinon, eh bien, nous tenterons une autre approche.

— Très bien. Puisque vous le dites.

Jorge s'en alla en secouant la tête d'un air perplexe.

Jack ne pouvait le lui reprocher. Même si Ramirez se laissait appâter, son plan était tiré par les cheveux.

Il sortit sous l'énorme néon orange du Malibu's et resta là un instant, à regarder la foule. Les bureaux et les usines de lingerie avaient dégorgé leurs hordes d'employés qui s'écoulaient en un flot ininterrompu vers les bouches de métro ou Penn Station. Il faisait nuit noire. Ces temps-ci, les jours étaient si courts ! Il était à peine cinq heures et, déjà, les étoiles perçaient le lourd manteau de ténèbres.

Il se dirigea vers le Centre. Tout le temps qu'il avait passé avec l'agente immobilière – qu'il aurait mieux fait de consacrer à Jorge et son problème – il n'avait cessé de penser à Alicia et à cette maison. Il se rappelait à chaque fois que ce n'était pas son genre de boulot, que cette fois-ci, il ne pouvait pas tout arranger.

Mais ce n'était pas Alicia qui le préoccupait, plutôt le mystère qui entourait cette affaire. Quel secret pouvait bien dormir entre ces quatre murs ? Qu'est-ce qui justifiait que des financiers anonymes veuillent acheter à tout prix cette maison, quitte à passer par Thomas, et soient prêts à éliminer tous ceux qui se mettaient sur leur chemin ?

Il devait bien l'admettre : cette affaire le captivait.

Comme il n'était pas très loin du Centre, il s'engagea dans cette direction. Il voulait dire à Alicia qu'il avait trouvé un moyen de contrer ses adversaires et que ce moyen avait un nom : Sean O'Neill. Cela faisait des années qu'il connaissait ce petit Irlandais jovial et Jack savait qu'en termes d'acharnement légal, c'était un expert. Il se chargerait de pourrir la vie de Thomas et ses avocats. Il les noierait sous les paperasses. Jack ne manquerait pas de l'avertir du sort de son prédécesseur, mais tel qu'il connaissait Sean, cela ne risquait pas de le décourager.

En abordant la Septième Avenue, Jack crut apercevoir quelqu'un qui ressemblait à Alicia passer la porte du Centre pour s'en aller dans la direction opposée. Il partit au pas de course pour la rattraper et accéléra encore davantage en la voyant tourner au coin d'une rue. Elle devait rentrer chez elle.

Jack tourna au même coin et la repéra à une centaine de mètres de là. Pour éviter un type qui balayait le trottoir, elle dut se rapprocher de la rue, ce qui l'amena tout près d'une camionnette de couleur sombre. C'est alors que, sous les yeux de Jack, la porte latérale de celle-ci s'ouvrit ; au même moment, le balayeur lâcha tout pour foncer sur Alicia, la poussant à l'intérieur du véhicule. Il y sauta à son tour, puis la portière se referma et la camionnette s'engagea dans le trafic.

Jack fit encore un pas et cligna des yeux. Avait-il vraiment vu ce qu'il avait vu ? En l'espace d'une seconde, elle avait disparu…

Merde !

Il se mit à courir pour de bon, évitant les passants, les caddies et tout ce qui s'interposait entre lui et la camionnette. Elle était là, droit devant. Le feu passait au rouge sur la Huitième Avenue. Elle serait bien obligée de s'arrêter…

Non : le véhicule grilla le feu et vira vers la Huitième dans un grand crissement de pneus et un chœur de klaxons qui le suivit alors qu'il filait vers le centre-ville.

Jack continua sa course folle. Il atteignit la Huitième et resta là, à plisser des yeux pour distinguer sa cible au milieu de la rivière de rubis défilant sur la chaussée. Il repéra la camionnette à deux rues de là.

Son esprit passa le turbo. Et maintenant, que faire ?

Il n'était même pas sûr que ce soit Alicia. Et même si c'était bien elle… Il ne devrait même pas s'en mêler. En partant à leur poursuite, il risquait gros. Jouer les cow-boys était la meilleure façon de se faire choper. Il avait plutôt intérêt à prévenir la police et les laisser se débrouiller.

Mais il n'avait pas pu lire la plaque minéralogique de la camionnette, qui n'avait pas le moindre signe distinctif.

Elle se trouve dans une camionnette de couleur sombre perdue quelque part sur la Huitième Avenue, enfin, peut-être…

Ben voyons. Ils allaient…

Un coup de klaxon à sa gauche – un taxi qui voulait quitter le trottoir, et Jack l'en empêchait. Il leva la main et s'approcha du conducteur.

4

Alicia sentait les pulsations de son cœur affolé contre ses côtes et entendait siffler sa respiration alors qu'elle luttait contre les bandes qui l'entravaient à son siège.

Ils vont me tuer ! pensa-t-elle. Je vais finir comme les autres.

Tout était arrivé si *vite* ! L'homme s'était emparé d'elle en cours de route, l'avait entraînée dans la camionnette et était rentré juste après elle. Avant qu'elle ait pu réagir, la portière s'était refermée sur eux et elle s'était retrouvée clouée à cette chaise avec une bande adhésive sur la bouche. Elle sentit les larmes lui monter aux yeux. Que pouvaient-ils bien lui vouloir ?

Puis elle se souvint du testament : ils ne peuvent pas me tuer. Sinon, la maison ira à Greenpeace.

Mais… et si ces brutes n'avaient rien à voir avec l'héritage ? On entend sans cesse parler de gens qui disparaissent sans laisser de traces. S'il s'agissait d'un simple fait du hasard ?

L'intérieur de la camionnette était noir comme la tombe. Elle pouvait apercevoir la silhouette de l'homme qui l'avait entraînée à l'intérieur, et sentit qu'il y avait quelqu'un d'autre derrière elle. Le premier s'était emparé de son sac et le fouillait – elle pouvait entendre le bruissement de son contenu. Que cherchaient-ils ? Qui étaient-ils ? Que voulaient...

C'est alors que celui qui se tenait derrière elle prit la parole.

— Salut, sœurette.

C'était Thomas.

La colère monta en elle comme de la lave brûlante. Elle ne pouvait le voir, mais se l'imaginait facilement, avec ses cheveux bruns filasse, son gros nez, son visage tacheté, son corps en forme de poire. Avait-il pris du poids depuis la dernière fois qu'elle l'avait vu, il y avait une douzaine d'années de cela ? C'était fort probable.

Elle aurait aimé lui hurler sa façon de penser, mais avec son bâillon, c'était impossible. Elle cessa donc de se débattre et se força au calme. Elle refusait de donner libre cours à sa terreur. Elle ne lui donnerait pas cette satisfaction.

— J'aurais aimé que nos retrouvailles se déroulent dans d'autres circonstances, fit-il d'un ton badin – mais elle pouvait presque voir son sourire moqueur – mais j'ai toujours voulu assouvir mes fantasmes SM. De plus, je voulais te faire comprendre en termes très clairs que nous n'aimons pas du tout ce que tu as voulu faire – même par personne interposée – à la maison pas plus tard qu'hier soir.

Nous... Cette fois-ci, il lui faisait clairement comprendre qu'il n'était pas seul dans l'affaire.

— Comme je ne veux pas monologuer, je vais demander à mon associé de retirer la bande qui te sert de bâillon. Si tu te mets à hurler ou fais quoi que ce soit de déplacé, il la remettra illico. C'est compris ?

Alicia ne bougea pas d'un poil.

— J'ai dit : est-ce clair ?

Elle refusait toujours de répondre.

— C'est bon, retirez-le, finit par dire Thomas.

La silhouette la plus proche avança et lui arracha la bande adhésive. À voir comme sa lèvre la brûlait, il devait avoir emporté un bon morceau de peau en même temps.

Elle ne se retourna même pas : elle ne voulait pas le voir.

— Salopard, fit-elle d'une voix grave. Espèce de sale…

— Hé, j'ai dit : « Rien de déplacé. »

— Ce n'est qu'une constatation, Thomas.

— Vraiment ? Alors constate cela, siffla-t-il. Si tu tentes une fois de plus de détruire cette maison, tu vas…

— Je vais quoi ? Me faire renverser par une voiture ? Voler en éclats ? Finir brûlée vive ? Quoi d'autres ? Si je meurs, tu sais aussi bien que moi ce qui va se passer. Alors garde tes menaces.

— Pourquoi parles-tu de mourir ? Je me contenterai de te faire mal. Très mal. Et plus encore. Tu peux te retrouver handicapée, momentanément ou définitivement. Ou devoir porter une ou plusieurs cicatrices jusqu'à la fin de tes jours. Ou devenir aveugle. Et ainsi de suite. La liste est longue, Alicia. Mourir n'est pas forcément ce qui peut t'arriver de pire.

Alicia sentit sa bouche s'assécher. Était-ce vraiment Thomas qui s'exprimait ainsi ? Thomas le faible, le pusillanime ?

— Je sais ce que tu es en train de penser, dit-il. Que Thomas te raconte des bobards. Que Thomas n'est qu'une mauviette. Qu'il ne ferait jamais une chose pareille. Alors écoute-moi bien, sœurette : je n'ai même pas besoin de me salir les mains. D'autres peuvent le faire à ma place, et crois-moi, ils ne demandent que ça.

Ses entrailles se contractèrent. Ce n'étaient pas des paroles en l'air. Elle fit de son mieux pour dissimuler les spasmes qui la secouaient. Comment avait-elle pu se retrouver embringuée dans ce cauchemar ?

— Laisse tomber, continua-t-il. J'ai déjà gagné, de toute façon : ce n'est plus qu'une question de temps – très peu de temps. Si tu m'épargnes la peine de contester le testament, tu deviendras riche et je te laisserai en paix. Si tu t'entêtes, tu n'auras rien – ni maison, ni argent. C'est une simple question de bon sens, Alicia. Pourquoi t'acharner ainsi ?

Tu devrais le savoir mieux que tout autre, pensa-t-elle.

— Pourquoi ? demanda-t-elle. Pourquoi veux-tu absolument mettre la main sur cette maison ?

— J'ai mes raisons, et cela ne te regarde pas. (Il se pencha en avant et baissa la voix :) J'ai bien d'autres moyens de te pourrir la vie, Alicia. Je peux détruire ta carrière. Je peux faire en sorte que ton diplôme de médecin ne soit plus qu'un bout de papier sans valeur.

Alicia se figea. Elle avait peur de bouger un muscle, peur de ce qu'elle entendait.

La voix de son demi-frère se fit murmure.

— J'ai trouvé sa cachette… Et toute sa collection privée. Maintenant, elle est à moi. Et je peux envoyer quelques morceaux choisis au directoire, à des magazines triés sur le volet, aux journaux.

Si ses mains n'avaient pas été entravées, elle se serait retournée pour lui sauter à la gorge, pour faire enfin taire cette voix pleine de fatuité. Mais le sentiment d'épouvante glacée qui la submergea lui coupa le souffle.

Puis sa main se referma sur son sein gauche.

— Tu te souviens du bon vieux temps ?

Celui où Thomas s'introduisait dans sa chambre pour la peloter dans son sommeil. Ce n'est que lorsqu'elle lui taillada la paume avec le couteau qu'elle avait caché sous son oreiller qu'il renonça à ses expéditions nocturnes.

Soudain, elle donna libre cours à sa rage. Elle baissa la tête, puis la ramena brutalement en arrière et sentit un choc contre sa nuque.

Thomas poussa un glapissement de douleur. Il y eut un coup de klaxon alors que la camionnette s'arrêtait dans un crissement de pneus.

— J'crois que tu m'as cassé une dent ! gémit Thomas.

— Ta gueule ! lança l'homme qui se tenait derrière elle, et qui n'avait encore rien dit. Ce n'est pas normal.

Au-dehors, elle entendit des exclamations, puis quelque chose heurta le flanc de la camionnette.

— C'est bon, dit l'homme, je vais voir ce qui se passe. Toi, tu restes ici.

Comme Alicia pouvait difficilement s'échapper, elle en conclut qu'il s'adressait à Thomas. Jusque-là, elle croyait qu'il dirigeait la situation, mais cette brute lui parlait sans le moindre respect. *Qui* était le chef ?

Lorsque l'homme fit coulisser la portière, elle entrevit une grande carcasse, des traits épais. Puis la portière se referma derrière lui.

5

Les événements prenaient une tournure étrange qui ne cessait d'étonner Yoshio.

Il surveillait toujours Thomas Clayton et l'avait vu monter dans une camionnette sombre garée devant chez lui. Lorsque la portière s'était ouverte, Yoshio avait jeté un coup d'œil à l'intérieur et reconnu Sam Baker. Il avait sauté sur l'occasion de pouvoir suivre en même temps les deux personnes qu'il était chargé de filer.

Sous ses yeux, Baker avait entrepris de balayer une portion du trottoir située devant un magasin de jouets coréen fermé. Assis dans sa voiture, Yoshio était resté là une bonne demi-heure, puis avait fait un saut jusqu'à un petit snack tout proche. Il venait d'arriver avec un slouvaki lorsqu'il assista à l'enlèvement d'Alicia Clayton.

Pris de court, il laissa tout tomber – viande, salade, sauce et pita – sur ses genoux et démarra en trombe pour les suivre.

C'était de la folie ! Qu'espéraient-ils accomplir ?

Il se retrouva coincé au feu rouge le plus proche. Il l'aurait volontiers grillé, comme l'avait fait la camionnette, mais il venait de repérer un homme aux cheveux noirs qui atteignait le coin de la rue au pas de course et regardait s'éloigner les ravisseurs. Apparemment, ce quidam avait assisté à l'enlèvement et avait voulu intervenir. Un citoyen soucieux des autres. C'était rare.

Dès que le trafic se fit moins dense, Yoshio put griller le feu en douceur pour se lancer à la poursuite de la camionnette, laissant l'inconnu derrière lui.

Il retrouva le véhicule et le suivit dans une rue adjacente. Soudain un taxi, piloté par un fou furieux quelconque, le dépassa et fit une queue-de-poisson à la camionnette pour freiner brutalement. Après l'inévitable collision, le chauffeur sauta au bas de son taxi. Yoshio reconnut alors le Bon Samaritain de tout à l'heure.

Yoshio regarda la scène avec stupéfaction. Quelle mouche avait piqué cet homme ? Qu'espérait-il pouvoir faire seul contre plusieurs individus, sans doute armés jusqu'aux dents ?

6

Baker jeta un coup d'œil tout autour de lui. Il ne savait pas trop où ils se trouvaient – peut-être quelque part à l'ouest de la Trentième. C'était ce qui était convenu : ils la chopaient, lui fichaient la trouille de sa vie, puis la larguaient dans un coin sombre et désert – le plus loin possible de chez elle.

Au moins, il n'y avait pas trop de piétons dans ce secteur. Il vit que l'avant de la camionnette s'était encastré dans la portière arrière d'un vieux taxi jaune. Comment ce crétin avait-il pu faire une manœuvre aussi naze ? On aurait dit qu'il leur était volontairement rentré dedans.

Qu'importe. Il fallait se remettre en route pronto. Pas de police, pas de constat. Chuck avait chopé le chauffeur et l'avait cloué contre le flanc de la camionnette. C'était un type assez ordinaire à l'air passablement effrayé. Normal : Chuck, lui, était un vrai monstre. Ce conducteur du dimanche ne s'en sortirait pas comme ça.

Bon. On en fait une descente de lit et on s'arrache vite fait.

Baker fit un pas en arrière pour mieux profiter du spectacle, qui s'annonçait croquignolet.

C'est alors que le taxi perdit son air hagard. Ses deux mains se refermèrent sur le poignet de Chuck et le tordirent d'un geste sec. Baker crut entendre un craquement sinistre. Le chauffeur esquiva le direct à assommer un buffle que Chuck lui décocha, puis balança un coup de pied particulièrement vicelard sur le genou de son adversaire. Cette fois-ci, Baker entendit le bruit que fit son ligament en se déchirant.

Chuck grogna et s'abattit sur le bitume en enserrant son genou. Baker était aussi surpris que son homme de main. Qu'est-ce que c'était que ce souk ? Au lieu de s'enfuir, le chauffeur marchait sur lui. Et à voir son expression, il n'avait plus peur du tout. Il avait pété un plomb ou quoi ? Baker était deux fois plus lourd que lui. Il arriva à sa hauteur. Qui pouvait bien être ce type ? Un taxi, ça reste assis toute la journée devant son volant. Comment pouvait-il être aussi rapide…

Baker lui décocha un crochet du gauche, mais le chauffeur l'esquiva. Il tenta d'immobiliser son client de son autre bras pour cogner à nouveau, mais l'inconnu était plus glissant qu'un serpent enduit de vaseline. Il se libéra et lui donna un coup de poing dans le nez. Baker sentit son visage exploser sous l'effet de la douleur. Il frappa en aveugle et heurta quelque chose qui ressemblait à des côtes, mais alors, quelque chose – un poing, un pied, peu importe – percuta son plexus solaire. Il s'entendit grogner alors que ses poumons se vidaient. Alors qu'il se cassait en deux, il tendit les bras pour attraper son adversaire dans l'espoir de l'attirer à terre à sa suite. Quelque chose de dur – comme un club de golf, mais qui devait être un coude – lui fracassa les reins.

Baker avait son compte. Perdu dans un brouillard nauséeux, accablé de douleur, il atterrit à genoux alors que, dans son cerveau vide, une question ne cessait de tourner : *Qu'est-ce qui s'est passé ? Bon Dieu, qu'est-ce qui s'est passé ?*

7

Derrière les deux véhicules accidentés s'éleva un concert de klaxons. Jack se dirigea vers la portière coulissante de la camionnette et l'ouvrit de la main gauche tout en serrant son poing droit.

Il devait certainement y avoir quelqu'un d'autre dans cette camionnette. Ils n'auraient pas laissé Alicia seule. Et Jack voulait profiter au maximum de l'effet de surprise.

Il aurait dû être un peu mieux préparé. Il avait toujours son Semmerling, bien sûr, et son coutelas attaché à sa cheville, mais tout réconfortants qu'ils puissent être, il aurait préféré disposer d'une bonne grosse matraque.

Lorsqu'il ouvrit la portière, il vit Alicia en premier. Ils l'avaient attachée à une chaise à l'aide de bandes adhésives, mais à part ça, elle semblait indemne. La jeune femme ouvrit de grands yeux.

— Jack !

Et il avait raison : il y avait bien quelqu'un à ses côtés, mais ce gros lard à la bouche ensanglantée ne risquait pas de lui faire des misères. Un bref coup d'œil à l'intérieur lui confirma qu'il n'y avait personne d'autre.

Jack sauta dans l'habitacle. Monsieur bouche-en-sang eut un mouvement de recul.

— Qui êtes-vous ? fit-il d'une voix suraiguë. Que voulez-vous ?

Jack tira son couteau de l'étui qu'il portait à la cheville et le brandit d'un air menaçant.

— Tais-toi et reste où tu es.

Il se mit à taillader les bandes adhésives.

— Jack, Dieu merci ! s'exclama Alicia. Mais comment…

— Je vous expliquerai plus tard.

Elle l'aida à arracher les bandes et finit de se libérer en quelques secondes. Mais au lieu de se précipiter vers la portière, elle se retourna contre Bouche-en-sang, toutes griffes dehors.

Jack l'écarta de la silhouette recroquevillée.

— Venez ! Tirons-nous d'ici !

— Je vous présente mon demi-frère, siffla-t-elle entre ses dents alors qu'il l'aidait à descendre.

Jack jeta un coup d'œil à ce corps grassouillet, aux cheveux filasse et au nez bulbeux.

— Il doit tenir de l'autre côté de la famille.

— En effet. Il…

Elle se tut soudain, et Jack vit qu'elle regardait les deux types qu'il avait rétamés quelques instants plus tôt. Le conducteur s'était replié en position fœtale et gémissait en étreignant son genou de sa main intacte. L'autre se relevait déjà tant bien que mal. Ce devait être un dur à cuire : en général, quiconque recevait un tel coup dans les reins était HS pour un bon bout de temps.

Il tira à nouveau sur le bras d'Alicia, l'arrachant à sa contemplation. Les automobilistes coincés derrière la camionnette finiraient certainement par venir voir ce qui se passait. En effet : l'un d'entre eux descendait déjà de sa voiture. Jack ne voulait pas qu'il le voie : il pourrait donner son signalement à la police.

— Allez. C'est le moment de filer à l'anglaise.

8

Après la collision, Yoshio avait vu Baker descendre de la camionnette et gagner l'avant du véhicule, hors de son champ de vision. Il n'en revint pas. À sa place, ce fut le Bon Samaritain qui apparut et alla délivrer Alicia Clayton.

Cédant à sa curiosité, Yoshio descendit de voiture et s'approcha de la camionnette. En jetant un coup d'œil à l'intérieur, il vit Thomas Clayton qui essuyait sa bouche souillée de sang. Près de la portière avant, Baker et un autre homme largement plus costaud que notre Bon Samaritain gisaient sur l'asphalte. Ils avaient l'air d'avoir tenu un round face à King Kong.

Ce carnage n'était certainement pas l'œuvre d'un citoyen ordinaire. Apparemment, Mlle Clayton s'était trouvé un samouraï... Un *ronin*.

C'est alors que Baker, une main posée sur son flanc droit, le remarqua et feula :

— Hé, toi, qu'est-ce que tu mates ? Allez, casse-toi !

Yoshio prit une mine effrayée et battit en retraite. Au passage, il jeta un œil le long de la rue, là où Alicia Clayton et son chevalier servant disparaissaient dans la pénombre.

Sa voiture était coincée derrière les véhicules accidentés, et y resterait sans doute un bon bout de temps. Il ne pourrait pas se lancer à leur poursuite.

Dommage. Il aurait bien aimé en savoir plus sur ce *ronin*.

9

— Comment pourrais-je jamais vous remercier ?

C'était la vingtième fois qu'elle le lui répétait. Plutôt que répondre, Jack préféra boire une gorgée de Molson. Il avait renoncé à lui dire de ne pas en faire tout un plat.

Ils avaient couru sur quelques centaines de mètres, puis s'étaient cachés dans ce bar pour ne pas rester dans la rue. L'endroit, dévoué corps et âme au sport sous toute ses formes, attirait principalement le public du Madison Square Garden et semblait avoir pour seul éclairage des néons vantant diverses marques de bière – il devait bien y en avoir une centaine le long des murs et au-dessus du bar. Le chevelu en tablier qui ornait la pub de Sam Adams dévisageait Jack par-dessus l'épaule d'Alicia.

Au moins, l'endroit était calme. Ce soir, les Knicks jouaient un match, ce qui fait que Jack et Alicia s'étaient trouvé un coin pour eux tout seuls.

Maintenant que le rush d'adrénaline était passé, Jack commençait à ressentir une pulsation douloureuse dans son flanc droit, là où ce grand blond l'avait frappé. Ce type était plutôt grassouillet et pas de toute première jeunesse, mais il tenait la forme et avait un sacré punch.

Il lui expliqua tout en détail, comment il avait assisté à son enlèvement, pris possession d'un taxi et poursuivi la camionnette jusqu'à ce qu'il puisse enfin l'arrêter.

Elle en était à son second Dewar's. Lorsqu'elle leva son verre, il vit que ses mains tremblaient déjà moins.

— Si vous tenez vraiment à faire quelque chose pour me remercier, dit-il, je préférerais que vous évitiez d'aller voir les flics.

— Mais c'est l'occasion rêvée pour mettre un terme à cette histoire ! (Elle agita son poing d'un air triomphant.) Maintenant, je les tiens. Ils ont tenté de m'enlever ! Je n'ai plus à me soucier d'une procédure civile. C'est un crime, et vous en êtes témoin. Je connais un inspecteur du nom de Will Matthews qui ne demandera pas mieux de…

Jack sentit se nouer son estomac.

— Non. C'est hors de question.

Elle cligna des yeux, prise de court.

— Pourquoi ?

— Parce que je ne peux témoigner en votre faveur.

— Comment ça ? Vous avez assisté à toute la scène. Vous m'avez même libérée.

— Je ne peux vous servir de témoin, Alicia, parce que je n'existe pas.

— Qu'est-ce que vous racontez ?

— Je n'ai aucune existence légale.

Elle secoua la tête, incrédule.

— Comment est-ce possible ? Vous avez forcément un numéro de sécurité sociale. Et un compte en banque, une carte de crédit, un permis de conduire. Sinon, vous ne pouvez pas évoluer en société.

— Vous avez raison : j'ai tous ces papiers. En fait, j'en ai même plusieurs. Tous faux.

— En ce cas, vous pouvez témoigner sous l'une ou l'autre de ces fausses identités.

— Impossible. Lorsqu'une banque se contente d'empocher mon argent pour le mettre dans un coffre dans l'espoir que je paierai tout ce que j'achète par carte de crédit, tout va bien. Idem pour un employé du département des immatriculations qui transfère la licence d'un homme mort habitant Toledo à une adresse inexistante à Park Slope. Mais si quelqu'un y regarde de plus près, toutes ces identités ne tiendront pas un seul instant. Surtout si le fisc s'en mêle.

— Vous ne déclarez pas vos impôts ?

— Jamais. Et… je vous prierai de ne pas parler de moi à votre ami l'inspecteur.

— Êtes-vous… recherché ?

— Non. Et je tiens à ce qu'il en soit ainsi le plus longtemps possible.

Alicia s'adossa à sa chaise, découragée.

— Merde. Un instant, j'y ai vraiment cru…

— Désolé.

— Je vous en prie ! Vous n'allez pas vous excuser de m'avoir tirée de cette fichue camionnette.

— Peut-être aurais-je mieux fait de ne pas intervenir, dit-il.

— Ce n'est pas drôle !

— Je ne plaisante pas. Je viens de réaliser que j'aurais pu éviter de vous libérer. L'idéal aurait été d'envoyer votre frère au tapis, comme les deux autres affreux, et laisser la portière ouverte. Vous seriez restée attachée, mais vous n'auriez eu qu'à appeler à l'aide et *quelqu'un* serait forcément venu à la rescousse. Alors, il aurait appelé les flics. J'aurais pu disparaître sans laisser de traces. Et en ce moment, nos trois gugusses seraient en cage au commissariat de Midtown South.

Pourquoi n'y avait-il pas pensé sur le coup ? C'était rageant.

Alicia hocha lentement la tête.

— C'eût été parfait, en effet. Mais je n'y ai pas pensé, moi non plus. Tout ce que je voulais, c'est me libérer et sortir de cette camionnette.

— Tandis que, de mon côté, j'essayais de déterminer combien de gorilles j'allais encore devoir me coltiner.

Elle se pencha en avant avec un sourire pincé. Était-ce l'effet du scotch ?

— Oui, parlons-en. Ces deux hommes étaient plus grands et plus baraqués que vous. Et vous ne vous êtes pas servi de votre faux œil. Comment avez-vous pu les vaincre ? Vous connaissez le karaté ? Le kung-fu ?

— Non, juste la meilleure arme qui existe : la surprise. S'ils avaient été préparés, l'issue du combat aurait certainement été différente. Mais ils ont vu un homme effrayé, impuissant, les bras ballants. Une proie facile. Le second type a même souri en me voyant. Mais j'avais tout prévu jusqu'au moindre de mes gestes – viser le nez et les genoux. Même si votre client est du format de King Kong, si vous lui pétez un ligament du genou ou lui enfoncez les os du nez dans le crâne, il ne risque plus de vous faire des misères. Ces deux-là étaient en mode sommeil. Mais l'effet de surprise ne peut fonctionner qu'une fois. Si je leur retombe dessus, il faudra que je trouve autre chose.

Alicia regarda ses mains.

— Il faut que je vous pose une question. Vous avez deux ongles plus longs que les autres. Puis-je vous demander pourquoi ?

— Vous risquez de ne pas aimer la réponse.

— Peu importe. Je veux savoir.

Jack inspira profondément.

— Parfois, il arrive que les choses ne se passent pas aussi facilement que ce soir. Parfois, vous finissez par mordre la poussière, il vous faut parer des coups de tête et de dents, et c'est le moment d'utiliser toutes vos ressouces et toute les parties de votre corps si vous désirez survivre. En ce cas, il est bon d'avoir une arme qu'on ne peut vous retirer. (Il leva ses doigts aux ongles longs et les agita.) Et rien de tel qu'un œil crevé pour mettre fin à un combat.

Alicia pâlit et se redressa sur sa chaise.

— Oh.

Je vous avais prévenue, pensa Jack.

Il tenta de dévisager le type sur le néon de Sam Adams. En vain. Il préféra donc dévier la conversation pour aborder des sujets plus intéressants.

— C'est la seconde fois que je vous pose la question, mais depuis ce matin, la donne a changé : Qu'allez-vous faire maintenant ?

— Je ne sais pas encore.

— Cet enlèvement était un geste irraisonné et dangereux. Qu'en conclure, sinon qu'ils sont à bout ? Et les gens à bout commettent des actes stupides, désespérés. Ils pourraient s'en prendre à vous.

— Je ne sais si c'était vraiment un geste irraisonné, répondit-elle lentement. Thomas m'a dit que, de toute façon, ils ne pouvaient pas perdre, que ce n'était qu'une question de temps. Je ne crois pas qu'il bluffait.

— Peut-être que nous jouons contre la montre sans le savoir.

— Peut-être. Mais j'ai l'impression que ce qui s'est produit n'avait rien à voir avec un quelconque affrontement légal. Lorsque Thomas m'a dit : « Si tu tentes une fois de plus de détruire cette maison… », il y avait quelque chose dans sa voix… J'y ai senti autant de frayeur que de colère.

— Donc, d'après vous, il a agi ainsi en réaction contre le fait que vous ayez embauché Benny la Torche. Cela me semble un peu disproportionné.

— N'est-ce pas ? Mais je crois qu'il a *vraiment* eu peur. L'idée de voir partir cette maison en fumée lui a fait péter les plombs.

— Et les gens qui pètent les plombs sont dangereux. (Jack laissa retomber doucement son poing sur la table.) Mais qu'y a-t-il dans cette maison qui puisse justifier une telle réaction ?

Cette fois-ci, il fallait trouver une réponse à cette question lancinante.

— Jusqu'à ce soir, je m'en fichais, dit Alicia, mais maintenant, j'aimerais bien le savoir. Pouvez-vous m'y aider ?

Je me demandais si vous finiriez par me le demander un jour.

Mais il ne voulait pas paraître trop enthousiaste. Il fallait d'abord discuter de sa rémunération.

— Eh bien…

Elle se pencha et son regard se fit pénétrant.

— Écoutez, fit-elle à voix basse, Thomas voulait me fiche la frousse pour que j'abandonne la partie. Je refuse de lui céder. Quoi qui puisse être caché dans cette maison, cela doit avoir une grande valeur. Une *très* grande valeur. Je ne peux vous proposer une avance, mais si nous trouvons quelque chose, il vous appartient.

— Un paiement en nature, fit-il en secouant la tête comme s'il n'avait jamais considéré cette éventualité. En général, je demande plutôt du liquide, mais comme je suis déjà impliqué dans cette affaire, je vais faire une exception.

— Parfait ! s'enthousiasma-t-elle en lui décochant un de ses rares sourires.

— Mais c'est *votre* héritage. Je ne peux vous en déposséder.

— Je n'en veux pas.

— Je prendrai vingt pour cent.

— Gardez tout.

Comment pouvait-il accepter ? Il en aurait des remords toute sa vie.

— Jeter votre pourcentage à la poubelle si vous le souhaitez, mais soit nous partageons le butin, soit je m'en vais.

Il marchanda jusqu'à ce qu'elle accepte de garder un tiers de leurs découvertes, et ils se serrèrent la main pour sceller leur accord.

— Quand allez-vous commencer ? demanda-t-elle.

— J'ai déjà commencé. (Il se leva et jeta un billet sur la table.) Venez. On va faire un tour.

10

Jack n'eut pas à conseiller au taxi de ralentir : sur la Trente-huitième, le trafic avançait au pas.

— Et voilà, dit-il.

La voiture était toujours garée devant la maison avec les deux anges gardiens à l'intérieur.

Il remarqua qu'Alicia restait assise, très raide, les bras croisés. Comme si elle évitait de regarder cette fameuse demeure.

— Quand comptez-vous la fouiller ? murmura-t-elle.

Apparemment, le chauffeur ne parlait pas très bien l'anglais et Jack doutait qu'il puisse les entendre de l'autre côté de sa vitre de Plexiglas, mais il préféra baisser la voix, lui aussi.

— Pour quoi faire ?

— Pour savoir ce qui peut bien lui donner une telle valeur, fit-elle.

— C'est-à-dire ?

— Je crois que c'est ça la question à mille milliards, non ?

— Exactement. Je suis sûr que votre frère l'a passée au peigne fin, à l'abri derrière ces fenêtres scellées. Et de toute évidence, il n'a rien trouvé. Donc, comment suis-je censé réussir là où il a échoué alors que, contrairement à lui, je ne sais même pas ce que je dois chercher ?

Elle y réfléchit un instant.

— Peut-être n'est-ce pas de quelque chose qui se trouverait dans la maison, mais la maison elle-même ?

— C'est bien possible. Mais lorsque j'irai y jeter un œil, vous allez m'accompagner.

— Oh non. Rien ne me fera remettre les pieds dans cette baraque.

— Oh que si. Vous y avez passé toute votre enfance. Vous la connaissez jusque dans ses moindres recoins. Je ne vais pas aller me perdre là-dedans alors que j'ai un guide sous la main.

Alicia parut se recroqueviller sous son manteau, et serra ses bras autour de ses épaules.

Que vous est-il arrivé ? se demanda-t-il. Que s'est-il passé dans cette maison pour que vous refusiez même de la regarder ?

Mais il préféra ne pas insister. Ce n'était pas le moment.

— Mais c'est un peu prématuré, non ? dit-il. Il nous faut glaner un maximum d'informations avant de passer à l'acte.

Elle se détendit.

— Quel genre d'informations ?

— Par exemple, *qui* est derrière Thomas. Si nous découvrons qui sont ces mystérieux acteurs, nous ne serons pas loin de découvrir la vraie signification de cette histoire. Vous m'avez dit qu'il s'agissait d'une importante firme d'avocats ?

Elle acquiesça.

— Hinchberger, Rainey & Guran. Léo, feu mon avocat, m'a dit qu'ils se chargeaient surtout d'affaires de commerce international. Lorsque je lui ai dit qu'ils s'occupaient d'un simple litige concernant un testament, il en est resté sans voix. Selon lui, c'était l'équivalent de prendre le meilleur cuisinier au monde pour lui demander un œuf dur. Et je veux bien le croire. Vous auriez dû voir leurs bureaux.

— Vous y êtes entrée ?

— Tout au début, Léo et moi avons rencontré l'avocat de Thomas dans son bureau. On ne peut pas dire que l'entrevue se soit bien passée.

— Où sont-ils situés ?

— Sur la Quarante-quatrième, en sortant de la Cinquième.

Une lumière s'alluma dans son esprit.

— Alors c'est là que nous devons commencer. (Il tapota sur la vitre de Plexiglas qui le séparait du chauffeur.) Quarante-quatrième rue.

— A cette heure, il n'y aura personne.

— Je le sais. Mais je veux jeter un œil au bâtiment. Et essayer de me procurer la liste de leurs clients.

— À part Thomas, vous voulez dire ?

— Je ne pense pas que votre frère soit un de leurs clients – du moins pas au sens traditionnel du terme. Je doute qu'on puisse contacter – comment s'appellent-ils déjà ?

— Léo en parlait sous le nom de HRG. C'est plus facile.

— D'accord. HRG, donc. Apparemment, ce n'est

pas le genre de firme où vous entrez comme dans un moulin en disant : « Je veux attaquer un testament. » Donc, je suis prêt à parier qu'un de leurs clients – et pas des moindres – leur a demandé de régler ce « petit différend » en son nom. Si nous parvenons à trouver le lien qui unit Thomas à un de leurs autres clients, nous pourrons déjà y voir un peu plus clair.

Elle secoua la tête.

— C'est si évident. Mais comment peut-on…

— Je vais filer votre frère. Mais ce n'est pas pour tout de suite. Maintenant, je voudrais que vous me donniez quelques détails.

— À quel sujet ?

— Par exemple, sur la façon dont votre père est mort.

— Il était à bord du vol 27.

Jack eut un soubresaut.

— Le vol 27 ? Lorsque vous m'avez parlé d'un accident d'avion, je pensais à un petit Piper Cub ou un Cessna. Mais le vol 27… Eh bien !

Le vol JAL 27 Los Angeles-Tokyo s'était écrasé au beau milieu du Pacifique avec ses 247 passagers. Il n'y avait pas eu le moindre survivant, et on n'avait retrouvé qu'une poignée de cadavres. L'affaire avait fait la une des journaux et des bulletins télévisés. On n'avait toujours pas la moindre idée de ce qui pouvait avoir provoqué la catastrophe. L'avion s'était abattu au-dessus de la plus grande fosse marine de tout le Pacifique, et on n'avait pas retrouvé la boîte noire.

— Son cadavre a-t-il réapparu ?

— Non. On dit que la majorité d'entre eux ont fini en pâture pour les requins.

— Désolé, fit Jack sans réfléchir.

— Moi aussi, fit-elle d'un ton neutre tout en regardant droit devant elle. Pour les requins qui l'ont bouffé, bien sûr. Ils ont dû mourir empoisonnés.

Vous êtes une sacrée dure à cuire, se dit Jack. Blindée

comme un char d'assaut. J'espère que vous avez une bonne raison pour cela.

— Et votre frère ? Vous m'avez dit qu'il a démissionné de son emploi pour s'emparer de la maison. Que faisait-il avant de consacrer sa vie à pourrir la vôtre ?

— Tout ce que je sais, je l'ai appris du détective privé que j'ai embauché avant qu'il ne se fasse tuer. D'après lui, cela faisait des années que Thomas marnait dans un poste d'électricien pour les télécom.

— Ce n'était pas un génie comme son père, alors ?

Elle haussa à nouveau les épaules.

— Avec Thomas, c'est difficile à dire. Lorsqu'il était jeune, il choisissait toujours les solutions de facilité. Sous surveillance constante et coincé comme un rat dans une cage, il peut faire du bon boulot. Mais dès qu'on lui lâche la bride…

Oui, bien, le jour où sa sœur lui lâcherait la bride, les chauffeurs de taxi new-yorkais mettraient leur clignotant avant de changer de direction, se dit Jack.

Quoique, après cette tentative de kidnapping, il ne méritait pas mieux.

— Nous y voilà, dit-il en désignant du doigt un bâtiment alors que le taxi virait pour s'arrêter au bord du trottoir.

Jack descendit de voiture, régla le chauffeur, puis leva les yeux.

Le bâtiment du nom de Hand Building était fait de pierre massive jusqu'au faîte de son entrée en forme de voûte. Des gravures assez impressionnantes s'enroulaient autour des colonnes. Et une fois à l'intérieur…

— Regardez-moi ce plafond ! dit Alicia alors que la porte tournante les déposait dans le grand hall aux murs de marbre.

Tout là-haut au-dessus d'eux, des dieux quelconques planaient entre des nuages d'un blanc vaporeux sur fond de ciel immaculé. Toute la scène était peinte directement sur le plafond.

— D'après vous, est-ce d'inspiration grecque ou romaine ? demanda Alicia.

— Je crois surtout qu'il y a des gens qui se prennent un peu trop au sérieux. Et... Cela a-t-il vraiment de l'importance ?

— En y réfléchissant bien... non.

Jack s'approcha du répertoire qui occupait une vaste portion de l'un des murs.

— À quel étage se trouvent-ils ?

— Au vingt et quelque.

Il trouva leur nom. Apparemment, le vingt-troisième étage était leur domaine exclusif.

Du coin de l'œil, il regarda le garde de sécurité assis au guichet, et qui les surveillait de près. Il était tard, et ils n'étaient pas très présentables : Jack portait un jean et le tailleur d'Alicia était tout froissé.

— Nous n'allons pas y monter ce soir même : ce serait trop risqué. Je ne veux pas éveiller leurs soupçons. Mais j'aimerais bien jeter un œil à la disposition de leurs bureaux.

— Il n'y a pas grand-chose à voir. En sortant de l'ascenseur, vous tombez sur une cloison de verre avec une réceptionniste de l'autre côté. À cette heure, elle doit être partie, mais même lorsqu'elle est à son poste, pas moyen de franchir ce mur tant qu'elle n'a pas actionné le bouton qui commande l'ouverture de la porte.

Merde. Obtenir la liste de leurs clients ne serait pas facile. Peut-être même impossible.

— D'après vous, pourquoi toutes ces précautions ?

Alicia haussa les épaules.

— Eh bien, on ne sait jamais qui peut s'infiltrer dans ce bâtiment à des heures indues.

— Oh-ho ! Le bon docteur fait de l'humour.

— Prévenez la presse. Cela ne m'arrive pas si souvent.

— Puis-je vous aider ?

Le garde les avait rejoints. C'était un grand Noir baraqué à l'allure affable, mais Jack savait qu'il ne plaisantait pas. S'ils n'avaient rien à faire dans le Hand Building, il leur demanderait poliment, mais fermement, de quitter les lieux.

— Une vraie merveille architecturale, ce bâtiment ! dit Jack. Savez-vous à quand remonte sa construction ?

— Je ne sais pas trop. Je crois qu'il y a une plaque au coin de cette porte, derrière la plante. Vous n'avez qu'à jeter un coup d'œil en vous dirigeant vers la sortie.

Jack hocha la tête et lui sourit.

— C'est compris. On y va.

— Merci, fit le garde en lui rendant son sourire.

Afin de sauver les apparences, Jack jeta bel et bien un coup d'œil derrière le ficus déposé devant la plaque de bronze, mais il ne lut pas l'inscription. Quelque chose d'autre attira son attention.

— Oh, bon sang !

— Qu'y a-t-il ? demanda Alicia.

— Regardez. Vous voyez cette petite marque sur le coin, juste à côté du bronze ? Le cercle noir avec un point à l'intérieur ?

— Ce dessin au marqueur ?

— C'est ça. Je sais qui l'a laissée là. Il s'appelle Milkdud… Milkdud Sigwart.

C'était une bonne nouvelle. Mieux que ça. Carrément géant.

— Et alors ?

— Cela veut dire qu'un *hacker* a pris possession de ce bâtiment.

— Que voulez-vous dire ?

— Je vous expliquerai plus tard. Mais cela nous donne un moyen de savoir qui finance Thomas.

11

En raccrochant le téléphone, Kemel eut un grognement. Allah l'aurait-il abandonné ?

D'abord, il avait pris connaissance de l'incroyable tentative de Baker et Thomas Clayton. La sœur porterait certainement plainte contre son frère, ce qui retarderait toute l'opération de plusieurs mois… voire des années… peut-être faudrait-il y renoncer définitivement…

En apprenant cette nouvelle, Kemel était entré dans une colère noire. Il avait même dit à ce mercenaire au nez écrasé que Nazer aurait dû le virer la semaine précédente, comme il le lui avait conseillé. Baker l'avait plutôt mal pris, mais tant pis pour lui. Cet homme risquait de compromettre toute l'opération.

Puis Jamal, le frère de Kemel, l'avait appelé depuis chez lui, et sa fureur s'était évaporée comme de l'eau versée dans le désert de Rub al-Khali. Remplacée par une vague de peur. Peur pour son fils aîné.

— Ghali s'est fait arrêter, avait dit Jamal.

Kemel crut que son cœur allait s'arrêter. Ghali ? Son fils de dix-huit ans, sa fierté… arrêté ? C'était impensable !

— Pourquoi ? Que s'est-il passé ?

— On l'accuse d'avoir volé l'appareil-photo de la femme d'un homme d'affaires américain en visite.

— C'est impossible ! C'est ridicule !

— C'est bien ce que je leur ai dit. Mais il y a des témoins. Et il avait l'appareil sur lui lorsqu'ils l'ont arrêté.

Kemel ferma les yeux.

— Oh non. Non, ce n'est pas vrai. Pourquoi ferait-il une chose pareille ?

— Je ne sais pas, mon frère. Peut-être que si tu étais là…

Oui ! Il fallait qu'il rentre chez lui séance tenante !

Mais il ne pouvait se le permettre. Pas maintenant.

— Je viendrai dès que possible. Mais je ne peux pas partir sur-le-champ.

— Qu'y a-t-il de plus important que la vie de ton fils ? dit Jamal, et Kemel crut lire dans la voix de son frère quelque chose qui ressemblait à du mépris.

Durant toutes ces années, Jamal ne lui avait jamais parlé ainsi. Et s'il savait ce qu'il faisait à l'étranger, il aurait changé de ton.

Kemel brûlait d'envie de tout lui dire, mais il se retint. Si quelqu'un apprenait qu'il avait parlé de cette opération, Jamal et toute sa famille seraient en danger.

— Où est Ghali en ce moment ?

— Cela m'a pris toute la nuit, mais j'ai réussi à le faire libérer. Je l'ai installé chez moi – il est sous ma responsabilité.

Kemel fit un rapide calcul. Avec les huit heures de décalage horaire, il était six heures du matin à Riyad.

— Merci, Jamal. Je ne pourrai jamais te dire à quel point je te suis reconnaissant.

— Ce n'est pas fini, Kemel, loin de là. Je ferai de mon mieux, mais il faudra que Ghali passe au tribunal.

Kemel acquiesça, bien qu'il n'y eût personne pour le voir. Oui, oui, il le savait bien. Surtout pour toute affaire impliquant un étranger. Les autorités saoudiennes ne laissaient jamais passer une occasion de démontrer aux étrangers la supériorité des lois islamiques. Même si cette Américaine ne portait pas plainte, la procédure ne serait pas interrompue pour autant. Ghalil passerait en jugement et serait châtié.

Et le châtiment était simple : on lui couperait la main droite.

Comment était-ce possible ? Ghali avait toujours été farouche et entêté, c'est vrai, mais ce n'était pas un voleur. Quel démon l'avait possédé ? Et pourquoi voler un *appareil-photo* ! Il y en avait une douzaine dans la maison !

Cela ne tenait pas debout.

S'il voulait chercher de l'aide, il devrait se tourner vers une autorité supérieure. Demain était vendredi, le jour saint. Il devait se rendre à la mosquée pour midi. Demain, Kemel prierait toute la journée pour le salut de son fils.

VENDREDI

1

Après avoir laissé quelques messages sur le répondeur, Milkdud finit par lui proposer de le retrouver à dix heures et demie au Canova – pas Canova's, juste Canova –, sur la Cinquante et unième Ouest. Donc, Jack se mit en route au milieu de la foule de parents et d'enfants qui s'écoulait de chaque côté du néon rouge Radio City, tout au bout de la Sixième Avenue. Jack finit par trouver ledit Canova, juste en face du restaurant Le Bernadin.

Il posa son front contre la vitre et regarda à l'intérieur, au-delà des faux piliers alignés de l'autre côté de la vitre. Il s'agissait sans doute d'un de ces buffets qui n'avaient cessé de se multiplier au cours des années 90.

Il entra et partit à la recherche de Milkdud.

Le décor du Canova était un peu plus élaboré que la moyenne de ses semblables. En général, ce n'était guère plus que des snacks où l'on faisait le plein au buffet, payait à la caisse et repartait aussitôt. Canova offrait *deux* buffets et un coin restaurant où l'on pouvait s'asseoir à une table avec son plateau.

L'heure du déjeuner était encore loin, et il n'y avait pas grand monde, mais Jack avait beau regarder dans tous les coins, il n'arrivait pas à repérer Milkdud. Et pourtant, on ne pouvait pas le rater.

Il s'adressa au serveur coréen qui essuyait une table toute proche :

— J'étais censé retrouver quelqu'un… commença-t-il.

Le Coréen l'interrompit en secouant vigoureusement la tête.

— Je ne sais pas. Je ne sais pas.

— C'est un Noir, insista Jack en désignant son front, et là-haut, il porte…

— Oh oui ! fit le serveur. (Il lui montra une pancarte avec une flèche et les mots « PLACES ASSISES ». Jack se demanda comment il avait pu le rater.) Par là. Il est par là.

Jack passa sous une petite arche en briques et examina l'autre salle. Il vit alors le dos d'un Noir maigrichon aux cheveux ras qui se tenait face au mur. Jack retourna au buffet, prit un Pepsi et alla s'asseoir en face de Milkdud.

— Des sushi au petit déjeuner ? fit-il en regardant l'assiette de son vis-à-vis.

Milkdud lui tendit la main par-dessus la minuscule table.

— Salut, Jack. Il faut bien que je garde ma silhouette d'éternel adolescent.

— Pour jouer les *hackers*, pas vrai ?

Il haussa les épaules.

— Si je prenais du ventre, j'aurais du mal à me faufiler dans les coins. De plus, ceci est plus un brunch qu'un petit déj', et ces rouleaux californiens n'ont pas grand-chose à voir avec de vrais sushi.

Il y avait des années qu'ils se connaissaient. À l'époque, Jack fréquentait assidûment les cinémas d'art et d'essai de la ville, et ne cessait d'y croiser ce grand type voyant – à l'époque, Milkdud portait des dreadlocks. Un jour, ils finirent par engager la conversation et, peu à peu, la confiance aidant, ils échangèrent des cassettes et des laser-disques de leurs films préférés. Mais si Jack avait un jour connu le nom que sa mère avait donné à ce grand Noir cinéphile, il l'avait oublié depuis longtemps. Tout le monde le connaissait sous le nom de Milkdud – ou *The Dud*. Il était grand, mince, élancé, avec une peau couleur de chocolat, une allure décontractée et un sourire agréable ; mais tout ce dont les gens se rappelaient de lui – même du temps où il portait ses grosses dreadlocks rasta – était la grosse verrue noire au centre de son front. Durant son enfance, un comique quelconque avait dû la comparer à une marque de caramels recouverts de chocolat – les *Milkduds* – et le surnom lui était resté.

— Mettons que je n'aie rien dit, fit Jack. Alors, que deviens-tu ?

— Je bosse au Coconuts, au bout de la rue.

— Ils embauchent des diplômés du MIT[1] maintenant ?

Milkdud haussa les épaules.

— Je suis dans la section des DVD. Les horaires sont flexibles et, avec les remises, je peux compléter ma collection.

Jack opina. Des horaires flexibles… C'était bien ce qu'il lui fallait pour s'adonner à sa véritable passion. C'était un cinéphile, tout comme lui, mais son premier amour était moins courant : il adorait les bâtiments anciens.

— Combien de DVD as-tu, maintenant ?

— J'ai renoncé à les compter, fit-il en haussant à nouveau les épaules. Mais je suis content de ton appel. Je voulais te contacter de toute façon. J'ai trouvé quelque chose qui pourrait t'intéresser.

Jack se redressa.

— Un film qui est sur ma liste ?

Milkdud tira un sac en plastique aux armes du Coconuts de dessous la table et le tendit à Jack. Celui-ci jeta un coup d'œil à l'intérieur.

— Super ! (Il tira un DVD de *An Unmarried Woman*.) Comment l'as-tu dégoté ?

1. Institut de Technologie du Massachussets, grande école particulièrement réputée. *(N.d.T.)*

Ce film de 1978, avec Alan Bates et Jill Clayburgh, était un des préférés de Gia. Jack était loin de partager son enthousiasme – l'œuvre de Paul Mazursky le laissait froid – mais cela faisait des années qu'il en cherchait une copie sur laser ou cassette pour la lui offrir. Il épluchait religieusement les programmes des chaînes de télévision câblée auxquelles il était abonné – TCM, AMC, Cinemax, Starz, Encore et toutes les autres – mais ils le passaient rarement ou, lorsqu'il était diffusé, il s'arrangeait toujours pour l'apprendre trop tard pour programmer son magnétoscope.

— Dans l'un des magasins d'occase de MacDougal, répondit Milkdud. C'est une bonne copie, mais elle vient de Hong Kong.

— Je vois, oui. J'espère qu'il n'est pas doublé ?

— Non, juste des sous-titres en cantonais.

— Pas de problème. Je peux te l'emprunter ?

— Ouais. Garde-le aussi longtemps que tu veux. Mais n'oublie pas qu'il s'appelle reviens.

— Parce que tu aimes ce truc ? s'exclama Jack.

Il savait que Milkdud était assez branché sur les films d'horreur bien sanglants et adorait Argento, Bava et Fulci. Il avait du mal à croire qu'il soit arrivé au bout de *An Unmarried Woman* et encore plus qu'il le veuille pour sa collection.

— Non, mais il est si dur à trouver que je tiens à en avoir une copie. Bizarre, non ?

— La collectionnite a encore frappé.

Jack le comprenait fort bien : lui-même souffrait du même mal.

— Tu tombes à pic, Dud.

Maintenant, il pourrait faire à Gia un cadeau de Noël inattendu.

— Je vais en faire une copie et te le rendrai dès que... (Il hésita : Jack rechignait à lui demander une autre faveur, mais il n'avait pas le choix.) J'ai besoin de toi.

— Dans ton message, tu parlais d'infiltrer un bâtiment.

— Exact. Hier soir, j'ai surpris ta signature dans un coin du Hand Building.

Milkdud eut un sourire et ses yeux brillèrent.

— Le Hand Building… Ce bâtiment de vingt-cinq étages sur la Quarante-cinquième. Oui, c'est une belle bête. Un exemple parfait de l'architecture d'après-guerre. Ma signature y est toujours ? Cool. Je m'y suis infiltré il y a trois ans. J'aurais dû apporter les notes que j'y ai prises, j'aurais pu te donner la date exacte et quelques détails. Plutôt chouette, cet immeuble. Il est rempli de recoins et d'espaces dégagés.

— Tu prends des notes ? fit Jack. Comme un journal de *hacker* ?

Décidément, la chance lui souriait.

— Je préfère considérer cela comme de l'exploration. Les *hackers*, c'était bon pour les années 80, avant que les maniaques de l'ordinateur ne s'approprient le terme. Je n'aime pas cette comparaison. En matière d'ordinateurs, le terme évoque des actes de malfaisance ou de destruction.

— Pas dans sa forme la plus originelle.

— C'est vrai. Le *hacker* informatique pur et dur est avant tout un explorateur. Ce qu'il veut, c'est ouvrir toutes les portes, trouver tous les passages secrets, découvrir les secrets bien cachés. Ensuite, il laisse tout dans l'état où il l'a trouvé. Et c'est ce que je fais. Je m'introduis dans un bâtiment, j'explore les espaces que les occupants habituels n'empruntent jamais et dont ils ignorent l'existence, puis je m'en vais.

— Mais pas sans avoir laissé ta signature.

Milkdud eut un sourire.

— Un terme hérité de la culture de la CB.

— Comment as-tu pu entrer dans cet immeuble ?

Il haussa les épaules.

— Au MIT, c'est une sorte de rite d'entrée.

— Pour tous les étudiants ?

— Non, bien sûr ! C'est trop dangereux. D'abord, on peut y laisser sa peau. Nous utilisons au maximum les conduits d'ascenseurs et d'aération, ce qui peut s'avérer périlleux. Ensuite, cette activité est illégale. Même si l'on n'a pas l'intention de nuire à qui que ce soit, va expliquer ça aux autorités. Au mieux, tu seras accusé de violation de domicile, au pire, de tentative de cambriolage. Enfin, pour pouvoir s'enfiler dans tous ces conduits, il est recommandé de ne pas être claustrophobe.

— Oui, je vois, acquiesça Jack. Ce n'est pas donné à tout le monde, en effet.

— Je ne te le fais pas dire. En plus, on peut aussi éliminer tous ceux qui ne voient pas l'intérêt de la chose.

Jack se claqua le front avec emphase :

— Comment ça ? Tu veux dire qu'il y a vraiment des gens qui considèrent qu'ils ont mieux à faire que ramper dans des conduits d'aération ?

— Un ou deux, fit Milkdud avec un sourire. Mais les seuls qui nous comprennent vraiment sont les *hackers* informatiques. Et il y a plus d'une correspondance : beaucoup de maniaques du clavier s'infiltrent aussi dans des bâtiments, du moins ceux qui ne sont ni claustrophobes, ni agoraphobes. Au MIT, je partais en exploration avec un type nommé Mike MacLaglen. Il était particulièrement doué et avait un sacré sang-froid. Mais il était corrompu. Il n'y a pas d'argent à se faire dans l'exploration. Il a laissé tomber pour craquer des puces informatiques. Dommage : il était sacrément doué.

— Autant que toi ?

— Certainement pas !

— Et tu joues toujours les *hackers* ?

— Ouaip. Je dois être curieux de nature. (Il eut un soupir.) Mais cela devient de plus en plus ardu. Les systèmes de sécurité ne cessent de se perfectionner. Et pourtant, quand tu tombes sur le bon immeuble… (ses yeux se perdirent dans le vide) tu sais, de ceux qu'on a rénovés une dizaine de fois au fil des années, et que tu sais que tu es le premier à l'avoir infiltré parce que personne d'autre n'y a laissé sa signature… C'est vraiment le pied.

Jack secoua la tête. Milkdud était intelligent, mais il avait décidément une araignée au plafond.

— Disons que je voudrais savoir ce qui se dit dans un bureau donné qui se trouve au vingt-troisième étage du Hand Building. Pourrais-tu m'aider ?

— Bien sûr.

Excellent, se dit Jack. Ce sera encore plus facile que je ne le croyais.

— Donc, tu pourrais poser un système audiovisuel derrière une grille afin que je puisse voir et entendre ce qui se passe ?

— Que dalle, fit Milkdud en secouant la tête.

Jack ouvrit la bouche, puis la referma. Ce n'était pas la réponse qu'il attendait.

— Comment ça ? Tu viens de me dire que…

— Que je t'aiderais, mais pas question de poser des micros. C'est contraire à l'éthique.

Jack tenta de cacher son irritation, mais celle-ci dut néanmoins transparaître dans sa voix.

— Quelle éthique ? Celle des *hackers* de bâtiments administratifs ?

— Peut-être, répondit Milkdud d'un ton très calme. Je ne sais s'il y a un code officiel, mais dans le mien, c'est interdit.

Jack se radossa à son siège et but une gorgée de Pepsi.

— Bon sang, Milkdud, je comptais vraiment sur toi.

— De nos jours, si tu veux surveiller une salle, il est inutile d'avoir quoi que ce soit dans la pièce même. Il te suffit de braquer un rayon laser sur la fenêtre.

— Oui, ben, ces temps-ci, je n'ai pas de laser sous la main.

— Tu peux en acheter un dans n'importe quelle boutique d'instruments de sécurité. On en trouve partout. Je crois qu'il y en a une sur la Cinquième Avenue, à deux pas d'ici.

— Dud, je ne donne pas dans la haute technologie. Je ne pourrai jamais monter un laser en pleine Cinquante-deuxième Rue. À la télévision, ça a l'air facile, mais nous sommes dans le monde réel. De plus, j'ai besoin de son, mais aussi d'une image. Je dois *voir* ce qui se passe dans ce bureau. Ce n'est pas seulement le meeting qui importe, mais aussi de savoir *qui* est là et ce qui se dira *après*.

— Eh bien, pourquoi n'y entres-tu pas ? Comme ça, tu seras aux premières loges.

— Moi… Qui n'ai jamais infiltré un immeuble… Je vais me lancer… en plein centre-ville et durant les heures de bureau ? Du gâteau !

Jack se vit coincé dans un conduit de ventilation, miaulant comme un chaton coincé en haut d'un arbre, pendant que des pompiers munis de torches à acétylène découpaient les panneaux de métal pour le sortir de là.

Puis on verrait sa photo en première page du *Post* et du *Daily News* avec en quatre colonnes à la une :

COINCÉ DANS LES CONDUITS D'AÉRATION
LE MONTE-EN-L'AIR A MANQUÉ DE COFFRE !

— Non, merci, fit-il en frissonnant.

— Je t'y aiderai.

— Et ton code déontologique ?

— Il m'interdit de déposer des micros pour toi, mais pas de te montrer comment infiltrer un bâtiment. Ce qui ferait de moi un apôtre de l'infiltration. Saint Milkdud, un missionnaire répandant la bonne parole aux mécréants, faisant de nouveaux convertis…

Jack sourit et leva les mains.

— C'est bon, j'ai compris !

Il y réfléchit un instant. Si Milkdud pouvait lui permettre de trouver un emplacement d'où il pourrait voir et entendre ce qui se passerait dans le bureau de l'avocat de Thomas Clayton…

— Mettons-nous bien d'accord, dit Jack. Tu te proposes de me guider dans les entrailles du Hand Building.

— Mettons plutôt que je vais te servir d'éclaireur.

— C'est-à-dire ?

— Ce week-end, je vais réétudier mes notes et m'infiltrer à nouveau dans le Hand. Dis-moi où tu veux te rendre et je verrai si je trouve un bon itinéraire. Si c'est le cas, je te fais entrer dans le bâtiment le matin de cette fameuse réunion et t'oriente dans la bonne direction.

— Tu veux dire que tu ne m'accompagneras pas ?

Milkdud secoua la tête.

— Non. Ma déontologie me l'interdit.

— Mais... Et si je me perds ou reste... coincé, ajouta-t-il alors que des images de Jack dans le rôle du chaton-coincé-sur-un-arbre lui traversaient à nouveau l'esprit.

— Je te ferai un plan et laisserai des flèches à chaque embranchement. Si tu peux suivre les panneaux routiers, tu n'auras pas le moindre problème. Et si cela peut te rassurer, tu n'as qu'à emmener un téléphone cellulaire. En cas de pépin, tu n'auras qu'à m'appeler. Je serai là.

Jack y réfléchit en tambourinant des doigts sur la table. Son instinct lui conseillait de chercher une autre solution. Il n'était pas claustrophobe – il avait déjà passé des heures dans des espaces réduits – mais lorsqu'il avançait en première ligne, il préférait avoir plusieurs voies de dégagement. Mais si Milkdud était là pour l'assister... Cela pouvait peut-être marcher.

— D'accord, dit Jack, voyons comment procéder.

— D'abord, il me faut l'emplacement exact du rendez-vous. J'ai dit *exact*.

— Je peux le savoir.

Je crois.

— Bien. Ensuite, il faut que tu te trouves de vrais vêtements de *hacker*.

— C'est-à-dire ?

— En été, lorsque l'air conditionné est branché, je

mets un pantalon long. Mais en hiver, on peut crever de chaud dans ces conduits. Je te recommande donc une combinaison légère – sans boutons, ou un polo de rugby et un collant.

— Un collant ? Tu te fiches de moi ?

— Tu vas devoir ramper sur le ventre dans tous les coins, Jack. Tu dois pouvoir te glisser comme une anguille.

— Ouais… mais un collant ?

Un autre grand titre du *Post* passa devant ses yeux.

UN PERVERS EN COLLANT COLLÉ DANS LES CONDUITS !

— Je préfère encore la combinaison, dit-il. Et quoi d'autre ?

— Un costume trois-pièces.

— Oh non !

2

— Où nous nous sommes retrouvés ? demanda Alicia. Dans le bureau de Gordon Haffner. C'est l'avocat de Thomas.

Elle avait coincé le combiné entre son épaule et sa joue alors qu'elle déballait un sandwich de chez Blimpie, au coin de la rue.

Elle avait attendu toute la matinée le coup de fil de Jack. Hier soir, lorsqu'il avait trouvé cette drôle d'inscription au marqueur dans le hall du Hand Building, son enthousiasme l'avait laissée pantoise ! Par la suite, il l'avait soûlée en parlant de *hackers* de bâtiments – quoi que cela puisse être – et de quelqu'un qui répondait au nom improbable de Milkdud. Il l'avait ramenée chez elle, avait fouillé son appartement pour s'assurer qu'elle ne courait aucun risque, puis l'avait quittée en disant qu'il la rappellerait le lendemain matin.

Mais il ne l'avait pas fait. Et le trajet jusqu'à l'hôpital avait été particulièrement pénible. Elle avait pris bien soin de rester au centre du trottoir, surveillant toutes les camionnettes garées au bord du trottoir, chaque passant, se crispant à chaque fois qu'elle entendait claquer des pas derrière elle. Elle n'avait jamais été aussi contente de voir le garde devant la porte.

Mais son soulagement s'était métamorphosé en désarroi lorsqu'elle avait reçu les résultats des examens sanguins d'Hector : ils montraient la présence de *Candida Albicans*, ce champignon opportuniste qui attaquait les malades du sida en s'ajoutant aux autres infections. Elle ajouta de l'amphotéricine B en intraveineuse à la liste de médicaments qui s'écoulaient dans son corps et croisa les doigts.

Sa mère d'adoption ne lui avait probablement pas administré son Diflucan prophylactique. Alicia espérait que c'était bien la cause de l'infection. Sinon, cela voulait dire qu'il avait attrapé un virus résistant, ce qui n'était pas bon signe du tout.

Elle mordit dans son sandwich. Hier soir, elle n'avait pas dîné et, ce matin, n'avait rien pu avaler non plus. Ce n'est qu'à midi qu'elle réalisa qu'elle avait l'estomac vide. Et c'était maintenant, alors qu'elle déballait son déjeuner, qu'elle recevait le coup de fil de Jack.

— Où se situe le bureau de Gordon Haffner par rapport à son étage ? demanda-t-il.

— Je ne sais pas.

— C'est important, Alicia.

— D'accord. Laissez-moi réfléchir.

Elle repassa dans son esprit l'après-midi en question, lorsqu'elle avait passé les portes de verre du vingt-troisième étage en compagnie de Léo Weinstein. Ils s'étaient installés dans la salle d'attente, puis on les avait fait passer dans un couloir menant au bureau de Haffner. En regardant par la fenêtre, elle avait vu le dais bleu du Chemist's Club de l'autre côté de la rue.

— Il donne sur la Quarante-cinquième.

— C'est un début. Mais il me faut plus de précisions. Est-il situé dans l'angle ?

— Non, mais il se trouve juste à droite du bureau qui le fait – l'angle Est.

— Vous en êtes sûre ?

— Absolument. Je me souviens m'être dit que, si Thomas ne s'était pas assuré l'avocat numéro un de la firme, Haffner devait compter dans le peloton de tête.

— Le bureau situé juste à côté de celui qui fait l'angle Est, au-dessus de la Quarante-cinquième Rue. C'est noté.

— Qu'est-ce que vous mijotez ?

— À votre rendez-vous de lundi avec M. Haffner, vous lui direz que vous acceptez de vendre la maison.

Elle faillit s'étouffer sur sa bouchée de sandwich. Elle toussa et avala.

— C'est hors de question !

— Écoutez-moi. Vous allez leur demander une somme totalement absurde, mettons, dix millions.

— Ils n'accepteront jamais.

— Bien sûr que non. Ce n'est pas l'offre qui compte, mais la réunion elle-même. Je vous donnerai plus de détails ultérieurement. Pour l'instant, libérez votre lundi matin pour pouvoir vous y rendre. Un nommé Sean O'Neill va vous appeler ce matin. C'est lui qui sera votre avocat pour la rencontre.

— Mon avocat ? Mais il ne connaît rien de…

— C'est inutile, et croyez-moi, il n'en a pas l'intention. Sam adore jouer avec les nerfs des autres avocats. C'est lui qui se chargera de fixer le rendez-vous.

Elle regarda son calendrier. Lundi matin… Il faudrait qu'elle saute la conférence mensuelle du département des maladies contagieuses… Mais elle n'avait pas d'autre urgence.

— D'accord, c'est faisable. Mais le plus tôt sera le mieux.

— Parfait. Nous sommes d'accord.

— Tout ceci est vraiment bizarre, Jack. J'aimerais savoir ce qui se passe.

— Je vous expliquerai tout dimanche soir, pendant la répétition générale.

— La... répétition ?

— Oui. Entre vous, Sean et moi. Mais pour l'instant, je peux vous dire que ce rendez-vous nous donnera le temps de souffler. S'ils pensent que tout va pouvoir s'arranger lundi, ils ne tenteront rien contre vous d'ici là. Donc, vous pouvez cesser de regarder par-dessus votre épaule – du moins le temps du week-end.

— Voilà qui me soulage d'un grand poids.

— Et moi donc ! Bon, faut que je file. À plus tard.

Et il raccrocha.

Alicia fit de même et attaqua son sandwich avec un nouvel appétit. Elle avait l'impression qu'on venait de retirer l'enclume qui pesait sur son estomac. Durant les deux jours à venir, elle n'aurait pas à se comporter comme une bête traquée.

Mais que pouvait bien préparer Jack ? Et pouvait-elle lui faire confiance ? Il semblait très doué lorsqu'il fallait frapper vite et fort, mais là, ils évoluaient sur un terrain tout à fait différent. Il traitait avec une grosse boîte d'avocats, réceptacle d'esprits particulièrement pointus. Un homme de la rue pouvait-il affronter l'élite d'Harvard sur son propre terrain ?

Elle n'en savait rien, mais si elle avait dû parier, Alicia n'aurait pas misé un centime sur ces crânes d'œuf, diplômes ou pas.

3

— C'est lui ? fit Jack en entendant une nouvelle voix qui s'élevait du radio-cassette.

Jorge secoua la tête. Il portait ses vêtements de travail – sa journée commençait lorsque les bureaux se vidaient – et un sweat sans manches exposant ses énormes bras et ses épaules massives.

Tous deux se tenaient dans la minuscule chambre d'amis de l'appartement de Jorge, qui lui servait aussi de bureau. En bas, dans le hall, son épouse débarrassait la table du dîner pendant que ses deux enfants jouaient au Super Mario ; une odeur de nourriture épicée planait dans l'air.

Jack fit avancer la cassette, puis l'arrêta et la fit repasser jusqu'à ce qu'il entende une nouvelle voix.

— Et celui-là ?

Jorge secoua à nouveau la tête.

— Non. Ce n'est pas lui.

— Ben il ferait mieux de ne pas tarder, car on arrive à la fin de la cassette.

Jorge avait envoyé un de ses cousins glisser les prospectus sous la porte de chaque appartement de l'immeuble où habitait Ramirez. Il fallait bien ça pour qu'il relâche sa garde. Le prospectus était imprimé sur le papier à en-tête de l'agence Hudak, mais substituait à son numéro celui de la boîte vocale que Jack avait louée. On y précisait que c'était la ligne directe de David Johns, l'agent qui représentait cette propriété. Jack avait laissé un message sur le répondeur disant que Johns était avec un client, mais rappellerait dès que possible.

Il avait pris la cassette contenant tous les messages qu'il avait reçus pour la faire écouter à Jorge.

— Peut-être qu'il s'en moque ? demanda celui-ci.

— S'il correspond à l'image que vous m'en avez donnée, répondit Jack, il ne pourra pas y résister. Regardez tous les autres…

— Voilà ! s'exclama Jorge alors qu'une nouvelle voix s'élevait du magnétophone. C'est lui. C'est bien ce *hijo de puta* !

Jack ne parlait pas espagnol, mais son ton était éloquent. Il se radossa à son siège et écouta la voix doucereuse et à peine accentuée de Ramirez. De toute évidence, cet homme était en Amérique depuis plus longtemps que Jorge.

— *Monsieur Johns ? Je souhaiterais vous voir à propos de la propriété que vous décrivez dans votre annonce. Je dois partir en voyage d'affaires ce week-end et aimerais la visiter avant mon départ.*

Et il laissait le numéro de son bureau et son téléphone personnel.

Bien joué, se dit Jack. Il est sans doute déjà allé jeter un coup d'œil à la maison de l'extérieur. Il a tout de suite compris que c'était l'affaire du siècle et veut absolument mettre la main dessus. Donc, il trouve une excuse bidon pour hâter le rendez-vous sans avoir l'air trop intéressé.

D'après ce que Jorge lui avait dit, M. Paco Ramirez se piquait d'avoir la bosse des affaires, particulièrement en matière d'immobilier. Il aimait acheter à bas prix des propriétés en hausse pour les revendre très vite en prenant un bon bénéfice au passage. Les gens comme lui étaient toujours en quête de quelqu'un qui était pressé de vendre, et sur le prospectus, Jack avait décrit exactement le genre d'affaire qu'il recherchait.

— Parfait, dit Jack, il est en train de renifler l'appât. On n'a plus qu'à attendre qu'il morde et ferrer ce gros poisson.

Il appela Ramirez depuis le salon de Jorge. Après qu'il se soit identifié au réceptionniste sous le nom de David Johns, Ramirez prit immédiatement la communication. Après quelques phrases de politesse, Ramirez passa au vif du sujet et prit rendez-vous pour visiter la propriété le lendemain matin à neuf heures précises.

— Et maintenant, que fait-on ? demanda Jorge.

— « Nous » ne faisons rien du tout. À partir de maintenant, je me charge de tout. Pour vous, l'essentiel est de ne pas vous approcher de cette demeure. Si, d'une façon ou d'une autre, Ramirez sent que vous êtes dans le coup, il n'insistera pas. Demain matin, restez chez vous près du téléphone. Je devrai peut-être vous appeler. Je vous poserai des questions et vous y répondrez à votre guise – si vous manquez d'inspiration, vous n'aurez qu'à me lire le bulletin météo, cela n'aura pas la moindre importance. Tout ce que je veux, c'est une voix au bout du fil.

Jorge plissa ses lèvres épaisses.

— *Por favor*, pouvez-vous m'expliquer une fois de plus comment vous comptez récupérer mon argent ?

— Très bien. Une fois de plus. Je vais convaincre Ramirez de me donner un dépôt en liquide pour réserver cette demeure. Et voilà : vous aurez la somme qui vous est due.

Jorge secoua la tête.

— Mais, m'sieur Jack, il n'est pas bête.

— Je n'en doute pas. Mais je connais les gens comme lui : ce qui leur plaît, c'est d'arnaquer le monde. Ils adorent trouver un monsieur tout-le-monde qui est dans une mauvaise passe pour l'exploiter au maximum. Il avait largement de quoi vous payer, mais il a choisi de ne pas le faire. Pourquoi ? Parce qu'il a découvert votre faiblesse – vos parents qui travaillent pour vous en clandestins – et ne pouvait laisser passer l'occasion d'en profiter. C'est une question de pouvoir, celui qu'il croit avoir sur vous.

— Vous connaissez d'autres gens tels que Ramirez ?

— Oh là, oui ! C'est même mon pain quotidien. Je suis devenu une sorte d'expert en la matière. Mais je vais prendre Ramirez à son propre piège. Je vais lui offrir sur un plateau un marché en or et, en prime, lui faire croire qu'il arnaque quelqu'un.

— Mais… Il n'ira jamais vous donner du liquide !

— Oh si. S'il croit que je n'en veux pas.

Jorge secoua à nouveau la tête. Ces derniers temps, remarqua Jack, c'était devenu une habitude.

— Faites-moi confiance, dit-il. Même si cela ne

marche pas, au moins, nous pourrons nous payer la tête de ce Ramirez.

Jorge eut une grimace qui démontrait que cette idée ne l'amusait pas du tout.

4

Alicia s'apprêtait à plier bagage et rentrer chez elle lorsque le téléphone sonna. Comme Raymond était déjà parti, elle décrocha elle-même.

— C'est vous, Alicia ? Ici l'inspecteur Matthews.

— Oh oui, dit-elle le plus joyeusement possible. Comment allez-vous ?

Oh non. Qu'est-ce qui va encore me tomber dessus ?

Ce matin, l'avocat de l'hôpital l'avait appelée pour lui demander si elle avait reconsidéré sa plainte contre Floyd Stevens. Et maintenant, à quoi fallait-il s'attendre ?

— Tout va bien. Mais si je vous ai appelée, c'est que j'ai de bonnes nouvelles.

— À propos de Stevens ?

— Lui-même.

— Il plaide coupable ?

— Non, mais c'est tout comme. J'aimerais dîner avec vous pour tout vous raconter.

Alicia se mit aussitôt sur la défensive.

— Eh bien… Si cela a un rapport avec la plainte que j'ai déposée, vous ne pensez pas…

— Non, cela n'a pas de rapport *direct* avec la plainte. Si vous y tenez absolument, je peux tout vous dire dès maintenant, mais si vous n'avez rien de prévu, je préférerais que nous en discutions tranquillement devant un bon dîner. Vous ne serez pas déçue, je vous l'assure.

Alicia eut une hésitation. Déjeuner, dîner… Et quoi d'autre ?

Je n'ai pas le temps pour jouer ce jeu.

Mais il avait pris la peine de chercher des éléments

sur Stevens et avait peut-être trouvé de quoi la tirer d'affaire. Comment pouvait-elle dire non ?

— D'accord, dit-elle. Nous dînons ensemble. Où et quand ?

Il lui demanda si elle aimait la cuisine italienne. Elle acquiesça ; il lui donna l'adresse d'une trattoria sur la Septième Avenue, à quelques centaines de mètres du Centre. Il l'y retrouverait dans une demi-heure.

Il lui avait promis de bonnes nouvelles. Puisse-t-il dire vrai. Elle avait bien besoin de réconfort.

5

— Vous devez être un habitué, dit Alicia alors qu'ils s'installaient tous les deux dans un box pour quatre.

Alicia était arrivée en avance. Normalement, elle serait venue à pied, mais bien que Jack lui ait affirmé que personne ne lui chercherait noise avant lundi, elle avait préféré prendre un taxi.

Will fit son apparition quelques minutes plus tard. Le maître d'hôtel l'avait accueilli avec un grand sourire et trois serveurs l'avaient salué depuis le bar.

— Lorsque je ne veux pas rester chez moi, je viens ici, répondit-il en haussant les épaules. Mais pas plus d'une ou deux fois par semaine.

Étiez-vous là hier soir ? se demanda-t-elle. Si c'était vous qui m'aviez suivi au lieu de Jack, Thomas et ses brutes seraient en prison et toute cette histoire serait terminée.

— Je pensais que les policiers ne traînaient que dans les bars fréquentés par les autres policiers.

— C'est le cas. Et moi-même ai passé deux années à enrichir le patron d'un de nos rades préférés du Midtown South. Mais… au bout d'un moment, on finit par se lasser des histoires de flic. En tout cas, c'est ce qui m'est arrivé. Ici, je ne suis que Will Matthews et non un policier.

Un serveur s'arrêta à leur table le temps d'y déposer une corbeille de pain et de longs gressins italiens. Après avoir consulté Alicia, Will commanda une bouteille de chianti classico, puis se pencha en avant.

— Bien. Venons-en à notre ami Floyd Stevens.

Il lui tendit la corbeille et elle prit un gressin.

— Je vous en prie, fit-elle avant d'en mordre le bout dans un craquement sec.

— Je l'ai pris en filature.

— Vos supérieurs vous laissent faire ? demanda-t-elle, surprise. Je veux dire, vous devez avoir d'autres affaires en cours…

— Non, j'ai pris sur mon temps libre.

— Sur votre… fit Alicia, franchement choquée cette fois-ci. Mais pourquoi ?

— Je vous l'ai déjà expliqué. Je connais ce genre d'ordure ; j'en ai assez vu lorsque j'étais aux Mœurs. Ces types ne peuvent pas se maîtriser. Vous l'avez interrompu : il se dit probablement qu'il n'a pas obtenu ce qu'il voulait. Ce qui veut dire qu'il ne va pas tarder à se mettre en chasse. Ainsi, à la fin de mon service, je suis monté dans l'Upper West Side et me suis mis en planque devant chez lui pour attendre qu'il entre ou sorte.

— Et alors ?

— Alors hier soir, il est allé faire un tour. Il a gagné son garage et s'est rendu tout droit au Minnesota Strip.

— Qu'est-ce que c'est ?

— Un endroit où vous n'irez sans doute jamais. C'est une sorte de supermarché bondé de prostituées de tous les âges et de tous les sexes.

— *Tous* les sexes ? Je n'en connais que deux.

— Eh bien, il y a des intermédiaires. Voyons… Comment dire… Des types qui ont changé le haut – avec des traitements aux hormones, des implants et tout ça, mais qui gardent tout leur équipement… Ils ont beaucoup de succès sur le Strip.

— Formidable.

Will haussa les épaules.

— Cet endroit est assez pathétique, mais personnellement, cela ne me dérange pas. À chacun son truc. Mais c'est là que les macs commencent à mettre des gamins sur le trottoir pour attirer les prédateurs…

— Les… prédateurs ?

Alicia avait l'impression de découvrir un nouveau langage.

— La plupart du temps, c'est le terme qu'on emploie pour les homos qui cherchent de très jeunes hommes, mais je l'utilise pour désigner tous ceux qui recherchent de la chair un peu trop fraîche.

— Jeunes… et sans défense, fit Alicia, mal à l'aise.

Elle dévisagea Will. Avec ses cheveux blonds, il avait quelque chose d'un adolescent attardé ; son travail le mettait en contact avec les pires rebuts de l'humanité, et pourtant, il avait réussi à se préserver de leur souillure.

— Floyd Stevens rentre dans cette catégorie. Je l'ai donc suivi. Il savait précisément où il allait – en fait, je crois qu'il avait dû prévenir de son arrivée, car lorsqu'il s'est garé, quelqu'un l'attendait en compagnie d'une *très* jeune fille. Celle-ci est montée dans sa voiture et ils sont repartis.

Alicia sentit monter sa colère. Elle écrasa le gressin entre ses doigts.

— Et vous l'avez laissé faire ?

— Bien sûr que non. Mais si je m'en chargeais personnellement, je risquais gros : je ne voulais pas que son avocat parle d'acharnement policier ou de piège. Donc, je l'ai filé jusque sur les quais et ai appelé quelques potes de la brigade des mœurs. Ils ont attendu qu'il se gare, lui ont sauté dessus et l'ont pris la main dans le sac.

— Et *maintenant*, est-ce que quelqu'un daignera nous en débarrasser ? fit-elle en essuyant les miettes tombées sur ses genoux.

— Oh, il ne menacera plus personne. Du moins pour

l'instant. Il est accusé de relations sexuelles avec un mineur.

— Et c'est ça que vous appelez une bonne nouvelle ? Que cet enfoiré ait trouvé un autre enfant à maltraiter ?

— Vous ne voyez pas où je veux en venir ? fit-il, l'air blessé. Cette fois-ci, il ne s'en sortira pas si facilement. Le voilà avec deux accusations de pédophilie sur le dos en moins d'une semaine. Et comme les témoins sont des flics, cette fois-ci, il ne peut pas s'en tirer en les achetant ou les menaçant. Il sera trop accaparé par cette seconde affaire pour se soucier de vous. Vous êtes tirée d'affaire.

Tirée d'affaire…

Lorsque ces mots réussirent à pénétrer dans son esprit, franchissant le barrage de sa colère, elle se laissa aller contre le dossier de sa chaise.

— Oh, mon Dieu, fit-elle doucement, vous avez raison. Il ne peut plus prétendre ne jamais avoir touché Kanessa. S'il dit que j'ai tout imaginé et réagi de façon excessive, personne ne le croira.

— Mieux encore, renchérit Will, il va plonger pour l'affaire d'hier soir. Il va finir en taule.

Alicia ferma les yeux et inspira profondément. On avait retiré le poids qui pesait sur ses épaules.

En regardant Will, elle ressentit une bouffée de chaleur pour cet homme, ce brave homme.

— Merci. Ce que vous avez fait dépasse largement le cadre du devoir. Je… Je ne sais que dire. (Sur un coup de tête, elle tendit la main sous la table pour enserrer la sienne.) Merci.

Il secoua la tête.

— Je viens de débarrasser le monde d'un pervers et, en même temps, d'aider une demoiselle qui m'est chère. Croyez-moi, tout le plaisir est pour moi.

Alicia réalisa que Will avait pris sa main à elle dans les siennes. Elle ne pouvait plus se retirer… Et n'était pas sûre de le vouloir.

Le serveur rompit l'enchantement en apportant leur bouteille de vin.

Avec emphase, Will aéra la gorgée de chianti que le serveur lui fit goûter, vérifia sa robe, la renifla, la fit tourner dans sa bouche et, au moment où elle crut qu'il allait se gargariser avec, avala et fit la grimace.

— Quelle piquette ! dit-il au serveur. Il est bon pour finir dans l'évier !

Le serveur eut un reniflement de mépris.

— Ouais, voilà qui est parlé en vrai spécialiste.

Il servit Alicia, puis remplit d'autorité le verre de Will.

— Non, mais, vous avez vu ? dit celui-ci à la jeune femme. Ces gens n'ont aucun respect…

— S'il s'agissait de bière, dit le serveur, tu pourrais encore faire illusion. Mais du vin ? Laisse tomber !

Il laissa la bouteille sur la table et s'en alla.

— Décidément, vous êtes un habitué.

Will eut un bon rire.

— Oui, c'est Joey, le neveu du proprio. Cela fait des lustres qu'on se connaît.

Alicia goûta le vin. La première gorgée lui sembla un peu râpeuse, mais la seconde passa mieux.

— Alors, dit-elle pour aborder une question qui commençait à la titiller, j'imagine que travailler toute la journée et suivre des gens la moitié de la nuit doit porter un coup à votre vie sociale.

— Ma vie sociale ? C'est quoi ?

— Ben les amis, la famille, les copines… Tout ça.

— Croyez-moi, je n'ai pas eu de grands sacrifices à faire. Mes amis m'ont oublié, mes parents ont pris leur retraite en Caroline du Sud, quant à la femme de ma vie… (il fit tourner son verre en fixant le liquide couleur de rubis) il y a un an qu'elle est partie.

Alicia se botta mentalement le derrière. Voilà qui lui apprendrait à se mêler de ce qui ne la regardait nullement. Elle chercha quelque chose à dire.

— Désolée. Je… présume que vos horaires doivent mettre un frein à toute relation sérieuse.

Il eut un grognement.

— J'aimerais que ce soit si simple ! J'aurais pu m'en accommoder, oublier peut-être. Non… Mais l'an dernier, elle est allée rendre visite à sa famille dans le Vermont – une petite ville du nom de Brownsville – et est tombée sur une ancienne flamme. Ils se sont retrouvés, ont ravivé la flamme en question et la voilà qui me passe un coup de fil pour me dire qu'elle ne reviendra pas à New York, qu'elle préfère rester dans le Vermont pour épouser ce type.

— Cela a dû vous faire un choc, fit Alicia.

Il racontait toute l'histoire d'un ton badin, mais elle sentait que la plaie était loin d'être guérie.

— En effet. J'ai passé un million de coups de fil et ai même dû me rendre dans le Vermont pour, finalement, admettre qu'elle ne plaisantait pas. (Il se redressa et la regarda comme pour chasser ces souvenirs douloureux.) Mais c'est du passé, tout ça. J'ai surmonté le choc. La vie continue.

Et maintenant, se dit Alicia, il est temps de trouver quelqu'un d'autre. Ne comptez pas sur moi, Will Matthews. Vous avez déjà assez souffert comme ça.

— Et vous ? Comment se porte votre vie affective ?

— Ma vie affective ? C'est quoi ? fit Alicia, imitant son propre commentaire. (Elle eut un sourire forcé.) Surtout lorsqu'on est mariée.

— Mariée ? Je croyais…

Un instant, elle eut envie de lui servir sa petite fable en transformant l'amant voyageur en mari itinérant, mais après ce qu'il avait fait pour elle, Alicia n'avait pas le cœur de lui mentir.

— Mais vous avez déjà rencontré mon époux, dit-elle.

Alicia sourit en voyant son air dépité, puis préféra ne pas le faire languir plus longtemps.

— Je suis mariée au Centre. En fait, nous sommes inséparables.

— Oh ! fit-il avec un rire soulagé. Oui, « mariée à son boulot », comme on dit. Je connais. J'ai aussi ce problème.

Ce n'est pas toujours un problème, se dit-elle. Parfois, ce peut être une solution.

Il se détendit. C'était bien… Mais pas forcément. Il devait se dire qu'il avait le champ libre.

Ils discutèrent durant tout le repas et encore une heure après le café. Will lui posait des questions sur sa vie et Alicia s'ingéniait à les contrer par un flot constant d'interrogations qui le forçaient à se dévoiler.

En fin de compte, à partir de ce qu'elle put en tirer, Alicia put assembler le portrait d'un homme tout à fait respectable qui aimait la bière, la pêche et le basket ; un policier dévoué à sa tâche qui – du moins jusqu'à présent – avait réussi à ne pas adopter ce cynisme glacial qui semblait corrompre la majorité des flics des grandes villes.

Will, par contre, devait rester sur sa faim. Lorsqu'ils sortirent du restaurant, il n'en savait guère plus sur Alicia qu'en y entrant.

Lorsqu'il la ramena chez elle dans sa voiture, Alicia regarda ses mains qui agrippaient le volant. Des mains fortes, des bras puissants. Elle se demanda si elle aimerait qu'ils la serrent contre son corps. Pourtant, elle ne souffrait pas de sa solitude – en fait, la plupart du temps, elle était trop occupée pour seulement s'en rendre compte.

Mais il y avait toujours un moment, surtout la nuit, ou elle avait envie de se blottir contre quelqu'un, de sentir des bras protecteurs se refermer sur elle, que quelqu'un l'enlace, rien de plus.

Lorsque Will s'arrêta devant chez elle, Alicia se sentait détendue, en sécurité. Et elle ne savait que faire. Devait-elle ou non lui poser la question… ?

Puis il y eut un bip persistant.

Will regarda sa ceinture.

— Ce n'est pas le mien.

Alicia tira son pager de son sac. Lorsqu'elle lut le numéro sur le petit écran à cristaux liquides, son bien-être vola en éclats.

C'était l'étage d'Hector. Et pour qu'ils l'appellent à une heure pareille, il n'y avait qu'une seule explication.

— Will, pourriez-vous me déposer à St. Vincent assez rapidement ? Je veux dire, *très* rapidement ?

Un crissement de pneus lui tint lieu de réponse.

SAMEDI

1

Après trois petites heures de sommeil, Alicia retourna à l'hôpital et, cette fois-ci, se rendit tout droit à la section Pédiatrie. Hier soir, le jeune Hector Lopez avait bien failli y passer : il avait fait une crise d'épilepsie foudroyante suivie d'un arrêt respiratoire. Alicia et les infirmiers avaient pu le sauver, mais il s'en était fallu d'un cheveu.

Will était resté en bas, dans la salle d'attente. Il avait patienté pendant des heures. Il ne connaissait pas Hector et ne savait même pas à quoi il ressemblait, et pourtant, son inquiétude semblait parfaitement sincère. Finalement, Alicia le convainquit de rentrer chez lui.

Il l'avait serrée contre lui en lui souhaitant bonne chance. En le regardant partir, Alicia s'était dit : Voilà un homme comme on n'en fait plus.

Maintenant, elle se tenait au chevet d'Hector. Le garçon était inconscient ; un mince tube endotrachéal partait de sa bouche pour rejoindre un autre tube plus grand, et sa poitrine osseuse se soulevait et s'affaissait au rythme de l'assistant respiratoire installé près de son lit.

On frappa contre la cloison de verre à sa gauche : c'était Harry Wolff qui lui faisait des signes. Elle l'avait fait venir pour qu'il donne son diagnostic. Il avait effectué une ponction lombaire. La pression nerveuse d'Hector était haute et le fluide semblait brouillé. Ce n'était pas très engageant, tout ça…

Alicia se dirigea vers la porte tout en baissant son masque sur son menton.

— Harry. Vous avez du nouveau ?

— Il y a des traces de Candida dans le fluide cérébro-spinal, fit-il d'un ton lugubre.

Alicia eut un soupir. *Merde*. Voilà qui expliquait sa crise. Cela n'était pas vraiment une surprise, mais elle espérait que les examens révéleraient quelque chose d'un peu plus facile à traiter.

— Y a-t-il des signes annonciateurs ?

— Non, mais cela ne tardera pas si on ne peut contenir l'infection. L'ennui, c'est que son système immunitaire est en chute libre.

— Je vais m'en occuper. Bonne chance.

— Merci, Harry.

Elle se tourna pour regarder Hector. Elle était en train de le perdre. Bon Dieu, elle se battait sur son propre terrain ; même si tout le reste de sa vie tombait en miettes, au moins, lorsqu'elle s'occupait de ses patients, c'était elle qui dominait la situation. Mais apparemment, elle n'aurait même plus cette consolation.

Il devait bien y avoir un moyen de retourner la situation à son avantage. Il le fallait…

2

Ramirez arriva avec quelques minutes d'avance, mais Jack était déjà sur place, prêt à l'accueillir. Il avait revêtu un blazer vert, une chemise blanche, des Dockers, des mocassins et un sourire à rallonge digne d'un vendeur de voitures d'occasion.

Cela faisait une heure qu'il traînait dans le coin afin de se familiariser avec la maison. Celle-ci était en parfait état. Les placards et les commodes débordaient de vêtements. Quel que soit l'héritier du Dr Gates, il n'avait touché à rien.

Pour donner une touche personnelle, Jack avait installé une photo qu'il avait ramassée dans une brocante ; elle représentait deux hommes qui posaient assis sur une souche. Il la laissa dans la chambre principale. Puis il s'installa dans le salon : sur une petite table, il étala des classeurs en carton et des feuilles photocopiées avec l'en-tête de Hudak.

Ramirez portait un long manteau de cuir noir, et une lourde chaîne en or brillait sous les pans de sa chemise de golf entrouverte. Il avait de larges épaules et un tour de taille considérable. En voyant Jack, il lui décocha un grand sourire, dévoilant ses dents en or, mais ses yeux parcouraient déjà le hall, l'évaluant dans ses moindres détails – les vitres gravées de la porte, le chandelier de cristal, les barres de bronze sur les marches de l'escalier menant à l'étage.

Jack lui tendit une carte de visite – réplique exacte de celle de Dolores, sauf qu'elle portait désormais le nom de David Johns – et lui fit faire le tour de la maison en lui tenant à peu près le même discours que l'agente immobilière lui avait tenu jeudi. Il le vit caresser de ses doigts le bois des meubles anciens alors qu'ils passaient d'une pièce à l'autre.

Lorsqu'ils retournèrent à son bureau improvisé dans le salon, Jack lui précisa que, selon les termes du contrat, la vente devait se conclure dans les trente jours.

— Un mois, fit Ramirez. Pourquoi le vendeur est-il si pressé ?

Jack marqua un silence, comme s'il se demandait s'il devait répondre à cette question, puis haussa les épaules.

— Bon, d'accord, je vais tout vous dire. C'est parce qu'il a de gros besoins d'argent.

— Il a des problèmes financiers ?

— Non, non. (Jack baissa la voix, comme s'il le

mettait dans la confidence :) Il est à l'hôpital. Il doit payer ses frais médicaux.

— Vraiment ?

Ramirez avait pris le ton de rigueur, mais ses yeux brillaient d'une lueur qui ne devait rien à la compassion.

Jack pouvait presque voir tourner ses rouages mentaux : À l'hôpital… Des dépenses médicales… La photo de deux hommes dans la chambre…

Le margoulin rendait déjà son propre diagnostic.

— Et vous dites qu'il vend la maison avec tout ce qu'elle contient ?

— Oui. Le mobilier se compose d'antiquités européennes en parfait état. Croyez-moi, c'est une affaire en or.

Ramirez haussa les épaules.

— Je n'en suis pas si sûr. Elle est assez ancienne. D'autres personnes sont intéressées ?

— Aussi bizarre que cela puisse paraître, non. Je ne comprends pas, ajouta Jack lentement avec l'air de celui qui se reprend après avoir dit une bourde. Je veux dire, ce n'est pas qu'elle n'intéresse personne. Les visites n'arrêtent pas.

— Comme je l'ai dit, fit Ramirez en souriant, elle est plutôt ancienne. Mais j'ai pitié de ce pauvre homme qui gît sur un lit d'hôpital. Je veux bien l'en débarrasser. Mais je ne peux accepter le prix qu'il en demande.

— C'est déjà moins qu'elle n'en vaut réellement, fit Jack d'un air surpris.

— Excusez-moi, mais je ne le pense pas.

Puis il fit une première offre, retirant vingt pour cent du prix demandé.

Espèce d'enfoiré, se dit Jack. D'après Jorge, Ramirez aurait dévalisé un mort sans le moindre scrupule, et il venait de le prouver.

Jack commençait à considérer son client inexistant comme une personne bien réelle, et n'eut donc pas à feindre l'indignation.

— C'est hors de question. Mon client ne voudra jamais.

— Vous pouvez toujours lui demander ?

— Non. C'est une insulte pour cette propriété.

— Eh bien, répondit Ramirez en haussant les épaules, si on vous avait fait une meilleure proposition, je retirerais mes billes. Mais si je ne m'abuse, ce n'est pas le cas. Donc, je pense que vous devriez consulter votre client.

— Je vais l'appeler tout de suite.

Jack tira un téléphone cellulaire et composa le numéro de Jorge. Lorsque celui-ci décrocha, il dit :

— Puis-je avoir la chambre de M. Graves, s'il vous plaît ? (Pendant qu'il faisait semblant d'attendre la communication, il se tourna vers Ramirez :) Même dans son état, je suis sûr qu'en entendant votre offre, il va dire des termes que je n'oserai vous répéter.

Ramirez haussa une fois de plus les épaules.

— Je lui fais une proposition correspondant à mes moyens, c'est tout.

Puis Jack parla dans le combiné :

— Oui. Bonjour, monsieur Gates. David à l'appareil. Je suis désolé de vous appeler si tôt, mais on m'a fait une offre pour la maison. (Pause.) Oui, bien, je doute que vous pensiez ainsi lorsque je vous aurai donné le montant qu'on vous propose. (Il cita le chiffre, puis attendit, comme s'il écoutait attentivement son interlocuteur.) Mais… fit-il avant de se couper lui-même. Mais…

Jack fronça les sourcils, se tourna vers Ramirez, puis lui tourna le dos et fit un pas de côté.

— Mais cette proposition est ridicule ! reprit-il à vois basse, bien qu'il sache que Ramirez n'en perdait pas une miette. Vous n'êtes pas sérieux !

Du coin de l'œil, il vit les lèvres de Ramirez se retrousser en un sourire carnassier. Eh oui, mon salaud, c'est toujours un plaisir de faire l'affaire du siècle et, au passage, d'arnaquer un pauvre bougre à l'agonie.

— Oui… Oui, je comprends… Très bien… (Il eut un soupir.) Je vais lui dire.

Il appuya sur le bouton, coupant la communication, et se tourna vers Ramirez.

— Eh bien, votre offre intéresse M. Gates – mais sans plus. Pour qu'il accepte de vous la vendre à ce prix, il y met deux conditions.

— Lesquelles ?

Ramirez tentait de cacher sa joie, mais Jack sentait qu'il était prêt à faire un numéro de claquettes dans le hall.

— Vous devez conclure la transaction dans les quinze jours.

Ramirez frottait le diamant de son anneau contre le manche de son blazer.

— Cela peut se faire.

— La seconde condition…

C'est là que les Athéniens s'atteignirent, se dit Jack. Soit il ferrait Ramirez pour de bon, soit il le perdait définitivement.

— Il veut un dépôt de garantie de douze mille dollars. En liquide.

Ramirez cessa de polir son anneau et leva les yeux.

— En liquide ? Voilà qui est inhabituel. J'ai fait bien des affaires dans l'immobilier, mais je n'ai encore jamais laissé de dépôt en liquide.

— En effet, renchérit Jack, je suis tout à fait d'accord. C'est absurde, et je suis sûr que vous ne voulez pas prendre ce risque.

Maintenant, c'était au tour de Jack de se faire prier. Il jouait serré, mais c'était le seul moyen d'obliger Ramirez à cracher ses billets. Il le prit par le coude et l'attira vers la sortie.

— Merci d'être venu, monsieur Ramirez. Je dirai à M. Gates que vous n'êtes pas d'accord et…

Ramirez dégagea son bras.

— Un instant. Je n'ai pas dit que je refusais. Juste

que c'était inhabituel. Peut-être qu'en réduisant le montant du dépôt…

— Je crains que cela ne soit impossible. D'après M. Gates, c'est douze mille ou rien. Si c'est un peu abrupt…

On sonna à la porte.

Qu'est-ce que…

Jack passa la tête dans l'embrasure de la porte donnant sur le vestibule.

Quelqu'un se tenait là, devant la porte. Jack ne pouvait l'identifier à travers le verre dépoli, mais cela ne lui disait rien qui vaille. Ils étaient censés être seuls, Ramirez et lui.

Peut-être pouvait-il l'ignorer…

On sonna à nouveau.

Il jura en silence, serra les dents et alla ouvrir la porte.

Un Oriental trapu revêtu d'un costard d'homme d'affaires onéreux et coiffé d'un chapeau se tenait sur le seuil. Il aurait pu être Harold Sakata dans *Goldfinger*.

— M. David Johns est là ? demanda-t-il.

Qui est ce gugusse ? se demanda Jack. Quelqu'un de l'agence Hudak ?

Apparemment, sa petite manœuvre courait au désastre. Mais il ne pouvait se montrer trop évasif… Pas alors que Ramirez était à portée de voix.

— Puis-je savoir qui…

L'homme regarda par-dessus l'épaule de Jack et se raidit.

— Monsieur Ramirez, fit l'Oriental.

Jack se retourna. Ramirez se tenait dans le hall et dévisageait le nouveau venu.

— Bonjour… Sung.

Cette scène avait un relent de déjà-vu, comme la rencontre entre Jerry et Newman dans un *Seinfeld* tiers-mondiste.

Lorsque Jack se tourna à nouveau vers l'Oriental, il vit que le nouveau venu s'était glissé dans le vestibule.

— Je voudrais visiter cette propriété.

Que faire ? Jack n'avait pas prévu l'intrusion d'une tierce personne dans son petit jeu. Et ce type n'était pas qu'un joker, c'était un joker qui connaissait bien Ramirez.

— Je suis désolé, monsieur... Sung, c'est ça ? Je ne fais de visites que sur rendez-vous.

— Mais j'ai tout fait pour en avoir un. Je vous ai laissé trois messages, mais vous ne m'avez pas rappelé.

— Vraiment ? fit Jack posément, sachant que Ramirez était à l'affût. C'est bizarre. Je n'ai jamais reçu vos messages. Peut-être que mon répondeur les a avalés. (Il claqua des doigts comme si une lumière s'était allumée dans son cerveau.) Voilà ! C'est pour ça que j'ai eu si peu d'appels ! Cette fichue machine est grillée !

— Possible, acquiesça Sung. J'ai donc décidé de venir voir s'il y avait quelqu'un sur place.

— Maintenant, renchérit Ramirez, vous voyez qu'il y a quelqu'un : moi. Vous pouvez donc repartir l'esprit tranquille.

Ces deux-là ne s'aimaient pas beaucoup, se dit Jack. Et était-ce une lueur de crainte qui brillait dans l'œil de Ramirez ? De toute évidence, ils avaient leurs bureaux dans le même immeuble, sinon, Sung ne serait jamais tombé sur le prospectus.

Peut-être s'étaient-ils déjà affrontés sur une affaire d'immobilier ?

Soudain, Jack réalisa qu'il pouvait peut-être s'emparer de ce joker pour le retourner contre Ramirez.

— Vous avez bien fait, monsieur Sung. M. Ramirez allait justement partir, je suis donc libre pour...

— Un instant, s'écria Ramirez. J'ai fait une offre et vous l'avez acceptée. Le marché est conclu.

— Mais vous m'avez dit que vous ne laissez jamais de dépôt de garantie en liquide !

— J'ai dit que cela ne m'était jamais arrivé précédemment, pas que je refusais ! (Il désigna la porte du salon.) Venez. On va en discuter.

Sung croisa les bras.

— Je vous attends.

Jack rentra dans son bureau improvisé, suivi de Ramirez, et referma la porte derrière lui.

— Je vous fais un chèque.

Je te tiens, pensa Jack. Maintenant, il pouvait se permettre de faire le difficile. Il secoua la tête.

— Désolé, mais M. Gates a expressément stipulé qu'il voulait du liquide.

— Mais je n'ai pas une somme pareille sur moi. Personne ne s'y amuserait. Pourquoi veut-il du liquide ?

Jack haussa les épaules.

— Je ne peux expliquer sa façon de raisonner. Il est sous médicaments, peut-être affectent-ils son jugement. Mais si c'est ce qu'il veut, il l'aura.

— Mais quelles garanties me proposez-vous ?

Jack se redressa et toisa Ramirez.

— Monsieur, la réputation de l'agence Hudak est en jeu, et cela suffit à assurer la régularité de toutes les transactions qu'elle entreprend. Je vous fournirai un bon de dépôt, et l'argent sera mis en dépôt. Par contre, je conviens que cette façon de procéder n'est pas très orthodoxe. (Il tendit la main pour ouvrir la porte.) Merci d'être venu.

C'est alors que Ramirez se mit dans une colère noire : il se mit à tourner dans le salon comme un lion en cage tout en hurlant que le marché était conclu, qu'il avait fait une offre, que son client l'avait acceptée, et qu'il ne se débarrasserait pas de lui si facilement sous prétexte qu'une meilleure proposition l'attendait dans le vestibule.

Étonnant, fit Jack en luttant pour ne pas sourire. Plus j'essaie de le dissuader de payer en liquide, plus il s'entête.

— Vous aurez vos douze mille dollars en liquide, fit-il, à bout de souffle. Je vous les rapporte d'ici une heure.

Je l'espère bien. Sinon, je me serai donné beaucoup de mal pour rien.

Une fois arrivé devant la porte, Ramirez tourna les talons.

— Mais je vous préviens, monsieur Johns : si, à mon retour, je m'aperçois que vous avez fait affaire avec un autre, cela ne se passera pas comme ça.

— Inutile de lancer des menaces, monsieur Ramirez, dit doucement Jack. (Il consulta sa montre.) Dans une heure, donc.

Ramirez s'en alla en coup de vent. Il ne s'arrêta que pour montrer les dents à l'homme qui attendait dans le vestibule :

— Vous pouvez rentrer chez vous, Sung. L'affaire est conclue.

Sung fit une révérence.

— Félicitations, monsieur Ramirez. Mais je tiens néanmoins à visiter cette propriété… Au cas où vous changiez d'avis.

— Pas de danger, feula Ramirez, et il s'en alla.

Jack se tourna vers Sung :

— Il a raison, la maison lui appartient. Il est inutile de vous faire attendre ainsi. Et j'ai peur de ne pas avoir le temps de vous faire faire le tour du propriétaire.

Il tourna les talons et passa dans le salon. Il n'avait plus envie de jouer les agents immobiliers. Il espérait juste que Sung abandonnerait la partie.

Mais l'homme le suivit dans la pièce.

— Je n'ai pas besoin de visiter le reste de la maison pour savoir que je peux vous faire une offre supérieure à celle de M. Ramirez.

— Comment savez-vous…

Il eut un sourire.

— Comment ne pas entendre malgré soi un homme qui s'exprime avec une telle fougue ?

— Oui, eh bien…

— Inutile d'attendre une heure. (Il tira un portefeuille de sa poche revolver) Je peux vous donner le dépôt de garantie dès maintenant. En liquide.

— Ces conditions concernaient uniquement M. Ramirez, dit-il alors que Sung comptait douze billets de mille dollars et les posait sur la table. Le propriétaire est gravement malade, et je crains qu'il n'ait accepté un peu rapidement l'offre de ce monsieur. Si celui-ci ne revient pas à temps, il faudra définir de nouvelles conditions.

— Le propriétaire connaît-il le nom de celui qui a fait cette offre ?

— Non, mais…

— En ce cas, il ne saura pas que cet argent provient de la poche d'un autre.

— Mais il n'est pas bien-portant, répéta Jack en désespérant d'éveiller la moindre étincelle de compassion chez son interlocuteur. Et c'est un prix beaucoup trop bas. Ce n'est pas raisonnable.

— En ce cas, fit M. Sung en ajoutant trois billets sur la table, mais en les séparant nettement des autres, voici un complément. Si vous pensez que nous grugeons votre client, vous pourrez toujours les lui donner.

Jack eut envie de lui rire au nez. Un bonus de trois mille dollars ? Qu'était-ce par rapport à la somme ridicule qu'avait proposée Ramirez ? Rien du tout !

— Néanmoins, ajouta alors Sung, vous pouvez omettre d'inscrire ces trois mille dollars sur le reçu.

Maintenant, ses intentions étaient évidentes : Sung était lui aussi un arnaqueur de première, et apparemment, il entendait bien décrocher le gros lot. Il entendait bien doubler tout son monde : Ramirez comme le proprio. Vous me laissez acheter cette baraque pour une bouchée de pain et vous empochez les trois mille dollars.

Si Sung et Ramirez devaient concourir pour le prix du plus beau salaud, Jack se demanda lequel des deux l'emporterait.

— Monsieur Sung, dit-il, marché conclu.

L'interpellé effectua une courbette. Jack fit de même et empocha les billets.

— Ce fut un plaisir de traiter avec vous.

3

Lorsque Sung s'en alla avec son reçu, Jack avait encore une demi-heure à tuer. Il passa donc au sous-sol. Celui-ci avait quelque chose de bizarre. Il l'avait senti lorsqu'il faisait visiter la maison à Ramirez.

Il avait arpenté les planchers du premier et, maintenant, alors qu'il faisait de même là en bas, il put constater que l'espace y était plus réduit qu'à l'étage. Après quelques recherches plus approfondies, il découvrit une chambre secrète séparée du reste de la cave par un mur de brique. Bizarre.

Il se trouvait dans une demeure appartenant aux héritiers du Dr Gates… Une demeure qui portait un lourd secret. Tout comme celle dont Alicia allait hériter. Est-ce que toute les vieilles maisons avaient chacune leur secret ? Il en avait découvert un – et il semblait bien innocent.

Mais qu'en était-il de la demeure des Clayton ?

Il préféra ne pas y penser. Chaque chose en son temps. Il avait presque fini ce qu'il avait à faire ici. Ensuite, il pourrait à nouveau se consacrer à cette drôle d'histoire.

4

Ramirez revint avec cinq minutes d'avance. En constatant que Sung était parti, il parut soulagé. Il lui tendit une liasse de billets et, quelques minutes plus tard, s'en alla avec en poche son reçu officiel sur papier à en-tête de Hudak.

Après son départ, Jack éclata de rire et fit une petite

danse de victoire autour de la cheminée. Pouvait-on imaginer une meilleure entourloupe ? Non, certainement pas.

S'il regrettait une chose, c'était bien de ne pas pouvoir se cacher dans un trou de souris pour être là lorsque Ramirez et Sung arriveraient tous les deux dans les bureaux de l'agence Hudak pour demander un certain M. David Johns.

DIMANCHE

1

Au matin, Kemel s'empressa d'appeler chez lui. C'est son frère Jamal qui décrocha. À Riyad, on était au milieu de l'après-midi. Ses quatre autres fils, sa femme et sa fille se portaient bien, mais il ne leur parla pas. Par contre, pour Ghali, les nouvelles étaient plutôt mauvaises.

— Ils vont porter plainte, dit Jamal.

Kemel frappa la table du poing avec une telle force que le téléphone oscilla.

— Non ! Ils ne peuvent faire une chose pareille !

— Il a besoin de toi, mon frère. J'ai fait tout mon possible, mais tu as des relations beaucoup plus haut placées que moi.

Sauf que je ne peux les contacter, se dit Kemel.

Il avait passé une bonne partie de sa journée d'hier à appeler tous ceux qu'il connaissait et qui puissent avoir de l'influence au tribunal ou auprès de la famille royale. Mais personne n'entendait voler au secours de Ghali.

Si seulement j'étais sur place. Je pourrais les voir face à face, les forcer à m'écouter, à m'aider.

— Je reviendrai le plus vite possible.

— Quand ? demanda Jamal.

— Dès qu'il sera humainement possible.

— J'espère qu'il sera encore temps.

Kemel raccrocha et se laissa tomber sur le canapé. Ses prières de vendredi n'avaient servi à rien.

Soudain, alors qu'il se relevait, il réalisa que peut-être ses prières étaient bel et bien exaucées d'une façon détournée, durable, et non avec l'impact d'un miracle instantané.

Ce vendredi, alors qu'il priait dans la mosquée, il avait attendu d'apprendre que Mlle Clayton avait porté plainte contre son frère et Baker pour tentative de kidnapping. Mais elle n'avait rien fait de tel.

Et plus tard dans la journée, la firme d'avocats de l'Iswid Nahr lui avait appris que le nouvel avocat d'Alicia Clayton avait organisé une rencontre au sommet fixée lundi matin afin de « résoudre cette situation inextricable ».

Pas de procès et une tentative de conciliation. Il fallait certainement y voir un coup de pouce d'Allah.

Il ressentit un grand élan de ferveur. Kemel s'arracha au canapé et tomba à genoux pour dire une prière de gratitude.

Elle voulait négocier. Et Kemel ne demandait pas mieux. Il lui donnerait tout ce qu'elle voulait, du moment qu'il pouvait en finir avec cette Américaine irrationnelle. Une fois que la maison serait définitivement enregistrée au nom de Thomas Clayton, il pourrait protéger effectivement l'avenir du monde arabe.

Bien sûr, sa tâche ne serait pas terminée, loin de là, mais au moins il pourrait se rendre à Riyad pour sauver l'honneur de sa famille… Et la main droite de son fils.

2

Alicia passa une bonne partie de la matinée au chevet d'Hector. La bonne nouvelle, c'est qu'il n'avait pas eu d'autre crise : la mauvaise, c'est que son infection ne cessait de s'étendre. Son sang, son urine, sa poitrine, son œsophage étaient mis en culture.

Lorsqu'elle retourna au Centre avec son exemplaire du *Sunday Times* et une tasse de café, elle avait le moral à zéro, mais un coup de fil de Will la remonta quelque peu. Il avait déjà appelé hier pour prendre des nouvelles d'Hector et faisait de même aujourd'hui. C'était si agréable de discuter avec lui.

Il voulait qu'ils se voient ce soir même, mais elle avait rendez-vous avec Jack et son nouvel avocat, ce Sean O'Neill. Will insista en lui proposant de dîner ensemble lundi soir dans un restaurant arménien qu'il connaissait, du nom de Zov's, où on mangeait des côtelettes d'agneau délicieuses, et elle finit par céder.

Elle se sentait de mieux en mieux avec lui, mais n'aurait su dire s'il fallait s'en réjouir.

3

Jorge laissa trois messages ce matin-là, mais Jack ne lui répondit pas. Il tenait absolument à le remercier de lui avoir récupéré ses six mille dollars et voulait savoir pourquoi Jack n'avait pas prélevé son pourcentage. Jack lui avait déjà expliqué qu'il s'était servi sur les « intérêts » qu'il avait soutirés à Ramirez et n'avait pas envie de recommencer.

Par contre, il répondit au message de son père, qui l'appelait depuis la Floride, et ils eurent une fois de plus la même discussion – Papa insistant pour qu'il vienne le voir et profite des « possibilités incroyables » qui l'attendaient en Floride, Jack le contrant du mieux possible, pour finalement accepter de lui rendre visite « très bientôt ».

Ensuite, il prit le temps d'envoyer cinq cents dollars en liquide à Dolores, aux bons soins de l'agence

Hudak, avec une note non signée disant simplement : « Pour le dérangement. »

Puis il s'en alla chercher l'équipement que Milkdud lui avait recommandé. Ensuite, il comptait bien retrouver Gia pendant que Vicky était à son cours de dessin.

4

— Salut, m'man, fit Baker en entrant dans la chambre de sa mère.

— Ne t'approche pas de cette grille ! s'exclama la vieille dame en regardant derrière lui.

C'était une femme maigre, anguleuse, aux yeux bleus luisants. Les gens de la maison de retraite l'avaient installée sur un fauteuil et maintenue en place à l'aide d'un gilet en fil de nylon qu'ils appelaient un « posy ». Ses doigts osseux ne cessaient de tripoter le bord de la couverture enveloppant ses genoux.

— Je t'ai apporté des fleurs, m'man, dit-il en produisant la demi-douzaine de roses qu'il avait achetée en ville.

— Et appelle Janey au passage !

Baker soupira et s'assit sur le lit – avec moult précautions : après le coup dans les reins qu'il avait reçu vendredi soir, son dos pulsait toujours comme une immense dent cariée. Il dévissa le bouchon de la bouteille d'eau gazeuse qu'il avait apportée. Il l'avait en horreur, mais c'était toujours mieux que de l'eau plate.

Il but une gorgée et dévisagea la femme qui l'avait mis au monde. Elle aurait soixante-huit ans en février. Ce n'était pas si vieux, mais son esprit dérapait depuis dix ans. Maintenant, elle débloquait complètement. Il y avait deux ans de cela, il avait été obligé de la placer dans cette maison et, depuis, il se ruinait en frais médicaux.

Il avait entendu dire que l'Alzheimer pouvait être héréditaire, ce qui lui avait fichu une frousse de tous les diables. À chaque fois qu'il avait un trou de mémoire, il se disait : *Est-ce le début* ?

L'horreur. Il espérait avoir encore assez de jugeote pour bouffer le canon d'un Tec-9 avant de tomber aussi bas qu'elle.

— Janey, dernier avertissement ! cria-t-elle.

— Qui diable est Janey, M'ma ? demanda-t-il à voix basse.

— C'est sa dernière amie imaginaire, fit une voix derrière lui.

Oh, merde, pensa Baker. C'est Karen.

Il se tourna vers sa sœur aînée qui se tenait dans l'entrée. Et elle l'occupait presque entièrement. Bon sang, ces derniers temps, son éternelle hippie de sœur s'était vraiment laissée aller. Cela faisait déjà un certain temps qu'elle avait un double menton, mais elle était en bon chemin pour en usiner un troisième. Et si elle tenait absolument à se teindre les cheveux, elle pouvait au moins les entretenir. Des racines grises et des pointes rouges, cela faisait désordre, même pour une hippie vieillissante.

— Si tu venais un peu plus souvent, dit-elle, tu serais au courant.

— Lâche-moi, répondit-il. Je viens quand je le peux. Ce n'est pas toi qui crache un chèque à chaque fin de mois.

Ils étaient déjà passés par là maintes et maintes fois, et il en avait plus qu'assez. La maison de retraite était située à New Brunswick, New Jersey. Karen habitait la ville d'à côté. Baker devait se farcir le trajet depuis New York.

Elle désigna du doigt sa bouteille d'eau.

— Tu es au régime ?

Ben voyons. Comme si tu t'y connaissais en la matière.

— Non. J'ai soif, c'est tout.

Il n'avait pas l'intention de lui dire qu'il soignait un rein en piteux état. Il continuait de boire parce que, ainsi, il ne cessait d'aller aux gogues. Et à chaque fois qu'il pissait un coup, il voyait rouge – dans l'eau comme dans son esprit. Il n'avait pas consulté de médecin, mais présumait que tout ce qui pouvait évacuer le sang qui s'amassait dans son rein blessé ne pouvait pas faire de mal.

Karen se rapprocha et l'examina de plus près.

— Qu'est-ce qui t'est arrivé ? Ton nez…

Il était cassé – pour la cinquième fois. Mais c'était la bonne.

Il le devait à ce chauffeur de taxi ou quoi qu'il puisse être. Il ne l'avait pas raté.

Cela m'apprendra à me laisser surprendre, se dit-il. Cela ne se reproduira pas de sitôt. Mais il y aurait une prochaine fois, pas de doute.

Baker ferait tout pour ça.

C'est alors que son couteau à découper pourrait lui servir…

— Je me suis cogné contre une porte.

— Non, Sam. Tu t'es fait taper dessus. (Elle était soucieuse, mais ce n'était pas pour lui qu'elle s'inquiétait.) Et Kenny ? Comment va-t-il ?

— Il n'a rien.

En fait, Baker aurait bien voulu que ce soit Kenny qui se soit trouvé au volant, plutôt que Chuck. Kenny, lui, ne se serait pas laissé duper par ce fichu taxi.

— Cela vaut mieux. Je ne sais dans quels ennuis tu l'as fourré cette fois-ci, mais s'il lui arrive quoi que ce soit…

Je l'ai mis sur un coup en or massif, pensa Sam. Parce qu'il fait partie de la famille. Parce qu'il faut veiller sur les siens.

Idem pour les autres types de son équipe. Il avait travaillé avec eux à un moment ou un autre. Ils formaient une sorte de fraternité. Si un coup tel que celui-là leur tombait tout rôti dans le bec, *eux* ne manqueraient pas de l'appeler.

— C'est un grand garçon, Karen.

— Mais c'est toujours mon bébé ! fit-elle avec une grimace de mauvais aloi.

Oh, non, se dit Baker. Elle ne va pas encore me faire le coup des larmes !

— C'est mon bébé, et tu en as fait un monstre. Je ne sais même pas pourquoi il t'admire tant.

— Peut-être parce que je suis le seul homme dans sa vie qui ait été toujours là au lieu de disparaître au bout d'un an ou deux.

— Tu l'as poussé à s'engager dans les Marines !

— Je ne l'ai poussé à rien. Il ne voulait pas finir par ressembler à ces minables qui ne cessent de défiler chez toi. Il voulait avoir un minimum de stabilité. Les Marines en ont fait un homme.

— Tu parles d'un homme ! C'est un mercenaire, bon Dieu ! S'il lui arrive quoi que ce soit, Sam, je t'en tiendrai pour responsable !

— Ne t'en fais pas. Je prends bien soin de lui. C'est plus que tu n'en as jamais fait.

Elle eut un sanglot sonore et sortit précipitamment de la chambre.

Baker resta là, à dévisager sa mère. Vas-y, Karen. Tu peux prendre tes grands airs, mais ce coup me donnera de quoi prendre soin de M'man jusqu'à la fin de ses jours. Et même s'il devait m'arriver quelque chose, mon assurance-vie s'en chargera.

Quoi qu'il arrive, il faut veiller sur les siens. Toujours.

Il se leva et fit la grimace lorsqu'une pointe de douleur transperça son rein. Il but une autre gorgée d'eau gazeuse. Lorsqu'il serait enfin rentré chez lui, il passerait à la bière. Et s'il faisait vite, il pourrait choper la fin du match entre les Giants et les Cow-boys.

— Salut, M'man. À la prochaine.

Celle-ci regarda autour d'elle.

— Où est passée Janey ?

5

Comme Yoshio Takita n'arrivait pas à localiser Sam Baker, il se rabattit sur Thomas Clayton : c'est lui qu'il filerait toute cette journée. Alors qu'il se tenait en planque devant l'immeuble de Clayton, sur la Huitième Avenue, il liquida un paquet de beignets Krispy Kreme. Ils étaient tous délicieusement gras, mais ceux à la myrtille avec du sucre glace étaient les meilleurs.

Il s'apprêtait à laisser tomber pour aujourd'hui lorsqu'il remarqua Clayton qui sortait du bâtiment pour partir à pied vers l'est. Il n'avait pas l'air pressé.

Yoshio le suivit jusqu'à la Vingtième où il le vit entrer dans un club du nom de Prancers – « 24 heures sur 24 ! Nu intégral sur la scène ! »

Yoshio eut un soupir. Il commençait à connaître ses habitudes.

En parcourant du regard les fenêtres du premier étage, il remarqua une pancarte annonçant un dojo. Afin de tuer le temps, il alla y jeter un coup d'œil. Après avoir regardé ce professeur paresseux et grassouillet, Yoshio s'en alla, furieux. Si ce rigolo était un exemple de la façon dont on enseignait les arts martiaux aux États-Unis, eh bien…

Eh bien, ils avaient vraiment besoin d'un véritable expert. Par exemple…

Moi. Yoshio ne put s'empêcher de sourire. Mes élèves seraient les meilleurs du pays. Mon dojo ferait mordre la poussière à tous ses concurrents.

Et j'aurais tous ces plats délicieux à ma portée jusqu'à la fin de mes jours.

Voilà qui méritait réflexion…

6

— Tu vas vraiment descendre en Floride ? demanda Gia.

Allongé sur le canapé de son appartement, Jack était satisfait et délicieusement crevé. Gia et lui avaient fait l'amour langoureusement pendant une heure. Maintenant, elle se tenait blottie contre lui, la tête sur ses épaules, son souffle caressant sa poitrine.

— Pour lui faire plaisir.

— Peut-être aussi pour le faire taire ?

— Je l'espère.

— Je croyais que tu avais pris la résolution inébranlable de lui dire que tu n'irais jamais habiter en Floride, point barre ?

— J'ai essayé, mais je n'y suis pas arrivé. Ce pauvre bougre est tellement sincère ! Il tient absolument à ce que je réussisse.

— Il te prend vraiment pour un raté ?

— Pas vraiment, plutôt un type sans résolutions, sans amarres, sans but dans l'existence. Et en ce sens, il a lui-même l'impression d'avoir échoué dans son éducation. (Jack sentit disparaître sa satisfaction. Pourquoi Gia avait-elle abordé ce sujet douloureux ?) C'est pour ça que j'ai tant de mal. S'il avait été un mauvais père, je l'enverrais promener sans scrupules. Mais non : c'était une crème, il cherchait toujours à se rapprocher de ses enfants, et il n'arrive pas à comprendre comment son plus jeune fils est devenu ainsi. C'est pour ça qu'il ne cesse de faire des pieds et des mains dans l'espoir de tout arranger un jour.

— Il t'a bien laissé quelques amarres, dit Gia en le regardant de ses magnifiques yeux bleus. Tu as un système de valeurs, un sens moral. Cela doit bien venir de quelqu'un.

— Mais pas de lui. C'est un citoyen modèle, un

vétéran de la guerre de Corée qui paie ses impôts et va à l'église le dimanche. S'il connaissait la vérité, il en aurait une attaque.

— Tu en es sûr ?

— À cent pour cent.

— Ainsi, tu vas descendre en Floride ?

— Il semblerait.

— Pouvons-nous venir avec toi, Vicky et moi ? Au moins jusqu'à Orlando ?

— Hé, voilà une idée ! fit-il, soudain ragaillardi. (Il lui embrassa le front.) Nous ne sommes jamais allées à Disney World. Et j'aimerais bien visiter les studios Universal. Je voudrais voir *Terminator 3-D*.

Tout compte fait, le voyage ne s'annonçait pas si mal. Et ce n'était que pour une semaine.

— Adjugé, vendu !

Puis ce fut l'heure de se rhabiller et d'aller chercher Vicky.

Curieusement, le terme « 3-D » resta incrusté dans l'esprit de Jack et, ce soir-là, il emmena Gia et Vicky au dôme IMAX voir un film en trois dimensions.

Vicky adora le spectacle, mais Jack fut vaguement déçu. Avec toute cette technologie, ces lunettes, cet écran, ils pourraient faire mieux que des gros plans d'insectes ou de poissons. Pourquoi pas un *vrai* film de fiction, comme une maison hantée ? Voilà qui vaudrait le coup d'œil.

À peu de distance, ils trouvèrent un restaurant du nom de Picholine. Ils y dînèrent tout en préparant leur voyage en Floride. Vicky ne tenait pas en place et Jack se surprit à attendre avec impatience le moment du départ.

Y a-t-il meilleure façon de visiter Disney World qu'en compagnie d'un enfant ? pensa-t-il en buvant ses sourires et ses yeux brillants de joie.

Vicky ne cessa de parler de Mickey et Donald qu'à l'arrivée du plateau de desserts. Elle en prit deux.

7

Au bout de deux heures, Thomas Clayton émergea de la boîte de strip-tease et se dirigea droit vers son appartement.

Cela faisait partie de ses habitudes, comme Yoshio l'avait appris. C'était plutôt triste. Il ne le connaissait pas beaucoup, mais avait pitié de lui. Voilà un homme très, très solitaire.

Du coup, Yoshio ressentit lui-même un sentiment de solitude, ce qui lui arrivait très rarement. Soudain, il avait le mal du pays. Ce n'était pas sa famille qui lui manquait, car il n'en avait pas, ni Tokyo, car avec New York, il avait son content de grande ville. Non, il aurait bien voulu se retrouver dans un petit *ryokan* de Shikoku, dominant les paysages brumeux des criques.

Il réalisa qu'il avait perdu sa journée. Jusque-là, tous les principaux acteurs de ce drame suivaient les mêmes schémas de conduite, comme si, tous, attendaient quelque chose. Mais quoi ? Et quand cela se produirait-il ? Demain peut-être ?

En ce cas, Yoshio attendrait avec eux.

Son estomac était quelque peu barbouillé. Peut-être était-ce ce chich-kebhab graisseux à la viande d'agneau (prétendait le marchand) qu'il avait dévoré cet après-midi, en attendant Thomas Clayton. Il décida de prendre autre chose que de la nourriture américaine et s'arrêta dans un restaurant de la Cinquantième réputé pour son bar à sushi. Il y passa quelques heures, à boire de la Sapporo en pression, grignoter des sashimi et parler japonais.

Puis il retourna à son appartement et regarda Kemel Muhallal et son supérieur qui traînaient près de cette lampe dans la chambre d'amis en regardant leur mystérieux objet.

8

Jack déposa Gia et Vicky, puis s'empressa de filer chez Alicia à temps pour leur rendez-vous avec Sean O'Neill, son nouvel avocat.

À peine était-il entré qu'il lui tendit une enveloppe. Il apprécia de la voir écarquiller les yeux lorsqu'elle l'ouvrit pour en tirer les quinze billets de mille dollars que lui avait donnés M. Sung. Il lui dit que c'était une donation pour le Centre tout en lui assurant que l'argent ne venait pas de sa poche à lui. Il précisa que le généreux donateur était un agent immobilier qui désirait garder l'anonymat.

— Il voudrait que vous achetiez des trucs « pour amuser les gamins », précisa-t-il. Je vous laisse décider lesquels.

Puis, durant une heure, Jack, Alicia et Sean établirent leurs plans de bataille pour lundi matin. Vendredi, Sean avait appelé Gordon Haffner, de HRG, et avait pris rendez-vous pour neuf heures et demie avec leur nouveau client, Alicia Clayton. Il stipula sans la moindre ambiguïté que sa cliente ne voulait pas que son frère soit présent lors de l'entretien. Ils rencontreraient M. Haffner seul à seul, et lui-même se chargerait de faire un compte rendu de la réunion à Thomas Clayton.

Lorsque tout fut bien en place, Jack rentra chez lui, prêt à terminer ce week-end exceptionnel avec la suite de son festival Dwight Frye – *The Vampire Bat*, peut-être.

Puis il reçut un coup de fil de Milkdud, qui revenait d'une infiltration réussie dans le Hand Building. Jack s'en réjouit – mais sa gaieté tourna court lorsque Milkdud commença à lui expliquer ce qu'il devrait faire le lendemain…

LUNDI

1

— Tu es bien reposé ? demanda Milkdud alors que Jack et lui, en uniforme, descendaient la Quarante-cinquième Rue. Tu crois être à la hauteur ?

— Non.

Ils s'approchaient de l'entrée du Hand Building.

— Tu es absolument sûr qu'il n'y a pas d'autre moyen ?

— S'il y en a un, je ne le connais pas.

— C'est de la folie.

Milkdud éclata de rire.

— Ne t'en fais pas. Tout va très bien se passer.

Jack aurait bien aimé en être aussi sûr.

Ils passèrent les portes tournantes pour entrer dans le hall, qu'ils traversèrent d'un pas ferme et décontracté, comme s'ils avaient de bonnes raisons d'être là, et passèrent devant la réception, où deux types en uniforme buvaient du café tout en étudiant dans le journal les résultats des matches de football d'hier.

— Voilà qui donne envie de réévaluer les sports organisés, non ? fit Jack alors qu'ils s'approchaient des ascenseurs.

— Surtout les pronostics de foot. (Milkdud consulta sa montre.) Huit heures et quart. On change les équipes. C'est tout à notre faveur.

— Tout comme le fait que tu aies renoncé à ces

dreadlocks que tu portais la première fois que je t'ai rencontré.

Il eut un sourire.

— J'ai appris sur le tas que les dreadlocks et l'infiltration ne font pas bon ménage. Elles n'arrêtent pas de s'accrocher à droite et à gauche. De plus, dans ce métier, il vaut mieux passer inaperçu.

— Oui. Ce qui est assez difficile lorsqu'on dirait que tu t'es coiffé d'un poulpe particulièrement poilu.

Une cloche sonna à leur gauche et les portes de l'ascenseur du milieu s'ouvrirent. Jack fit un pas vers la cabine, mais Milkdud l'arrêta au passage.

— Nous prendrons celui de gauche.

— C'est pareil, non ?

— Non. Celui-là nous déposera plus près de notre destination.

— Alors ça me va.

Milkdud appuya sur un bouton au hasard pour faire repartir la cabine.

Trente secondes plus tard, les portes de celle de gauche s'ouvrirent à leur tour.

— Celui-là est pour nous, dit Milkdud.

Ils partaient vers la cabine lorsque Jack repéra une jeune femme rousse qui passait l'angle du couloir. Elle se dirigea droit vers eux.

— On se dépêche, Dud, chuchota-t-il, ou on va avoir de la compagnie.

Ils étaient arrivés tôt pour être sûr d'avoir une cabine à eux tout seul, mais cette rouquine risquait de bouleverser leur plan.

Ils entrèrent à la hâte et, le plus tôt possible, Milkdud appuya sur le bouton du septième, puis sur le bouton commandant la fermeture de la porte.

— Un instant, je vous prie, fit la jeune femme depuis l'autre côté.

— Désolé, répondit Milkdud alors que les portes se refermaient, mais cet ascenseur est en dérangement.

— Il s'en est fallu de peu, commenta Jack.

Alors que l'ascenseur escaladait les étages, il se sentait de plus en plus crispé. Il n'avait pas vraiment hâte d'être à pied d'œuvre.

Milkdud s'accroupit et ouvrit sa mallette. Il en tira un morceau de fil de fer tordu de la taille d'un cintre auquel était attaché un morceau de cordelette.

— Bien. Voilà ton crochet. Tu sais ce que tu dois en faire ?

— Oui, je crois.

Je l'espère.

— Comme nous l'avons répété hier soir. (Il tendit le crochet et la cordelette à Jack, puis referma sa mallette dans un claquement sec.) Et tu as de quoi te changer, ta torche électrique, ta lampe de mineur et ton téléphone ?

— Oui.

— Bien. Allons-y.

Jack avala sa salive.

— Quel étage ?

— Le septième. Un nouveau locataire fait rénover son appartement avant de s'installer. Les ouvriers n'arriveront probablement pas avant huit heures, ce qui…

— Probablement ?

Milkdud haussa les épaules.

— Je suis passé par là hier, et ils ne travaillent pas le dimanche. Que veux-tu que je te dise ?

— Bon, mettons qu'ils ne sont pas encore arrivés.

— Bien. Comme ça, tu ne seras pas trop pressé.

La cabine s'immobilisa. Milkdud leva le pouce.

— Eh bien, Jack le Hacker, à toi de jouer. Je vais redescendre – et ne te laisse pas distraire par les sonneries d'alarme.

C'est bien le cadet de mes soucis, se dit Jack.

Il passa les portes ouvertes, le crochet dans une main et sa mallette dans l'autre.

En effet, le septième étage était en construction : partout, on voyait des planches et des parpaings couverts d'une fine couche de poussière de bois et de plâtre.

Et en effet, les ouvriers n'étaient pas encore arrivés.

À peine les portes de l'ascenseur refermées, Jack laissa tomber sa mallette et entreprit de passer son crochet dans l'espace entre le chambranle de métal et le haut des portes. La nuit dernière, Milkdud et lui s'étaient entraînés sur l'ascenseur de l'immeuble de son complice. Mais là, l'espace était plus réduit.

Puis la sonnerie d'alarme se mit à vibrer : Milkdud venait d'appuyer sur le bouton d'arrêt d'urgence, immobilisant la cabine entre le sixième et le septième étage. Jack s'y attendait, et pourtant, il ne put s'empêcher de sursauter.

Il savait avoir tout son temps, et pourtant, la sonnerie était comme un aiguillon qui le forçait à la hâte. Finalement, le crochet passa par l'interstice et tomba de l'autre côté de la porte.

Et il continua en chute libre, entraînant la cordelette à sa suite.

Il avait oublié d'enrouler l'autre bout autour de son poignet.

— Merde !

Jack l'attrapa et réussit à arrêter la cordelette juste avant qu'elle ne disparaisse dans le puits de l'ascenseur.

Et cette satanée sonnerie continuait de lui vriller les tympans.

Il relâcha son souffle. Le pas suivant serait un peu plus ardu.

Jack remonta la cordelette jusqu'à ce qu'il entende le tintement du crochet contre l'autre côté du battant, puis le fit monter et descendre.

Enfin, le morceau de fil de fer accrocha quelque chose et, à ce moment précis, il entendit un nouveau son de cloche, un *ding* ! Il regarda autour de lui et vit que la flèche verte au-dessus de la cabine la plus à droite s'était mise à clignoter. Quelqu'un montait.

Jack tira sur la cordelette en priant pour que son

hameçon improvisé se soit bien accroché à la poignée de secours de la cabine.

C'était le cas. Les portes s'entrouvrirent sur quelques centimètres. C'était tout ce qu'il lui fallait. Il fourra son pied dans l'interstice, puis les écarta de ses mains nues.

La sonnerie était encore plus forte. Il regarda en bas.

À moins d'un mètre de là, il vit le toit de la cabine d'ascenseur immobile.

Maintenant, le plus dur restait à faire.

Jack eut une ultime hésitation – *C'est de la folie furieuse !* – et aurait bien aimé avoir un peu plus de temps devant lui pour tergiverser à loisir, mais les portes de l'autre ascenseur coulissaient déjà. Il bloqua les deux battants avec son pied, s'empara de sa mallette et se laissa glisser sur le toit de la cabine. Alors que les portes se refermaient derrière lui, il trouva l'interrupteur de la veilleuse et l'alluma, espérant que l'ampoule n'ait pas grillé.

— Ouais ! fit-il, triomphant, en voyant s'allumer le filament.

Il retira le crochet de la poignée de sécurité et ramena le reste de la cordelette. Il donna un coup de poing sur le toit pour indiquer à Milkdud qu'il pouvait continuer, puis s'accroupit.

Soudain, la sonnerie s'interrompit brutalement.

Pendant quelques secondes, un silence bienfaisant retomba sur le puits.

Puis la cabine eut un soubresaut et se mit à descendre.

— Oh, merde !

L'ascenseur était censé se diriger vers le bas, tel que prévu ; ce n'était donc pas un problème en soi. Milkdud avait appuyé sur le bouton de descente avant de s'arrêter entre deux étages, il était donc normal qu'il reprenne le même chemin. Mais une fois tout en bas, il repartirait vers le haut… *Tout* en haut cette fois-ci.

Le vrai problème, c'était que le petit déjeuner de

Jack semblait vouloir rester entre le sixième et le septième étage. Il serra les dents et força son Danish à la cerise et son café à rester en place. De sa main libre, il s'empara de la grosse barre de métal qui occupait toute la largeur de la cabine. Elle devait être résistante, puisqu'elle soutenait tous les câbles. À côté de lui, les roulettes de guidage couinaient doucement en glissant sur leurs rails.

La cabine prit de la vitesse.

— Oh, merde !

Il ne cessa de répéter ces deux mots telle une litanie scatologique jusqu'à ce qu'ils touchent le fond. Il ne voudrait jamais l'admettre, ni à Gia – comme s'il risquait de lui raconter cet épisode ! – ni à qui que ce soit d'autre, mais il avait peur. Et à ce moment précis, il était d'accord avec lui-même pour dire qu'il avait une frousse de tous les diables.

Ce n'était pas la hauteur qui le gênait, puisqu'il ne pouvait pas voir le fond ; et le fait de se retrouver coincé entre les parois d'un puits n'était somme toute pas si terrible, puisque, grâce à la veilleuse, il n'était pas dans le noir.

Non, c'était le ridicule de la situation qui l'affectait : il était là, en costard-cravate, accroché à sa mallette pendant qu'il prenait l'ascenseur – mais pas du bon côté… C'est vrai qu'il y avait toujours une première fois, mais Jack espérait bien que, dans ce cas précis, ce serait aussi la dernière.

En fait, il préférait avoir le contrôle de la situation dans laquelle il se trouvait. Et là, il ne contrôlait rien du tout.

Et il n'avait pas la moindre échappatoire.

De plus, il s'inquiétait de ce qui l'attendait à sa destination finale : le sommet du puits.

Finalement, il entendit un *ding !* étouffé, et la cabine s'arrêta. Les portes coulissèrent, puis la voix de Milkdud lui parvint alors qu'il expliquait à quelqu'un que tout était de sa faute, que la cabine était partie vers le haut alors qu'il voulait descendre, qu'il avait donc paniqué et appuyé sur le bouton d'arrêt par accident, et qu'il était désolé. Mais… il n'avait fait de mal à personne, non ? Pas de panique, il ne referait plus une telle erreur.

Jack en profita pour rempocher la cordelette et le crochet, puis dégrafa et reboutonna sa ceinture de pantalon pour y glisser la poignée de sa mallette. Il entendit le bruit des corps qui s'empilaient dans la cabine, les portes qui se refermaient, puis le tout s'élança vers le haut.

Si sa descente avait été dure à supporter, la remontée fut bien, bien plus pénible.

Oh, Milkdud avait fait de son mieux. Il avait même dessiné des diagrammes pour lui mesurer l'espace qui s'étendait autour et au-dessus de la poutre de support située tout en haut du puits, mais Jack ne pouvait s'empêcher de se voir écrasé contre le plafond comme une mouche contre une tapette.

En cours de route, il vit passer l'ascenseur du milieu en pleine descente, et il entrevit le contrepoids de sa propre cabine entre l'un des sept arrêts. Mais cela l'affecta moins que s'il s'était trouvé à l'intérieur de la cabine.

— Prends ton temps, chuchota-t-il. Tout le temps que tu veux.

Mais après le seizième étage – Jack vit le numéro inscrit sur la porte –, la cabine ralentit sans cesser de monter.

Alors qu'il continuait de monter vers le sommet du puits, Jack s'agenouilla et scruta les ténèbres qui régnaient au-dessus de lui dans l'espoir d'apercevoir quelque chose. Puis il remarqua la poutre centrale qui occupait le toit du puits, alignée avec celle qui parcourait le toit de la cabine. En se rapprochant, il vit que cette poutre était fixée à une roue centrale qui tournait à son rythme alors qu'elle attirait les autres câbles.

Puis la cabine s'arrêta pour de bon. Vingt-sixième étage. Terminus.

Jack relâcha le souffle qu'il avait retenu jusque-là. Milkdud n'avait pas noirci le tableau : la cabine s'était arrêtée à bonne distance du toit, et il restait encore cinq ou six mètres de puits jusqu'à la poutre de soutènement.

Jack savait que Dud continuait d'appuyer sur le bouton d'ouverture de la porte pour lui faire gagner du temps, mais il ne pourrait retenir éternellement la cabine. Jack regarda autour de lui et repéra une échelle métallique enchâssée dans le mur, à sa gauche. Celle-ci menait à une petite porte – conformément à la description qu'en avait faite Milkdud.

Il agrippa un échelon et se hissa vers la porte. Toujours d'après Dud, il n'y avait pas de système d'alarme et elle n'était pas verrouillée : il se contenta donc de pousser le battant.

Il referma la porte derrière lui et resta là, dans les ténèbres, appréciant le contact du sol. Il attendit que son cœur cesse de battre la chamade.

Vous parlez d'un tour de manège. Toute l'opération n'avait duré que quelques minutes, mais en temps subjectif, cela faisait deux ou trois éternités.

Mais il s'en était sorti. Le pire était passé. À partir de maintenant, il pourrait garder le contrôle de la situation.

Jusqu'à ce qu'il doive sortir de là…

Mais il s'en soucierait plus tard.

Il palpa le mur jusqu'à ce qu'il trouve l'interrupteur. Au-dessus de lui, une rangée de tubes au néon clignotèrent, puis s'allumèrent pour de bon.

Il se trouvait dans la zone de chauffage, de ventilation et d'air conditionné. Droit devant lui, il vit les filtres à air du système, chacun de la taille d'une camionnette. L'espace était sillonné de tubes de trois mètres de diamètre.

Jack s'avança vers le plus proche et dégrafa la mallette attachée à sa ceinture. Il l'ouvrit et en tira une combinaison d'une pièce – Dud pouvait mettre des panties s'il voulait, Jack préférait les combinaisons. Il retira son costard et sa cravate, puis enfila la combinaison et tira la fermeture Éclair jusqu'au cou. Enfin, il retira ses chaussures en cuir pour passer des baskets. Il glissa le petit téléphone extra-plat dans sa poche de poitrine, ajusta sa lampe de mineur autour de son front, glissa sa pile dans une autre poche. Enfin, il mit le casque du baladeur sur ses oreilles, puis l'alluma et le fourra dans sa poche gauche.

La voix douce de Milkdud s'éleva :

— *C'est bon, Jack. Si tu m'entends, c'est que tu ne t'es pas fracassé au bas du puits.* Il eut un petit rire.

— Ha, ha, ha, fit Jack.

— *Tu vas aller au gros retour qui alimente le filtre à air gauche et ouvrir la porte de service. Nous allons prendre le système de retour de l'air parce que celui-ci y est plus frais. Si tu le regardes de près, tu verras qu'il porte ma signature.*

Jack passa la porte et trouva le levier portant le petit point noir entouré d'un cercle du Dud. Il ouvrit la trappe et regarda à l'intérieur. Il y faisait très, très noir.

— *Pas très engageant, hein ? Mais ne t'inquiète pas. À droite de la porte, tu trouveras un interrupteur. Allume la lumière.*

Jack obéit ; une ampoule illumina l'intérieur de la conduite – un puits de métal galvanisé. À trois mètres à sa gauche, il faisait un coude vers la droite.

— *Ne reste pas là à bâiller aux corneilles, Jack. Rentre là-dedans, referme la porte derrière toi et file.*

Jack fit ce que lui disait la voix enregistrée et se glissa tout doucement vers le puits descendant. Juste en dessous du rebord, une échelle de métal descendait le long du tube et disparaissait dans les ténèbres en bordure du halo de l'ampoule.

— *Prends l'échelle et descends au vingt et unième étage. Si c'est un peu trop sombre pour toi, ne t'en fais pas : nous arrangerons ça en cours de route.*

— Puisque tu le dis, marmonna Jack.

Il se laissa glisser dans le conduit et entama sa descente. En approchant des ténèbres…

— *Les ingénieurs qui ont rénové ce système ont vraiment tout fait pour nous faciliter la tâche. Non seulement il n'y a pas de capteurs de mouvements ou de grille dans les conduits – ce qui, pourtant, est conseillé pour éviter les intrus dans notre style – mais de plus ils ont installé des lumières à chaque étage, comme dans le puits de l'ascenseur. Mais il faut les allumer. En passant devant chaque section, regarde à droite de l'échelle. Tu verras deux interrupteurs : l'un actionne l'ampoule qui se trouve au-dessus de toi et l'autre celle d'en bas.*

— Braves ingénieurs, dit Jack lorsqu'il actionna les interrupteurs qui fonctionnaient comme Milkdud l'avait dit.

— *Pense aux économies d'énergie, Jack. Lorsque tu quittes une section, n'oublie pas d'éteindre la lumière.*

— Chacun son truc, Dud. Tu fais comme tu veux, mais moi, j'aime voir par où je suis passé.

— *Éteins-moi jusqu'à ce que tu voies ma signature au vingt et unième.*

Jack trouva le minuscule bouton commandant le baladeur, l'éteignit et continua sa descente sans assistance auditive. Le seul bruit qui lui parvienne était celui de ses pas et de sa respiration. Un peu plus bas, il tomba sur un gros « 21 » inscrit au marqueur rouge de l'autre côté des barreaux. La signature de Dud trônait au-dessus du « 2 » comme un œil désincarné.

Jack ralluma le baladeur.

— *Très bien, Jack. Si tu es bien au vingt et unième, il est temps de quitter le puits vertical pour entrer dans les conduits latéraux en passant par l'ouverture sur ta gauche. Au fur et à mesure, ils deviendront de plus en plus petits et, malheureusement, il n'y a pas de lumières : il faudra que tu allumes ta lampe.*

Jack quitta donc l'échelle pour se glisser dans le

conduit. Celui-ci était moitié moins large que le puits vertical. Il régla sa lampe de mineur pour avoir un faisceau maximal et se mit à ramper.

— *À la première intersection, tu vas tourner à gauche. J'ai dépoussiéré le conduit et t'ai laissé une petite flèche pour t'indiquer la bonne direction. J'en ai mis à chaque intersection – les noires pour entrer, les rouges pour la sortie –, au cas où le baladeur tombe en carafe.*

— Voilà qui est réconfortant, se dit Jack, bien qu'il apprécie à sa juste valeur les attentions de Milkdud.

Il trouva les deux premières flèches, dominées par la fameuse signature, et vira de bord.

— *À partir de là, tout devrait aller comme sur des roulettes. Les flèches te guideront au retour qui dessert le bureau de Haffner. Si tu as besoin d'aide, tu as toujours le téléphone cellulaire. En fait, le truc, c'est de progresser en douceur, sans te presser. Si tu fais un geste brusque et te cognes aux parois, crois-moi, le bruit peut porter très loin. S'il n'y en a qu'un, la plupart des gens n'y prêtent aucune attention. Mais s'ils entendent une série de bruits qui semblent avancer sur leur toit, ils vont décrocher leur téléphone pour demander ce qui se passe. Donc, vas-y en douceur. Tu as tout ton temps. Bonne bourre, mec. Ici Milkdud, terminé.*

Il se prend pour Walter Cronkite ou quoi ? se demanda Jack en éteignant le baladeur avant de continuer son chemin.

En se glissant dans les conduits, suivant le faisceau de lumière chancelant devant lui, il finit par comprendre l'utilité de la combinaison. Celle-ci était dépourvue de boutons, ce qui lui permettait de se glisser sans heurts et en silence.

Comme l'avait dit Dud, les conduits ne cessaient de rétrécir. Mais Jack continua de suivre les flèches. Il devait l'admettre, il était complètement paumé. Il savait être au vingt et unième étage du Hand Building et que son corps était à l'horizontale, mais n'aurait pu en dire plus. Se dirigeait-il vers l'est ou l'ouest ? Il n'en avait pas la moindre idée.

Et dire que Dud avait infiltré ce bâtiment – il était passé par l'ascenseur et avait réussi à se repérer dans le labyrinthe des conduits – sans assistance ! C'était à peine croyable.

Comment pouvait-on faire cela pour le *plaisir* ? Cela le dépassait.

Puis il trouva une nouvelle flèche indiquant la droite et vit – littéralement – la lumière au bout du tunnel.

De minces bandes fluorescentes passaient par les interstices d'une grille située au bout d'un petit conduit. Jack entendit des voix qui s'élevaient de la pièce en contrebas, mais ne pouvait comprendre ce qui se disait. Et de toute façon, *entendre* la scène ne lui suffisait pas : il voulait aussi *voir* ce qui se passait, qui disait quoi.

Et il ne pouvait le faire de là où il se trouvait.

Il fallait qu'il se rapproche. Et, pour ça, devait passer dans ce dernier conduit. Ce tout, tout petit conduit.

Jack regarda cet étroit passage entre quatre étouffantes parois de métal. Juste assez long pour faire un parfait cercueil. Mais les cercueils devaient être plus spacieux. S'il restait coincé ?

Milkdud lui avait donné quelques conseils quant à la meilleure façon de se sortir des passages délicats. C'était le moment de les mettre en pratique.

Il éteignit sa lampe de mineur. Il tendit le bras droit, replia le gauche contre son flanc, puis se glissa en diagonale dans le conduit.

C'était serré, pas de doutes.

Maintenant, il comprenait pourquoi la claustrophobie était un sérieux handicap en matière d'infiltration.

Lentement, silencieusement, il crapahuta tant bien que mal jusqu'à ce qu'il puisse voir quatre-vingts pour cent du bureau.

Un homme replet, aux cheveux roux et portant une

chemise blanche – Gordon Haffner, espérait-il –, assis derrière un bureau, et qui parlait dans son téléphone. Jack l'entendait à la perfection. Sous ses yeux, deux autres hommes entrèrent dans la pièce. Il reconnut le premier, qu'il avait vu vendredi dans la camionnette : Thomas Clayton. L'autre était un inconnu à la peau sombre, aux cheveux et à la barbe très noirs, au regard intense, et qui parlait avec un accent qui venait d'un pays du Moyen-Orient.

Jack eut un sourire : il savait désormais qui était ce mystérieux personnage qui finançait Thomas Clayton – et faisait tuer tous ceux qui l'empêchaient de s'emparer de la demeure des Clayton. Excellent. Maintenant, s'ils voulaient bien avoir l'amabilité de dire pourquoi ils y tenaient tant, Jack pourrait fiche le camp d'ici.

Mais ils n'abordèrent pas ce sujet. Ils parlèrent surtout d'Alicia : ils espéraient bien qu'elle leur proposerait un prix définitif afin qu'ils puissent régler la question une bonne fois pour toutes – mais ils ne mentionnèrent pas leurs raisons.

Et qu'est-ce que Thomas fichait ici ? Sean avait bien spécifié à Haffner qu'Alicia ne voulait pas que son frère assiste à leur rencontre. Et pourtant, il était bien là, et l'heure tournait. Il serait bientôt neuf heures et demie. Si Alicia tombait sur son frère, elle risquait fort de péter les plombs. S'ils voulaient s'assurer de sa coopération, ils s'y prenaient plutôt mal. À quoi jouaient-ils ?

L'intercom de Haffner bourdonna et annonça « M. O'Neill et Mlle Clayton ». Haffner se leva, passa sa veste de costume et dit qu'il reviendrait dès qu'il en aurait fini avec elle.

Jack se redressa si brusquement qu'il faillit cogner de la tête le toit du conduit.

Qu'est-ce que…

Le rendez-vous était censé se passer dans le bureau de Haffner, de l'autre côté de la grille. Où diable allait-il ?

Quoique, ce n'était pas la rencontre en elle-même qui comptait : Alicia lui résumerait le plus important. Si Jack avait fait tout ce trajet, c'était pour voir ce qui se disait *ensuite*. S'il voulait surprendre quelques petits échanges concernant la demeure des Clayton, c'était l'occasion ou jamais.

Mais si la réunion se tenait ailleurs, peut-être que son autopsie se ferait dans d'autres lieux.

Il écouta un moment Thomas et son banquier étranger dans l'espoir de surprendre une information quelconque, mais apparemment, ils n'étaient pas vraiment amis comme cochons. Thomas se contenta de lire le journal pendant que l'autre homme, planté devant la fenêtre, regardait la rue en contrebas.

Jack retourna dans le grand conduit et examina les différentes possibilités qui s'offraient à lui.

2

— Que faisons-nous ? demanda Alicia alors que Gordon Haffner la faisait entrer dans une salle de conférences aux murs ornés de panneaux de bois.

— Nous tenons une conférence, répondit-il d'un air troublé en posant un classeur sur la table ovale. C'est bien ce que vous vouliez ? Que nous tenions une conférence ?

— Comme la dernière fois nous nous sommes vus dans votre bureau, je croyais…

— Cette salle est plus spacieuse.

Alicia se tourna vers Sean O'Neill, qui eut un haussement d'épaules à peine perceptible.

— Quelque chose vous dérange ? demanda Haffner.

Oui, mais Alicia n'aurait pas pu dire quoi. Ils avaient mis sur pied ce rendez-vous afin que Jack puisse identifier les personnes qui finançaient Thomas. Mais… et si, après leur conférence, ceux-ci se retrouvaient dans cette salle et pas dans le bureau de Haffner ? Jack se retrouverait face à une pièce vide.

Si elle demandait à ce qu'ils passent dans le bureau de Haffner, cela éveillerait-il ses soupçons ? Et à quoi bon si, plus tard, les autres se retrouvaient néanmoins dans cette salle ?

Il fallait le mettre au courant. Et elle ne voyait qu'un seul moyen d'y parvenir.

— Si quelque chose me dérange ? fit-elle en haussant le ton. Vous voulez savoir si quelque chose me *dérange* ? Je vais vous dire ce qui me *dérange* ! (Elle augmenta encore le volume et se mit à crier :) Votre client, mon demi-frère Thomas Clayton, c'est *ça* qui me dérange ! Vous ne savez pas quel genre d'ordure vous représentez ! Savez-vous ce qu'il m'a fait pas plus tard que jeudi soir ?

Elle vit O'Neill qui se tournait et lui décochait un sourire et un clin d'œil.

Mais alors qu'elle entamait le récit de son enlèvement, elle découvrit qu'elle n'avait plus besoin de hausser le ton ou de faire semblant d'être furieuse. Soudain, sa colère n'eut plus rien de simulé.

Gordon Haffner pâlit et Sean O'Neill en perdit son sourire.

Et Alicia s'entendit elle-même alors qu'elle hurlait… hurlait…

3

Alicia, vous êtes formidable.

Jack sourit en la regardant venir à bout de sa tirade. Il avait entendu ses cris alors qu'il réfléchissait dans le conduit d'aération. Il n'avait pas reconnu sa voix – un hurlement en vaut un autre – mais il l'avait suivie néanmoins. Après tout, dans un bureau d'avocat, personne n'est censé élever la voix, sinon un client qui vient de recevoir la facture.

Quelques circonvolutions, et il put la voir à travers les lattes d'une grille. Il arriva juste à la fin de son numéro de harpie.

Elle finit par manquer de souffle. Alors qu'elle reprenait son calme, Jack retourna dans le conduit principal et se positionna face au chemin par lequel il était venu. Il alluma sa lampe et affina le faisceau pour pouvoir consulter sa montre. Neuf heures et demie. Il serait dans la rue à onze heures – et, avec un peu de chance, avec quelques réponses à toutes ses questions.

Il n'avait plus qu'à attendre la fin de l'entretien, puis il verrait bien de quel côté ils se retrouveraient pour débattre de la proposition d'Alicia.

***

Jack n'eut pas longtemps à attendre et n'eut pas non plus à aller bien loin. Sean se chargea d'annoncer le prix que demandait Alicia, c'est-à-dire dix millions de dollars. Haffner prit un air choqué – il n'avait pas à se forcer – puis voulut marchander. Mais Alicia ne s'en laissa pas conter et, finalement, Haffner la remercia avant d'évacuer tout ce beau monde.

Jack leur laissa encore quelques minutes de battement et allait repartir vers le bureau de Haffner lorsque la porte de la salle s'ouvrit.

— Dix millions, fit Thomas, secouant la tête en ce qui aurait pu être de l'admiration. Bon sang, elle ne manque pas d'estomac. (Il jeta un coup d'œil à son compagnon.) Alors, Kemel, qu'en dites-vous ? Pensez-vous que les vôtres vont accepter ?

— Il me semble que nous n'avons pas vraiment le choix, répondit le dénommé Kemel.

Son accent venait bel et bien du Maghreb, mais avec une prononciation à l'anglaise. Il parlait très vite et mâchait ses mots.

— Vous voulez rire ? Vous avez entendu ce que dit Haffner ? Il n'aura aucun problème à contester le testament. Dix millions de dollars pour cette baraque ? C'est de la folie !

Jack en resta bouche bée, lui aussi. Il avait dit un prix sans réfléchir, sans jamais croire qu'ils le prendraient au sérieux.

— Mes gens veulent absolument en finir. Cela a assez duré. Après tout, qu'est-ce que dix millions par rapport au risque de la voir tomber dans de mauvaises mains ? Rien !

Dans de mauvaises mains ? se dit Jack tout en se frottant mentalement les siennes. Il avait trop chaud, il suait comme un porc et se sentait à l'étroit, mais tout d'un coup, cela n'avait pas la moindre importance. On en venait aux choses sérieuses. Parfait.

— Pour vous, peut-être. Mais pour quelqu'un d'autre, c'est tout de même une sacrée somme.

— Qu'est-ce que cela peut vous faire ? Ce n'est pas votre argent !

— Oui, mais Alicia va se retrouver millionnaire et moi, je n'aurai rien. Moins que rien, même, puisque j'ai démissionné de mon emploi pour vous aider.

— Votre compensation sera à la hauteur de votre sacrifice. Et n'oubliez pas que la maison vous reviendra – après tout, elle sera à votre nom.

— Oui… La maison, dit Thomas. Ou ce qui en reste. Je veux dire, nous avons tout mis sens dessus dessous – du moins autant que possible sans que cela ne se voie – et n'avons rien trouvé. Si nous allons un peu plus loin, nous finirons en taule pour vandalisme et violation de propriété.

— Mais cette maison n'est pas tout, renchérit Kemel. Ton père n'y a peut-être pas laissé des plans précis, mais certainement une idée de l'endroit où ils doivent se trouver.

— Voilà un préjugé qui peut vous coûter cher.

— Pourtant, c'est ce que le testament laisse entendre. On ne peut ignorer le message qu'a envoyé votre père à ce groupement écologiste – comment s'appelle-t-il ?

— Greenpeace.

— Oui. Greenpeace. Quel drôle de concept. Dans mon pays, il n'existe pas de tels groupes. Mais votre père a dit : « Cette maison contient tout ce que vous avez toujours voulu obtenir. Si vous la vendez, vous perdrez tout ce pour quoi vous avez travaillé. » Ce qui, en mon sens, prouve que cette maison contient forcément quelque chose.

— D'accord. Reste encore à le trouver.

— Ne craignez rien, nous y parviendrons. Dès que la maison sera à nous, nous la fouillerons de façon plus extensive, quitte à en abattre les murs. Et si nous ne le trouvons toujours pas, nous la démantèlerons brique par brique, poutre par poutre, jusqu'à ce que nous arrivions à nos fins.

— Et sinon ?

— Sinon, au moins, nous aurons empêché les autres de le trouver et de s'en servir.

— Oui, mais en ce cas, je n'aurai rien à y gagner.

— Eh bien, vous n'espérez pas nous voir vous accepter quelque chose qui n'est pas en votre possession, n'est-ce pas ?

Thomas haussa les épaules.

— Et maintenant, que faisons-nous ?

— Je vais contacter mes supérieurs pour qu'ils acceptent le prix demandé – et croyez-moi, cela ne sera qu'une formalité – puis M. Haffner se chargera des détails.

— Dix millions de dollars, fit Thomas en secouant la tête, tout comme au début de leur entretien. Eh bien, je devrais remercier le ciel que ma chère sœur ne sache pas ce qu'elle vend. Sinon, elle demanderait dix millions par brique !

— Oui, acquiesça Kemel, et ce serait quand même nous qui ferions une affaire.

Ils exagèrent, c'est sûr, se dit Jack. Et pourtant, il en doutait fort.

Alors qu'il restait là, à se demander ce qui pouvait bien avoir une telle valeur tout en étant assez petit pour pouvoir se cacher dans une maison, il remarqua que Thomas et Kemel se dirigeaient vers la porte.

Jack avait envie de chanter cette vieille chanson de Peggy Lee *Is that all there is ?*

Bon. Qu'avait-il tiré de son petit numéro d'espion ?

D'abord, il avait vu Kemel. C'était déjà ça. Et il avait appris que cette maison, ou plutôt ce qu'elle contenait, présentait une valeur incalculable pour quelques richissimes citoyens du Moyen-Orient. Et que Thomas et ses gens n'étaient pas seuls à s'y intéresser. Ils craignaient que la maison ne tombe « en de mauvaises mains ». Mais lesquelles ? Ce n'était certainement pas celles d'Alicia. Une autre puissance du Moyen-Orient ? Israël ? Ou quelqu'un d'autre encore ?

Mais il en attendait plus, surtout après avoir risqué sa peau dans un puits d'ascenseur, après avoir sué sang et eau dans des conduits poussiéreux et s'être inséré dans des espaces où il pouvait à peine respirer.

Pourquoi devaient-ils être si évasifs ? Qu'était donc cette mystérieuse chose ? Ne pouvaient-ils pas cracher le morceau une bonne fois pour toutes ? Il eut un sourire – pourtant, ils étaient entre eux, sans personne pour les écouter.

Peut-être que, puisque cette mystérieuse chose était si importante, ils évitaient instinctivement d'en parler autrement qu'à mots couverts ?

Alors que Jack s'essuyait le front pour empêcher que la sueur ne lui coule dans les yeux, sa manche s'accrocha à sa lampe de mineur. Il voulut la rattraper, mais elle glissa entre ses doigts et tomba sur le sol du conduit avec un « dong » sonore.

Jack se figea. Kemel s'arrêta sur le seuil et virevolta.

— Qu'est-ce que c'était ?

— Quoi ? demanda Thomas en passant la tête par la porte.

— Ce bruit.

Kemel retourna dans la salle de conférences et se dirigea droit sur Jack.

— Cela venait d'ici. De cette grille d'aération.

Jack attrapa la lampe et battit en retraite le plus loin possible sans quitter totalement le conduit. Comme il ne pouvait le faire en silence, il résolut de s'immobiliser et d'attendre.

Il retint son souffle en voyant un visage barbu entre les lamelles.

— Cela provenait d'ici, j'en suis sûr et certain.

— Et alors ? fit Thomas derrière lui. Sans doute une souris ou quelque chose comme ça.

— Ce n'était pas une souris. (Kemel tenta de passer ses doigts entre les lamelles, mais celles-ci étaient trop étroites.) Vite, donnez-moi de quoi retirer cette grille.

Jack se recula davantage. S'il réussissait bel et bien à la démonter, il devrait s'en aller pour de bon.

— Vous rigolez ! Que pensez-vous trouver ?

— Peut-être que quelqu'un nous écoute.

— De là-haut ? (Thomas éclata de rire.) Écoutez, Kemel, je ne sais pas où en sont les technologies relatives à l'espionnage en Arabie Saoudite, mais chez nous, si vous voulez épier quelqu'un, il est inutile de coller un nain dans un conduit d'aération. Il suffit de poser un micro.

Il a raison, Kemel, se dit Jack. Ne faites pas l'idiot. Écoutez votre collègue.

— Je sais ce que j'ai entendu, s'entêta Kemel. Donnez-moi un tournevis.

— Je croyais que vous autres, Musulmans, ne buviez jamais.

— Il n'y a pas de quoi rire ! Je veux jeter un coup d'œil dans ce conduit !

— C'est bon, c'est bon. Tenez, voilà mon coupe-ongles. En le retournant, vous pouvez vous en servir de tournevis.

Jack comprit qu'il était temps de faire son numéro de disparition. Il retourna dans le conduit principal et entama son voyage de retour.

Derrière lui, la voix de Kemel s'éleva :

— Là ! Vous avez entendu ? Il y a quelqu'un là-dedans, je vous dis ! Prévenez M. Haffner. Dites-lui d'alerter la sécurité. Quelqu'un nous espionnait !

Jack s'arrêta le temps de remettre en place sa lampe de mineur, puis reprit sa reptation. Il suivit les flèches rouges que Milkdud lui avait laissées et ne s'arrêta pas avant d'avoir atteint le puits vertical.

Trempé de sueur, il s'accrocha un instant à l'échelle, le temps de reprendre son souffle et de se rafraîchir. Il dégrafa la fermeture de sa combinaison pour laisser passer un peu d'air – ce satané truc devait être isolant.

Cela ne s'annonçait pas très bien. Il ne pouvait préjuger de l'importance de la sécurité de l'immeuble et ne savait pas s'ils allaient ou non prévenir la police, mais en tout cas sa petite infiltration pouvait bien se terminer au poste. Il ne risquait pas grand-chose – à part une violation de domicile, il ne voyait pas ce qu'ils pouvaient lui coller sur le dos.

Mais ce n'était pas ça l'important. C'est l'arrestation elle-même qui serait catastrophique. Cela signifiait qu'on prendrait sa photo, ses empreintes et qu'il devrait donner son adresse. Soudain, il deviendrait Jack le Citoyen. L'Officialitude aurait une preuve de son existence. Ils rempliraient les blancs sur leurs formulaires et, ensuite, iraient ouvrir ses portes et attaquer ses murs et finiraient par abattre les barrières qu'il avait mis une vie à ériger pour séparer son monde du leur.

Il fallait qu'il sorte d'ici. Et vite.

Il tira son téléphone portable et appela Milkdud en catastrophe.

— Ouais ? répondit-il à la seconde sonnerie.

— C'est moi, fit doucement Jack. Ils m'ont repéré. Quelle est la sortie la plus rapide ?

— La plus rapide ? Saute par une fenêtre.

— Ce n'est pas drôle, Dud.

— Désolé. La meilleure façon serait de passer la porte du système d'aération pour déboucher dans le bâtiment, puis de prendre les escaliers, tout bêtement. Mais cette porte est protégée par une alarme : si tu l'actives, ils sauront où tu es et auront une chance de te couper le chemin. Il vaut mieux refaire en sens inverse le chemin par lequel tu es entré. Tu retournes au point de départ, remets ton costard et attends près de la porte du puits d'ascenseur. En ce moment même, je viens à ta rencontre. Lorsque je pourrai me retrouver seul dans la cabine de gauche, je te passe un coup de fil. C'est bon ?

— C'est bon.

Jack coupa la communication et laissa le téléphone branché, mais il coupa la sonnerie pour enclencher le vibreur.

Il escalada l'échelle et quitta le conduit pour entrer dans le système d'aération. Enfin un peu de fraîcheur. Il retira ses baskets et sa combinaison poussiéreuse, les fourra dans la mallette, puis remit sa cravate et ses chaussures vernies.

Au moins, il n'eut pas à refaire son nœud de cravate.

Une fois déguisé en avocat, il agrafa la mallette à sa ceinture, éteignit la lumière, se dirigea vers la porte du puits d'ascenseur et attendit le coup de fil de Milkdud.

Mais deux hommes d'entretien le gagnèrent de vitesse.

Jack entendit leurs voix de l'autre côté de la porte du second système d'aération, celui qui menait aux couloirs et était protégé par une alarme. Il ouvrit la porte, s'engagea dans le puits et referma le panneau derrière lui.

— Je suis là, Dud, murmura-t-il. Et toi, où es-tu ?

Il regarda en contrebas. Pour l'instant, les trois cabines semblaient stationnées en bas – *très très* loin en bas. Jack posa son oreille contre la porte pour entendre ce que disaient les deux hommes.

— T'as déjà entendu une connerie pareille ? Quelqu'un dans les conduits ? Qu'est-ce que c'est que cette histoire ?

— Ouais. Quelqu'un a dû un peu trop se repoudrer le nez, si tu vois c'que j'veux dire.

— Ouaip. C'est la saison qui veut ça, y paraît. Mais bon, s'ils veulent qu'on aille y jeter un coup d'œil, allons-y.

Jack crut entendre des pas dans sa direction : il s'empressa de descendre l'échelle pour regagner l'endroit approximatif où il avait quitté le toit de la cabine.

En baissant les yeux, il vit cette même cabine qui s'arrêtait au vingt-sixième étage. Ce n'était certainement pas Milkdud : il n'avait pas eu le temps matériel de se l'approprier. Il regarda le toit, où il s'était tenu accroché à la barre transversale.

Au-dessus de lui, on tourna la poignée de la porte. Bon sang, entendaient-ils inspecter le puits de l'ascenseur ?

Regardez d'abord dans les conduits de ventilation, bande de crétins !

Ils verraient les lumières qu'il avait laissées allumées et en concluraient qu'il était toujours là-dedans.

Mais la porte s'ouvrait bel et bien. Il n'avait pas trop envie de refaire un tour de manège, mais il n'avait pas vraiment le choix.

Il se laissa glisser sur la barre transversale.

Lorsque la porte s'ouvrit pour de bon, Jack éteignit sa lampe juste à temps et s'accroupit derrière les câbles pour se dissimuler autant que possible. En levant les yeux, il vit une silhouette qui se découpait sur la lumière provenant du système d'aération et qui braquait une torche dans le puits.

Puis la cabine tressauta et se mit à descendre. Jack

ferma les yeux tout en s'accrochant. C'était encore pire dans le noir.

— J'espère que tu as mis des chaussures de course, Dud, grogna-t-il.

Il fit trois allers et retours et allait entamer le quatrième lorsque le téléphone se mit à vibrer contre sa jambe. Il s'en empara immédiatement.

— Dud ?

— J'ai la cabine de gauche pour moi tout seul et je viens te chercher, Jack.

— Je suis déjà là.

— Comment ça ?

— Là. Enfin… (Il tapota sur le toit.) Là !

— Parfait ! On fera peut-être quelque chose de toi.

— N'y compte pas trop. En attendant, sors-moi de là.

— D'accord, voilà ce qu'on va faire. Je m'arrête au sixième, puis la coince entre le sixième et le septième. Tu n'auras pas besoin de ton crochet, juste de tirer sur le levier de sécurité, et les portes extérieures s'ouvriront. Tu descends, tout simplement, et tu attends que je te rejoigne.

Jack suivit ses instructions à la lettre et, moins d'une minute plus tard, accompagné par le couinement énervant de la sonnerie d'alarme, il passait les portes du septième étage. Son contentement fut de courte durée : il vit deux charpentiers qui faisaient une pause-café.

— Hé, Mac, dit le plus costaud des deux, d'où sors-tu comme ça ?

— Ben, de l'ascenseur.

— Oh non. (Il fit un pas en avant et regarda successivement Jack et les portes de l'ascenseur.) J'étais là, à regarder ces portes, et je sais que tu n'es pas descendu de la cabine. Tu t'es téléporté ou quoi ?

Qu'est-ce que ça peut te foutre ? voulut répondre Jack. Mais il sourit et répondit d'un ton badin :

— Ne dites pas de bêtises. Cet ascenseur est bizarre. La lumière s'est éteinte et la cloche s'est mise à sonner, alors je suis descendu.

Un « ding » s'éleva derrière eux, les portes s'ouvrirent et Milkdud en descendit.

— Et lui, alors ? demanda Jack. Il vient de la quatrième dimension ?

— Non, répondit le charpentier, mais là, je peux voir la cabine de l'ascenseur.

— Eh bien, les lumières ont dû se rallumer. (Il se tourna vers Milkdud.) Les lumières se sont rallumées ?

Dud ne cilla même pas.

— Oui, juste après que tu sois descendu. Cet engin est détraqué. (Il appuya sur le bouton d'appel de descente.) Je préfère en prendre un autre pour descendre.

— Bonne idée.

La cabine centrale ne tarda pas, et ils y rentrèrent tous les deux.

— Ils m'ont vu sortir d'un puits vide, expliqua Jack une fois que les portes se furent refermées.

— C'est un risque à courir. (Dud lui tendit un mouchoir en papier.) Tiens, essuie-toi les mains. Tu es couvert de poussière.

— Qu'est-ce qui nous attend là en bas ? demanda Jack.

— Des gardes de sécurité qui lorgnent tous ceux qui sortent des ascenseurs en tentant de n'avoir l'air de rien. Mais ils cherchent un type tout crasseux, pas un cadre en costard-cravate. On ne risque rien.

En effet : ils passèrent devant les gardes sans être inquiétés et se retrouvèrent dans la Quarante-cinquième Rue.

— Merci, Dud, fit Jack en atteignant la Sixième Avenue. Je te dois une faveur. Si un jour, tu as besoin de…

— Laisse tomber, coupa Dud en souriant. Cela fait partie du code : on vient, on regarde, on tente, on transmet. Tout ce que je veux savoir, c'est si j'ai fait un nouveau converti.

— J'en doute.

— Vrai ? Tu veux dire qu'après ta première infiltration, tu n'es pas accro ?

— En toute honnêteté, non.

— Je n'y crois pas. Écoute, la semaine prochaine, je vais m'infiltrer dans les niveaux supérieurs du Chrysler Building. Ce coin *déborde* de secrets.

— Eh bien, si tu y trouves un œuf géant, tu m'appelles et j'accours ventre à terre.

Dud sourit et leva le pouce.

— Ouais, *Q*. Si je me fais choper, je dirai que c'est la faute à Larry Cohen[1] !

— Fais gaffe à toi, Dud.

Ils se serrèrent la main avant de partir chacun de leur côté, Milkdud allant reprendre sa place au Coconuts et Jack rentrant chez lui pour prendre une douche. Une *longue* douche.

Puis il passerait un coup de fil à Alicia. *On vient, on regarde, on tente, on transmet*, avait dit Dud. Il était venu, avait vu et allait tenter à nouveau, avec Alicia. Il allait s'infiltrer dans la maison de son père.

4

Kemel raccrocha, coupant la voix d'un Gordon Haffner incrédule. Celui-ci n'arrivait toujours pas à admettre qu'ils allaient bel et bien donner dix millions de dollars à Alicia Clayton en échange de la demeure de son père.

Et pourtant, c'était la stricte vérité. Lorsqu'il avait contacté Khalid Nazer, Kemel avait retenu son souffle, mais l'Iswid Nahr avait accepté de verser cette somme.

1. N'oublions pas que Jack et Milkdud sont d'éminents cinéphages… Ils font référence à *Q* ou *Q : The Winged Serpent*, de Larry Cohen avec Michael Moriarty et David Carradine (1982), sorti en français sous le titre *Épouvante sur New York*. Un reptile ailé géant, apparenté au dieu aztèque Quetzalcoatl, y nichait dans le Chrysler Building. Aussi diffusé en cassette sous le titre *Le Flic de New York*. *(N.d.T.)*

Kemel aurait dû se réjouir – voilà qui les rapprochait de la victoire finale et du moment où il pourrait enfin rentrer à Riyad pour voir son fils –, mais il avait encore quelques doutes.

Quelqu'un avait espionné leur conversation avec Thomas Clayton.

Oh, ils avaient bien prévenu la sécurité et la police, et des hommes de l'entretien avaient fouillé le système de ventilation, mais personne n'avait voulu le croire. Même après qu'on eut dévissé la grille et qu'il eut pu voir les traces que l'intrus avait laissées dans la poussière, les autres s'étaient contentés de hausser les épaules en disant qu'il s'agissait probablement d'un animal égaré dans les conduits. Personne ne voulait croire qu'ici même, à Manhattan, où n'importe qui pouvait acheter les systèmes d'espionnage les plus sophistiqués, un homme irait ramper dans des conduits pour écouter une conversation.

Kemel eut un soupir. Ils avaient peut-être raison. Après tout, c'était assez tiré par les cheveux.

Mais il était néanmoins sûr que quelqu'un s'était trouvé là. Lorsqu'il avait posé son visage contre cette grille en tentant de voir entre les lamelles, il avait senti une présence dans les ténèbres. Un être humain, qui le regardait.

Il tenta désespérément de se souvenir ce que Thomas Clayton et lui avaient bien pu se dire. De reconstruire leur conversation, mot par mot.

Rien, il en était sûr. Enfin, presque sûr.

Si leur espion avait pu en tirer au moins un élément, c'était que, pour ses acheteurs potentiels, la maison valait bien plus de dix millions de dollars. Si, soudain, Alicia Clayton demandait un prix plus élevé, ses soupçons se verraient confirmés.

Sinon… Si la transaction se réalisait pour de bon, peu importait si toute l'armée américaine était là, à les écouter.

5

Sur la Trente-huitième Rue, Jack trouva un recoin d'où il pouvait surveiller la maison des Clayton sans être vu. Il minuta les rondes des « agents de sécurité » et remarqua qu'ils fonctionnaient par paire ; ils quittaient leur voiture toutes les demi-heures pour faire le tour du périmètre. Ils ne portaient pas d'uniformes, juste des pantalons et des coupe-vent.

De temps en temps, l'un d'entre eux s'éloignait pour revenir muni d'un sac en papier – probablement du café et des beignets. Et parfois, l'un d'entre eux entrait par la grande porte pour revenir quelques minutes plus tard. Ils n'avaient pas besoin d'une pissotière, puisqu'ils avaient la clé de la maison.

Après avoir noté et vérifié les horaires des cerbères, Jack passa un coup de fil à Abe pour lui demander conseil.

— Donc, tu veux qu'ils soient hors service, mais sans les envoyer à l'hosto ?

— Exact. Une bonne sieste me suffira largement.

— En ce cas, il te faut du T-72. C'est incolore, inodore, sans effets secondaires durables et, cerise sur le gâteau, il est fabriqué aux USA pour l'armée.

— Ça m'a l'air d'aller, dit Jack, j'en prends.

— Et je t'en vendrais volontiers si j'en avais sous la main. Mais ce n'est pas le cas. Ce n'est pas un article de sport.

— Abe, tu me déçois !

— Alors je devrais stocker tout ce qui existe en ce bas-monde dans le cas où, un jour, tu puisses en avoir besoin ?

— Ben oui. Parce que tu es le meilleur.

— Feh ! Je devrais bien t'en trouver.

— D'ici à ce soir ?

— Qu'il est drôle ! Si tout va bien, j'en aurai peut-être une bonbonne à te donner demain après-midi.

— Cela me semble jouable.

Jack aurait bien voulu fouiller la maison ce soir même, mais nécessité fait loi.

— Cela te va ? Un tel acte peut être considéré comme un miracle.

— À demain, mon héros.

À peine eut-il raccroché que Jack composa le numéro d'Alicia.

6

— Dois-je en ouvrir une autre ? dit le serveur en présentant la bouteille de merlot vide.

Will regarda Alicia et haussa les sourcils.

— J'en reprendrai bien un peu, dit-elle. Il est délicieux.

Tout comme le reste du repas. Zov' était un petit coin, plus un bistro qu'un restaurant, assez bruyant sur Union Square, mais les côtes d'agneau qu'on leur avait servies avaient mariné dans quelque chose d'indescriptible et était certainement le meilleur plat de viande qu'elle ait jamais mangé.

Quant au vin… Elle pourrait bien se laisser aller à des excès.

Cet après-midi-là, le coup de fil de Jack l'avait dérangée. Elle avait été choquée d'apprendre que Thomas était financé par des banquiers arabes capables de lui donner les dix millions qu'elle demandait pour la maison ; puis, lorsqu'il lui avait dit qu'ils étaient convaincus que la maison contenait un secret beaucoup plus précieux, elle était restée bouche bée ; la façon dont Jack comptait s'introduire dans la maison pour l'explorer avait été le coup de grâce.

Et il ne parlait pas dans le vague : il voulait y aller demain. *Demain !*

Elle lui avait répondu : non. Non, non, non. Avant d'entreprendre une telle expédition, il lui fallait se préparer mentalement. S'il tenait à y aller demain, il le ferait seul.

Mais Jack avait insisté : elle avait passé son enfance dans cette maison, en connaissait les moindres recoins. Il fallait qu'elle vienne avec lui.

Après tout, ce n'était jamais qu'une vieille baraque. Elle avait fini par accepter.

Il passerait la prendre à sept heures du soir.

Alicia frissonna et leva les yeux de son assiette. Will et le serveur la regardaient… Ils l'attendaient.

— Oh, pardon, dit-elle.

Apparemment, elle avait loupé un épisode.

— Voulez-vous avoir l'honneur… dit Will en désignant la bouteille de vin que le serveur tenait entre ses mains.

— Non, dit-elle, si c'est le même qu'auparavant, tout ira bien.

Elle n'aimait pas tout ce cirque autour d'une bouteille. Elle n'était pas assez calée pour faire de subtiles différences. Le vin lui plaisait ou non, c'était tout.

— Alors, fit Will après que le serveur eut rempli leurs verres, qu'avez-vous prévu cette semaine ?

Aujourd'hui, j'ai été complice dans une violation de domicile et, pour demain soir, je vais commettre un cambriolage, pourquoi ?

— Oh, la routine. Lutter contre la maladie. Et vous ?

— Pareil : débusquer le crime et prendre le mal à sa racine.

Ils éclatèrent de rire. Peut-être était-ce l'effet du vin, mais elle appréciait les façons simples de Will et sa façon de ne pas se prendre au sérieux. Elle aimait son sourire légèrement torve et la façon dont il tenait son verre de vin par le rebord tout en le laissant pendre entre ses doigts, et la façon dont il la regardait droit dans les yeux pendant qu'elle lui parlait. Des petits détails qu'elle n'avait encore jamais remarqués.

Ils liquidèrent la seconde bouteille de merlot, si bien que lorsqu'ils quittèrent le restaurant, Alicia se sentait particulièrement bien. Lorsque Will la déposa devant chez elle, Alicia se surprit à lui demander s'il voulait monter prendre un dernier verre.

Elle ressentit une pointe d'alarme – *Pourquoi ai-je dit ça ?* – mais se força au calme. Tout irait bien. Ce soir, dans ce bistro, en compagnie de cet homme… Tout irait bien. C'était ce qu'elle voulait… Ce qu'il lui *fallait*.

— Vous voulez un café ? demanda-t-elle en accrochant son manteau dans le placard.

— Non, dit-il, celui que nous avons pris chez Zov' va probablement me garder éveillé la moitié de la nuit. Mais j'aimerais bien quelque chose d'autre.

Lorsque Alicia se tourna vers lui, il la prit dans ses bras – doucement – et la serra contre lui.

Elle refréna une pointe d'anxiété et répondit à son étreinte. Elle sentit son hésitation et comprit qu'à la moindre résistance de sa part, il n'insisterait pas. Mais elle n'avait pas l'intention de lui résister. Elle voulait sentir des bras autour d'elle, se sentir protégée, se détendre, se laisser aller et, pour une fois, rien qu'une fois, se dire qu'elle n'avait pas à rester seule tout le temps, à ne s'occuper que d'elle-même et devoir toujours tout arranger, tout faire. Sentir, rien qu'une fois, qu'elle pourrait partager cette charge. Rien qu'une fois…

Son angoisse augmenta lorsqu'il baissa la tête pour l'embrasser, mais elle ne se déroba pas.

Tout va bien… Tout ira bien…

Leurs lèvres s'effleurèrent ; les siennes étaient douces et chaudes, et le vin la réchauffait intérieurement, et en effet, tout irait bien…

Puis ses bras se refermèrent sur elle et, soudain, elle se sentit étouffer. Elle était prise au piège, il fallait qu'elle s'en aille, qu'elle se libère, qu'elle respire…

Elle arracha ses lèvres, leva les mains et le repoussa sans douceur.

— Laissez-moi !

Will obéit et fit un pas en arrière, abasourdi.

— Alicia… Qu'est-ce que…

— Allez-vous-en !

Il leva les mains et fit un autre pas en arrière.

— Je m'en vais ! Regardez !

Elle eut un accès de panique – brute, informe, suffocante, irrationnelle – qui lui coupa le souffle, elle voulut s'enfuir, mais non, c'était chez elle, c'est donc lui qui devait partir. Une voix lui criait, *non, laisse-le !*, mais une autre voix, plus sonore, plus impérieuse, avait pris le contrôle de la situation.

Elle fit un effort de volonté, mais les mots semblaient coincés dans sa gorge.

— Je suis désolée, Will, dit-elle. Je ne peux pas… Je ne peux pas faire ça maintenant. D'accord ?

Il avait l'air si décontenancé !

— D'accord. Oui, bien sûr. Je croyais… ai-je fait quelque chose de mal ?

— Non… oui… (Arrête de dire n'importe quoi !) Je ne peux pas l'expliquer maintenant. (Ni maintenant, ni plus tard.) Si vous voulez bien, pouvons-nous en rester là ? S'il vous plaît ?

Elle était si gênée qu'elle en était au bord des larmes.

— Oui. D'accord. (Il tendit la main pour lui toucher le bras, mais la retira.) Je vous appellerai, fit-il en reculant dans le vestibule. Pour voir si ça va.

— Je suis désolée, acquiesça-t-elle. Vraiment désolée.

Puis elle referma la porte. Finalement, la panique reflua. Elle s'adossa à la porte et se mit à pleurer.

Je suis à bout, se dit-elle.

Ce matin, dans la salle de conférences de Haffner, elle avait bien failli perdre les pédales. Et maintenant, elle l'avait fait avec Will.

Elle n'avait jamais été très douée avec les hommes, mais là, c'était le bouquet.

Qu'est-ce qui m'arrive ?

Il devait forcément y avoir un rapport avec la maison. Depuis que cet homme et cette fichue demeure avaient fait irruption dans sa vie, tout allait de travers. Elle avait voulu la brûler, et demain, elle serait obligée d'y retourner…

C'était bien ça le problème. Elle ne voulait pas y retourner.

C'était cette maison le problème. Il fallait qu'elle s'en débarrasse, qu'elle en fasse la conquête, car ce faisant, c'est *lui* qu'elle conquerrait. Puis elle serait libérée de l'un comme de l'autre.

Mais… était-ce possible ? Réussirait-elle un jour à se libérer ?

MARDI

1

— Tout ira bien, lui dit Jack alors qu'ils arpentaient la Vingt-troisième Rue dans sa Chevy blanche de location.

Il lui jeta un coup d'œil. Alicia était assise, silencieuse et très raide, sur le siège d'à côté.

— Ne vous inquiétez pas. Nous ne nous ferons pas pincer.

— Qu'est-ce qui vous fait croire que c'est ce qui m'inquiète ? demanda-t-elle.

— Parce qu'on dirait que vous allez sauter par la vitre.

Depuis qu'il l'avait ramassée, elle était tendue comme une corde de violon.

Elle a peur de cette maison, se dit-il. Cette maison vide.

Alors qu'il atteignait Broadway, le feu passa à l'orange. Parfait : c'était l'occasion qu'il attendait. Au lieu d'accélérer, il attendit que le feu passe au rouge, puis mit pied au plancher et vira brutalement vers le centre-ville.

— C'est peut-être votre façon de conduire qui m'inquiète, dit Alicia, puis elle eut une pauvre esquisse de sourire comme pour lui montrer qu'elle plaisantait. Peut-être. Et si nous nous rendons sur la Trente-huitième, nous allons dans la mauvaise direction.

— Je sais.

Il s'arrêta et regarda dans le rétroviseur.

— Et pourquoi n'avons-nous pas pris un taxi, tout simplement ?

— Parce que je voulais m'assurer que personne ne nous suivrait.

Il examina la rue derrière lui en attendant de voir si quelqu'un grillait le feu pour les suivre. Depuis qu'ils étaient partis de chez Alicia, il avait la vague impression d'être surveillé, instinct qui, en général, le trompait très rarement. Ou peut-être que quelqu'un filait Alicia ?

Mais personne ne grilla le feu.

— Eh bien ? demanda Alicia. Nous sommes suivis ?

— Pas à ma connaissance. (Ou sinon, c'est qu'ils sont sacrément bons.) Pour en revenir à la voiture, nous ne savons pas ce que nous allons trouver dans cette maison. Peut-être que ce sera quelque chose qu'on ne peut véhiculer en taxi. De plus, j'avais besoin de place pour mettre mes accessoires.

— Des accessoires ? Pourquoi faire ?

— Chaque chose en son temps, ma chère. Chaque chose en son temps.

Il vira plusieurs fois sur la gauche jusqu'à ce qu'ils rejoignent la Troisième Avenue, qu'il emprunta en direction de Murray Hill. Une fois arrivés, il repéra la maison et la voiture de ses anges gardiens.

— Nous ne pourrons jamais passer, dit Alicia.

Jack eut l'impression très nette qu'elle ne *voulait pas* passer.

Il regarda le pot d'échappement de la voiture et constata que des volutes de fumée s'en échappaient. Rien d'étonnant à cela : la température avoisinait le zéro, et ils devaient avoir mis le chauffage.

Il eut un sourire. Parfait.

— Ça, je m'en occupe, dit-il.

Il trouva une place, si près d'une borne à incendie qu'elle était à peine autorisée.

— Vous ne comptez pas vous battre ? demanda Alicia.

— C'est précisément ce que je voudrais éviter. Et avec un peu d'aide, cela ne sera pas nécessaire.

Il descendit de voiturc et regarda aux alentours le mélange d'immeubles de bureaux et de vieilles demeures qui bordaient la rue. Par cette nuit glaciale, personne ne s'aventurait dehors. Il tira un vieux blouson informe qu'il avait posé sur le siège arrière, puis de gros gants de cuir. Enfin, il prit un bonnet de laine qu'il enfonça sur ses oreilles, jusqu'aux sourcils. La touche finale fut apportée par un seau rempli d'eau savonneuse et quelques petits accessoires.

Alicia le regardait par la portière ouverte.

— Qu'est-ce que…

— Contemplez la terreur des rues : en le voyant, même le policier le plus endurci y regardera à deux fois. Voici… L'homme-éponge !

— J'y crois pas.

— Attendez cinq minutes, puis faites le tour du bloc et attendez-moi devant la maison.

— Mais qu'est-ce…

— Je vous y attendrai. À tout de suite.

Il referma la portière et partit vers la Trente-huitième. Il s'arrêta par deux fois pour examiner les passants et la rue, mais apparemment, personne ne le filait.

Alors pourquoi avait-il toujours cette impression d'être épié ?

2

Il s'en était fallu de peu, se dit Yoshio en tournant sur la Trente-neuvième Rue.

Un instant, il avait vraiment cru que le *ronin* au service d'Alicia Clayton l'avait repéré, mais il avait réussi à passer sans éveiller ses soupçons. Cet homme semblait bénéficier d'un sixième sens, équivalent à celui qui permettait à Yoshio de le suivre sans se faire voir. Il faudrait qu'il se montre très, très prudent.

Il avait choisi de filer Alicia Clayton durant la soirée, puis de revenir à Kemel. En voyant arriver son *ronin*, Yoshio s'était réjoui : cet homme ne cessait d'apparaître à l'improviste. Hier, Yoshio avait suivi Kemel et Thomas Clayton jusqu'au bureau de leur avocat ; alors qu'il attendait dehors en regrettant de ne pas avoir planté de micro dans la pièce, il avait vu sortir le *ronin* du bâtiment en compagnie d'un grand homme noir, tous deux en costume. Cela ne pouvait être une coïncidence.

Donc ce soir, alors qu'ils s'éloignaient dans une voiture de location, Yoshio les avait suivis. En cours de route, le *ronin* avait fait un virage abrupt sur la Vingt-troisième et avait réussi à le semer. Yoshio était resté coincé derrière deux autres véhicules. Mais il s'était douté de leur destination finale : il était donc allé tout droit à la demeure des Clayton. Il avait pris tout son temps, grignotant au passage un sachet de chez Kentucky Fried Chicken, et avait été agréablement surpris en retrouvant leur voiture sur la Troisième Avenue.

Et maintenant, le *ronin* était habillé en clochard et portait un seau, et il marchait vers la maison des Clayton.

Bizarre. Très bizarre.

Yoshio se demanda ce qu'il mijotait. Autant le suivre à pied et voir par lui-même. Il s'ennuyait tellement ces derniers temps, alors que les événements semblaient stagner, mais depuis l'arrivée de cet homme, ils avaient à nouveau pris une tournure intéressante. Et Yoshio avait l'intuition que, ce soir, il allait se produire quelque chose de *très* intéressant.

Mais même s'il ne se passait pas grand-chose, c'était toujours mieux que d'attendre devant l'appartement de Kemel.

3

Lorsque Jack atteignit le coin de la rue, il délaça ses baskets et les laissa bâiller. Il boutonna son manteau de guingois, puis partit sur le trottoir flanquant la voiture des anges gardiens.

À mi-chemin, il partit au beau milieu de la rue d'un pas incertain pour se diriger droit vers la voiture. Il ne voulait pas les prendre par surprise en surgissant de nulle part – quelqu'un pouvait faire une bêtise.

Jack s'arrêta à trois mètres du pare-chocs et tendit le doigt en souriant comme un idiot. Il tira son éponge du seau et la brandit bien haut, tout en approchant de la voiture.

L'homme-éponge avait repéré un client.

De l'autre côté du pare-brise, il pouvait voir deux gros pleins de soupe qui lui faisaient de grands signes, mais l'homme-éponge ne se laissait jamais décourager. Les chauffeurs ne semblaient jamais apprécier l'apport en efficacité et en sécurité dont ils bénéficieraient après que leur pare-brise eut été aspergé d'eau savonneuse, puis essuyé.

La vitre du côté conducteur s'abaissa et une tête apparut. Vu le peu de lumière, Jack ne put distinguer ses traits avec précision, mais ils suggéraient une inversion de l'évolution des espèces.

— Casse-toi, Ducon, fit la tête.

Jack se pencha et s'empressa de savonner le pare-brise.

La portière s'entrouvrit.

— Merde, t'es sourd ou quoi ?

— J't'ai entendu, m'sieur, fit Jack pour entamer son monologue, mais ce soir, l'homme-éponge vous propose une offre spéciale « L'essayer, c'est l'adopter ». Voilà comment ça marche : je vous lave votre vitre et lorsque j'aurai terminé, si votre pare-brise n'est pas propre comme au premier jour, vous n'êtes pas obligés de me payer. C'est imbattable, non ? Je suis là dehors, dans le froid, à faire tout le boulot, pendant que vous êtes bien au chaud. Dites-moi, vous avez déjà trouvé mieux ? Dites-moi.

Le gros plein de soupe hésita alors que ses neurones tournaient à pleins tubes pour étudier l'offre de l'homme-éponge. Puis le type assis côté passager dit quelque chose, et la portière se referma.

Jack eut un sourire. Il espérait qu'ils rechignent à faire une scène de peur que quelqu'un n'appelle la police. Mais si les choses dégénéraient vraiment, il disposait d'un 9 mm Tokarev dans le holster passé à son épaule.

— Parfait, dit-il. Adossez-vous à votre siège, détendez-vous, et vous verrez comme le monde sera beau lorsque j'en aurai fini avec votre pare-brise.

La fenêtre se releva. Jack ajouta du savon sur la vitre. Lorsque celle-ci fut assez opaque à son goût, il tira un petit flacon de T-72 du seau, versa son contenu dans l'arrivée d'air, juste en dessous des essuie-glaces.

Puis il entreprit d'essuyer la vitre. Il prit tout son temps, faisant des gestes amples et lents, tapotant les coins, jouant son rôle jusqu'au bout. Et d'ailleurs, il se trouva extrêmement convaincant.

Lorsqu'il eut terminé, il alla se tenir devant la vitre du conducteur, sourit et tendit la main.

Le chauffeur lui rendit son sourire – et leva la main, majeur dressé.

Jack prit un air blessé et joignit les mains, comme s'il priait.

Le chauffeur sourit de plus belle en levant son second majeur.

— Tu peux sourire, fit doucement Jack.

Puis le passager s'affala contre le dos du chauffeur. Celui-ci se tourna d'un bond, redressa et secoua son collègue, mais il était aussi mou qu'une nouille trop cuite. Puis le chauffeur se tourna à nouveau vers la vitre. Il ne manquait plus qu'une ampoule qui s'allumerait au-dessus de sa tête.

— C'est bien ça, mon gros. Tu es mal barré.

Le chauffeur se rua sur la poignée pour ouvrir sa portière, mais Jack la referma et la maintint en place. L'homme força et aurait pu réussir – il était bien plus baraqué que Jack – si le T-72 n'avait pas fait son effet. Il donna quelques faibles coups d'épaule contre la portière, puis piqua du nez contre le volant et alla rejoindre son collègue au pays des rêves.

Jack attendit pour s'assurer qu'il était K.O. pour le compte, puis ouvrit la portière et lui fit rapidement les poches. Il trouva deux jeux de clés et les prit tous les deux. Enfin, il referma la portière et laissa tourner le moteur.

Il jeta un coup d'œil autour de lui – personne en vue. Parfait.

Après avoir empoché le flacon de T-72, il posa son seau sur le trottoir et attendit Alicia.

4

Alicia se força à avancer, posant un pied devant l'autre alors qu'elle se dirigeait vers la maison.

Elle tentait de penser à n'importe quoi, sauf à sa destination. Elle se tourna vers Hector, qui était toujours à l'hôpital. Le petit gars était sur la pente descendante. Ses globules blancs, défense principale du corps contre les infections, disparaissaient peu à peu de sa formule sanguine. Ce matin, il en était à 3 200, et d'ici à l'après-midi, le total était descendu à 2 600. L'infection s'emparait peu à peu de lui, dépassant les capacités de sa moelle épinière, productrice des globules blancs.

Et elle ne pouvait plus rien faire pour lui.

Ce qui permit à ses pensées de revenir vers la maison.

La maison…

Pourquoi en fais-je un tel foin ? se demanda-t-elle.

Ce n'est qu'une vieille baraque, un amas de briques et de planches. Elle ne peut rien me faire.

Mais la raison ne pouvait rien pour elle. Plus elle se rapprochait de la demeure, plus son cœur s'affolait. Elle ne voulait même pas la regarder. Elle gardait les yeux braqués sur la silhouette qui l'attendait, adossée à la voiture des agents de sécurité.

Elle voulut penser à autre chose, se concentrer sur les événements de la journée, mais tout ce qu'elle put conjurer fut la série de messages que Will lui avait laissés pour lui demander si tout allait bien. Mais elle était trop gênée pour le rappeler.

La douleur et l'incompréhension dont témoignait sa voix enregistrée résonnaient encore dans son esprit, lui donnant envie de se terrer dans un trou de souris pour cacher sa honte. Comment pourrait-elle jamais lui expliquer sa conduite d'hier soir ? Tout était de sa faute à elle. Elle n'aurait pas dû le laisser s'approcher d'elle. Quand pourrait-elle enfin accepter la vérité ? Elle était incapable d'avoir une relation normale, franche, avec un homme. Si elle disait toute la vérité, n'importe qui s'enfuirait en courant. Et d'ailleurs, Alicia n'était pas sûre de vouloir fréquenter un homme qui puisse accepter cette même vérité.

Il était plus simple, plus *facile* de se résigner à la solitude. Ainsi, elle s'évitait bien des souffrances inutiles – pour elle comme pour les autres.

Elle se rapprochait sans quitter Jack des yeux. Celuici sifflotait un air qu'elle reconnut : le thème du *Pont de la rivière Kwaï*.

— Vous êtes prête ? demanda-t-il lorsqu'elle parvint à sa hauteur.

Elle se pencha pour regarder à l'intérieur de la voiture et eut un mouvement de recul en voyant les deux silhouettes affalées sur leurs sièges.

— Ils ne sont pas… Vous n'avez pas… Ils sont… ?

— Morts ? (Il eut un sourire.) Non. Ils font la sieste.

(Il regarda autour de lui.) Bon, allons-y. Je ne sais pas combien de temps ils vont roupiller.

Voilà. C'était le moment qu'elle redoutait. Alicia resta figée sur place. Elle était incapable de bouger.

— Alicia ? demanda-t-il. Ça va ?

Mais il *fallait* qu'elle réagisse. Elle n'allait tout de même pas se laisser abattre.

Ce n'est qu'une vieille baraque... des briques et des planches...

Et elle allait la conquérir.

Elle inspira profondément et se retourna pour lui faire face.

La grille de fer forgé, le petit jardin, la tonnelle qui menait à l'arrière... Elle n'avait pas changé. Mais la façade avait été altérée, si bien qu'elle ressemblait à une maison différente... Celle de quelqu'un d'autre.

Et avec ses fenêtres scellées, elle était comme *aveuglée*. Elle ne pouvait pas la voir.

Ce n'est pas si terrible, se dit-elle. Je peux le supporter.

— Ça ira, dit-elle. Allons-y.

— Passons par la porte de derrière, dit Jack en la menant vers la tonnelle. J'ai un gros trousseau de clés et je ne veux pas devoir les essayer toutes pour ouvrir la grande porte. Quelqu'un pourrait nous voir.

Elle le suivit dans la nuit et lui tint sa lampe-torche pendant qu'il essayait plusieurs clés. La cinquième fut la bonne. Le claquement métallique du verrou la fit sursauter.

Alicia se mit à trembler violemment. Un spasme qui naquit au creux de son estomac et gagna ses membres, telle une onde de choc. Elle eut envie de tourner les talons et courir dans la rue.

Non ! se dit-elle. Tu ne t'enfuiras pas ! Je te *l'interdis* !

Des briques et des planches... Des briques et des planches...

Jack tira une torche plus grosse et franchit le seuil. Baignée d'une sueur de glace, Alicia serra les dents et lui emboîta le pas. Lorsque la porte se referma derrière eux, elle eut un moment de panique où elle se sentit prête à griffer, mordre et se débattre jusqu'à ce qu'on la laisse sortir de là – mais elle réussit à se maîtriser.

Puis le faisceau de la torche éclaira un interrupteur, qu'il actionna. Un flot de lumière inonda la pièce.

— Eh bien, quelle charmante attention ! dit Jack. Ils ont laissé l'électricité.

Alicia cligna des yeux, éblouie. Lorsque ses yeux s'accommodèrent à la lumière, elle put voir le carnage.

— Oh, mon Dieu. Regardez ce qu'ils ont fait !

Lorsqu'elle vivait dans cette maison, la porte de derrière s'ouvrait sur une petite buanderie où l'on avait installé la machine à laver et le séchoir, et un garde-manger. La machine à laver et le séchoir étaient toujours là, mais en morceaux – on les avait entièrement démontés et leurs composants gisaient empilés sur le sol. On avait aussi démonté les étagères du garde-manger, et leur contenu se mêlait aux pièces mécaniques.

— Hé bé ! fit Jack. Voilà ce que j'appelle mettre une pièce sens dessus dessous. Et ils ont pris tout leur temps. Comme l'électricité n'était pas coupée, ils ne manquaient pas de lumière. Et avec les fenêtres scellées, personne ne risquait de les surprendre.

Il enjamba les débris et se dirigea vers la pièce adjacente.

— Voyons la suite.

— Ce devrait être la cuisine, dit Alicia alors que Jack allumait la lumière.

C'était bien ça… Si l'on peut dire.

Elle avait été mise « sens dessus dessous » – selon l'expression de Jack – de façon aussi méticuleuse que le vestibule. Non seulement on avait vidé les étagères, mais on les avait arrachées des murs et démantibulées.

Le lave-vaisselle avait subi le même sort que les autres appareils ménagers. On avait aussi retiré l'évier, ne laissant que ses tuyaux, telles des carotides de cuivre. Une fois de plus, toutes les pièces avaient été empilées au centre de la salle.

Choquée, Alicia suivit Jack d'un pas mal assuré. Celui-ci continuait sa visite, sautant par-dessus les débris pour rejoindre la salle à manger. Elle avait eu droit au même traitement, sauf qu'en sus on avait déchiré les tapis et empilé les morceaux au centre du plancher, avec ce qui restait des meubles et des porcelaines.

D'une certaine façon, elle était contente. Toute cette destruction lui facilitait la tâche. La maison en devenait… quelque chose d'autre, bien différente de l'endroit dont elle se souvenait. Et pourtant, la quantité de dégâts restait impressionnante.

— Je savais que Thomas ne voulait pas que cette maison me revienne, dit-elle, mais je ne pensais pas qu'il était furieux à ce point.

Jack remua une pile de la pointe de sa chaussure et dit :

— Ce n'est pas de la colère. Au contraire, tout ceci a été fait de façon très méthodique. Ils ont commencé au centre de la pièce pour s'étendre progressivement vers les bords, tout en balançant tout vers le centre, là où ils étaient déjà passés. Ils savaient ce qu'ils faisaient.

— Mais comment pouvaient-ils espérer s'en tirer sans devoir en répondre ?

Jack haussa les épaules.

— Ils devaient croire que vous ne mettriez jamais la main sur cette baraque. Et dans ce cas, ils pouvaient y faire ce que bon leur semblait. Et je présume que s'ils avaient trouvé ce qu'ils cherchaient, ils auraient disparu sans laisser de traces.

— Mais *que* pouvaient-ils bien chercher ?

— Quelque chose de métallique, d'après moi.

Jack regardait alors un objet posé dans un coin, qui

ressemblait à une poêle à frire accrochée au bout d'un manche à balai.

— Comment le savez-vous ?

Il souleva l'appareil :

— C'est un détecteur de métaux.

Alicia se souvint alors du message à Greenpeace inclus dans le testament :

— Une clé, dit-elle. « Cette maison contient la clé qui mène à tout ce que vous avez toujours voulu accomplir. » Ils cherchent une clé.

— C'est bien probable, convint Jack. L'ami arabe de votre demi-frère a cité cette même phrase. (Il regarda autour de lui.) Votre père disposait-il d'un atelier ?

Il faisait froid dans cette maison – Alicia pouvait voir la fumée de sa respiration – mais un frisson plus glacial encore s'empara d'elle.

— Un… atelier ?

— Oui. Vous savez, un coin où il se serait adonné à ses passe-temps, quelque chose comme ça.

Des échardes de glace parcouraient ses artères. Elle fit passer ses mots de force :

— S'il y a une chance… c'est au sous-sol.

— Comment peut-on y accéder ?

— Par la cuisine.

— Parfait, dit-il en s'avançant. Allons-y.

— Non. *Vous*, allez-y. Moi, je ne peux pas.

— Allons, Alicia, ce n'est pas le moment de…

— Non, fit-elle d'une voix qu'elle sentait monter dans les aigus. *Combien de fois devrai-je le répéter ?* Je ne peux pas !

Il la regarda un moment, puis se détourna.

— D'accord. J'irai seul. Ne bougez pas d'ici.

Après son départ, Alicia dit d'une voix douce :

— Je suis désolé, mais je ne peux pas descendre.

5

En posant le pied sur le sol de la cave, Jack se demanda si les horreurs qu'on avait bien pu faire subir à Alicia s'étaient produites là, en bas. À en juger par sa réaction, c'était bien probable.

Il trouva l'interrupteur et examina les lieux.

Un jour, Raymond Clayton devait avoir eu un atelier au sous-sol, mais c'était assez difficile à dire d'après ce qu'il en restait. Les démolisseurs étaient passés par là – peut-être même était-ce par là qu'ils avaient commencé. Ils avaient démoli le plafond, tailladé les panneaux de bois qui ornaient les murs, mis en pièces le mobilier et éventré les coussins. Il vit ce qui ressemblait à un matelas à ressorts débarrassé de son entoilage : il devait aussi y avoir un lit.

Jack farfouilla dans les débris et trouva diverses pièces électroniques – des circuits, des puces à mémoire et autres composants – mais s'ils avaient trouvé un ordinateur en état de marche, ils l'avaient emporté là où ils pourraient disséquer son disque dur jusqu'au dernier octet.

Il tomba aussi sur de vieilles rampes poussiéreuses et remarqua les ampoules surdimensionnées. Apparemment, Clayton tenait à avoir assez de lumière.

Jack continua ses recherches, puis remonta au rez-de-chaussée. Il trouva Alicia dans la salle à manger, à l'endroit où il l'avait laissée, debout au milieu des débris, les poings serrés, prête à bondir au moindre couinement.

— Vous avez trouvé quelque chose ? demanda-t-elle.

— Rien qu'un autre amas comme celui-ci.

— Je… Je suis désolée de n'avoir pu vous accompagner, dit-elle sans le regarder. C'est que…

— Vous n'êtes pas tenue de vous expliquer.

— Je n'en avais pas l'intention. Je voulais juste dire que… je suis comme ça, et je ne peux rien y faire.

J'aime mieux ça, se dit-il. Ce n'est ni le moment, ni l'endroit.

— Très bien. On fera avec.

Elle tendit les mains pour désigner le carnage.

— Nous perdons notre temps, non ?

— Peut-être, convint Jack, mais je m'y connais dans l'art de dissimuler quelque chose, et avec un peu de chance, j'en sais plus qu'eux. Lorsqu'on veut cacher ce qui vous tient vraiment à cœur, on le garde près de soi, là où on peut le surveiller du coin de l'œil et le récupérer vite fait en cas d'urgence. (Il la regarda.) Où se trouve la chambre de votre père ?

— Au premier.

— Et… Vous pouvez y aller ?

— Non. C'est là que se trouvait ma chambre.

Alicia lui montra le chemin. À gauche, en haut des escaliers, ils trouvèrent la grande chambre.

C'était peut-être une antre d'homme, mais elle conservait quelque petites touches féminines de l'époque où la mère d'Alicia y habitait encore. Mais maintenant, elle avait été désossée, tout ce qui avait pu un jour lui donner du caractère ou de la personnalité était étalé sur le plancher.

Il remarqua deux barres à mines et un marteau-piqueur adossés à une partie du mur particulièrement abîmé. Il traversa la pièce pour y voir de plus près.

— Regardez-moi ça, fit-il en caressant du bout des doigts une crevasse dans le plâtre. Ils ont carrément ouvert le mur !

Derrière la fissure aux bords déchiquetés s'ouvrait une petite pièce qui évoquait plutôt un placard modifié tapissé d'étagères – vides.

— On dirait une sorte de bibliothèque secrète. Vous étiez au courant de son existence ?

Alicia se tenait de l'autre côté de la pièce, sur le seuil, raide et très, très pâle.

— Non.

Qu'est-ce que Clayton pouvait bien cacher là-dedans ? se demanda Jack. Ses archives ? Ses notes concernant ce que cherchent les autres ?

Il se retourna et dérangea d'un coup de pied la pile de débris. Non, il n'y avait pas le moindre papier là-dedans.

— En tout cas, quoi qui ait pu s'y trouver, cela n'est plus ici. Soit ils ont tout emporté, soit on l'avait déjà fait lorsqu'ils sont venus. (Il repartit vers Alicia.) Passons dans votre chambre.

— Ma chambre ? Pourquoi ?

— Eh bien, c'est à vous qu'il a tout légué, n'est-ce pas ? Peut-être vous a-t-il laissé autre chose. Où est-ce ?

Alicia désigna une porte sombre de l'autre côté du hall. Jack s'y rendit pour découvrir un nouvel exemple de destruction méthodique. Il désigna la pile de débris centrale :

— Vous reconnaissez quelque chose dans tout ça ?

Alicia l'avait suivi et entrait à son tour dans la chambre.

— Non. Mais pourquoi le devrais-je ? Je suis partie lorsque j'avais dix-huit ans et n'ai jamais remis les pieds dans cette baraque.

— Pas une fois ?

— Non.

Jack remarqua quelque chose de noir et luisant et se pencha pour le ramasser. C'était un petit pneu en caoutchouc, qu'il tendit vers Alicia.

— Où rangiez-vous vos petites voitures ?

Elle le lui prit des mains et le regarda fixement.

— Je n'en ai jamais eu.

— Votre frère, alors ?

— Non… Thomas ne quittait pas son fauteuil… Il aimait les livres, les films, les jeux vidéos. Mais je doute qu'il se soit intéressé aux voitures, à part le fait qu'elles lui épargnaient de marcher. (Elle fit tourner le pneu entre ses doigts.) Où est le reste ?

— Quelque part par là, je présume, fit-il en indiquant la pile. Je vais jeter un coup d'œil à la salle de bains.

— Pourquoi ?

— Parce qu'on y trouve des tuyaux. Je vous expliquerai, ajouta-t-il devant son air perplexe.

— C'est bon. Je reste là.

Lorsqu'il la laissa, elle s'était mise à genoux et examinait les débris.

Il retourna dans la chambre de Clayton, s'empara d'une des barres à mines, et se dirigea vers la grande chambre. À moins que quelqu'un ait tout rénové, s'il y avait une chose de sûre dans ces vieilles maisons, c'était bien la tuyauterie de cuivre. Il avait remarqué de telles conduites dans la cuisine et, si vous vouliez cacher quelque chose de métallique, c'était l'endroit rêvé.

Il jeta un coup d'œil dans la salle de bains et constata que les vandales avaient arraché l'évier et les toilettes mais n'avaient pas découpé les tuiles pour exposer la tuyauterie. Du moins pas encore.

Il alla vers le placard de la chambre, qui se trouvait parallèlement au mur de la salle de bains. Lorsqu'il cogna contre la cloison, cela sonna creux. Celle-ci ne faisait pas partie de la maison d'origine. On avait dû faire agrandir la salle de bains. Il s'agenouilla et passa ses doigts le long des moulures à la base du mur jusqu'à ce qu'il trouve un petit espace dégagé. Il y inséra le crochet de la barre à mines. Il n'eut qu'à tirer – un tournevis lui aurait suffi – et le moulage retomba, révélant un espace de cinq centimètres entre le sol et les murs.

Comme chez moi, dit-il.

Au fil des années, il avait accumulé pas mal de pièces d'or – ce qui était un mauvais investissement, il le savait, mais comment voulez-vous économiser avec un petit profit sans passer par une banque ? Il les cachait dans son appartement, où il les scotchait aux conduites d'eau. Ainsi, si quelqu'un cambriolait son appartement, il ne pourrait pas les trouver, même avec un détecteur de métaux. En effet, celui-ci se manifestait de toute façon lorsqu'il passait devant la tuyauterie.

Jack glissa sa main dans l'espace et toucha les conduites d'eau. Au bout d'une minute à peine, il découvrait l'objet qui y était fixé.

— Bonjour, vous.

Il arracha les bandes adhésives et tira le tout de sa cachette.

Dans les ténèbres ambiantes, il ne pouvait distinguer de quoi il s'agissait, mais c'était dur, plat et enveloppé dans du vinyle. Il sortit du placard pour le voir en pleine lumière.

C'était une petite boîte de vinyle rouge. Il souleva le couvercle et en tira une clé avec « #357 » gravé sur sa poignée.

Jack eut un sourire.

— Vive moi ! J'suis-t-un chef !

L'Arabe et ses démolisseurs auraient fini par dénicher la clé, surtout s'ils comptaient désosser la maison brique par brique. Mais maintenant, ils pouvaient toujours courir. Ça leur ferait les pieds.

À première vue, c'était une clé de consigne. Ou peut-être un casier de rangement. Mais comment savoir où le trouver ?

Oui, ben, il s'en soucierait plus tard, lorsqu'il n'aurait pas à surveiller l'heure.

Il alla retrouver Alicia.

6

Yoshio brûlait de curiosité.

Il avait vu le *ronin* laver le pare-brise des gardiens, puis s'approcher de la portière. Par la suite, Alicia

Clayton et lui avaient pu entrer dans la maison sans que personne ne s'interpose.

Qu'avait-il fait ?

Yoshio ne put y résister : il fallait qu'il aille y jeter un œil. En passant devant la voiture, il vit deux silhouettes affalées sur la banquette avant… D'abord, il crut qu'ils étaient morts. Mais l'un d'entre eux leva brièvement la tête avant de replonger dans le sommeil.

Comment le *ronin* avait-il pu procéder ? Avait-il utilisé un gaz, ou versé quelque chose dans leur café ?

Bien joué, se dit Yoshio.

Mais apparemment, l'effet du produit qu'il avait utilisé se dissipait déjà.

Yoshio continua de marcher tout en surveillant la maison du coin de l'œil. Il souhaitait bonne chance au *ronin* et à la femme. Quoi que puisse contenir cette maison, lui aussi désirait qu'il soit exposé en pleine lumière.

À partir de là, il pourrait agir au lieu de se contenter d'observer. À vrai dire, il aurait préféré avoir affaire à quelqu'un d'aussi prévisible que Sam Baker plutôt que cet étranger malin et innovant, mais il était sûr de pouvoir se débarrasser de l'un comme de l'autre. En ce domaine, il avait des années d'expérience derrière lui. Et il ferait le nécessaire pour parvenir à ses fins. C'est ce que le Kaze Group attendait de lui, et ils n'accepteraient pas les demi-mesures.

Quoi qu'il en soit, Mlle Clayton, votre *ronin* et vous feriez mieux de vous dépêcher. Sinon, je crains que vous n'ayez bientôt de la compagnie.

7

— « Cette maison contient la clé qui mène à tout ce que vous avez toujours voulu accomplir », dit Jack en tendant sa trouvaille à Alicia. Cela pourrait être cette clé. Vous l'avez déjà vue ?

Elle se tenait agenouillée sur le sol, près de l'endroit où il l'avait laissée. Elle regarda la clé, mais sans la prendre.

— Non. Où l'avez-vous trouvée ?

— Elle était cachée dans le placard de votre père. Vous ne sauriez pas dans quelle banque il avait un compte, par hasard ?

Elle secoua la tête.

— Pas la moindre idée. (Elle lui montra le châssis d'une voiture-jouet.) Regardez ce que j'ai trouvé. J'ai remis la roue en place.

Elle pétait les plombs ou quoi ? Pourquoi perdait-elle son temps avec un jouet ?

— Super. Écoutez, il faut qu'on…

— Et elle fonctionne toujours, ajouta-t-elle. Regardez.

Elle actionna un minuscule levier et les roues se mirent à tourner. Elle posa le jouet par terre ; il fila à travers la pièce, fonçant vers le mur. La voiture resta là, le nez contre la cloison pendant que ses roues tournaient à vide.

Jack se souciait davantage des deux balèzes qui roupillaient dans leur voiture.

— Emmenons-la. Vous pourrez jouer avec toute la soirée si vous voulez.

— Inutile de prendre ce ton condescendant, Jack. Je suis sur les nerfs, mais je ne suis pas folle pour autant. Je suis encore capable de raisonner.

Elle rampa sur le sol pour ramasser la voiture, qu'elle reposa à son point de départ.

— Ce jouet n'a rien à faire ici. Cet homme n'en a jamais eu, et que vient-il faire dans ma chambre ? C'est pour ça que j'ai cherché ce qui en restait. Et j'ai bien fait. Voyez par vous-même.

Elle reposa la voiture sur le sol, mais dans la direction opposée du mur. Dès que ses roues touchèrent terre, elle vira à 180 degrés et fonça vers le mur, qu'elle heurta à quelques centimètres seulement de l'endroit où elle l'avait frappé la première fois.

Jack allait lui dire qu'ils n'avaient pas le temps de faire joujou, mais l'insistance de la voiture le fit hésiter.

— C'est la septième – non, la *huitième* fois qu'elle va percuter ce mur, dit-elle. Quel que soit l'angle selon lequel je la pose par terre, elle finit toujours au même endroit.

— Sans blague ?

Jack se pencha pour ramasser l'engin et le fit tourner entre ses doigts. Apparemment, c'était un jouet tout à fait ordinaire : une petite voiture téléguidée dont il ne restait plus que le châssis de métal, avec quatre roues, un moteur, une barre de direction, un compartiment à piles et une antenne.

Les roues tournaient toujours : il la posa par terre et la pointa vers Alicia. La voiture virevolta et, une fois de plus, finit contre le mur.

— Neuf sur neuf, dit-elle.

Elle avait éveillé son intérêt.

— Où est le reste ?

— Voilà.

Elle lui tendit sa carrosserie de plastique.

— Non, je veux dire, le boîtier de commande qui sert à la guider.

— Je n'ai rien vu de tel.

Il examina la carrosserie. Apparemment, on l'avait arrachée au châssis, sans doute pour voir s'il y avait quelque chose de caché à l'intérieur. Il réemboîta les deux pièces.

— Cela ressemble davantage à une jeep qu'à une voiture, remarqua Alicia.

Jack regarda le petit logo sur la porte arrière.

— Un 4×4, comme on dit. Mais c'est une jeep de luxe. Une Range Rover, plus précisément.

— Une *quoi* ?

Il leva les yeux. Alicia fixait la voiture d'un regard effaré.

— Une Land-Rover. C'est une marque anglaise…

— Le testament… Dans ces poésies, le nom de *rover*

y figure deux fois… (Elle claqua des doigts et regarda le plafond.) Comment était-ce ? « *Clay(ton) lies still, but blood's a rover.* » Et l'autre… L'autre disait : « *Wither away, fair rover, and what thy quest ?* »

Jack ressentit une pointe d'excitation alors que les pièces du puzzle s'emboîtaient enfin. La « clé » n'était peut-être pas une clé au sens littéral du terme. Peut-être que la « clé qui mène à tout » n'était pas une clé au sens littéral. Peut-être quelque chose censé les y *mener*.

Il reposa le jouet sur le sol et le vit refaire son petit manège.

Cette petite « rover » désignait un point précis, pas de doute là-dessus.

— « Quelle est ta quête », en effet. Attendez-moi.

Il retourna dans la chambre, s'empara du marteau-piqueur et de l'une des barres à mines. Il pensa à fracasser les planches qui scellaient l'une des fenêtres afin de surveiller la voiture des gardes, mais préféra ne rien en faire. Le bruit pouvait attirer l'attention des voisins.

— Qu'allez-vous faire ? demanda Alicia alors qu'il retournait dans la pièce.

— Il y a dans ce mur quelque chose qui attire notre petite amie. Tenez-la pendant que je regarde de quoi il s'agit.

Il leva le marteau et le fit tournoyer, visant le mur.

8

Le téléphone sonna alors que Kemel venait de terminer ses prières du soir.

— Quelqu'un s'est introduit dans la maison, dit Sam Baker. Nous pensons que c'est ce type que la fille a embauché. J'y vais tout de suite.

Une pointe d'inquiétude traversa Kemel comme une secousse électrique. Comment était-ce possible ? Pas plus tard qu'hier, elle avait accepté de vendre, et ils avaient entériné son prix. Pourquoi irait-elle s'introduire dans la maison ce soir ? À moins…

À moins qu'elle sache quelque chose… À moins qu'elle ait deviné ce qui faisait toute la valeur de cette maison et ait envoyé cet homme le chercher.

Kemel ferma les yeux et serra les dents. Le conduit d'aération ! Quelqu'un s'y trouvait bel et bien : l'homme qu'employait Alicia. Et il avait dû surprendre quelque chose.

— Comment a-t-il fait ?

— Il a endormi mes gars à l'aide d'une sorte de gaz. Ils viennent de se réveiller et m'ont aussitôt appelé. Ils pensent qu'il est toujours là-dedans.

— Vous avez bien fait de m'appeler.

— Comme si j'avais le choix !

Apparemment, l'amour-propre de Baker en avait pris un coup. Tant pis pour lui. Après la tentative d'enlèvement et le fiasco qui en avait découlé, il lui avait mis la bride sur le cou. Il devait tenir Kemel au courant de tout ce qui se produisait et ne devait *en aucun cas* prendre d'initiatives sans son autorisation expresse. L'opération touchait à sa fin, et les tactiques brutales de Baker n'étaient plus de mise. En fait, si Kemel n'avait pas tant besoin de quelqu'un pour surveiller la maison, il aurait viré le mercenaire la semaine dernière.

— Mais nous perdons du temps, fit Baker. Je m'y rends tout de suite. Si c'est bien le type de la camionnette, je veux être là.

— Ne tentez rien avant mon arrivée.

— Je n'aurai peut-être pas le choix.

— *Rien* avant mon arrivée. Est-ce clair ?

— C'est clair, dit Baker d'une voix pincée. Mais je ne veux pas être tenu pour responsable de ce que ce type aura pu faire avant que vous n'arriviez.

— Le problème ne se posera pas, puisque vous allez passer me prendre pour que nous y allions ensemble.

— Vous êtes sur la Soixante-dixième. Cela prendra trop de temps.

— Je vous attendrai devant la porte, fit Kemel, et il lui raccrocha au nez.

9

D'abord, Jack y alla doucement avec le marteau, de peur d'endommager ce qui se trouvait à l'intérieur ; mais il découvrit vite qu'il s'agissait d'une cloison de plâtre ancien et particulièrement résistant, et qu'il aurait tort de ménager ses efforts. Cela lui prit plus longtemps qu'il ne l'eût pensé, mais il finit par obtenir un trou assez grand pour pouvoir regarder à l'intérieur.

Alicia regarda par-dessus son épaule.

— Vous avez trouvé quelque chose ?

— Il n'y a rien dans ce mur, sinon… du mur. (Il se tourna et regarda le jouet qu'elle tenait toujours.) Alors pourquoi…

C'est alors qu'une lumière s'alluma dans son esprit.

— Oh, crénom !

Jack prit la rover des mains d'Alicia et la déposa dans le hall, de l'autre côté du mur. Celle-ci partit en trombe et finit contre l'autre mur, juste en face.

— Qu'y a-t-il de l'autre côté ?

— La chambre de Thomas.

Il emporta le range rover dans la chambre de Thomas – qui était en aussi piteux état que celle d'Alicia – et la reposa par terre. Le jouet démarra en trombe pour finir à nouveau contre le mur.

Jack la regarda, incrédule.

— Ce n'est pas le mur ou quelque chose dans le mur qui attire cet engin. Il veut partir en vrille. Comme pour les énigmes insérées dans les testaments. Ou peut-être, dit-il alors qu'une idée venait de le frapper, se contentera-t-il du jardin.

Super. Si c'était vraiment le cas, il se voyait mal prendre une pioche et une pelle pour creuser la terre.

Ils avaient perdu assez de temps avec ce jouet de malheur. Mais au moins, ils avaient trouvé la clé.

— Allons-nous-en.

La jeep continuait de tourner à vide, le capot contre le mur. Jack eut envie de l'envoyer bouler d'un coup de pied, mais y résista et la ramassa.

— Vous allez l'emporter ?

Il éteignit le moteur et fourra l'engin sous son manteau.

— Oui.

— Pourquoi ?

— Je ne sais pas moi-même.

C'était vrai. Mais il sentait qu'il valait mieux ne pas l'abandonner. Dans cette histoire de dingues, bien trop d'éléments convergeaient sur ce petit engin – « rover » dans le testament et sur son coffre, et la façon dont il se dirigeait toujours dans la même direction. Jack n'en avait pas encore fini avec cette voiture.

10

Enfin ! se dit Alicia alors qu'ils descendaient les escaliers. Nous allons enfin sortir de là !

Et ils n'avaient rien trouvé.

En cours de route, elle entreprit d'éteindre les lumières.

— Ne prenez pas cette peine, lui dit Jack. Inutile de vouloir cacher le fait que nous sommes passés par là – Thomas et son pote arabe le sauront dès qu'ils verront le mur fracassé.

Ils sortirent par la porte de derrière. Aussitôt, une voix fit sursauter Alicia :

— Ne bougez plus !

Elle se tourna pour voir deux énormes silhouettes qui se tenaient au coin de la maison. À la faible lumière de la rue, elle put voir qu'ils étaient armés. Puis le faisceau de leur lampe-torche se posa sur sa figure et l'aveugla.

— Les mains en l'air ! Tous les deux !

Étaient-ce les gardes de la voiture ?

— Flûte ! fit Jack en posant ses mains sur sa tête. Quel crétin je fais ! L'effet du gaz s'est dissipé.

— Je suis ici chez moi ! fit Alicia en plissant les yeux.

— Retournez à l'intérieur ! reprit la voix tout en agitant la lampe-torche. Tous les deux. Nous allons attendre l'arrivée de quelques personnes qui voudraient bien vous parler en privé.

Que vont-ils nous faire ? se demanda-t-elle alors que la peur lui nouait l'estomac. Nous torturer ? Que vont-ils nous faire subir avant d'admettre enfin que nous n'avons rien découvert ?

— Arrêtez de…

La voix se vit interrompue par un petit chuintement, un *Ffffuuuttt* discret. Puis la lumière cessa de l'éblouir, et elle put voir les deux silhouettes affalées par terre. La torche roula sur le sol et, un bref instant, éclaira le visage d'une d'entre elles, ses yeux exorbités et son nez, d'où s'écoulait un filet de sang.

Alicia poussa un cri d'horreur. Jack s'accroupit, l'entraînant avec lui. Elle vit qu'il avait tiré son pistolet et le braquait vers l'angle de la maison.

— Ils… sont morts ? chuchota Alicia.

— On dirait bien.

Il braquait son arme d'un côté, de l'autre, toujours en mouvement.

— Vous les avez abattus, comme ça ?

Il cessa d'agiter le pistolet et, un instant, le tint devant elle.

— Est-ce que ce machin comporte un silencieux ? Et il se trouvait encore dans son holster lorsque ces types sont tombés. Non, c'est quelqu'un d'autre qui les a descendus.

— Quelqu'un d'autre ? Mais… n'étaient-ce pas les gardes de la voiture ?

— C'est bien eux.

— Alors qui… ?

— Qu'est-ce que j'en sais ? Hier, l'ami arabe de votre frère a dit qu'il craignait que cette baraque ne tombe « en de mauvaises mains ». Ce qui veut dire qu'il y a une troisième personne en lice.

Une stridulation aiguë la fit sursauter. Alicia crispa ses doigts sur le bras de Jack.

— Qu'est-ce que c'est ?

Le bruit se fit à nouveau entendre. Il provenait d'un des cadavres.

— On dirait un téléphone cellulaire. Quelqu'un appelle l'un d'entre eux.

On aurait dit que Jack allait chercher l'appareil pour répondre.

— Allons-nous-en, dit Alicia.

— Il n'y a pas d'issue de l'autre côté, par hasard ?

Elle secoua la tête – du côté Ouest, la maison s'adossait à sa voisine.

— Alors nous allons devoir passer par l'intérieur. C'est plus sûr que de passer par l'allée.

Elle ne pouvait dire le contraire. Et pour la première fois de son existence, elle fut heureuse de franchir ce seuil.

Alors qu'il la guidait dans le vestibule, il se mit à pester :

— Quel idiot ! Je les ai laissé se réveiller ! Quelle imprudence ! Ils auraient pu nous tuer !

Il s'arrêta devant la porte de devant, qu'il déverrouilla doucement avant de l'entrouvrir.

Alicia jeta un coup d'œil par-dessus son épaule. La voiture des anges gardiens était là, au bord du trottoir, les portières closes, et son moteur tournait toujours. Jack surveilla le jardin de devant.

— On dirait qu'il n'y a personne. Allons-y.

Il ouvrit la porte en grand et l'amena sur le porche.

— Allez-y. Ne vous arrêtez pas. Ne courez pas, mais marchez vite – *très* vite – vers la droite. Nous allons prendre le chemin des écoliers pour gagner la voiture.

Alicia obéit, terrifiée à l'idée d'entendre un *Ffffffuttt !* et de finir comme les deux gardes. Finalement, prise de panique, elle se mit à courir en réprimant un hurlement.

11

— Merde ! s'écria Sam Baker en pressant le bouton END d'un pouce rageur. Pourquoi ne répondent-ils pas ?

Il jeta le téléphone sur la banquette, entre l'Arabe et lui, et se concentra sur sa conduite. Mott et Richard comptaient parmi ses meilleurs éléments, mais ils s'étaient fait avoir par le nervi de cette Clayton. Lorsqu'ils l'avaient appelé, ils étaient encore dans les vapes, mais semblaient récupérer à vitesse grand V. Lorsqu'il raccrocha, ils étaient à nouveau opérationnels et se préparaient à rentrer dans la maison pour voir si le type était encore là.

Baker espérait qu'ils l'aient bel et bien chopé et soient trop occupés à lui faire une grosse tête pour répondre au téléphone.

Si c'est bien le type de la camionnette, se dit-il, j'espère qu'ils m'en garderont un bout.

Son rein était encore douloureux.

Mais Baker commençait à se sentir mal à l'aise. Cela faisait trois fois qu'il appelait : ils auraient tout de même pu décrocher !

Si cette opération tournait au vinaigre, il était mal barré. L'Arabe le tiendrait pour responsable, et il pourrait toujours dire adieu à son bonus et son boulot peinard en Arabie Saoudite. Le pire, c'est que ce n'était pas sa faute, bon Dieu !

Lorsqu'il tourna sur la Trente-huitième Rue et accéléra pour gagner la maison, son malaise s'accrut. Il y avait un os. Il le sentait.

— Regardez ! s'écria Muhallal en tendant le doigt. C'est Alicia Clayton !

Baker plissa les yeux pour mieux voir la silhouette qui dévalait les escaliers de la maison pour se précipiter sur le trottoir. Ouais, c'était bien elle. Puis il vit le type qui la suivait…

— C'est lui ! fit-il. C'est bien l'enfoiré de la semaine dernière – celui dont je vous ai parlé !

La rage vrilla le cerveau de Baker comme une balle traçante. Il mit le pied au plancher, et la voiture bondit.

— Non ! s'exclama Muhallal en lui prenant le bras. Non ! Arrêtez ! Je ne veux pas qu'ils s'aperçoivent de notre présence !

— Que dalle ! Ce fils de pute va payer…

— Arrêtez cette voiture immédiatement, ou vous êtes viré !

À son ton, Baker comprit qu'il ne plaisantait pas. Merde. Il leva le pied et vit les deux silhouettes qui gagnaient le trottoir. Il était si furax que ses mains crispées sur le volant étaient agitées de spasmes.

— Mais ils sont rentrés dans la maison ! dit-il. Ils ont dû y piquer quelque chose ! Vous ne voulez pas le récupérer ?

Baker se contrefichait de ce qu'ils avaient bien pu faucher. Tout ce qu'il voulait, c'était mettre la main sur ce sale…

— S'ils ont volé *quelque chose*, répondit Muhallal, bien sûr que je tiens à le récupérer. Et je le récupérerai. Mais s'ils ont récolté des *informations* – des informations que je n'ai pas – cela m'est beaucoup plus précieux.

— J'y comprends rien.

Il aurait bien voulu savoir ce qu'il entendait par là.

Muhallal désigna du doigt la rue qui s'étendait devant eux.

— Suivez-les. Mais ils ne doivent pas savoir que

nous sommes là. S'il l'emmène chez elle, nous le filerons jusqu'à sa propre demeure et nous nous arrangerons pour le faire parler. S'ils se rendent ailleurs, nous devons le savoir. Mais ils ne doivent pas nous échapper.

— Ne vous inquiétez pas, fit Baker en douceur. Ils ne m'échapperont pas.

— Vous en êtes bien sûr ?

— Ouaip. Tout à fait. (Il ne put s'empêcher de sourire.) Notre petite tentative de la semaine derrière – vous savez, cette « imbécillité » qui vous a tant déplu ? Cela ne fut pas totalement inutile. Je ne vous l'avais pas encore dit, mais j'ai posé un traceur au fond de ce grand sac qu'elle traîne toujours. Où qu'elle aille, nous l'y retrouverons.

L'Arabe ne fit aucun commentaire.

Qu'y a-t-il, mon pote ? se dit Baker. Tu as donné ta langue au chameau ?

Il prit son téléphone cellulaire.

— Qui appelez-vous ? demanda l'Arabe.

— Ceux qui étaient censés les intercepter avant qu'ils ne sortent de la maison.

Toujours pas de réponse. Il raccrocha à la sixième sonnerie.

Si Mott et Richard étaient en train de tabasser un bonhomme, ce n'était pas le bon. Celui-ci était déjà dans la rue.

Ce n'était pas bon signe.

Baker composa le numéro de Kenny. Il pouvait avoir besoin de renforts. Et Ahab l'Arabe ne lui serait pas d'un grand secours.

Mais qui d'autre pouvait-il appeler ? Oh, il pouvait toujours convoquer toute l'équipe. Qu'ils s'amènent avec leur système de dépistage et armés jusqu'aux dents.

Ce soir, cela allait barder sévère.

12

Yoshio attendit que Kemel Muhallal et son mercenaire soient au bout de la rue avant de démarrer à son tour pour les suivre. Il s'attendait à les voir arriver, mais espérait que Alicia Clayton et son enquêteur seraient partis lorsqu'ils s'annonceraient.

Mais l'Arabe les avait repérés et, maintenant, ils s'étaient lancés à leur poursuite.

Yoshio se demanda s'il devrait intervenir à nouveau. Il avait vu les deux anges gardiens reprendre conscience et descendre de leur voiture d'un pas mal assuré – le chauffeur avait dû s'appuyer contre le pare-chocs pour vomir dans le caniveau. Sous ses yeux, ils passèrent un coup de fil, et Yoshio comprit qu'Alicia n'avait plus beaucoup de temps pour trouver ce qu'elle cherchait, quoi que ce puisse être. Alors que le duo tirait ses armes et se dirigeait vers l'arrière de la maison, il se demanda que faire : devait-il laisser les deux gardes les arrêter et s'emparer de ce qu'ils avaient déniché, ou se débarrasser des deux hommes pour permettre à Alicia de s'échapper ?

Il choisit la seconde solution.

Ce fut presque trop facile. Les deux gardes étaient concentrés sur la femme et son *ronin*, si bien qu'ils avaient négligé leurs arrières. Il n'avait eu qu'à braquer son .22 à silencieux et leur loger une balle dans la nuque à chacun. Puis il était retourné à son point de départ pour attendre la suite des événements.

Et calculer les pertes. En comptant le premier détective embauché par Alicia Clayton, son avocat et l'incendiaire que Baker et ses hommes avaient immolé sous ses yeux, ces deux-là faisaient monter à 252 le total des morts connectées à Ronald Clayton. Du moins celles dont il était au courant. Combien d'autres faudrait-il en ajouter ?

Il se demanda si ce grand secret valait un tel carnage. Sinon, le Kaze Group le payait pour rien.

Il pianota des doigts sur son volant tout en examinant divers scénarios. Si seulement il était sûr qu'Alicia Clayton ait bien découvert un indice, il saurait comment agir : il n'aurait qu'à tuer Muhallal et Baker pour se rabattre sur elle. Clair comme de l'eau de roche… Mais catastrophique s'ils n'avaient rien trouvé. Il serait sorti de l'ombre pour rien.

Bien sûr, il l'avait déjà fait en abattant les deux anges gardiens, mais il sentait qu'on mettrait leur assassinat sur le dos du *ronin*. Du moins il l'espérait. Jusque-là, le fait que personne n'était au courant de son existence lui avait nettement facilité les choses.

Il regarda Baker qui suivait de loin la limousine blanche. Lui-même le fila en se demandant quand il devrait prendre sa décision.

La Chevrolet du *ronin* se dirigea vers l'Est, puis vers le centre-ville jusqu'au pont de la Cinquante-neuvième Rue, qu'il traversa pour entrer dans le Queens.

Ils quittaient la ville. Voilà qui était intéressant. Peut-être était-ce le signe qu'il attendait. Mais peu après, alors qu'ils abordaient la voie express de Long Island, Yoshio vit arriver la réponse à son dilemme : une camionnette noire se rangea à la hauteur de la voiture de Baker. C'était la même qui avait servi à la tentative d'enlèvement de l'autre jour. Le chauffeur fit un signe de la main à Baker, et celui-ci répondit par un appel de phares.

Des renforts ? se demanda Yoshio. Apparemment, ils ne plaisantaient pas.

Maintenant, ils formaient une colonne de quatre voitures, et Yoshio fermait la marche.

`Puis Baker et ses hommes firent quelque chose d'étrange : la voiture et la camionnette laissèrent la Chevrolet gagner du terrain… Un peu trop au goût de Yoshio.

Ils n'avaient donc pas peur de la perdre ?

Ou alors… Ils connaissaient déjà sa destination.

Décidément, la nuit s'annonçait fertile en surprises. Yoshio sentait que le meilleur restait à venir.

Et dire qu'on me paie pour faire ça ! se dit Yoshio en se calant contre son volant.

13

Cela ne me plaît pas, se dit Alicia alors que Jack arrêtait sa voiture en face d'une petite maison perdue au bout d'un chemin de terre au milieu d'immenses champs de patates.

Ils avaient quitté la grande route il y avait quelque temps déjà, dépassé quelques petites villes pour aborder des terres arables, et maintenant, ils étaient… là.

— Je veux qu'on s'en retourne, Jack, fit-elle.

Elle l'avait déjà dit une bonne douzaine de fois. Il devait penser qu'elle ressemblait à un disque rayé.

Un disque rayé… Une question incongrue lui traversa l'esprit : est-ce que la nouvelle génération, élevée au CD, comprendrait encore ce que cela signifiait ?

— Je vous l'ai dit : dès que je serai sûr que personne ne nous suis, je vous ramènerai en ville.

Il sortit et s'immobilisa à côté de la porte pour scruter la route qui s'étendait derrière eux. Alicia se retourna pour regarder par la vitre arrière.

— Il n'y a personne, Jack.

— Mais cela n'a pas toujours été le cas. Dès que nous sommes partis, quelqu'un s'est mis à nous filer. C'est pour ça que nous avons fait ce petit détour.

« Petit » ? Ce n'était pas le mot qu'elle aurait employé pour décrire leur périple. Elle avait eu une dure journée, et sa soirée ne valait pas mieux. Quand serait-elle enfin tranquille ?

D'abord, il avait fallu retourner dans la maison… Ce qui était déjà assez pénible. Puis ces deux hommes avaient été abattus sous ses yeux… Elle avait à peine aperçu ces visages ensanglantés, ces yeux fixes… Mais cette vision ne cessait de tourner dans son esprit.

Toutes ces morts… Et toutes avaient un lien avec cette maison.

Maintenant, tout ce qu'elle voulait, c'était que cette terrible soirée se termine enfin. Elle voulait revenir chez elle, dans son petit appartement, avec ses plantes et son lit, et dormir. Ou du moins essayer. En tout cas, elle n'avait aucune envie de rôder dans cette campagne déserte de Long Island.

Surtout en compagnie d'un homme armé qui affirmait qu'on les suivait alors qu'aussi loin que son regard puisse porter, il n'y avait personne.

— D'accord, dit-elle, peut-être que quelqu'un nous a bel et bien suivi pendant un temps. Mais *maintenant*, il n'y a plus personne. Cela fait des kilomètres que nous sommes seuls. Pouvons-nous rentrer chez nous maintenant ?

Il leva les yeux. Alicia suivit son regard. C'était une belle nuit d'hiver, claire et illuminée par une demi-lune et quelques milliards d'étoiles.

— Il y a plus d'une façon de filer quelqu'un. Et croyez-moi, on nous a vraiment suivis. Je le *sens*. (Il se pencha à l'intérieur et ramassa les clés.) Nous ferions mieux d'entrer.

Elle se tourna vers la petite maison. Même à la faible clarté de la lune, elle pouvait voir qu'elle était en piteux état. La porte anti-tempête était ouverte de guingois et un vieux pick-up rouillait au milieu des herbes folles brunies qui s'élevaient dans le jardin.

— Là-dedans ?

— Oui. C'est à moi. (Il sourit et ajouta :) Ce « ravissant petit ranch » me sert de maison de campagne.

— Je n'y crois pas.

— Allons, rien que pour quelques minutes. J'ai l'impression que nous ne tarderons pas à avoir de la compagnie, et je préfère être à l'intérieur lorsqu'ils arriveront.

Alicia se tourna à nouveau vers la route.

— Jack… Il n'y a personne.

— Accordez-moi dix minutes. Si personne ne s'est montré d'ici là, nous repartons. D'accord ?

— D'accord. (Elle consulta sa montre.) Dix minutes, pas une seconde de plus.

Elle le vit tirer un cure-dent de sa poche, puis il s'agenouilla et titilla quelque chose près des gonds de la portière. La veilleuse s'éteignit.

— Que faites-vous ?

— Je coince le bouton qui actionne la lumière.

Il cassa le reste du cure-dent et referma la portière sans la boucler.

— Mais pourquoi, mon Dieu ?

— Vous verrez bien. Quoique, si personne ne nous a suivis, cela ne servira à rien. Allons-y.

Elle le suivit jusqu'à la porte, qu'il déverrouilla avant d'allumer la lumière. Alicia passa le seuil et regarda ce qui l'entourait.

D'abord – l'odeur : un mélange de moisi et de mildiou. Puis l'allure : la moquette était crasseuse, le mobilier défraîchi et, dans certains coins, le papier peint se décollait, dévoilant du plâtre moisi.

— C'est ça, votre « maison de campagne » ? Cela fait combien de temps que vous n'y avez pas passé le week-end ?

— Je ne l'ai jamais fait. (Il referma la porte et se dirigea vers les stores baissés.) Cet endroit n'est qu'un leurre.

— Pour la chasse ?

— Non. Dans des cas comme celui-ci – lorsqu'on me suit, ou que je crois qu'on me suit et veut en avoir le cœur net.

— Vous avez acheté cette baraque au milieu de nulle part rien que pour ça ?

Il acquiesça en soulevant l'une des lattes pour regarder au-dehors.

— Ben oui. J'avais trois critères : une maison pas chère, loin de tout et qui ne coûte pas cher en entretien.

Elle regarda à nouveau autour de lui.

— Je ne sais pas combien vous l'avez payée, mais c'était trop.

— Eh bien, elle était assez bon marché pour que je puisse me permettre quelques améliorations.

— Des… améliorations ? Où ça ?

— Elles ne se remarquent pas au premier coup d'œil.

— Vous pouvez le dire ! Elle ressemble à une crack-house.

Il éclata de rire sans interrompre sa surveillance.

— Ben voyons ! Parce que vous sauriez en reconnaître une.

— Oh que oui, fit-elle, agacée par son ton sarcastique. J'y suis allée pour arracher des enfants malades à leurs parents camés. Vous n'avez pas la moindre idée de ce que j'ai pu voir dans ma vie.

Jack lui jeta un coup d'œil.

— C'est vrai. Excusez-moi. Il y a tant de choses que j'ignore à votre sujet.

Que voulait-il dire par là ? se demanda-t-elle alors qu'il se tournait pour regarder à nouveau au-dehors. Elle allait lui poser la question, mais se retint.

Du calme, se dit-elle. Ce soir, tu te conduis d'une drôle de façon. Il doit se poser des questions. N'importe qui en ferait autant.

Elle consulta sa montre : trois minutes de tirées. Plus que sept minutes et elle lui demanderait de tenir parole et de la ramener chez elle.

— Oh-ho, dit-il. On a de la compagnie.

Il fit un pas en arrière et lui tint la lamelle pour qu'elle puisse jeter un coup d'œil.

À l'avant, derrière le pick-up rouillé, une voiture et une camionnette – qu'elle reconnut aussitôt, et son cœur battit la chamade – venaient de s'immobiliser.

14

— Tout le monde descend côté rue, fit Baker dans son téléphone cellulaire en s'arrêtant derrière la camionnette.

Inutile de faire savoir dès le départ combien d'hommes il avait amenés.

Il ouvrit sa portière et descendit pour prendre le commandement des opérations. Il pouvait presque entendre chanter le sang dans ses veines, cavalant dans ses membres, frémissant dans ses doigts. Sam Baker était dans son élément ; c'était là qu'il se sentait réellement vivant.

L'Arabe se pencha depuis le siège passager.

— N'oubliez pas qu'il vous est interdit de faire le moindre mal à cette femme.

— Ouais, fit Baker, c'est compris.

Il n'avait cessé de le lui répéter depuis qu'ils avaient quitté la voie rapide. C'était la condition sine qua non que Muhallal avait posée dès le départ. Parfait. Ils ne toucheraient pas à cette nana.

Ce type, par contre… C'était autre chose.

Surtout depuis que Baker avait reçu des nouvelles de Mott et Richards. Vu qu'ils ne répondaient toujours pas au téléphone, il avait appelé Chuck pour qu'il aille les retrouver. Chuck était content d'avoir enfin quelque chose à faire. Avec son bras en bandoulière et son genou pris dans une attelle – grâce à ce type –, il n'était pas bon à grand-chose.

Mais lorsqu'il l'avait rappelé, la voix de Chuck tremblait. Mott et Richards étaient morts. Une balle dans la tête chacun. Avec des balles à tête creuse, apparemment.

Baker avait déjà entendu l'expression « fureur aveugle », mais jusque-là il ne l'avait pas expérimenté lui-même. Il était dans une telle rogne qu'il en poussait des cris incohérents et faillit envoyer la voiture dans le fossé.

Quoique, Mott et Richards ne méritaient pas mieux. Franchement, s'ils étaient assez cons pour se laisser gazer, puis abattre en terrain découvert, ils ne méritaient pas mieux.

Et non seulement ces types s'étaient fait descendre, mais en plus ils étaient morts alors qu'ils travaillaient pour lui. Vous parlez d'une baffe. Sam Baker devait s'emparer de ce type avant qu'il ne puisse en parler à qui que ce soit.

Mais il pouvait toujours le faire couiner comme un porc avant de l'achever.

Les six hommes qui lui restaient, Kenny et les autres, étaient dans la camionnette, où ils enfilaient leurs gilets pare-balles et fourbissaient leurs armes. Lorsqu'il parvint à leur hauteur, il désigna le grand Noir agenouillé qui refaisait son lacet.

— Briggs, va inspecter la bagnole. Simple précaution. Ce type est une vraie anguille, alors fais gaffe si tu ne veux pas finir comme Mott et Richards.

Alors que Briggs levait son Tec-9 et se dirigeait vers la Chevrolet, Baker se tourna vers Perkowski et désigna du doigt un poteau tout proche.

— Perk, monte là-haut et coupe le téléphone.

Enfin, il se tourna vers Barlowe.

— Toi et DeMartini, couvrez nos arrières.

Alors qu'ils se dirigeaient vers la cour arrière, Briggs fit son apparition.

— La voiture est vide.

— Hé, regardez !

Baker se retourna et vit Kenny qui désignait la maison. Il suivit le doigt de son neveu et vit deux silhouettes qui se découpaient derrière les stores vénitiens ouverts. Un instant plus tard, ils se refermèrent.

— Ils savent qu'on est là. Où est mon Tec ?

Kenny tira un des Tec-9 de l'intérieur de la camionnette et le lui jeta. Baker l'attrapa d'une seule main. Il vérifia le chargeur, puis actionna le percuteur. Il aimait ces flingues. Ils vous vidaient un chargeur de trente-deux balles en un clin d'œil.

— Allons-y, dit-il.

— Attendez, fit une voix derrière lui. Je viens avec vous.

Oh, merde. Ahab l'Arabe découvrait qu'il avait de l'estomac. C'était bien le moment.

— Ce n'est pas une bonne idée. Tout ceci peut dégénérer en fusillade.

— C'est bien ce que je crains. Or vous ne devez pas faire de mal à la femme.

— Ne vous inquiétez pas. Nous ne…

— Je viens avec vous. Ouvrez donc la voie.

Baker le toisa en se disant : Espèce de minable, si ce n'était pas toi qui me payais, je fourrerais ce canon sur ton nez et te mettrais du plomb dans le crâne.

— Très bien, dit-il. Comme vous voudrez. Mais si vous êtes touché, ne venez pas vous plaindre.

15

— Pourquoi les avez-vous écartés ? demanda Alicia alors que Jack tirait les stores.

— Pour leur montrer que nous sommes bien là, répondit Jack. (Il s'écarta de la fenêtre en secouant la tête.) Ils sont munis de fusils d'assaut. Apparemment, ils veulent y mettre le paquet.

L'estomac d'Alicia se noua douloureusement. Des hommes en armes… Qui la cherchaient… Comment avait-on pu en arriver là ?

— Vous voulez dire qu'ils vont nous tuer ?

— C'est à ça que sert un Tec-9. Annihilation à bout portant. (Il lui décocha un bref sourire.) Mais ne vous inquiétez pas. Ce n'est certainement pas vous qu'ils comptent abattre.

Alicia remarqua qu'il ne complétait pas sa pensée. C'était Jack qui était promis à une mort certaine.

Will Matthews, où êtes-vous maintenant que j'ai besoin de vous ?

Elle ne voulait pas que Jack rejoigne les trois hommes qui étaient déjà morts par sa faute.

— Appelez la police, fit-elle, prise de panique. Peut-être que, s'ils savent qu'ils vont arriver…

— Ce type qui a escaladé le poteau nous a coupé cette possibilité. Et de toute façon, même si nous pouvions prévenir les flics, ils n'arriveraient jamais à temps. Et même, je ne voudrais pas les appeler.

Il traversa le salon pour gagner la petite salle à manger intégrée. Alicia le suivit.

— Écoutez, Jack, je sais que vous n'aimez pas vous frotter à la police, mais nous avons affaire à une douzaine d'hommes en armes…

— Huit, fit-il en s'agenouillant devant un panneau éraflé et poussiéreux qu'il retira du mur. Et l'un d'entre eux n'est pas armé – ou alors il ne le montre pas.

Derrière le panneau, il y avait ce qui ressemblait au boîtier d'un système de sécurité. Jack se mit à composer un code.

— Très bien, *huit* ! fit Alicia, sentant monter sa colère. Quel que soit le nombre, il y a une petite armée là dehors, et nous ne sommes que deux. Et que faites-vous ? Vous réglez un système d'alarme ? Ce n'est pas une alarme qu'il nous faut, mais de *l'aide* !

— Non, répondit-il, ce qu'il nous faut, c'est sortir de là. Et c'est ce que nous allons faire.

Il remit le panneau en place et se dirigea vers la cuisine. Il lui fit signe de le suivre.

— Allons-y.

Il la fit passer par la cuisine sans allumer la lumière

et vers une porte béante qui s'ouvrait à gauche du réfrigérateur.

— Le sous-sol est par là. La rampe est sur la droite. Dès que vous aurez fermé la porte, j'allumerai la lumière.

Le sous-sol n'était pas totalement terminé – la moitié comportait des panneaux de bois, l'autre montrait des blocs de béton nus. Jack arpenta le sol jonché de débris jusqu'à une section boisée, passa ses doigts au-dessus du panneau et tira. Le panneau pivota sur ses gonds, dévoilant une ouverture circulaire béante d'un mètre trente de diamètre.

— C'est… un trou ? demanda Alicia.

— Non : un tunnel.

— Un abri anti-aérien ?

Elle s'imagina enfermée dans ce trou à rats pendant que des hommes en armes la cherchaient.

— Non. Je ne peux pas.

— C'est un tunnel, je vous dis. (À son ton, elle comprit qu'il commençait à être à bout de patience.) Il débouche dans le champ de l'autre côté de la route. Venez. Nous n'avons plus beaucoup de temps.

Il lui tendit une lampe-torche, puis lui fit signe de passer en premier. Elle inspira profondément, s'engagea dans le trou et rampa sur quelques mètres. Elle se retrouva au cœur d'un tube de métal galvanisé aux parois froides, mais d'une propreté étonnante. Jack la suivit et referma la cloison derrière lui. Alors que les ténèbres les engloutissaient, elle alluma la lampe.

— Pouvez-vous éclairer par ici un instant ?

Il referma une sorte de loquet sur le panneau, puis se tortilla pour la dépasser. Il s'empara de la lampe et se mit à ramper dans le tunnel.

— C'est par là.

— Ai-je vraiment le choix ? fit-elle en se demandant où et quand se finirait cette nuit.

16

— Nous devons en finir le plus rapidement possible, dit Muhallal dans le dos de Baker alors qu'ils s'approchaient de la porte de devant.

L'Arabe ne cessait de regarder en direction de la route comme s'il guettait un éventuel signe de vie. Mais il n'y avait rien que des ténèbres.

— Vous craignez que quelqu'un appelle les flics ? dit Baker.

— Oui. Bien sûr. Je ne suis pas citoyen américain et ne bénéficie pas de l'immunité diplomatique. Mon arrestation causerait un grand tort à mon… organisation.

Et qu'est-ce que c'est donc que cette fameuse organisation ? se demanda Baker. Depuis le début, il avait cherché à le savoir.

— Ne vous en faites pas, dit-il. L'affaire sera conclue en un rien de temps.

— Et n'oubliez pas…

— Je sais, je sais. Nous ne toucherons pas la fille.

— Correct. Faites ce que bon vous semblera de cet homme, mais ne touchez pas à un seul de ses cheveux.

S'il me le répète encore une fois… se dit Baker.

— Venez avec moi, murmura-t-il à Muhallal alors qu'il envoyait ses hommes se poster de chaque côté de la porte.

Toujours s'assurer que celui qui vous paie se tient en dehors de la ligne de tir.

Il fit signe à Briggs d'attaquer. L'armoire à glaces ouvrit la porte d'un coup de pied et bondit à l'intérieur en brandissant son arme devant lui. Les autres se précipitèrent à sa suite.

C'était vraiment l'endroit où habitait le nervi de la Clayton ? Vous parlez d'un trou à rats !

— La chambre est vide, dit Briggs en passant une porte.

— Idem pour l'autre, renchérit Toro.

Quelques secondes plus tard, Kenny remonta les escaliers qui menaient au sous-sol et entra dans la cuisine.

— La cave est déserte, dit-il.

— Qu'est-ce que… ? fit Baker en se grattant la tête.

Il s'arrêta devant une fenêtre et souleva les stores. Il eut un coup au cœur en constatant que Barlowe et Martini n'étaient plus là – avaient-ils subi le même sort que Mott et Richards ? – puis il les repéra.

— Quelqu'un est passé par-derrière ? leur cria-t-il.

— Négatif, répondit Barlowe.

Baker se tourna et regarda autour de lui.

— Merde. Nous savons qu'ils étaient dans cette baraque. Nous les avons vus.

L'Arabe le toisait d'un regard dédaigneux. Il le jugeait. S'il faisait tout foirer, une fois de plus, et que ces deux-là réussissaient à s'en sortir…

— Hé, regardez-moi ce truc, fit Perkowski depuis le vestibule.

Il pointait le canon de son arme vers un fil qui pendait du plafond.

— Tiens donc ! dit Baker en passant tout près de Mulhallal pour y regarder de plus près. Qu'avons-nous là ? On dirait bien un escalier encastré dans le plafond.

— On dirait aussi un coffre mural, ajouta Briggs, tirant sur un poster en velours noir représentant un tigre accroché au mur.

— Nous nous en occuperons plus tard, fit Baker. Pour l'instant, nous avons d'autres chats à fouetter.

Oh, comme il voulait mettre la main sur ce type ! Il en salivait d'avance.

Il leva son Tec et fit signe à Perkowski de tirer sur le fil.

— Vas-y.

Perkowski s'exécuta, et la trappe s'abattit.

Baker s'accroupit, prêt à tirer au moindre signe de vie, à la moindre menace. Mais rien ne bougeait dans ce rectangle de ténèbres.

Perkowski déplia l'échelle accrochée à l'intérieur de la trappe. Alors qu'elle touchait le sol, quelque chose de noir se mit à glisser sur des rails fixés aux premiers échelons.

Baker mit une ou deux secondes pour reconnaître ce dont il s'agissait : un petit canon.

— En arrière ! s'écria-t-il.

… Et il se sentit particulièrement bête lorsque le petit canon arriva en bout de course. Un petit drapeau rouge sortit de son mufle.

Et en lettres jaunes sur le tissu rouge, il était écrit : « BANG ! »

Attends que je t'attrape, salopard, se dit Baker en scrutant l'échelle d'un regard noir tandis que Perkowski et Toro éclataient de rire. Tu vas souffrir, crois-moi.

— On a affaire à un comique, ma parole, dit Perkowski.

— Un vrai clown, renchérit Toro.

Perkowski se mit à escalader l'échelle en gardant le Tec braqué devant lui.

— J'ai *horreur* des clowns.

— Fais gaffe, Perk, remarqua Toro. Pense à Mott et Richards.

— Oh, ne t'inquiète pas pour ça. Richards était un pote. Je ne l'oublierai pas de sitôt.

Le PM et la tête de Perkowski disparurent dans l'ouverture noire, puis il eut un rire rauque dépourvu de joie.

— Oh oui. Ce type est un vrai clown.

— Qu'est-ce qu'il y a ? demanda Baker en montant derrière lui.

Debout sur l'échelon inférieur, il dut se hisser sur la pointe des pieds pour regarder par-dessus l'épaule de Perk. Un bref coup d'œil dévoila une douzaine de canons-jouets identiques à celui qui avait dévalé l'échelle, déployés de chaque côté de l'ouverture. Une ficelle débouchait droit sur une ampoule au-dessus de leurs têtes.

Baker se laissa retomber sur le sol.

— Je n'aime pas ça, dit-il. Descends de là.

Ah, c'est encore un des trucs de notre clown de service, dit Perkowski en tendant la main vers la ficelle. Faisons donc toute la lumière sur cette histoire.

— Je ne... commença Baker, mais le bruit d'une douzaine de détonations simultanées évoquant un fusil de chasse couvrirent sa voix.

Le corps de Perkowski tomba de l'échelle pour s'abattre sur Toro. Sa tête et ses bras n'étaient plus que des lambeaux sanguinolents.

C'est alors qu'une fureur brute s'empara de Baker. Il avait encore perdu un homme ! Quel fils de pute !

Il leva son Tec-9 et ouvrit le feu. Il visa son chargeur de trente-deux balles dans le plafond, l'aspergeant d'un bout à l'autre de la pièce, et allait changer de chargeur pour recommencer lorsqu'une main se posa sur son bras.

C'était Muhallal, et la colère et la frayeur se mêlaient sur son visage.

— Vous allez tuer la femme !

Baker s'apprêtait à lui dire d'aller se faire foutre lorsqu'un concert de hurlements de douleur retentit, provenant du salon. Il tournoya pour voir Briggs, la main fourrée dans le mur, qui se tortillait avec une expression d'agonie.

— Qu'est-ce qu'il y a ? Merde !

— C'est le coffre ! hoqueta Briggs. Il n'était pas verrouillé. J'ai vu qu'il y avait du pognon à l'intérieur, mais lorsque j'ai voulu le prendre, il m'a piqué !

Baker vit du sang qui sourdait de l'ouverture pour dégouliner le long du mur.

— Quel con !

— Faut que tu me sortes de là ! gémit Briggs. Je crois que ce truc m'a transpercé la main ! Ça fait un mal de chien !

Merde ! se dit Baker. Qu'est-ce qui va encore nous tomber dessus ?

C'est alors que s'éleva un bip.

Tout le monde se figea. Même Briggs cessa de geindre.

Ce « bip-bip-bip » incessant provenait du vieux meuble hi-fi de l'autre côté de la pièce. Kenny alla ouvrir ses portes.

Un compteur digital à cristaux liquides égrenait de grands chiffres rouges en émettant un bip à chaque fois qu'un nouveau chiffre apparaissait.

…58… 57… 56…

Kenny s'approcha pour mieux voir, puis fit un bond en arrière.

— Bon Dieu, Sam, c'est une bombe !

Baker se figea un instant, puis s'approcha à son tour. En matière de bombes, Kenny n'y connaissait rien. C'était son domaine à lui.

Ses cheveux se hérissèrent sur sa tête lorsqu'il reconnut une brique de C-4. Il le connaissait bien : c'était avec ça qu'il avait fait péter la voiture de l'avocat. Et cette brique-là était hérissée de fils qui partaient dans tous les sens.

… 45… 44… 43…

— Fais quelque chose, Sam ! cria Kenny. Désamorce ce truc !

— En moins d'une minute ? Ça m'étonnerait.

… 40… 39…

Derrière Baker, Briggs se mit à gémir en appelant à l'aide sa mère, le Bon Dieu et toute la création.

— J'me casse, dit Toro, et il se précipita vers la porte.

— Hé, où tu vas ! piailla Briggs. Hé, les gars, vous n'allez pas me laisser là alors que cette bombe va péter ? Hé, les gars ! Les *gars* !

Ce dernier se mua en un long gémissement.

… 36… 35…

Baker vit l'Arabe qui se précipitait vers la porte, ce

qui ne l'étonna pas vraiment. Il aurait bien voulu le suivre, partir le plus loin possible de cette bombe, mais…

— Sam ? fit Kenny d'une voix blanche. On devrait peut-être…

— Tu as ton couteau ? répondit Baker en tirant son propre poignard des Forces spéciales de son étui.

… 32… 31…

— Ouais.

— Alors tire-le et viens par là. Et fissa !

— Hé, Baker ! fit Briggs, les yeux écarquillés, en les voyant foncer sur lui avec leurs coutelas en main. Qu'est-ce que vous voulez faire ?

— Je devrais te couper la main pour t'apprendre à la fourrer n'importe où, grogna Baker en s'arrêtant à sa droite. Et il n'est pas dit que je ne le ferai pas, mais je voudrais essayer autre chose avant.

Il claqua le mur de l'autre côté de Briggs, à gauche et légèrement au-dessus du coffre, et dit à Kenny :

— Creuse un trou à cet endroit. Allez !

… 28… 27…

— On ne pourra *jamais* arracher ce coffre du mur ! dit Kenny d'une voix plus aiguë que d'habitude.

— Je sais, répondit Baker.

Il attaqua le mur directement au-dessus du coffre, forant un trou dans le plâtre d'un coup de la crosse de son poignard. Ensuite, il utilisa la lame dentée pour continuer le travail, descendant peu à peu…

… 24… 23…

Il tenta de garder son calme, de ne pas montrer sa frayeur à Kenny, mais son corps battait la chamade et il était trempé de sueur.

Dès que sa lame atteignit le sommet du coffre, il la retira et frappa à nouveau le plâtre, agrandissant l'ouverture.

D'un coup d'œil, il vit son neveu qui tailladait furieusement son propre pan de mur. Son visage était blanc comme un linge, faisant ressortir ses cheveux roux, mais il n'abandonnait pas.

— Magne-toi, Kenny !

… 20… 19…

— Je ne veux pas mourir à cause des bêtises de Briggs, Sam, dit Kenny alors que Baker attaquait la section à droite du coffre.

— Moi non plus, fiston. Mais on n'abandonne pas un de ses hommes sans avoir tout fait pour le sauver. Même si c'est un pauvre con.

C'était l'une des règles du SOG. Si un homme tombait derrière les lignes ennemies, on faisait tout son possible pour le récupérer.

… 16… 15…

Il entendit Kenny qui frappait comme un sourd, puis obtint le trou qu'il désirait. Sur la pointe des pieds, il regarda dans le trou. Il n'avait pas assez de lumière.

— Kenny, amène cette lampe par là.

— Sam…

Bon sang, son neveu semblait au bord des larmes.

Je sais ce que tu ressens, fiston, mais il faut que tu me suives jusqu'au bout sur ce coup-là. Ne me déçois pas.

— Vas-y !

… 12… 11…

Kenny prit la lampe de ses mains tremblantes.

Maintenant, Baker pouvait voir le puissant ressort qui avait projeté la pointe dans le bras de Briggs.

— Je le tiens, dit-il.

… 08… 07…

Il inséra la pointe de sa lame sous le ressort, mais ses doigts s'étaient mis à trembler et la pointe dérapa.

— Allez, merde !

Il la remit en position puis, avec un grognement, força pour sortir le ressort du coffre. Il sentit qu'il cédait et entendit Briggs qui sifflait entre ses dents alors que la pointe de métal se retirait de sa chair.

… 04… 03…

Avec un cri perçant, Briggs arracha son bras ensanglanté du trou et piqua un sprint vers la porte.

Kenny le suivit aussitôt. Baker ferma le cortège. Il sauta les marches et plaqua Kenny.

— À terre ! cria-t-il.

17

— Où sommes-nous ? demanda Alicia alors que Jack l'aidait à escalader l'échelle pour sortir du tunnel.

— Voyez par vous-même.

Alicia tourna lentement sur elle-même pour reprendre ses esprits. Ils venaient d'émerger au centre d'un amas de buissons en bordure d'un champ de patates. À quinze mètres sur leur droite, elle vit la voiture de location blanche garée là où ils l'avaient laissée. Au-delà s'étendait la maison avec toutes ses fenêtres éclairées.

— Nous sommes de l'autre côté de la rue.

— Exact.

— Allons-nous…

Alicia sursauta alors qu'une détonation faisait vibrer l'air paisible, immédiatement suivie par un tir de mitraillette.

— Mon Dieu, que se passe-t-il ?

— J'imagine que quelqu'un est devenu de la chair à canon, répondit Jack.

— Vous voulez dire qu'il est *mort* ?

— C'est fort probable, acquiesça-t-il. Je vous l'ai dit, c'est ma maison-leurre. Elle est truffée de pièges.

Elle se tourna vers Jack. Durant le peu de temps qu'elle l'avait côtoyé, elle avait fini par l'apprécier, et même par lui faire confiance – ce qui était rare chez elle, qui n'attribuait pas cet honneur à beaucoup de monde – mais il y avait tant de choses qu'elle ignorait. Et il y avait quelque chose qu'elle n'avait jamais réalisé – peut-être s'en doutait-elle sans vouloir vraiment le formuler : sous cette apparence anodine et calme se cachait quelqu'un qui n'hésitait pas à tuer si les circonstances l'imposaient.

Et il se tenait à trente centimètres d'elle. Sa bouche s'assécha. Elle fit un pas en arrière.

— Vous… avez tué l'un d'entre eux ?

Elle tenta de déchiffrer son expression dans les ténèbres.

— Je préfère penser qu'il s'est tué lui-même – en s'aventurant là où il n'avait rien à faire pour commettre des actes répréhensibles.

Alicia se sentait faible et secouée. Elle fit un autre pas en arrièrc.

— C'est… très effrayant.

— Vous vous en faites pour eux ?

— Je ne suis pas une meurtrière.

— Mais eux si, fit-il en regardant la maison. Ils ont assassiné votre privé, brûlé vif Benny la Torche et fait sauter votre avocat. Comment s'appelait-il déjà ?

— Weinstein… Léo Weinstein.

Mon Dieu, elle avait presque oublié ce pauvre Léo.

— C'est ça. Il a volé en éclats. Et qu'avait-il fait ? Son travail. Vous pensez que Mme Weinstein aurait des scrupules en voyant que quelqu'un leur rend la monnaie de leur pièce ? J'en doute.

— Je ne connais pas Mme…

Mais Jack ne l'écoutait pas. Il continuait de parler d'une voix de plus en plus basse et froide.

— Mais si je fais ça, ce n'est pas pour Mme Weinstein ou votre privé, ou même Benny la Torche, que je connaissais vaguement. C'est pour moi et, que cela vous plaise ou non, pour vous.

— Non, pas moi. Je n'ai jamais demandé…

— Parce que ces gens sont des tueurs. Et si vous vous mettez une bande de tueurs à dos – et croyez-moi, ils veulent notre peau –, il n'y a qu'une seule façon de procéder : tirer le premier. Sinon, croyez-moi, vous le regretterez. Parce que, un jour, ils finiront par vous trouver – volontairement ou par accident, mais un jour, vos chemins se croiseront et ils vous abattront sans l'ombre d'une hésitation. Ou du moins ils essaieront.

Son ton badin la glaça jusqu'à l'os.

Dans quel pétrin me suis-je fourrée ?

— Les voilà, dit Jack.

Alicia vit deux silhouettes qui passaient la porte au pas de course. Lorsqu'il lui prit le bras, elle eut un mouvement de recul, mais il tint bon.

— Venez par ici, dit-il. Et ne vous montrez pas.

Ils progressèrent accroupis jusqu'à la voiture, puis il ouvrit la portière côté conducteur avec précaution. La veilleuse ne s'alluma pas – maintenant, elle comprenait pourquoi il avait bloqué le mécanisme. Il lui fit signe de passer devant.

— Passez de l'autre côté, mais sans lever la tête.

Il monta à sa suite et ferma doucement la portière. Il glissa la clé dans le contacteur, mais ne la tourna pas. Il se pencha vers elle et fixa la maison.

— Maintenant… Regardez bien. Cela ne devrait plus tarder.

18

Luttant contre la panique, Kemel s'agenouilla derrière le pneu arrière à plat du pick-up rouillé et se tourna vers la maison. Le mercenaire qu'il avait suivi se tenait accroupi à ses côtés.

Comment pouvait-on accumuler autant de catastrophes en une seule nuit ? Comment était-ce possible ?

Plus tôt dans la soirée, il était très mécontent, et surtout lorsqu'il avait appris la mort de ces deux hommes. Si la police remontait la piste, ces deux cadavres pouvaient les mener tout droit à Kemel et, de là, à l'Iswid Nahr. Il serait humilié sous les yeux de Khalid Nazer. Baker savait qu'il ferait « disparaître » les cadavres, mais pouvait-il s'y fier ou n'était-ce que vantardise de sa part ?

Peut-être pas. Kemel était bien obligé d'admettre que la façon dont Baker dirigeait ses hommes l'avait impressionné. Ils semblaient bien entraînés et exécutaient ses ordres avec une rigueur toute militaire. Et il avait eu assez de jugeote pour poser une balise sur cette femme.

Baker montait dans son estime. Si seulement il n'était pas si têtu…

Mais la situation n'avait pas tardé à se détériorer. Un homme mort, un autre coincé dans la maison comme un animal pris au piège, et une bombe prête à exploser dans quelques secondes.

Et où était Baker ? Pourquoi était-il resté là-dedans ? Essayait-il de désamorcer la bombe ?

Soudain, le mercenaire qu'ils appelaient Briggs, celui qui était resté coincé, jaillit dans l'entrée, immédiatement suivi de Baker et un autre mercenaire aux cheveux roux.

Briggs fonça vers le pick-up pendant que Baker et l'autre s'aplatissaient dans les herbes. Kemel baissa la tête et se boucha les oreilles.

Une seconde plus tard, il entendait un bruit sec, comme un coup de feu.

Kemel attendit encore quelques secondes, mais l'explosion ne venait toujours pas. Il leva précautionneusement la tête pour regarder par-dessus la ridelle du pick-up et vit Briggs qui se tenait à l'autre bout du jardin en tenant son bras blessé.

— Bande d'enfoirés ! hurlait-il. Ramassis de salauds ! Vous m'avez abandonné avec ce qu'on croyait être une bombe, et tout ce qui a explosé, c'est un pétard de merde !

— Quoi ? fit le mercenaire qui se tenait derrière Kemel en se redressant.

— C'est ça, Toro ! hurlait Briggs en s'avançant d'un pas mal assuré. C'est un putain de M-80 ! Et regarde-toi, planqué derrière cette camionnette comme le sale rat que tu es !

L'un des hommes qui surveillait l'arrière de la maison se dirigea à son tour vers le camion.

— Qu'est-ce qui se passe ? (Son regard tomba sur le bras ensanglanté de Briggs.) Qu'est-ce qui t'est arrivé ?

— Ah, ça t'étonne, hein ? Toro, dis-lui comment tu t'es…

— *Barrez-vous* !

Kemel regarda vers la maison et vit que Baker s'était relevé et entraînait le rouquin de l'autre côté de la maison.

— Éloignez-vous de ce camion !

Les trois autres ne lui prêtèrent aucune attention, mais Kemel décida que si Baker courait, il avait tout intérêt à en faire autant – et vite, encore.

— C'est ça ! File, espèce d'Arabe à foie jaune ! Dépêche-toi avant que je…

L'explosion prit Kemel par surprise. Il était en train de courir puis, soudain, prit son envol, comme si une main géante s'était emparée de lui et l'avait soulevé de terre. La nuit paisible vibrait de bruits, de lumières et de morceaux de métal.

Kemel toucha terre et roula sur lui-même. Il s'aplatit au maximum sur la terre dure et froide, les mains sur sa nuque.

Puis tout fut terminé.

Kemel secoua la tête et se mit à genoux. Un bourdonnement aigu vrillait ses tympans, oblitérant tous les autres bruits. Il regarda autour de lui et vit que le jardin était jonché de morceaux de métal fumants. Le mercenaire qui se tenait derrière lui à l'abri de la camionnette n'était plus qu'une silhouette informe allongée dans les herbes. Il était sûr que, de l'autre côté de l'épave fumante, il trouverait Briggs et DeMartini dans un état similaire.

Mais quelqu'un arrivait. Baker… qui revenait depuis l'autre côté de la maison en agitant le poing dans le vide. Kemel pouvait voir son visage tordu par la fureur et, en voyant sa bouche ouverte et les muscles tendus de son cou, sut qu'il hurlait sa rage dans la nuit.

Mais Kemel ne pouvait l'entendre. Ce qui valait mieux.

Il regarda vers la route et remarqua que la voiture blanche avait disparu.

Kemel baissa la tête et se mit à prier. C'était ça ou fondre en larmes.

19

Yoshio, qui regardait la scène depuis sa voiture, ne put s'empêcher d'éclater de rire.

Il avait suivi un spectacle magnifique. Lorsqu'il avait entendu des coups de feu provenant de la maison, il avait craint le pire : que Muhallal et ses subordonnés aient tué le *ronin* d'Alicia Clayton. Mais lorsqu'il avait vu des silhouettes qui sortaient en catastrophe de la maison pour prendre position derrière la camionnette qui rouillait dans le jardin, il s'était attendu à une fusillade.

Mais comment pouvait-il y avoir combat alors que, de l'autre côté de la rue, Alicia et son *ronin* se glissaient dans leur voiture ?

L'explosion avait tout clarifié. C'était elle – ou la menace d'une autre explosion beaucoup plus dévastatrice – qui les avait chassés de la maison pour gagner l'extérieur. En sécurité, du moins le croyaient-ils. Et quel pouvait être le meilleur abri pour se protéger des débris que derrière cette camionnette qui, par un heureux hasard, se tenait abandonnée au centre du jardin ?

Mais la maison n'était pas piégée, du moins pas au sens qu'ils le croyaient. Pourquoi faire sauter une maison qui pouvait toujours resservir alors qu'il suffisait d'un leurre pour que les assaillants aillent se regrouper autour de la véritable bombe ?

Les morceaux de métal n'étaient pas encore retombés que la voiture du *ronin* se mettait déjà en mouvement, toutes lumières éteintes, pour disparaître dans la nuit.

Yoshio applaudit avec ardeur. Quelle simplicité, et pourtant, quelle élégance ! Bravo, *ronin-san* !

Heureusement, Muhallal avait survécu. Yoshio tenait à ce que l'Arabe reste en vie. À part Thomas Clayton, il était le seul à savoir pourquoi cette maison était si importante.

Il regarda Baker donner libre cours à sa fureur pendant que le seul survivant, l'homme qu'il avait envoyé surveiller l'arrière de la maison, arrivait en courant. Yoshio descendit sa vitre pour entendre ce que hurlait Baker.

— Mais *qui* est ce type ? Je veux sa peau ! Je l'aurai ! Qui es-tu, salopard ? Allez, montre-toi ! Allons-y ! Rien que toi et moi, c'est tout ! Fini les tours de passe-passe ! Rien que toi et moi ! (Sa voix s'éleva encore dans les aigus.) Bordel de merde, *qui es-tu* ?

Bonne question, pensa Yoshio. Qui est ce *ronin* ?

De toute évidence, ce n'était pas qu'un gros bras. Cet homme ne reculait pas devant l'usage de la violence, mais il l'employait de façon judicieuse et avec une certaine classe. Cet homme avait une grande expérience de ce genre de travail et entendait bien l'exercer longtemps – comme le prouvait cette maison piégée avec soin. Voilà qui prouvait que ce *ronin* raisonnait à long terme et pouvait fort bien être prêt à faire face à toute éventualité.

Ce qui voulait dire que Yoshio devrait faire preuve d'une grande prudence.

Car il était bien déterminé à rencontrer ce *ronin* avant que Muhallal et Baker ne lui tombent dessus par pure chance et le tuent. Yoshio était sûr que, lorsqu'il avait fouillé cette maison, il y avait appris quelque chose.

Il eut envie de donner un coup d'accélérateur pour le rattraper, mais se retint. Il effectua un bref calcul des risques encourus et en conclut qu'il valait mieux ne pas passer devant la maison, du moins pas tout de suite. Baker ou l'un de ses nervis pouvait bien se défouler sur lui et vider un chargeur ou deux sur sa voiture. Il doutait de la précision de leurs tirs, mais une balle perdue pouvait toujours atteindre son réservoir d'essence ou, pire encore, lui-même.

Non, il les rattraperait à Manhattan.

Alors il apprendrait ce que ces deux-là avaient découvert dans la maison des Clayton.

20

— Jack, franchement, je veux rentrer chez moi.

Ou du moins sortir de cette voiture. Elle ne se sentait pas à l'aise.

Au lieu de retourner en ville, Jack avait continué sa route vers l'est, filant vers la pointe de Long Island. Il avait abordé les Hamptons, puis avait viré vers le nord jusqu'à ce qu'ils atteignent les demeures pittoresques et les marinas désertes de Sag Harbor. Maintenant, ils entraient dans le parking d'un endroit du nom de Surfside Inn. Alicia savait que personne ne faisait de surf à Sag Harbor ; en fait, ce motel miteux n'était même pas proche de la mer.

— Nous ne pouvons courir le risque de retourner en ville, répondit Jack. Ce soir, ils ont dégusté, mais cet Arabe peut avoir des réserves que j'ignore. Il peut avoir des guetteurs qui nous attendent sur l'autoroute, prêts à nous suivre. Non, d'après moi, il vaut mieux prendre le chemin des écoliers.

Tout ce qu'Alicia voulait, c'était en finir.

— D'accord. Mais pourquoi nous arrêtons-nous ici ?

— Pour y passer la nuit. (Avant qu'elle n'ait pu rétorquer, il leva la main.) Faites-moi confiance. Nous rentrerons au matin et personne ne nous retrouvera jamais. Mais si nous revenons en ville ce soir, cela peut mal finir.

Quel enfoiré, se dit-elle. Il sait trouver les mots qu'il faut. En effet, elle ne voulait pas qu'il y ait d'autres explosions de violence.

— Bon, bon. Mais ne pouvons-nous pas trouver un endroit un peu plus reluisant ?

— Ce n'est pas vraiment la saison. Cet endroit est ouvert, il n'y a pas de pancarte « complet » et nous n'y resterons qu'une douzaine d'heures au maximum. Et, mieux encore, le parking ne se voit pas depuis la route. Attendez-moi un instant.

Avant qu'elle n'ait pu émettre la moindre objection, il descendit de voiture et se dirigea vers le bureau.

Alicia ferma les yeux en tentant de faire le vide dans son esprit. Tout ceci n'était pas réel. Elle ne tarderait pas à se réveiller pour s'apercevoir qu'elle avait fait un long et horrible cauchemar…

Elle sursauta : on tapotait à la fenêtre. C'était Jack… Il tenait une clé et lui désignait une série de portes qui s'étendait à gauche de la voiture. Avec un grognement, elle descendit et le suivit. Ses membres étaient gourds, comme si sa moelle épinière s'était changée en plomb.

Jack ouvrit une porte frappée du chiffre « 17 » et la lui tint. Elle entra, et il referma le panneau derrière eux.

L'endroit était un peu mieux décoré que la « maison de campagne » de Jack, mais tout aussi moisi. Des rideaux à fleurs étaient assortis aux couvertures des doubles lits, mais pas au tapis.

— Lequel voulez-vous ?

— De quoi ?

— Quel lit ?

— Vous rigolez ! dit-elle. Vous croyez vraiment que nous allons partager une chambre ? Écoutez, je suis un peu juste en ce moment, mais…

— Ce n'est pas une question d'argent, mais de sécurité. (Il désigna à nouveau les lits.) Alors ? Lequel prenez-vous ?

Alicia désigna celui qui se trouvait le plus près de la salle de bains. Elle ne désirait rien tant qu'une bonne douche, mais comme elle n'avait pas de quoi se changer, à quoi bon ?

— Celui-ci.

— Parfait, fit-il en se laissant tomber sur l'autre. Alors celui-ci est à moi. (Il baissa sa voix pour obtenir un baryton à la Charlton Heston :) Mais mettons les choses au point, mam'zelle : je sais que vous êtes folle de moi, mais n'allez pas vous faire des idées.

Il essaie de me rassurer, pensa-t-elle, et elle sourit.

— J'essaierai de mettre un frein à mes bas instincts.

— Parfait. Parce que je suis pris.

Alicia sentit que, sur ce dernier point, il ne plaisantait pas. Elle l'examina un instant tout en essayant d'analyser ses sentiments envers cet homme. D'une certaine façon, il la terrifiait… C'était un meurtrier, un être dangereux – combien d'hommes avait-il tués cette nuit ? Et pourtant, elle se retrouvait là, à partager une chambre avec lui et non seulement elle le croyait lorsqu'il disait qu'il était pris, mais elle enviait celle qui avait conquis son cœur.

Pour l'instant, se dit-elle en se dirigeant vers son lit, je préfère ne pas y penser. J'ai besoin de dormir. De faire le point. De me retirer.

Il s'était passé beaucoup trop de choses ce soir. Elle était retournée dans cette maison, avait vu son ancienne chambre, celle de cet homme, puis elle avait assisté à un double meurtre… C'était déjà plus qu'assez. Mais en plus, une petite armée s'était lancée à leurs trousses, il y avait eu des coups de feu, des cris, et l'explosion de cette camionnette, illuminant la nuit…

Alicia avait l'impression de baigner dans un brouillard gélatineux alors qu'elle se dirigeait vers le lit… Ce lit de rêves.

C'en était trop… Beaucoup trop… ses circuits étaient grillés… Il lui fallait du repos…

Elle finit par l'atteindre. Elle repoussa le couvre-lit et se glissa entre les draps.

— Bonne nuit, dit-elle en tirant la couverture sur sa tête.

Enfin, le silence… Et les ténèbres, si accueillantes…

21

— Bonne nuit, répondit Jack en la voyant se blottir sous les couvertures.

Pas de doute, c'était une drôle de nana. Mais tous ceux qui portaient le nom de Clayton étaient bizarres, d'une façon ou d'une autre.

Et maintenant, que vais-je faire ? se demanda-t-il. Il devrait suivre l'exemple d'Alicia et mettre la viande dans le torchon, mais il était trop énervé pour dormir. Qu'est-ce que la clé venait faire dans cette histoire ? Et cette fichue Range Rover miniature qui s'obstinait à filer vers l'avant de la maison des Clayton… Il n'arrivait pas à l'oublier.

Jack se leva et se dirigea vers la porte. Il déverrouilla la Chevy, tira la voiture qu'il avait posée sur le siège arrière et l'amena au milieu du parking.

— Très bien, madame Rover, dit-il en appuyant sur le bouton de contact, voyons où vous voulez aller maintenant.

Il la déposa sur le trottoir, pointé approximativement vers l'est et la lâcha. Le petit camion partit en trombe et tourna presque aussitôt sur la gauche. Jack s'attendait à le voir virer à 90 degrés pour revenir vers lui, mais une fois aux trois quarts du chemin, il décrivit un virage et partit à travers le parking.

Jack courut après le véhicule et l'attrapa juste avant qu'elle ne disparaisse sous une Accord garée non loin de là.

C'était bizarre : il aurait dû se diriger vers l'ouest,

vers la demeure des Clayton – ou plutôt son jardin. Peut-être que son système de guidage était déréglé ?

Il regarda les étoiles. Heureusement, c'était une nuit d'hiver froide, mais claire. Il repéra la Grande Ourse, suivit ses contours pour tomber sur l'Étoile Polaire. Parfait : elle lui indiquait le nord.

Il revint à son point d'origine, reposa le jouet en direction de l'est... Et il vira à nouveau pour se diriger vers cette fichue Accord.

Il trouva à nouveau l'Étoile Polaire. Lorsqu'ils étaient à Murray Hill, il tenait à se diriger vers Murray Hill – vers le nord... Donc le jardin. Du moins était-ce ce qu'il en avait conclu.

Qu'est-ce qui avait changé depuis ?

Pour commencer, la position de la Rover.

À moins que quelqu'un n'ait modifié son système de contrôle, quel qu'il puisse être ?

Voilà qui demandait des investigations approfondies dans de meilleures conditions.

Demain... Il y consacrerait toute la journée de demain. Et il chercherait le coffre qui correspondait à cette clé.

Il retourna dans la chambre, emportant la Rover avec lui. Il ne voulait pas la laisser toute la nuit dans la voiture. Qui sait ? Un malfaiteur en vadrouille pouvait toujours la repérer et la piquer.

Il rentra dans la chambre le plus silencieusement possible. Alicia était toujours sous les couvertures, en position fœtale.

Quel est votre secret ? se demanda-t-il.

Il ressentait un mélange de pitié et d'admiration envers elle – et il savait qu'elle avait horreur de tout ce qui ressemblait à de la pitié, et pourtant, c'était ce qu'il éprouvait. À un moment ou à un autre, on l'avait mise en pièces, et il ne pouvait avoir que de la pitié envers quelqu'un qui présentait des cicatrices aussi profondes. Mais elle avait entamé une bataille – qui, apparemment, n'était toujours pas terminée – contre les effets de ce qu'on lui avait fait.

Peut-être que cette nuit était plus qu'elle ne pouvait en supporter. Peut-être avait-il eu tort en insistant pour la faire venir.

Mais avait-il vraiment le choix ? Elle avait habité cette maison, et il avait besoin de son aide.

Et pourtant, lorsqu'il regardait cette masse affalée sous les draps, repliée sur elle-même comme pour se protéger des assauts du monde entier, il sentait se nouer son estomac.

Lorsqu'elle se réveillerait demain matin, dans quel état serait-elle ?

Jack s'allongea sur le lit d'à côté et y réfléchit tout en regardant le plafond taché jusqu'à ce que le sommeil finisse par le prendre.

22

Kemel Muhallal resta assis, les mains tremblantes, les tripes révulsées. Il avait l'impression d'être dans un avion pris dans une tempête sans fin.

Il s'affala sur le canapé de son appartement, trop déprimé pour prier, trop épuisé pour se traîner jusqu'à la chambre à coucher.

Pour la première fois depuis son arrivée dans ce maudit pays, il commençait à douter de la validité de sa mission. Bien sûr, lorsqu'on lui avait confié la tâche de s'emparer des technologies développées par Clayton, il savait que cela ne serait pas facile, mais il ne s'attendait pas à un tel cauchemar. Cette Clayton s'était acoquinée avec le Diable en personne.

Lorsqu'il avait remarqué le départ de la voiture, il aurait voulu employer la balise pour partir à sa poursuite, mais il s'en trouva incapable. Les corps… Il fallut enlever les corps avant l'arrivée de la police. Baker, les deux survivants et lui-même durent les transporter jusqu'à leur camionnette. Puis ils avaient fui, comme des chacals dans la nuit.

Ç'avait été une expérience humiliante, épuisante.

Et pourtant, le jeu en aurait valu la chandelle s'il avait pu découvrir si Alicia Clayton et son diabolique serviteur avaient trouvé quelque chose dans la maison.

Et… qu'en était-il de la vente de la maison ? Haffner avait fait transmettre à son avocat qu'ils n'acceptaient pas son prix. Ils n'avaient pas encore reçu de réponse. Mais après cette nuit, y en aurait-il une ?

Sinon, le processus tout entier pouvait se voir retardé. Et quelles conséquences pour Ghalil ? Kemel devait retourner chez lui pour revoir son fils.

Kemel tira sur sa barbe. Il se retrouvait tiraillé dans tant de directions différentes. Que devait-il *faire* ?

S'il ne pouvait s'approprier la technologie que Clayton avait découverte, il devait s'assurer que personne d'autre ne mettait la main dessus.

Calme-toi, se dit-il pour la centième fois depuis qu'il avait passé la porte.

Mais comment pouvait-il se calmer alors que, demain, les journaux pouvaient proclamer en première page la découverte de Clayton ?

Il frissonna en pensant aux répercussions que pourrait avoir une telle découverte sur son pays natal. L'Arabie Saoudite tout entière redeviendrait telle que l'avait connue son père, qui fabriquait encore ses propres chaussures et vivait avec les autres bédouins dans des tentes faites de peaux de bouc ou dans des huttes de terre éparpillées autour des oasis, sans électricité ni médicaments. C'était le mode de vie que les Arabes connaissaient avant les années 60 et, s'il échouait dans sa quête, celui qu'il connaîtrait à nouveau – et ses fils avec lui.

Il aurait bien voulu pouvoir passer le flambeau à quelqu'un qui avait plus l'habitude de ce genre d'affaires, mais ils étaient tenus au secret – à tel point que, si quelqu'un avait seulement vent de leur entreprise, ils pourraient bien tout perdre. Du coup, les chefs de l'Iswid Nahr lui avaient interdit d'en parler à qui que ce soit, y compris d'autres membres de l'Iswid Nahr.

Kemel Muhallal était là lorsque Thomas Clayton leur avait apporté la preuve de l'existence de la technologie qu'avait développée son père. Pourquoi avait-il eu alors l'impression de recevoir la bénédiction d'Allah, alors que, comme il l'avait appris ultérieurement, il s'agissait plutôt d'une malédiction. En effet, comme il faisait partie des quelques hommes qui étaient au courant, c'était à lui qu'on avait confié la tâche de résoudre cette affaire.

Kemel releva la tête. Il ne devait pas désespérer. Il n'était pas encore vaincu. Il devait avoir confiance en Allah et croire de toutes ses forces qu'Alicia et son diabolique serviteur n'avaient rien trouvé.

Et, en parlant de diables, qu'allait-il faire du sien… Ce Baker ? Kemel n'avait plus la moindre confiance en lui, mais il pouvait néanmoins encore avoir usage de sa nature brutale et de ses méthodes qui ne l'étaient pas moins.

Car Kemel savait que si l'Iswid Nahr et lui ne pouvaient s'emparer du secret de Clayton, ils devraient le détruire ainsi que tous ceux qui étaient au courant de son existence.

MERCREDI

1

— Non, dit Alicia, c'est hors de question. Il faut que j'aille à l'hôpital.

Les femmes sont donc toutes têtues comme trente-six mules ? se demanda Jack en regardant le quai du ferry à travers les vitres embuées. Ou est-ce juste toutes celles que je connais ?

Alicia et lui avaient pris le premier ferry du matin à Orient Point et se tenaient dans la cabine passagers, où ils prenaient le café. La Chevrolet était en bas, avec les autres voitures.

— Alicia…

— Écoutez, j'ai des patients à voir et… Oh, et puis…

Elle ouvrit son grand sac, farfouilla à l'intérieur et en tira un téléphone cellulaire.

— Qu'y a-t-il ? demanda Jack.

— Je veux les prévenir.

Pendant qu'elle composait le numéro, il regarda au-dehors. Le ciel était bleu et clair, mais tout autour d'eux, le détroit de Long Island Sound restait gris et embrumé. En entendant le nom d'Hector, il se tourna vers elle. Son visage venait de s'assombrir. Elle mit fin à sa communication et ferma les yeux.

— Les nouvelles sont mauvaises ? demanda Jack.

Elle garda les yeux clos.

— Hier soir, Hector est entré en état de choc, puis il

a fait une nouvelle crise. Nous sommes en train de le perdre.

— Oh non.

Son cœur se serra en évoquant ce gamin au grand sourire, si fier de sa coupe en brosse. Si plein de vie, et maintenant…

— J'aurais dû être là.

— Je comprends ce que vous ressentez. C'est tout à votre honneur.

Elle ouvrit les yeux et le dévisagea sans rien dire.

— Bon, d'accord, convint-il, je ne comprends pas tout. Mais quoi qu'il en soit, je continue de penser qu'en ce moment, vous n'y êtes pas en sécurité. Je veux dire, ces gens savent où vous habitez et où vous travaillez. Si j'étais vous, je n'y retournerais pas tout de suite.

— Il faut que je prenne ce risque. Je dois me rendre là-bas ce matin. Il le faut, Jack. Et à vrai dire, vous n'en avez pas laissé beaucoup.

Voilà qui ne lui disait rien qui vaille, mais il sentait qu'il ne pourrait jamais la fléchir. Et même si Baker et les quelques survivants préparaient un sale coup, ils ne le feraient pas en plein centre, devant une tripotée de témoins. Mais dès qu'elle en sortirait et se retrouverait seule…

— Très bien, dit-il. Allez à l'hôpital, puis demandez qu'on vous escorte jusqu'au Centre. Et restez-y. Faites-vous livrer votre déjeuner. Ne mettez pas le pied dehors avant que je ne vienne vous mener à votre hôtel.

— Mon… hôtel ?

— Oui, un hôtel. Vous ne comptez tout de même pas retourner à votre appartement, non ? C'est là qu'ils vous attendront.

— Qui, « ils » ? rétorqua-t-elle. Après ce que vous leur avez fait subir hier soir, je ne pense pas qu'il en reste encore.

Jack secoua la tête. Il avait vu s'échapper Kemel et son mercenaire. L'Arabe avait-il d'autres hommes en réserve ? Et combien ? Et même s'il n'y en avait pas, il pouvait toujours en embaucher d'autres.

— Celui qui vous a fourré dans la camionnette est toujours dans la nature.

Sa remarque eut l'effet désiré : Alicia se crispa et détourna les yeux.

— Bon, bon, admit-elle. Quel hôtel ?

— Je ne sais pas encore. Mais je passerai à cinq heures. Nous utiliserons la foule des heures de pointe à notre avantage.

— Bon, fit-elle d'un ton boudeur en ramenant les pans de son manteau autour d'elle.

— C'est promis ?

— Oui. (Elle se tourna enfin vers lui.) Pourquoi vous souciez-vous de ce qui peut m'arriver ?

Cette question prit Jack de court.

— Que voulez-vous dire ?

— Vous avez cette clé à laquelle vous teniez tant. Vous n'avez plus besoin de moi. En fait, s'ils s'emparaient de moi, ce serait plutôt un bien pour vous.

Jack la dévisagea, retenant à grand mal sa colère.

— Vous ne répondez pas ? ajouta-t-elle.

— Non… fit-il lentement. Je pense qu'une telle affirmation ne mérite même pas qu'on y réponde.

— Oh ? Je vous ai vexé.

— Un peu ! Vous êtes… Vous êtes une cliente. Nous avons passé un marché. Un contrat.

— Je n'ai rien signé…

— Nous nous sommes serré la main. Topez là. Pour moi, c'est un contrat.

Elle rougit et détourna les yeux. Soudain, les mots se bousculaient dans sa bouche.

— Je suis désolée. Je me trompe peut-être, mais je ne sais plus qui croire, ni à qui faire confiance. Ce qui s'est passé la nuit dernière m'a terrifiée – et *vous* êtes terrifiant. Je ne me suis jamais retrouvée dans une telle situation. Je veux dire, toutes sortes de gens me poursuivent et l'homme qui est censé me protéger a tué

Dieu sait combien d'entre eux la nuit dernière. Ils l'avaient certainement bien mérité, mais… Vous voyez ce que je veux dire ? Il vous a suffi d'appuyer sur quelques boutons, et *boum* ! Ils sont morts. Vous vouliez vous en débarrasser, et voilà ce qui est arrivé. Donc, cela me semble normal de me demander ce qui se passerait si, soudain, vous en aviez assez de moi.

Il eut envie de dire qu'il ne tuait pas ses clients, sauf ceux qui parlaient trop vite, mais ce n'était pas le moment de faire de l'humour.

Et peut-être avait-elle raison. En général, il tentait d'avoir un minimum de contacts avec ses clients. Il passait un marché, le remplissait et disparaissait – comme il l'avait fait avec Jorge. Ils ne le voyaient jamais à l'œuvre, ils se contentaient des résultats. Hier soir, il avait fait une exception à cette règle. Il s'était retrouvé à jouer les gardes du corps – et Alicia avait été témoin de quelques moments assez pénibles.

Oui, eh bien, on ne lui avait pas vraiment laissé le choix.

— Je fais ce qui est nécessaire, dit-il. Mais puisque vous avez tant réfléchi à la question, vous êtes-vous demandé ce qui serait advenu de nous s'ils nous avaient capturés ?

Elle continua, suivant sa pensée comme s'il n'avait rien dit.

— Et le pire, c'est que cela n'a rien arrangé. Nous en sommes toujours réduits à regarder par-dessus notre épaule. Je ne peux même pas rentrer chez moi.

— Vous m'en voyez désolé. Mais nous faisons des progrès. Nous en savons plus qu'il y a deux jours, et j'ai l'impression que nous en apprendrons encore davantage une fois que nous aurons trouvé la serrure qui correspond à cette clé.

Et s'amuser un peu avec ce 4×4, ajouta-t-il mentalement. La « Rover » de Clayton restait un mystère.

Il tint la clé dans la clarté du soleil et remarqua des

lettres à demi effacées embossées sur l'étui de vinyle rouge : « Ben Interbank. »

Alléluia, se dit-il.

2

En voyant la Chevrolet blanche, Yoshio inspira profondément et faillit s'étouffer avec son Egg McMuffin.

La nuit dernière, il avait surveillé l'appartement d'Alicia Clayton durant des heures, en vain. Yoshio avait été déçu, mais pas vraiment surpris. Il présuma que le *ronin* avait fait ce qu'il aurait lui-même choisi dans de telles circonstances : passer la nuit dans un hôtel.

Ainsi, pour passer le temps, Yoshio s'était posté sur la Septième Avenue, d'où il pouvait surveiller l'entrée de l'hôpital et du Centre où travaillait Alicia Clayton. Sa petite enquête préliminaire lui avait appris qu'elle était extrêmement dévouée à son travail. Elle ne s'en éloignerait pas longtemps.

Et en effet, il ne se trompait pas.

Mince satisfaction, mais c'était toujours mieux que rien.

Sous ses yeux, le *ronin* l'escorta jusqu'à la porte de l'hôpital. Lorsque celui-ci retourna à sa voiture, Yoshio était prêt à le suivre. Le suite des opérations était toute tracée : il allait suivre le *ronin*. Si Clayton et lui avaient appris quoi que ce soit au cours de la nuit dernière, c'était le moment d'essayer de le soutirer.

Tout en restant à bonne distance, Yoshio suivit le *ronin* sur la Quatorzième Rue pour remonter sur la Dixième Avenue. Personne d'autre ne les suivait. Il eut un sourire. Pour l'instant, Kemel Mulhallal devait avoir d'autres préoccupations plus immédiates – entre autres un soudain manque de personnel.

Le *ronin* s'arrêta devant une rangée de boutiques miteuses. Yoshio continua son chemin, ajustant sa vitesse pour se retrouver coincé au prochain feu rouge. Il régla son rétroviseur et vit le *ronin* passer une porte à côté d'une fenêtre sale comportant une pancarte :

CHEZ ERNIE
PAPIERS EN TOUT GENRE
PASSEPORTS, TAXI, PERMIS DE CONDUIRE

Yoshio s'empressa de faire le tour du pâté de maisons ; lorsqu'il revint sur la Dixième Avenue, à son grand soulagement il vit que la Chevrolet était toujours garée là où il l'avait laissée. Il s'arrêta contre le trottoir à l'autre bout de la rue, près d'un arrêt de bus, en espérant que la densité du trafic le dissimulerait.

Des papiers d'identité… Pourquoi le *ronin* entrerait-il dans un tel endroit ? Voulait-il confirmer sa propre identité ou endosser celle d'un autre ? Celle de Ronald Clayton, peut-être ?

Yoshio se frotta les mains en ressentant une pointe d'impatience. Il était sur une piste, il le sentait.

Puis le *ronin* sortit de la boutique et regarda autour de lui avant de remonter dans sa voiture. Ses yeux passèrent sur celle de Yoshio, mais à ce moment-là, un bus s'interposa. Yoshio en profita pour réintégrer le trafic et fit en sorte de se retrouver derrière le bus lorsque celui-ci repartit. Maintenant, sa voiture n'était qu'un véhicule parmi les milliers d'autres qui affrontaient les heures de pointe.

Il vit la Chevrolet blanche continuer son chemin vers le centre-ville. Yoshio le suivit jusqu'à la Soixante-seizième Rue, où le *ronin* se gara à nouveau en double file et entra dans un immeuble.

En passant, Yoshio vit le panneau : BEN INTERBANK.

Et maintenant, les picotements d'anticipation montaient de ses mains jusqu'à son cou. Il était en train de se passer quelque chose de très important. Il en était sûr… Même s'il n'aurait pas su dire pourquoi.

Il s'empressa de chercher un endroit où laisser sa

voiture. Il pouvait toujours se garer sur un emplacement idéal dans l'espoir que ses plaques du corps diplomatique le protègent, mais il ne savait pas combien de temps il lui faudrait. De plus, la ville faisait les gros yeux aux diplomates qui abusaient de leurs privilèges pour se garer n'importe où. Yoshio n'avait pas envie de constater à son retour que sa voiture avait fini à la fourrière.

Il vit un panneau annonçant un parking et prit cette direction.

Tous ses efforts de ses deux derniers mois allaient peut-être porter leurs fruits. Mais pour ça, tout dépendrait de ce qu'il allait faire dans les minutes qui suivraient.

3

Les gants de latex d'Alicia laissèrent des traces de poudre sur les dernières radios d'Hector alors qu'elle les levait pour les étudier à la lumière du jour. Elle n'avait pas besoin de cela pour constater la gravité de la situation. Ses poumons étaient presque entièrement opaques. Il ne restait plus que des petites poches que l'infection n'avait pas encore atteintes, mais à chaque film, elles devenaient de plus en plus petites. Bientôt, le ventilateur ne pourrait même plus faire rentrer de l'oxygène dans son sang.

Elle se tourna pour faire face à l'enfant plongé dans le coma, qui semblait avoir rétréci depuis qu'elle l'avait vu hier matin. Nu et étalé sur le lit, Hector semblait composé de tubes plus que de chair, avec deux intraveineuses – l'une dans un bras et l'autre dans sa jambe, le tube du ventilateur fourré dans sa gorge, un autre dans son pénis jusqu'à la vessie, les fils du régulateur cardiovasculaire passant sous sa clavicule, les sensors du moniteur cardiaque accrochés à sa poitrine. Sa peau tachetée avait pris une couleur bleuâtre. Sorenson était en train d'essuyer les croûtes de ses yeux.

Alicia préféra oublier le concert de bips et de sifflements de l'unité et ramassa le bilan de santé d'Hector. Elle lut son dernier rapport, qui ne la rassura guère. Son taux d'oxygène descendait en flèche, son compte de globules blancs n'était plus qu'à 900 et sa pression artérielle était au plus bas.

Il va nous échapper, se dit-elle. Et je ne peux rien faire…

Un changement de rythme sur le moniteur cardiaque attira son attention. Elle regarda l'écran et vit la courbe sinusoïde tant redoutée apparaître, dénotant une fibrillation ventriculaire.

Sorenson leva des yeux écarquillés derrière son masque.

— Oh, merde.

Elle tendit une main gantée vers les boutons de contrôle.

— Attendez, dit Alicia.

— Mais il est en V-fib !

— Je sais. Mais il est aussi en plein effondrement du système immunitaire. Il n'a plus rien. Nous ne pouvons plus le sauver. Le candida s'est répandu sans son cerveau, sa moelle épinière et obstrue ses artères. Nous pouvons toujours lui marteler la poitrine jusqu'à ce qu'on lui ait cassé quelques côtes, lui faire subir d'autres humiliations, mais à quoi bon ? Pour prouver que nous pouvons retarder l'inévitable de quelques heures ? Laissez-le.

— Vous en êtes sûre ?

L'était-elle vraiment ? Elle avait essayé tout ce qu'elle connaissait. Tous les sous-spécialistes qu'elle connaissait avaient attaqué l'infection avec toutes les armes dont ils disposaient. En vain.

Je ne suis plus sûre de rien, sauf d'une chose : quoi que nous fassions, Hector ne passera pas ce matin.

— Oui, Sorenson. J'en suis sûre.

Alicia se retira de toutes ses émotions et regarda les sinusoïdes décroître, puis se transformer en quelques bips, puis ne plus donner qu'une ligne continue.

Sorenson la regarda. Lorsqu'elle opina, l'infirmière hocha la tête et reporta l'heure du décès de Hector Lopez, quatre ans. Alors que Sorenson commençait à retirer les tubes du corps sans vie d'Hector, Alicia arracha son masque et s'en alla.

Titubant sous le poids de la futilité, elle regarda dans la rue. La clarté joyeuse du soleil ressemblait à un affront. Elle sentit couler les larmes le long de ses joues. Elle ne s'était jamais sentie aussi bas.

À quoi sers-je ? se demanda-t-elle. À qui veux-je faire illusion ? Je suis inutile. Autant démissionner dès maintenant et clore la discussion.

Lorsqu'elle se surprit à examiner les voitures qui passaient en se demandant ce qu'elle ressentirait en passant dessous, elle s'éloigna de la fenêtre.

Pas maintenant, se dit-elle. Un jour peut-être, mais pas aujourd'hui.

4

Jack voulait rentrer chez lui pour se changer, mais Ernie lui prêta un rasoir et s'assura que, sur la photo d'identité qui figurerait sur le tout nouveau permis de conduire de Ronald Clayton, il serait un peu mieux coiffé qu'à l'habitude.

L'employé de la banque confirma son identité et déverrouilla la première serrure du coffre avec sa propre clé, puis Jack se retrouva seul avec la boîte 137.

Il l'ouvrit et découvrit un paquet d'enveloppes brunes bourrées à craquer. Il devait y en avoir une demi-douzaine, toutes scellées avec une bande adhésive. Jack mourait d'envie de les ouvrir, mais ce n'était pas le lieu pour ça. Il faudrait disséquer leur contenu dans l'espoir de trouver la réponse à ses questions, et cela pourrait prendre du temps. De plus, il était garé en double file. Mieux valait les emmener chez lui, là où il pourrait prendre tout son temps.

Il rassembla les enveloppes en prenant bien soin de ne pas en laisser une seule, puis repartit dans la rue. La voiture était bien là où il l'avait laissée – ce qui, dans cette ville, n'était jamais totalement acquis –, mais une contractuelle venait de garer son scooter au coin de la rue et remontait vers la Chevrolet. Jack piqua un sprint, bondit à son volant et s'en alla.

Il se congratulait déjà pour une matinée bien remplie lorsqu'il sentit un mouvement derrière lui. Avant qu'il n'ait pu réagir, quelque chose de froid et métallique se posa sur sa nuque.

Jack se raidit et enserra son volant. Ce n'était pas un voleur – bon sang, on l'avait suivi ! Il se botta mentalement le derrière pour sa négligence. D'abord, hier soir, il s'était laissé surprendre dans le jardin de la demeure des Clayton, et maintenant, tout à sa hâte, il n'avait pas pensé à regarder le siège arrière. Il se calma et examina les possibilités qui se présentaient à lui.

— Veuillez continuer, fit une voix teintée d'un fort accent.

Veuillez continuer ?

Jack regarda dans son rétroviseur et vit le visage d'un Asiatique mince, bien rasé, d'une trentaine d'années, portant des lunettes noires et rondes à la mode.

— Et veuillez ne pas accidenter la voiture ou attirer l'attention de la police. Ce sont des balles à fragmentation remplies de cyanure. Une simple égratignure vous serait fatale.

— Des balles à fragmentation *et* de la cyanure ? Vous n'en faites pas un peu trop ? Si vous étiez bon tireur, vous n'auriez pas besoin de tout ça.

— Je suis *très* bon tireur. Mais je ne laisse jamais rien au hasard.

Jack voulait bien le croire.

Il se força à se détendre. Au moins, ce n'était pas un

des hommes de l'Arabe – à première vue. Puis une autre idée le frappa.

— Cela ne serait pas un petit calibre, du genre 6,35 ?

— Exact.

— Et vous ne vous en seriez pas servi hier soir, sur la Trente-huitième Rue ?

— C'est aussi exact.

— Et je présume que vous ne travaillez pas pour Kemel. Est-ce que je me trompe ?

— Non, une fois de plus… Sauf que je me demande comment vous pouvez appeler par son prénom un homme dont vous ne devriez même pas connaître l'existence.

Je le connais si bien que je croyais qu'il s'agissait de son nom de famille, pensa Jack.

Il s'assit confortablement sur son fauteuil, puis tourna sur Broadway et rejoignit les colonnes qui avançaient au pas. Lorsque Kemel avait parlé de « mauvaises mains », il en avait déduit qu'il voulait dire Israël. Mais ce type était tout, sauf un Israélien. Il avait plutôt l'air japonais.

— Je vous dis cela, reprit l'Asiatique, parce que je ne veux pas me mettre dans une condition qui me force à vous tuer. « Condition » est-il le bon terme ?

Génial, se dit Jack. Il me menace d'un revolver et me demande de corriger son anglais. Quoique, en effet, c'est *lui* qui est du bon côté du revolver.

— « Position » conviendrait davantage.

— Position… Oui, voilà qui est mieux. Car je suis très admiratif de la façon dont vous vous êtes débarrassé de vos agresseurs d'hier soir. Vous êtes très malin.

Ouais. Un gros malin, en effet.

— C'est vous qui m'avez suivi jusqu'à la maison des Clayton hier soir ?

— Vous m'avez repéré ?

Il semblait offensé. Il était temps de lui rendre ses compliments.

— Non. Pas un instant. C'est mon sixième sens qui m'a averti. Vous êtes très doué.

Et si nous formions nos fan-clubs respectifs ? pensa-t-il.

— Merci. Comment vous appelez-vous ?

— Jack.

— Jack comment ?

Il réfléchit un instant avant de répondre :

— Jack-san.

L'homme fronça les sourcils, puis il eut un sourire.

— Oui. Jack-san. Quel humour !

— Je suis un vrai boute-en-train.

— Maintenant, je vous prie, veuillez me remettre les enveloppes que vous avez retirées à la banque.

Il était poli, certes… Mais malgré toute l'admiration qu'il lui témoignait, Jack se doutait que, s'il tentait quoi que ce soit pour contrer cet homme, il finirait comme les deux cadavres devant la maison des Clayton. C'était peut-être le sort qu'il lui réservait de toute façon.

C'est sur cette idée fort peu agréable qu'il lui tendit les enveloppes par-dessus le siège.

Il retira le canon posé sur sa nuque. Jack regarda l'homme qui baissait les yeux tout en tripotant les enveloppes. C'était peut-être l'occasion de… Mais il repoussa cette idée. À ce stade, inutile de précipiter les choses. Attendons de voir ce qui suivrait.

Des bruits de froissement : il continuait d'ouvrir ses enveloppes.

C'est ce que je voudrais être en train de faire, se dit Jack.

Il ne cessait de regarder dans le rétro afin de décrypter les expressions de son passager clandestin. Il fronça les sourcils et fit la grimace comme si on lui avait fourré un poisson pourri sous le nez.

Un coup de klaxon le ramena à la route : il vit qu'il s'était déporté en direction d'une Volvo conduite par une dame qui, à en juger par son expression, n'en menait pas large.

— Je vous avais averti, dit l'Asiatique.

— Désolé, fit Jack en faisant un geste d'excuse en direction dc la Volvo. Je ne l'ai pas fait exprès. En fait, j'avais vraiment envie de parcourir moi-même le contenu de ces enveloppes.

— J'en déduis qu'elles ne vous appartiennent pas ?

Il examina l'expression de l'Asiatique qui continuait d'ouvrir les enveloppes. Pour la décrire, Jack ne trouva qu'un mot : un immense dégoût.

Qu'est-ce qui pouvait bien se passer ?

— Eh bien, il y a quelques minutes, elles étaient à moi. Maintenant, je présume que cet honneur vous revient.

— Comment êtes-vous entré en leur possession ?

Devait-il lui dire la vérité ou valait-il mieux faire l'idiot ? Mais il sentait que ce type ne se laisserait pas avoir si facilement, et que risquait-il en lui disant ce qu'il avait probablement déjà deviné ?

— Je les ai trouvées dans un coffre appartenant à Clayton père. J'ai déniché la clé hier soir, dans la maison.

— Donc, elles appartenaient à Ronald Clayton ?

Pourquoi ai-je l'impression de passer en jugement ?

— Oui.

— Et c'est *tout* ce que vous avez trouvé ?

— Absolument.

— Et vous n'avez pas la moindre idée de leur contenu ?

— J'espérais le découvrir.

— Vous voulez les voir ? demanda l'Asiatique.

Sa voix reflétait une étrange émotion. Presque… de la fatigue.

— Heu… Ouais.

Où voulait-il en venir ?

Il les jeta sur la banquette sans grande cérémonie.

— Eh bien, servez-vous. Trouvez un endroit où vous

garer, là où personne ne pourra vous voir, et vous pourrez les examiner tout votre soûl.

Normalement, une telle conduite aurait fait résonner un concert de sonnettes d'alarme dans son esprit, et pourtant, aussi étrange que cela puisse paraître, il ne se méfia pas.

Il ne savait pas ce qui se passait, mais il y avait un mystère là-dessous.

Il quitta Broadway pour aborder la Trentième et partit vers l'ouest. Il trouva un bout de trottoir désert peu après la poste et s'y arrêta, mais laissa tourner le moteur. Il regarda à l'arrière : l'Asiatique s'était tourné vers la fenêtre, mais ses yeux semblaient se perdre dans le vide. Il avait caché son revolver Dieu sait où. Plus loin derrière eux, sur le trottoir, une femme asiatique braquait son caméscope sur les colonnes qui flanquaient l'hôtel des postes.

Mademoiselle, se dit-il, savez-vous qu'une caméra sert à filmer des choses en mouvement ? C'est pour ça qu'on les appelle « films » et pas « photos ».

Jack prit la première enveloppe de la pile, l'ouvrit et en tira un paquet de négatifs et de photos. Il remit les négatifs à leur place et examina les clichés.

Et son estomac se révulsa.

— Oh, mon Dieu…

Des enfants… Nus… qui se livraient à des jeux sexuels.

Il les reposa sur ses genoux, puis les reprit pour examiner de plus près la petite fille.

— Oh non !

Pas de doutes possibles, c'était bien Alicia. Elle devait avoir sept ou huit ans et son visage était encore potelé, mais c'était elle, indéniablement. Et le garçon, qui avait une douzaine d'années, était Thomas.

Il baissa la tête et ferma les yeux. Il avala sa salive pour faire redescendre le café qu'il avait pris ce matin.

Quand avait-il pleuré pour la dernière fois ? Il ne savait pas, mais c'est ce dont il avait envie maintenant.

Ce visage innocent dressé vers lui alors que son frère…

C'était monstrueux, maléfique, diabolique… Quelle âme pouvait être assez corrompue pour détruire ainsi l'innocence d'un enfant… Qui plus est, sa propre fille… Quelqu'un qui a confiance en vous, qui vous met sur un piédestal, qui dépend de vous, qui espère que vous la protégerez des horreurs de ce monde… Prendre une telle confiance, une telle responsabilité pour en faire… *Ça*…

En son temps, Jack avait côtoyé la lie de l'humanité, mais Ronald Clayton décrochait le pompon. S'il n'était pas déjà mort, il aurait pris des mesures pour corriger cette erreur de la nature.

Voilà qui confirmait ses soupçons sur Alicia. Maintenant, il comprenait pourquoi elle ne voulait pas entendre parler de son père, de son frère ou de cette maison, pourquoi, la nuit dernière, elle s'était montrée si nerveuse.

Ce doit être dur de survivre en traînant un tel passif…

— Toutes sont du même style ?

— Oui.

— Pauvre Alicia.

— Et c'est tout ce que vous avez trouvé dans ce coffre ?

— Garanti.

Il n'allait certainement pas lui parler de cette drôle de Rover, même si elle ne signifiait rien.

— Vous n'oseriez pas me mentir, n'est-ce pas ?

Jack tira la clé de sa poche et la jeta sur le siège arrière.

— Vous n'avez qu'à y retourner. Comme ça, vous pourrez voir par vous-même.

— Non, fit l'homme avec un soupir, cela ne sera pas nécessaire.

Il est aussi énervé que moi, se dit Jack. Et pourtant, bon Dieu, il en sait davantage que moi.

Ce qui lui donna une idée. Aussi démente soit-elle.

— Bon, maintenant, je crois que nous pouvons jouer cartes sur table. Alors dites-moi : qu'est-ce qui peut bien rendre cette maison si importante ?

Pourquoi pas ? ajouta-t-il en son for intérieur. J'ai bien le droit de poser une question, non ? Il ne va pas me descendre pour si peu ?

— Je n'en sais rien.

— Oh, je vous en prie ! Vous en savez forcément plus que moi. Pourquoi est-ce qu'un Japonais affronte des Arabes ? Cela devrait être un envoyé du Mossad. Dites-moi tout ce que vous savez.

Il scruta ses yeux alors que l'Asiatique le dévisageait à son tour.

Oh, bon sang, se dit Jack. Il va vraiment me raconter toute l'histoire.

5

Yoshio étudia de près ce *ronin*, ce Jack-san.

Dites-moi tout ce que vous savez.

Il avait aussitôt rejeté sa requête. C'était absurde. Mais en y réfléchissant, plus il se demandait si en donnant des informations – certes partielles – à cet homme il n'avait pas à y gagner. Bien sûr, il ne lui livrerait pas tout, mais cet homme semblait être un adversaire de Muhallal et, donc, cela faisait de lui un allié… Ou quelque chose d'approchant. S'il lui donnait quelques bribes, cela pourrait le remonter encore plus contre Kemel Muhallal.

Mais par-dessus tout, l'essentiel était d'empêcher que la technologie que Clayton avait inventée tombe dans les mains de Muhallal.

— Très bien, fit Yoshio, je vais tout vous dire. D'après les informations qu'on m'a données, tout a commencé il y a quelques mois, lorsque mon attaché à un délégué des Nations Unies m'a envoyé un message assez chaleureux.

— Vous voulez parler du gouvernement japonais, n'est-ce pas ?

Yoshio eut une hésitation. La réponse aurait dû être négative… Mais d'une certaine façon… elle pouvait être positive.

Que pouvait-il se permettre de révéler ? Rien de ses employeurs, c'est sûr. Le Kaze Group était une corporation des plus secrètes, au conseil d'administration mystérieux qui ne produisait rien sous ce nom, et qui, pourtant, mettait son grain de sel dans la fabrication de chaque partie de tout ce qui se produisait au Japon.

Officiellement, le Kaze Group était une compagnie en holding parmi tant d'autres, fondée juste après la guerre afin d'acheter des parts dans les compagnies qui tentaient de reconstruire l'économie nationale. Alors que de nouvelles compagnies surgissaient, c'est là qu'il avait investi – mais uniquement dans ce qu'il y avait de mieux. Durant le boom économique, le Kaze Group avait prospéré, mais il avait aussi su faire bon usage des périodes de récession. Durant le dernier krach économique, il avait su faire bon usage de ses possessions et avait suivi la chute de l'indice Nikkei pour acheter à des prix défiant toute concurrence. À travers tout un réseau de filiales bidon, il détenait désormais des intérêts dans chacune des six principales *keiretsus* du Japon et de la majorité des corporations.

Kaze, se dit Yoshio. En japonais cela signifiait « le vent », et il n'aurait rien trouvé de plus approprié. Les *keiretsus*, les immenses corporations horizontales et verticales qui dirigeaient ostensiblement l'économie japonaise, étaient souvent comparées à des icebergs – une petite portion était visible, une bien plus grande invisible. Mais qu'est-ce qui détermine la trajectoire des icebergs en pleine mer ? Les courants. Et qu'est-ce qui régit les courants ? Le vent… Kaze…

Non, Kaze n'était pas le gouvernement lui-même,

mais lorsque le Kaze Group prenait la parole – toujours par un murmure directement dans l'oreille de la bonne personne –, le gouvernement l'écoutait.

Mais Yoshio décida qu'il valait mieux que Jack croie qu'il œuvrait pour le gouvernement.

— Oui, dit Yoshio, c'est bien ça. Et le ministre du Commerce était très enthousiaste. Il dit avoir été contacté par un homme qui devait être un envoyé de Dieu, un homme qui avait découvert une technologie qui permettrait au... (Il se reprit juste avant de dire « Kaze Groupe ») au Japon de devenir l'égal des plus grandes nations du monde. Il annonça que sa découverte était si étonnante, si *explosive* – selon ses propres termes – qu'il n'osait pas donner plus de détails, même par valise diplomatique interposée. Il dit qu'il allait faire venir cet homme directement à Tokyo pour qu'il en parle lui-même au Conseil.

— Le... Conseil ? dit Jack-san.

— Oui, le... le Conseil national du Commerce. Mais l'avion qui amenait ce mystérieux don du ciel et le ministre à Tokyo a explosé en vol. Il n'y eut pas un seul survivant.

— JAL 27, dit Jack-san.

— Exact.

Ainsi, il était au courant. Alicia devait lui avoir raconté les circonstances de la mort de son père.

— Mais qu'est-ce qui vous fait croire que Ronald Clayton était cet « envoyé de Dieu » ?

— D'après la liste des passagers, il était assis à côté de notre ministre.

— Logique, acquiesça Jack-san.

— Et nous savons aussi... (Devait-il lui dire la vérité ? Oui, pourquoi pas ?) Que ce n'était pas un accident.

Jack-san fronça les sourcils.

— Une bombe ? Mais personne n'en a parlé...

— Nous disposons de preuves. Nous avons trouvé

un morceau de débris comportant des traces d'explosif. Mais nous avons préféré garder le secret.

— Pourquoi ?

— Parce que nous ne voulions pas alerter ceux qui avaient posé la bombe. Ainsi, ils ne savent même pas que nous sommes impliqués dans cette… situation.

Jack-san fronça à nouveau les sourcils.

— Vous voulez dire que… on a fait sauter l'avion pour tuer Ronald Clayton ?

— C'est ce que nous pensons, en effet.

— Mais qui ? Et pourquoi ?

— Nous avons des preuves démontrant que l'homme qui a posé la bombe n'est autre que Sam Baker, que vous avez déjà rencontré.

— Vraiment ?

— La semaine dernière, vous lui avez cassé le nez.

— Oh, *lui*. (Jack-san acquiesça.) Sam Baker… C'est aussi lui qui a fait sauter l'avocat ?

— Oui. Il est employé par l'Iswid Nahr.

— Qui est-ce ?

— Ce n'est pas une personne, mais une organisation basée en Arabie Saoudite.

— Ah. Je présume que notre ami Kemel est un de leurs gros pontes ?

— Un ponte ? Non, il est au milieu de l'échelle.

— Alors que sont-ils ? Des terroristes ?

— Non, pas du tout. L'Iswid Nahr est une compagnie pétrolière.

— Comme l'OPEC ?

— Oui, mais à l'autre bout du spectre. L'OPEC cherche à réguler le flot du pétrole et sa production afin de stabiliser les prix. Au contraire, l'Iswid Nahr vise à ouvrir les vannes au maximum. Son nom signifie « Rivière noire ». Elle veut que l'Arabie Saoudite exploite à fond son pétrole. Ils pensent qu'ainsi ils décourageront le développement des ressources pétrolières extérieures afin que l'Occident – tout comme mon pays – continue de dépendre du pétrole du Moyen-Orient.

— Les pétroliers ? Qu'ont-ils à y gagner ?

— Si je suis là, c'est pour découvrir la réponse à cette question. De toute évidence, Kemel Muhallal a pour mission de s'emparer de cette découverte, quel qu'en soit le prix.

— C'est évident, en effet. Mais cela contredit quelque peu votre théorie qui veut que l'Iswid je-ne-sais-quoi a fait sauter l'avion ?

— Je vous assure, c'est bien plus qu'une théorie.

— Oui, mais réfléchissez-y un instant : si Kemel voulait s'emparer de la « découverte » de Ronald Clayton, pourquoi lui et son groupe feraient-ils sauter celui qui l'a inventée ?

— Peut-être parce que l'inventeur en question voulait nous la vendre plutôt qu'à eux.

Jack-san regarda par la fenêtre.

— Oui, mais… Faire exploser tout un avion pour se débarrasser d'un seul homme… Deux cent cinquante-sept morts…

— Maintenant, on en est à deux cent soixante.

Jack lui décocha un regard incrédule.

— On peut y ajouter l'incendiaire, l'avocat et le premier détective embauché par Mlle Clayton. Plus les deux hommes que j'ai abattus devant chez Clayton. Plus ceux que vous avez vous-même tué hier soir. Savez-vous combien ils étaient ?

Jack-san haussa les épaules.

— Je ne pourrais vous le dire. Je n'ai pas pris le temps de les compter. Quoi qu'il en soit, c'est déjà beaucoup trop. Tout ceci est de plus en plus absurde. (Il fit face à Yoshio.) Et vous n'avez pas la moindre idée de ce que peut être cette découverte ?

Yoshio pouvait répondre en toute franchise à cette question.

— Non.

— L'avantage que Kemel a sur nous, c'est que *lui* le

sait. Du moins je l'espère. Je n'aime pas l'idée qu'ils puisse faire sauter un avion rempli de passagers sur une simple intuition. Donc, présumons qu'il est au courant. Il a donc plusieurs longueurs d'avance sur nous.

Nous… Jack-san se rangeait-il du côté de Yoshio – et donc du Kaze Group – ou était-ce juste une expression ? Voilà une possibilité intéressante.

— Kemel Muhallal n'a aucun droit sur la découverte de Clayton. Mon… pays a un droit moral, car de toute évidence, c'est à nous que Ronald Clayton avait l'intention de la vendre avant qu'il ne soit assassiné. Et si nous devions découvrir ce qui présente une telle valeur, selon les dires de notre Premier ministre, nous l'achèterons à son héritier. Et l'Iswid Nahr ne semble pas disposé à en faire autant.

— Ouais, c'est sûr, dit lentement Jack-san. Ils se sont portés acquéreurs de la *maison*… Mais n'ont rien dit d'une quelconque invention. Peut-être pensaient-ils que le prix en serait trop élevé.

Yoshio haussa les épaules.

— S'il a une telle valeur, c'est un prix en soi, non ?

— En effet. (Jack se tordit encore davantage sur son siège.) Alors, où en sommes-nous ? Allons-nous travailler ensemble sur cette affaire ?

— Non, s'empressa de dire Yoshio.

Il travaillait toujours seul. Avoir un… *partenaire* – surtout un homme qui n'était pas employé du Kaze Group – était impensable.

Jack-san eut l'air soulagé plus qu'autre chose.

— Bien. Mais je présume que nous pouvons passer un pacte de non-agression. Et je présume que si Alicia et moi réussissons à mettre la main sur cette découverte, quelle qu'elle soit, nous avons déjà un acheteur ?

— Un acheteur *potentiel*, corrigea Yoshio. Il est toujours possible qu'elle ne nous soit d'aucun usage.

— C'est réglo, convint Jack-san, mais vous avez un droit de préemption, même si vous refusez. (Il tendit la main par-dessus le dossier.) Marché conclu ?

Yoshio hésita. Quelque chose le choquait dans cette histoire. C'était lui qui tenait l'arme, et pourtant, ce Jack-san avait pris le contrôle de la situation. Depuis le début de leur entretien, cet Américain avait pris l'avantage. Il en avait beaucoup appris tandis que lui ne savait rien de plus, sinon que Ronald Clayton était un pédophile qui avait souillé ses propres enfants.

Et pourtant, ce serait bien agréable d'avoir un allié… Si toutefois il avait affaire à un homme capable de tenir parole.

Or Yoshio avait un sixième sens qui lui soufflait que Jack était un homme de confiance.

Ils se serrèrent la main.

— Marché conclu, dit-il.

Oui… Marché conclu. Mais alors que Jack-san le ramenait vers le centre, Yoshio décida qu'il valait mieux surveiller cet homme de près. En admettant qu'il puisse le retrouver.

— Qu'allez-vous faire maintenant ? demanda-t-il en descendant près de l'endroit où il avait garé sa propre voiture.

— Rentrer chez moi et jouer aux petites voitures, répondit Jack-san avant de repartir en trombe.

6

Sous les yeux de Jack, la petite Rover fila à travers le salon pour buter contre le mur. Le mur qui donnait sur le centre-ville. Il se trouvait largement plus haut que Murray Hill, mais apparemment cela ne suffisait pas à ce jouet. Il voulait aller plus loin. Et toujours, toujours vers le nord.

Sauf lorsqu'ils étaient à Long Island. Là, cet irritant appareil voulait absolument filer vers le nord-est.

Mais où pouvait bien être le système de contrôle ?

Jack s'empara du jouet, éteignit le moteur et déboîta

la carrosserie. Il eut beau étudier celle-ci, il n'y vit rien d'autre que du plastique.

Le châssis était un peu plus complexe – des roues, un train de roulement, un système directionnel, un compartiment à piles et une antenne. En ce qui concernait les jouets télécommandés, l'étendue de ses connaissances équivalait à son savoir en matière de physique quantique ; néanmoins, il se munit d'une loupe et entreprit de jouer les Sherlock Holmes.

Que dalle. Juste un paquet de fils.

Pendant qu'il y était, il pouvait toujours regarder le compartiment à piles, à fin de savoir comment faire si le tout tombait en panne. Il ouvrit le couvercle et vit les prises positive et négative habituelles… Mais pas la moindre pile. À la place, il trouva un cylindre argenté beaucoup plus court qu'une pile, mais relié aux points de contact.

— Qu'est-ce que…

Il l'examina sous la loupe, mais le mystère restait entier. Le cylindre ne comprenait pas le moindre marquage. Tout ceci ressemblait fortement à un bricolage maison.

Un picotement descendit le long de son échine. Ce n'était pas de la peur, mais quelque chose d'autre… L'impression qu'il était en face de quelque chose de très, très important. Mais quoi ?

Il savait que lui-même ne pouvait pas aller plus loin. Le stade suivant était d'amener ce jouet à quelqu'un capable de démonter et remonter à peu près tout ce qu'on lui présentait.

7

— Cela ne ressemble pas à une pile, dit Abe, et pourtant, c'en est une.

La petite Rover, partiellement démontée, gisait sur le comptoir d'Abe.

Celui-ci avait la manie de démonter et remonter tout ce qui passait sa porte. Il pouvait défaire et rassembler un Glock en quelques clins d'œil. Lorsque Jack lui avait demandé pourquoi, il lui avait répondu quelque chose du style :

— J'ai bien le droit d'en savoir un maximum sur ce que je vends ?

— Ce truc ne ressemble pas à une pile électrique, dit Jack.

— Et alors ? Tu es un professionnel ? Tu as vu toute les piles qui peuvent exister ? Regarde, c'est là qu'on les mets habituellement ; elles sont reliées aux pôles qui alimentent le moteur. C'est une pile. Même Parabellum pourrait te le dire s'il ne faisait pas la sieste.

Oui, bien, il était bien avancé avec cela.

— Bon, bon. Mais peux-tu m'expliquer pourquoi il ne va jamais que dans une seule direction ?

— Facile, répondit Abe en titillant l'antenne. C'est via ce truc qu'il reçoit ses instructions. Quelque chose ou quelqu'un lui envoie un message – via cette antenne – qui lui dit d'aller dans telle ou telle direction. Sans ce petit fil, le mécanisme serait mort, tu n'aurais qu'à poser la voiture par terre pour qu'elle aille dans la direction où tu l'auras posée. Regarde, je vais te montrer.

— Parfait, fit Jack en tendant la main vers le jouet.

Mais Abe le mit hors de sa portée.

— Tu ne veux pas que je te le démontre ?

Ce qu'il ne voulait pas, c'était qu'Abe continue de tripoter ce jouet.

— Ne va pas le casser ! J'ai le pressentiment que ce machin va me guider à la fameuse « découverte » de Ronald Clayton. Mais si on dérègle son système de direction…

— Je ne vais rien dérégler du tout. Qu'y a-t-il à dérégler ? Ce n'est qu'une vulgaire antenne – un bout de fil de fer, quoi. Je n'en aurai que pour un instant.

Sous le regard inquiet de Jack, Abe ajusta ses lunettes de lecture et prit une pince à épiler. Après quelques petits coups d'un côté, puis de l'autre assortis de jurons à voix basse, il réussit à retirer l'antenne.

— Et voilà, fit-il en lui tendant le châssis. Facile comme bonjour, maintenant, tu peux la poser dans la direction que tu veux, elle ne risque pas de virer de bord.

Jack la prit et appuya sur le bouton de contact.

Rien.

Il le fit passer sur OFF, puis sur ON et répéta plusieurs fois l'opération.

Toujours rien. Voilà. C'était gagné.

— Bien vu, Abe. Maintenant, il ne marche plus du tout. Tu l'as cassé.

— Quoi ? C'est impossible.

— Oh que si ! Regarde, fit-il en actionnant à nouveau le petit bouton.

— Arrête de faire l'andouille et passe-moi cet engin de malheur.

Jack lui tendit le jouet et s'assit sur le banc. Il fixa sans le voir le bois griffé en se demandant comment il avait pu le laisser faire, et ce qu'il allait procéder maintenant. Cette petite voiture était son seul indice.

Puis il entendit le sifflement étouffé du petit moteur. Il leva les yeux : les roues de la Rover tournaient dans le vide.

— Merci, mon Dieu ! Comment as-tu réussi ce coup-là ?

Abe regardait le châssis en fronçant les sourcils.

— J'ai remis l'antenne, c'est tout.

— Eh bien, quoi que ce soit…

Abe arracha à nouveau l'antenne, et le moteur s'arrêta aussitôt. Puis repartit lorsqu'il inséra à nouveau l'antenne. Et encore… Et encore…

— Tu dois couper un circuit quelconque, dit Jack.

Mais Abe ne répondit pas. Il fronça encore davantage les sourcils, tira une loupe et la braqua sur la base de l'antenne.

— Regarde-moi ça, fit-il en pointant un stylo sur le

tout. Tu vois ce petit fil ? Il part de la base de l'antenne et va jusqu'au compartiment à piles. Et vu la façon dont sont faites les soudures, il s'agit d'un bricolage maison. On l'a rajouté au jouet d'origine. Et je ne l'avais pas encore remarqué, mais ce fil est relié à cette pile qui n'en est pas une.

Il se redressa et se remit à titiller à l'antenne pour la tirer et la remettre en place. À chaque fois, le moteur s'arrêtait pour repartir dès qu'il remettait en place le bout de fil de fer.

Puis il laissa le châssis et l'antenne au centre du banc.

— Il… faut que je m'asseye un instant.

Jack leva les yeux. Sa voix tremblait. Et il était blanc comme un linge.

— Abe, qu'est-ce qu'il y a ?

— Rien, répondit-il d'une voix rauque en fixant le châssis. Tout va bien.

— Tu n'en as pas l'air. On dirait que tu as vu un fantôme.

Abe continuait de fixer le jouet. Sa peau avait toujours cette même teinte cireuse. Jack commençait à s'inquiéter sérieusement lorsque Abe prononça les mots magiques :

— C'est parce que je viens de comprendre ce à quoi nous avons affaire.

— Parfait. Alors tu vas me le dire ?

— Je… Je pense que ce petit jouet reçoit l'énergie nécessaire à son fonctionnement par le biais de cette antenne.

— Ah. Et… c'est bien ?

Abe finit par le regarder.

— Si c'est bien ? Tu me demandes si c'est *bien* ? Tu parles d'une question *meshuggeneh* !

Au moins, il reprenait quelques couleurs.

— Excuse-moi. Je ne savais pas que c'était possible.

Abe tendit la main vers le jouet. Il parut hésiter, comme s'il avait peur de le toucher, comme s'il s'agissait d'une sainte relique. Finalement, il s'en empara et le souleva de terre.

— Tu vois cette antenne ? dit-il. Le moteur ne peut fonctionner sans. Pas d'antenne… Pas d'énergie. Mais dès que tu la remets en place…

Il joignit le geste à la parole, et le moteur vrombit.

— … Et hop ! Il est à nouveau fonctionnel. Il reçoit son énergie par la voie des airs.

Par la… Abe avait-il subi une attaque cérébrale ?

— Je ne te suis plus, dit-il.

— Tu avais raison, Jack. Ce qui se trouve dans le compartiment n'a rien d'une pile. C'est un transcodeur. Il reçoit le signal qui lui parvient via l'antenne et le transforme en énergie électrique.

Une pointe d'excitation lui brûla les entrailles.

— Parfait, mais que peut bien recevoir cette antenne ?

— De l'énergie. Celui qui a modifié ce jouet doit disposer d'une espèce de transmetteur qui peut envoyer une onde, une vague ou Dieu sait quoi – disons de l'énergie, puisque c'est sa nature – que l'antenne peut capter pour être transformé en courant électrique.

Jack fixa les roues qui tournaient dans le vide tandis que son sentiment d'excitation brûlait de plus belle. Il commençait à comprendre la portée de cette découverte.

— Mais comment est-ce possible ?

— Si je le savais, je ne serais pas là. Non, je serais dans mon palais de Martha's Vineyard – ou plutôt *mon* Martha's Vineyard, parce que j'aurais pu m'acheter l'île tout entière. Jack, je serais si riche que je ne te parlerais même plus, puisque je ne te connaîtrais même plus ! Ma fortune serait telle qu'à côté Bill Gates aurait l'air d'un indigent.

— C'est bon, j'ai compris.

— Vraiment ? insista Abe. Tu as déjà entendu la phrase « La fin du monde tel que nous le connaissons » ? Eh bien, c'est à peu près ça.

— Plus de lignes électriques, acquiesça Jack. Plus de fils…

— Tu raisonnes à petite échelle, Jack. Par exemple, commençons par enterrer les moteurs à combustion interne.

— Hé, tu as raison ! Nous pourrons enfin respirer de l'air pur et…

Il ne finit pas sa phrase. Il venait de saisir la portée de ce qu'Abe venait de lui dire. Maintenant, c'était à son tour de s'asseoir.

— Oh, merde !

Soudain, tout était clair… Du moins dans les grandes lignes.

— Le pétrole, fit-il d'une voix rauque alors que sa bouche s'était desséchée. Le pétrole ne servira plus à rien…

— Pas tout à fait, corrigea Abe. Il servira toujours de lubrifiant. Mais en tant que carburant ? Feh !

— Je comprends que Kemel soit prêt à tout pour s'en emparer.

— Kemel ? C'est cet Arabe dont tu m'as parlé ? Oui, et bien sûr qu'il ferait tout pour ça. Ce petit jouet recèle de quoi assurer l'effondrement économique du Moyen-Orient. Sans oublier le Texas et les pays côtiers des USA.

— Mon Dieu, fit Jack, cela fait des années que tu nous promets un holocauste économique, et… Il est sur le point de devenir réalité.

— C'était l'inflation qui devait en être la cause, mais apparemment, je regardais dans la mauvaise direction. Ne t'en fais pas. Il y aura des pleurs et des grincements de dents, de grands remous dans les cours de la Bourse et dans toutes les industries qui se gavent d'énergie, mais l'holocauste n'aura pas lieu. À moins, bien sûr, que tu aies investi tout ton argent dans les pétroles.

— Ouais. Auquel cas il sera temps d'aller faire une longue balade sur la corniche du quarantième étage.

— Mai si, par malheur, tu as investi ton argent dans des pays importateurs de pétrole…

— Le Japon, par exemple ? renchérit Jack en pensant à Yoshio.

— Le Japon serait le parfait exemple. Ils sont littéralement esclaves des pays importateurs de pétrole. Du coup, le Moyen-Orient et le Japon sont tous deux sur une bascule : si l'un tombe dans le gouffre, l'autre finit en orbite.

Les pièces du puzzle s'assemblaient l'une après l'autre.

— Nous y sommes, dit-il. Rien d'étonnant à ce que leur ministre soit si enthousiaste : Ronald Clayton se rendait au Japon pour leur vendre le brevet de son énergie à distance. Kemel et ses potes de l'Iswid Nahr ont eu vent de l'histoire et ont fait en sorte qu'il n'arrive jamais à Tokyo. Voilà pourquoi ils sont si empressés et, en même temps, font tout pour garder le secret. Ils ne veulent pas que quelqu'un apprenne ne serait-ce que l'existence de cette énergie radiodiffusée.

Maintenant, même le message cabalistique pour Greenpeace devenait logique : l'avènement de énergie radiodiffusée signifiait la fin des marées noires… une nouvelle qualité de l'air, de la couche d'ozone, de l'environnement en général. En effet, cette technologie changerait la face du monde…

Abe s'éclaircit la gorge :

— Il y a une chose que je ne comprends pas – enfin, il y en a beaucoup, mais c'est l'une d'entre elles –, c'est pourquoi Ronald Clayton a voulu livrer sa découverte au Japon. Il n'avait nullement besoin d'eux. Il n'avait besoin de personne. Il lui suffisait de le faire breveter et d'annoncer son existence. Pourquoi s'adresser à quelqu'un d'autre alors que le monde entier pouvait se masser devant sa porte ? Non seulement il serait riche au-delà des rêves les plus fous d'un roi Midas, mais en plus, il gagnerait l'adulation des foules. Il serait l'Homme de l'Année du *Times* et l'Homme du Millénaire pour toute la planète. Alors pourquoi se rendre au Japon ?

— Je n'en ai pas la moindre idée. (Jack lui prit le jouet et éteignit le moteur.) Mais je sais qui pourra peut-être nous le dire.

8

— Et donc, fit Jack, d'après moi, ce petit jouet va mettre le monde sens dessus dessous.

Alicia était heureuse de revoir Jack. Ou plutôt soulagée de voir que l'homme qui s'était annoncé à la réception sans rendez-vous n'était pas Will. Celui-ci avait déjà appelé deux fois ce matin. Alicia se sentait incapable de le voir en face d'elle, mais peut-être aurait-elle le courage de lui parler ? Elle pouvait au moins le rappeler. Elle lui devait bien ça.

Mais Jack était venu la voir avec ce jouet qu'il avait pris dans la maison et l'avait démonté sur son bureau en parlant à jet continu. Au début, Alicia eut bien du mal à le suivre. Après avoir assisté à la mort d'Hector, elle était encore sous le choc. Puis elle avait eu un peu peur. Jack était vraiment surexcité. Pendant un moment d'angoisse, elle s'était demandé s'il n'avait pas pris du speed, ou des amphétamines, ou peut-être durant la phase culminante d'un trouble cérébral. Et lorsqu'elle avait compris de quoi il parlait, elle avait opté pour cette dernière solution.

Mais il ne se contentait pas de parler : il lui *montrait* preuves en mains que ce jouet ne comportait pas de piles et ne fonctionnait que lorsque l'antenne était en place. Il appelait ça de « l'énergie à distance ».

— De l'énergie à distance ? fit-elle en attrapant le châssis au vol alors qu'il traversait son bureau. C'est de la science-fiction.

— Tout comme les voyages sur la Lune et les ordinateurs portables. Maintenant, c'est du quotidien. Simple question de temps. Mais ce qui devrait vous mettre sur les genoux, c'est de penser que tout ceci vous appartient !

Vraiment ? se demanda-t-elle. Et quelle était sa vraie valeur ? Sa chair se hérissa à l'idée que, un jour, peut-être que chaque lampe, chaque four à micro-ondes, chaque porte de TV, chaque voiture au monde fonctionnerait à l'aide d'un de ces petits transmetteurs. Quelle était sa vraie valeur ? Personne ne pouvait compter aussi haut…

Puis elle se souvint d'un détail.

— Pas entièrement, dit-elle. Un tiers de tout ça vous appartient.

Jack pencha la tête sur son épaule et lui décocha un regard intrigué.

— Moi ? Mais…

— C'est bien le marché que nous avons conclu, n'est-ce pas ? Nous partageons tous les gains, et vous récoltez un tiers des bénéfices.

Jack se laissa tomber sur une chaise.

— Oh, bon sang, dit-il. J'avais oublié cette histoire.

— Oh, vous auriez bien fini par vous en rappeler, dit-elle, refusant de se laisser déborder par l'enthousiasme. Mais pour l'instant, vous n'avez qu'un tiers de rien du tout. Nous n'avons qu'une partie de l'équation. Sans l'émetteur, le récepteur ne vaut pas un clou.

— Je présume que c'est comme de ramener un poste de TV dans les années 20, acquiesça Jack. Sans personne pour envoyer un signal, ce n'est qu'une lampe un peu plus chère que la moyenne.

— Exact. La question est : où est-il ?

— En ville, vers les beaux quartiers, répondit Jack sans se démonter. Ou peut-être un peu plus vers le nord.

— Parce qu'elle se dirige toujours par là ?

— Forcément, fit-il en lui prenant le châssis des

mains. « *Wither away, fair rover, what is thy quest ?* » – vous vous souvenez ?

Jack posa le jouet sur le sol et le laissa décrire un arc de cercle sur le tapis pour heurter le mur selon son angle habituel.

— Je crois – non, je suis sûr et certain que son but ultime est le transmetteur.

— Et que comptez-vous faire ? Le poser en pleine Cinquième Avenue et le suivre ?

— Non… J'ai une meilleure idée. (Il prit le châssis et éteignit le moteur.) Est-ce qu'il y a une sortie de derrière ?

— Oui. Demandez à Raymond. Il vous montrera le chemin.

— Impec'. À plus tard. (Il s'arrêta face à la porte et se retourna.) Hé, j'allais oublier. Comment va ce gamin – celui aux cheveux en brosse ?

— Hector Lopez ? répondit Alicia en évitant de le regarder en face. Il est mort ce matin.

— Oh, fit Jack, ce qui était davantage un soupir qu'un mot. Je suis désolé.

— Oui, renchérit Alicia, bien que sa gorge soit serrée. C'était un brave petit.

Puis Jack disparut aussi vite qu'il était venu, laissant le châssis de la Rover en plastique sur son bureau.

Alicia avala pour tenter de faire descendre la boule qui obstruait sa gorge, puis l'image d'Hector disparut de son esprit alors qu'elle se souvenait de la clé qu'ils avaient trouvé dans la maison, en même temps que le jouet – la nuit dernière ? Était-ce vraiment il y a moins de vingt-quatre heures ? Elle se demanda si Jack avait découvert à quelle serrure elle convenait.

Puis l'idée d'une énergie à distance prit le dessus. Combien de milliards pouvait bien valoir une telle découverte ? Elle se demanda ce qu'elle ferait avec tout cet argent. Mettre sur pied une fondation, trouver des foyers pour les enfants comme ceux du Centre, financer des recherches visant à sauver tous les Hector à venir…

L'énergie à distance… Le pouvoir de changer le monde… Et elle lui appartenait.

Parce que cet homme… ce monstre… la lui avait laissée.

Alicia ferma les yeux. Elle ne voulait rien que cet homme ait touché. *Rien ?* Il devait le savoir. Alors pourquoi l'avait-il laissée en rade ? Est-ce qu'en ce moment, il riait dans son propre recoin de l'enfer ?

Elle ramassa le châssis de la Rover et la jeta contre le mur.

9

Jack acheta une boussole et, une fois rentré chez lui, se mit au travail. Il nota le point de départ du jouet et, avec une ficelle, nota sa trajectoire en direction du centre-ville. À l'aide de sa boussole, il remarqua que la ficelle désignait le nord avec une légère inclinaison vers l'ouest. Il déplia donc sa carte toute neuve de l'État de New York et traça une ligne partant du centre de Manhattan pour monter vers la rivière Hudson et continuer vers Albany et Troy, traversant la petite ville de Elysium, dans les Adirondacks, puis Lake Placid pour s'aventurer au Québec. Théoriquement, la piste pouvait fort bien se continuer jusqu'au cercle Arctique, voire au-delà, mais Jack espérait que sa cible se trouverait bien dans l'État de New York.

Comme il n'avait pas trop envie de se retaper la marche jusqu'à Sag Harbor, il effectua son second test dans le petit parc qui s'étendait non loin de Whitestone Bridge. Cette fois-ci, la piste partait un peu plus vers l'ouest et croisa la première quelque part dans le comté d'Ulster.

Pas de panique : c'était peut-être un coup de chance. La prochaine tentative serait décisive.

En bas, à gauche de la carte de l'État de New York s'étendait une portion du New Jersey. Il prit le tunnel Lincoln jusqu'aux jolies vistas dallées du Garden State, puis suivit la Route 3 jusqu'à l'endroit où elle croisait Parkway. Comme cette intersection particulière figurait sur sa carte, il s'arrêta sur le parking d'un centre commercial tout proche pour laisser filer le châssis.

Lorsqu'il vérifia son itinéraire à l'aide de sa boussole, Jack eut un sourire : cette fois-ci, il se dirigeait droit vers le nord-*est*. Parfait. Au moins, ils n'auraient pas à chercher l'émetteur au pôle Nord.

La troisième ligne croisait les autres en plein comté d'Ulster County, légèrement à l'ouest de New Paltz.

S'il ne se trompait pas, ce récepteur était conçu pour montrer le chemin de sa source d'énergie ; auquel cas le transmetteur se trouvait pas loin de l'intersection entre ces trois lignes.

Apparemment, demain, Alicia et lui iraient faire un tour dans les Catskills – si toutefois Sam Baker et ses compères ne leur mettaient pas des bâtons dans les roues. Jack avait demandé à Seau d'appeler l'avocat de Thomas et d'entamer la procédure de vente de la maison. Avec un peu de chance, Kemel serait pris de court et ne réagirait pas assez vite pour les empêcher de filer en douce, Alicia et lui.

Alicia… Cette histoire d'énergie à distance l'avait tant absorbé qu'il en avait presque oublié ces abominables photos qu'il avait trouvées dans les enveloppes. Il avait fortement envie d'en faire un bon feu jusqu'à ce qu'il n'en reste plus une seule, mais en même temps, il se disait qu'Alicia serait certainement heureuse de voir ces négatifs se recroqueviller dans les flammes avant de partir en fumée.

Mais s'il devait lui donner ces photos, cela signifiait qu'il serait là lorsqu'elle comprendrait ce qui se trouvait à l'intérieur. Il ne voulait pas voir son visage à ce moment-là, ne voulait pas imaginer ce qu'elle pourrait alors ressentir. Parce que, de toute façon, il ne pourrait jamais commencer à comprendre.

Lorsqu'il reprit la direction de New York, il n'avait toujours pas pris sa décision.

10

Depuis sa porte cochère, Yoshio pouvait surveiller à la fois l'entrée du centre et la ruelle qui le flanquait. Plus tôt dans l'après-midi, il s'était garé à son endroit habituel lorsqu'il avait vu Jack-san entrer dans le Centre. Comme il n'en était pas ressorti, il en avait conclu qu'il y passait l'après-midi.

Mais quelques minutes plus tard, il eut la surprise de voir Jack-san rentrer à nouveau dans le Centre, muni d'un grand sac à commissions de chez Staples. Yoshio ne pouvait pas l'avoir raté. Il n'y avait donc qu'une seule explication : il existait une autre porte de sortie.

Il s'était empressé de la chercher et, après une ou deux minutes, avait découvert la ruelle. Quelle négligence ! Mais il ne perdit pas de temps à battre sa coulpe. Il avait raté une première occasion de suivre Jack-san, mais il ne s'en tirerait plus si facilement.

Yoshio courut jusqu'à sa voiture. Il venait de voir Jack-san et Alicia Clayton qui passaient l'entrée principale pour partir à pied le long de la Septième Avenue. Jack-san était toujours muni de son sac. Il les fila jusqu'au coin de la rue, où ils se dirigèrent vers l'ouest. Il s'attendait à les voir héler un taxi ou monter dans une voiture, mais non : ils empruntèrent l'entrée de métro de la Sixième Avenue.

Yoshio grogna de colère et martela son volant de ses poings. Il pouvait toujours garer sa voiture – dans un emplacement autorisé ou non – et les suivre à pied, mais ce serait inutile. Même s'il parvenait à les suivre, Jack-san le repérerait aussitôt.

Le *ronin* ne laissait rien au hasard.

Yoshio eut un soupir. Encore une occasion perdue. Il ne risquait pas de revoir Jack-san ou Alicia ce soir : vers qui pouvait-il se tourner ? Samuel Baker, Kemel Muhallal ou l'autre Clayton ?

Il aurait tout le temps de se décider plus tard. Pour l'instant, il voulait se préparer pour la prochaine fois que Jack-san tenterait de l'entourlouper. Alors Yoshio serait prêt.

Du moins l'espérait-il.

11

— Non, ce n'est tout de même pas une autre demeure bidon ? demanda Alicia. Je n'y crois pas.

Qu'est-ce que je fais là ? se demanda-t-elle en errant au milieu des Antiquités et des gravures du second étage. Ils avaient pris la ligne F jusqu'à West Fourth, puis la A pour revenir à la Vingt-troisième, et maintenant elle se retrouvait dans cette élégante demeure de Chelsea.

— Je crains que non, répondit Jack en regardant la rue de l'autre côté de la fenêtre. Il se trouve que j'en ai la clé, c'est tout.

— Vous semblez être familier avec la disposition des pièces, à voir l'aisance avec laquelle vous vous déplacez. Où est le propriétaire ?

— Il est mort.

Alicia frissonna. Soudain, elle n'aimait pas cet endroit.

— Se cacher dans la demeure d'un mort… J'ai l'impression d'être une fugitive.

— D'une certaine façon, c'est ce que vous êtes.

Il se détourna de la fenêtre et la regarda d'une façon étrange. Déjà, lorsqu'ils avaient pris le métro ensemble, elle avait eu une drôle d'impression, et son attitude ne faisait que le confirmer.

— Mais heureusement, ajouta-t-il, ce n'est que pour

ce soir. Si nous pouvons dénicher ce transmetteur demain et informer le monde de son existence, vous serez tranquille.

— Je ne vois pas en quoi cela les arrêterait.

— Bon, c'est vrai, cela n'arrêtera peut-être pas Thomas. Il croit toujours qu'il doit avoir sa part du gâteau, et des cohortes d'avocats marrons vont venir frapper à sa porte en prétendant pouvoir la lui obtenir. Mais pour ce qui est de Kemel... Ce sera le bout de la route. Il avait pour mission de faire disparaître cette invention et d'empêcher que le monde ait vent de son existence. Mais dès qu'elle sera divulguée, il sera out. D'après moi, on le retrouvera pendu à un derrick quelque part en Arabie Saoudite. Et à ce moment-là, c'est probablement le seul usage qu'on pourra faire de ces mêmes derricks.

Il ramassa son sac à commissions et le posa sur la table basse de bois gravé qui les séparait.

— Allez-vous enfin me montrer ce qu'il y a là-dedans ? demanda-t-elle.

Durant le trajet, à chaque fois qu'elle lui avait posé la question, il n'avait cessé de dire : « Plus tard... Vous verrez ça plus tard. »

— J'ai trouvé le coffre qui correspond à la clé, fit-il en regardant dans le sac comme si, soudain, il y découvrait quelque chose de très intéressant.

— Et ?

— Voilà tout ce qu'il contenait.

Toujours sans la regarder, il tira du sac une série d'enveloppes brunes – une demi-douzaine environ – et les étala sur la table.

— Il y a quelque chose dedans ?

Il la regarda enfin et parla en un murmure :

— Des photos.

Soudain, toute couleur se retira de la pièce et de l'univers tout entier, la laissant là, sur cette chaise, vidée de ses forces et au bord de la nausée.

En la voyant ainsi, Jack fit le tour de la table.

— Ça va ?

Alicia leva une main tremblante, mais ne dit ni oui, ni non et ne fit même pas un signe de la tête. Elle en était incapable. Tout ce qu'elle désirait, c'était qu'il s'arrête net là où il se trouvait, qu'il ne fasse pas un pas de plus, qu'il ne s'approche pas davantage. Ni lui, ni personne.

Il s'immobilisa et la dévisagea.

Alors seulement, elle retrouva son souffle, de grands hoquets pour conserver la bile qui menaçait d'asperger la pièce, tout en se répétant de garder son calme… Garder son calme…

Mais comment le pouvait-elle avec ces… ces… *clichés* devant elle, alors qu'il savait que Jack les avait forcément vus, sinon, pourquoi aurait-il adopté une telle attitude, pourquoi ce regard fuyant et cet air affligé ? Il sait, mon Dieu, il *sait* !

Et pire encore, maintenant, elle-même pouvait les voir. Si elle le voulait… Si elle osait…

Elle ne les avait jamais regardés, n'avait jamais eu l'audace d'imaginer ce à quoi elles pouvaient ressembler, parce que sinon, elle devrait aussi déterrer les souvenirs de toutes ces heures, ces jours, ces mois passés sur le lit ou le canapé du sous-sol, alors que Papa lui faisait faire des choses à Thomas, ou qu'il demandait à Thomas de lui faire des choses, des choses qui, parfois, lui faisaient mal, mais pour que Papa puisse prendre des photos, toutes ces photos…

Elle inspira profondément une dernière fois, retint son souffle, puis se força à croiser son regard.

— Vous les avez regardées ?

Il acquiesça.

Les avait-il fixées ? Reluquées, comme des photos pornos dans un magazine ? Mon Dieu, depuis combien de temps étaient-elles en sa possession ? Et que devait-il penser d'elle ?

— *Toutes* ?

— Non. Juste assez pour comprendre… de quoi il

s'agissait, et de vérifier que ces enveloppes ne contenaient rien d'autre. Alicia, je suis désolé. Je…

— Pourquoi ?

— Pourquoi quoi ?

— Pourquoi les avez-vous amenées ici ? Pourquoi me faire une chose pareille ? Et qu'allez-vous en faire ?

— La question n'est pas ce que *je* vais en faire, fit-il en vidant son sac, mais ce que *vous* allez en faire.

Il leva la boîte afin qu'elle puisse lire l'étiquette qui y était accolée. Elle leva un regard brouillé par les larmes :

— Un découpeur de papiers ?

— Exact. (Il désigna les enveloppes.) Là-dedans, il n'y a pas que des photos, mais aussi les négatifs. J'aurais pu tout brûler – j'y ai pensé, croyez-moi. Mais je me suis dit que vous voudriez peut-être les transformer en confettis vous-même.

Il tira le découpeur de la boîte, le posa sur le sol devant elle et le brancha.

— Pourquoi faites-vous tout ça pour moi ? demanda-t-elle.

— Pourquoi pas ? J'avais compris que vous portiez un poids sur la conscience. Je n'avais pas réalisé qu'il pouvait être si lourd.

Elle détourna les yeux.

— J'ai tellement honte.

— Honte de quoi ?

— Comment pouvez-vous dire une chose pareille ? rétorqua-t-elle en sentant sa voix monter dans les aigus – mais elle ne voulait pas perdre le contrôle d'elle-même, pas maintenant. Vous avez vu ces photos. Mon Dieu, quelle opinion devez-vous avoir de moi ?

— Si c'est ce que vous voulez dire, en mon sens, vous n'êtes coupable de rien. Pas plus qu'un enfant battu n'est responsable de ses bleus. On appelle ça du porno infantile. Pour appeler un chat un chat : des clichés montrant des enfants dont on abuse sexuellement.

Il ramassa une des enveloppes et la lui tendit.

— Allez-y, dit-il. Il est temps de vous débarrasser de ce poids.

Elle se força à tendre la main, mais elle s'arrêta à mi-chemin, comme si elle venait de heurter un mur invisible. Par un effort de volonté, elle poussa ses doigts à prendre l'enveloppe.

Il mit en marche le découpeur et fit un pas en arrière. Elle entendit vrombir les lames.

Elle avait réussi à toucher l'enveloppe, mais son contenu…

— Vous en êtes capable, dit Jack.

— Cela ne résoudra rien. Il doit y avoir des centaines de copies en circulation. Cet homme les échangeait contre d'autres photos.

— Mais au moins, celles-ci n'existeront plus. Personne ne les verra plus jamais. Et si vous détruisez aussi les négatifs, personne ne pourra en tirer d'autres copies. Peut-être que ce geste est plus symbolique que pratique, mais c'est un début.

Alicia le regarda. Elle avait envie de pleurer. Comment pouvait-elle l'avoir sous-estimé à ce point ?

Oui, se dit-elle, en effet. C'est un début.

Elle réalisa alors que, pour la première fois de sa vie, elle pouvait disposer à sa guise d'un jeu de ces photos. Elle avait ce pouvoir. Et sur les négatifs aussi. Comment pouvait-elle *ne pas* les détruire ?

Elle glissa sa main dans l'enveloppe et en tira trois ou quatre photos en couleurs, à la surface luisante – *non*, elle ne les regarderait pas – et les fourra dans le déchireur. Il y eut un bruit de froissement, puis les photos ressortirent de l'autre côté, réduites en fines lamelles.

Voilà ! Cela marchait ! Ces images étaient détruites, irregardables, un puzzle que plus personne ne pourrait recomposer. Et lorsque d'autres bandes se seraient ajoutées aux premières, ce serait encore plus impossible. Il faudrait cent, non, mille ans pour reconstruire ne serait-ce qu'une seule image.

Alicia plongea dans l'enveloppe et passa encore plus de clichés dans l'appareil en ayant l'impression de commettre un acte libérateur. Elle sentit couler des larmes le long de ses joues et, en même temps, se mit à rire.

C'était si bon… si *bon* !

12

BZZZZZZT !

Jack n'aimait pas voir pleurer une femme. Cela le mettait toujours mal à l'aise. Que devait-on dire dans ces cas-là ? Mais de voir une femme qui pleurait *et* riait tout en actionnant un déchireur de papiers…

C'était presque effrayant.

Mais les rires et les larmes se tarirent bien vite, puis elle se mit à parler de tout ça, ce qui était encore pire, car il en regrettait que Ronald Clayton soit mort… Car sinon, Jack n'aurait pas demandé mieux que de le tuer… *Très* lentement.

— J'ai fait ça pour mon père, dit-elle. Tout simplement. Une partie de moi savait que c'était mal, ou du moins pas normal, surtout lorsque cela faisait mal, mais mon papa voulait que je le fasse et, donc, je n'avais pas vraiment le choix. Après tout, c'était mon papa… Celui qui s'occupait de moi. Il ne me ferait pas faire quelque chose de mal. Pas lui, pas mon père.

Son ton restait neutre, comme si elle avait coupé tout lien émotionnel avec l'enfant dont elle parlait.

BZZZZZT… Encore des photos mises en charpie.

— Et c'est ça qui était le plus malsain, au-delà de sa perversion. Qu'il soit capable de prendre son propre enfant, quelqu'un qui dépendait de lui, qui lui faisait confiance, qui l'estimait, et utiliser ce lien de dépendance et de confiance pour lui faire faire ce qu'il voulait devant un objectif. Mais cela fait partie de la nature même du pédophile : ce qui l'excite, c'est le pouvoir qu'il peut exercer sur tout ce qui est jeune et faible, le pouvoir de corrompre l'innocence à travers des actes innommables.

BZZZZZZT !

— Bien sûr, en, ce temps-là, je ne m'en rendais pas compte, mais il devait bien y avoir quelque chose de mal là-dessous, car j'avais pour consigne de n'en parler à personne. Et peu de temps avant ma dixième année, il a arrêté les séances. J'imagine qu'à ce stade, j'étais trop âgée. Je présume que ceux avec qui il échangeait ses photos préféraient les fillettes de moins de dix ans. Quoi qu'il en soit, il a arrêté, et... aussi incroyable que cela puisse paraître... je le regrettai. C'est bien le comble, non ? Non pas à cause de ce que nous faisions, mais parce que mon père se désintéressait de moi. Il n'avait jamais été très chaleureux ou encourageant – les mots « distant », « indifférent », « dégagé » sont insuffisants – mais au moins... Dans ces moments-là... Lorsque je faisais tout ça seule ou avec Thomas, il me prêtait un peu d'attention. Et ensuite, je n'avais même pas ce réconfort. Cela dépasse l'entendement, n'est-ce pas ?

En effet. Cela dépassait largement le cadre de son imagination. À l'idée que quelqu'un puisse forcer Vicky à faire ce qu'il avait vu sur ces clichés, son estomac se souleva, et il résista à l'envie de sauter sur le téléphone pour s'assurer qu'elle était bien chez elle, avec Gia, en sécurité.

BZZZZZZZZT !

— Mais en grandissant, en apprenant la vie, j'ai fini par réaliser ce à quoi j'avais été mêlée. J'ai tenté de me convaincre qu'il ne s'était rien passé, que j'avais tout imaginé, tout rêvé, mais je savais que mon imagination ne pouvait avoir conçu de toutes pièces une horreur pareille. Comment aurais-je pu inventer de telles perversions ? Non... Il fallait que j'y aie participé. C'est pour ça que j'ai tout fait pour les refouler, pour me persuader qu'il ne s'était rien passé, et je m'en tirai plutôt bien… Jusqu'à mon adolescence, lorsque mon corps s'est développé. C'est là qu'une nuit je me suis réveillée et j'ai vu Thomas, une main sur mon sein, qui voulait « remettre ça, comme dans le temps ». J'ai pu le repousser, mais il venait de confirmer le pire, et tout m'est revenu. J'ai pris l'habitude de garder un couteau sous mon oreiller pendant que je dormais.

Jack n'en demandait pas tant, mais il ne voyait pas comment il aurait pu l'arrêter. De plus, il n'avait pas l'impression qu'elle s'adressait à *lui*. Elle parlait plutôt dans le vide. Il aurait aussi bien pu être un mannequin.

BZZZZZZT !

— C'est alors que j'ai su que je devais m'échapper. Mais comment ? J'étais trop jeune pour subvenir à mes propres besoins et ne voulais rien devoir à cet homme. Et je sais ce que vous pensez : « Pourquoi n'est-elle pas allée trouver la police et… »

Elle s'interrompit et regarda Jack droit dans les yeux. Le fantôme d'un sourire flotta sur ses lèvres.

— Bon, c'est ce que n'importe qui penserait. Mais que pouvais-je faire ? En dénonçant Ronald Clayton, je me dévoilais moi-même. Encore maintenant, la simple idée de ce qui s'est passé me donne envie de me cacher dans un trou de souris, mais pouvez-vous concevoir ce que cela signifie pour une adolescente ? Lorsqu'on a cet âge, un simple bouton fait de vous un paria. Crier sur les toits mes « péchés » – parce que je savais que tout le monde penserait que j'avais participé à tout cela de mon plein gré – était impensable.

BZZZZZZT !

— Ainsi, je me suis employée à me sortir de ce piège. Et croyez-moi, j'ai fait tout ce qui était en mon pouvoir. En ce temps, j'étais presque asexuée. La simple idée que quelqu'un me touche, que ce soit un garçon ou une fille, me répugnait. C'est pour ça que je suis devenue une maniaque des livres. La bibliothèque était quasiment ma seconde demeure, et je passais ma vie à étudier. J'ai obtenu des 20/20 à la pelle. J'ai trouvé un livre qui vous disait comment préparer votre enfant pour qu'il obtienne une bourse. Eh bien, comme personne ne désirait me préparer, je m'y suis mise moi-même, comme une grande. Et cela a marché. J'ai eu une bourse académique complète pour l'Université de Californie. Ce qui m'a permis de quitter cette maudite maison. Je suis partie en août, avant d'entamer ma première année, et n'ai jamais regardé en arrière. Et je n'ai jamais repassé ce seuil avant hier soir.

BZZZZZZT !

— À la fac, j'ai travaillé pour payer mes études tout en bossant comme une malade. J'ai trouvé des jobs d'été dans des villes côtières où l'on était nourri et logé. Je suis passée en fac de médecine. C'est quasiment impossible d'y arriver sans s'y consacrer à plein temps, mais il y a toujours des gens pour financer de futurs médecins. Donc, je me suis endettée jusqu'au cou pour payer mes frais et mettrai encore une bonne dizaine d'années à tout rembourser. Mais je l'ai fait. J'ai réussi. Et durant tout ce temps, ce qui m'a soutenue, c'est la volonté de ne plus jamais être une victime. On dit bien que bien vivre est la meilleure des revanches, non ? Eh bien, je ne peux prétendre bien vivre, mais j'y viens, peu à peu. Et de mon propre chef. C'est *ma* revanche. Je refuse d'être sa victime. Un jour, il a pu me dominer, mais il n'aura plus jamais cet avantage.

BZZZZZZT !

— Mais cela n'était pas toute l'étendue de ma vengeance. Au fil des années, j'ai commencé à m'interroger sur les causes exactes de la mort de ma mère… et me suis demandé s'il s'agissait bien d'un accident. Je ne sais s'il a hérité d'elle ou si elle disposait d'une police d'assurance juteuse, ou s'il avait quelque chose à y gagner d'une façon ou d'une autre, mais je sais que si elle avait été là, il n'aurait jamais pu s'adonner à son vice. Mais une fois débarrassé d'elle, il pouvait faire ce qu'il voulait de Thomas et moi. Ainsi, j'ai développé mon rêve préféré : découvrir des preuves de sa culpabilité et l'envoyer en prison, là où il n'aurait pas le moindre pouvoir et où tout le monde le dominerait. Mais bien sûr, maintenant, c'est impossible.

BZZZZZZT !

Jack se sentit obligé de demander, bien qu'il n'ait pas vraiment envie de connaître la réponse :

— Est-ce qu'il vous a… touchée ?

Elle secoua la tête.

— Non, Dieu merci – comme si Dieu avait son mot à dire dans tout ça. Non… Ce qui lui plaisait, c'était de regarder, et nos photos n'étaient qu'une monnaie qui lui permettait d'obtenir encore plus de photos à regarder.

BZZZZZZZT !

Elle leva les yeux :

— Vous en avez encore ?

— Non, répondit Jack.

Il désigna l'amas de lamelles entremêlées qui gisait au pied du découpeur et montait jusqu'à ses pieds.

— Vous les avez toutes.

— Non, reprit-elle. Loin de là. Il en reste encore.

— C'est toujours un début, répondit Jack.

Soudain, elle parut se vider de son énergie, comme un ballon qui se dégonfle.

— Thomas en avait un jeu, dit-elle doucement. Ce qu'il appelait sa collection du maître.

— Qu'est-ce que c'est ?

— C'est comme ça qu'il appelle la collection de cet homme, son jeu de… comment l'appelez-vous ?

— Des photos d'enfants sexuellement abusés. Pourquoi voudrait-il la conserver ?

— Pour me faire chanter. Enfin, je crois. Mais je pense qu'il bluffe. Il figure dans la majorité de ces photos… En m'exposant, il se mettrait lui-même sur le devant de la scène. Il est tombé assez bas, mais pas à ce point.

— Du moins pas encore, fit Jack, qui venait d'avoir une idée. Savez-vous où il habite ?

— Pas très loin d'ici. Pourquoi ?

— J'ai quelques questions à poser à votre demi-frère. Vous voulez m'accompagner ? Vous pourrez vous retrouver en face de lui ?

Elle eut une hésitation, puis :

— Oui, je le peux. Je *veux* me retrouver en face de lui. Est-ce qu'on emmène le déchireur ?

— Non, il prend trop de place. Mais nous pourrons certainement trouver d'autres moyens pour obtenir le même résultat.

Alicia se leva et tendit la main pour attraper son manteau. Elle avait vraiment l'air d'y croire à fond.

— Allons-y.

13

Ils attendaient dans le salon sombre et étouffant de l'appartement de Thomas, où planait une vague odeur de moisi, lorsque celui-ci rentra chez lui.

Sous les yeux éberlués d'Alicia, Jack avait réussi à ouvrir la porte en utilisant ce qui, à ses yeux, n'était guère plus que quelques bouts de fil de cuivre. Ils n'attendaient que depuis une vingtaine de minutes lorsqu'ils entendirent le cliquetis de la serrure. Jack se leva d'un bond et disparut, laissant Alicia seule.

Thomas entra et alluma la lumière. Lorsqu'il la vit, il se figea comme un cerf pris dans les phares d'une voiture.

— Alicia ? Qu'est-ce que tu…

Jack sortit alors de derrière la porte et la claqua. Thomas fit un bond et se retourna pour dévisager Jack.

Soudain, son visage devint pâle comme la mort.

— Qui…

— Un ami de ta sœur, fit Jack en l'empoignant par le col pour propulser son corps rondouillard de l'autre côté de la pièce. Assieds-toi !

La voix de Jack vibrait d'une telle violence qu'Alicia reçut un choc. Il avait l'air d'un fauve. Il n'avait plus rien à voir avec l'homme à qui elle avait ouvert sa porte il n'y avait pas une heure. Mais lequel des deux était le vrai Jack ?

Thomas alla s'affaler contre un fauteuil et y replia sa carcasse en forme de poire.

— Que me voulez-vous ?

— Que tu répondes à mes questions. Et peut-être regarder quelques photos.

— Je ne vous permets pas ! s'écria Thomas. J'appelle la police !

Soudain, un petit pistolet apparut dans la main de Jack, et il le braqua sur le genou gauche de son frère. Puis il changea de cible et le pointa vers son genou droit.

— Lequel dois-je exploser en premier, Alicia ? Choisissez.

Moi ? se dit-elle avec une pointe de panique. Il veut rire ? À quoi joue-t-il ? Puis elle se souvint de ce que Jack lui avait dit en entrant dans l'appartement : *Je devrais peut-être le rudoyer un peu, mais quoi qu'il arrive, jouez le jeu.*

— Ou là ? ajouta-t-il en visant le bas-ventre.

Très bien, pensa-t-elle, je vais jouer le jeu.

— Laissez-moi réfléchir.

— Alicia ! gémit Thomas. Ne le laisse pas faire ! Ils m'ont tout dit sur cet homme ! Tu ne vas pas rester là sans réagir !

Elle remarqua une tache sombre qui s'étendait sur l'entrejambe de son pantalon. Le tableau qu'on lui avait fait de Jack ne devait pas être bien rassurant.

— Alors apporte-moi cette « collection » dont tu m'as parlé.

— Bien ! Tout de suite ! Elle est dans la chambre ! Je vais la chercher.

Il se leva et passa devant elle, Jack sur ses talons.

— « Laisse-moi réfléchir ! » lui chuchota-t-il à l'oreille en passant, avec un clin d'œil. Bravo !

Maintenant qu'elle se retrouvait seule, elle put regarder autour d'elle. C'était la première fois qu'elle pouvait examiner cet appartement à la lumière du jour. C'était un véritable taudis, jonché de vêtements et d'assiettes sales. Et cette odeur... Il y avait de fortes chances qu'elle provienne du carton à pizza posé sur l'appui de la fenêtre, à côté du radiateur.

Les deux hommes revinrent quelques instants plus tard. Thomas portait deux boîtes en carton, Jack une troisième... et un autre pistolet.

— Regardez ce que notre ami Thomas a trouvé, dit Jack. Un joli petit 7,65.

Mais Alicia n'avait d'yeux que pour les boîtes.

Il a toute la collection, se dit-elle, incrédule. C'était donc vrai. Une partie d'elle-même espérait qu'il bluffait.

— C'est tout ce qu'il y a ? demanda Jack.

— Oui, fit Thomas en acquiesçant vigoureusement. (Il se tourna vers Alicia.) Tout est là, je le jure.

— Mais pourquoi, Thomas ? Pourquoi voudrais-tu garder ces abominations, sinon pour me faire chanter ? C'est un catalogue de dégradations.

— Ce n'est pas si terrible. Je veux dire, pourquoi en faire tout un plat ? Personne n'en a souffert.

Jack leva le poing et, un instant, Alicia crut qu'il allait frapper Thomas, mais il la regarda et elle secoua la tête. Elle avait passé sa vie à nier cette partie de leur enfance, et maintenant, elle en parlait sans cesse.

— Personne n'en a souffert ? Tu veux rire ? Et toi, alors ? Quelle vie as-tu menée ? As-tu eu ne serait-ce qu'une seule liaison ?

Je sais que *moi*, je n'ai eu personne, pensa-t-elle.

— Tu crois que je me berce d'illusions ? Je suis un raté et je le sais très bien. (Il fronça les sourcils et la regarda.) Crois-moi, je sais très bien ce qu'il en est. Et tout est de la faute de Papa. C'est pour ça que la maison doit *me* revenir. Je l'ai amplement méritée. J'en ai besoin, pas toi. Tu t'en es bien tirée. Tu es devenue médecin.

— Tu ne sais rien de moi, répondit Alicia d'une voix douce.

C'était la même réplique à laquelle Jack avait eu droit. Comme s'il s'agissait d'un mantra. Peut-être qu'à force de le répéter, elle finirait par s'en persuader. Peut-être même que cela deviendrait vrai. Mais elle en était encore loin.

De l'extérieur, je peux faire illusion, se dit-elle, mais intérieurement, je… je suis comme cet appartement.

— Tu l'as « méritée » ? fit Jack. Tu en as « besoin » ? Tu me dégoûtes. Tu ne saurais même pas que faire de ce que cette énergie à distance te rapporterait.

Alicia eut un hoquet. Jack avait eu un mot malheureux. Puis elle vit que Thomas chancelait sur ses jambes. Il dut se laisser tomber sur le fauteuil le plus proche. Si son visage avait pâli lorsqu'il avait vu Jack, maintenant, il était blanc comme un linge. Et lorsque Thomas se mit à balbutier, elle réalisa que Jack savait parfaitement ce qu'il faisait en lâchant ce mot.

— Vous… Vous êtes au courant ? Oh, mon Dieu. Comment avez-vous pu découvrir la vérité ? C'est la nuit dernière, n'est-ce pas ? Bon Dieu, nous avons mis cette fichue maison sens dessus dessous et n'avons rien trouvé du tout ! Et voilà que vous allez y faire un petit tour, comme ça, et – un instant ! Vous savez où se trouve l'émetteur ?

Jack lui prit le bras et le releva de force.

— Venez. Nous allons faire un petit tour.

— Quoi ? fit Thomas, qui avait du mal à se tenir sur ses jambes. Où ça ?

— Dehors.

— P… Pourquoi ?

Alicia se posait la même question.

— Parce qu'il n'y a pas de cheminée dans ce trou à rats. (Il leva le 7,65 de Thomas.) Je laisse ton pistolet d'entraînement, mais on emmène ces boîtes.

14

— Laissez-nous ce foyer une petite heure, les gars, dit Jack, et je vous promets qu'à votre retour, il sera bien chaud.

Alicia l'avait suivi vers l'ouest, le long de la pente qui menait à la rivière Hudson, sans savoir ce qu'il mijotait. Il avait fini par s'arrêter à l'entrée d'une ruelle, près d'un bidon où brûlait une flamme maladive, pour donner un billet de vingt dollars à chacun des trois hommes qui se réchauffaient près du foyer improvisé.

— Bien, dit Jack en désignant Thomas, à toi de jouer.

Alicia se retourna pour regarder le long des rues sombres, vides, inquiétantes. Mais elle n'avait pas peur. Jack semblait être dans son élément et contrôler parfaitement la situation.

— Vous ne m'écoutez pas, répondit thomas.

Depuis qu'ils avaient quitté l'appartement, il n'avait cessé de dégoiser.

— Vas-y, alimente le feu, dit Jack. Et pas trop vite. Pas question de l'étouffer.

Thomas finit enfin par comprendre. Il prit une des boîtes qu'il avait lui-même transportées jusque-là et en tira une poignée de photos. Alicia les regarda tomber dans le bidon où elles s'enroulèrent sur elles-mêmes et noircirent alors que les flammes les dévoraient, détruisant à tout jamais les images hideuses qu'elles portaient. Elle s'y trouvait, Thomas lui aussi, mais il y avait d'autres enfants… D'autres qui, comme eux, avaient été obligés, moralement ou physiquement, d'effectuer ces gestes obscènes…

Elle ferma les yeux un bref instant ; la tête lui tournait. Ce n'était qu'une petite partie d'un tout, elle le savait, mais néanmoins… Maintenant, cela ferait toujours un jeu en moins.

Mais Thomas semblait à peine conscient de ce qu'il faisait. Il ne se souciait pas des photos ; apparemment, seul l'émetteur l'intéressait.

— Il est la clé de tout, tu sais, repartit-il. Si tu sais où il se trouve, nous pouvons devenir riches comme nous n'avons jamais pu rêver de l'être.

Jack ne se laissait pas impressionner.

— Si nous disposions du transmetteur, nous n'aurions pas besoin de toi.

— Si, car dès que vous tenterez de le vendre, il y aura bien quelqu'un pour dire que vous n'en êtes pas propriétaire.

— Et si c'est toi, il ne se passera rien de tel ?

— Quiconque tente de le breveter se heurtera à une forte opposition. Parce que… (Il se tut un instant.) Attendez, je reprends tout au commencement. Ensuite, vous comprendrez que vous ne pouvez pas vous passer de moi.

— Cela doit valoir son pesant de cacahuètes, commenta Jack en regardant Alicia.

Alicia haussa les épaules.

— Tant que tu continues d'alimenter le feu.

L'énergie à distance était une bien belle chose, mais d'abord, elle désirait voir ces photos réduites en cendres.

— J'ai découvert l'existence de cette invention un jour où je suis passé voir Papa.

— Vous êtes restés en contact ? demanda-t-elle.

Cette idée lui semblait inconcevable.

— Pas vraiment. (Il haussa les épaules.) J'étais assez fauché et il ne répondait pas au téléphone. Alors je suis allé voir ce qui se passait. Comme il me laissait poireauter pendant qu'il était au téléphone, j'ai fait un tour et ai remarqué qu'il y avait des lampes allumées de-ci, de-là dans la maison. Comme il était midi et que je suis un brave petit gars soucieux de préserver l'environnement – il eut un sourire moqueur, mais Alicia ne réagit pas et Jack se contenta de le regarder –, je, hem, j'ai voulu les éteindre et, ce faisant, j'ai remarqué ces petits fils qui saillaient à la base de leurs ampoules. En y regardant de plus près, j'ai vu que ces fichues lampes n'étaient pas branchées. Alors d'où tiraient-elles leur énergie ? P'pa avait-il conçu une sorte de lampe qui fonctionnerait à piles ? Par curiosité, j'ai entrepris d'en démonter une. Le temps qu'il ait fini sa conférence téléphonique, j'avais tout deviné.

— Il devait être ravi, dit Alicia.

— Pas vraiment. « Fou furieux » serait une bien meilleure description de son état. Il voulut me fiche dehors, mais changea d'avis en cours de route. D'abord, je me suis demandé pourquoi ce revirement ; ce n'est que plus tard que j'ai compris. P'pa n'a rien voulu me dire à propos de la technologie elle-même, mais jugea bon de m'expliquer pourquoi personne ne devait en entendre parler. Parce que, vous voyez, cette invention ne lui appartenait pas à cent pour cent. Pour en arriver là, il a mêlé ses propres découvertes et les résultats de recherches qu'il a effectuées pour le compte de diverses organisations et universités au fil du temps. Celles-ci exigeront certainement la part du lion – voire la totalité – des profits que générera cette invention. Donc, il cherchait un moyen de garder un droit de propriété exclusif sur sa découverte avant de la promulguer. Il m'a prêté l'argent dont j'avais besoin à condition que je la ferme.

Cela ne m'étonnerait pas que la réalité soit inversée, se dit Alicia. Que tu aies demandé de l'argent en échange de ton silence.

— Mais j'ai réfléchi et me suis dit que P'pa pensait de travers. S'il devait de toute façon y avoir une bagarre légale autour des droits de patente, il devait trouver un moyen de neutraliser ces éventuelles patentes. Si le fait de divulguer sa découverte signifiait renoncer à en tirer le moindre profit, pourquoi ne pas trouver un moyen d'emporter un bon paquet contre la promesse de *ne pas* la mettre sur le marché ? Donc, je me suis posé la question : qui aurait le plus à perdre si l'énergie à distance prenait le devant ? La réponse s'imposait d'elle-même : il suffisait de vendre le tout à l'OPEC.

Il hochait la tête comme pour quémander leur approbation. Mais Alicia n'était pas disposée à la lui donner, et Jack restait impassible.

— C'est évident, non ? Par un coup de génie, je me suis dit que les Arabes cracheraient certainement des *milliards* pour éviter que l'énergie à distance soit mise sur le marché. C'est ainsi que, en cachette de Papa, je lui ai « emprunté » une de ses lampes et ai pris l'avion pour l'Arabie Saoudite. Mais je n'y suis jamais arrivé. Durant le transfert à Francfort, j'ai constaté que la lampe ne fonctionnait plus. Pris de panique, je suis retourné aux USA en catastrophe – pour découvrir, à mon arrivée, qu'elle s'était remise à marcher. Donc, il y a une limite au rayon d'action de l'émetteur d'énergie.

Alicia se demanda, vaguement, à combien pouvait s'étendre ce rayon d'action et quelle longueur d'ondes on employait… Mais ce qu'elle se souvenait de ses cours de physique ne lui serait d'aucun recours.

— J'ai donc emmené la lampe aux représentants de l'OPEC à l'ONU, mais ils ont refusé de me recevoir. C'est à peine croyable, non ? Je leur offrais sur un plateau un moyen de sauver leur peau, et ces crétins n'ont même pas voulu m'écouter. Heureusement, j'ai trouvé un autre groupe, presque aussi riche…

— L'Iswid Nahr, fit Jack.

Thomas eut un soubresaut, comme si on l'avait giflé. Il se retourna et dévisagea Jack.

— Qui êtes-vous donc pour savoir cela ?

Jack lui montra du doigt le bidon.

— Continue. Et n'oublie pas d'alimenter le feu.

— Bon, bon. En tout cas, les gens de l'Iswid Nahr ont dû démonter et remonter cette lampe une bonne centaine de fois, mais au final, ils m'ont cru. Ils ont contacté P'pa et lui ont fait une offre fabuleuse. Mais au lieu de leur en être reconnaissant, il a piqué sa crise et s'est mis à bavasser comme quoi il ne laisserait personne massacrer son invention. Je n'y comprends rien. Des milliards sur la table, et il se fout en rogne.

— Moi, je comprends, répondit Alicia. Je n'ai pas vu cet homme depuis mon adolescence, et pourtant, c'est clair comme de l'eau de roche.

— En ce cas, chère sœur, répondit Thomas d'un ton acide, veux-tu bien éclairer ma lanterne ?

— Chère *demi*-sœur, je t'en prie. Ne l'oublie pas. Pour ce qui est de ton père, il voulait bien plus que de l'argent – il voulait la gloire. Il voulait que son nom figure dans l'Histoire de l'humanité, rester sous les traits d'un des plus grands hommes de tous les temps, un génie qui aurait changé la face du monde. Et plus que tout, il voulait pouvoir contrôler cette technologie. Pour un assoiffé de puissance comme lui, c'était le pied ultime : avoir la mainmise sur l'énergie qui alimenterait le monde entier.

— C'est peut-être vrai, dit Thomas.

D'après son ton, il en convenait, mais à contrecœur.

— Mais une fois que quelqu'un avait eu vent de son secret, et surtout des gens qui cherchaient à l'éradiquer, il fallait qu'il agisse vite. La seule façon qui lui reste de conserver à la fois la gloire et la richesse était de proposer le tout à un pays dépourvu de pétrole et prêt à offrir à peu près n'importe quoi pour ne plus dépendre des importateurs. Je suis sûr qu'Israël était son premier choix, mais il a dû comprendre que le Japon avait plus d'argent à lui offrir. Et avec une technologie nouvelle qui leur permettrait non seulement de s'affranchir du joug des pays producteurs de pétrole, mais aussi de leur offrir quelque chose à vendre au monde, quelque chose d'encore plus précieux que le pétrole, le gouvernement japonais se chargerait de régler tous les conflits légaux possibles et imaginables. Ronald Clayton serait riche au-delà de ses rêves les plus fous et aurait sa place dans l'Histoire.

— Sauf qu'il n'est jamais arrivé au Japon.

— Non, renchérit Jack. Tes potes de l'Iswid Nahr s'en sont assurés.

Alicia crut voir Thomas faire la grimace. Était-il au courant, ou n'avait-il que des soupçons ?

— C'était un accident, dit-il à Jack.

Celui-ci secoua la tête.

— Les Japonais ont trouvé des résidus d'explosifs dans les débris.

— Comment le savez-vous ?

— De la même façon que je connais l'existence de l'Iswid Nahr.

Alicia en conclut qu'il ne voulait pas mettre Thomas au courant de l'existence de l'agent japonais. Elle regarda son frère qui, pendant un instant, digéra l'information. Au final, il haussa les épaules.

— Oh, pourquoi pas ? De toute façon, il n'en a jamais rien eu à fiche de moi.

— Il ne s'intéressait qu'à lui-même, renchérit Alicia.

— Comment peux-tu prétendre une chose pareille ? Regarde ce qu'il t'a laissé, à toi. Avant de partir pour le Japon, il a caché toutes ses archives et m'a totalement exclu de son testament. Bon Dieu, il t'a tout laissé ! Pourquoi ?

— Je n'en sais rien, répondit Alicia. Je préférerais qu'il m'ait oubliée.

— Alors dis-moi ce que tu sais, fit Thomas en se penchant sur les flammes qui soulignaient son gros nez. Je t'obtiendrai une part de mon marché avec les Arabes.

— Tu n'as jamais pensé à mettre cette invention dans le domaine public afin que le monde soit un peu plus vivable ?

Il la regarda comme si elle parlait chinois.

— Crois-moi, lorsque j'aurai tant d'argent qu'il me

faudra un an pour dépenser les intérêts d'une seule journée, le monde sera bel et bien plus vivable.

— Je me rappelle d'un vieil adage qui dit qu'il ne faut pas vendre la peau de l'ours…

— Tu seras riche, Alicia. Tu l'as toujours détesté, tu as toujours voulu prendre ta revanche…

— Ce n'est pas vrai.

Si, bien sûr. À certaines périodes, c'était tout ce qui occupait son esprit.

— Tu rigoles ? S'il y a une personne au monde que tu hais plus que moi, c'est bien lui. Maintenant, tu as une occasion d'égaliser le score. Nous allons vendre cette découverte aux Arabes… Et ils s'arrangeront pour qu'elle disparaisse à tout jamais. Et il ne sera jamais plus qu'une des malheureuses victimes du vol JAL 27. N'est-ce pas une belle vengeance ?

Il lui fallait bien admettre que le plan de Thomas était loin de lui déplaire… En revanche, elle ne pouvait concevoir de comploter quoi que ce soit avec lui…

— Laisse tomber.

Il se redressa, apparemment frustré.

— Comme tu veux. Mais nous finirons par trouver l'émetteur : ce n'est qu'une question de temps. Et à ce moment, il sera trop tard. Tu n'auras plus la moindre monnaie d'échange.

— Tout ceci devient carrément ennuyeux, n'est-ce pas ? fit Jack en se tournant vers Alicia.

Elle acquiesça.

— Alors autant accélérer le mouvement.

Il s'empara d'un carton de photos et entreprit de les jeter dans le feu. Alicia les regarda s'embraser. Puis il n'en resta plus une seule.

— Et voilà une boîte en moins, dit Jack. Il en reste encore ?

— Non, répondit Thomas.

— Cela vaut mieux, renchérit Jack en pointant un doigt vers son faciès bouffi. Parce que si je découvre que tu nous caches quelque chose…

— C'est tout. Je le jure.

Jack prit son bras ; Alicia se sentit prête à bondir, mais le laissa l'escorter jusqu'aux limites du feu.

— En ce cas, nous en avons fini avec toi.

— C'est tout ? s'écria Thomas alors qu'ils montaient la pente qui s'éloignait de la rivière. Vous m'attirez jusqu'ici, vous me forcez à divulguer des informations, et cela s'arrête là ? Qu'est-ce que *moi*, j'y gagne ?

— Le droit de te réchauffer les mains, répondit Jack sans se détourner.

— Brûler ces photos ne sert à rien ! leur lança Thomas. Vous pouvez les détruire à pleins camions, cela ne voudra rien dire ! (Il éleva la voix au fur et à mesure qu'ils s'éloignaient :) Tu as entendu parler de l'Internet, Alicia ? Nous sommes dessus. Dans des tas de sites bien cachés. Et tu sais quoi ? On est célèbres, Alicia. Qu'est-ce que tu en dis ? On est des *stars* !

Alicia pressa sa main sur sa bouche pour ne pas hurler.

Derrière elle, Jack dit :

— Excusez-moi, j'ai oublié quelque chose. Je reviens tout de suite.

Luttant contre la nausée qui bouillonnait juste en dessous de son sternum, Alicia continua son chemin en inspirant profondément. Elle ne se retourna pas pour voir ce qu'il avait bien pu oublier. Rien de tangible, elle l'espérait…

15

Yoshio regardait Jack-san et Alicia Clayton, qui se dirigeaient vers la Huitième Avenue, puis tournèrent pour partir vers le centre-ville. Il aurait payé cher pour pouvoir écouter leur conversation avec le frère.

Il les suivit en se glissant d'une ombre à l'autre.

Peut-être prends-je trop de précautions, se dit-il.

Vêtu comme il l'était, Jack ne le reconnaîtrait sans

doute jamais, même au grand jour. D'abord, il voulut se déguiser en Père Noël de supermarché ; mais si ce costume eût été efficace dans les grandes artères, il l'aurait fait remarquer dans des rues moins peuplées. À contrecœur, il avait opté pour la seconde possibilité.

Quoi qu'il en soit, il préférait ne pas courir de risques. Il en avait assez pris en choisissant de surveiller l'appartement du frère d'Alicia, mais au final, sa longue veille avait porté ses fruits. C'était une occasion à ne pas manquer.

Et maintenant... S'il pouvait les filer jusqu'à ce qu'ils arrivent à l'endroit où résidait l'un ou l'autre, voire les deux... Il gagnerait sur tous les tableaux. Il était prêt à les suivre jusqu'au bout du monde s'il le fallait, et, avec ce déguisement, il pourrait même prendre le métro s'il le fallait.

Non, c'était encore marcher qui lui était le plus pénibles.

Ces talons hauts faisaient un mal de chien.

16

— Jack ! fit Gia en ouvrant la porte de devant. Que fais-tu là ?

— Je peux entrer ?

— Bien sûr !

Elle portait une robe de chambre par-dessus une longue chemise de nuit de flanelle. À peine la porte s'était-elle refermée derrière eux que Jack la prit dans ses bras et la serra contre son cœur. Gia lui rendit son étreinte et ils restèrent longtemps là, enlacés, immobiles.

— Ce soir, j'en avais besoin, lui dit-il en absorbant sa chaleur. *Vraiment* besoin.

— Qu'est-ce qu'il y a ? Que s'est-il passé ?

— Diverses choses, répondit-il. Et, excuse-moi, mais je n'ai aucune envie d'en parler.

Après leur petite conversation avec son amour de

frère, Jack avait déposé Alicia chez elle avant de rentrer à son propre appartement. Mais au bout de quelques stations de métro, il avait changé d'avis. Il fit quelques correspondances inutiles afin de s'assurer qu'il n'était pas suivi, puis descendit la Cinquante-huitième jusqu'à l'endroit où habitait Gia, à Sutton Square. Elle avait fini par renoncer à son appartement et s'était installée dans l'élégante demeure que Vicky avait héritée de ses tantes.

À son grand étonnement, cette petite séance l'avait plus éprouvé que certains moments pénibles qu'il avait connus au fil des années. Jack côtoyait certes la lie de la société, mais il n'avait fait qu'entendre parler de ce qu'Alicia avait dû subir. Et tout le temps où il était resté là, à la regarder détruire ces photos et ces négatifs tout en babillant comme un 33 tours mis sur 45, il s'était demandé si elle n'allait pas finir par péter les plombs et fourrer ses doigts dans le déchireur. Mais elle avait tenu bon.

Cette histoire l'avait mis sur les rotules. Voir ces photos, puis se retrouver dans la même pièce que Thomas Clayton... Il se sentait sale. Il s'était défoulé un peu en cassant la figure de ce salopard, mais il se sentait incapable de conclure cette longue journée sans voir Gia.

Il entendit un martèlement de pas et une petite voix qui criait :

— Jack-Jack-Jack !

Vicky.

Il se libéra des bras de Gia juste à temps pour attraper la fillette au vol.

— Tu n'es pas encore couchée ?

— Aujourd'hui c'est le début des vacances de Noël, répondit-elle en enserrant son cou. Demain, pas d'école ! C'est super, non ?

— Plus que super, répondit-il en lui rendant son étreinte.

Il ne put s'empêcher de se dire qu'Alicia n'était pas plus âgée que Vicky lorsque son père l'avait… Si quelqu'un osait seulement *penser* à lui faire subir de telles horreurs…

— Jack, tu me serres trop fort.

— Oh, pardon.

Il relâcha son étreinte et regarda son visage innocent. Un sanglot vint se coincer dans sa gorge. Il dut forcer pour faire sortir ses mots, et sa voix était comme pâteuse :

— Tu m'as manqué, c'est tout. Et je suis si content que tu sois encore debout.

— Elle regarde *Le Noël de Charlie Brown* pour la énième fois, dit Gia en le regardant de près.

Sans lâcher Vicky, Jack passa un bras autour de l'épaule de Gia et la serra contre lui. Ses grands yeux bleus lui demandèrent si tout allait bien.

Jack haussa les épaules et acquiesça. Tout allait bien. Les deux personnes les plus importantes dans sa vie étaient là, à ses côtés, où il pouvait veiller sur elles et s'assurer qu'il ne leur arrivait rien de mal. Tout allait bien.

— Je peux regarder *Le Noël de Charlie Brown* avec vous autres ? demanda-t-il.

— Ouais ! s'exclama Vicky en claquant des mains.

— Encore ! fit Gia en levant les yeux au ciel.

— Faute de mieux, tu apprécieras la musique.

Ils suivirent Vicky le long du couloir aux panneaux de chêne jusqu'à la bibliothèque. Gia n'y avait pas changé grand-chose. Ce n'est qu'au bout d'une vingtaine de minutes où il resta blotti entre Gia et Vicky qu'il se sentit assez propre pour pouvoir s'endormir.

17

— Si je comprends bien, dit Kemel, vous avez cherché toute la journée qui pouvait bien être cet homme, et vous revenez bredouille ?

Sam Baker, qui faisait les cent pas dans le salon de l'appartement, parut gêné. Et il avait toutes les raisons de l'être. Mieux : il aurait dû être attristé, honteux, au bord du suicide. Non seulement cet étranger anonyme s'était joué de lui, mais en plus, son bonus assez confortable était en grand danger.

— On dirait que ce salopard n'existe même pas.

— Oh, il existe bel et bien, monsieur Baker. Les quelques survivants de votre équipe peuvent en témoigner.

— Ouais, mais un type aussi balèze devrait avoir une réputation, un nom, une signature. Des gens comme moi, et d'autres de mes connaissances, auraient dû avoir entendu parler de lui. De toute évidence, c'est un mercenaire, et en ce cas, je devrais le connaître. Un type aussi bien entraîné ne surgit pas du néant avec tout ce qu'il faut là où il faut. Ils doivent faire leur apprentissage et s'élever dans la profession. Mais pas cet animal. On dirait un fantôme qui apparaît à volonté, fout sa merde, puis disparaît.

Kemel avait du mal à maîtriser sa colère. Quel idiot ! Pourquoi Nazer ne lui avait pas trouvé quelqu'un d'un peu plus compétent ?

— Son nom m'importe peu. Tout ce que je veux, c'est en être débarrassé.

— Je nous en débarrasserai si je peux le trouver.

— C'est peut-être lui qui vous trouvera.

Baker eut un vague moment d'incertitude, puis ses traits se durcirent.

— Je l'attends de pied ferme. Si je le vois, il est mort.

— Je l'espère bien, je l'espère bien.

Et Kemel se détourna.

Il avait passé une journée d'angoisse, à surveiller les bulletins d'actualité, gardant un poste de télé ou de radio allumé dans chaque pièce, craignant d'entendre une voix triomphale proclamant qu'on avait découvert une source d'énergie révolutionnaire qui allait changer la face du monde. Mais il n'avait rien entendu de tel. Que disait ce dicton occidental ? Pas de nouvelles, bonnes nouvelles. Oui, en ce cas, c'était particulièrement approprié.

Et pourvu que le silence se prolonge. Indéfiniment si possible.

Oserai-je garder l'espoir ? se demanda-t-il.

Si Alicia Clayton détenait la preuve de l'existence d'une découverte aussi impressionnante que celle de son père, elle ne pourrait s'empêcher d'en parler, de le claironner à la face du monde.

Mais si ce silence se prolongeait, il pouvait en déduire qu'elle et son employé – son « mercenaire », disait Baker – n'avaient rien trouvé dans la maison.

Toute la journée, Kemel avait jeûné et prié pour qu'il en soit ainsi. Puis la bonne nouvelle était tombée. Gordon Haffner l'avait appelé pour dire qu'il avait été contacté par l'avocat d'Alicia Clayton et que le processus de vente de la maison était enclenché.

Enfin, se dit Kemel en jubilant intérieurement, je vais pouvoir revenir à Riyad et aider Ghali à se sortir du mauvais pas où il s'était fourré.

Puis il avait eu des soupçons. Et si son désir apparent de vendre la maison n'était qu'une ruse visant à lui faire baisser sa garde ? Kemel avait contacté Baker, occupé à faire disparaître les cadavres de ses hommes, et lui avait suggéré d'employer le transmetteur qu'il avait déposé dans le sac d'Alicia Clayton afin de surveiller ses faits et gestes. Jusqu'à présent, elle n'avait pas quitté son lieu de travail.

Peut-être voulait-elle vraiment vendre la maison.

Après tout, dix millions de dollars étaient une somme…

Le téléphone se mit à sonner. En répondant, Kemel reconnut la voix de Thomas Clayton, bien qu'elle semble plus nasale qu'à l'accoutumée.

— Ils étaient là ! s'exclama-t-il. Ils savent tout !

La peur planta ses griffes dans l'estomac de Kemel.

— Qui ? Qui sait tout ?

— Alicia et sa grosse brute. Il m'a cassé le nez !

— Que savent-ils exactement ?

— Tout ! Plus que nous !

La pièce se mit à tournoyer. *Tout !* Oh non. C'était impossible. Allah, fais que…

— L'émetteur ?

— Non, je ne crois pas qu'ils l'aient. Du moins pas encore. Mais j'ai l'impression qu'ils savent comment y accéder. Que faire ?

Kemel ferma les yeux pour trouver le calme, trouva le bord de son *thobe* et s'y cramponna.

— Je vous le dirai bientôt.

Il raccrocha et fit un bref résumé de la situation à Baker, sans oublier d'omettre la nature exacte de ce qu'ils cherchaient, comme toujours.

— Facile, dit-il. Il nous suffit d'aller trouver la fille et de lui faire cracher le morceau. Et croyez-moi, si je peux rester seul à seul avec elle, elle finira par parler.

Kemel ferma à nouveau les yeux. Cet homme était d'une bêtise abyssale !

— Et si elle ne sait pas où se trouve ce que nous cherchons ? dit-il doucement. Elle n'aura certainement plus aucune envie de vendre la maison. Et si son employé est là et élimine les quelques hommes qu'il vous reste ? Et si, dans votre infinie maladresse, vous la tuez avant d'apprendre ce que nous devons lui extirper ?

— Hé, écoutez, je…

— Non. Vous ne toucherez pas à un seul de ses cheveux. Mais vous allez employer le traceur pour la suivre de près. Si elle tente de quitter la ville, vous m'en informerez et nous nous lancerons à sa poursuite ensemble. *Ensemble*. Est-ce clair ?

— Ouais, mais…

— EST-CE CLAIR ? hurla Kemel d'un ton sans réplique.

— C'est clair, fit Baker.

— Bien. Mettez-vous immédiatement à sa recherche. Et tenez-moi au courant.

Il se tourna vers la fenêtre et scruta la nuit sans la voir. Il supplia Allah de lui pardonner ce moment de doute où il avait vraiment cru que son Dieu l'avait abandonné. Maintenant, il comprenait le plan qu'Allah avait tracé pour lui. Alicia Clayton était son instrument, celui qui guiderait Kemel vers le secret de son père.

Allah soit loué.

MARDI

1

Lorsqu'il reconnut Jack-san au volant de la Taurus bleue qui se garait de l'autre côté de la rue, Yoshio se cacha sous son volant et s'empressa d'avaler son croissant à la saucisse et à l'œuf.

Après qu'il les eut suivis, Alicia Clayton et lui, jusqu'à cette élégante demeure, Yoshio s'était figuré qu'ils y habitaient ensemble. Mais le *ronin* s'en était allé quelques instants plus tard. Il avait tenté de le suivre, mais ses vêtements de femme entravaient ses mouvements et il n'avait pu rester à bonne distance. Il l'avait perdu dans le chaos de la Quatorzième Rue.

Ainsi, il s'était empressé de regagner sa propre voiture, garée près de l'appartement de Thomas Clayton, et l'avait mise en face de la demeure en question. Il avait remis sa tenue habituelle et s'était préparé à y passer la nuit.

Et maintenant, de toute évidence, Jack-san emmenait Alicia Clayton… Quelque part. Yoshio se doutait que leur relation n'avait rien de romantique, sinon Jack-san serait resté là la nuit dernière. Donc, s'ils se retrouvaient, ce n'était pas pour le plaisir d'être ensemble. Ils avaient certainement un but précis, et ce but devait certainement avoir un rapport avec la découverte de Clayton.

Et ce même but les entraînait en dehors de la ville. Sinon, pourquoi auraient-ils pris la voiture ?

Comment Yoshio pouvait-il les suivre à travers les banlieues, puis la campagne sans se faire repérer ? Jack-san savait qui il était et ne manquerait pas de le chercher. Et pourtant, il fallait qu'il prenne ce risque. Il sentait qu'après des mois d'attente et de surveillance, il tenait enfin le bon bout.

Il aurait bien voulu passer un coup de fil pour demander des renforts, mais à ce stade il n'osait pas impliquer d'autres personnes dans cette affaire. La situation était bien trop délicate.

Sous ses yeux, Jack entra à nouveau dans la maison. Yoshio était à bout de patience. Et, dans des situations désespérées, il faut parfois avoir recours à des solutions désespérées…

2

— Comme je le vois, dit Jack, nous montons vers le West Side, prenons le Saw Mill, traversons le Tappanzee et continuons tout droit.

L'horloge du tableau de bord disait 10:33. On sortait juste des heures de pointe du matin.

— À moins que vous connaissiez un meilleur chemin.

Alicia haussa les épaules.

— Du moment qu'on peut sortir de là.

Jack la regarda. Il savait qu'elle n'était pas vraiment une humoriste, mais ce matin, elle semblait encore plus silencieuse, encore plus déprimée que d'habitude.

— Vous êtes toujours partante ?

— Oui, répondit-elle avec un hochement de tête un peu trop vigoureux pour être honnête. Ça va. C'est que…

Elle ne termina pas sa phrase.

— Que quoi ?

Elle eut un grand soupir.

— Je suis désolée de vous avoir imposé mes confidences de l'autre jour. Cela n'était pas inclus dans le contrat.

Je ne vous le fais pas dire, pensa-t-il, mais il lui répondit :

— Ce n'est rien. N'y pensez plus.

— C'est que… Je n'arrête pas d'y penser. J'ai passé des années à nier ces photos, ou du moins j'ai fait tout ce que je pouvais pour ignorer jusqu'à leur existence. J'ai refoulé au plus profond de moi la petite fille que j'étais et ce qui lui était arrivé et j'ai fermé la porte une bonne fois pour toutes. L'idée que ces photos soient là, quelque part, et qu'elles puissent passer de main en main, d'un pervers à l'autre, me répugnait. Je ne me suis pas laissé dominer par le passé, mais j'en ai toujours porté le poids. Ce fut une musique de fond inquiétante et dissonante qui a accompagné chaque instant de ma vie. Mais au bout de toutes ces années, ce n'est qu'hier soir que j'ai pu en parler à quelqu'un. Et je sais que cela vous a gêné.

— Hem… Oui.

Entendre parler d'abus sexuels sur une enfant… Et de la bouche même de la victime… « Gêné » était un terme trop faible pour décrire ce qu'il avait alors ressenti en entendant ces confidences.

— Mais vous devez comprendre que je n'ai jamais pu partager ce poids avec quelqu'un d'autre. Je n'ai jamais eu d'amis proches, parce que je ne pouvais être entièrement honnête vis-à-vis d'eux. Pour tout dire, je ne supportais pas de les entendre parler de leurs familles respectives, surtout de leurs pères, qu'ils semblaient tant aimer. À chaque fois que quelqu'un parlait de son « papa » avec des trémolos dans la voix, j'avais envie de hurler. Même maintenant, à l'idée qu'il soit la chair de ma chair, j'ai envie de me l'arracher. Je me demandais sans cesse, pourquoi ne puis-je être comme eux, avoir un père qui m'aimait et qui serait mort pour me protéger ? Mais vous avez vu les photos, Jack…

— Quelques-unes, s'empressa-t-il de préciser. Très peu, en fait.

— Une seule aurait suffi. Peu importe la quantité : cela signifie que maintenant, vous connaissez mon secret. Et tout ce que j'avais réussi à oublier est revenu d'un bloc. Je le répète, je suis désolée.

— Et comme je l'ai dit moi, ne vous en faites pas. J'espère que cela a pu vous aider.

— Oui, pendant un moment. La nuit dernière, quelques instants durant, alors que ces documents disparaissaient dans le déchireur, et ensuite, lorsque toute cette collection partait en fumée, je me suis sentie libérée. C'était... formidable. Mais lorsque Thomas a balancé son coup de Jarnac en mentionnant l'Internet, je suis redescendue sur Terre. Maintenant, je sais que je ne pourrai jamais m'en débarrasser.

— Il ne faut jamais dire jamais, répondit Jack.

C'était d'une platitude affolante, il le savait, mais que pouvait-il dire d'autre ? Il n'était pas un psychologue et ne savait comment empêcher Alicia d'aller là où elle se rendait.

— Eh bien, tant que ces photos continuent de circuler dans le réseau pédophile, par courrier ou téléchargé via Internet sous forme de GIF ou de JPEG, tant que je sais qu'un seul de ces clichés passe de main en main, je ne serai jamais tranquille. Bien sûr, on peut dire : « Surmontez cette épreuve » ou « Laissez couler »... Comment puis-je me détendre alors que je sais que, en ce moment même, un sale pervers est peut-être en train de me regarder alors que je fais... ces horreurs ? Comment puis-je me débarrasser du passé alors que ces images restent dans le présent ?

Jack se contenta d'acquiescer. C'était tout ce qu'il pouvait faire, vu qu'elle avait raison. Ces images étaient un viol permanent qui se continuerait bien après sa mort.

— Ce salaud a toujours du pouvoir sur moi ! fit-elle

en élevant la voix. Comment puis-je m'en débarrasser ? *Comment ?*

Voilà un problème que Jack ne pouvait résoudre. Il préféra donc en revenir au but même de leur voyage :

— Puisqu'on en parle, dit-il, pourquoi, selon vous, vous a-t-il légué sa découverte ? Pouvait-il vouloir... (Comment pouvait-il le formuler...) se racheter, à sa façon ?

Elle eut un rire sans joie, puis :

— Oh non, certainement pas. Pour cela, encore faudrait-il qu'il ressente le moindre remords. Or ce mot n'entrait pas dans le vocabulaire de Ronald Clayton. Non, s'il m'a laissé la maison et des indices qui me mèneraient vers sa grande découverte, c'était dans un but parfaitement égoïste. Comme tout ce qu'il a pu faire dans sa vie, d'ailleurs. Il savait que Thomas s'arrangerait pour qu'elle ne voie jamais le jour, ce qui était contraire à sa volonté. C'est pour ça qu'il a fait en sorte qu'elle me revienne : il savait que quelle que puisse être la volonté de Thomas, je serais forcément contre. (Elle donna un coup de poing contre le tableau de bord.) Et c'est ça le pire. Même par-delà la mort, il se sert de moi. Vous comprenez ? Comment voulez-vous que je me débarrasse de ce salopard ?

3

— Qu'y a-t-il ? demanda Alicia. Pourquoi nous arrêtons-nous ?

Ils progressaient sur l'autoroute à trois voies sans problèmes particuliers et – du moins pour autant qu'elle puisse en juger – personne ne semblait les suivre. Depuis leur départ, ils avaient cheminé en silence.

Et c'était entièrement de sa faute, se dit-elle. Ce matin, elle s'était réveillée dans un état déplorable, crevée, épuisée, et cela ne s'était pas arrangé depuis. Elle n'avait aucune envie de parler, et était sûre que Jack n'y voyait aucun inconvénient.

Ils venaient de payer le péage à la sortie de New Paltz, et maintenant, Jack s'arrêtait devant les cabines téléphoniques de l'aire qui s'étendait juste après les guichets.

— Je voudrais reprendre mes esprits, répondit Jack, et m'assurer que personne ne nous file.

Alicia resta dans la voiture pendant que Jack faisait semblant de passer un coup de fil tout en griffonnant des notes sur un cahier à spirale tout en surveillant les voitures qui passaient le péage. Par un jeudi, en plein mois de décembre, il n'y avait pas beaucoup de circulation.

Finalement, au bout d'un bon quart d'heure, Jack raccrocha et retourna à la voiture. Il passa sa tête par la portière et hocha la tête d'un air satisfait.

— C'est bon. Je n'ai vu personne. Et vous ?

— Non plus. Qu'écrivez-vous ?

— Les marques, les modèles, les numéros d'immatriculation. Si je revois une des voitures qui vient de passer ce péage, je commencerai à me poser des questions. Encore un petit détail à régler et nous pourrons repartir.

Il tendit la main et récupéra la Land Rover posée sur le siège arrière. Le jouet avait retrouvé son châssis de plastique. Il l'emmena jusqu'au trottoir et le regarda partir comme une bombe. Lorsqu'il revint à la voiture, ses yeux brillaient d'excitation.

— Cet engin se dirige vers l'ouest, ou presque. D'après moi, nous ne sommes plus bien loin de sa destination.

Lorsque Jack aborda les collines du comté d'Ulster, des nuages gris et bas encombraient le ciel et cachaient le pâle soleil hivernal. Dans le lointain, les arbres dénudés donnaient au paysage une apparence brumeuse, un moutonnement brun rompu minait le trafic ici et là par des bosquets de pins d'un vert sombre.

À chaque croisement, Jack s'arrêtait, examinait le

trafic, puis sortait le camion, regardait la direction qu'il prenait, puis infléchissait leur trajectoire selon celle du jouet.

La Rover les guida au plus profond des collines. Lorsque le béton céda la place à un chemin de terre, Alicia sentit monter en elle une certaine impatience. D'abord, elle lutta contre ses sentiments – elle refusait d'attendre quoi que ce soit qui ait un quelconque rapport avec cet homme – mais elle finit par se laisser aller. Là, devant eux, peut-être de l'autre côté de cette colline, ou de cette forêt d'arbres dénudés, ou après le prochain tournant, les attendait quelque chose d'incroyable.

Mais alors même que son impatience s'accroissait, elle vit que Jack avait l'air de plus en plus nerveux.

— Quelque chose vous dérange ? demanda-t-elle.

Il haussa les épaules et désigna d'un geste les vallées et les collines qu'on apercevait par une trouée dans le mur de troncs.

— Cet endroit est trop vaste et trop dégagé à mon goût. J'aime les routes bétonnées et, de préférence, pouvoir passer *en dessous*, et j'aime les arbres lorsqu'ils poussent dans un petit cercle de métal sur le trottoir.

C'est alors que les roues se mirent à glisser dans la boue alors que la voiture abordait une pente assez escarpée.

— J'aurais dû prévoir le coup et louer une jeep, fit Jack d'un ton excédé. J'aurais dû y penser.

Mais les pneus finirent par accrocher et propulser la voiture jusqu'à un terrain un peu plus plat.

— Nous ne sommes plus très loin, dit Alicia. Nous sommes presque au sommet de la montagne.

— Et si la Rover désigne la montagne suivante ?

Alicia n'y avait pas pensé.

Un peu plus tard, ils arrivaient au bout de la route.

— Parfait, fit Jack.

Alicia se pencha en avant pour examiner la barrière d'arbres et d'épais taillis qui s'étendait droit devant eux. Ils n'allaient tout de même pas s'en retourner comme ça ? Elle remarqua alors comme une brèche au milieu de la forêt.

— Un instant. Il n'y a pas un sentier là-bas ?

Jack prit la Rover et descendit de voiture. Cette fois-ci, Alicia fit de même.

— Bien vu, Alicia, fit-il en désignant un étroit sentier qui s'enfonçait dans le sous-bois. C'est une chance qu'il n'y ait plus une feuille sur les arbres, sinon, il serait impossible à repérer. C'est plutôt bon signe.

— Pourquoi ?

— Parce que cela signifie que quelqu'un préférait qu'il soit difficile à trouver. Allons-y.

Alicia resserra le col de son manteau. Ils étaient partis vers le nord, se trouvaient au sommet d'une colline, le soleil se cachait derrière les nuages et un vent glacial se levait. Elle regretta de ne pas s'être habillée plus chaudement.

Le chemin sinuait entre les arbres et les rochers pour, finalement, déboucher sur une grande clairière. Alicia eut un hoquet en voyant la vieille cabane de rondins qui s'élevait en son centre. Or seuls ces rondins étaient vieux, car tout ce qu'elle voyait était du dernier cri technologique. Le toit de la cabane et une bonne partie de la clairière étaient pourvus de panneaux solaires. Et toujours sur le toit, une drôle d'antenne montait à une dizaine de mètres au-dessus des panneaux.

— Je peux me tromper, mais je crois que nous sommes arrivés, dit Jack.

Il déposa la Rover sur le sol et la mit en marche. Celle-ci se fraya un chemin sur le sol caillouteux et au milieu des hautes herbes, mais sa destination était évidente : la porte de la cabane.

— Une ultime vérification, fit Jack.

Et il emporta la Rover de l'autre côté du bâtiment. Alicia en profita pour le regarder de plus près. La fenêtre était scellée… Avec des briques, et non des planches.

Son propriétaire ne voulait pas recevoir de visiteurs importuns.

— Regardez, fit Jack sur sa droite. Je l'ai déplacée selon un angle de 90 degrés vers le nord, et maintenant, elle se dirige vers le sud... Droit sur cette cabane. Pas de doutes, nous sommes au bon endroit. C'est là que tout se joue.

Alicia se frotta les bras à travers son manteau. Maintenant, elle avait *vraiment* froid.

Soudain, Jack se dressa à ses côtés.

— Tenez-moi ça pendant que je nous fait entrer, dit-il en lui tendant la Rover.

— Vous voulez fracturer la serrure ?

— Heureusement, je n'ai pas apporté mon matériel, répondit-il. (Il se pencha pour examiner la serrure.) Pas de chance, c'est une Yale. Ce n'est pas ma marque préférée. Non... Apparemment, il va falloir faire ça à l'ancienne.

Et il se redressa et donna un grand coup de pied dans la porte à quelques centimètres de la serrure. Le fracas de l'impact éveilla mille échos tout en descendant la colline.

Mais la porte n'avait pas bougé d'un poil. Jack se pencha pour en examiner les gonds.

— Ça alors ! s'exclama-t-il. Celle-ci s'ouvre vers l'extérieur. C'est bizarre. En tout cas, cela ne va pas me faciliter la tâche.

Il bondit et décocha un autre coup de pied au lourd panneau de chêne, sans plus de succès.

Il répéta l'opération trois fois de suite et, à chaque fois, l'écho des coups fit vibrer la forêt. Et pourtant, la porte tint bon.

Alicia se figea lorsqu'une voix retentit derrière eux.

— Puis-je vous aider ? dit-elle avec un fort accent.

4

Surpris, Jack se retourna d'un bond en tendant la main vers son Semmerling, mais écarta les bras : le nouveau venu le braquait déjà d'un revolver.

C'était Yoshio.

Jack resta là, les bras ballants. Il devait avoir l'air de l'idiot du village, il le savait, mais n'arrivait pas à comprendre…

— Bon sang, d'où sortez-vous ?

— Du coffre de votre voiture.

— Du… coffre ? fit Jack incrédule. Quand êtes-vous… (Il se tut : il venait de comprendre.) Oh, merde. Vous êtes monté quand nous nous sommes arrêtés à Chelsea, c'est ça ?

Il avait envie de se flanquer des baffes. Il ne connaissait pas encore assez la voiture pour remarquer un supplément de poids dans le coffre, mais néanmoins, il aurait dû prévoir un coup pareil…

Yoshio acquiesça avec un sourire un peu forcé.

— Ce n'était pas de tout confort, notez.

— Je veux bien le croire, répondit Jack en se souvenant de toutes les ornières et les nids-de-poule qui avaient secoué la voiture. Bon sang, faut-il que vous vouliez arriver jusqu'ici !

— Oui, Jack-san. J'y tenais beaucoup. Au fait, n'aviez-vous pas promis de me faire part de toute nouvelle information qui vous parviendrait ?

Jack répondit d'une façon calme et posée. Mieux vaut ne pas prendre à rebrousse-poil quelqu'un qui vous braque avec un revolver.

— Selon notre accord, nous avions un droit de premier refus. Et nous ne savons même pas ce que nous avons découvert exactement. (Il se tourna vers Alicia :) Au fait, je vous présente Yoshio, le monsieur japonais dont je vous ai parlé.

Alicia restait là, immobile, très raide, et fixait le canon du revolver pointé vers eux. Elle semblait sur le point de tomber dans les pommes.

— Dites : « Heureuse de faire votre connaissance », lui souffla Jack.

— Heureuse de… Faut-il vraiment qu'il braque cet engin sur nous ?

— Désolé, fit Yoshio. Si Jack-san veut bien me confier son arme, je rangerai la mienne. Je vous assure que je ne veux qu'assurer ma propre protection.

Faut-il qu'il soit toujours si poli ? se dit Jack en lui remettant son Semmerling. C'est énervant, à la fin.

Mais Yoshio tint parole : il empocha le petit 7,65 et remit son propre 9 mm dans son étui. Jack se dit qu'il avait affaire à un homme fort confiant en ses propres capacités physiques.

— Maintenant, dit le Japonais, si nous allions voir ce qui se trouve à l'intérieur de ce bâtiment ?

— D'accord, acquiesça Jack. À la une…

Au premier double coup de pied, la porte se fissura tout autour de la plaque soutenant la serrure. Au deuxième coup, elle céda pour de bon, leur permettant d'ouvrir la porte.

La première chose que remarqua Jack, c'est que l'intérieur était inondé de lumière.

Il n'y avait qu'une seule pièce à l'ameublement sommaire : une table, une chaise, un lit de camp, deux tapis bon marché et deux armoires à classeurs. Le reste, qui occupait les trois quarts de l'espace, était un véritable cauchemar électronique composé de fils, de boîtes de métal et de lumières ne cessant de clignoter. Et au centre de ce capharnaüm technologique trônait un tube de verre traversé par un rayon de lumière incandescente, si fort qu'il en semblait presque… solide.

Yoshio s'avança et inspecta cet appareillage, qui émettait un léger bourdonnement, puis se perdit dans la contemplation du rayon.

— Je ne comprends pas, dit-il. Est-ce là la fameuse découverte de Ronald Clayton ? À quoi sert-elle ?

Il ne se moquait pas de moi, réalisa alors Jack. Il n'en a pas la moindre idée.

Il jeta un coup d'œil à Alicia :

— Dois-je lui dire la vérité ? Après tout, il s'est proposé pour l'acheter.

— Allez-y, acquiesça-t-elle.

Jack se dirigea vers la lampe posée sur la table et l'examina pour voir si elle était branchée. Il y avait bien une fiche… Mais pas de prise. Une petite antenne flanquait la base de l'appareil.

— Tenez, dit-il. Voilà la clé de l'histoire.

Il tendit l'appareil à Yoshio, qui la prit et la regarda sans comprendre.

— J'ai déjà vu des lampes comme celle-ci, dit-il.

— En ce cas, vous devriez comprendre.

Le Japonais le dévisagea d'un air interrogateur.

— Comprendre quoi ?

— Je vous laisse le découvrir, dit Jack, et il partit vers les armoires.

Il n'était pas d'humeur à s'expliquer. Yoshio n'avait qu'à se débrouiller, puisqu'il était si malin. Ce serait toujours plus parlant.

Alicia avait ouvert l'un des tiroirs et fixait ce qui ressemblait fort à des plans.

— Ces diagrammes représentent des circuits, dit-elle. Est-ce que… Cela vous dit quelque chose ?

— Je suis capable de programmer mon magnétoscope et d'allumer mon ordinateur, répondit Jack, mais à part ça… L'électronique, ce n'est pas mon rayon. En ce domaine, je suis comme le sergent Schultz : Je ne sais rien…

Soudain, Yoshio laissa échapper un « *Ayiiieeee !* » vibrant suivi d'un feu roulant d'exclamations en japonais.

— Il vient de voir la lumière, si j'ose dire, fit Jack.

Il regarda Yoshio emmener la lampe vers le curieux

assemblage. Il resta planté là, les yeux écarquillés, les joues rouges, regardant tour à tour la lampe et les appareillages tout en marmonnant en japonais.

Enfin, il se tourna vers Jack et Alicia.

— Est-ce bien vrai ? dit-il, revenant à l'Anglais. Tout ceci existe-t-il réellement ?

— Pour autant que nous sachions, répondit Jack.

— Maintenant, je comprends pourquoi l'Iswid Nahr est allé jusqu'à abattre un avion avec tous ses passagers, dit-il d'une voix pleine d'admiration. Ils tueraient des milliers – des *millions* de gens pour mettre la main sur tout ceci. (Il fixa la lampe qu'il tenait toujours en main.) Et dire que j'ai examiné de près une lampe comme celle-ci sans jamais me douter… Je croyais qu'ils regardaient quelque chose à sa lumière, et non la lampe elle-même.

— Oui, si vous le dites, dit Jack.

Il n'avait pas la moindre idée de ce que Yoshio pouvait bien raconter. Il désigna les armoires à dossiers.

— On dirait que tout ce qui a servi à construire ce machin est là-dedans. D'après vous, cela peut intéresser vos commanditaires ?

— Intéresser ? Oh oui, je…

— *Les mains en l'air, tout le monde ! Plus vite que ça !*

Jack fit un bond en entendant cet ordre, éructé avec un ton tout militaire, mais ses mains agirent de leur propre chef : la gauche se dressa, mais la droite plongea pour s'emparer du Semmerling – mais il n'était pas là. Yoshio s'en était emparé.

Et lui-même avait les mains encombrées de cette satanée lampe. Il ne lui serait d'aucun secours.

Jack leva donc les deux mains et se retourna pour voir ce qui se passait.

Il se doutait bien qu'il s'agissait de Kemel, Baker et ce qui restait de ses hommes. Thomas Clayton – le nez enflé, les yeux pochés – était plus inattendu sans pour autant être une grande surprise.

Son estomac se serra. Voilà qui ne présageait rien de bon.

Les nouveaux venus étaient cinq, et Kemel était le seul à ne pas lui en vouloir personnellement. Et encoree, il n'en était pas si sûr.

Mais comment pouvaient-ils bien être arrivés jusqu'ici ? Ils n'avaient certainement pas squatté le coffre avec Yoshio.

C'était impossible ! Il avait laissé une trace derrière lui, tel le Petit Poucet ou quoi ?

5

Il est là ! se dit Kemel en retenant des larmes de joie. J'ai réussi, Allah en soit loué. Je l'ai trouvé !

Il se raffermit et entra dans la cabane. Il était si heureux que ses jambes semblaient métamorphosées en coton, mais personne ne devait s'en apercevoir.

Il regarda les trois occupants de la pièce. Il connaissait Alicia Clayton et son enquêteur, mais le troisième… Cet Oriental qui tenait la lampe…

— Qui êtes-vous ? lui demanda-t-il.

L'homme secoua la tête. Il n'y avait pas la moindre lueur de frayeur dans ses yeux sombres.

— Ça, je m'en charge, fit Baker en braquant son revolver sur le genou de Yoshio. Il va parler, croyez-moi.

— Non, rétorqua Kemel. Personne ne doit ouvrir le feu en ces murs.

Il devait faire preuve de fermeté. Il devait absolument garder le contrôle de la situation. Maintenant qu'il touchait au but, il ne pouvait se permettre la moindre erreur.

L'Oriental pouvait garder le silence s'il le souhaitait. C'était un Japonais, Kemel en était sûr et certain. Qui d'autre pouvait-il bien représenter ? Ronald Clayton s'était rendu au Japon en promettant l'exclusivité sur une découverte d'une importance phénoménale. Après l'accident, ils avaient forcément dû se douter qu'on l'avait peut-être provoqué.

— D'accord, fit Baker, emmenons-les dehors. (En s'approchant du garde du corps d'Alicia, il découvrit ses dents en un rictus peu avenant.) Surtout celui-là. Sa mort sera très, *très* lente.

L'homme croisa ses mains au-dessus de sa tête et se laissa tomber à genoux. Il baissa le front et se mit à sangloter.

— Je vous en prie… Ne me faites pas de mal. Par pitié…

L'un des nervis de Baker s'avança et ramena sa jambe en arrière pour lui décocher un coup de pied.

— Espèce de lopette…

— Barlowe ! Non !

Baker l'attrapa par le col et l'entraîna en arrière.

— Pauvre con, il n'attend que ça ! Il t'aurait fichu par terre et t'aurait pris ton arme avant que tu aies eu le temps de comprendre ce qui t'arrivait !

Le garde du corps cessa soudain de pleurnicher. Il eut un demi-sourire torve et se releva. Il décocha un petit hochement de tête à Baker, qui parut en tirer une grande satisfaction. Celui-ci fit un unique pas en avant.

— On va commencer tout doux, comme ça, tu dureras plus longtemps.

— Pas maintenant, fit Kemel. Il peut encore détenir des informations que nous ignorons.

— Lesquelles ? Et d'abord, c'est quoi, tous ces appareils ?

Kemel ignora sa question. Il préférait laisser Baker dans l'ignorance.

— Désarmez ces gens et surveillez-les de près. Lorsque j'en aurai fini avec cet homme, vous pourrez en faire ce que bon vous semblera.

C'était une concession nécessaire. Durant tout le temps où ils gravissaient la colline, Baker et ses deux derniers hommes n'avaient eu qu'un seul sujet de conversation : ce qu'ils feraient à celui qui avait tué leurs camarades. Mais Kemel devait aussi s'assurer qu'il n'existait pas d'autre transmetteur que celui qu'il avait sous les yeux. Alicia Clayton et ses employés devraient lui expliquer comment ils avaient pu localiser celui-ci et s'ils avaient eu vent d'autres appareils semblables.

Ensuite…

Ensuite, il faudrait qu'ils meurent. Tous.

Cette idée ne lui plaisait pas plus que ça. En fait, c'était même le moment qu'il redoutait le plus. Il savait qu'on avait posé une bombe sur le vol JAL 27, mais ce n'était pas son idée à lui. L'idée de sacrifier tant de vies innocentes pour en supprimer une seule le dérangeait, et pourtant, il comprenait qu'il fallait à tout prix empêcher Ronald Clayton d'atteindre le Japon. Et qu'étaient 247 vies face à la pérennité du monde arabe tout entier ? N'était-ce pas ce dont l'histoire était faite : le sacrifice d'une minorité servant au bien de tous ?

Mais au moins, ces gens anonymes étaient morts très, très loin d'ici, et par le biais impersonnel d'un paquet d'explosifs. Mais aujourd'hui, tout serait différent. Les défunts auraient un visage et un nom, et leurs tueurs les abattraient face à face, et les regarderaient mourir. Et ce serait lui qui leur en aurait donné l'ordre.

Mais lui-même obéissait aux ordres qu'il avait reçus, et dont il reconnaissait la nécessité implacable. En dehors de l'Iswid Nahr, personne ne devait jamais être mis au courant de l'existence de cette technologie.

Sous ses yeux, Barlowe posa le canon de son arme sur le front de l'Asiatique pendant que l'autre homme, celui que Baker avait appelé Kenny, lui retirait la lampe, puis ses deux revolvers. Ils firent de même avec le garde du corps d'Alicia Clayton qui, bizarrement, ne portait pas d'armes. Baker les fit battre en retraite afin que Thomas Clayton puisse accéder aux armoires à dossiers.

Finalement, Baker lui avait prouvé son utilité. Malgré toutes ses erreurs, il avait bel et bien accompli sa mission, celle pour laquelle il avait été engagé. Le petit transmetteur qu'il avait posé au fond du sac de cette femme leur avait permis de les suivre tout en restant à des kilomètres de là. Mais en récompense, il ne recevrait pas ce bonus et cet emploi facile dont il rêvait.

Baker et ses hommes se chargeraient d'abattre ces trois-là et d'enterrer leurs cadavres non loin de là. Et dans peu de temps – demain, peut-être – l'Iswid Nahr lui rendrait la monnaie de sa pièce.

Quant à Thomas Clayton, Kemel n'aurait pas donné cher de sa peau, lui non plus.

Il devait y avoir un minimum de témoins.

Thomas Clayton leva les yeux de l'armoire dont il examinait le contenu.

— Tout est là. Tout ce qu'il y a à savoir sur cette énergie à distance. Et elle fonctionne à l'énergie *solaire*. Vous me devez une fière chandelle. En fait, je crois que, selon les termes de notre accord, je me fais gruger.

— Tu as déjà de la chance qu'ils te donnent trois sous, dit sa sœur.

Thomas la regarda en haussant les sourcils.

— Oh, vraiment ? fit-il en étirant chaque mot.

— À peine as-tu passé cette porte, renchérit-elle, tu as cessé de leur être utile. Ils n'ont plus besoin de toi. Pire : tu es un danger. Tu es un mort en sursis, tout comme nous.

— Non. (Il se tourna vers Kemel :) Nous avons conclu un marché, pas vrai, Kemel ?

Celui-ci soutint son regard et fit de son mieux pour ne pas se trahir. Thomas Clayton était un être humain plutôt répugnant, mais il ne voulait pas s'en occuper maintenant. L'Iswid Nahr s'en chargerait fort bien.

— Bien sûr. Et nous tiendrons parole.

Mais ses yeux devaient l'avoir trahi en donnant à Thomas une idée de ce qui l'attendait, car son expression se durcit.

— C'est bien ce que je craignais.

Et il tira un revolver, qu'il braqua sur Kemel.

6

Cher Tommy, se dit Jack en le voyant brandir son petit 6,35, tu es un branleur de première, mais je t'aime quand même.

Maintenant, tout le monde – Alicia, Kemel, Baker et ses hommes – avait les yeux braqués sur lui.

Enfin… presque tous.

Jack jeta un regard à Yoshio et constata que lui-même le regardait. Il eut un léger haussement de sourcils. Pas de doutes, il pensait la même chose que Jack : c'était l'occasion qu'ils attendaient… Et il n'y en aurait peut-être pas d'autre.

— Ce n'est pas nécessaire, Thomas, dit Kemel.

— Ouais, renchérit Baker, 'feriez mieux de ranger ce truc avant de vous blesser… Ou que quelqu'un s'en charge.

D'après ce que s'étaient dit les nouveaux venus, Jack déduisit que les deux hommes de main de Baker s'appelaient Kenny – le roux – et Barlowe – le type aux cheveux noirs et au gros nez.

— Non, rétorqua Thomas.

Sa voix tremblait presque autant que son revolver, mais la petite arme restait braquée sur Kemel, qui n'était qu'à deux mètres de lui. À cette distance, il ne pouvait pas le rater.

— Cela me semble extrêmement nécessaire, au contraire. Je me doutais que, une fois que nous aurions découvert l'émetteur, vous me jetteriez comme une vieille chaussette. Mais je ne suis pas d'accord.

Jack fit glisser son pied pour le rapprocher de la porte. Puis, faisant comme s'il se contentait de prendre appui sur son autre jambe, il fit passer son poids sur la droite et ramena la gauche. Avant de partir ce matin, il avait fourré un Tokarev 9 mm sous le siège avant de la Taurus. S'il réussissait à passer cette porte sans se faire descendre, il aurait une chance d'atteindre la voiture. Alors tout serait différent.

— Ne faites pas l'idiot, Thomas, reprit Kemel en tendant les bras comme s'il implorait une déité quelconque. Personne n'a de mauvaises intentions à votre égard. Vous serez payé, comme prévu.

Un autre glissement vers la gauche... Il se rapprochait...

— Encore heureux ! Tout ceci m'appartient. C'est à *moi*. Vous n'avez aucun droit dessus. Et donc, c'est moi qui dicte mes conditions.

— Nous avons déjà défini nos conditions.

— Alors redéfinissons-les. C'est moi qui ai toutes les cartes en main. Mais avant... (Il s'humecta les lèvres avant de reprendre.) Avant, je veux que vous déposiez toutes vos armes par terre.

Encore quelques centimètres... Jack se rapprochait de la porte... S'il pouvait continuer, il pourrait bientôt tenter sa chance. Yoshio eut un hochement de tête à peine perceptible, comme pour dire : *Dites-moi quand vous allez jouer le tout pour le tout, que je puisse agir en même temps de mon côté*.

— Que dalle, fit Baker comme si ces mots le répugnaient.

Il était prêt à bondir comme un serpent replié sur lui-même, et son revolver était pointé sur Thomas, qui fit un pas pour se rapprocher de Kemel.

— Obéissez, ou je descends votre ticket-repas.

— Et si tu l'abats, qu'est-ce qui va t'arriver, d'après toi ?

Soudain, Jack eut l'impression que Baker envisageait sérieusement de s'approprier la place de patron. Il ne savait toujours pas à quoi rimait tout ceci, mais il devait avoir compris que ce drôle d'appareil qui occupait l'essentiel de la pièce devait valoir gros.

— C'est vous qui commandez, dit Thomas à Kemel, alors donnez-leur l'ordre de déposer leurs armes et de s'allonger par terre.

Kemel se tourna vers Baker.

— Vous devriez peut-être…

— D'la merde, aboya Baker, et il abattit Thomas.

Pour Jack, la détonation eut l'effet d'un pistolet de starter : il bondit vers la porte. En chemin, il entrevit une éruption de sang dans son dos, à l'endroit où ressortit la balle, et entendit Alicia pousser un grand cri. Puis il y eut un nouveau coup de feu presque aussi sonore que celui de Baker : Thomas avait appuyé sur la détente de sa propre arme. Kemel émit un grognement et enserra son abdomen. Thomas et l'Arabe touchèrent le sol au même instant.

Jack plongea pour éviter le dénommé Kenny et saisit son Tec-9 avant qu'il ait pu le braquer. Alors que les deux hommes luttaient, l'arme d'assaut lâcha une rafale qui déchira le plafond, mais le mercenaire, en bon petit soldat, avait enroulé la lanière autour de son bras et Jack n'arrivait pas à la lui arracher. Il résolut donc de lui régler son compte d'un coup de coude en pleine face.

Puis Jack franchit la porte, vira abruptement sur la gauche et dévala la pente pour rejoindre le couvert des arbres. Pour aller à la Taurus, il aurait dû prendre sur la droite, mais il se serait retrouvé à découvert, où il aurait fait une cible facile. Les arbres étaient beaucoup plus près de la pente et il pourrait profiter de leur masse pour contourner la clairière et regagner la voiture.

Le ciel était de plus en plus couvert, et les nuages plongeaient le paysage dans la pénombre. Il se souvint de ce que la radio avait annoncé : c'était un des jours les plus courts de l'année. La nuit ne tarderait pas. Ce qui était tout à son avantage.

Il entendit encore des coups de feu, et Alicia poussa un grand cri. Il prit le risque de jeter un coup d'œil par-dessus son épaule et vit Yoshio qui franchissait le seuil à vitesse grand V pour se diriger vers Jack en levant les coudes et les genoux tel un sprinter. À en voir ses mains vides, sa tentative de s'emparer d'une arme avait été tout aussi infructueuse que celle de Jack.

Celui-ci arrivait à hauteur des arbres, et dut ralentir pour traverser les taillis et les branches. Il se cacha derrière l'énorme tronc d'un chêne et, alors seulement, put cesser sa course folle. Il s'agenouilla derrière le tronc et risqua un œil. Yoshio avait presque atteint le couvert des arbres – ce type était un rapide – lorsque le mercenaire du nom de Barlowe passa la porte et se mit à tirailler dans tous les sens.

— Par ici, chuchota Jack en voyant Yoshio se mettre à zigzaguer. Allez ! Viens par là !

Yoshio poussa un cri bref et tranchant avant de s'abattre en enserrant sa jambe. Malgré tout, il continua de ramper vers la ligne des arbres. Baker et Kenny rejoignirent Barlowe au moment où il plantait une botte dans son dos, le clouant au sol.

Baker aboya ses ordres. Barlowe et Kenny se séparèrent, l'un partant vers la droite, l'autre vers la gauche.

Bien joué, se dit Jack. Ces types avaient de l'expérience. Kenny se chargeait de lui couper le chemin de la voiture pendant que Barlowe ferait le tour pour arriver juste derrière lui.

Jack garda sa position et regarda Baker, qui restait aux côtés de Yoshio. Il dit quelque chose à l'homme allongé par terre, puis se pencha et plaça le canon de son revolver à un centimètre de la nuque de Yoshio.

Jack eut du mal à se retenir de crier, de bondir – il était bien trop loin pour pouvoir faire quoi que ce soit. Il entendit la toux sèche du 9 mm. Yoshio fut secoué d'un spasme, tressaillit, puis s'immobilisa.

Jack ferma les yeux et avala sa salive, puis inspira profondément et les rouvrit. Le corps de Yoshio gisait face contre terre, là où il était tombé, et Baker retournait à la cabane comme un jardinier qui venait d'arracher une mauvaise herbe pour l'abandonner au beau milieu du jardin.

Jack ne connaissait pas Yoshio, il ne lui avait parlé

qu'une fois, dans la voiture, et pourtant, il ressentait une certaine affinité avec le Japonais. C'était quelque chose d'assez diffus, mais apparemment mutuel. Mais Yoshio n'était pas un simple passant innocent : lui-même était un tueur, il l'avait admis. Et il connaissait les risques encourus.

Et pourtant… Baker avait pris beaucoup trop de plaisir à appuyer sur la détente…

Bon, d'accord, pensa Jack. Maintenant, la règle du jeu est claire et nette.

Et d'après ce qu'il avait tiré des commentaires de Baker dans la cabane, une balle dans la tête pourrait être une bénédiction comparée à ce que les soldats lui réservaient – si toutefois ils réussissaient à le capturer.

Le capturer… À cette idée, un frisson descendit le long de son échine. Il avait deux brutes armées jusqu'aux dents à ses trousses, ce qui était déjà angoissant en soi. Mais en plus, là, au beau milieu des bois, il était bien loin de son élément naturel. C'est qu'il n'avait jamais été scout. Jack le Réparateur était un rat des villes et non des champs.

En tout cas, il était sûr d'une chose : il n'allait pas rester là à se tourner les pouces.

À sa droite, il entendit Barlowe qui piétinait les buissons. Il y avait quelque chose de méprisant dans le fait qu'il ne cherche même pas à se montrer discret. Le raisonnement était clair : j'ai un pistolet d'assaut dernier cri avec trente-deux balles dans le chargeur, et le connard que je poursuis n'a même pas un lance-pierres. Qu'est-ce que je risque ? Je peux faire tout le bruit que je veux pour le rabattre comme un faisan. Puis je te me le descends et ramène sa carcasse au Big Boss.

Jack profita de tout ce bruit pour avancer à travers les taillis à croupetons afin de pouvoir croiser tôt ou tard le chemin de Barlowe. Si seulement on était en plein été ou au moins au printemps ! Il y aurait assez de feuilles pour le dissimuler jusqu'à la tombée de la nuit, histoire d'égaliser les chances. Heureusement qu'il avait mis un pull brun ; par contre, le bleu de son jean n'était pas vraiment un bon camouflage. Tôt ou tard – sans doute plus tôt que tard – il finirait par le repérer.

Son pied se prit dans une racine, et il s'abattit au sol pour atterrir sur un mince sentier serpentant à travers les bois. Il put voir en gros plan la terre recouverte d'empreintes de sabots. Jack n'était pas chasseur, mais il en déduisit qu'il devait s'agir d'un chemin à chevreuils. Il extirpa son pied des racines durcies par le froid qui sillonnaient les taillis et se releva. Comme le chemin semblait continuer dans la direction qu'il entendait prendre, il le suivit.

Ainsi, il put progresser plus rapidement. De temps en temps, il s'arrêtait pour estimer la position de Barlowe et en conclut que celui-ci ne tarderait pas à tomber sur cette piste. Pourrait-il opter contre la solution de facilité ? Jack en doutait fort.

Ce qui veut dire que lui-même devait se tapir non loin d'ici.

7

— De l'énergie à distance, hein ?

De son recoin à côté des armoires de classement, Alicia surveillait Baker, qui faisait les cent pas devant les équipement électroniques.

Lorsqu'il lui avait demandé : « Et d'abord, c'est quoi, toute cette merde ? », elle avait répondu à sa question. Pourquoi pas ? Peu lui importait que le monde entier soit au courant. Tout ce qu'elle voulait, c'est qu'il s'éloigne d'elle et, en même temps, qu'elle-même trouve une bonne raison de ne pas penser aux cadavres qui gisaient sur le sol ensanglanté.

Thomas en faisait partie. Tout s'était passé si vite ! Il était là, en train de parler, et une fraction de seconde plus tard, il était mort. Elle s'examina pour voir si elle ressentait un minimum de douleur, mais en vain. Et elle aurait dû avoir un poil de compassion pour cet homme avec qui elle partageait ses gènes, non ? Même si, dans la grande distribution génétique, il n'avait hérité que des pires…

Mais tout ceci n'était plus. Et au fond, qu'est-ce que cela pouvait bien signifier ? Pourquoi devait-elle avoir pitié d'un moins que rien simplement parce qu'ils étaient du même matériau génétique ?

Mais même Thomas méritait mieux que de se faire abattre comme un chien.

— De l'électricité sans fil, fit Baker en se frottant le menton. Bon sang, cela doit valoir un bon paquet…

Un gémissement s'éleva du sol. Alicia baissa les yeux et vit que l'Arabe que Thomas avait appelé Kemel s'était replié en position fœtale en enserrant son abdomen sanguinolent.

— Je vous en prie, fit-il d'une voix qui n'était guère qu'un murmure, il faut que je voie un médecin.

Baker agita son revolver sous le nez d'Alicia, puis le braqua sur l'Arabe.

— Z'êtes médecin, non ? Alors arrangez-moi ça.

— Avec quoi ? Il faut l'emmener à l'hôpital.

— Vous allez l'examiner, oui ou merde ?

— C'est bon, c'est bon.

Alicia alla s'agenouiller aux côtés de Kemel. De là, elle avait une vue panoramique sur le revolver de Thomas qui gisait à côté de son cadavre. De là où il se tenait, Baker ne pouvait le voir. Mais il était largement hors de portée. Néanmoins, sa présence la réconforta.

Elle pouvait aussi voir la main de Thomas se crisper, puis se détendre. Elle regarda son visage et le vit ouvrir les yeux, regarder le vide, puis se refermer à nouveau.

Il est encore en vie, se dit-elle, mais pas pour longtemps.

L'Arabe poussa un cri de douleur lorsque Alicia tenta de le faire rouler sur le dos : elle dut donc l'examiner ainsi, sur le flanc. Elle retira ses mains crispées sur sa plaie – ignorant les signaux d'alarme qui explosaient dans sa tête, lui rappelant les dangers d'infection sanguine. Elle vit alors le trou béant dans sa chemise et sa chair et sentit l'odeur pestilentielle qui s'en dégageait.

Toutes les possibilités défilèrent dans son esprit : une perforation des intestins avec une hémorragie interne, mais les artères rénale et aortique devaient être intactes, sinon, il serait déjà mort. Et elle ne pouvait rigoureusement rien faire pour lui.

Kemel eut un autre gémissement de douleur.

— Son état est critique, dit-elle.

— Ça, je m'en serais douté, rétorqua Baker. J'ai déjà vu des types qui ont du plomb dans les tripes. C'est pas la plus belle des morts. Je peux faire quelque chose ?

— Non, fit-elle en se relevant. Du moins pas ici. Il a besoin d'une intervention chirurgicale. Si nous pouvons l'amener aux urgences…

Baker eut un sourire carnassier et pointa son revolver sur la jeune femme.

— J'en déduis que nous n'avons pas besoin de vous ?

Alicia eut une pointe de panique qu'elle refoula d'un grand effort de volonté. Elle avala sa salive, mais son palais s'était desséché. Que savait-il exactement ?

— En effet, à moins que vous ne vouliez monnayer la découverte de mon père, s'entendit-elle dire.

— Ah oui ? Que voulez-vous dire par là ?

— Que je suis la seule qui puisse la faire fonctionner.

Baker fronça les sourcils. Elle avait l'impression que son estomac faisait des sauts de carpe. Pourvu qu'elle n'en laisse rien paraître !

— Ah ouais ? Et je suis censé vous croire sur parole ?

Que savait-il exactement ? Avait-il lu le testament ? Non… c'était fort peu probable. Mais on lui avait sans doute ordonné de ne pas lui faire le moindre mal, de peur que, conformément à la clause, Greenpeace hérite à sa place. Du moins elle l'espérait. Si elle se trompait, elle allait signer l'arrêt de mort de Thomas.

— Vous voulez dire qu'on ne vous a pas conseillé de prendre des gants avec moi ?

Baker y réfléchit un instant, puis baissa son revolver.

— D'accord. On en reparlera lorsqu'on en aura fini avec votre p'tit copain.

— Ce n'est pas mon « p'tit copain ».

— Je m'en doute. Après tout, il a filé à l'anglaise en vous laissant dans la panade.

Alicia y réfléchit à son tour. En effet, elle ne s'attendait pas à le voir détaler : elle s'attendait plutôt à le voir passer à l'attaque. Mais, somme toute, que pouvait-il faire face à trois hommes armés jusqu'aux dents ? Elle ne pouvait lui reprocher sa fuite. Elle espérait néanmoins qu'il reviendrait la chercher.

À son propre étonnement, elle constata qu'elle n'en doutait pas un seul instant. Elle *savait* qu'il reviendrait. Après tout, il fallait bien avoir confiance en quelqu'un.

Soudain, elle entendit une série de coups de feu en provenance de la forêt. Baker eut un sourire torve :

— Apparemment, Barlowe a retrouvé votre bonhomme. Je ne voudrais pas être à sa place. Même si on m'offrait tout ce que vaut ce truc.

Une nouvelle rafale. Le sourire de Baker s'élargit.

— Écoutez-moi ça, dit-il. Une vraie symphonie !

8

Jack se cacha derrière le tronc d'un énorme chêne. Enfin, il présumait qu'il s'agissait d'un chêne. Ce qui comptait, c'était que son tronc faisait une bonne soixantaine de centimètres de diamètre – juste assez pour qu'il puisse se cacher – et bordait le chemin des cerfs. Jack s'accrocha à l'une des branches d'un des petits arbres qui poussaient entre le gros chêne et la piste. Avec son couteau suisse, il avait élagué les plus petites branches pour ne laisser que des pointes d'un centimètre évoquant des clous.

Et maintenant, il attendait Barlowe, qui continuait de se frayer bruyamment un chemin dans les bois.

Il avait enroulé une bonne longueur de ces racines omniprésentes autour de son poignet gauche. Il tenait à deux mains l'extrémité de la branche barbelée qui, en position normale, barrait le sentier et la ramenait en arrière, la faisant ployer autant que possible sans qu'elle ne se rompe.

Ses phalanges étaient bleuies de froid, mais ses paumes étaient moites. Il fallait que toute l'opération soit parfaitement minutée. Une seconde en trop ou en moins, et il était bon pour aller rejoindre Yoshio dans l'au-delà, quel qu'il puisse être.

Ainsi, il continua d'attendre tout en guettant les bruits qui indiquaient l'approche du mercenaire. Lorsqu'il sentit que Barlowe était sur le point d'apparaître dans son champ de vision, il lâcha tout et se rencogna derrière le tronc.

Un cri de douleur, une rafale tirée au hasard : pour Jack, ce fut le signal. Il sauta de derrière l'arbre et atterrit derrière Barlowe. Celui-ci reculait d'un pas mal assuré, la main gauche posée sur son visage et brandissant le Tec-9 de la droite, fusillant les branches qui cédaient avec des claquements secs. Jack attendit une fraction de seconde, le temps que Barlowe ne baisse sa main gauche, puis, d'un geste vif, il passa la racine autour du cou du mercenaire, comme un garrot, et l'attira en arrière.

En plaquant son adversaire contre le tronc, il remarqua le sang qui coulait de son œil gauche. Apparemment, l'une de ses pointes improvisées avait fait son ouvrage. Jack passa à la vitesse supérieure : il lâcha la racine d'une main, passa de l'autre côté du tronc, puis tendit la main pour reprendre l'extrémité qu'il venait de laisser tomber.

Il tira alors sur les deux bouts de la racine en y mettant tout son poids. Il ne pouvait pas voir Barlowe, qui se trouvait de l'autre côté du tronc, mais pouvait entendre ses grognements alors que le garrot improvisé l'étranglait peu à peu. L'homme battait frénétiquement des jambes. Il tenta de ramener son Tec-9 en arrière en se tordant le poignet pour viser Jack, mais celui-ci se contenta de se déplacer sur la gauche sans relâcher la pression. Barlowe tira deux courtes rafales, mais n'atteignit guère que des feuilles mortes.

Puis il cessa de tirer, bien qu'il continuât de se débattre. Ce qui ne pouvait signifier qu'une chose : Barlowe avait compris que son Tec-9 ne pouvait plus le tirer d'affaire. Et Jack se doutait de ce qu'il allait tenter.

Il s'empressa d'entortiller les deux extrémités de la racine afin de pouvoir la tenir d'une seule main. Puis il se pencha pour jeter un œil.

Comme il le prévoyait, Barlowe tirait de son étui son couteau des Forces spéciales. La lame vicieuse et dentelée, digne d'un Rambo de cinéma, accrocha les derniers rayons du soleil tandis que Barlowe la ramenait en arrière pour taillader les racines.

— Oh que non, grinça Jack en lui enserrant le poignet.

Le combat fut de courte durée. Affaibli par le manque d'air, Barlowe n'avait plus assez de force pour se dégager.

Finalement, il devint flasque et ne bougea plus.

Mais Jack n'allait pas relâcher sa prise pour autant. Le mercenaire pouvait fort bien faire le mort.

C'est alors que le crépitement d'un fusil d'assaut retentit et, au même moment, juste au-dessus de la tête de Jack, l'écorce du tronc vola en éclats.

Jack se courba avant de se retourner. Il put entrevoir Kenny, l'autre mercenaire. Celui-ci se trouvait à une cinquantaine de mètres et fonçait droit sur lui. Il se mit à pousser de grands cris :

— Hé, Barlowe ! Qu'est-ce que tu tires ? Je l'ai trouvé ! Il est par là ! Hé, Barlowe ! Tu t'amènes ?

Jack relâcha la racine et contourna le tronc, non sans précautions. Le visage du mercenaire avait pris une vilaine couleur bleue, il avait fermé les yeux et son corps était sur le point de s'effondrer.

Il entendait aussi Kenny qui progressait bruyamment tout en tirant de courtes rafales sans cesser de hurler.

— Je te tiens, enfoiré ! Fais tes prières ! T'es mort, tu m'entends ? J'espère que tu fais dans ton froc. Hé, Barlowe ! Où es-tu, merde ? Tu vas tout rater !

— Barlowe est là, chuchota Jack, et il t'attend.

Il s'empara du Tec-9 du mort, mais la lanière restait enroulée autour de son bras. Il tira dessus, puis entreprit de la désentortiller alors que Kenny ne cessait de se rapprocher.

— Merde ! siffla-t-il, cherchant l'attache de la lanière.

C'est alors qu'une pointe de douleur chauffée à blanc traversa sa cuisse. Un instant, il crut qu'on lui avait tiré dessus, puis il baissa les yeux et vit que le couteau de Barlowe avait tailladé son jean. Et Barlowe lui-même le regardait avec les yeux les plus rouges qu'il ait jamais vus.

Et Kenny était là, juste de l'autre côté du tronc.

Jack ignora du mieux qu'il put la douleur qui poignardait sa cheville. Il aida Barlowe à se remettre sur ses pieds – il devait bien l'admettre, ce salopard avait l'âme chevillée au corps – et le tourna vers Kenny. En même temps, il passa sa main sous le bras droit du mercenaire, cherchant la poignée du Tec-9.

Kenny arriva et ouvrit le feu. Jack sentit les impacts des balles qui s'enfonçaient dans le corps de Barlowe.

Soudain, les tirs cessèrent.

— Oh, bon sang ! gémit Kenny. Barlowe, qu'est-ce que…

Jack ne pouvait le voir, mais pouvait fort bien s'imaginer son expression. Son doigt finit par se refermer sur la détente du Tec-9 de Barlowe et appuya dessus. Il ne savait pas du tout ce qu'il visait, il se contenta de tirer dans le tas en espérant de ne pas vider son chargeur trop vite.

Il jeta un coup d'œil par-dessus l'épaule du mercenaire défunt et vit Kenny tituber en arrière, les bras écartés, les yeux écarquillés. Sa poitrine n'était plus qu'une masse sanglante constellée de cratères.

Jack lâcha alors Barlowe et son Tec. Les deux mercenaires mordirent la poussière en même temps.

Alors Jack s'adossa au tronc tout en enserrant sa cheville sanglante. À chaque fois qu'il bougeait sa cheville, elle lui faisait un mal de chien.

C'était bien le moment, se dit-il.

Mais maintenant, au moins, il n'était plus le seul homme désarmé sur cette colline.

9

Les tirs s'étaient interrompus.

— Eh bien, fit Baker, voilà qui règle la question de votre copain.

Il s'adossa au bureau sans lâcher son revolver.

— Vous n'en savez rien, lança Alicia.

Elle n'arrivait pas à croire que Jack soit mort. Il était bien trop débrouillard pour se laisser descendre. Quoique, elle l'avait vu exercer son astuce, mais jamais réagir lors d'une fusillade. Et même : aussi doué soit-il, comment pouvait-il affronter à mains nues deux hommes munis d'armes automatiques ?

— Oh si, je sais, dit Baker. Je suis même sûr qu'ils l'ont acculé dans un coin et se sont amusés un brin avant d'en faire de la viande froide. C'est pour ça qu'ils ont tiré plusieurs rafales. D'après moi, ils ont dû commencer par les jambes pour remonter – lentement. Vers la fin, ce pauvre bougre devait les supplier de l'achever.

Alicia se détourna pour dissimuler la nausée qui lui révulsait l'estomac. Jack – Jack tout court – était mort. Encore un autre nom à ajouter à la liste de ceux qui étaient morts par sa faute. C'était elle qui l'avait entraîné dans cette histoire. Il l'avait suivie de son plein gré, mais si elle ne s'était pas obstinée, si elle avait laissé Thomas s'emparer de la maison et son contenu, tous seraient encore vivants et elle ne se retrouverait pas au beau milieu des bois, captive de ces monstres à visage humain.

Au-dehors, elle entendit résonner un cri de victoire sonore. Baker se redressa et traversa la pièce, un sourire malsain aux lèvres.

— Ça, c'est Kenny. Il est pas du genre silencieux.

Un autre cri de joie retentit au loin.

Baker sortit et se planta devant l'entrée, les mains sur les hanches, pour regarder le rideau d'arbres.

10

Jack braqua le Tec-9 de Barlowe sur la porte de la cabane et poussa un cri de joie. Il espérait imiter assez bien Kenny pour faire sortir Baker de sa tanière.

Il s'adossa à un tronc pour soulager le poids qui pesait sur sa jambe gauche. Là, les arbres étaient plus petits et n'offraient guère de protection. Mais si tout se passait bien il n'en aurait pas besoin.

À sa droite, le cadavre de Yoshio formait une tache pâle au milieu des herbes folles.

Sa jambe le brûlait, une douleur lancinante qui pulsait au rythme des battements de son cœur. Il avait fait un garrot improvisé avec la lanière du Tec-9 ; ainsi, il avait pu arrêter l'hémorragie, mais pas la douleur.

Il poussa un nouveau cri de joie.

Allez, Baker. Montre ta sale gueule.

S'il avait un revolver, il aurait tenté de rentrer dans la cabane. Mais avec le Tec, il ne pouvait pas charger en tirant dans tous les sens, pas alors qu'Alicia était là-dedans avec lui. Ces fusils d'assaut manquaient de précision. Une fois qu'on appuyait sur la détente, on ne pouvait guère sélectionner sa cible.

Il pouvait toujours prendre le temps de boitiller jusqu'à la voiture pour récupérer le 9 mm qu'il y avait caché, mais en ce cas, Baker se douterait qu'il y avait un os et viendrait voir ce qui se passait.

Il n'avait donc pas trente-six solutions. Par contre, il aurait bien voulu s'approcher davantage. Il n'avait jamais été un tireur d'élite et, à cette distance et vu l'arme qu'il avait entre les mains, il lui faudrait compter davantage sur la chance que sur ses dons.

C'est alors que Baker franchit la porte en cherchant Kenny des yeux. Jack appuya sur la détente et visa un chargeur sur le mercenaire.

Juste au-dessus de la tête de Baker, sur sa droite, le coin de la porte vola en éclats. Le mercenaire s'empressa de regagner l'intérieur.

Furieux, Jack fracassa le Tec vide contre le tronc le plus proche et le jeta dans les taillis.

Et maintenant, qu'allait-il se passer ?

Il ne pouvait répondre à cette question, mais sentait que cela ne serait pas très beau à voir.

11

Les détonations subites prirent Alicia par surprise. Baker fit un bond pour se mettre à l'abri, puis se releva. Alicia fixa la porte fracassée qui vibrait encore de la violence des impacts. Elle eut envie de hurler sa joie.

Elle ne savait pas comment, mais Jack était encore en vie. Et non seulement il avait réussi à survivre, mais il était revenu la chercher.

— Kenny ! s'écria Baker ! Oh, crénom, ce salopard a dû le tuer !

Elle se tourna vers le cadavre de Thomas et le revolver qui gisait juste à côté. Si seulement…

Baker lui prit le bras et l'attira contre lui. Son haleine sentait le rance.

— Mais, bon Dieu, *qui* est donc ce type ? Où l'avez-vous trouvé ?

— Il s'appelle Jack. C'est tout ce que je sais.

Elle pouvait bien lui dire au moins cela. Après tout, que pouvait-il en tirer ?

— J'y crois pas. Il y a forcément quelque chose entre vous. Sinon, il ne serait pas revenu comme ça.

— Non. Il prend un pourcentage sur ce que nous pourrons tirer de cette découverte.

C'était la vérité, mais Alicia sentait que Jack serait revenu de toute façon. Baker ne pourrait jamais comprendre ça ; un pourcentage, par contre, l'interpellait davantage.

— Ouais, acquiesça-t-il, à sa place, je serais revenu, moi aussi.

Il la fit tournoyer sur elle-même, empoigna ses cheveux à ras la nuque et la poussa sans ménagements vers la porte. Son cuir chevelu, peu habitué à un tel traitement, se mit à la brûler.

— Vous me faites mal.

— Oui, ben je pourrais te faire beaucoup, beaucoup plus mal. On va voir si tu es vraiment aussi précieuse que tu le dis.

Il la positionna dans l'entrée et se cacha derrière elle, à demi accroupi, tout en regardant par-dessus son épaule. Elle sentit le métal froid du canon de revolver posé sur sa tempe. Au bas de la pente, tout près de la lisière des arbres, gisait un cadavre. À sa chemise blanche, Alicia reconnut Yoshio. Elle ferma les yeux. Un de plus.

Dans la cabane, Kemel gémissait toujours en demandant un docteur.

— Hé, Jack ! aboya Baker. Ou quel que soit ton nom ! Montre-toi, ou je bute ta copine.

— Je ne suis pas sa…

— La ferme ! siffla-t-il en pressant le canon contre sa tempe. J'veux pas t'entendre, pigé ?

C'est alors qu'elle vit Jack qui progressait entre les arbres. Il s'arrêta et les regarda sans rien dire. Puis, lentement, délibérément, il leva son index.

— Espère d'enfoiré ! fit Baker.

Soudain, le canon quitta sa tempe douloureuse. Le revolver apparut devant elle, au bout du bras de Baker. Celui-ci se mit à tirer sur Jack en un concert de détonations assourdissantes.

Jack bondit sur la gauche et disparut un instant pour resurgir à côté d'un autre tronc. Baker continua de tirer, mais Jack évita les balles, disparaissant à nouveau pour réapparaître à un autre endroit.

— C'est un malin, ton mec, chuchota Baker. Tu sais ce qu'il est en train de faire ? Il compte les coups. Il sait que j'ai quinze balles dans mon chargeur. J'en ai tiré une sur ton frangin, une sur le Jap et, maintenant, je viens de lui en balancer neuf. Donc, dans sa p'tite tête, il se dit : encore quatre coups et…

Jack émergea des taillis comme un diable d'une boîte ; Baker tira encore par deux fois.

— Plus que deux. Ensuite, le temps que je change de chargeur, il m'aura fait une grosse tête. L'ennui, c'est que je suis moins con qu'il ne le croit. Ouais, m'sieur Jack, tu as tort de me sous-estimer. Parce que c'est *maintenant* que je vais changer de chargeur. Et lorsque j'aurai tiré encore deux balles et qu'il se croira tranquille, je vais le tirer comme un lapin. J'ai hâte de voir sa gueule lorsqu'il se mangera un chargeur en pleine poitrine.

Baker lui lâcha les cheveux et retira son revolver, qui passa dans le dos d'Alicia. Elle entendit un déclic métallique, puis un léger choc alors que quelque chose tombait par terre. Les questions se bousculaient dans son esprit. Baker avait-il raison ? Avait-il percé à jour le plan de Jack ? Il fallait qu'elle fasse quelque chose, et vite.

Elle tourna sur elle-même. Baker tenait son arme de la main gauche pendant que, de la droite, il fouillait dans ses poches. Le chargeur gisait à ses pieds.

— Jack ! Allez-y ! Jack ! s'écria-t-elle de toute la force de ses poumons alors qu'elle agrippait le revolver pour tenter de le lui arracher.

L'autre main de Baker dut s'accrocher au tissu, et il perdit une ou deux secondes pour s'en dépêtrer et la sortir de sa poche. Mais même en s'y prenant à deux mains et en tirant de toutes ses forces, Alicia n'était pas de taille à s'emparer de son arme.

— Salope ! grinça-t-il.

Elle virevolta, lui tournant le dos pour mieux tirer sur son poignet. Ce qui lui permit de voir la pente. Et Jack…

Oh non ! Il se précipitait bien vers elle, mais en *boitant* ! Elle vit la tache rouge qui maculait sa jambe inerte.

Il n'arriverait jamais à temps !

Entre-temps, Baker devait avoir libéré sa main droite, car elle sentit un poing dur comme le roc heurter sa nuque. Elle vit trente-six chandelles, mais tint bon. Puis le tranchant de sa main s'abattit sur son épaule. Soudain, son bras devint tout engourdi, et ses doigts se desserrèrent. Il lui arracha le revolver, puis un troisième coup la fit tomber à genoux.

Et Jack était encore bien loin. Il tenait un couteau à l'allure peu engageante, mais ne pourrait jamais s'approcher suffisamment pour s'en servir.

Alicia se retourna et vit le chargeur que Baker tenait en main et cherchait à engager dans la crosse du canon.

— Non ! hurla-t-elle en lui prenant le bras.

Il faillit lâcher le chargeur, mais le retint du bout des doigts, puis la repoussa violemment en émettant un feulement de bête.

Alicia atterrit sur le dos. Jack était presque à la

cabane mais, à travers une brume de douleur, elle vit Baker mettre le chargeur en place, enserrer la crosse à deux mains et lever le pistolet. Non, Jack n'arriverait jamais à temps. Baker allait l'abattre à bout portant. Il y avait toujours le revolver de Thomas, mais il était hors de sa portée, au fond de la cabane…

Alicia ferma les yeux et hurla en entendant trois coups de feu en succession rapide…

… Provenant de derrière elle.

Elle ouvrit les yeux. Baker tombait comme un arbre abattu tandis que Jack arrivait à l'endroit où le mercenaire se tenait un instant auparavant. Elle se tourna et vit quelqu'un qui se tenait dans l'embrasure de la porte, affalé contre le chambranle.

Thomas.

Il semblait plus mort que vif. Son visage était si pâle que sa peau presque translucide faisait ressortir le sang qui s'écoulait à la commissure de ses lèvres. Le revolver encore fumant pendait au bout de ses doigts inertes.

Alors qu'elle le regardait, il parut se dégonfler comme un ballon et s'effondra sur le sol.

Déconcertée, Alicia rampa vers lui.

— Oh, Thomas. Merci, Thomas. Mais…

Elle avait une question à lui poser. Jusque-là, elle ne l'avait jamais vu agir sans autre motivation que l'intérêt – *son* intérêt.

— Pourquoi ?

— Tu ne comprends pas ? fit-il dans un bouillonnement de sang. Toi qui es si intelligente et tout ça, tu n'as pas compris ?

Elle avait presque peur de lui demander, mais il fallait qu'elle aille jusqu'au bout.

— Compris quoi ?

— C'étaient peut-être les pires moments de ta vie, mais c'étaient les plus belles années de la mienne.

Il toussa, expectora un caillot de sang, puis son corps se raidit et ses yeux perdirent tout éclat.

Alicia tendit la main. Elle n'aurait jamais cru être capable de le toucher.

Elle lui caressa les cheveux et se mit à pleurer.

12

Jack tomba à genoux à côté de Baker et posa le couteau des Forces spéciales de Barlowe contre sa gorge pendant qu'il retirait le pistolet de ses doigts inertes. Il vit les yeux vitreux du mercenaire et posa ses doigts sur son cou pour prendre son pouls. Cet homme était mort. Trois balles de 6,35 dans la poitrine avaient eu raison de lui.

Jack inspira profondément. Ses poumons étaient en feu. Enfin, il se releva et s'adossa à l'embrasure de la porte. Sa cuisse gauche lui faisait toujours un mal de chien, surtout lorsqu'il la pliait.

Il regarda Alicia se pencher sur le cadavre de son frère et l'entendit sangloter. Quoiqu'il lui en coûtât de l'admettre, il lui devait probablement la vie. Mais apparemment, il n'aurait jamais l'occasion de lui rendre la monnaie de sa pièce.

Il s'en était fallu de peu…

Il entendit un grognement provenant de l'intérieur de la cabane. Il dépassa Alicia et tomba sur Kemel, toujours allongé par terre en gémissant :

— Un docteur. Je vous en prie… Emmenez-moi à l'hôpital.

— Je vais t'emmener dehors, dit Jack. C'est tout ce que je peux faire.

Il prit le blessé par le col et le tira à l'extérieur de la cabane. En passant devant Alicia, l'Arabe poussa un grand cri.

La jeune femme se releva en s'essuyant les yeux.

— Jack, est-ce vraiment nécessaire ? Vous ne pouvez pas le laisser là où il est ?

Jack était encore sous tension. L'adrénaline cascadait dans ses veines, son cœur battait follement, ses poumons étaient en feu. Il regarda sa main libre : celle-ci tremblait légèrement. Le combat était terminé, mais son corps ne l'avait pas encore compris. Il avait vu la mort de très, très près, aussi près que le pistolet de Baker lorsqu'il l'avait vu, braqué sur lui, prêt à tirer, et il était encore secoué.

Et dans cet état, il n'avait aucune envie d'y mettre les formes.

— Les réponses sont, dans l'ordre : Oui… et non. Il nous pollue l'atmosphère.

Jack continua de le traîner, passant devant le cadavre de Baker, puis sur le tapis d'herbes folles. Là, il le lâcha enfin.

— Pitié… Un docteur…

Jack eut envie de le finir à coups de pied, mais se retint.

— Emmenez-moi à l'hôpital.

Jack s'agenouilla et s'approcha de Kemel pour lui dire entre ses dents serrées :

— Tu sais, mon pote, je viens d'interroger les passagers du JAL 27. Je leur ai dit : « Que ceux qui pensent que Kemel ici présent doit voir un médecin lèvent la main. » Et le plus drôle, c'est que personne n'a levé le petit doigt. Donc, pas de médecin.

Lorsqu'il se releva, il se mit à neiger. Il retourna dans la cabane. Alicia se tenait adossée au mur, la tête baissée, les yeux fermés. Elle était pâle comme la mort et semblait vidée de ses forces ; on aurait dit que, si le mur n'était pas là pour la soutenir, elle se serait écroulée comme un pantin désarticulé. Un coup de vent charria quelques flocons de neige qui vinrent caresser son visage.

— Merci, dit-il.

Elle ouvrit les yeux :

— Merci à vous d'être revenu.

— Je n'avais pas vraiment le choix.

— Vous auriez pu vous enfuir.

— Non. C'était impossible.

— En effet. Oui, je comprends. (Elle eut un sourire très, très las.) D'une certaine façon, je n'en ai jamais douté. Laissez-moi voir… ajouta-t-elle en regardant sa cuisse ensanglantée.

— Pour l'instant, ça ira. Je me ferai recoudre lorsque nous serons de retour en ville.

— Ce garrot improvisé ne suffit pas. Venez avec moi.

Jack la suivit à l'intérieur de la cabane. Peut-être avait-elle besoin d'agir, de s'occuper les mains et l'esprit. Elle retira les draps de la paillasse et les déchira en longues bandes.

— Asseyez-vous et retirez votre pantalon.

— Comme je vous l'ai dit hier soir, n'allez pas imaginer des choses !

— Allez-y, insista-t-elle sans une ombre de sourire.

Jack retira le garrot, puis baissa son jean sur ses chevilles. Alicia examina la coupure.

— L'entaille est profonde. Avez-vous senti la lame entailler l'os ?

— Non. Le type qui m'a frappé n'avait plus beaucoup de forces.

— Heureusement, elle est parallèle aux fibres musculaires du quadriceps, fit-elle tout en pansant la blessure avec les lambeaux de draps.

Apparemment, elle s'était mis en mode « docteur ».

— Il a raté l'artère fémorale et les nerfs, qui sont par ici. Vous devriez vous remettre sans problèmes, mais il faut suturer la plaie. Et en cas de blessure par lame, les urgences doivent prévenir…

— Je connais quelqu'un qui sait se montrer discret.

— Je n'en doute pas.

— Et maintenant, que faisons-nous ? dit-il alors qu'elle continuait de bander sa jambe.

— Je pensais que vous auriez une idée sur la question.

— Je peux me charger des cadavres. Je les fourre

dans le véhicule qui les a amenés jusque ici – je parierais que c'est une camionnette noire – et les abandonne dans un coin reculé.

— Mais pas Thomas. Nous lui devons la vie. Nous pouvons lui témoigner un peu plus de respect.

Jack regarda le cadavre sanglant.

— Ouais, vous avez sans doute raison. Bon, mettons que j'abandonne tout ce beau monde quelque part, puis j'appelle le bureau du shérif pour lui dire où ils se trouvent. Ensuite, eh bien, que nos farouches combattants du crime se chargent de débrouiller le pourquoi du comment. Je leur souhaite bien du plaisir.

— Vous pensez qu'ils y arriveront ? À débrouiller toute l'affaire, je veux dire.

— Pas si je les abandonne assez loin d'ici. Mais il y a encore une question... Maintenant que vous êtes la seule propriétaire de cette énergie à distance, que comptez-vous en faire ?

— J'imagine que je devrais annoncer la nouvelle au monde entier. Mais si ce que Thomas a dit à propos des brevets est vrai, que leurs propriétaires tenteront d'en obtenir une part, je peux retrousser mes manches. Et franchement, ces derniers temps, les avocats me sortent par les yeux.

— Il y a toujours les Japonais. Les employeurs de Yoshio vous feront un pont d'or.

— Cette idée a l'air de vous plaire.

— Ouais, ben, empochez le magot et laissez-les se bagarrer avec les avocats.

— Vous savez, l'argent m'importe peu. Mais la simple idée de profiter de quelque chose qui a appartenu à cet homme me répugne.

— Ce qui vous laisse la possibilité d'en faire don à l'humanité. Si vous publiez le tout sur Internet...

Elle leva la tête. Ses yeux jetèrent des éclairs.

— À côté de nos photos de famille, à Thomas et moi ?

— Hé, ce n'est pas ce que je voulais dire. Non, mais

l'Internet permettrait à quiconque veut développer cette découverte l'accès aux plans nécessaires.

— Et vous, qu'avez-vous à y gagner ? Un tiers de rien du tout équivaut à zéro. Je ne voudrais pas que vous restiez sur la touche, Jack. Tout de même, vous avez reçu un coup de poignard, vous avez failli vous faire tuer…

— Ne vous en faites pas. De toute façon, je ne pourrais jamais accepter cet argent.

— Pourquoi ?

— Parce que j'ai déjà à peu près tout ce que je peux désirer dans la vie.

Elle le regarda, et ses yeux gris s'adoucirent.

— Vraiment ? Vous êtes pleinement satisfait de votre sort ?

— Ben, à peu près. Et l'argent ne m'achètera pas ce que je peux encore désirer. Donc, effacez-moi du tableau et faites ce que vous jugez bon.

À vrai dire, si Jack touchait ne serait-ce qu'une infinie fraction des fortunes colossales que générerait cette nouvelle énergie, il ne pourrait jamais le dissimuler. Il faudrait qu'il sorte de sa retraite volontaire pour mettre la main dessus, et il n'était pas encore prêt à cela. Il lui fallait encore quelques milliards d'années de réflexion.

Elle noua le dernier lambeau de tissu et parla d'une voix très lasse :

— Jack, je ne sais que faire. Il faut que j'y réfléchisse.

— Eh bien, fit-il en se relevant pour enfiler son jean, pendant que vous vous creusez la cervelle, je vais ramasser les cadavres.

13

Rassembler les six cadavres et les mettre dans la camionnette lui prit un certain temps, surtout lorsqu'il fallut traîner ceux qui gisaient dans les bois. Lorsqu'il en eut fini avec le dernier – Kemel –, une fine couche de neige recouvrait le sol.

Il pourrait bientôt partir. Il lui faudrait atteindre la tombée de la nuit. Il ne voulait pas courir le risque que quelqu'un jette un coup d'œil par la vitre arrière par simple curiosité et voie une demi-douzaine de cadavres.

Jack croyait que Kemel était mort, mais alors que Jack le chargeait dans la camionnette, par-dessus le cadavre de Baker, il sursauta en entendant un gémissement d'outre-tombe.

— Par pitié… J'ai mal… Un docteur…

Ce n'était pas bon signe. Si Kemel s'accrochait encore longtemps, un échappé d'*Urgences* muni d'un scalpel pouvait réussir à le remettre sur pied. Et cela ne lui convenait pas. Pas du tout.

— Je vous l'ai dit. Les passagers du vol JAL 27 sont contre.

L'Arabe murmura quelque chose que Jack ne put entendre. Il approcha son oreille de sa bouche.

— L'avion… Pas moi.

— Mais tu savais ce qui allait se passer, pas vrai, mon salaud ?

Il lut la réponse dans les yeux de Kemel.

Le rush d'adrénaline avait reflué, le laissant avec un bon mal de crâne. Après qu'il eut crapahuté à droite et à gauche pour ramener les cadavres, sa cuisse lui faisait plus mal que jamais. Il était d'une humeur de dogue. Pire encore. À côté, un pit-bull enragé eût passé pour un modèle de cordialité. Et il savait d'expérience que, dans de tels moments, il pouvait se montrer passablement dangereux. À ce stade, il devenait hermétique à la raison la plus élémentaire…

En général, lorsqu'il reconnaissait ces symptômes, il se retirait, prenait quelques instants de repos, le temps de renvoyer ces ténèbres dans les profondeurs de son être. Et si Kemel n'était pas en vie, c'est ce qu'il aurait fait. Mais il avait du mal à supporter l'idée que cette crotte de chameau puisse avoir survécu.

— Ouais, tu savais ce qui se préparait, mais as-tu prévenu qui que ce soit ? Non. Tu as laissé mourir tous ces gens pour te débarrasser d'une seule personne.

— Pas moi…

— Ah oui ? Alors qui ?

— Pitié… La douleur… Trop mal…

Que voulait-il ? Le coup de grâce ?

— Tu me dis qui a donné l'ordre de poser cette bombe, et je te donne de quoi calmer cette douleur.

— Non… Vous… Je vous en prie…

— Je suis désolé, mais je ne te dois rien. Ce nom ?

— Nazer… Khalid Nazer.

— Et où puis-je le trouver ?

— Iswid Nahr… La mission… Des Nations Unies.

Khalid Nazer… Jack grava ce nom dans son esprit tout en tirant le 9 mm de Baker. Il fit passer une balle dans le canon, l'arma, ramena le percuteur en arrière, puis pressa le canon contre la chair tendre sous son menton. Puis il prit les mains de Kemel et les enroula autour de l'arme.

— Fais tes prières et appuie sur la détente.

Puis il s'en alla, laissant Kemel aux prises avec l'analgésique ultime.

14

Le coup de feu fit sursauter Alicia. Elle leva les yeux et vit Jack qui se dirigeait vers elle en traînant la jambe. Il avait l'air très, très las. L'homme qui l'avait conduite jusqu'ici n'était plus le même : il était devenu un être aussi froid, aussi impitoyable que ceux qu'il avait tués. Alors qu'elle pansait sa blessure, elle avait senti qu'il redevenait peu à peu cet homme attachant… Mais la métamorphose était loin d'être complète.

— Que s'est-il passé ? demanda-t-elle. Tout va bien ?

Il acquiesça.

— Oui. Quelqu'un a trouvé le moyen d'abréger définitivement ses souffrances.

Ce devait être l'Arabe. Seigneur Dieu, comment avait-il pu s'accrocher si longtemps à la vie ?

— Vous êtes prête ? demanda Jack. Je vous accompagne.

Alicia secoua la tête.

— Allez-y. Je vais rester encore quelque temps.

— La neige commence à prendre. Si vous tardez trop, vous risquez de ne plus pouvoir sortir.

— Ce n'est pas grave. Il fait chaud à l'intérieur. Et j'ai besoin de réfléchir.

— Vous en êtes sûre ?

— Sûre et certaine.

— D'accord, fit-il en haussant les épaules. Je vous laisse un des téléphones cellulaires. Quand vous serez rentrée en ville, passez-moi un coup de fil, et j'irai rendre la voiture à l'agence de location.

— Entendu.

Il allait tourner les talons, puis se ravisa.

— Vous êtes sûre que ça ira ?

— Sûre et certaine, répondit-elle avec un sourire confiant. J'ai juste besoin d'être seule.

— Oui, eh ben, là-haut, vous n'avez pas beaucoup de chances d'être dérangée. Bonne chance, Alicia. Et… Joyeux Noël.

— Joyeux Noël, Jack.

C'était vrai que c'était Noël ! Plus que trois jours avant le grand soir. Elle l'avait complètement oublié.

Elle regarda disparaître Jack dans le crépuscule brouillé par la neige, puis rentra dans la cabane et ferma la porte.

Elle avait vite compris qu'elle ne s'en irait pas de sitôt. Ainsi, pendant que Jack déplaçait les cadavres, elle avait fait de son mieux pour nettoyer le sang qui maculait le sol. Finalement, elle avait poussé la table et pris le tapis qui se trouvait dessous pour en couvrir les taches.

Elle se dirigea vers l'émetteur/transformateur et scruta le faisceau de lumière si intense qu'elle en paraissait presque solide.

Une découverte capable de révolutionner le monde… De faire de Ronald Clayton un véritable héros… Un de ces grands hommes qui ont façonné l'Histoire… La personnalité du siècle… Du millénaire, même…

Mais Ronald Clayton n'avait rien d'un grand homme. Ni même d'un homme tout court… C'était un monstre qui souillait tout ce qu'il touchait…

Et dire que, dans l'avenir, on lui élèverait des statues…

Elle en avait la nausée.

Et pourtant, avait-elle le droit de dénier au monde entier le droit de profiter de sa découverte ?

Non. Elle n'était qu'une personne, et des millions en bénéficieraient.

Elle pouvait sentir s'agiter les fils… qui la manipulaient comme une marionnette. Et elle ne connaissait que trop le nom du marionnettiste.

Oui… Il fallait qu'elle réfléchisse. Très longuement.

LA VEILLE DE NOËL

1

Alicia descendit la colline dans l'obscurité la plus totale, guidée par les lumières de New Platz qui brillaient en contrebas. Elle se sentait étourdie, presque grisée.

Deux jours ! Deux fois vingt-quatre heures durant, elle s'était torturée à force de questions. Mais elle avait fini par prendre une décision.

Et maintenant, elle se sentait… propre. Oui, *propre*… C'était le seul mot qui puisse la qualifier. Comme si elle s'était débarrassée de sa vieille peau mangée aux mites pour laisser la place à une enveloppe neuve et resplendissante.

Et à partir de maintenant, elle ne serait plus jamais la même. L'Alicia Clayton d'aujourd'hui aurait un nouveau look, une nouvelle attitude. Et ce à compter d'aujourd'hui. Oh, elle ne se faisait pas d'illusions : le chemin serait long et difficile. Mais elle sentait que, si elle continuait de jouer le jeu, d'être « La nouvelle Alicia », au bout d'un moment, elle-même finirait par y croire.

C'était ce qu'elle avait de mieux à faire. Car l'existence qu'elle menait jusque-là n'était pas une vie. Certes, son travail était important, mais il devait bien y avoir autre chose. Alicia entendait bien s'offrir une vraie vie, et la vivre à fond.

Bien vivre est la plus belle des revanches…

Combien de fois avait-elle entendu ce vieux dicton ? Maintenant seulement, elle comprenait à quel point il lui correspondait.

En traversant les rues boueuses ornées d'illuminations de Noël, Alicia écoutait une radio FM de la ville. Elle était restée deux jours sans le moindre contact avec la réalité, mais apparemment, elle n'avait pas raté grand-chose.

La seule nouvelle digne d'intérêt concernait un commerçant arabe du nom de Nazer ou quelque chose comme ça qui s'était fait exécuter devant la porte de son appartement de Manhattan. La police cherchait un éventuel lien avec un autre Arabe mort assassiné qu'on venait de retrouver dans les monts Catskills au milieu de cinq autres cadavres.

Alicia se posait la même question.

Lorsqu'elle atteignit la grande route, Alicia coupa la radio. Elle enclencha le régulateur de vitesse, puis prit son téléphone cellulaire. Alors qu'elle composait le numéro, son cœur se serra. Son pouce hésita un instant devant le bouton ENVOI, puis elle inspira profondément et appuya dessus.

Lorsqu'une voix familière lui répondit, elle faillit raccrocher, mais ignora sa gorge desséchée et dit :

— Will ? Ici Alicia. Il faut qu'on parle, tous les deux.

2

— Ce n'est pas exactement comme ça que j'imaginais ma soirée de Noël, dit Jack.

Gia et Vicky l'avaient entraîné au Centre des enfants victimes du sida et avaient gagné l'unité de pédiatrie. Gia lui avait dit et répété que ces bébés n'étaient pas malades du sida, mais qu'ils étaient juste séropositifs. Comme si cela pouvait tout expliquer.

— Alors dis-moi ce que tu avais prévu ? demanda Gia.

Elle était assise sur un fauteuil à bascule et donnait le biberon à un bébé de trois mois enveloppé dans une couverture. Elle portait un pantalon à carreaux vert et rouge et un pull à col roulé rouge. Les couleurs de Noël.

`— Eh bien… Dans mon idée, je me voyais près du feu, à bercer un enfant, pendant que tu étais dans la cuisine, à préparer la dinde aux marrons…

Elle eut un sourire.

— Et nous chantions tous *Petit Papa Noël*, je présume ?

— Par exemple.

— Dans tes rêves, Oncle Scrooge !

Vicky, elle-même dans un fauteuil à bascule où elle berçait un autre bébé, éclata de rire. Elle portait une robe de velours rouge et des collants blancs.

— Ce n'est pas l'Oncle Scrooge ! Ce serait plutôt Jack Crachit !

Ebenezer Scrooge, le personnage de Dickens, avait été revu et corrigié par Walt Disney pour donner l'Oncle Picsou, mais Jack ne jugea pas bon de la corriger. Scrooge était un vieil ami à lui.

— Ho-ho-ho, Vicky, dit-il.

Lui-même était assis dans un fauteuil à bascule, mais sans bébé dans les bras, heureusement.

Gia se leva tout en serrant le nourrisson contre son épaule. Tout en lui tapotant le dos, elle dit :

— C'est *lui*, Monsieur Scrooge. Il suffit de le regarder, assis là à écouter sa radio. L'image même de l'esprit de Noël !

Il avait apporté un petit poste de radio et l'avait posé sur un appui de fenêtre. Il l'avait mis en marche, mais à faible volume.

— C'est de la musique de Noël ! protesta-t-il.

Le petit haut-parleur ne rendait guère justice à l'excellente version de *Have Yourself a Merry Christmas* interprétée par Shawn Collins, mais c'était mieux que rien.

— Oui, mais cela fait deux jours que tu ne cesses d'écouter la même radio locale. Qu'est-ce qui peut se passer de si intéressant dans les Catskills ?

— Oh, c'était pour suivre un fait divers qui s'est produit là-bas.

Gia le regarda fixement.

— L'histoire de…

Elle ne finit pas sa phrase, mais savait ce dont elle parlait. Les six cadavres découverts dans une aire de repos en bordure de la grande route – « Massacre sur la route ! » – avaient fait la une des médias.

De toute évidence, elle préférait ne pas entrer dans les détails devant Vicky.

— C'est bien celle-là, acquiesça-t-il.

Jack avait garé la camionnette dans un coin du parking de l'aire, puis il avait appelé Julio. Il avait mangé deux cheeseburgers au restaurant et traîné dans le coin, à regarder tomber la neige, en attendant Julio. Puis tous deux étaient repartis vers la ville. En cours de route, Jack s'était arrêté à une station-service et avait appelé la police pour signaler une camionnette abandonnée.

Gia crispa des lèvres, et elle se détourna. Le bébé, une fillette noire, regarda Jack par-dessus son épaule et émit un rot sonore.

— C'est bien, dit Gia.

Elle se retourna et vint se planter devant Jack.

— Tends les bras, fit-elle.

— Non, vraiment, Gia…

— Vas-y, Jack. Crois-moi, tu en as besoin. Et elle plus encore.

— Arrête, Gia…

— Je suis on ne peut plus sérieuse.

Elle tourna le bébé pour que Jack puisse voir son visage. Ses yeux bruns écarquillés le dévisagèrent pendant quelques secondes, puis elle eut un grand sourire.

Génial, se dit Jack.

— Je te présente Felicity. C'est l'une des infirmières qui l'a appelée ainsi, parce que sa mère l'a abandonnée sans prendre la peine de lui choisir un nom. Durant sa première semaine d'existence, Felicity a souffert du manque, vu qu'elle était accro au crack ; elle est séropositive et seule au monde. Elle n'a personne pour la prendre dans ses bras, Jack. Or un bébé a besoin d'être cajolé. Tu peux bien lui faire ce plaisir, non ? Cela ne te tuera pas.

— Ce n'est pas ça…

— Jack, fit-elle d'un ton sans réplique possible, tout en lui tendant Felicity.

— C'est bon, c'est bon.

Jack la laissa déposer le bébé dans ses bras, non sans marquer sa désapprobation. Pourquoi lui infligeait-elle cette corvée ?

— Fais bien attention, dit-il. Attention ! Bon sang, tu veux qu'elle finisse par terre ?

Gia eut un petit rire qui, du coup, le détendit.

— Elle est fragile, mais pas à ce point.

Finalement, il reçut la fillette et la tint contre lui, et sa tête se blottit tout naturellement dans le creux de son bras droit. Elle se tortilla et tenta de se dégager : Jack l'enveloppa encore plus étroitement dans ses bras pour qu'elle comprenne qu'elle était en sécurité, qu'il ne la laisserait pas tomber. Gia fourra une tétine dans la bouche de l'enfant – Felicity – qui se mit à têter bruyamment. Ce geste parut l'apaiser. Elle ferma les yeux et cessa de se débattre.

— Alors, demanda Gia, ce n'est pas si terrible, non ?

Jack leva les yeux :

— Non. C'est même… Bien.

Gia eut un sourire.

— Venant de toi, j'imagine qu'on peut traduire par « Formidable ! »

Jack fixa le visage innocent de Felicity en pensant à ce qu'elle avait dû surmonter dans sa courte existence.

Et, malheureusement, le pire restait à venir. Il ressentit une envie farouche de la protéger de… De tout. Du monde entier s'il le fallait.

— Gia, c'est formidable.

Et il était sincère. Dire que, pour un bébé, le simple fait de se retrouver dans les bras d'un adulte puisse revêtir une telle importance… C'était bouleversant.

— Tes parents t'ont laissé un bel héritage, Felicity. Une addiction et un virus mortel. Et après ? Quelle est la suite de l'histoire ?

— Une famille d'adoption, probablement, répondit Gia.

Il leva les yeux. Ceux de Gia étaient brillants de larmes contenues.

— Ils ont tant besoin de nous, Jack. J'aimerais pouvoir m'occuper de chacun d'entre eux.

— Je sais bien, répondit-il d'une voix douce.

Christmas de Darlene Love céda la place à un bulletin d'actualité. La une des Catskills était consacrée à l'incendie qui ravageait le sommet d'une colline à l'ouest de New Platz.

Jack réprima un grognement.

— Gia ? Peux-tu récupérer la petite jeep qui est dans la poche de mon blouson ?

— Tu l'as amenée jusqu'ici ?

— J'y vais, m'man !

Vicky se leva d'un bond et tendit à Gia le bébé dont elle s'occupait.

Ella avait joué avec la Range Rover tout l'après-midi et éclatait de rire à chaque fois qu'elle rentrait dans le même mur. Elle la tira de la poche de Jack et mit le bouton sur ON.

Elle fit aussitôt la moue.

— Hé, Jack, ça ne marche pas ! (Elle actionna plusieurs fois le bouton.) Les piles doivent être mortes.

— Regarde plutôt l'antenne, qu'elle ne se soit pas décrochée.

Vicky la poussa plus profondément dans son logement, puis fit un nouvel essai.

— Non. Ça ne marche pas.

— J'ai des piles de rechange à la maison, dit Gia. Lesquelles faut-il ?

— Elles ne sont plus fabriquées.

Gia rendit son bébé à Vicky et en prit un autre. De son côté, Jack continua de bercer Felicity, plongé dans ses pensées.

Alicia avait donc fini par prendre sa décision. Peut-être était-ce mieux ainsi. Peut-être que le monde n'était pas prêt à recevoir un tel don. Mais ce n'était probablement pas ça qui avait motivé la décision d'Alicia. Il se demanda où elle se trouvait maintenant. Pourvu qu'elle ne soit pas seule !

Il se laissa aller sur son fauteuil et absorba les sentiments de paix et de chaleur émanant de Felicity jusqu'à ce qu'ils l'envahissent tout entier.

— Ça ne va pas, Jack ? demanda Gia tout en berçant son nouveau protégé. Tu as l'air triste.

— Non, non. Au contraire, je suis assez content.

Parce qu'il venait de comprendre que si Ronald Clayton avait découvert cette source d'énergie, d'autres pouvaient le faire. D'une façon ou d'une autre, l'énergie à distance finirait par façonner notre avenir… Mais il n'y aurait pas de statues à l'effigie de Ronald Clayton dans les parcs.

— Tu sais, en fin de compte, ce n'est pas une mauvaise façon de passer la nuit de Noël. En fait, je crois que c'est la meilleure que j'aie connu depuis longtemps.

Et le sourire resplendissant de Gia transforma cette hypothèse en certitude.

DANS LA MÊME COLLECTION

BARKER Clive	Sacrements
BARKER Clive	Le royaume des devins
GOLDEN Christopher	Le passeur
HAMILTON Laurell K.	Le squelette sanglant
HERBERT James	Les rats
HERBERT James	Le survivant
HERBERT James	Le repaire des rats
HERBERT James	L'empire des rats
KOONTZ Dean	Une porte sur l'hiver
KOONTZ Dean	Le masque de l'oubli
LUMLEY Brian	Nécroscope
LUMLEY Brian	Vamphyri
MASTERTON Graham	Katie Maguire
MASTERTON Graham	Manitou
MASTERTON Graham	Tengu
MASTERTON Graham	Le miroir de Satan
MASTERTON Graham	Les papillons du mal
MASTERTON Graham	Le démon des morts
SABERHAGEN Fred	L'échafaud pour Dracula
STRAUB Peter	Monsieur X
STRAUB Peter	Julia
STRIEBER Whitley	Le dernier prédateur
STRIEBER Whitley	Les prédateurs
SUZUKI Koji	Double hélice
SUZUKI Koji	Ring
SUZUKI Koji	La boucle
SUZUKI Koji	Ring zéro
WILKINS Kim	L'envoûtée
WILSON F. Paul	La tombe
WILSON F. Paul	La forteresse noire
WILSON F. Paul	Le testament maudit

Achevé d'imprimer sur les presses de

BUSSIÈRE

GROUPE CPI

à Saint-Amand-Montrond (Cher)
en février 2004

FLEUVE NOIR
12, avenue d'Italie
75627 Paris Cedex 13
Tél. : 01-44-16-05-00

— N° d'imp. : 40643. —
Dépôt légal : février 2004.

Imprimé en France